Knaur.

Knaur.

Über die Autorin:
Cheryl Howe verbrachte die langen Sommer ihrer Kindheit damit, sich in ihrem Zimmer zu verbarrikadieren und *Vom Winde verweht*, *Sturm der Sehnsucht* und alle Romane von Victoria Holt zu lesen, die sie in die Finger kriegen konnte. Das Flehen ihrer Mutter, doch draußen zu spielen, ignorierte sie. Nach Stationen an der Louisiana Tech, LSU und einem unvergesslichen Sommer in Italien beendete sie ihr Englischstudium an der University of Texas, Arlington. Anschließend folgte eine Reihe mittelmäßiger Jobs, die allesamt nichts mit ihrer Liebe zu Büchern zu tun hatten. Eines Tages traf sie dann die Entscheidung, ihre Träume in die Tat umzusetzen. Als sie mit ihrem ersten Roman begann, hatte sie noch keine Ahnung, wie sich ihr Leben dadurch verändern sollte.
Wenn sie nicht schreibt, skatet Cheryl am Strand entlang, wandert und macht lange Spaziergänge mit ihrem Schäferhund. Derzeit lebt sie mit ihrem Mann, ihrem Hund und Miss Kitty in Südkalifornien.

Cheryl Howe

Juwel meines Herzens

Roman

Aus dem Amerikanischen
von Lisa Maronne

Knaur Taschenbuch Verlag

Die amerikanische Originalausgabe erschien 2004 unter dem Titel
»The Pirate's Jewel« bei Dorchester Publishing Co., Inc., New York

Besuchen Sie uns im Internet:
www.knaur.de

Sagen Sie uns Ihre Meinung zu diesem Buch:
Historische-Liebesromane@droemer-knaur.de

Deutsche Erstausgabe Dezember 2009

Published by arrangement with Dorchester Publishing Co. Inc.
Dieses Werk wurde vermittelt durch
Interpill Media GmbH, Hamburg.

Redaktion: Susanne Bartels
Umschlaggestaltung: ZERO Werbeagentur, München
Umschlagabbildung: Schlück / Dangelico Vittorio
Satz: Daniela Schulz, Stockdorf
Druck und Bindung: CPI – Clausen & Bosse, Leck
Printed in Germany
ISBN 978-3-426-50563-2

2 4 5 3 1

Für meinen Vater, Les Howe.
Danke dafür, dass du das Segeln und die historischen Liebesromane in mein Leben gebracht hast.

Kapitel eins

Charles Town, South Carolina, 1775

Wie war es nur möglich, dass all ihre Träume ein solches Ende fanden?

Jewel Sanderson sah sich in der vollen Taverne um, in der die Gäste gerade ihr Mittagessen zu sich nahmen. An einem kleinen Tisch neben der Wand saß ihr zukünftiger Ehemann und stocherte in seinem Eintopf herum. Schnell wandte sie den Blick ab, um dem Unvermeidlichen nicht ins Auge sehen zu müssen. Ein Tablett mit leeren Krügen auf ihrer Hüfte balancierend durchquerte sie den überfüllten Raum, um so viel Abstand wie möglich zwischen sich und Latimer Payne zu bringen.

Auf der langen Theke stellte sie das Tablett hin, ohne sich um die Bierpfützen zu kümmern, die sich stets auf der Ablagefläche ansammelten. Die Ehe war ihr einziger Ausweg und Latimer Payne ihr einziger Kandidat. Fünf Jahre lang hatte Jewel kein Wort von ihrem Vater gehört, und so musste sie sich an den Gedanken gewöhnen, dass er wohl nicht mehr zurückkehren würde. Die Erinnerungen, an die sie sich klammerte – eine Schlacht im Mondschein, eine Piratenschatzkarte, das Bild eines glorreichen, säbelschwingenden Vaters mit den gleichen grünen Augen wie sie –, waren zu einem durchsichtigen Traum einer einsamen, jungen Frau verkümmert. Sie war kein kleines Mädchen mehr und musste sich den Tatsachen stellen.

Gäbe es nicht diese verfluchte Schatzkarte, die in ein Seidentuch gewickelt unter ihrer Matratze versteckt lag, wäre ihr vielleicht schon früher klargeworden, dass das Versprechen ihres Vaters, zu ihr zurückzukehren, genauso fadenscheinig gewesen war, wie das, welches er ihrer Mutter gegeben hatte: für ihr Wohlergehen und das der noch ungeborenen Jewel zu sorgen, als er sie vor so vielen Jahren in Charles Town verlassen hatte. Damals hatte er sich keinen Deut um seinen Schwur geschert, und es gab wenig Grund zu der Annahme, dass er sich geändert hatte.

Sie warf einen flüchtigen Blick zu Latimer Paynes Tisch und beobachtete, wie sich ihre Mutter ihm gegenüber niederließ. Entschlossen stopfte Jewel den nassen Putzlappen in die Tasche ihrer Schürze, obwohl sie wusste, dass die Feuchtigkeit bis zu ihrem besten Kleid durchdringen würde. Sie musste ihre Mutter unbedingt davon abhalten, sie diesem Mann noch vor Sonnenuntergang auszuliefern.

Als sie am Tisch stand, zwang sie sich zu einem Lächeln. »Soll ich Euch noch ein Bier bringen, Master Payne?«

Er hatte sich nicht erhoben. Nicht dass Jewel von ihm erwartet hätte, dass er sich um sie bemühte – ganz im Gegenteil: Der Gedanke an seine Aufmerksamkeit ließ sie eher erschaudern. Alle Beteiligten wussten, dass es sich bei ihrer Ehe um nichts weiter als um ein geschäftliches Arrangement handelte. Payne brauchte eine Haushälterin und eine Mutter für seine fünf Kinder, und Jewel brauchte jemanden, der sich um sie kümmerte. Zumindest hatte ihre Mutter das so beschlossen. Obwohl Jewel nicht so empfand, konnte sie verstehen, warum ihre Mutter so handelte. Ihre größte Sorge war es, dass ihre Tochter ihr Herz an den falschen Mann verlieren und in die gleiche Falle tappen könnte, in der sie sich selbst vor Jahren wiedergefunden hatte: unverheiratet, schwanger und allein.

»Jewel.« Die schneidende Stimme ihrer Mutter rief sie jäh aus ihren Gedanken in die Gegenwart zurück. Sorgenfalten durchfurchten ihre Stirn und hatten sie seit dem Morgen sichtbar altern lassen. »Master Payne sorgt sich wegen des Ärgers, den wir mit unseren Kunden haben. Er hält es nicht für schicklich, dass ein Mädchen wie du sich in der Gesellschaft von solchen Männern aufhält.«

Payne schüttete eine Prise Schnupftabak auf die Fläche zwischen Daumen und Zeigefinger und sog sie geräuschvoll durch seine lange Nase ein. Nach einem heftigen Niesen räusperte er sich. »Solche Gewaltausbrüche sind ein sicheres Anzeichen für ein cholerisches Temperament. Zu viel Galle. Könnte den Guten nicht schaden, mal ordentlich geschröpft zu werden.«

Jewel versuchte, ihr Lächeln nicht zu einer Grimasse werden zu lassen. Latimer Payne hatte unentgeltlich an ihrem Arm eine Brandwunde behandelt, die sie sich am Küchenfeuer geholt hatte, und anschließend um ihre Hand angehalten. Er hatte eine gläserne Schale erhitzt, sie auf die Brandwunde gelegt und die Blase, die daraufhin entstanden war, aufgestochen. Die Wunde war verheilt, aber die Blase hatte sich entzündet.

»Vielleicht könnten sie durch Eure guten Behandlungsmethoden von ihrem Leiden befreit werden, Sir?«, bemerkte Jewel. Wenn er mit anderen Patienten beschäftigt wäre, würde er sie vielleicht vergessen.

Payne nahm einen großen Schluck Bier und reichte den Krug dann ihrer Mutter. »Noch eins, wenn es keine Umstände macht, Mistress Sanderson.«

Jewels Mutter erhob sich, doch ehe sie sich auf den Weg machte, um Master Paynes Wunsch zu erfüllen, warf sie Jewel noch einen warnenden Blick zu. Mit ihrem Missfallen konnte Jewel umgehen, aber das Flehen, das sie in den Augen ihrer

Mutter erkannte, zwang sie, bei ihrem zukünftigen Ehemann zu bleiben, obwohl sie viel lieber ihrer Mutter den Krug abgenommen und selbst das Bier geholt hätte.

Der Arzt deutete auf den leeren Stuhl. »Setz dich. Du siehst blass aus.«

»Danke, aber ich muss mich um die Gäste kümmern.«

Er räusperte sich. »Diese Männer hier, die cholerischen, sind nicht die Art von Patienten, die ich behandle. Ihr brutales Gemüt macht sie schwer kontrollierbar. Rohe Gewalt ist die einzige Sprache, die sie verstehen.«

Jewel nickte. Ihr wurde übel. Eine Ehe mit diesem Mann würde ihr ein einigermaßen komfortables Leben ermöglichen. Sie wäre bessergestellt, als es ihre Mutter je war. Sogar der Makel ihrer unehelichen Geburt würde verblassen, wenn sie mit einem aufrechten Bürger wie Payne eine Verbindung einginge …

Und es würde der Frau, die sie in ihrem Inneren eigentlich war, den Todesstoß versetzen. Wenn sie doch nur sicher wüsste, dass die Karte, die ihr Vater ihr hinterlassen hatte, wirklich zu einem Schatz führte, dann wäre die Wahl ganz einfach. Der Gedanke, einen Kapitän überreden zu müssen, sich mit ihr auf die Suche zu machen, und ihm im Gegenzug nichts anderes als ihren Körper bieten zu können, war zwar nicht gerade reizvoll, aber nachdem ihr Vater nun schon so lange verschwunden war und sie andernfalls einen Mann heiraten musste, den sie abstoßend fand, war es vielleicht doch gar keine so schlechte Aussicht, sich mit einem Fremden zusammenzutun. Andererseits legte die Tatsache, dass ihr Vater nie zurückgekehrt war, nahe, dass die Karte keinen Wert besaß. Vielleicht war der Schatz schon längst gehoben? Hatte ihr Vater ihr die Karte nur überlassen, damit sie aufhörte zu flehen, ihn begleiten zu dürfen?

Jewel griff nach Paynes Schüssel, die immer noch halb voll

mit mittlerweile kaltem Eintopf war. »Ich muss mich um die anderen Gäste kümmern.«

»Natürlich, kümmere dich um die Gäste. Aber zögere nicht zu lange mit deiner Antwort auf meinen Antrag. Hier geht es aufregender zu, als es sich für eine Frau schickt. Zum Beispiel der Gentleman, der gerade erst zur Tür hereingekommen ist. Der wird auf jeden Fall Ärger machen.«

Jewel folgte Paynes Blick. Der fragliche Gentleman stand auf der anderen Seite des Raumes verdeckt im Schatten. Jewel zwinkerte und versuchte, sich das vertraute Gefühl zu erklären, das sie überkam. Die Art, wie er den Türrahmen ausfüllte, seine Größe, sein Auftreten – all das unterschied ihn von den anderen anwesenden Männern. Aber … er konnte es nicht sein. Nach so langer Zeit? Ihr Vater? Eine Welle der Hoffnung durchflutete ihre Brust und schnürte ihr gleichzeitig den Atem ab. Sie bekam keine Luft, es war nicht einmal daran zu denken, das Wort an ihn zu richten.

Payne schnaubte laut. »Zu viel Blut. Ein Sanguiniker. Vollblütig und blutrünstig. Halt dich von ihm fern.«

Jewel stellte die Schüssel, die sie noch immer in der Hand hielt, geräuschvoll auf den Tisch zurück, löste ihre Schürze und ließ sie an Ort und Stelle liegen. Sie hörte, wie Payne murmelnd protestierte, während sie sich schon zwischen der langen Reihe von Tischen und Bänken hindurchschlängelte. Sie beachtete weder ihn noch die Rufe ungeduldiger Gäste, ließ aber den Fremden nicht aus den Augen. Sicherlich beschwor nur ihre Verzweiflung das Unmögliche herauf, doch ein hoffnungsvolles Flattern in ihrem Magen bestätigte, dass sie keiner Verwechslung erlegen war.

Der Neuankömmling trat nun mit festem Schritt in die Taverne, während sich Jewels entschlossener Gang verlangsamte. Er hatte dunkles Haar, nicht blondes. Ein unbeschreibbares Gefühl der Enttäuschung drohte, ihr den Boden unter den Füßen wegzureißen. Gerade jetzt, da sie endlich zu der Überzeugung gekommen war, es sei eine Dummheit zu glauben, ihr Vater würde ihretwegen zurückkehren, brachte der Anblick eines Fremden wieder alles ins Wanken. Die Ernüchterung schmerzte so sehr, als würde ihr Herz von einem heißen Messer durchbohrt.

Weil ihr bewusst war, dass es dumm wirken würde, wenn sie unvermittelt umdrehte, ging sie trotzdem auf den Fremden zu. Um ihren Gemütszustand zu überdecken, reckte sie das Kinn leicht nach oben. Ihr zur Schau getragenes falsches Selbstvertrauen zog seinen Blick an. Was sie darin entdeckte, überraschte sie.

Er war ungewöhnlich gutaussehend. Leuchtend blaue Augen wurden von samtschwarzen Brauen umrahmt. Seine vollen Lippen ließen den starken Kiefer weicher erscheinen und machten seine kräftigen Gesichtszüge beinah schön. Jewel musterte ihn starr von Kopf bis Fuß. Er war groß, schlank und muskulös bis hin zu seinen straffen Waden. Ein Eindruck, der durch die knielangen Stiefelhosen noch verstärkt wurde. Als ihre Augen zu seinem Gesicht zurückwanderten, hatte er, wohl wegen der offensichtlichen Bewunderung, eine finstere Miene aufgesetzt.

Wie ein kalter Windstoß, der vom Meer heraufwehte, traf sie die Erkenntnis, ihn schon einmal gesehen zu haben. Ihre verzweifelten Wünsche waren erhört worden – wenn auch nicht von ihrem Vater, sondern von dem Mann, der ihn bei seinem einzigen schicksalhaften Besuch vor so langer Zeit begleitet hatte. Mit unverhohlener Intensität starrte ihn Jewel an, unsicher, ob sie ihren Augen glauben sollte oder nicht. Sie versuchte, sich an das Gesicht des Mannes zu erinnern – es wirkte vertraut und fremd zugleich. Dann kam ihr ein Name in den Sinn.

»Nolan?« Es hörte sich richtig an.

Sein kurzes Nicken bestätigte ihre Erinnerung, auch wenn er distanziert blieb. Es schien, dass er sich nicht so wie sie über ihr Wiedersehen freute. Trotzdem atmete Jewel erleichtert auf. Das Schicksal war eingeschritten. Nicht nur, dass ihr Vater endlich zurück zu sein schien – auch der Zeitpunkt war entscheidend. Vielleicht wartete er bereits draußen vor der Taverne? Sie warf einen Blick über Nolans Schulter durch die Tür auf die geschäftige Straße hinaus, doch noch ehe sie sprechen konnte, wurde sie von ihm am Arm gepackt und an einen langen Tisch geführt, der in einigem Abstand zu den anderen stand.

Er legte seinen Dreispitz auf eine saubere Stelle zwischen mehrere leere Krüge und aufgetürmte Teller, in denen kalter Eintopf bereits angetrocknet war. Mit einer Bemerkung über die hektische Mittagsstunde auf den Lippen griff Jewel nach dem schmutzigen Geschirr, doch das Sprechen fiel ihr schwer. Immerhin stand plötzlich ein langgehegter Traum leibhaftig vor ihr.

Sie widerstand dem Drang, einen Blick auf Payne zu werfen. Die Tatsache, dass er sich nicht wie der Schurke im Märchen in Luft aufgelöst hatte, sobald der Fluch gebannt war, musste nicht zwangsläufig bedeuten, dass ihr Vater nicht auf einem Schiff im nahe gelegenen Hafen auf sie wartete.

Nolan schob die Teller und einen halben Laib Brot zur Seite und bedeutete ihr, sich zu setzen. Sein strenger Blick lud nicht gerade zur Unterhaltung ein. Trotz seiner gebieterischen Haltung fiel ihr auf, dass er höflich stehen blieb, bis sie ihm gegenüber auf der Bank Platz genommen hatte. Mit geradem Rücken breitete sie ihre alegetränkten grauen Röcke aus, als wären sie aus voluminöser, pastellfarbener Seide. Nolan wusste, dass sie nicht nur ein einfaches Schankmädchen ohne Rang und Namen war, sondern auch die Tochter eines berüchtigten Piraten und nicht zuletzt die Frau, die den Schlüssel zu dem mysteriösen Schatz verwahrte.

Er setzte sich rittlings auf die polierte Eichenbank und zog seine Handschuhe aus. »Wie ich sehe, erinnerst du –«

»O ja, ich erinnere mich gut!« Seine betont förmliche Art zerrte an Jewels Nerven. Ein Herzflattern, dem Gefühl der Angst nicht unähnlich, ließ sie die Lippen aufeinanderpressen, wodurch sie hoffte, ihr Zittern vor ihm verbergen zu können. »Ich habe keiner Menschenseele von dieser Nacht erzählt. Ich glaubte schon fast, ich hätte sie nur geträumt.«

Auf der Suche nach etwas Vertrautem studierte sie Nolans Züge, aber vergeblich. Hätte er sie nicht so finster angesehen, hätte sie ihn überhaupt nicht wiedererkannt. Von dem seltsamen jungen Burschen, der ihren Vater in der Nacht, in der sie die Schatzkarte zum Aufbewahren bekommen hatte, herausgefordert hatte, war nicht mehr viel übrig geblieben. Damals hatte sie gedacht, er sei nicht viel älter als sie selbst, jetzt aber wirkte er wie ein erwachsener Mann, viel älter als Jewel. Plötzlich war er mehr Feind als Freund.

Als sie Nolans blaue Augen und seinen ausdrucksstarken Kiefer betrachtete, wurde die Erinnerung an ihre erste Begegnung wieder klarer. Sein finsterer Blick war derselbe geblieben, auch wenn sein Gesicht jetzt sauber rasiert und sein dunkelblauer Rock und die gebügelten hellbraunen Kniehosen die eines Gentlemans waren. Er trug sogar weiße Strümpfe. Oder war das alles nur eine Verkleidung?

»Ich bin wegen der Schatzkarte gekommen. Hast du sie noch?« Nolans gebräunte Haut hatte einen hellen Olivton, mit dem der geheimnisvolle Junge, an den Jewel sich erinnerte, fast schon wie ein seriöser Mann erschien.

Sie beugte sich über den Tisch. Die Aufregung darüber, die

einzig andere Person zu treffen, die von dem letzten Besuch ihres Vaters wusste, ließ sie einen Augenblick lang die bohrende Ungewissheit über sein Anliegen des Gesprächs beiseiteschieben. »Wie ich sehe, sind deine Wunden geheilt«, flüsterte sie. »Aber falls du dich mit meinem Vater noch immer überworfen hast, wirst du bei mir keine Hilfe finden, was immer du von mir willst.«

In seinem Kiefer zuckte ein Muskel. Unbewusst kratzte er sich unterhalb seiner linken Schulter, wo ihr Vater ihn damals verletzt hatte. »Die Wunde hat sich entzündet, so dass ich beinahe gestorben wäre. Aber dein Vater hat mich wieder gesund gepflegt. Sehr freundlich von ihm, schließlich war er derjenige, der den Dolch überhaupt erst in meiner Brust versenkt hat.«

»Du wolltest nicht, dass er mir die Karte gibt.«

»Die Karte gehört mir. Der Schatz ist der meines Großvaters, nicht Bellamys. Er hat mir die Karte gestohlen, als ich noch zu jung und dumm war, um mich gegen ihn zu wehren. Trotzdem bin ich bereit, dich dafür zu bezahlen – und für dein Schweigen, das du all die Jahre über bewahrt hast. Du kannst dir nicht vorstellen, zu welchen Dingen manche Männer fähig wären, um an die Karte zu gelangen, die zu Captain Kents verlorenem Schatz führt.«

Wie jeder andere auch hatte Jewel von Captain Kents Schatz gehört. Der Kapitän, ein Pirat, war gehängt worden, ohne dass er das Versteck preisgegeben hätte. Seit siebzig Jahren waren Schatzjäger an der Küste auf und ab gesegelt und hatten nach der versteckten Beute gesucht, die angeblich mehr als eine Million Pfund wert sein sollte – eine Summe, die sich Jewel nicht einmal vorstellen konnte. Ihr Vater und Nolan hatten sich damals darüber gestritten, wem die Karte, die sie aufbewahrte, gehörte, aber keiner von beiden hatte es für nötig erachtet zu erwähnen, dass sie der Schlüssel zu dem berühmten verlorenen Schatz war. Jewel wischte sich die Schweißperlen fort, die sich auf ihrer Stirn gebildet hatten. Gott sei Dank hatte sie ihrem Drang widerstanden, sich jemandem anzuvertrauen, sonst hätte sie die Karte vielleicht an irgendeinen skrupellosen Opportunisten verloren.

In der Hoffnung, sich davon zu überzeugen, dass Nolan log, blickte sie auf. Sein dunkler, ernster Blick trat eine weitere Lawine von Erinnerungen los: Nolan, wie er sein Schwert in die Scheide schob, nachdem ihn der gezielt geworfene Dolch niedergestreckt hatte. Ihr Vater, der erklärte, warum er den Jungen, den er seinen Protegé nannte, verwundet hatte. Und ihre offenkundige Freundschaft, die vor all diesen Ereignissen zwischen ihnen geherrscht hatte.

Plötzliche Zweifel drohten, Jewels Traum von ihrem Entkommen vor Latimer zu zerstören, aber sie schob sie beiseite. Wenige Augenblicke zuvor war schon ihr anderer, verzweifelter Wunsch unvermittelt in Erfüllung gegangen, und nichts in der Welt, noch nicht einmal ihre eigenen Bedenken, würde sie dazu bringen, Nolan alleine wieder gehen zu lassen. Sie würde diesem Ort für immer Lebewohl sagen und beides finden – den Schatz und ihren Vater.

Ein Hauch von Misstrauen huschte über Nolans Gesicht, ehe er seinen Blick wieder auf den Eichentisch heftete. Stille legte sich über die zusammenhanglose Geräuschkulisse in der Taverne.

Jewel starrte auf die Tische um sie herum. Sie war fest davon überzeugt, dass jemand gehört hatte, wie sie über den Schatz gesprochen hatten. Doch als eine Gruppe von britischen Soldaten dicht an ihr vorüberging, erschreckte diese sie mehr, als es ein unerwünschter Zuhörer jemals vermocht hätte. Der Marineoffizier in seinem blauen Mantel war kein ungewöhnlicher Anblick in der Gastwirtschaft, aber die fünf Soldaten in seiner Begleitung mit ihren roten Umhängen, die sich ihre Musketen samt Bajonett über die Schultern gehängt hatten, konnten nur Ärger bedeuten. Bestimmt waren sie nicht zu einem späten Nachmittagsmahl gekommen.

»Sind sie hinter dir her?«, flüsterte Jewel Nolan über den Tisch gelehnt zu.

Sein Blick streifte sie. »Nein, das glaube ich nicht. Zumindest noch nicht.«

Jewel beobachtete die Soldaten. Sie gingen durch die Taverne und machten keinen Hehl daraus, dass sie nach jemandem suchten. Harvey, der Besitzer der Wirtschaft, saß an einem Tisch und sprach mit ein paar Stammgästen dem Alkohol zu. Er schien weder vorzuhaben, noch gewillt zu sein, die Briten zu begrüßen.

Jewel blickte wieder zu Nolan, der die Soldaten aus dem Augenwinkel beobachtete. Obwohl er wie ein Gentleman gekleidet war, würde es sie nicht überraschen, wenn auf seinen Kopf eine Strafe ausgesetzt wäre. Und je länger er sich einen Raum mit den Vertretern des Gesetzes teilte, umso größer wurden die Chancen, entdeckt zu werden.

Sie erhob sich. »Ich werde mich erkundigen, was sie wollen. Während ich sie ablenke, kannst du verschwinden.« Die letzten leisen Worte waren kaum noch zu verstehen gewesen. Das Risiko, Nolan weitere fünf Jahre lang nicht zu Gesicht zu bekommen, wollte sie zwar eingehen, aber hinter Gittern würde er ihr nichts nützen – und noch weniger, wenn er tot von einem Galgen baumelte.

Nolan überraschte sie, indem er blitzschnell nach ihrem Handgelenk griff. »Setz dich. Verhalte dich still.«

Sie versuchte, sich zu befreien, doch er lockerte nicht seinen Griff. »Aber ich habe Kunden, Sir. Bitte behaltet Eure Hände bei Euch.« Ihre Stimme war so laut, dass sie jeder hören musste.

Auch die Soldaten wandten sich um, um zu sehen, was da vor sich ging. Sie grinsten. Anscheinend fanden sie den Wortwechsel eher belustigend als alarmierend. Schließlich ließ Nolan ihren Arm los und wandte, nachdem er ihr zuvor noch einen schneidenden Blick zugeworfen hatte, sein Gesicht ab. Um die Aufmerksamkeit der Engländer weiterhin auf sich zu lenken, schlenderte Jewel einladend lächelnd in ihre Richtung.

»Gentlemen. Willkommen im ›Quail and Queen‹. Darf ich Euch zu einem Tisch führen und Bier servieren?«

Das Lächeln eines großen Marinesoldaten mit Perücke verwandelte sich zu einem lüsternen Grinsen. Jewel vermutete, dass er Offizier war: Er trug eine rote Uniform und ein Schwert. »Ich glaube, ich hätte lieber das, was er haben wollte«, sagte er zu ihr und nickte in Nolans Richtung.

Jewel erwiderte sein Lächeln, überging aber die Anspielung und deutete auf einen Tisch, der gerade frei geworden war. »Bitte nehmt Platz. Ich kümmere mich um die Bestellung.«

Der ältere, stämmige Marineoffizier, der offensichtlich das Kommando hatte, räusperte sich. »Das wird nicht nötig sein. Wir sind nicht gekommen, um in Eurem feinen Lokal den Nachmittag zu verbringen.« Sein Ton war freundlich, aber herablassend. Noch einmal ließ er seinen Blick durch den Raum schweifen. »Wir wollten Euch nur einen freundlichen Besuch abstatten, um die guten Menschen von Charles Town wissen zu lassen, dass die Royal Navy ihnen stets zu Diensten ist.«

»Danke, Sir. Das ist in der Tat beruhigend.« Sie deutete ein höfliches Nicken an. Am liebsten hätte sie sich umgesehen, um sicherzugehen, dass Nolan sich davongeschlichen hatte, aber sie wagte nicht, die Aufmerksamkeit eventuell doch noch auf ihn zu lenken, sollte er noch immer am Tisch sitzen. »Gibt es sonst noch etwas, das wir für Euch an diesem schönen Nachmittag tun können?« Sie sollten einfach nur verschwinden, bevor Nolan und ihr Vater nervös werden und sich ohne sie aus Charles Town verdrücken würden.

Erst das höhnische Lachen des Offiziers in dem roten Mantel machte ihr ihren Fehler bewusst.

»Wie freundlich, dass Ihr von selber fragt. Manchmal können diese Situationen ja recht unangenehm sein. Darf ich also später um Eure Gesellschaft bitten?«

»Lass es sein, Devlin. Such dir deine Dirnen lieber während deiner Freizeit«, rügte ihn der Marineoffizier. »Außerdem muss die Besatzung vollständig sein, wenn wir uns zu den wilden Westindischen Inseln aufmachen.«

Jewels Anspannung verstärkte sich. Sie blickte zu Harvey, aber der schien nicht die Absicht zu haben, ihr zu Hilfe zu kommen. Natürlich hatte man ihr schon des Öfteren solche Angebote gemacht, aber dieses Mal fühlte sie sich alleingelassen.

»Vielen Dank für Eure freundliche Einladung, Sir, aber leider muss ich ablehnen«, sagte sie.

Der Marinesoldat grinste scheel und blickte dann über Jewels Kopf hinweg. »Ah, unser Freund, der Gentleman, scheint nicht gerade erfreut zu sein. Aber keine Sorge, ich kann Euch versichern, dass ich Euren Interessen bestens nachkomme – und ich habe eine Menge Freunde, die genau wie ich überhaupt nichts dagegen haben, ihre dicken Geldbeutel für eine schöne Frau zu erleichtern.«

Jewel folgte seinem Blick. Nolan hatte sich nicht vom Fleck bewegt und starrte sie feindselig an. Was tat er da bloß? Der Offizier neigte den Kopf zur Seite. »Fürchtet Ihr Euch vor ihm? Das ist nicht nötig.« Mit seiner Hand streichelte er ihr über die Wange.

Jewel wich zurück. »Wenn Ihr weder essen noch trinken wollt, Gentlemen, dann verabschiede ich mich jetzt von Euch.« Rückzug war in dieser Situation mit Sicherheit die beste Lösung, doch so weit kam es nicht: Die Hand des Offiziers griff jetzt nach ihrer Schulter.

»Lasst sie los!« Nolans Stimme erhob sich hinter ihr. Der drohende Unterton fuhr ihr in den Magen.

Der Offizier ließ von ihr ab, umschloss aber mit seiner anderen Hand sofort den Griff seines Schwertes. »Und wer seid Ihr, Sir? Habt Ihr irgendeinen Anspruch auf die«, er räusperte sich, »äh, Dame?«

Der Marineoffizier ging dazwischen. »Es ist gut, genug jetzt, Devlin! Wir haben unsere Befehle, und ich gedenke, dafür zu sorgen, dass sie auch ausgeführt werden. Lasst dem Mann hier seine Dirne, wir haben noch anderswo zu tun.«

Nolan trat vor. »Ich glaube, Miss Sanderson hat eine Entschuldigung verdient.«

Der stämmige Marineoffizier blinzelte, als habe er nicht verstanden, dann presste er seinen Handrücken auf den Mund, offenbar, um ein Grinsen zu verbergen. »Dem stimme ich vollkommen zu«, sagte er dann. »Diese holde Maid ist so viel mehr als eine gewöhnliche Dirne. Wirklich, Leutnant Greeley, heraus mit der Entschuldigung!« Die bewaffneten Soldaten streckten ihre Rücken durch und rückten ihre Waffen zurecht.

Leutnant Greeleys knolliges Gesicht rötete sich. An der Haltung seiner Schultern ließ sich erahnen, dass er eher wütend denn verblüfft war. »Tretet zur Seite, Sir«, wandte er sich an Nolan. »Ihr befindet Euch in Gegenwart von Offizieren Ihrer Majestät. Wir lassen uns von Ihresgleichen nichts befehlen.«

»Offiziere Ihrer Majestät also? Als solche, so würde ich meinen, solltet Ihr einer Dame denn auch den gebotenen Respekt entgegenbringen. Ich trage vielleicht keinen so ehrenwerten Titel, aber ich habe immerhin genug Verstand, um zu bemerken, wenn eine Frau meiner Gesellschaft nicht bedarf.«

Devlin trat vor. »Du hinterwäldlerischer Kolonist!«

»Bitte. Das ist alles meine Schuld.« Jewel stellte sich zwischen die beiden Männer. »Mein Freund und ich hatten nur einen kleinen Streit. Ich habe die Beherrschung verloren. Mir lag es fern, Ihnen, Gentlemen, einen falschen Eindruck zu vermitteln, und ich möchte mich aufrichtig dafür entschuldigen.«

Zu ihrer Erleichterung hatte sich Nolan wieder beruhigt. Er trat einen Schritt zurück, doch der junge Offizier hielt seinem Blick stand, nicht gewillt, ebenfalls nachzugeben. In seinen nussbraunen Augen lag eine Feindseligkeit, die weit über das hinausging, was der Situation angemessen war.

»Wohl denn«, erhob Greeley schließlich das Wort. »Nimm dich von jetzt an in Acht, Mädchen. Wir gehen.« Er setzte sich in Bewegung, und alle bis auf Devlin, der wie angewurzelt an seinem Platz verharrte, folgten ihm.

»Ich glaube, die Dirne täte gut daran, sich ihre Kunden besser auszuwählen.« Noch immer starrte der Mann Nolan an, und Jewel ahnte, dass es bei diesem Patt längst nicht mehr nur um ihre Präferenzen ging. Keiner der Männer hatte einen Vorteil, was Größe oder Masse betraf, aber die Körpersprache des Offiziers, der seinen Brustkorb nach vorne schob und über seine lange Nase auf alle hinunterblickte, ließ keinen Zweifel: Er hielt sich eindeutig für den Stärkeren.

»Hört auf, sie so zu nennen.« Obwohl Nolan ruhig an seinem Platz geblieben war, machte er deutlich, dass er nicht noch einmal nachgeben würde.

»Es ist ein verzeihlicher Fehler. Lasst die Gentlemen Ihrer Majestät jetzt gehen«, beruhigte ihn Jewel. Sie konnte sich gerade noch zügeln, um die Bitte nicht mit seinem Namen zu bekräftigen.

»Devlin, kommt jetzt! Ihr mögt vielleicht das Kommando

bei unseren Exkursionen haben, aber dieser Landgang ist mir übertragen worden, und mit Euren Possen vergeudet Ihr nur meine Zeit. Das ist ein Befehl!«, rief Greeley.

Devlin ließ seinen Blick zu ihm hinüberwandern, verbeugte sich vor Jewel und gab dann seufzend seine Position auf. »Ich hoffe, wie sehen uns bald wieder – unter weniger diffizilen Umständen.«

Er schaute Nolan ein letztes Mal schneidend an, dann folgte er den Soldaten endlich nach draußen. Der gesamte Raum atmete erleichtert auf. Alle, bis auf Nolan, der noch immer die Tür anstarrte.

Harvey und Jewels Mutter waren sofort an ihrer Seite und ließen ihren hitzigen Beschuldigungen und ihrer atemlosen Sorge freien Lauf.

»Jewel, es gibt bestimmte Kunden, auf die du nicht zugehen solltest. Wie oft habe ich dir das schon gesagt?« Ihre Mutter packte sie an der Schulter und betrachtete sie, wie um festzustellen, ob der Kontakt mit den Soldaten irgendwelche Schäden bei ihr hinterlassen hatte.

Harvey hingegen streckte Nolan gutmütig seine Hand entgegen. »Lasst Euch von mir einladen, Sir. Heutzutage ist es nicht gerade sicher, seiner Meinung deutlich Ausdruck zu verleihen, aber ich danke Euch dafür, dass Ihr so mutig für mein Schankmädchen eingetreten seid.«

Nolan nickte kühl. »Kein Grund, um mir zu danken. Ich möchte nur noch ein Wort mit Miss Sanderson wechseln, bevor ich mich wieder auf den Weg mache.«

Ihre Mutter und Harvey warfen einander einen vielsagenden Blick zu, ließen sie dann aber allein. Mussten sie denn immer so indiskret sein?, stöhnte Jewel innerlich auf. Offensichtlich hatte ihre Mutter Nolan als eine bessere Partie eingestuft, als es Master Payne war, den Jewel beinah schon vergessen hatte. Sie blickte kurz in seine Richtung. Er winkte sie zu sich. Als sie auf seine stumme Bitte hin leicht den Kopf schüttelte, sank er noch etwas tiefer in seinen Stuhl.

Sie folgte Nolan an seinen Tisch zurück.

»Er wird wiederkommen.«

»Hoffentlich sind wir dann schon längst verschwunden. Warum bist du nicht gegangen?«

»Es gefällt mir nicht, dass du hier so auf dich allein gestellt bist. Ich hätte erwartet, dass du im Laufe der Jahre jemanden gefunden hast, der dich beschützt.«

Ihre Blicke trafen sich für einen kurzen Moment. Sie konnte erkennen, dass ihn die Begegnung mit dem Offizier in seinem Innersten erschüttert hatte. Nicht seinetwegen oder wegen der drohenden Gefahr, der er sich ausgesetzt hatte, nein, das war es nicht gewesen, sondern wegen ihr. Sein finsterer Blick und die straffen Linien um seinen angespannten Mund stammten davon, dass er sie in Gefahr gewähnt hatte.

Und mit einem Mal wurde Jewel bewusst, dass er weder vorhatte, sie zu ihrem Vater zu bringen, noch, mit ihr zusammen das »Quail and Queen« zu verlassen. »Warum bist du hier, Nolan? Wo ist mein Vater? Warum ist er nicht gekommen, um mich zu holen?«

Nolan spielte nervös mit den Fingern seiner braunen Lederhandschuhe. »Bellamy wird nicht kommen.« Er hielt inne, zögerte. Es fiel ihm schwer, ihr die Nachricht zu überbringen. Das, was er bisher noch nicht gesagt hatte, stand schier unüberwindbar zwischen ihnen: Ihr Vater hatte niemals vorgehabt, sie zu sich zu holen. Nolan räusperte sich. »Ich werde dir die Karte großzügig bezahlen. Du wirst nicht mehr in dieser Taverne arbeiten müssen. Niemand wird dich mehr zwingen können, wieder hierher zurückzukehren.«

Genauso gut hätte er über den Tisch greifen und sie mit

aller Kraft an ihrem Zopf ziehen können. Sie hatte seine Worte kaum wahrgenommen, dafür waren ihre Augen groß geworden und hatten einen ungläubigen Ausdruck angenommen. »Aber warum? Warum hat Vater mich angelogen? Warum hat er mir die Karte überhaupt gegeben, wenn er nie vorhatte, zu mir zurückzukehren?« Der Verrat kam ihr wie ein großer schwarzer Vogel vor, der mit scharfen Krallen auf sie hinunterstürzte. Ihr Vater hatte ihr also nur falsche Hoffnungen und leere Versprechungen gemacht. Nicht anders als ihre Mutter. Wie hatte er seiner Tochter nur etwas so Grausames antun können?

Nolans starrer Blick wirkte erschrocken. Ihre Stimme musste ihren ganzen Kummer verraten haben. Er legte seine Handschuhe weg und stützte sich mit den flachen Handflächen auf dem Tisch ab. »Es liegt nicht daran, dass er dich nicht holen möchte. Er kann nicht.«

Sie versuchte, ihn anzulächeln, um der Situation etwas von ihrer Spannung zu nehmen. Als es nicht gelang, senkte sie den Blick, um die Bitterkeit, die sich mit Sicherheit in ihren Augen spiegelte, zu verbergen. »Er wusste von Anfang an, dass er nicht zurückkommen würde, oder?« Ihre Stimme drohte zu brechen.

Nolan warf ihr ein Taschentuch zu. »Nein, man hat ihn aus dem Weg geräumt.«

Am liebsten hätte sie ihm das schmucklose Leinentuch zurückgegeben und ihm gezeigt, dass ihr leichtes Zittern von Wut und nicht von Traurigkeit stammte, aber die Art, wie er sie weiterhin voll echter Sorge anstarrte, ließ sie innehalten. Unter seinem Blick war sie kurz davor, ihren Gefühlen nachzugeben. Zwar wollte sie nicht vor seinen Augen weinen, doch die Erkenntnis, dass all ihre Hoffnungen auf einer einzigen Lüge gegründet gewesen waren, war einfach zu schrecklich. Sie hob das Tuch an ihre Nase und schniefte. Der Stoff roch nach Salz, Tabak und warmer Männlichkeit. Schließlich hatte sie ihren Kummer unter Kontrolle, so dass sie es wagen konnte weiterzusprechen. »Ist mein Vater im Kerker?«

»Nein. Aber bitte, weine nicht. Es ist wirklich besser für dich, wenn er sich aus deinem Leben fernhält.«

Jewel schniefte erneut, aber ihre Augen blieben qualvoll trocken. Der warme Duft, den Nolans Tuch verströmte, wurde vom Geruch von abgestandenem Bier und verbranntem Brot, der den Raum erfüllte, überlagert. Flüchtig blickte sie zu Payne, der in ihre Richtung schielte. Das Auftauchen der britischen Soldaten in der Taverne bestätigte nicht nur Harveys Ängste vor Kriegsrekrutierern, sondern auch ihre Mutter in deren Sorge, dass die Wirtschaft nicht der richtige Ort für Jewel war.

»Glaub mir, es ist nicht besser.« Während Jewel sich wieder Nolan zuwandte, glaubte sie zu spüren, dass er zuvor ihrem Blick zu Paynes Tisch gefolgt war.

Nolans finstere Ausstrahlung und seine furchtlose Bereitschaft, sich gegen die bewaffneten Soldaten zur Wehr zu setzen, ließen Jewel an das denken, was Payne zuvor über ihn gesagt hatte, als er zur Tür hereingekommen war: blutrünstig. Erneut blickte sie sich um und sah, dass der Arzt eingeschüchtert über seinem Krug Bier hing und interessiert dessen Inhalt studierte.

»Wer ist das?« Nolan fixierte den armen Payne.

»Ein Gast.« Zugeben zu müssen, dass er der einzige Bräutigam war, der ernsthaft um sie warb, wäre zu beschämend gewesen.

»Und warum hat er dich so angestarrt? Sonderbar, was deine Mutter euren Gästen alles erlaubt.« Wieder schaute er sie verwundert an.

Obwohl sie sich vorhin von Herzen darüber gefreut hatte, dass er anscheinend zu ihrer Rettung erschienen war, bereute sie es jetzt fast. Selbst in ihren Ohren klang sein Ton zu anmaßend. Auch schien er kaum irgendwelche brauchbaren Nachrichten von ihrem Vater zu überbringen. Es war Zeit, die Dinge ins rechte Licht zu rücken. »Auch wenn du nicht eingeschritten wärst, wäre mit dem Offizier nichts passiert. Und Payne ist der Überzeugung, dass er mich heiraten möchte. Deshalb schaut er ständig zu uns herüber.«

»Aber das ist nicht der Blick eines Verehrers. Dieser Mann sieht aus, als habe er ein Anrecht auf dich. Du verdienst Besseres – von ihm oder von einem anderen Mann.«

»Aber das ist das Beste, was ich jemals bekommen habe.« Seine freundlichen Worte waren nichts weiter als das: nur Worte. Wenn er sie wieder verließ, ohne ihr zu verraten, wo sich ihr Vater aufhielt oder wie sie an den Schatz gelangen konnte, würde sich nie etwas ändern. Mit einer Ausnahme: Sie hätte noch weniger Hoffnung auf ein besseres Leben als bisher. »In all den Jahren, die vergangen sind, habe ich nichts von meinem Vater oder von dir gehört. Wenn du dir also tatsächlich solche Sorgen um mich gemacht hättest, wie du nun vorgibst, so hättest du nur zu schreiben brauchen.«

»Du hast ja keine Vorstellung davon, wie sehr ich mir dein Leben zu meiner Aufgabe gemacht habe.« Trotz seiner knappen Antwort wusste sie, dass sie mit ihrer Anklage ins Schwarze getroffen hatte, als er verlegen den Blick abwandte. Nachdem er sich wieder gefasst hatte, sah er sie kühl und gefasst an. »Ich benötige den Schatz für die Revolution, nicht um mich selbst zu bereichern. Der Krieg ist nicht mehr zu verhindern, und du würdest gut daran tun, mein Angebot anzunehmen.«

Natürlich hatte Nolan recht. Dessen war sich Jewel sicher. Dennoch wusste sie noch immer nicht, ob sie ihm vertrauen konnte. Wenn es nach ihr ging: Sie wollte es von ganzem Herzen. »Ich habe meinem Vater versprochen, die Karte für ihn aufzubewahren. Sag mir, wo er ist. Was ist aus ihm geworden?«

Geistesabwesend trommelte Nolan mit seinem Daumen auf den Tisch. »Ich habe ihn eine Weile nicht gesehen.«

Er verheimlichte ihr etwas, soviel war klar, und sie fürchtete, dass sie bereits eine Ahnung hatte, was es war. Trotzdem: Wenn ihr Vater sie vergessen hatte, dann wollte sie es lieber hier und heute wissen. »Hat er gesagt, dass er nicht mehr kommen wird?«

Noch immer bearbeitete Nolan den Tisch mit seinen Fingern. »Nicht wirklich. Aber ich weiß, dass er es nicht tun wird.«

Jewels Argwohn, dass er ihr etwas im Zusammenhang mit Bellamy verheimlichte, verstärkte sich. »Ich kann mich noch gut an euren Streit erinnern, damals, als wir uns zum letzten Mal sahen. Ich werde kein Pfand sein, Nolan, niemals.«

Seine Lippen verzogen sich zu einem verächtlichen Lächeln. »*Du* erinnerst dich? Ich habe eine Narbe, die mich jeden verdammten Tag daran erinnert. Aber ich war nie derjenige, der dich zum Pfand gemacht hat.«

Jewels Hände verkrampften sich in ihrem Schoß, dann traf sie ihre Entscheidung. Sie war versucht, Nolans Angebot anzunehmen, doch allein die Tatsache, dass er jetzt hier war, zeigte ihr, dass es nicht so töricht gewesen war, wie sie befürchtet hatte, ihre Hoffnungen auf diese Schatzkarte zu setzen. »Du bekommst nicht den kleinsten Fetzen der Karte von mir, bevor ich nicht meinen Vater sehe.«

»Bellamy ist tot.«

Nolans fester Blick, die Art, wie er ihr in die Augen sah, wie sein Kinn zuckte, nachdem er die Worte gesprochen hatte, all das waren Zeichen, dass er die Wahrheit sagte. Ein taubes Gefühl breitete sich von den Fingerspitzen bis in ihre Haarwurzeln aus, während ihr Blick von Nolans harten Augen gefangen war. Sie konnte nicht einmal mehr blinzeln.

Der Gedanke, dass er etwas mit dem Ableben ihres Vaters zu tun haben könnte, schoss ihr durch den Kopf, aber die nicht zu leugnenden Emotionen in seinen Augen vertrieben die Idee schnell. Wie könnte er ihr auch gegenübertreten, wenn er dafür verantwortlich wäre?

Als sie die Nachricht begriff, war es keine Trauer, die sie zuvorderst fühlte. Man trauert um einen Menschen, den man kannte oder der zu plötzlich gestorben war. Das, was Jewel spürte, war viel mehr als das. Es war der Verlust eines Teils von ihr selbst, einem Teil, der nie die Chance bekommen hatte, ihren Vater kennenzulernen. Bellamy Leggett war gestorben, ohne ihr mehr als eine einzige Stunde seiner Zeit zu schenken. Eine heiße Träne rollte ihre Wange hinab. Das heiße Gefühl auf ihrem Gesicht brachte sie zurück in die Gegenwart.

»Wie ist er gestorben?«

Nolan richtete sich auf. »Es tut mir leid.« Seinen Blick hatte er starr auf ihre gefalteten Hände gerichtet, und sein sanfter, einfühlsamer Ton zerrte mehr an ihren Nerven als es seine Wut getan hatte. »Ich wollte es dir ersparen. Er ist auf See gestorben.«

Schnell wischte sie sich über die feuchte Wange. »Hat er jemals von mir gesprochen?«

Nolan zögerte, bis ihr unerbittlicher Blick ihn zum Aufsehen zwang. Sie würde niemals einen Vater haben, doch wenn sie wüsste, dass sie in seinen Gedanken gewesen war, könnte sie vielleicht ehrlich um ihn trauern und über seinen Verrat hinwegsehen.

»Er hat oft von dir gesprochen. Er wollte dich zu sich holen, aber er hat ein gefährliches Leben geführt. Lass mich dir die Karte abkaufen. Es war Bellamys Wunsch, dass ich den Schatz finde.«

Endlich setzte die Trauer ein, auf die sie so lange gewartet hatte, aber sie machte den Schock nur schlimmer. Jewel hatte das Gefühl, dass ihr Leben niemals in Ordnung kommen, niemals in geordneten Bahnen verlaufen würde. Jetzt, da all ihre Kindheitsträume unwiderruflich von der Todesnachricht ihres Vater zerstört worden waren, hatte sie das Gefühl, ungesichert in der Luft zu hängen. Frei, ohne jeden Halt oder Schutz.

Nolan griff über den Tisch hinweg und nahm ihre Hand. »Lass mich dir helfen, Jewel.«

Das Gewicht seiner warmen Hand auf der ihren holte sie ins Jetzt zurück, gab ihr Grund zur vorsichtigen Hoffnung. Sie hob ihren Kopf. Aus seinen tiefblauen Augen sprach Ehrlichkeit. Niemand hatte sie je zuvor so angesehen. Es schien ihm ernst mit seinem Angebot zu sein. »Ich möchte mit dir kommen und den Schatz suchen.«

Ein lauter Knall! Beide fuhren erschrocken auf. Mit einer schnellen, schuldbewussten Geste zog Nolan seine Hand zurück, während Latimer Payne schon an ihnen vorbei und zur Tür hinausstürmte, ohne auch nur einen Blick zurück auf den Stuhl zu werfen, der bei seinem abrupten Aufbruch umgefallen war. Jewels Schicksal war besiegelt. Sie musste sich Nolan anschließen. Die einzige andere Möglichkeit, die sich ihr geboten hatte, war gerade eben aus ihrem Leben verschwunden. Jewel konnte nicht anders, als sich erleichtert zu fühlen.

Jeder Hauch von Mitgefühl war aus Nolans finsterem Blick verschwunden. »Das ist unmöglich. Ich werde dich mit genügend Geld versorgen, damit es dir an nichts fehlt, und mit dreimal so viel, sobald ich den Schatz gefunden habe. Nimm besser, was ich dir jetzt biete – vielleicht werde ich den wahren

Schatz niemals finden. Die Zeichnung auf der Karte ist nicht eindeutig.«

Jewel beugte sich vor und berührte seinen Arm. »Nun gut, damit ist es besiegelt. Ich habe mir die Karte jeden einzelnen Tag angesehen, seit mein Vater sie mir zu meinen Händen gab. Wenn du mich auf deine Suche mitnimmst, versichere ich dir, dass ich herausfinden werde, wo der Schatz vergraben liegt.«

Nolan entzog sich ihr, ohne seinen Missmut zu verbergen. »Auf keinen Fall. Sei vernünftig. Verkaufe mir die Karte.«

Jewel lachte. Wenn sie vernünftig wäre, hätte sie einen Mann geheiratet, der ihr ein sicheres Leben bieten konnte. »Meine Herkunft ist zweifelhaft. Außer meiner Mutter besitze ich keine Familie. Zudem habe ich gerade den einzigen Mann vertrieben, der mich heiraten wollte. Du bist alles, was mir jetzt noch bleibt. Ich kann dich unmöglich ohne mich ziehen lassen.« Sie blickte auf das Taschentuch zwischen ihren Fingern. Obwohl sie immer gewusst hatte, dass sie ein uneheliches Kind war, hatte sie nie gewagt, diesen Umstand laut auszusprechen. Aber natürlich hatten sie das Mitleid und die Feindseligkeit, die sie über die Jahre hinweg von verschiedenen Seiten zu spüren bekommen hatte, immer daran erinnert.

Voller Angst sah sie wieder zu Nolan auf. Sie fürchtete, auch in seiner Miene Verachtung zu sehen, aber seine finstere Miene hatte sich aufgehellt. Unbewusst hatte sie die Luft angehalten – jetzt atmete sie in einem Stoß aus. Wenn irgendjemand sie verstehen konnte, dann Nolan. Immerhin verband sie ein gemeinsames Geheimnis. »Du brauchst kein Mitleid mit mir zu haben, das Einzige, was ich von dir will, ist deine Hilfe. Wenn ich auch nie den Namen meines Vaters tragen werde, so will ich doch seinen Schatz finden.«

Nolans Augen verengten sich. »Es ist *mein* Schatz. Er hat niemals Bellamy gehört.«

Sie wechselte ihre Taktik. »Das will ich nicht bestreiten, aber all die Jahre habe ich die Karte für wen auch immer aufbewahrt. Damit habe ich ein Recht darauf, den Schatz mit dir zu finden, verstanden?« Obwohl Jewel einen freundlichen, ja sogar schmeichelnden Ton angeschlagen hatte, schien sich Nolan nicht erweichen zu lassen. Ein Muskelstrang zuckte nervös an seinem Kiefer und strafte seine zur Schau getragene Lässigkeit Lügen.

»Du bist eine Frau.«

Jewel gab es auf, ihr Anliegen auf die nette Art durchsetzen zu wollen, und stürzte sich auf die einzige Schwachstelle. »Aber diese Frau besitzt die Karte.«

Nolan blieb unerbittlich. »Ich werde dich trotzdem nicht mitnehmen.«

Es kostete sie all ihre Kraft, um unter seinem eisernen Blick nicht schwach zu werden. Stattdessen hob sie ihr Kinn und schaute ihn auf Augenhöhe an. »Dann bekommst du die Karte nicht.«

Seufzend lehnte er sich zurück, kratzte sich am Kinn und betrachtete sie. Mit einem solch hartnäckigen Widerstand hatte er nicht gerechnet. »Du bist kein kleines Mädchen mehr.« Er hielt inne, als müsste er sich diese Tatsache noch einmal vor Augen rufen. »Aber du bist noch genauso töricht und naiv wie in der Nacht, in der wir uns das erste Mal trafen.«

Ihre Hände klammerten sich an die Tischkante. Sie wollte ihm nicht zeigen, wie sehr sie seine Bemerkung traf. Vielleicht war sie töricht, wenn sie an dem Traum festhielt, aber dieser Traum war alles, was ihr geblieben war. »Du weißt gar nichts über mich.«

Er lächelte. Die Haut um seine Augen und seinen Mund straffte sich. Das Lächeln war weder sanft noch einfühlsam. »Das sehe ich.« Er begann, wieder auf den Tisch zu trommeln.

»Ich tue dir einen großen Gefallen, wenn ich dir anbiete, die Karte zu bezahlen, noch bevor ich den Schatz überhaupt gefunden habe.«

»Du lässt mir keine Wahl.«

»Du weißt nicht, was ich für dich getan habe«, stieß er harsch aus.

»Dann erklär es mir!« Jewel konnte ihre Wut nicht mehr zurückhalten. »Nur weil ich ein Schankmädchen bin, heißt das noch lange nicht, dass du das Recht hast, über mein Leben zu bestimmen. Schließlich bist du auch nur ein Pirat.«

»Ich bin kein Pirat mehr«, zischte er gepresst.

Doch auch die Heftigkeit seiner Reaktion überzeugte sie nicht. »Warum? Was ist geschehen? Was ist zwischen dir und meinem Vater vorgefallen?« Hatte Jewel ihn doch zu schnell von der Schuld am Tod Bellamys freigesprochen?

Er nahm seine Handschuhe. »Es ist gefährlich für eine junge Frau, so neugierig wie du zu sein.«

Sie blinzelte. Die Kälte in seiner Stimme gefiel ihr gar nicht. »Warum? Ich habe ein Recht darauf, es zu erfahren. Er war mein Vater!«

»Du solltest dir angewöhnen, nachzudenken, bevor du den Mund aufmachst.« Nolan erhob sich. »Ich hoffe, du überlegst es dir noch einmal. Nimm mein Angebot an, oder du hast am Ende gar nichts.«

Auch Jewel stand auf, wie um ihm zu zeigen, dass es nicht ihre Absicht war, nachzugeben. Die Karte ihres Vaters schien von unschätzbarem Wert zu sein. »Aber, Nolan, du vergisst: Ich habe die Karte. Steche ohne mich in See, und du wirst derjenige sein, der am Ende mit leeren Händen dasteht.«

Nolan zog seine Handschuhe an und setzte seinen Dreispitz auf. »Allein kannst du damit nichts anfangen.« Er starrte sie abwartend an. Sie starrte zurück.

Sich mit Nolan auf die Suche nach dem Schatz zu machen, würde ihr Leben für immer verändern. Sie musste sich selbst – und Nolan – beweisen, dass sie eine selbständige Frau und Herrin über ihr eigenes Schicksal war.

Seine unterdrückte Wut war mit Händen zu greifen. »Du hast mehr von deinem Vater als nur seine Augen, Jewel. Ich hoffe, dich wird nicht ein ähnliches Ende ereilen.« Grußlos verließ Nolan die Taverne.

Seine Worte hatten sie nicht verletzt, ganz im Gegenteil: Sie waren zu gleichen Teilen Kompliment und Inspiration. Jewel war sich sicher, dass dies nicht das letzte Treffen mit Nolan gewesen war. Was würde ihr Vater an ihrer Stelle tun? Wahrscheinlich versuchen, Nolan zur Vernunft zu bringen. Während der vergangenen einsamen Jahre hatte sie sich darauf vorbereitet, ein nützliches Mitglied der Mannschaft ihres Vaters zu werden. In einer Taverne aufzuwachsen, hatte sie viele Dinge ertragen lassen, bei denen andere Frauen ihres Alters in Ohnmacht gefallen wären. Nolan würde diesen Kampf der Willensstärke nicht gewinnen. Und sollte sie herausfinden, dass er irgendetwas getan hatte, um ihrem Vater zu schaden, so würde sie ihm beweisen, dass sie tatsächlich mehr von ihrem Vater geerbt hatte als nur seine Augen.

Kapitel zwei

Nolan machte vor der übelsten Taverne in ganz Charles Town halt, deren Fassade in der Farbe von Blut gestrichen war. Das »Maiden's Head«, das sich in einer kleinen Seitengasse östlich der Bay Street befand, konnte noch nicht einmal eine richtige Adresse vorweisen. Die Miniatur einer Galionsfigur ragte aus einer fensterlosen Steinwand heraus und markierte den Eingang. An der Abzweigung waren zwei Straßenlampen zerschlagen worden, so dass das geschnitzte Bild der Frau im Schatten versank. Nolan starrte auf die nackten Brüste und das schwarze Haar, das der Figur bis zur Hüfte reichte.

Verwirrt wandte er den Blick ab. Sein offensichtliches Interesse an der schlecht geschnitzten Figur irritierte ihn. Fünf Jahre waren vergangen, seit er einen Ort wie das »Maiden's Head« das letzte Mal aufgesucht hatte. Er rückte seine Jacke zurecht und erinnerte sich noch einmal daran, dass er ein anderer Mann geworden war. Auch dieses Etablissement würde nichts daran ändern können.

Als er die schwere Tür aufstieß, hielten einige Gäste beim Heben der Krüge inne und starrten ihn an. Die Mauer aus Feindseligkeit, die sich ihm entgegenstellte, ignorierend, setzte er einen überheblichen Blick auf, nahm seinen steifen Dreispitz ab und betrat die Räuberhöhle.

Er suchte den Raum nach John Wayland ab. Freigelegte Holzbalken kreuzten sich an einer Wand und stützten die Decke. Der Putz zwischen den Balken hatte sich vom Rauch des

Feuers am Ende der Taverne verfärbt. Die anderen Wände waren aus Backsteinen gemauert, weiter hinten befand sich eine lange Theke. Nach der kalten Luft der Frühlingsnacht traf Nolan die Hitze der schwitzenden Seemänner gepaart mit der des Feuers wie eine Faust.

Als er nach seinem Taschentuch griff, um sich die Stirn zu trocknen, merkte er, dass Jewel es ihm nicht zurückgegeben hatte. Er wünschte, er könnte ihr Bild genauso einfach zurücklassen wie das Tuch. Sie war anders gewesen, als er sie sich vorgestellt hatte. In seiner Erinnerung war sie immer das kleine Mädchen mit den großen Augen gewesen, das bei ihm die Sehnsucht nach einem Zuhause wachgerufen hatte. Gerade zwanzig geworden hatte er die Frauen, die er in den Kaschemmen und den Gassen der Karibik getroffen hatte, bereits satt. Obwohl Jewel schon damals im »Quail and Queen« arbeitete, erinnerte sie ihn an den Jungen, an den Mann, der er vielleicht geworden wäre, wenn er nicht mit vierzehn von zu Hause weggelaufen wäre. Damals hatte ihn eine seltsame Mischung aus jugendlicher Lust und dem Beschützerinstinkt eines heranwachsenden Mannes überkommen und ihn dazu getrieben, einen Gegner herauszufordern, den er niemals schlagen konnte. Die Belohnung für seine Dreistheit war ein Dolch in seiner Schulter gewesen.

Hatte er fünf Jahre später etwa Dankbarkeit dafür erwartet? Ja, vielleicht. Vielleicht hatte er auch gehofft, sie hätte erkannt, dass ihr Vater ein Lügner gewesen war und sie nur benutzt hatte. Sogar um sich Nolans Gehorsam zu sichern. Bellamy hatte gedroht, in der Öffentlichkeit Gerüchte über den Aufbewahrungsort der Karte, über seine uneheliche Tochter, zu streuen, sollte Nolan erneut versuchen, die Mannschaft zu verlassen. Beide, Bellamy wie Nolan, wussten zu diesem Zeitpunkt bereits, dass Captain Kents Karte nicht von jedermann gelesen werden konnte, sie beide eingeschlossen. Kent hatte seine kryptische Anleitung mit Geheimnissen verschlüsselt, in die er selbst seinen Enkelsohn nicht eingeweiht hatte. Die Angst um Jewel und was aus ihr werden sollte, würde Bellamy seine Drohung wahrmachen, hatte Nolan eine Zeitlang in Schach gehalten, dann hatte sie für Bellamys turbulenten Untergang gesorgt.

Nolan überflog noch einmal die Menge. Die wildesten Männer waren hier versammelt, aber seltsamerweise fühlte er sich inmitten der bewaffneten Piraten wohler als Angesicht zu Angesicht mit Bellamys Tochter. Mittlerweile umgab er sich von Zeit zu Zeit ganz gern mit den schlimmsten Subjekten, die sein ehemaliger Berufsstand zu bieten hatte, wenn auch nur, um sich zu beweisen, wie sehr er sich selber verändert hatte.

Leider war die Narbe, ein Kennzeichen, das sich von Waylands Augenwinkel bis zu seiner Nasenspitze zog, in der Gruppe kein hervorstechendes Merkmal. Auch fehlende Augen und Nasen waren in den wettergegerbten Gesichtern nichts Ungewöhnliches. Piraterie führte naturgemäß dazu, dass die Körper der Männer ebenso abgenutzt wurden wie das Kopfsteinpflaster der Bay Street. Bellamy war eine Ausnahme unter ihnen gewesen. Sogar jetzt noch schien er überlebensgroß, wann immer Nolan an ihn dachte.

Er trat an die Theke und bestellte ein Bier. Nachdem er einen wenig gentlemanhaften Schluck genommen hatte, wandten sich einige der feindseligen Blicke von ihm ab. Nolan lehnte sich an die Bar und ließ seinen Blick über die schwach beleuchteten Tische schweifen. In einer Ecke entdeckte er Wayland mit dem Rücken zur Wand. Ein Teil seines Gesichts lag im Schatten. Als er sich umwandte und Nolans Blick begegnete, brach sich das Licht in seinem Glasauge. Mit einem angedeuteten Nicken winkte der Pirat Nolan zu sich, der weitere zwei Bier bestellte, bevor er die Einladung annahm.

Als Wayland ihn zur Begrüßung angrinste, registrierte Nolan, dass er seit ihrer letzten Begegnung noch mehr Zähne verloren hatte. »Hat mir gefallen, wie du hier hereingekommen bist, Kumpel. Der aufrechte Gang eines Captains.«

Nolan setzte sich und plazierte einen Zinnkrug vor dem Piraten. »Da Ihr anscheinend wusstet, dass ich in Charles Town bin, nehme ich an, dass Ihr auch darüber informiert seid, wie ich hierhergekommen bin.« Er beugte sich nach vorne. Waylands künstliches eisblaues Auge war jetzt deutlich von seinem echten braunen zu unterscheiden. Das so hervorstechende Glasauge war Waylands teuerster Besitz. Nolan hatte mit angesehen, wie er es einem unglücklichen Opfer entwendet hatte. Die meisten Männer, unter ihnen auch Piraten, bekreuzigten sich, wann immer sie in das sonderbare Auge sahen. Nolan war erleichtert, dass er sich gerade noch daran erinnert hatte, und bei seinem Anblick nicht zurückgezuckt war.

Wayland betrachtete ihn. »Stimmt. Ich habe gehört, dass du im Besitz eines Schiffes und einer Besatzung bist. Der *Integrity*. Was hast du mit ihr vor?«

Nolan wand sich aus seiner Jacke. Die drückende Hitze in dem geschlossenen Raum siegte über die Regeln des Anstands. »Ich habe an Freibeuterei gedacht. Der Krieg scheint unvermeidbar.«

»Ein Freibeuter. Hm. Und deshalb nennst du dich nicht mehr Kent, sondern Kenton?«

»Das war der Name meines Vaters.« Nolan hatte den Namen Kent schon so lange nicht mehr vernommen, dass er nun auch nicht mehr beschämt den Blick senkte. Die letzten Jahre, in denen er reuige Buße getan hatte, hatten selbst seinen Vater endgültig überzeugt, dass er wahrlich der Sprössling eines frommen Geistlichen und nicht der Enkel des berüchtigtsten Piraten des letzten Jahrhunderts war. Natürlich würde sich sein Vater jetzt trotzdem in seinem kürzlich geschaufelten Grab umdrehen. Wahrscheinlich konnte er es genauso wenig wie Wayland glauben, dass Nolan sein Erbe dazu benutzt hatte, sich ein Schiff zu kaufen, und sich nun der aufkeimenden Revolution anschließen wollte.

Nolan hätte wahrscheinlich den Wunsch seines Vaters, die befleckte Geschichte seiner Familie zu verleugnen, auch noch über dessen Tod hinaus befolgt, wäre er nicht auf das abgenutzte Buch mit Ledereinband über Okkultismus unter seinen Habseligkeiten gestoßen. Falls auf dem Umschlag jemals ein Autor oder ein Titel zu lesen gewesen war, so war beides schon lange nicht mehr entzifferbar. Im Innenteil war der Druck so verblasst und verschmiert gewesen, als habe jemand Stunde um Stunde darüber gebrütet und wäre mit dem Finger immer wieder darübergefahren. Die Tatsache, dass sein inbrünstig frommer Vater eine Schrift besessen hatte, die von einer mystischen Verbindung zwischen der Astrologie und verschiedenen Alphabeten handelte und Anmerkungen in seiner eigenen Handschrift an den Rändern trug, konnte Nolans Meinung nach nur eins bedeuten: Auch er hatte an der Hinterlassenschaft des berüchtigten Captains mehr als nur vages Interesse gehabt.

»Und wie kommst du an deinen Kaperbrief?« Waylands unmissverständlich angewiderter Ton ließ keinen Zweifel daran, was er von Freibeutern im Allgemeinen hielt. Nachdenklich legte er einen Finger an seinen Kopf und fixierte Nolan mit seinem gesunden Auge. »Aus England vielleicht? Hast du deshalb deinen Namen geändert? Kriechst du der verdammten Krone etwa in den Arsch, damit sie möglichst schnell vergisst, dass sie vor nicht allzu langer Zeit einen Kent gehängt hat?«

»Nein«, Nolan nahm einen Schluck aus seinem Krug, »ich

erinnere mich noch gut daran, was die englischen Gerichte meinem Großvater angetan haben. Für sie würde ich nie in See stechen, selbst wenn sie mich in Ketten legten und mich zwängen. Der Kaperbrief wurde mir von Massachusetts versprochen. Ich werde ihn in den nächsten Tagen erhalten.«

»Aber Massachusetts ist kein Land! Für mich hört sich das alles verdächtig nach Piraterie an, Kumpel.« Wayland beäugte Nolan skeptisch.

Der junge Mann zwang sich, vor dem älteren keine Schwäche zu zeigen. Vielleicht durchfuhr ihn ein angenehmer kleiner Kitzel bei diesem Nachgeschmack seines alten Lebens, aber die Schrecken der vergangenen Tage waren in der Übermacht. Sie bereiteten ihm noch immer Alpträume. Er brauchte sich nur daran zu erinnern, wie Bellamy den Fuß eines Kapitäns an das Deck genagelt hatte, als dieser die schwarze Flagge nicht schnell genug hatte hissen lassen, dann überkam Nolan schon ein Schauer.

»Ihr meint brutale Gewalt, Folter, Tod? Aber das ist das Letzte, wonach mir der Sinn steht. Ich gebe zu, dass ich mich wieder der Verlockung des Meeres ergeben habe, aber Ihr müsstet eigentlich wissen, was ich von der Piraterie halte. Und von Bellamys Methoden.«

»Pah. Bellamy war nicht schlimm. Schau dir doch mal die anderen an. Außerdem musste er zeigen, dass er der Anführer war, wenn er überleben wollte. Er hat keine der Frauen getötet, die er vergewaltigt hat. Hat sie alle an Land gebracht, wie ein echter Gentleman. Zum Teufel, ich wette, er musste die Hälfte von ihnen noch nicht einmal zwingen – viele der vornehmen Damen kamen zu ihm und haben schlichtweg darum gebettelt.«

Nolan schüttelte den Kopf und starrte ausdruckslos in sein Bier. Als er nach seiner Zeit mit Bellamy zu seinem Vater zurückgekehrt war, hatte dieser ihn kaum ansehen können. Er nahm an, sein Sohn hätte bei jedem grausamen Verbrechen mitgemacht, das den Piraten angedichtet wurde. Seinem Vater, Nolans Großvater, wurde nachgesagt, dass er neben der üblichen Beute auch Frauen von den Handelsschiffen geraubt hatte. Wenn sie ihren Zweck erfüllt hatten und plötzlich nach mehr Aufmerksamkeit verlangten, als sie es wert waren, wurden sie über Bord geworfen, und er ließ sie ertrinken oder tischte sie den Haien als ein wahres Festmahl auf.

»Freibeuter folgen anderen Regeln. Wir nehmen nur die Schiffe ein, die uns unser Kaperbrief genehmigt. Den Passagieren oder der Besatzung besagter Schiffe Schaden zuzufügen, liegt nicht in unserem Interesse.« Nolan blickte auf und sah Waylands amüsiertes Grinsen. »Ich kehre auf See zurück, weil ich an etwas glaube, das weit über mein eigenes selbstsüchtiges Verlangen hinausgeht«, fuhr er entschlossen fort. »Es geht nicht nur um die Freiheit der paar wenigen, die das Piratenleben aus eigener Kraft ertragen. Es geht um die Freiheit eines ganzen Volkes.«

»Mir gefällt deine Leidenschaft, Nolan. Die See liegt dir im Blut wie damals deinem Großvater.« Wayland förderte eine Zinnflasche aus seiner Jackentasche zutage. Der ehemals rote Stoff hatte die bräunliche Farbe von schmutzigem Backstein angenommen. Sogar der Schnitt der Jacke schien sich durch das lange Tragen verändert zu haben, aber Nolan hatte die Vermutung, dass sie einmal Teil einer britischen Uniform gewesen war. Merklich unzufrieden mit seinem Bier nahm der Pirat einen langen Schluck aus seiner verbeulten Flasche und seufzte genüsslich. Anschließend bot er sie Nolan an, der bei dem Geruch allerdings angewidert das Gesicht verzog: Kill-devil, ein genauso abscheulicher wie starker Rum aus Barbados.

Wayland gluckste erheitert, bevor er die Flasche wieder in

seine Tasche zurücksteckte. »Ich sage dir was, mein Freund: Das Piratenleben ist das einzige Leben in Freiheit, auch wenn du überzeugende Argumente für den Patriotismus hast. Alles in allem schätze ich, dass ich dabei bin.«

Nolan versuchte, sein Lachen zu unterdrücken. Wayland würde seine Besatzung schlimmer terrorisieren als es die Engländer je könnten. Grinsend schüttelte er den Kopf. »Seid mir nicht böse, aber ich glaube, Ihr würdet mit den Regeln eines Freibeuterschiffs nicht zurechtkommen.«

Das Schankmädchen brachte ihnen Getränke, die Nolan nicht bestellt hatte. Ehe er sich beschweren konnte, hielt Wayland sie an ihrem Handgelenk fest. »Lass mich dir den Captain der *Integrity* vorstellen, Kat. Nolan, das hier ist Katie. Schätzchen, begrüße meinen Freund, wie es sich gehört. Ich wette, er war in den letzten paar Jahren sehr einsam.«

Das dunkelhaarige Schankmädchen kicherte, setzte sich auf Nolans Schoß und schlang ihre Arme um seinen Hals. Ihre Kurven waren allesamt so, wie sie sein sollten. »Freut mich sehr, dich kennenzulernen, Nolan. Ab Mitternacht bin ich frei.«

Wayland hatte mit seiner Annahme richtig gelegen: Nolan war tatsächlich sehr einsam gewesen, seit er nicht mehr den Piraten angehörte. Jetzt lag Katie warm und weich in seinen Armen und erinnerte ihn an all das, was er sosehr hatte vergessen wollen. Sogar den süßlichen Duft ihres schweren Parfüms mochte er: Es roch nach purer Weiblichkeit.

Er bog seinen Hals ausweichend zurück. Wenn er erst einmal den Geruch ihres langen, fließenden Haares einatmen würde, wäre er trotz aller guten Vorsätze verloren. »Tut mir leid, Katie, ich breche mit der Dämmerung auf. Vielleicht das nächste Mal, wenn ich wieder in Charles Town bin.«

»Nun, wir können es auch ganz schnell machen, mein Schatz.« Katie drängte sich noch enger an ihn.

Nolan sog scharf den Atem ein und erntete dafür ein rauhes Lachen von Wayland. Zwar hatte er die anfängliche Lust an Tavernenhuren schon verloren, als er noch einen Ohrring trug, aber Katie fühlte sich auf seinem Schoß zu gut an, als dass man sie einfach ignorieren konnte. Ein Gefühl – ein gefährliches Gefühl –, das er gelernt hatte, bereits in seinem Entstehen zu unterdrücken, fuhr Nolan in die Lenden. Schnell packte er sie an ihrer Hüfte, die von einem Korsett geformt wurde, und stellte sie mit einer schnellen Bewegung vor sich auf die Füße.

»Wirklich, ein andermal.« Er gab ihr einen Schilling, die doppelte Summe, die das Bier gekostet hatte. Als sie sich mit schwingenden Hüften entfernte, zwinkerte sie ihm noch einmal über die Schulter hinweg zu.

Wayland stützte das Kinn nachdenklich in seine Hände. »Gefallen dir die Frauen nicht mehr, Kumpel?«

Nolan lächelte verlegen. »Ich bin wählerisch geworden.«

Wayland zuckte die Schultern. »Nun gut, solange dein Interesse nicht andersartig gelagert ist … Ich habe keine Lust, mit jemandem in See zu stechen, den ich die ganze Zeit im Auge behalten muss.«

Nolan lachte. Er hatte vergessen, wie gut sich dieses Leben angefühlt hatte. Wie schön es gewesen war, völlig frei zu handeln. Wahrscheinlich hätte er Wayland noch nicht einmal beleidigen können, wenn er es versucht hätte. »Ihr müsst Euch keine Sorgen machen. Schließlich kommt Ihr nicht mit.«

Wayland grinste. »Aber du wirst mich brauchen. Und du hast Glück, dass ich gerade nicht anderweitig verpflichtet bin. Nach all den Jahren mit Bellamy ist es zwar schwierig, dem Kommando eines niedriger Gestellten zu folgen, aber du bist eine Ausnahme: Auf deinem Schiff würde ich mit stolzer Brust segeln. Bellamy hat dich wie seinen Sohn behandelt.«

Nolans Lächeln verblasste. »Nein, das hat er nicht.«

»Aber er war dir ein guter Lehrer. Du warst der Beste von allen, so gut wie Bellamys –«

»Wayland, ich glaube kaum, dass Euch das Schiff, das ich befehligen werde, gefallen wird. Ich will gegen die Engländer kämpfen, sonst nichts. Nicht rauben und nicht plündern.« Alle Unbeschwertheit, die ihn sich eben noch so leicht hatte fühlen lassen, fiel von Nolan ab. In den Jahren seines Rückzugs hatte er sich nur auf die Gewalt in seinem früheren Leben konzentriert. Wissentlich hatte er nie eine Frau gegen ihren Willen genommen, aber jetzt begann er sich zu fragen, ob er vielleicht so sehr in Gedanken über sein eigenes Leben verstrickt gewesen war, dass er gar nicht gemerkt hatte, dass sich die Frauen nur aus Angst nicht wehrten. Aber wahrscheinlich war er von Natur aus einfach feinfühliger als die anderen – was nicht weiter schwierig war, wenn man sich seine Kameraden ansah –, und die Frauen hatten das gespürt.

Auch hatte er nie willfährig getötet, aber auf Bellamys Befehl hin hatte er etliche Knochen brechen müssen, um sich einen gewissen Ruf zu verschaffen. Nein, Nolan konnte es sich nicht erlauben, sich erneut gehenzulassen, sosehr es ihn in mancher Situation auch reizte.

Gewährte man sich eine Freiheit, würden bald darauf auch alle anderen Schranken fallen.

»Wer ist dein Schreiner?«, fragte Wayland.

Nolan nippte an seinem dritten Bier, mittlerweile war er vorsichtiger geworden. »Ihr kennt ihn nicht. Er ist jung und hat gerade erst seine Lehre bei einem der besten Baumeister in Boston abgeschlossen.«

Wayland schnaubte verächtlich. »Hat er schon mal eine Schlacht miterlebt?«

Aber Nolan hatte nicht vor, ihm auf die Nase zu binden, wie unerfahren seine Besatzung war. Ausweichend antwortete er: »Ich will keine Piraten an Bord meines Schiffes. Ich habe vor, die Engländer zu schikanieren, wo es nur geht. Wie ich Euch hoffentlich schon deutlich genug gemacht habe: Mir geht es nicht ums Plündern, und ich dulde niemanden an Bord, der es darauf abgesehen hat.«

Wayland zwinkerte mit seinem braunen Auge. »Es geht dir um Captain Kents Schatz, nicht wahr? Sonst hättest du Bellamys Tochter heute keinen Besuch abgestattet.«

Nolan zügelte seine Überraschung, bevor sie sich auf seinem Gesicht widerspiegelte. Die Bemerkung schnürte ihm die Kehle zu. Er hätte wissen sollen, dass das der wirkliche Grund gewesen war, warum Wayland ihm eine Nachricht geschickt hatte, in der er um ein Treffen bat.

Der Pirat grinste breit. Dass er kaum noch Zähne hatte, schien ihn nicht im Geringsten davon abzuhalten. »Ich war mir nicht sicher, was mit der Schatzkarte passiert ist, aber jetzt weiß ich es. Und ich komme mit dir.«

Nolan blickte schnell über seine Schulter. Seine alten Instinkte waren zurückgekehrt. Hatte Wayland in seiner Nähe Verbündete plaziert, die nur darauf lauerten, sich auf ihn zu stürzen? In dieser Spelunke wäre es ein Leichtes, ihm einen Dolch in die Rippen zu stoßen und ihn hinaus auf die Gasse zu tragen. Niemand würde es bemerken oder sich darum kümmern. Er hatte sich geschworen, davon abzulassen, dennoch fasste er aus alter Gewohnheit nach dem Dolch, den er jedoch nicht bei sich trug. Sich unbewaffnet an einen solchen Ort zu begeben, war wirklich eine dumme Idee gewesen.

»Lasst sie in Ruhe«, brummte er so bedrohlich wie möglich, um darüber hinwegzutäuschen, dass er unbewaffnet und damit eine leichte Beute war.

Wayland machte eine wegwerfende Geste. »Ich werde dem Mädchen nichts tun. Und du brauchst dich auch nicht umzusehen: Ich habe keine Kumpanen dabei, die über dich herfallen werden, sobald du auf die Straße hinaustrittst. Ich bin nicht so naiv zu glauben, dass ich die Karte ohne dich lesen könnte. Sonst hätten wir den Schatz schon mit Bellamy gehoben.«

Obwohl Nolan sich jetzt zurücklehnte, war er noch immer angespannt. Bei dem Treffen mit Jewel war er nicht gerade klug vorgegangen. Ihre Sturheit hatte ihn überrascht. Das und eine Welle der Schuld, die ihn unerwartet überfiel und kurzzeitig verwirrte, als er in ihre glasklaren grünen Augen geblickt hatte. Immer hatte er geglaubt, sie vor ihrem Vater zu schützen, sei eine Art Geschenk, die ihm zugefallen war. Doch dabei hatte er nie über das Leben nachgedacht, das sie währenddessen ohne ihn führte. War der Mann, der so wütend aus dem Gastraum gestürmt war, tatsächlich ein Verehrer oder vielleicht noch etwas Schlimmeres gewesen? Und auch der englische Offizier, der Jewel mit seinen Augen fast verschlungen hatte, würde mit Sicherheit zurückkehren. Der Mann hatte seine Entschlossenheit zwar in Höflichkeitsfloskeln verpackt, aber schon seit Jahren war es gang und gäbe, dass Wölfe in feinem, aristokratischem Schafspelz in den Kolonien wilderten. Das »Quail and Queen« zog ein weit besseres Klientel als diese Kaschemme hier an, aber Heiratsarrangements waren bei Frauen ohne Familie selbst in den besten Etablissements nichts Ungewöhnliches.

Nolan gestand sich zu, dass Jewels missliche Lage nicht allein seine Schuld war. Ihr die Karte abzunehmen, wäre in jedem Fall besser für sie gewesen. Er hätte sie an einen sicheren Ort bringen und ihr helfen können, eine Stelle zu finden, die weniger kompromittierend für sie war … und weniger gefährlich. Wenn Wayland von ihrem Treffen wusste, stand es zu vermuten, dass er nicht der Einzige war.

Waylands Reibeisenstimme riss Nolan aus seinen Gedanken. »Schau nicht so finster drein, mein Junge. Dafür bist du noch viel zu jung. Warst schon immer viel zu ernst.«

Nolan sprach erneut dem Bier zu und sah Wayland über den Rand seines Glases hinweg an. Von jetzt an würde er so leben müssen, als hätte der Krieg, den er heraufziehen sah, schon begonnen. Nur dass seine Feinde sich auf wundersame Weise vermehrt hatten: Er hatte nicht mehr nur die Engländer zu bekämpfen.

Wayland leerte seinen Krug und schickte dem Bier dann noch einen Schluck aus seinem Flachmann hinterher. »Warum hat sie dir die Karte nicht ausgehändigt?«, erkundigte er sich.

Nolan zögerte. Er wollte nachdenken, bevor er antwortete. Durch die Zeit mit seiner Familie in Boston war er ruhiger und überlegter geworden, jetzt aber befand er sich wieder in einer Welt, in der man auf jede Bewegung und jedes Wort achtgeben musste. Er musste vermeiden, noch mehr zu verraten, was Jewel in Gefahr bringen konnte. »Warum seid Ihr Euch so sicher, dass sie es nicht getan hat?«

Wayland lachte. »Weil du gerade ausgesehen hast, als hättest du einen Bugspriet im Arsch, als ich von ihr gesprochen habe. Hast du ihr gesagt, dass ihr Vater tot ist?«

Nolan nickte, konnte aber nicht aufhören, auf den Tisch zu starren. Mein Gott, wie sehr würde sich Bellamy über ihn lustig machen, wüsste er, dass er nach all den Jahren seine Gefühle noch immer nicht verbergen konnte.

Wayland zog die Braue seines gesunden Auges hoch. »Vielleicht hält sie ja deshalb die Karte zurück.«

Nolan ließ sich gegen die Stuhllehne sinken, angestrengt darum bemüht, entspannt zu wirken. Dabei täte er im Augenblick nichts lieber, als Wayland an seinem zerlumpten Mantel zu packen und ihn über den Tisch zu ziehen. »Ich habe nicht gesagt, wie er gestorben ist.«

»Hmm. Muss schwer für dich zu ertragen gewesen sein, sie zu sehen. Sie ist Bellamy sehr ähnlich, findest du nicht?«

Nolan versuchte, das Bild, das vor seinem inneren Auge erstand, zu vertreiben. Besser, er behielt Jewel als kleines Mädchen in Erinnerung, als seine jugendliche Bewunderung nichts weiter als hitzige Träume vom Händchenhalten und die Sehnsucht nach langen, gestohlenen Blicken hervorrief. Jetzt war sie wahrscheinlich schon eine erfahrene Frau. Wenn ihn ihr koketter Umgang mit den britischen Offizieren nicht schon davon überzeugt hätte, dann doch mit Sicherheit die Art, wie sie Nolan herausgefordert und ihm dabei direkt in die Augen gesehen hatte. Ihr Verhalten schmälerte ihren Reiz jedoch in keinster Weise. Nach fünf Jahren in Gesellschaft von heiratswilligen Jungfrauen der besseren Gesellschaft war eine Frau, die wusste, was ein Mann wollte, durchaus ein erfrischender und sehr verlockender Anblick. »Meiner Meinung nach kommt sie eher nach ihrer Mutter.«

Wayland kratzte sich am Kinn. »Aber ihre Augen. Sicher sind sie dir an ihm auch aufgefallen. Ein ganz besonderes Grün.«

»Bellamy war ein Monster. Aus seinen Augen sprach einzig Gier und Tod.«

Wayland bekreuzigte sich. Bei ihm erschien die Geste eher bigott als fromm. »Du solltest wissen, dass man nicht schlecht von den Toten spricht, Junge.« Abwehrend hob er die Hände. »Aber ich hege keinen Groll gegen dich. Wo gehobelt wird, da fallen auch Späne, wie man so schön sagt.«

Nolan kratzte sich an der Stirn. Der scharfe Geschmack seiner Vergangenheit war plötzlich wieder so präsent wie an dem Tag, als er Nassau verlassen hatte. Sich jahrelang zu verstecken, hatte nichts daran geändert. »Wenn Ihr Euch mir unbedingt anschließen wollt, Wayland, dann gelten auch meine

Regeln. Ich will nichts mehr von Bellamy oder dem Piratenleben hören. Die Zeiten sind vorbei. Ein für alle Mal. Ich bin ein Freibeuter, und meine Loyalität gilt einzig den Kolonien.«

»Nun gut, ich schlage ein. Aber ich will dich nicht belügen, mein Junge. Mein einziger Ehrgeiz ist es, den Schatz zu finden – und hinterher meinen Anteil zu kassieren. Ich befolge deine Befehle, weil du der Captain bist, aber ich teile nicht deine Moral.«

Nolan wusste nicht recht, ob er die Auseinandersetzung mit Wayland gewonnen oder verloren hatte. Doch er hatte keine andere Wahl: Er konnte ihn nicht in Charles Town zurücklassen, jetzt, da er um Jewel wusste. Außerdem war Wayland der beste Schiffsschreiner weit und breit. In der Schlacht, da hatte er recht, würde sein junger Rekrut nutzlos sein. Wayland dagegen war erfahren und kannte sich in diesen und ähnlichen Situationen aus. Außerdem konnte er ihn an Bord der *Integrity* im Auge behalten, ein nicht zu unterschätzender Vorteil.

Er leerte seinen Krug und erhob sich. »Ich erwarte Euch bei Dämmerung an Bord der *Integrity*, oder möchtet Ihr mich gleich begleiten?«

Wayland zwinkerte erheitert. »Lieber morgen früh. Ich muss mich noch verabschieden, wenn du verstehst, was ich meine.«

Nolan zog seine Handschuhe an. »Ich werde Jewel noch einmal ins Gewissen reden und versuchen, an die Karte zu gelangen, ehe wir Segel setzen. Aber dieses Mal werde ich es anders anfangen.« Nicht dass er in diesem Moment bereits gewusst hätte, wie, aber dass er unbedingt in den Besitz der Karte kommen musste, war ein unleugbarer Fakt. Er konnte es sich nicht leisten, Jewel noch mehr Zeit zu geben. Zum zweiten Mal, seit sie sich kannten, war ihr Leben in Gefahr, und nur Nolan konnte sie schützen.

Wayland legte den Kopf zur Seite und betrachtete ihn. »Du hast wohl eine Schwäche für Bellamys Mädchen, was?«

Das war eine wüste Untertreibung. Mit einer Schwäche würde er besser zurechtkommen. »Ich muss die Karte bekommen, oder etwa nicht?« Er griff nach seiner Jacke und streifte sie sich über, während Wayland ihn prüfend musterte.

»Und ich wette, du weißt auch schon genau, wie du das anstellen wirst, oder etwa nicht, Nolan? Bei Frauen hattest du doch schon immer ein gutes Händchen.« Der Pirat schaute in seinen leeren Krug und winkte dem Mädchen, ihm nachzuschenken.

»Das war einmal, die Zeiten haben sich geändert.«

Wayland grinste scheel. »Aber du nicht.«

Nolan drehte sich zum Ausgang. Sollte Wayland doch denken, was er wollte. Vielleicht würde er sich auch hinterher so betrinken, dass er ihre beiden kurzen Begegnungen vergaß.

Wohl kaum. Zur Hölle.

Kapitel drei

Nolan sicherte das Ruderboot und kletterte die Strickleiter hinauf, deren Ende dicht über dem Wasser baumelte. »Mr. Tyrell!«, rief er, als er über die Reling aufs Deck stieg. »Anker lichten! Wir segeln in einer halben Stunde. Am Hafen tummeln sich Zwangsrekrutierer.«

Ihnen blieb keine andere Wahl, als ohne die Karte auszulaufen. Als er seinen Fuß auf die Pflastersteine der Queen Street gesetzt hatte, hatte er sich beim Anblick von drei Seesoldaten, die einen Mann zum Anleger schleppten, sofort zurückgezogen. Zweifellos der Grund, warum die Engländer gestern das »Quail and Queen« aufgesucht hatten: Sie hatten nicht nur nach Fahnenflüchtigen, sondern auch nach Männern gesucht, die anstelle der nicht aufzufindenden Mitglieder an Bord gehen sollten – kein ungewöhnliches Vorgehen.

Nolans Ankerplatz war nicht abgelegen genug, als dass ihn so eine Suche kaltlassen würde. Er konnte nicht riskieren, dass sein Schiff, das für den Krieg und nicht für den Handel ausgerüstet war, von den Briten entdeckt wurde. Bis er seinen Kaperbrief hatte, konnte er noch immer des Verrats und der Piraterie angeklagt werden.

Er machte sich an der Seilwinde zu schaffen, so dass sich das Ruderboot aus dem Wasser hob, wobei er es vermied, sich zu seinem dienstbeflissenen Leutnant umzudrehen, denn Parker Tyrell neigte dazu, sich an seine Fersen zu heften.

»Aber das ist illegal. Wie können sie so etwas nur tun?«, ertönte denn auch gleich die Stimme des Leutnants hinter ihm.

Mit wenigen Zügen hatte Nolan das Boot an die Reling des Schiffs gehievt. Tyrell half ihm, es über die Seite einzuholen.

»Das ist ihnen egal. Sie tun es einfach. Außerdem wird es wohl kaum schwierig sein, einen Magistraten der Torys zu finden, der ihre Zwangsermächtigung unterschreibt.«

»Aber dann haben wir Krieg! Der Zwangseinzug ist nur im Krieg erlaubt.«

Nolan hoffte, dass er seine Gefühle zumindest besser als Tyrell im Griff hatte. Beide trennten nur wenige Jahre, aber wenn er seinem ehemaligen Schüler gegenüberstand, fühlte er sich uralt.

»Ich weiß nicht, ob wir Krieg haben oder nicht, aber ich will, verdammt noch mal, von hier verschwunden sein, bevor ich es von britischen Zwangsrekrutierern erfahren muss. Holen Sie tief Luft, Leutnant, wir haben einen langen Weg vor uns.«

Tyrell schob eine dicke Strähne blonden Haars zurück, die sich aus seinem perfekt geflochtenen Zopf gelöst hatte, und strich seine ohnehin faltenfreie Jacke glatt. Was dem jungen Mann an Erfahrung fehlte, glich er um ein Vielfaches durch seinen Enthusiasmus wieder aus. Seine fast penibel akkurate Erscheinung und sein jungenhaft hübsches Gesicht bestärkten Nolan darin, dass ihn niemand mehr für einen Piraten halten würde.

»Zu Befehl, Captain. Ich lasse die Segel setzen.« Tyrell musste einen Bogen um Wayland machen, um seiner Pflicht nachzukommen, da der Ältere geruhte, keinen Millimeter zur Seite zu weichen. Die aufschlussreiche Szene bestätigte Nolans Ängste: Wayland passte zur Crew der *Integrity* wie Blaubarts Geist mit abgetrenntem Kopf zu einem Gottesdienst von Nolans Vater am heiligen Sonntagvormittag.

»Ich kenne fünfzig Männer, die mehr Erfahrung als dieser

Grünschnabel haben«, schnaubte der Pirat und schlenderte mit seinen Händen in den Hosentaschen zu Nolan hinüber. Er war auf keinen von dessen Vorschlägen eingegangen, sich sein strähniges Haar zurückzubinden, den Ohrring abzunehmen oder wenigstens eine Augenklappe zu tragen. Auch wenn die schwarze Klappe sehr an einen Piraten erinnert hätte, wäre sie immer noch besser als die jetzige Lösung gewesen. Selbst eine leere Augenhöhle war um einiges besser als die letzte verbleibende Alternative.

»Ich nehme an, dass alle diese Männer entweder britische Deserteure, Piraten oder beides sind. Sie sind hier nicht erwünscht. Und Tyrell ist nicht so jung, wie er aussieht. Außerdem verfügt er über eine weitere unschätzbare Charaktereigenschaft: Er ist ehrlich.«

In der Hoffnung, dass Wayland ihm nicht folgen würde, ging Nolan zum Platz hinüber, an dem eigentlich der Steuermann stehen sollte, aber ohne einen solchen an Bord musste Nolan die Navigation selbst übernehmen: wieder etwas, das er von Bellamy gelernt hatte. Sein Mentor hatte aus Nolan zwar einen großartigen Kapitän gemacht, aber auch einen schrecklichen Menschen. Die letzten fünf Jahre hatte Nolan damit verbracht, den Schaden so gut es ging zu beheben.

Als er auf dem Hauptdeck die kleine Kabine betrat, die für die Navigation gedacht war, zwängte sich Wayland hinter ihm hinein. Nolan rollte eine große Karte aus und glättete sie mit dem Handballen, bevor er einen Zirkel zur Hand nahm und die schnellste Route zurück nach Boston markierte.

»Du hast deine Gabe wahrlich nicht verloren, Nolan. Du bist ein geborener Seemann. Dieser Leutnant da draußen, er ist nicht viel jünger als du, aber ihm fehlt das, was dich auszeichnet. Und seine Ehrlichkeit wird uns nicht davor schützen, getötet zu werden, mein Freund.«

Konzentriert stellte Nolan seine Berechnungen an und schenkte Wayland keine Beachtung. Die Disziplin, die er sich bei seinen theologischen Studien in den letzten Jahren angeeignet hatte, hatte dazu beigetragen, seine Fähigkeiten als Navigator noch weiter zu verbessern, und seine Zeit als Lehrer hatte ihm die nötige Geduld verschafft, um mit Wayland umzugehen, ohne die Nerven zu verlieren. Nolans Vater war enttäuscht gewesen, als Nolan von der Universität mit seinem Abschluss in Theologie in der Tasche zurückgekehrt war und trotzdem nicht danach strebte, in seine Fußstapfen zu treten und sich zum Priester weihen zu lassen. Doch seine Ambition, eine Schule für Angehörige der Händlerklasse zu gründen, die für ihre Söhne nach höherer Bildung strebten, sich aber keinen Privatlehrer leisten konnten, hatte ihn so weit beschwichtigt, dass er sich schließlich sogar seine beißenden Kommentare verkniffen hatte, wenn Nolan von Zeit zu Zeit Richtung Hafen schlenderte, um mit sehnsüchtigem Blick die Schiffe zu betrachten.

»Wenn Euch meine Besatzung nicht zusagt, steht es Euch natürlich frei zu gehen«, sagte er zu Wayland in seiner ruhigen, aber unerbittlichen Lehrmeisterstimme.

»Nein, mein Junge, nichts liegt mir ferner, als dich zu verlassen. Mittlerweile ist mir völlig klar, dass du mehr Hilfe benötigst, als ich dachte.« Er schlug Nolan hart auf den Rücken. In seinem mageren Körper steckte eine überraschende Kraft. »Hast du jetzt also die Karte?«

Nolan richtete sich zu seiner vollen Größe auf. »Die Engländer schwärmen am Hafen aus und schnappen sich jeden, den sie kriegen können. In dieser Situation halte ich es für klüger abzulegen.« Außerdem würde Jewel damit genug Zeit haben, um zu verstehen, dass er sich nie und nimmer dazu überreden lassen würde, sie mit auf sein Schiff zu nehmen. Und das, obwohl es ihm zuwider war, sie ihrem Leben in der Taverne zu überlassen, und obwohl er fürchtete, dass er den englischen Offizier mit seiner Gegenwehr nur ermutigt hatte, ihr beim nächsten Mal noch aggressiver zu Leibe zu rücken. Trotzdem schien sie alleine ganz gut zurechtzukommen. Nicht sie, sondern er, Nolan, war es gewesen, der die Situation fast zur Eskalation gebracht hatte, weil er keinen kühlen Kopf bewahren konnte. Und sie … sie hatte ihn einfach abblitzen lassen, ohne dass er seine Mission erfüllt hatte.

Wayland strich sich über sein stoppeliges graues Kinn. »Vielleicht sollte ich mit ihr reden?«

Der Stift in Nolans Hand fiel klappernd auf den Tisch. »Untersteht Euch! Haltet Euch von ihr fern.«

Wayland hob in einer abwehrenden Geste die Hand. »Kein Grund, so aufzubrausen. Ich wusste ja nicht, dass es *so* zwischen euch steht. Ich wollte nur mit ihr sprechen, nicht mir ihre Dienste erkaufen.«

»Was weißt du von Bellamys Tochter?« Nolan wappnete sich gegen das Schlimmste. Er konnte und wollte nicht glauben, dass der britische Offizier ihr mit vollem Recht ein solches Angebot gemacht hatte. Der Gedanke, dass Jewel ganz Charles Town zur Verfügung stand, erfüllte ihn mit ungekannter Aggressivität.

»Beruhige dich, mein Junge. Es ist nichts. Außer dem, was du mir erzählt hast, habe ich von niemandem etwas erfahren. Und ich war schon seit zwei Wochen nicht mehr hier.«

»Dann unterlasst es in Zukunft, solchen Klatsch zu verbreiten, der dem Mädchen schaden könnte. Jewel hat die Karte und ist allein schon deshalb in Gefahr.«

Wayland lachte. »Ich werde schweigen wie ein Grab. Das habe ich schon immer getan, und das weißt du, also wirf mir nicht vor, dass ich dem Mädchen Ärger mache. Ich bin nicht derjenige, der –«

»Verdammt!« Beim Verstauen der Messinstrumente hatte sich Nolan die Finger in der Schublade eingequetscht.

Wayland verschränkte die Arme vor der Brust und lehnte sich an die geschwungenen Bohlen der Kabine. »Ich kann verstehen, dass du wütend bist, weil du die Karte nicht bekommen hast. Es hört sich an, als wäre Bellamys Mädchen zäher, als du es erwartet hast. Vielleicht sollten wir jemanden mit etwas mehr Rückgrat zu ihr schicken. Ich habe da in einer Gasse bei der Bay Street diesen Typen getroffen –«

»Wenn Ihr auch nur ein einziges Wort zu irgendjemandem über sie verliert, dann schwöre ich bei Gott, dass ich Euch den Bauch aufschlitze und Eure Eingeweide einzeln zutage fördere.« Nolan umrundete den Tisch und schüttelte Wayland. Seine Worte waren keine leere Drohung, dessen sollte er sich bewusst sein. Doch Waylands wissendes Grinsen ließ ihn innehalten. Nolan atmete tief durch, öffnete seine Hand, die er unbewusst zu einer Faust geballt hatte, und machte sich ruhig daran, seine Karte zusammenzufalten. Die Erfahrung, wie wenig es brauchte, um ihn wieder in seine alten Gewohnheiten zurückfallen zu lassen, ließen seine Hände zittern. »Ich könnte es nicht ertragen, wenn ihr etwas zustieße. Sobald ich die Karte von ihr bekomme – und das werde ich, wenn sie erst einmal versteht, dass sie keine andere Wahl hat –, bringe ich sie nach Boston. Dort kann sie ein neues Leben beginnen.« Eigentlich hatte er nicht vorgehabt, Jewel seiner Mutter und ihrem Gefolge, das ausschließlich aus presbyterianischen Matronen bestand, zu überlassen, aber in dieser Situation schien das der einzige Weg zu sein, der ihr Sicherheit garantierte.

Er wandte sich zum Gehen um, aber Wayland stellte sich in die Tür. Ein Grinsen breitete sich auf seinem Gesicht aus. Es gefiel Nolan überhaupt nicht.

»Du benimmst dich wie ein Gentleman, so wie du dich um

das Frauenzimmer kümmerst. Aber ich warne dich, Nolan: Ich glaube, sie ist ihrem Erzeuger nicht unähnlich. Vielleicht ist mehr nötig, als nur ein wenig Geld, um an die Karte zu kommen.«

Ohne weiteres hätte sich Nolan an Wayland vorbeischieben können, aber der junge Kapitän hatte nicht vor, sich den Respekt seiner Besatzung mit körperlicher Durchsetzungskraft zu erkaufen. Das hatte er nicht nötig. Die Autorität, die von ihm ausging, gründete auf Respekt, Ehrgefühl und einem gemeinsamen Ziel. Auf Dingen, die John Wayland nichts bedeuteten. Vielleicht hatte Nolan auch deshalb das starke Verlangen, das höhnische Grinsen aus dem Gesicht des Piraten zu wischen, und zwar mit dem einzigen Mittel, das dieser verstand – mit Gewalt.

Doch trotz seiner Respektlosigkeit hatte er recht: Jewel wollte mehr als nur Geld. Genau wie andere junge Frauen ihres Alters sehnte sie sich danach, ihre Lebensumstände zu verbessern. Natürlich war in ihrem speziellen Fall ein ehrenhaftes Angebot alles andere als wahrscheinlich, auch wenn sie behauptet hatte, einen Verehrer zu haben. Zudem schien sie einer Heirat aus dem Wege zu gehen, um sich einer anderen romantischen Wahnvorstellung hinzugeben, in denen Piraten und verborgene Schätze eine nicht zu unterschätzende Rolle spielten. Obwohl Nolan das alles gut nachvollziehen konnte – er selbst war in die gleiche Falle getappt, als er die Karte seines Großvaters gefunden hatte –, wollte er nicht zulassen, dass sich Jewel durch ihre eigenen Illusionen ruinierte. Und der sicherste Weg, sie davor zu schützen, bestand darin, ihr die Karte ein für alle Mal zu entwenden. Danken würde sie es ihm wohl kaum.

Er ließ seinen Blick zur Decke schweifen und musste sich bereits ein zweites Mal daran erinnern, dass es nicht darum ging, Dankbarkeit von Jewel zu ernten. Wayland, der sich noch immer gegen die geschlossene Tür lehnte, schien den Anblick von Nolans innerem Aufruhr aufs Äußerste zu genießen. Als dieser das wissende Grinsen des verstümmelten Piraten nicht länger ertragen konnte, schob er sich schließlich doch an ihm vorbei, um der schmalen Kabine und seinen eigenen Gedanken zu entfliehen.

Auf dem Hauptdeck atmete er tief durch. Das Geräusch von sich im Wind ballenden Segeln belebte ihn. Eine Brise ließ sein Haar im Wind wehen und kühlte ihm den Nacken. Er versuchte, seine schlechte Stimmung zu verdrängen, aber der Erfolg war nur von kurzer Dauer.

Wayland war ihm auf den Fersen geblieben. »Hey, Junge, wenn du ihr zeigst, aus welchem Holz du geschnitzt bist, bekommst du sie genau dahin, wo du sie haben willst. Darauf wette ich. Junge Dinger wie sie brauchen manchmal eine *starke Hand.*« Er zwinkerte süffisant.

Nolan riss sich zusammen. »Mr. Wayland, von nun an werdet Ihr mich mit Captain Kenton ansprechen. Und wenn Ihr darauf besteht, dass ich zeige, aus welchem Holz ich geschnitzt bin, dann lasse ich Euch gerne kielholen, wenn wir auf offener See sind. Im Moment müssen wir uns allerdings wichtigeren Sachen widmen.« Er biss die Zähne zusammen. »Kommen Sie also Ihren Pflichten nach, Mr. Wayland.«

»Aye, Captain – trotzdem möchte ich anmerken, dass ich erst alle Hände voll zu tun haben werde, wenn alle Segel gesetzt sind.«

Nolan hielt Wayland nicht zurück, als er an ihm vorbei zum Bug schlenderte und es sich in der Sonne bequem machte, statt mit den anderen die Segel zu hissen. Obwohl viele Männer seiner Besatzung auf See unerfahren waren – eine Tatsache, die Nolan übersehen hatte –, half er lieber selbst bei der körperlichen Arbeit mit, als den Piraten dazu zu ermahnen. Es war leichter und angenehmer, seiner fleißigen Crew alles beizubringen, was sie wissen musste, als erfahrene Seefahrer zu finden, die sich niemals – oder nur ausnahmsweise – den Verlockungen des Schmuggels oder der Seeräuberei hingeben würden.

Als die *Integrity* die offene See erreichte, schwanden Nolans sorgenvolle Gedanken. Während er seinen Männern zeigte, wie man die Taue voneinander unterscheiden konnte, konnte noch nicht einmal das langsame Vorankommen wegen ihrer Unerfahrenheit seine Freude darüber trüben, wieder unter wallenden Segeln zu stehen und gegen wechselhafte Winde anzukämpfen. Sein Glück erwies sich allerdings als kurzlebig, denn schon bald wurden sie steuerbords mühelos von einem englischen Kriegsschiff überholt.

Als sich beide Schiffe auf gleicher Höhe befanden, fragte der Kapitän der *Neptune* mit einem Schalltrichter nach Erlaubnis, an Bord kommen zu dürfen. Angesichts der Fähigkeiten seiner Männer stellte das Ausmanövrieren des britischen Schiffs keine Option für Nolan dar. Zudem war seit den Gefechten von Lexington und Concord die Spannung in der Luft fast greifbar. Jeder weitere Widerstand der Kolonialisten würde schwere Folgen haben. Und obwohl Nolan auf den Krieg hoffte, wollte er nicht die Zündschnur sein, die ihn letztendlich auslöste.

Erst vor kurzem war der Second Continental Congress einberufen worden, bei dem die Bereitstellung einer Armee eins der Hauptthemen gewesen war. Bevor er sein Zuhause verlassen hatte, um an die Karte zu gelangen, hatte Nolan bei einem Treffen mit den Söhnen der Freiheit zugestimmt, dass es am besten sei, sich zurückzuhalten, bis die konservativeren Kolonien bereit waren, sich dem radikaleren Kurs von

Massachusetts anzuschließen. Viele hegten noch immer die Hoffnung auf eine friedliche Aussöhnung mit England, andere hingegen – und zu ihnen gehörte auch Nolan – hatten längst erkannt, dass eine bewaffnete Austragung des Konflikts die einzige mögliche Lösung war.

Wayland marschierte auf Nolan zu, als dieser die *Neptune* mit kritischem Blick musterte. Auch wenn er, wäre er danach gefragt worden, nicht zugestimmt hätte, vorerst auf offen feindselige Angriffe zu verzichten, die Feuerkraft des englischen Schiffs, das ihm gegenüberlag, hätte ihn in jedem Fall davon abgehalten, es mit ihm aufnehmen zu wollen. Das Kriegsschiff war ihm mit sechsunddreißig zu achtzehn Kanonen an Bewaffnung überlegen.

»Was zur Hölle treibst du da? Ich wache von meinem Schläfchen auf, und was sehe ich? Ein Kriegsschiff direkt neben uns. Lass die Kanonen besetzen, Junge!«, brüllte Wayland in das Ohr seines Kapitäns.

Nolan rieb sich den in Mitleidenschaft gezogenen Körperteil, blieb aber ruhig. »Sie kommen in Frieden an Bord, Wayland, wir befinden uns in keiner Schlacht.«

»Ach? Und was sollte dann das ganze Geschwätz von Freiheit und Krieg vorhin? Du erreichst sicher nichts, wenn du dich auf den Rücken rollst und ihnen deine verletzlichste Stelle präsentierst.«

Dass ihm Nolan im Grunde seines Herzens zustimmen musste, trug nicht zu einer Verbesserung seiner Stimmung bei. »Sobald sich alle Kolonien einig sind, dass ein bewaffneter Konflikt die beste Lösung ist, um den Missstand mit England beizulegen, bin ich gern bereit zu handeln. Solange das aber noch nicht geschehen ist, müssen wir alles tun, um den Frieden zu erhalten.«

»Dein Großvater würde sich deiner schämen. Nie hätte er

so ein Verhalten für gut befunden.« Kopfschüttelnd stapfte Wayland davon. Nolan schickte ein Stoßgebet gen Himmel, dass der Schreiner unter Deck gehen würde, um den Engländern nicht in die Quere zu kommen.

Eine Strickleiter wurde zur Wasserlinie hinuntergelassen, dann musste Nolan, die Arme hinter dem Rücken verschränkt, zusehen, wie sich mehrere stämmige Seemänner über die Reling seines Schiffs hievten. Sein alter Instinkt wollte ihn zu seinem Schwert greifen lassen, aber alles, was er jetzt um die Hüfte trug, war ein scharfes Messer, mit dem er im äußersten Notfall die Takelage durchtrennen konnte, sonst nichts. Solange er unter Bellamy gesegelt war, hatten sie nie eine fremde Besatzung an Bord geduldet, jetzt wurde dem höherrangigen Offizier, ein aufgeblasener Leutnant in blauem Mantel, von seinen Leuten an Bord der *Integrity* geholfen.

Leutnant Greeley ließ seinen zynischen Blick in Nolans Richtung wandern, aber Nolan zeigte kein Anzeichen von Unruhe. Ihm war bewusst, dass dies die erste wahre Prüfung für seine neue und abgeklärtere Gemütsverfassung war. Für sein neues Ich. Er würde davon Abstand nehmen, seiner Mannschaft zu befehlen, Greeley erledigen zu lassen. Schnell musterte er die Neuankömmlinge und stellte zufrieden fest, dass der Marineoffizier Devlin, der Jewel das eindeutige Angebot gemacht hatte, nicht zu der Crew gehörte. Kein Wunder, rief er sich zur Vernunft, Marineinfanteristen wurden ausschließlich an Land eingesetzt.

Nolan sammelte sich und begegnete Greeleys feindseliger Musterung mit ruhigem Blick. Viel entscheidender, als sich selbst beweisen zu müssen, wie sehr er sich geändert hatte, war doch, dass es auch im Sinne des gesunden Menschenverstandes war, sich ruhig und beschwichtigend zu verhalten. Das englische Kriegsschiff war ihnen deutlich an Waffen überlegen.

Eine Schlacht würde in einem Massaker enden. Trotz allem: Jeder Mann, der in seinem Innersten ein Pirat war, würde lieber sterben, als sich dieser Art von Autorität zu fügen.

»Ihr seid hier also der Captain, wie?« Greeley knöpfte seinen blauen Mantel über seinem Schmerbauch zu und blickte über seine knollige Nase auf Nolan hinab – ein Kunststück, da Nolan ihn um gut einen Kopf überragte. Dann war es mit den Höflichkeiten vorbei. »Also gut. Ruft Eure Mannschaft aufs Deck. Wir wollen sie begutachten.«

»Dürfte ich Eure Zwangsermächtigung sehen, Sir?« Nolans ausdrucksloser Ton überzeugte ihn fast selbst davon, dass ihn die Art, mit der ihn Greeley behandelte, kaltließ.

»Aber natürlich, Captain.« Unter übertriebenen Verrenkungen griff Leutnant Greeley in seine Tasche und reichte ihm mit einer galanten Bewegung die Papiere. »Seid Ihr in der Lage, alles zu entziffern, oder soll ich es Euch vorlesen?«

»Danke für Euer Angebot, aber das wird kaum nötig sein.« Schnell überflog Nolan das Dokument und gab Tyrell dann den Befehl, die Besatzung umgehend zusammenzurufen.

»Ich weise meine Männer an, Eurer Crew dabei zu helfen«, meldete sich Greeley zu Wort. »Sowie unsere Ankunft auf einem Schiff bekannt wird, neigen Seefahrer dazu, sich rar zu machen.«

In diesem Moment trat das eine Mitglied von Nolans Besatzung hinzu, von dem er sich gewünscht hätte, dass es sich verborgen halten würde. Grob riss Wayland Nolan das Dokument aus den Händen. »Lass mich mal sehen.« Mit seinem gesunden Auge starrte er auf die Zwangsermächtigung.

Nolan nahm an, dass Wayland nichts verstand. Sein braunes Auge sprang von oben nach unten anstatt von links nach rechts.

»Und mit welchem Recht wollt Ihr uns unsere Besatzung

stehlen? Ist Euer fischfressendes Volk etwa wieder im Krieg mit Spanien? Dann würde ich mich sogar dazu hinreißen lassen, mich Euch anzuschließen. Mit einem von diesen Spaniern habe ich noch ein Hühnchen zu rupfen.« Sein eisblaues Auge schielte auf Greeley.

Der Leutnant trat zurück. »Was soll das bedeuten, Captain?«

Nolan griff nach der Zwangsermächtigung. »Genau das möchten wir von Ihnen wissen, Sir.« Da Wayland das Thema nun schon angeschnitten hatte, konnte Nolan den Leutnant genauso gut direkt fragen, ob die Engländer ihren rebellischen Kolonien bereits den Krieg erklärt hatten.

»Ihr habt kein Recht, den Abgesandten der Krone in dieser Art und Weise zu befragen, junger Mann. Ihr Kolonisten müsst lernen, wo ihr hingehört. Zu viele junge, brave englische Männer sind schon gestorben, um ihr Heimatland zu verteidigen. Nun ist es an der Zeit, dass auch Ihr Euren Teil dazu beitragt.«

Nolan hob den Blick, unter dem Greeley zu erstarren schien. »Ich war der Meinung, wir wären alle Engländer? Aber Ihr behauptet etwas anderes? Wenn Ihr also recht habt und ich Euren Worten Glauben schenken darf, dann hat Eure Ermächtigung keine Gültigkeit. Es geht darin ausschließlich um die Einberufung englischer Bürger.«

»Ich bin nicht in der Stimmung für Wortklaubereien, Captain.« Greeleys Gesicht verfärbte sich puterrot.

Nolan trat näher, so dass sein Größenvorteil dem Leutnant noch bewusster wurde. Wenn es ihm allein durch seinen Intellekt gelänge, wieder in See zu stechen, ohne ein einziges Mitglied seiner Crew an die Briten zu verlieren, dann wäre es das wert, Greeley zu verärgern. Viele der Männer, die Nolan in seiner Zeit als Pirat gekannt hatte, waren über die Zwangsrekrutierung der Royal Navy zur Seefahrt gekommen. Die strenge Disziplin und die endlosen Stunden zermürbender Arbeit hatten viel dazu beigetragen, dass sie ihr Schicksal letztendlich in die Hände der Bruderschaft legten – wenn sie mit dem Leben davonkamen, wohlgemerkt.

Als die Besatzung sich in einer Reihe auf Deck aufstellte, wurde Nolan bewusst, dass er es sich nicht leisten konnte, auch nur auf einen von ihnen zu verzichten. Erneut las er die Zwangsermächtigung, suchte nach etwas, womit er den Leutnant in seine Schranken weisen konnte. Eine Klausel besagte, dass die *Neptune* nur die Besatzungen von Schiffen zwangsrekrutieren konnte, die in den Hafen ein-, aber nicht ausliefen. Nolan lächelte, der Triumph über die Briten war zum Greifen nahe. Dann unterbrach ihn das Geräusch eines Handgemenges in seiner Konzentration.

»Der hier hatte sich in der Kombüse versteckt, Leutnant. Er scheint was ganz Besonderes zu sein, ansonsten wüsste ich nicht, warum er meint, dass wir genau ihn rekrutieren würden.«

Nolan blickte über seine Schulter. Einer der britischen Seemänner hatte einen schwächlichen Jungen an Deck gezerrt, der mit Händen und Füßen darum kämpfte, seinen zerknüllten Hut aufzubehalten und sich zugleich aus dem feindlichen Griff zu lösen. Wer auch immer der Junge sein mochte, zu Nolans Crew gehörte er jedenfalls nicht. Der Kapitän tauschte mit Tyrell einen stummen, fragenden Blick, aber auch der zuckte nur unwissend mit den Schultern.

Aller Augen waren auf den zappelnden Burschen gerichtet. Als der englische Soldat seinen Gefangenen endlich losließ, rückte der Junge sorgfältig seine Kleider zurecht und zog sich den zerknautschten Dreispitz über die Augenbrauen.

Langsam schritt Leutnant Greeley auf ihn zu. »Und wen haben wir hier?«

Ein blinder Passagier! Nolan lagen die Worte schon auf der Zunge, konnte seine Antwort aber im letzten Moment hinunterschlucken, als er die gerade Nase und die weichen Lippen unter dem Hut erkannte. Jewels Lippen, voll und sinnlich, hatten ihn bis in seine Träume verfolgt.

Leutnant Greeley musterte die schmale Person. »Wie ist dein Name, Junge?«

Jewel senkte den Kopf und täuschte einen Hustenanfall vor, ehe sie mit tiefer Stimme antwortete: »Joe, Sir.«

Leutnant Greeley trat sofort zurück und bedeckte Nase und Mund mit einem spitzenbesetzten Taschentuch, das er aus seinem Ärmel zog. Krankheiten griffen auf Segelschiffen schnell um sich und konnten ganze Besatzungen auslöschen. Trotzdem ließ Greeleys übertriebene Reaktion darauf schließen, dass sie es mit einem Hypochonder zu tun hatten, was sich als ein Wink des Schicksals herausstellte. Zu Nolans Erleichterung schien sein anfängliches Interesse an Jewel rapide zu schwinden.

»Und warum versteckst du dich, Joe?«, nuschelte er in sein Taschentuch.

Entschlossen trat Nolan zwischen die beiden. »Er hat nur Angst. Seht Ihr denn nicht, dass er noch ein Junge ist? Er ist mein Neffe.«

Bei seinen Worten schnellte Jewels Kopf überrascht hoch. Mit weit geöffneten Augen blickte sie Nolan an. Obwohl sie schnell merkte, dass sie sich durch ihre Reaktion auf Nolans Worte verraten konnte, richtete ihr sanfter Augenaufschlag, als sie ihren verschwörerischen Blick wieder senkte, noch mehr Schaden an. Die Geste war so feminin wie nur irgend möglich.

Noch ehe Nolan verstand, was Greeley im Schilde führte, trat er um Nolan herum und riss Jewel den Hut vom Kopf.

Einer Kaskade gleich ergoss sich ihr kaffeebraunes Haar über ihren Rücken.

»Er ist eine Sie. Neffe also, sagten Sie, Captain? Ihr Verhalten ist verabscheuungswürdig, aber wahrscheinlich kann man von euch unzivilisierten Kolonisten nichts anderes erwarten. Kein Wunder, dass Ihr solche Angst hattet, Devlin könnte Euch Eure kleine Wärmflasche wegschnappen. Das ist sie doch, oder?«

»Nehmt, wen ihr wollt, aber verlasst auf der Stelle mein Schiff.« Nolans hitzige Worte waren an Greeley gerichtet, doch sein Blick konnte sich nicht von Jewel lösen.

»Jetzt kann es Euch auf einmal also nicht schnell genug gehen, was?« Der Leutnant ging vor Nolans Mannschaft auf und ab und prüfte jeden Mann, als wäre er ein Pferd, das er zu kaufen beabsichtigte. Ein Wunder, dass er sich nicht auch noch ihr Gebiss besah.

Als Nolan schließlich seine Augen von Jewel abwenden konnte, sah er sich nach einem Komplizen um. Bellamys Tochter konnte unmöglich allein auf das Schiff gelangt sein! Wayland schirmte seine Augen ab und studierte interessiert den wolkenlosen Himmel. Zweifellos, er musste ihr geholfen haben. Tyrells fragender Blick erregte Nolans Aufmerksamkeit. Die sonst so offen zur Schau getragene Bewunderung seines Leutnants war verschwunden. Nolan schüttelte leicht den Kopf, um anzudeuten, dass jetzt nicht die Zeit für eine Erklärung war.

Greeley blieb vor Tyrell stehen. »Den hier, den nehme ich.«

Nolan baute sich vor ihm auf. »Nein, das werdet Ihr nicht, Leutnant. Er ist mein einziger Offizier.«

»Ein Offizier? Ist das hier etwa ein militärisches Schiff? Vielleicht sollten wir uns Eure Fracht mal genauer ansehen, was Captain?« Leutnant Greeley lächelte teuflisch.

»Das wird nicht nötig sein.« Das Letzte, was sie jetzt gebrauchen konnten, war, dass Greeley entdeckte, dass ihre einzige Fracht an Bord Waffen waren. Nicht dass Nolan nicht zu gern gesehen hätte, wie dem fetten Mann das höhnische Grinsen auf seinem Gesicht erstarrte, wenn dieser erkannte, über wie viel Feuerkraft sie tatsächlich verfügten, aber es blieb dabei: Die Engländer waren ihnen noch immer weit überlegen. »Nun gut, nehmen Sie Mr. Tyrell, wenn es denn unbedingt sein muss, aber da er in der Befehlsfolge an zweiter Stelle steht, ist nicht zu leugnen, dass mein Schiff dadurch unterbesetzt wäre. Als Captain muss ich darauf bestehen, dass Ihr ihn durch einen Mann mit ebenbürtigen Fähigkeiten ersetzt. Vielleicht Ihr selbst? Wie ist Ihr Stand, Greeley? Seid Ihr zweiter oder dritter Leutnant?«

Er sank in sich zusammen. »Bitte, Captain! Wir können keinen unserer eigenen Leutnants entbehren, aber da Ihr so schlau seid und tauschen wollt, nehmen wir einige Eurer kräftigsten Männer und ersetzen sie mit unseren.«

Leutnant Greeley suchte sich zehn zähe Mannschaftsmitglieder zusammen, die Nolan als Kanoniere vorgesehen hatte. Um Wayland, der jede seiner Bewegungen verfolgte, machte Greeley einen großen Bogen. Wieder blickte Nolan zu Jewel. Ihre Wangen hatten sich vor Aufregung gerötet, und aus ihren Augen sprühte Neugierde. Sie sah aus, als würde sie den Vorfall in vollen Zügen genießen.

Nolan unterdrückte seine Wut. Wäre sie nicht zu so unpassender Zeit auf der Bildfläche erschienen, hätte er wahrscheinlich über Greeley triumphiert und nicht zehn gesunde Crewmitglieder verloren. Zweifellos würden die Männer, die sie von Greeley stattdessen bekamen, lahm oder geschwächt sein.

Nachdem die Abordnung der Engländer die *Integrity* mit zehn von Nolans stärksten Männern im Schlepptau verlassen hatte, wandte sich Nolan Jewel zu. Zum ersten Mal in seinem Leben musste er sich zurückhalten, um einer Frau nicht körperliche Gewalt anzutun. Als sie seinen Blick auffing, war sie klug genug, ihren Kopf zu senken. Mit einer Hand setzte sie sich ihren Dreispitz wieder auf.

»Mr. Tyrell, Sie kümmern sich um die Einweisung der neuen Männer. Ich muss mit meinem *Neffen* unter vier Augen sprechen.«

Der Leutnant zögerte. Er blickte erst zu Jewel, dann zurück zu Nolan. Zu Recht verlangte er nach einer Erklärung, aber Nolan wollte verdammt sein, wenn er sie ihm jetzt geben würde.

Tyrell nickte mit deutlichem Missfallen. »Aye, Captain.«

Nolan unterdrückte den Drang, Jewel am Arm zu packen und sie in seine Kabine zu zerren. Stattdessen ging er ruhigen Schrittes über das Deck und blieb direkt vor ihr stehen. Mit ihren großen, unschuldigen Augen sah sie zu ihm auf.

»Folge mir«, sagte er in einem bedrohlichen Tonfall, den er sonst nie beim weiblichen Geschlecht anschlug.

Binnen dem Bruchteil einer Sekunde sank sie in sich zusammen und blickte hilfesuchend in die Gesichter um sie herum. Unter der Besatzung erhob sich ein tiefes, missbilligendes Gemurmel. Nolan fluchte leise vor sich hin. Sorgten sich diese braven Männer etwa darum, wie er mit einer Frau umspringen würde? Wayland beobachtete das Geschehen mit amüsiertem Ausdruck. Vielleicht wusste der alte Pirat tatsächlich besser als er, wie man mit Bellamys Tochter umgehen musste. Höchstwahrscheinlich würde er ihr Angst machen, was ihm schlussendlich zum Vorteil gereichte. Nolan hingegen hätte sicher keinen Erfolg mit dieser Taktik, und er würde keinesfalls zugeben, dass er sich selbst nicht über den Weg traute, wenn er mit Jewel alleine war.

»Mr. Wayland, begleiten Sie unseren Gast.«

Nolan fühlte das kollektive Aufseufzen, das bei seinem Befehl durch die Reihen lief, mehr, als dass er es hörte. Was, zur Hölle, dachten sie denn, würde er mit ihr anstellen? Und weshalb erleichterte ihn in dieser Situation die Anwesenheit eines alten Piraten? Egal. Darüber nachzudenken, würde ihn nicht weiterbringen. Er stürmte über das Deck, ohne sich darum zu kümmern, ob Wayland und Jewel ihm folgten. Aber Gott sollte ihnen gnädig sein, wenn sie es nicht taten.

Kapitel vier

Nolan war schon am Niedergang angelangt, ehe Jewels vor Angst verkrampften Muskeln sich wieder in Bewegung setzten. Sie konnte sich nicht daran erinnern, jemals solcher Wut ausgesetzt gewesen zu sein, und die Tatsache, dass sie Nolans Zorn zu Recht verdiente, machte die Sache auch nicht besser. Seine leuchtend blaue Jacke und seine blank polierten Stiefel straften das zweifellos unchristliche Ansinnen Lügen, das sie in seinem Blick gelesen zu haben glaubte. Nolan verschwand unter Deck, ohne sich noch einmal umzusehen, und Jewel bemühte sich, ihm schleunigst zu folgen.

Waylands harter Griff an ihre Jacke ließ sie mitten im Schritt innehalten. »Lass dir nur Zeit, Joe.«

»Mein Name ist nicht Joe, wie Ihr sicherlich längst wisst.« Jewel nahm den Hut ab und fuhr sich mit den Fingern durch ihr Haar. Das wilde Aussehen von Wayland nahm ihr nicht mehr den Atem, im Moment war der alte Pirat ihr sogar fast willkommen. Wenn er nicht so freundlich gewesen wäre, sie zu fragen, wohin sie auf dem Weg sei, als sie sich am unübersichtlichen Hafen von Charles Town verlaufen hatte, hätte sie Nolans Schiff wahrscheinlich nie gefunden. »Wir sollten ihm folgen. Es wäre unnötig, ihn noch wütender zu machen.«

Wayland hakte sich bei ihr unter. »Ich glaube, der Junge ist eher froh, wenn er einen Augenblick Zeit hat, um sich und seine Gedanken zu sammeln.«

Statt sich ihm zu entziehen, war Jewel um seine Stütze

dankbar. Sie fühlte sich noch nicht halb so bereit, Nolan gegenüberzutreten, wie sie nach außen hin den Anschein machte. »Seid Ihr mir böse, weil ich Euch belogen habe?«

Er lächelte beruhigend. Und obwohl er Jewel damit freien Blick auf seine Zahnruinen ermöglichte, spürte sie doch, dass er es gut mit ihr meinte.

»Nein, ich wusste bereits, als ich dich sah, dass du ein Mädchen bist. Aber ich habe mir gedacht, dass unserem Captain eine junge Frau an Bord nicht schaden würde, um ihn ein wenig zu besänftigen. Ich wette, er wäre nicht so launisch, wenn er ständig weibliche Gesellschaft um sich hätte.«

»Nun, meines Erachtens war er nicht gerade erfreut darüber, mich hier zu sehen.« Jewel verstand Waylands Anspielung, war aber unbesorgt, dass Nolan solche Absichten hegen würde. Vielmehr benahm er sich, als würde er, außer zu Wut, zu keiner einzigen menschlichen Regung fähig sein, und sogar die Stärke seines Zorns war eine Überraschung für alle Umstehenden gewesen. Bei seinem Besuch im »Quail and Queen« hatte er sie mit dem ihm ansonsten eigenen kühlen Respekt behandelt, durch den er, so schien es, Distanz zwischen ihnen schaffen wollte.

Jewel folgte Wayland und kletterte die Leiter hinab, die in den dunklen Rumpf des Schiffes führte. Der Schreiner wartete auf sie. »Du weißt doch, wie man einen aufbrausenden Mann besänftigt, oder, Mädchen?«

»Das weiß ich in der Tat.« Egal wie berechtigt Nolans Ärger wegen ihrer Täuschung auch war, Jewel trug die Karte bei sich. Diesen wichtigen Umstand sollte sie bei dem Gespräch nicht vergessen.

Wayland fasste sie sanft an ihren Schultern und führte sie den dunklen Gang hinab. »So ist es richtig, Mädchen. Mach Nolan ruhig die Hölle heiß.«

Zu früh für Jewels Gefühl blieben sie vor einer Kajütentür stehen. Wayland trat ein, ohne anzuklopfen. Nolan fuhr wie ein kampfbereites Tier herum; sein Körper füllte fast den ganzen winzigen Raum aus. Jewel blieb erstarrt im Türrahmen stehen. Wayland musste sie in die stickige Kajüte schieben, dann folgte er ihr und schloss die Tür. Mit Wayland hinter und Nolan vor sich fühlte sich Jewel wie in einer Falle.

»Was, zur Hölle, tust du auf meinem Schiff?« Nolans Augen flackerten vor unterdrückter Wut.

Jewel widerstand dem Drang zu fliehen. Sowieso ein unmögliches Unterfangen: Der alte Pirat versperrte den einzigen Ausweg. Sie zwang sich, Nolan in die Augen zu sehen, und erinnerte sich daran, dass ursprünglich er es gewesen war, der zu ihr gekommen war. Wenn er die Karte erhalten sollte, dann nur unter einer Bedingung: Er musste sie auf der *Integrity* aufnehmen. »Es tut mir leid, dass ich die Wut der Engländer auf dich gezogen habe. Aber jetzt bin ich hier.« Sie schluckte den Zusatz »mit der Karte« im letzten Moment hinunter, unsicher, ob sie Wayland trauen konnte. »Wir sollten versuchen, zu vergessen, wie ich an Bord gekommen bin, und uns stattdessen auf die Abmachung konzentrieren, zu der wir in der Taverne gekommen sind.«

»Ich habe dir bereits gesagt, dass es unmöglich ist, deinen Wunsch zu erfüllen«, fuhr er sie an. Er schob sich eine Haarsträhne, die sich aus seinem Zopf gelöst hatte, hinter sein Ohr und holte tief Luft. Sein Blick verlor etwas von seiner Intensität, aber Jewel fühlte sich unter ihm noch immer atemlos. Wie viel einfacher wäre es doch, wenn sie beide auf der gleichen Seite kämpften.

»Nichts ist unmöglich, Nolan. Du bist in mein Leben getreten, als ich schon fast nicht mehr daran geglaubt habe. Ich werde nie mehr nach Charles Town zurückkehren. Dort habe ich nichts mehr verloren.« Jewel meinte, Mitgefühl in Nolans

Augen zu lesen. Ihr Magen zog sich zusammen, als sie sich gegen sein unerwünschtes Mitleid wappnete. Sie hob ihr Kinn und straffte die Schultern. »Ich verlange keine Sonderbehandlung. Nur Gerechtigkeit.«

Er lehnte sich an den hinter ihm stehenden Tisch, um in dem engen Quartier so viel Distanz wie möglich zu wahren. Seine Finger krampften sich um die Holzplatte des Tisches.

»Jewel«, er sprach ihren Namen zarter und sanfter aus, als sie es ihm jemals zugetraut hätte, »sei gewiss, ich verstehe, wie schwer es für dich in Charles Town gewesen sein muss. Ich werde dir die Karte bezahlen und dich nach Boston bringen, wo du neu beginnen kannst.«

»Aber mein ganzes Leben bestand bisher aus der Arbeit in der Taverne. Gönne mir dieses eine Abenteuer mit dir auf der *Integrity*.« Jewel wandte sich ab, sie konnte seinem Blick nicht länger standhalten. Die Wände des schmalen Raumes schienen um sie herum näher zu rücken. Die aufgeladene Atmosphäre ließ die Härchen auf ihrem Arm kribbeln, als sie Nolan wieder in die Augen sah.

Er starrte sie mit reglosem Blick an. »Falls es das ist: Niemand wird dich dazu zwingen, einen Mann zu heiraten, der dir widerwärtig ist. Das verspreche ich dir.«

Für einen kurzen Augenblick fehlten ihr die Worte. Zwar wollte sie auf seinen Vorschlag noch immer nicht eingehen, aber trotzdem: Bisher hatte sich kaum jemand so viele Gedanken um sie und ihre Gefühle gemacht. »Ich weiß deine Worte zu schätzen. Aber so einfach ist es nicht. Von uns Frauen wird erwartet, dass sie ihr Leben einzig an ihrer Ehre und ihrer Sicherheit ausrichten. Die Wahl, die ihr Männer habt, wird uns nicht zugestanden.«

Nolan hob leicht sein Kinn und betrachtete sie. »Du wirst eine Wahl haben. Dafür werde ich persönlich sorgen.«

Jewel wollte ihm gern Glauben schenken, aber selbst ihm war es unmöglich, ihre Vergangenheit zu ändern, ihr einen guten Namen und eine Familie zu verschaffen, die sie nie gehabt hatte. Auch wenn er in der Taverne für sie eingestanden war, konnte er nicht immer an ihrer Seite bleiben. Es war an der Zeit, für sich selbst zu kämpfen.

Wayland legte seine Hand auf ihre Schulter. Erschrocken fuhr sie zusammen. Sie hatte vollkommen vergessen, dass auch er sich noch im Raum befand.

»Du siehst, mein Freund«, ergriff Wayland das Wort, »du schuldest es dem Mädchen, ihr zu einem neuen Leben zu verhelfen, wenn man bedenkt …«

Sie schaute Nolan an und wusste, warum Wayland seinen Satz nicht vollendete. Rasende Wut lag in seinem Blick, der über ihren Kopf hinwegfegte.

Doch der Pirat ließ sich von seinem Vorhaben nicht abbringen. Jewel konnte das listige Grinsen förmlich in seiner Stimme hören. »… wenn man bedenkt, dass ihr beide das Gleiche wollt: den Schatz finden. Und da das Mädchen im Besitz der Karte ist, wäre es das Klügste, euch gegenseitig zu helfen. Ich glaube, Bellamy hätte das gefallen.«

Mit einem Ruck drehte sich Jewel zu ihm um. Ihre Überraschung darüber, dass der Schreiner von der Karte wusste, wurde durch seine zweite Enthüllung zu einer Nichtigkeit. »Ihr kanntet meinen Vater?«

Wayland nickte ernst. »Er war mein bester und ältester Freund. Nie hat es einen besseren Mann gegeben.«

Nolans Stimme durchschnitt scharf den melancholischen Wortwechsel. »Und da ihr beiden euch so schnell angefreundet habt, wie es scheint, kann Mr. Wayland dir später auch zeigen, wie du dich in Boston zurechtfindest.«

Wayland trat einen Schritt auf Nolan zu. »Tut mir leid,

mein Freund, aber das werde ich nicht. *Ich* werde *dir* helfen, den Schatz zu finden.«

Nolan stieß sich von der Tischplatte ab und richtete sich auf. Mit seinen breiten Schultern war er eine mächtige Erscheinung. »Tut mir leid, aber Ihr habt einen direkten Befehl von Eurem Captain missachtet. Ich habe Euch gesagt, dass Ihr das Mädchen mir überlassen sollt, und stattdessen seid Ihr losgezogen und habt es an Bord geschmuggelt.«

»Schluss damit!« Jewel ließ ihren Blick zwischen Wayland und Nolan hin und her wandern. »Ich bin kein hilfloses Stück Fracht. Ich habe selbst beschlossen, an Bord zu gehen.« Sie grinste innerlich. Offenbar hatte sie gerade eine neue Quelle entdeckt, aus der sie erfahren konnte, was genau mit ihrem Vater geschehen war.

»Ach? Und auf mein Schiff an seinem abgelegenen Ankerplatz bist du ganz allein gestoßen und hast dich dann auch ganz allein in der Speisekammer versteckt?« Während er mit Jewel sprach, funkelte er Wayland an.

»Ich bin nicht dumm. Im Gegenteil. Wenn du mir endlich erlaubst, dir bei der Schatzsuche beizustehen, wird dir meine Findigkeit von Vorteil sein.« Jewel hasste Lügen, aber sie musste an ihrer Fähigkeit arbeiten, sich die Wahrheit zu ihren Gunsten zurechtzubiegen, wenn sie sich jemals gegen diese beiden Männer durchsetzen wollte.

»Da hast du's. Kindermund tut Wahrheit kund«, meinte Wayland grinsend.

»Raus!« Nolan machte einen Schritt auf ihn zu.

»Aber ich bin schon längst kein Kind mehr«, verteidigte sich Jewel, als Nolan auf Wayland zustürmte. »Ich bin eine erwachsene Frau.«

»Und genau das ist das Problem.« Nolan griff an ihr vorbei und öffnete die Tür. Ein Wink mit dem Zaunpfahl.

Der Ältere zwinkerte ihr belustigt zu. »Denk an das, was ich dir gesagt habe«, flüsterte er noch, bevor er gemächlich hinausschlenderte.

Nolan schlug die Tür so laut zu, dass Jewel zusammenzuckte. Und als er sich ihr zuwandte, konnte sie sich weder daran erinnern, was sie zu tun hatte, noch was Wayland ihr gesagt hatte.

Nolan lehnte sich an die geschlossene Tür. »Also: Wo ist die Karte?«

Jewel legte ihre Hand auf ihre Brust. »Genau hier.«

Sein Blick wanderte kurz zur benannten Stelle, dann ging er zum Schreibtisch, wobei es ihm trotz der Enge des Zimmers gelang, Jewel weder zu berühren noch anzusehen. »Ich werde davon Abstand nehmen, sie dir gewaltsam abzunehmen, auch wenn nichts einfacher wäre.«

Jewel wünschte, sie hätte ihr Schwert nicht in ihrem Versteck zurückgelassen, dann hätte sie sich jetzt zur Wehr setzen können. Doch wenn sie ehrlich zu sich war: Harvey war ihr zwar ein guter Lehrer gewesen, trotzdem würde es ihr wohl kaum gelingen, Nolan kampfunfähig zu machen, ehe er sie auf den Boden zwang und ihr die Karte entriss. So wütend er auch war, seine Drohungen waren bisher nie über finstere Blicke hinausgegangen. »Ich glaube tatsächlich nicht, dass du so etwas tun würdest.«

Nolan schaute zum Tisch. Als er sich ihr wieder zuwandte, hatte sich ein harter Zug um seinen Mund gelegt. »Bringe mich nicht in Versuchung, Jewel. Noch nicht einmal ich weiß, wozu ich fähig bin.«

Jewel ignorierte die mitschwingende Einschüchterung. Sie hatte Angst, die Nerven zu verlieren. In diesem Augenblick, so schien es, wäre Nolan zu allem imstande. »Ich hatte zu hoffen gewagt, dass wir verhandeln könnten.«

Nolan hob überrascht den Kopf. »Ach? Du bist also geübt im Verhandeln? Und womit handelst du für gewöhnlich?«

Unangenehm ruhte sein prüfender Blick auf ihr. Selbst in der Männerkleidung, die sie trug, fühlte sie sich nackt. Mit aller Willenskraft widerstand sie dem Drang, die Arme vor ihrer Brust zu verschränken. »Nolan, du weißt selbst gut genug, dass es mehr als genug Schiffskapitäne gibt, aber nur eine Karte.«

»Bei diesem Handel kannst du nur verlieren, Jewel, das verspreche ich dir. Niemand anderes wird die Karte lesen können – und selbst wenn: Warum sollten sie dann den Schatz nicht an sich reißen, wenn sie ihn erst gefunden haben?«

Sie betrachtete ihn einen Augenblick, dann ließ sie ihren knielangen Mantel zu Boden fallen. »Hältst du alle Männer für so verwerflich?«

Nolans Blick glitt über sie. »Ich kenne die menschliche Natur.«

Sie begann, an dem Binder ihres Hemds zu nesteln, und er beobachtete sie, als hätte er dabei mit seinen eigenen menschlichen Schwächen zu kämpfen. Zu Jewels Überraschung schien dazu auch die Lust auf ihren Körper zu gehören. Zum ersten Mal wurde ihr bewusst, dass sie allein waren und sich an der Rückwand des kleinen Raums neben dem Tisch eine schmale Liege befand. Die Kajüte war Nolans Schlafzimmer. Sie zog den Binder noch etwas weiter durch eine Öse und ließ Nolan dabei nicht aus den Augen.

»Und was ist mit dir? Ist es das, wovor du dich gefürchtet hast, als du von mir verlangtest, dir die Karte zu überlassen, damit du anschließend wieder aus meinen Leben verschwinden könntest?« Sie wollte ihn verunsichern, sich einen Vorteil verschaffen, doch es schien kein leichtes Spiel zu werden.

»Falsch. Ich ziehe es nur vor, keine Versprechungen zu machen, wenn ich nicht vorhabe, sie zu halten.«

»Dann sind wir uns einig.« Bevor sie die nächsten Schlaufen löste, drehte sie sich um und sah zur Tür, Nolan in ihrem Rücken. Obwohl ihre Brüste gebunden waren und sie die Karte herausziehen konnte, ohne einen Millimeter Haut unterhalb des Schlüsselbeins entblößen zu müssen, schien sich Nolans starrender Blick durch ihre Kleider zu brennen. Und obwohl sie sich beständig einredete, dass es nichts zu bedeuten habe, mit ihm allein in dieser Kajüte zu sein, zitterten ihre Hände.

»Jewel, nein! Das wird nicht nötig sein!«

Schnell knüpfte sie ihr Hemd wieder zu und drehte sich um. »Hier. Die Karte. Du fragtest danach, als du die Tür geschlossen hast.« Sie reichte ihm das Papier.

Nolan starrte es an, als hielte sie einen lebendigen Frosch in den Händen. »Du hast die Karte hervorgeholt? Das war es, was du getan hast?« Als er sie ansah, hätte sie schwören können, dass sich ein roter Schleier über seine Wangen legte. Er nahm die Karte an sich, ohne ihre Finger zu berühren.

»Das ist alles, was ich habe, um mit dir zu verhandeln. Hast du etwas anderes erwartet?« Sie wusste, dass sie mit ihrer Vermutung recht hatte. Sein Verlangen nach ihr hatte ihn aus der Fassung gebracht. Doch als sie jetzt zitternd und atemlos vor ihm stand, konnte sie mit dem neuen Wissen nichts anfangen: Würde es ihr helfen, oder würde es sie ins totale Chaos stürzen? Es schien unmöglich, Nolans Verteidigungsstrategien zu umgehen, ohne ihre eigenen aufzugeben.

Er beugte über seinen Tisch, auf dem er mit seinen sonnengebräunten Fingern die Karte glättete. Jewel stellte sich hinter ihn, um ihm über die Schultern zu sehen. Sie konnte nicht umhin, die Sanftheit zu bewundern, mit der seine großen Hände über das zerknitterte Papier strichen. Wie würde er wohl eine Frau anfassen? Sie fürchtete und sehnte sich gleichermaßen danach, es herauszufinden.

Er schaute sie forschend an. »Warum hast du sie mir einfach so ausgehändigt? Ohne dass es zu einer Verhandlung gekommen ist? Dir ist bewusst, dass ich sie jetzt einfach an mich nehmen und dich über Bord werfen kann?«

»Du hast mir gerade versichert, dass du zu deinen Versprechen stehst.« Jewel blinzelte. Sie hatte den plötzlichen Stimmungswechsel nicht erwartet. Was auch immer zwischen ihnen in diesen wenigen Minuten stattgefunden haben mochte, es war genauso schnell wieder verschwunden wie zuvor seine Wut. Sie atmete tief ein. Sie würde ihre Gefühle nie halb so gut verbergen können wie er. Sie schürzte die feuchten Lippen. Waren sie etwa die ganze Zeit geöffnet gewesen?

»Trotzdem, Jewel, ich habe mein Versprechen nicht klar formuliert, und du solltest weder mir noch sonst jemandem trauen. Bitte sag mir – wer hat die Karte noch gesehen?«

»Niemand. Ich habe sie niemandem gezeigt. Wie ich zuvor schon zu erklären versuchte, bin ich nicht töricht.« Außer in Situationen, in denen es darum ging, den anderen auszuspielen, wie es schien.

Nolan lächelte, bevor er sich wieder der Karte zuwandte. »Das sehe ich.« Vorsichtig ließ er seinen Finger über die erste Zeile des Textes gleiten. »Sie ist in Latein geschrieben, sie hätte dir also sowieso nichts genützt.«

Was Jewel betraf, so hätte sie gut und gern in Arabisch verfasst sein können. Nie zuvor hatte sie sich darüber Gedanken gemacht – es gab nur wenige Frauen, die lesen konnten. Aber die Vorstellung, ihre Unfähigkeit Nolan gegenüber zuzugeben, schnürte ihr vor Scham die Kehle zu. Sie wollte ihm ebenbürtig sein.

Er konzentrierte sich auf die Karte, dann schüttelte er den Kopf, als ob ihm nicht gefiel, was er sah.

»Was hast du entdeckt?«

Er deutete auf den Umriss einer Insel. »Ich hatte gehofft, mein Lateinunterricht würde mir dabei nützlich sein, etwas zu erschließen, das mir zuvor entgangen war, aber die Karte weist noch immer auf Gardiners Island. Bellamy, ich und die halbe Kolonie von New York haben dort schon nach dem Schatz gegraben.«

»Dann musst du etwas übersehen haben.« Jewel selbst hatte in den letzten Jahren so viele Karten studiert, wie nur irgend möglich, um den Umriss zu vergleichen, und war zu folgendem Schluss gekommen: Der kleine Fleck von Gardiners Island vor der Küste von New York glich nicht dem Bild auf der Karte.

»Vielleicht, oder …« Er hielt inne, als wollte er noch mehr sagen, entschied sich dann aber um. »Oder wir haben am falschen Ort gegraben. Vielleicht wird es mir diesmal gelingen, die Stelle präziser zu bestimmen.«

»Jede Nacht, seit mein Vater sie mir übergeben hat, habe ich mir die Karte angesehen, sie mir eingeprägt. Wir werden den Schatz finden.« Obwohl sie die Worte nicht entziffern konnte, hatte Jewel die Karte so viele Male bis ins kleinste Detail studiert, dass sie überzeugt war, den Ort, an dem der Schatz zu finden war, erkennen zu können. Sie hob die Hand, um sie in einer vertraulichen Berührung auf Nolans Schulter zu legen, ließ sie dann aber wieder sinken. Vielleicht war eine simple, beruhigende Berührung zwischen ihnen doch nicht ganz so beruhigend.

Nolan hatte die Karte wieder sauber zusammengefaltet und gab sie ihr zurück. »Du wirst nicht mit mir segeln, Jewel.«

Als sie das Papier an sich nahm, zog er seine Hand weg, noch ehe sich ihre Finger berühren konnten. »Aber das verstehe ich nicht. Warum gibst du sie mir dann zurück?«

»Weil mein Angebot von Anfang an gelautet hat, dass ich dir deinen Anteil des Schatzes zuteil werden lasse, sobald ich ihn finde, und dass ich deine Sicherheit gewährleiste. Boston ist die beste Lösung für dich. Meine Familie kann dich dort in ehrbaren Verhältnissen unterbringen. Und wenn du von einer Heirat Abstand nimmst, gibt es dort noch immer genügend aufrechte Witwen, die sich nach Gefährtinnen sehnen.« Wieder strich er sich mehrere dunkle Haarsträhnen zurück, die nicht durch seine schwarze Schleife im Nacken gebändigt wurden.

Sie starrte ihn an, konnte kaum glauben, was er ihr gerade unterbreitet hatte. »Aber du hast es doch auch nicht in Boston ausgehalten! Würde dir eine Aussicht, wie du sie mir schmackhaft machen willst, etwa selbst behagen?«

»Ich bestimme nicht darüber, was die Gesellschaft für schicklich hält und was nicht. Versteh mich doch. Ich weiß, dass du es unter den gegebenen Umständen im Leben nicht gerade leicht hattest.« Er blickte kurz zu Boden. Hielt er ihre Umstände etwa für wesentlich kompromittierender, als sie es tatsächlich gewesen waren?

Sie straffte die Schultern. Er war der Letzte, von dem sie Mitleid ertragen konnte. »Ich habe die Karte, Nolan, und durch sie werde ich mich von diesen Umständen, wie auch immer sie beschaffen waren, befreien.«

»Ich hoffe sehr für dich, dass du bis Boston zur Vernunft gekommen bist.« Er schien nichts von dem gehört zu haben, womit sie ihn umzustimmen versucht hatte. »Für deine Zeit an Bord überlasse ich dir meine Kajüte. Nimm den Schlüssel und achte darauf, nachts abzuschließen.« Ohne sie zu berühren, ließ er den Messingschlüssel in ihre Hand fallen.

Einen kurzen Augenblick lang wünschte sie sich seine Wut zurück. Seine kalte Ablehnung war noch schwerer zu ertragen. »Nun gut, aber lass dir gesagt sein: Ich werde dir die Karte nicht aushändigen, und wenn ich meinen Fuß wieder an Land setzen soll, musst du mich schreiend und tretend dorthin befördern.«

»Es ist deine Wahl«, erwiderte er. Seine Gefasstheit ließ ihre Wut erneut auflodern. Es musste doch einen Weg geben, ihn zur Vernunft zu bringen!

»Nichts von alldem hier ist meine Wahl, Nolan! Und, verdammt sollst du sein, du weißt haargenau, was mir am Herzen liegt.« Ihre erhobene Stimme und der Fluch entlockten ihm ein Blinzeln.

»Nun, Boston ist alles, was ich dir bieten kann, aber wenn dir das lieber ist, können wir auch immer noch umdrehen und dich wieder nach Charles Town zurückbringen. Du hast Zeit, dich zu entscheiden, während ich die neuen Männer in Augenschein nehme.« Nolan griff nach dem roten Seidentuch, in das die Karte gewickelt gewesen war, und steckte es in die Innentasche seiner Jacke.

»Das ist mein Tuch! Ich will es zurück. Mein Vater hat es mir gegeben.« Im Grunde genommen war ihr das dumme Tuch völlig gleichgültig, aber wenn Nolan es haben wollte, dann sollte er es nicht bekommen.

Er zog das Tuch wieder aus seiner Tasche und rieb es zwischen seinen Fingern. »Es macht dir also etwas aus, wenn ich es behalte?«

Wollte er etwas von ihr bei sich tragen? Erstaunt hob sie die Augenbrauen. Vielleicht war ihm alles doch nicht so gleichgültig, wie es den Anschein gemacht hatte. »Wenn es dir so wichtig ist, dann nimm es an dich. Im Gegensatz zu dir bin ich vernünftig und werde mich nicht über ein Tuch aufregen.« Stattdessen würde sie ihm bald schon zeigen, wie man verhandelte.

Als Nolan aufblickte, waren seine blauen Augen kalt und ausdruckslos. »Das Tuch gehörte meinem Großvater. Es ist eins der wenigen Dinge, die mein Vater nicht vernichtet hat. Vor die Wahl gestellt, zwischen dem hier und der Karte zu wählen, dachte ich, es würde dir nichts ausmachen, dich von dem wertloseren der beiden Dinge, dem Tuch, zu trennen.«

»Ich verstehe dich, doch auch du musst verstehen, was es bedeutet, mich von dem Einzigen zu trennen, was mir mein Vater je gegeben hat.« Sie verschränkte die Arme vor der Brust.

Der trübe Blick seiner Augen begann, sich zu erhellen, doch seine genickte Antwort war eher kurz als verständnisvoll. »Wir werden die Unterhaltung später weiterführen.«

Jewel vermutete, dass er die Kajüte verlassen wollte, bevor er gänzlich die Nerven verlor. Wenn es ihr wieder gelingen würde, seinen Zorn zu erregen, könnte sie vielleicht eine Schwachstelle in der steinernen Fassade ausmachen, die er um sich herum errichtet hatte. Mittlerweile war ihr jedes Mittel recht, um seine gleichgültige Haltung zu erschüttern.

Als sie sich auf die Pritsche fallen ließ, schlugen ihre Zähne bei dem unsanften Aufprall aufeinander. Wie konnte Nolan hier nur schlafen? Ihre Finger strichen über die rauhe Wolldecke, die das Bett bedeckte. Offensichtlich benötigte er in seinem Leben nichts Weiches, noch nicht einmal die einfache Bequemlichkeit eines anschmiegsamen Lagers. Obwohl die Pritsche einen Großteil des Raumes einnahm, war sie trotzdem so klein, dass Jewel sich gut vorstellen konnte, wie Nolans nackte Füße im Schlaf darüber hinausragten.

Nachdenklich presste sie ihre Stirn an die polierte Planke des Schiffsrumpfs. Nolan schien genauso wild entschlossen, sie loszuwerden, wie sie vorhatte, an Bord zu bleiben. Trotzdem hatte er seine Schwächen. Wie sonst war es zu erklären, dass er ihr die Karte zurückgegeben hatte. Genau wie er hatte auch sie in den vergangenen Jahren die menschliche Natur kennengelernt. Natürlich wäre es ein zu großes Risiko, sich einem fremden Kapitän anzuvertrauen, um den Schatz zu finden. Nolan Kenton war ihre einzige Möglichkeit, und sie würde alles in ihrer Macht liegende tun, damit er das einsah.

Kapitel fünf

Nolan folgte dem Blick jedes einzelnen Mannes an Deck. Jewels Erscheinen an Bord hatte seine mühsam erarbeitete Selbstkontrolle in ihren Grundfesten erschüttert. Sie hatte ihre Jacke ausgezogen, die Ärmel hochgekrempelt und ihr Hemd in der Taille geknotet, so dass ihre schmalen Hüften sowie ihr ergötzlicher Hintern in den engen Männerhosen nur zu gut für jeden sichtbar waren. Wie eine heidnische Gottesanbeterin breitete sie ihre schlanken Arme weit aus und streckte ihre Handinnenflächen und das Gesicht der Sonne entgegen. Der Wind fuhr durch ihr dunkles Haar, das sie wie ein leuchtender Heiligenschein umgab, und er musste seine eigenen Gedanken korrigieren: Jewel *war* die Göttin, und all die glotzenden Männer, er selbst mit eingeschlossen, waren ihre Anbeter.

Ehe er zu ihr stürmen und sie unter Deck ziehen würde – sein erster Impuls –, versuchte Nolan, sich wieder zu dem gleichgültigen, kopfgesteuerten Mann zurückzuverwandeln, der er gewesen war, als er die Kajüte verlassen hatte. Der Mann, zu dem er seiner Meinung nach in dem Moment geworden war, als er beschloss, sein ordentliches Leben aufzugeben, um sich die verfluchte Karte seines Großvaters zurückzuholen. Unbedacht hatte er dabei natürlich gelassen, dass es in Jewels Gegenwart nicht einfach sein würde, eine nüchterne Haltung zu bewahren. Ganz anders als im Hause seiner Eltern. Dort war jede Stunde des Tages mit sittlichen und faden Tätigkeiten erfüllt gewesen. Sogar die Mahlzeiten, bestehend aus gekochtem Rind, gekochten Kartoffeln und gekochten Rüben, wurden mit einem nüchternen Minimum von Gewürzen zubereitet, was weder Geschmacksexplosionen noch sonst etwas bei ihm ausgelöst hatte. Jewels Gegenwart hingegen verabreichte Nolan in stetiger Folge ein gewisses Maß an unberechenbaren und den Geist verwirrenden Gefühlen: Schuld, Wut und Wollust waren nur einige von ihnen. Hätte sie sich in seiner Kajüte mit offenem Hemd und bloßen Brüsten zu ihm umgedreht, er wäre bis in alle Ewigkeit verloren gewesen.

Sein Vater hatte immer gepredigt, dass der liebe Gott sich darauf verstand, einem Menschen das zu senden, was ihn am stärksten in Versuchung führte. Indem er Jewel in seine Obhut geschickt hatte, hatte sich die These für Nolan bewahrheitet.

Jetzt fuhr sich Jewel mit den Fingern durch ihr zerzaustes Haar, was Tyler und etliche andere Männer dazu veranlasste, sie mit offenem Mund anzustarren. Natürlich hatten die Männer schon etliche schöne Frauen zu Gesicht bekommen, aber Jewels unbewusst-heißblütiger Wirkung konnten sie sich kaum entziehen. Ihr Haar war von einem dunklen Braun und schimmerte in der Mittagssonne, als würden Feuersträhnen es durchziehen. Ihr kantiges, entschlossenes Gesicht wurde durch ihre vollen Lippen weicher, die sich in diesem Augenblick zu einem geheimnisvollen Lächeln verzogen. Die Sommersprossen wirkten jetzt nicht mehr nur unschuldig und kleinmädchenhaft, sondern verliehen ihr zugleich etwas Exotisches. Und obwohl Nolan gedachte, in sicherer Entfernung davon verschont zu bleiben, hatten ihre unglaublich grünen Augen trotz der Distanz eine hypnotische Wirkung auf ihn.

Aber auch ihr Wesen trug neben ihrer körperlichen Erscheinung zu der Faszination bei, die von ihr ausging: Wie sie dort mit zum Himmel ausgebreiteten Armen stand; die Art, wie sie den Soldaten in der Taverne mit ungezwungener, aber vollkommener Selbstsicherheit gegenübergetreten war – all das hatte Nolans Entschlossenheit, sich der Karte zu bemächtigen und dann zu verschwinden, in Stücke gerissen. Jewel Sanderson besaß eine leidenschaftliche Lebensfreude, die ihr die Wirklichkeit noch vergällen würde. Und genau das war der Grund, weshalb sie von diesem Schiff verbannt werden musste. Trotzdem wehrte sich etwas in Nolan dagegen, dass er derjenige sein sollte, der für immer ihren leuchtenden Blick trüben und ihr das freundliche Lächeln nehmen würde. Wenn ihr bisheriges Schicksal – vom Vater verlassen und zur Arbeit in einer Taverne gezwungen – das noch nicht erreicht hatte, dann würden weder er noch seine Mannschaft dafür sorgen. Obwohl er nur gute Männer verpflichtet hatte – er hatte alle wegen ihrer Aufrichtigkeit und nicht wegen ihrer Erfahrung als Seemänner ausgewählt –, blieben sie trotz allem noch Männer, mit all den ihnen eigenen Gelüsten.

»Mr. Tyrell!«, rief Nolan schließlich entschlossen. Die Reaktion ließ einen Augenblick auf sich warten, und als sich sein Offizier endlich umwandte, geschah es mit unverhohlener Verärgerung. »Geben Sie den neuen Männern etwas zu essen. Sie sehen aus, als hätten sie bei den Engländern Hunger leiden müssen.«

Tyrell nickte, ließ dann aber seinen Blick sofort wieder zu Jewel schweifen. Hatte er denn noch nie im Leben eine Frau gesehen? Jedenfalls mit Sicherheit keine, die Männerkleidung trug, darauf würde er wetten. »Mr. Tyrell, befolgen Sie meine Befehle«, fügte Nolan streng hinzu.

»Aye, Captain«, antwortete Tyrell, ohne seinen Vorgesetzten eines Blickes zu würdigen, dann trommelte er die neuen Seemänner zusammen. Genau wie Nolan befürchtet hatte, waren sie zwischen fünfzehn und sechzig Jahre alt und die meisten von ihnen vollkommen ausgezehrt. Wahrscheinlich würde selbst ein ganzer Monat mit guten Mahlzeiten nicht ausreichen, um ihnen Fleisch auf die Knochen zu zaubern.

Auf seinem Weg zum Unterdeck des Schiffes passierte Tyrell Jewel, drehte sich ihr zu und verbeugte sich kokett. Nolan beobachtete die Situation. Für gewöhnlich traten seine Männer Frauen mit dem größten Respekt entgegen, aber die Tatsache, dass jetzt sogar Tyrell Jewel auf eine Art anstarrte, welche die Sittsamkeit bei weitem überschritt, führte Nolan die Dringlichkeit des Problems deutlich vor Augen. Egal ob Jewel ihre Arbeit als Schankmädchen nun auf sexuelle Dienste ausgedehnt hatte oder nicht, Nolan gefiel es nicht, dass Tyrell offensichtlich davon ausging, dass dem so gewesen war. Aber wer konnte es dem jungen Leutnant schon verübeln? Jewel legte nicht gerade das Verhalten einer Dame an den Tag. Mit ihrer kühnen Ankunft auf der *Integrity* hatte sie das zur Genüge demonstriert.

Als Nolan vortrat, um dem Ganzen ein Ende zu machen, setzte sich Tyrell mit den neuen Besatzungsmitgliedern pflichtschuldig in Bewegung, doch die jungen Burschen besaßen noch immer die Dreistigkeit, Jewel über die Schulter hinweg anzustarren.

»Was für ein wunderbarer Tag, Nolan!«, rief sie voller Freude aus. »Ich war noch nie auf einem Schiff.« Langsam schloss sie ihre Augen, hielt aber ihr Gesicht weiterhin der Sonne entgegen. Sie seufzte tief, in Nolans Ohren der Inbegriff von Sinnlichkeit. »Ich habe mich noch nie so frei gefühlt.«

Steif und mit vor der Brust verschränkten Armen stand er neben ihr. Erinnerungen daran, wie er sich gefühlt hatte, als er zum ersten Mal an Bord eines Schiffes gewesen war, stiegen in ihm auf. Wie frei ... Doch das schien bereits eine halbe Ewigkeit zurückzuliegen, und einige seiner bittersten Lektionen hatten ihm die Freude am Meer verdorben. In Jewels Gegenwart fühlte er sich, als wäre er schlagartig um fünfzig Jahre gealtert. »Jewel.« Schnell ermahnte er sich, einen formellen Ton anzuschlagen. »Ich meine, Miss Sanderson. Ich muss Euch als Passagier auf meinem Schiff bitten, sich an meine Regeln zu halten. Von nun an nennt mich Captain Kenton.«

Jewel salutierte aufmüpfig grinsend. »Aye, aye, Captain Kenton.«

Nolan runzelte die Stirn ob ihrer Reaktion. Es war nicht seine Absicht gewesen zu scherzen. »Zudem erwarte ich von Euch, dass Ihr in Zukunft angemessen gekleidet seid.«

Jewel blickte an ihren Kleidern hinab. Zu Nolans Überraschung errötete sie leicht. »Verzeihung, ich habe meine Jacke vergessen. Aber das Wetter ist so herrlich. Der Wind riecht nach weit entfernten Orten, nicht wie am Ufer, wo er nur nach Salzwasser und fauligem Fisch stinkt. Nie hätte ich mir träumen lassen, wie wunderbar es auf einem Schiff ist! Wie konntet Ihr nur so lange an Land bleiben?«

Nolan unterdrückte das freudige Gefühl darüber, dass er mit der *Integrity* ihre Begeisterung für die Seefahrt geweckt hatte. »Meine Bitte zielte nicht auf Eure Jacke, Miss Sanderson, Ihr habt Euer *Kleid* vergessen. Ich kann nicht dulden, dass Ihr vor meiner Besatzung in Männerkleidern auf und ab spaziert.«

»Aber das ist alles, was ich an Kleidung bei mir habe.« Verschämt zog sie an den Zipfeln ihres Hemds, das sie um die Hüfte geknotet hatte, woraufhin sich der dünne Stoff über ihren Brüsten sichtbar spannte.

»Dann lasst Ihr mir keine Wahl: Ich muss Euch in die Kajüte verweisen.« Er schluckte schwer, um an seinen eigenen Worten nicht zu ersticken. Eine Flut von unerwünschten Bildern stieg vor seinem geistigen Auge auf. Bei allen ging es um Jewel, bei allen gehörten Kleider nicht dazu.

»Aber das ist nicht gerecht!« Sie ließ ihr Hemd los und ballte die Hände zu Fäusten, als ob sie zu einem Schlag ausholen wollte.

Das käme Nolan gerade recht. Wenn sie ihn angriffe, konnte er reagieren, indem er sie ohne weitere Diskussion unter Deck verfrachtete. Doch eine Welle des Verlangens, die ihn überrollte, warnte ihn, dass er sich bei solchen Vorstellungen auf gefährlichem Terrain befand. Jetzt ballte er selber die Hände hinter seinem Rücken und sprach erst, als er sicher sein konnte, dass seine Stimme nichts über seine Gefühle verriet. »Nicht gerecht ist, dass Ihr Euch auf meinem Schiff versteckt habt und zehn meiner besten Männer deshalb in den Dienst der Engländer treten müssen.«

Sie stemmte die Fäuste in ihre Hüften. Der Wind presste ihr dünnes weißes Hemd so stark an ihren Körper, dass sich ihre kleinen, festen Brüste und ihre harten Brustwarzen deutlich abzeichneten. Sie hatte die Binde abgenommen. »Daran trage ich keine Schuld. Sie hätten Eure Männer so oder so mitgenommen.«

Nolan konnte seinen Blick kaum von ihr abwenden. Einen Moment lang meinte er sogar, die rosafarbenen Kreise ihrer Brüste durch den Stoff schimmern zu sehen. Mit großer Mühe zwang er sich, seine Aufmerksamkeit wieder Jewels Gesicht zuzuwenden. Mit verschränkten Armen sah sie ihn an, als wäre er der widerlichste aller Lustmolche unter der Sonne. »Auch ich bin nur aus Fleisch und Blut gemacht«, erwiderte er entschuldigend, »genau wie jeder andere Mann an Bord. Eure Kleidung ist eine unsittliche Ablenkung, die der Mannschaft nur schadet.«

Sie funkelte ihn an. »Nun, dann habe ich jetzt endlich Klarheit. Ich habe mich nämlich schon die ganze Zeit über gefragt, ob du wirklich aus Fleisch und Blut gemacht bist oder ausschließlich aus Stein. Und was deinen *Befehl* angeht, ab jetzt werde ich meine Jacke tragen. Du solltest besser anfangen, dich an mich zu gewöhnen, Nolan. Denn wenn du die Karte willst, dann bekommst du mich dazu, ob du es willst oder nicht. Und ich bin davon überzeugt, dass mein Aufenthalt an Bord nicht zu viel verlangt ist, wenn man bedenkt, was ich dir dafür liefere.«

»Du hast nicht das Recht, irgendwelche Forderungen zu stellen.« Nolan verlor die Kontrolle. »Du hast dich an Bord meines Schiffes geschlichen, obwohl du genau wusstest, dass ich deine Anwesenheit freiwillig nie geduldet hätte. Von nun an wirst du meine Befehle ohne Widerspruch befolgen, so wie es jeder andere Mann an Bord dieses Schiffes tut. Und jetzt ab in die Kajüte!«

Ihre Augen verengten sich zu Schlitzen. Mit gesenkter Stimme presste sie hervor. »Ihr seid vielleicht Herr dieses Schiffes, *Captain* Kenton«, die Anrede war voller Hohn, »aber Ihr seid bei weitem nicht der einzige Kapitän in den Kolonien, den das, was ich zu bieten habe, interessieren wird. Setzt mich in Boston an Land, und ich finde binnen einer Stunde einen Schiffsherrn, der mit Freude Euren Platz einnimmt.«

Nolan stopfte seine Hände in seine Taschen, bevor er sich versehen und ihr den Hals umdrehen würde. In seiner Wut war er beinahe versucht, sie wissen zu lassen, dass sie längst nicht alle Teile des Puzzles besaß, wie sie zu glauben schien. Dass ihr das Buch fehlte. Die Nachricht würde ihr selbstsicheres Grinsen mit einem Mal ersterben lassen. Doch dazu kam es nicht. Gesunder Menschenverstand und die Tatsache, dass er noch nicht wusste, wie das Buch seines Vaters über das Okkulte mit dem Schatz zusammenhing, hielten ihn zurück. Wäre sie ein Mann, er hätte schon bei manchen vergangenen Gelegenheiten Gewalt angewendet. »Ich bin mir sicher, dass es Euch ein

Leichtes sein wird, einen Mann zu finden, der Euren Wünschen, und ganz nebenbei auch seinen, gerecht werden kann. Aber ist es wirklich das, was Ihr anstrebt?«

Nicht einmal durch das Zucken ihrer Wimpern ließ sie ihn wissen, dass sie seine unterschwellige Beleidigung verstanden hatte. Tatsächlich schien sie sich besser im Griff zu haben als er selbst. »Nein, aber offenbar ist es das, was *Ihr* wollt«, entgegnete sie kühl.

»Ich will die verdammte Karte, und was danach mit Euch geschieht, soll meine Sorge nicht sein. Und jetzt verlasst das Deck und geht in die Kajüte.« Nolan drehte sich um und schritt zur Reling, ehe er sich zu etwas hinreißen ließ, das er später bereuen würde. Er umfasste das weiche, polierte Holz mit so viel Kraft, dass seine Knöchel weiß wurden. Der starke Meerwind kühlte ihm die Wangen. Er nahm einige tiefe Atemzüge, und als er wieder das Grün des Wassers und das Blau des Himmels ohne den roten Schleier der Wut, der ihm den Blick getrübt hatte, erkennen konnte, sah er über die Schulter. Wie erstarrt stand Jewel dort, wo er sie verlassen hatte. Breitbeinig und die Hände in den Hüften hatte sie sich dagegen gewappnet, dass sie von ihm unter Deck gebracht wurde.

Er atmete ein paarmal durch, dann ging er langsam zu ihr zurück. Wenn sie nicht verstehen wollte, dass er kurz davor war zu explodieren, dann konnte er nicht länger für seine Taten verantwortlich gemacht werden. »Miss Sanderson, ein letztes Mal: Bitte begebt Euch nach unten.«

Sie machte einen Schritt zurück, hielt dann aber inne. Erst unter dem Druck seines langen, starren Blicks wurde sie schließlich schwach.

»Unter diesen Umständen werde ich die Karte nicht hergeben.« Ihre Stimme war fast ein Flüstern. Dann drehte sie sich abrupt um und kletterte die Luke hinunter, ohne sich noch einmal umzusehen.

Nolan blieb stocksteif auf Deck stehen. Verdammt! Er war noch keinen Monat wieder auf See, und schon jetzt zwang ihn Jewel tiefer hinab, als er jemals wieder hatte gehen wollen.

Der Messingknauf ließ sich widerstandslos drehen. Leise stieß er einen Fluch aus. Er hatte ihr doch eingeschärft, die verdammte Tür abzusperren. Zur Hölle noch mal, seit ihm Jewel auf das Schiff hinterhergeschlichen war, fluchte er wieder wie ein Seemann und dachte wie ein Pirat. Äußerlich wirkte er zwar noch immer wie der beherrschte und überlegte Freibeuterkapitän, aber in seinem Inneren hatte er sich längst wieder zu seinen alten Gewohnheiten herabgelassen. Er musste Jewel von der *Integrity* schaffen, selbst wenn dazu der Pirat, der noch immer tief in seiner Seele lauerte, herhalten musste.

Er steckte die Metallfeile, die er mitgenommen hatte, um möglichst unauffällig das Schloss zu öffnen, wieder in den Bund seiner Kniehosen zurück. In den wenigen Stunden der milden, südlichen Nächte zwischen Mitternacht und der Morgendämmerung gestattete selbst er sich, seine Jacke abzulegen und die Hemdsärmel aufzukrempeln. Das leise Quietschen der Takelage vermischte sich mit dem Geräusch von Wind und Wellen. Eine ruhige Nacht auf See konnte selbst einen erwachsenen Mann in den tiefen Schlaf eines Neugeborenen wiegen. Und sicherlich würde sie auch bald einen allzu selbstsicheren Unruhestifter einlullen.

Nolan wartete im Schatten am Eingang der Kajüte, bis sich seine Augen an die Dunkelheit gewöhnt hatten. Wie Wasser, das aus einem Krug gegossen wird, schimmerte das Mondlicht durch die Bullaugen und durchflutete mit seinem blauschwarzen Lichtschleier Jewels Schlafkoje. Die Nacht war wirklich außergewöhnlich warm, so dass es ihn nicht überraschte, das Bettzeug zerwühlt zu ihren Füßen zu finden. Erleichtert stellte er fest, dass sie noch immer die gleichen Kleider trug, in denen er sie zuletzt gesehen hatte. Ihr heimlich die Karte zu stehlen, war schon schlimm genug, da wollte er nicht auch noch den Voyeur spielen und sich an ihrem nackten Körper ergötzen. Gleichwohl keimte bei ihrem Anblick ein kleiner, unwillkommener Spross der Enttäuschung in seiner Brust auf. Er wandte sich von Jewel ab und trat an den Tisch.

Sicher hatte sie die Karte an einem ungewöhnlichen Ort versteckt. Er hatte sie schon gut genug kennengelernt, um zu merken, dass es ihr an gewöhnlicher Weisheit nicht fehlte. Er wandte sich vom Tisch ab. Unter dem Vorwand, dass es zu seiner Suche gehörte, starrte er auf Jewel hinab, bevor er sich niederkniete und auf ihre tiefen, entspannten Atemzüge lauschte. Er konnte sich nicht daran erinnern, wann er selbst zum letzten Mal so tief geschlafen hatte.

Doch, das konnte er. Es musste in seinem fünfzehnten Sommer gewesen sein. Seit ungefähr einem Jahr hatte er zu Bellamys Crew gehört. Zu dieser Zeit verblasste der goldene Schein und die unschönen Kanten des von ihm auserwählten Lebens begannen sich zu zeigen. In diesem Jahr hörte Bellamy auf, ihn wie einen Jungen zu necken, und ging dazu über, ihn wie einen Mann zu behandeln, was beinhaltete, dass von ihm erwartet wurde, dass er sich auch wie einer benahm, dass er sich sein jungenhaftes Verlangen nach Schätzen und Abenteuern aus dem Kopf schlug und sich an seiner statt männlichere Gelüste wie die nach Frauen, Habgier und Ruhm zulegte. Abenteuer wurde gleichbedeutend mit Blutvergießen – und zwar möglichst das der anderen.

Es war auch das Jahr, in dem er seine Jungfräulichkeit an eine spanische Hure in Tortuga verlor – und seine Schatzkarte an Bellamy Leggett. Sein Captain hatte gehofft, Nolan wäre von der neuen Erfahrung, sich in der Wärme einer Frau zu verlieren, so berauscht, dass ihn nichts anderes mehr kümmern würde. Eine Zeitlang hatte Bellamy damit auch recht behalten, aber dann war Nolan aus der Welt der Lüste aufgetaucht, um Luft zu schnappen, und hatte gemerkt, dass er über den Tisch gezogen worden war. An seinem Versuch, die Karte vom Captain zurückzufordern, hatte sich ihr erster Kampf entzündet. Ein paar gebrochene Rippen, ein blaues Auge und eine Stichwunde am Oberschenkel später wurde Nolan seine missliche Lage in ihrer Gänze schmerzlich bewusst.

Bellamy war stärker, schlauer und, verdammt noch mal, er war niederträchtiger als Nolan. Und obwohl die Jahre in ihrer Gleichförmigkeit ins Land zogen, war nichts mehr wie zuvor. Nicht dass er in diesen Jahren nicht nach Kräften herumgehurt, getrunken und geplündert hätte, aber jedes Vergnügen, dem er nachging, wurde von einem stechenden Schmerz der Schuld getrübt. Längst hatte Nolan den Unterschied zwischen Gut und Böse mit der Klarheit eines Erwachsenen kennengelernt. Der verschwommene Blick des Kindes, das er gewesen war, war von ihm gewichen. Seine wütende Überzeugung, die Welt sei nicht gerecht, weil sein Vater aus ihm einen Geistlichen und keinen Seefahrer machen wollte, hielt seiner Erfahrung nicht mehr stand.

Schließlich gelangte Nolan an den Punkt, an dem er den dunklen Zug, der sich in ihm zusammenbraute, nicht mehr verleugnen konnte: eine Charaktereigenschaft, die er von seinem Großvater geerbt und die ihm sein Vater mit allen Mitteln auszutreiben versucht hatte. Stundenlange einsame Gebete hatten genauso dazu herhalten müssen wie schmerzhafte Prügel. Schließlich litt er so stark unter seinen Gewissensbissen, dass er sich am liebsten sein eigenes Herz herausgeschnitten hätte, um von ihnen befreit zu werden. Stattdessen hatte er seinen Mentor herausgefordert und besiegt – Jewels Vater. Und nicht zuletzt diese Frau war es gewesen, die in ihm diese Ballung an selbstgerechter Kraft hervorgerufen hatte, die diesen Triumph erst ermöglicht hatte.

Nolan betrachtete Jewel. Überrascht registrierte er, dass sie im Schlaf viel jünger wirkte. Vor so vielen Jahren, von der Minute an, als er und Bellamy das »Quail and Queen« in den Abendstunden betraten, hatte sie sein Verlangen geweckt. Die Taverne wurde damals von wohlhabenden Siedlern und Kaufleuten aufgesucht und nicht von Halsabschneidern und Dieben, aber Bellamy gefiel sich darin, Seite an Seite mit den *besseren* Leuten zu sitzen, um sich selbst und allen anderen zu beweisen, dass es keine besseren Leute gab. Ohne dass man sie hätte rufen müssen, war Jewel an ihren Tisch gekommen, um ihre Bestellungen aufzunehmen, während die anderen Schankmädchen und der Wirt sie misstrauisch beäugten. Trotzdem hatten ihre Augen vor Aufregung geleuchtet, eben weil sie es war, die diese beiden Fremden bediente. Es schien, als könne man sie leicht zum Lachen bringen, aber Nolan fühlte sich in ihrer Gegenwart, als hätte er einen Knoten in seiner Zunge. Obwohl er zu dieser Zeit schon reichlich Erfahrungen mit Frauen gesammelt hatte, war nie eine dabei gewesen, die nicht käuflich zu haben war.

Bellamy hatte die Begegnung genossen. Er hatte Nolan sogar ermutigt, sich allein mit ihr zu treffen, aber selbst damals wusste Nolan schon, dass er Menschen, die ihm etwas bedeuteten, nicht auf diese Art benutzen wollte. Als Bellamy Jewel gebeten hatte, später zu ihnen zu stoßen, hatte Nolan darauf bestanden, dass sie nach draußen gingen. Das war die erste ernsthafte Herausforderung von Bellamys Autorität gewesen. Als Nolan schließlich herausfand, dass Jewel Bellamys Tochter war, wurde sein Bedürfnis, sie aus diesem Leben und von diesem Mann fernzuhalten, nur noch stärker. Nach allem, was danach geschehen war, bereute er es nicht – auch wenn Jewel ihn nie verstehen würde.

Mit ihren dunklen Wimpern, die sanft auf ihren Wangen ruhten, und ihren im Schlaf leicht geöffneten Lippen fiel es ihm für kurze Zeit schwer, in ihr etwas anderes als ein kleines Mädchen zu sehen, das beschützt werden musste. Seine Fingerspitzen prickelten vor Verlangen, sie zu berühren, aber er widerstand. Er musste seine Aufgabe zu Ende bringen. Nur ein einziger Grund hatte ihn hierhergeführt.

Ihr die Karte abzunehmen, war für ihre Sicherheit entscheidend. Sie würde versuchen, jemanden zu finden, der ihr helfen konnte, aber Nolan wusste nur zu gut, wie die meisten Piraten mit Frauen umgingen. Man würde wohl kaum mit ihr verhandeln. Sie würden sich ihre Karte und ihr Lächeln einfach nehmen. Danach wäre es wohl für lange Zeit mit ihrem Lachen vorbei. Vielleicht würde sie nie wieder fröhlich sein können.

Einmal hatte Nolan mit ansehen müssen, wie ein Mitglied von Bellamys Crew an Deck eines Schiffes, das sie geentert hatten, brutal eine Frau vergewaltigte. Obwohl er damals kaum älter als vierzehn Jahre alt gewesen sein konnte, hatte er versucht dazwischenzugehen, aber ein paar der Mannschaftsmitglieder überwältigten ihn mühelos. Sie wollten auch noch an die Reihe kommen. Bellamy hatte davon nichts mitbekommen, er nahm seine weiblichen Eroberungen zumindest immer mit unter Deck. Dass er Nolan unter seine Fittiche genommen hatte, war wahrscheinlich der einzige Grund gewesen, warum ihn die anderen Männer an diesem Tag nicht getötet hatten. Später, als Bellamy Nolan aus dem Fass befreite, in das sie ihn gestopft hatten, war die Frau nirgendwo mehr zu finden gewesen, und

Nolan hatte nie gewagt, sich nach ihrem Verbleib zu erkundigen, obwohl er sich natürlich denken konnte, was mit ihr geschehen war. Mit größter Wahrscheinlichkeit hatten sie ihren Körper über Bord geworfen. Ob sie sich schon vorher dem Tod ergeben hatte oder nicht, scherte die Männer gemeinhin wenig.

Jewel durfte nichts dergleichen zustoßen, und Nolan würde alles in seiner Macht Stehende tun, egal ob ehrenhaft oder nicht, damit sie in Sicherheit war.

Sie drehte sich auf der Liege herum, so dass ihr Gesicht ihm nun zugewandt war. In der Erwartung, sie gleich erwachen zu sehen, kauerte sich Nolan auf seine Fersen. Was würde sie wohl tun, wenn sie ihn sehen konnte, wie er sie jetzt anstarrte? Wahrscheinlich ihn mit einem zuversichtlichen Lächeln angrinsen, das Bände sprach: Sie hatte ihn genau da, wo sie ihn haben wollte.

Ihre neue Schlafposition gab den Blick auf ein Schwert frei, das in einer Scheide steckte. Aber auch bewaffnet zu Bett zu gehen, nützte nichts, wenn man wie ein Stein schlief. Nolan hatte sich ebenso angewöhnt, mit einem Messer zu schlafen, aber das war gewesen, nachdem Bellamy sich die Karte bereits beschafft hatte.

Nolan erhob sich. Das Schwert im Bett schien darauf hinzudeuten, dass sie die Karte am Körper trug oder doch zumindest bei sich im Bett versteckte. Ihre blassen, nackten Füße leuchteten hell im Mondlicht, ihre schlanken Fesseln schienen wie mit Perlen verziert. Nolan zwang sich, seinen Blick abzuwenden, und schloss die Stiefel als mögliches Versteck für die Karte aus. Eine Woge der Schuld überrollte ihn. Ihr die Karte zu stehlen war nicht anders, als einem alten Mann den Gehstock wegzutreten. Hätte Bellamy ein Gewissen besessen, er hätte wohl ebensolche Scham gefühlt, als er Nolan zu Tortugas Dekadenz und den Frauen schickte.

Jewel würde ihn ebenso wenig verstehen, wie er damals Bellamy verstanden hatte, ein Umstand, der sich nicht vermeiden ließ. Es war das Klügste, sie auf Abstand zu halten. Nolan ließ seinen Blick noch einmal über sie gleiten und wusste nicht, wo er mit der Suche beginnen sollte. Er rieb seine Handflächen an seinen Hosen, um den Drang loszuwerden, sie zu berühren. Mit Daumen und Zeigefinger hob er vorsichtig den Zipfel ihres Hemds an und streifte sie dabei so flüchtig, wie es ein Schmied mit einem glühenden Stück Eisen tun würde. Den Kopf neigend warf er einen kurzen Blick darunter.

Er schluckte schwer. Ihre Brüste glichen dunklen Hügeln, weichen Kurven mit versteckten Geheimnissen. Als er das Hemd sinken ließ, fiel ihm siedend heiß ein, dass er vergessen hatte, nach der Karte zu schauen. Eine Welle der Lust überrollte ihn. Seine Lenden zogen sich verführerisch zusammen, aber er schob die Empfindung beiseite. Seine Reaktion war nur allzu verständlich. Er war ein Mann im besten Alter und hatte seit fünf Jahren keine Frau mehr gehabt. Mein Gott, war es wirklich schon so lange her? Kein Wunder, dass Jewel ihn so verrückt machte.

Erneut hob er ihr Hemd. Er vermied den Anblick ihrer Brüste und wurde mit der Entdeckung eines kleinen Stücks weißen Stoffs belohnt, das aus ihrem Hosenbund herausschaute. Sollte das eine Belohnung oder doch eine Strafe sein? Dass er jetzt dazu gezwungen war, ihre Hosen zu öffnen, um an die Karte zu gelangen, war die reinste Folter. Er steckte den alten Knopf durch sein Loch und schlug dann vorsichtig den Bund um. Sie hatte sich die Karte mit einem Tuch um ihren unteren Bauch und ihre Hüften gebunden. Selbst wenn er seinen Plan weiterverfolgen wollte – was ihm eigentlich widerstrebte –, würde es ihm niemals gelingen, ihr die Karte zu entwenden, ohne sie zu wecken.

Er ließ sich wieder auf die Fersen sinken. Die Aktion war zum Scheitern verurteilt. Natürlich, er hätte ihr die Karte einfach abnehmen können, egal ob sie erwachte oder nicht, aber auch das wollte er nicht. Obwohl – es war auch nicht viel besser, als sich auf ihr Zimmer zu schleichen und die Karte im Schlaf zu stehlen.

Wieder beugte sich Nolan über Jewel, um ihr Gesicht zu betrachten. Er sog die Luft ein. Sie roch nach duftender Seife, die ihn an weiße Blumen denken ließ. Magnolien. Sie erinnerte ihn an die blühenden Bäume in Charles Town. Ihr süßer, schwerer Duft erfüllte die Luft. Er beugte sich näher. Atmete tief ein. Fast konnte er das süße Aroma ihrer Haut schmecken.

Mit der Hand fuhr sich Nolan über den Mund. Das Verlangen, seine Lippen auf ihre Haut zu pressen, überfiel ihn wie ein Sommergewitter – dunkel, schwer und heftig. Neben diesem Gefühl verblasste seine Gier nach der Karte schlagartig. Das Salz des Meeres, der Wind und die frische Luft hatten schwer an seiner hart erarbeiteten Kontrolle über seine niederen Instinkte gezerrt. Wieder ließ er sich auf die Fersen sinken, schloss die Augen und zwang sich, der Mann zu sein, zu dem er sich vor langer Zeit gemacht hatte.

Ungestüm fuhr er aus seinen Gedanken hoch, als ihm etwas sanft über die Wange strich. Beinahe hätte er die Balance verloren.

Verwirrt stützte sich Jewel auf einen Ellbogen. Ihr Blick war schlaftrunken. »Was ist los?« Dass weder Argwohn noch Angst ihre erste Reaktion bestimmte, zeigte ihm nur, dass er mit seiner Sorge recht gehabt hatte: Sie war nicht annähernd darauf vorbereitet, die einzige Frau auf einem Schiff voller Männer zu sein. Dann bemerkte sie den aufgeklappten Latz ihrer Hose. Mit gerunzelter Stirn fingerte sie an den Verschlüssen herum. »Ich hätte nie gedacht, dass du so tief sinken würdest.«

Nolan stand auf. Seine Vernunft riet ihm, die Kajüte sofort zu verlassen, aber die Provokation und der Vorwurf in ihren Augen zwangen ihn zu bleiben. Sie wusste nichts über den Mann, mit dem sie es zu tun hatte, und in diesem Augenblick erging es ihm genauso. Er nahm auf dem Rand ihres Bettes Platz, drückte sie sanft, aber bestimmt nach unten und stützte sich mit seinen Händen links und rechts von ihr ab. »Ich habe dich gewarnt, Jewel: Nicht mal ich kenne meine Grenzen.« Dann senkte er den Kopf und küsste sie.

Die erste sanfte Berührung ihrer Lippen rauschte wie eine Welle verbotenen Vergnügens durch ihn hindurch und trug die leise Stimme in seinem Kopf mit davon, die ihm noch immer Einhalt gebieten wollte.

Scharf sog Jewel die Luft ein. Wahrscheinlich spürte sie dieselbe Erregtheit, denselben Schock, die auch in Nolans Brust wüteten. Er schwebte über ihr und berührte ihren Mund nur leicht mit dem seinen, aber das genügte. Ihre Lippen antworteten sanft und entgegenkommend auf seinen leichten Druck. Ein kleiner Vorgeschmack noch, eine kleine Berührung ihrer Lippen mit seiner Zunge, und er würde sich zusammenreißen, aufstehen und die Kajüte verlassen. Seinen zweiten Vorstoß empfing sie, indem sie sich an ihn drückte und ihre Zunge schüchtern über seine gleiten ließ. Sein Körper reagierte mit einer so gigantischen Aufwallung an Lust, als hielte sie seine Männlichkeit in ihrer Hand geborgen. Plötzlich stieß er sich von der Pritsche ab, machte einen großen Schritt zurück und starrte auf sie hinab. Nach den Küssen schlug sein Herz wie wild in seiner Brust.

Von ihrem Lager aus sah sie ihn mit leuchtenden Augen und feucht glänzenden Lippen an. Gedanken an Bellamy und an die Schwüre, die er sich selbst gegeben hatte, schossen ihm durch den Kopf. An die drohende Revolution, an alles, was ihn davon ablenken konnte, mit dem fortzufahren, was er soeben begonnen hatte. Jewel blieb still. War sie zu schockiert über das, was er getan hatte, oder wollte sie, dass er fortfuhr? Er wusste es nicht. Stattdessen machte er einen weiteren Schritt in Richtung Tür, weg von der verführerischen Möglichkeit, sich davon überzeugen zu lassen, dass ihnen beiden ein kurzes Vergnügen guttun würde. Er hielt inne. Wahrscheinlich würde er sich danach besser fühlen, zumindest für kurze Zeit, und vielleicht würde sie ihm danach auch die Karte geben und nicht mehr daran denken, sich an seiner statt einen anderen Kapitän zu suchen.

Nolan schüttelte den Kopf. Er musste die gefährlichen Gedanken vertreiben. Sein Kampf, ein anderer Mensch zu werden, der Sohn, den sich seine Eltern immer gewünscht hatten, ein Mann, den die Gesellschaft billigte, war offenbar noch lange nicht vorbei. Er erreichte die Tür, fasste den Knauf und wandte sich noch einmal um. »Unter deiner Kleidung verbergen sich sehr viel wertvollere Geheimnisse als die Karte. Beim nächsten Mal werde ich mir alles holen.«

Er verließ den Raum so leise, wie er eingetreten war. Vor dem Eingang machte Nolan halt und atmete tief durch. Er fühlte sich wie ein Mann, der gerade einem fatalen Unglück entkommen war. Und tatsächlich, er war ausgerutscht, aber nicht gefallen. Im letzten Moment hatte er sich gefangen. Was für verschlungene Wege das Schicksal für ihn und Jewel wohl noch bereithielt? Nolan schob den Gedanken beiseite. Er fürchtete, dass er sie schon längst kannte.

Kapitel sechs

Jewel wählte das jadegrüne Kleid mit dem Muster aus kleinen weißen Rosen, um Nolan gegenüberzutreten. Das Öffnen der Pakete, die Tyrell von seinem Landgang in Newport mitgebracht hatte, war einer der glücklichsten Augenblicke ihres Lebens gewesen. Nie hatte sie sich vorstellen können, jemals so schöne Kleider zu besitzen. Noch nicht einmal ihre Tagträume, in denen sie Captain Kents Schatz fand, hatten an das Gefühl heranreichen können, das ihren Körper ergriff, als sie mit der Hand über die Kleider aus Seidenbrokat strich. Um sich in Nolans kleinem Rasierspiegel betrachten zu können, hatte sie sich auf die Pritsche stellen müssen, aber dieser Blick hatte genügt, um zu wissen, dass das Kleid sie verwandelt hatte. Selbst ihre Sommersprossen schienen etwas verblasst zu sein.

Von den beiden Kleidern war das grüne ihr Favorit. Vor der Kombüse, in der Nolan sie erwartete, zögerte sie und wehrte sich gegen die Befürchtung, dass die Freude über die Kleider im nächsten Moment von dem größten Streit, den sie und Nolan je hatten, zerstört werden würde.

Auch wenn sie vermutete, dass die Kleider nur aus dem Grund gekauft worden waren, weil sie demnächst das Schiff wieder verlassen sollte, freute sie sich doch ungemein. Es schien ihr, als wären sie sorgfältig und mit Bedacht ausgewählt worden. Noch nie hatte sie so entzückende, ja extravagante Geschenke bekommen. Oder überhaupt irgendein Geschenk. Sie zwang sich, den Kuss der letzten Nacht aus ihrem Gedächtnis zu verdrängen. Auch daran, dass die Kleider ein Zeichen der Reue sein oder einen ganz anderen Zweck erfüllen sollten, wollte sie nicht denken. Dass Nolan nur wegen eines gestohlenen Kusses – ganz gleich wie erregend – beschließen sollte, sie zu seiner Geliebten zu machen, war im höchsten Maße unwahrscheinlich. Dass er wild entschlossen war, sie in Newport von Bord zu schicken, war nicht nur wahrscheinlicher, sondern auch von Vorteil: Dagegen wüsste sie sich besser zu wehren als gegen seine Liebesabenteuer – und sie würde ihre Kleider nicht hergeben müssen.

Sein Schweigen reizte sie fast so sehr wie sein argwöhnischer Blick. Um ihrem Treffen die Schwere zu nehmen, hob Jewel ihr Kleid an und drehte sich. Als sie Nolan wieder anblickte, waren ihre Wangen gerötet. »Danke! Es sind die schönsten Kleider, die ich je besessen habe.«

»Du brauchtest etwas Sittliches zum Anziehen, und ich war in Eile. Gut, dass sie dir zu passen scheinen.« Er schob sich ein Stück Brot in den Mund. »Bitte setz dich. Wir müssen etwas Wichtiges bereden.«

Sie versuchte, distanziert und würdevoll auf der langen Bank Platz zu nehmen. Falls sie einen Augenblick lang gedacht hatte, dass ihr Kuss ihn dazu bewogen hatte, seine Meinung zu ändern und sie nicht mehr wegzuschicken, deutete seine barsche Reaktion eher auf das Gegenteil hin. Während er weiteraß, sah er sie kaum mehr an. Jewel fand es immer schwieriger, die Gleichgültige zu spielen. Sie hatte die Küche betreten, hatte ihr Herz auf der Zunge getragen und war so gut wie kaum beachtet worden. Ein weiteres Mal würde sie ihre Gefühle nicht mehr zeigen. Wenn sie wollte, konnte sie genauso kühl und unnahbar sein wie Nolan. Und das musste sie auch.

»Ich höre?« Um ihr schwindendes Selbstvertrauen zu überspielen, hob sie fordernd ihr Kinn. Sie hatte kaum geschlafen, und ihre Ruhelosigkeit hatte sich nach Nolans Kuss zum reinsten Gefühlschaos ausgewachsen. Auch jetzt klopfte ihr Herz bis zum Hals, doch die Tatsache, dass sie im Besitz der Karte war, verlieh ihr nicht mehr länger Zuversicht. Nolan hatte beeindruckend bewiesen, dass er sie sich jederzeit holen konnte – und nachdem er sich letzte Nacht bereits in ihre Kajüte geschlichen hatte, konnte sie nicht mehr sicher sein, dass er es beim nächsten Mal nicht auf die Karte abgesehen hatte.

Er blickte kurz zu ihr hoch, dann studierte er wieder seinen Eintopf.

Jewel fingerte nervös an der passenden grünen Schleife herum, die ihr Haar zusammenhielt. Sie ertrug sein Schweigen keine Sekunde länger, weigerte sich aber, darauf wie er mit Unhöflichkeit zu reagieren. »Vielen Dank auch für die Seife. Magnolien habe ich am liebsten. Woher wusstest du das?«

Er hielt im Kauen inne und starrte regungslos auf ihre Brust. »Ich habe nichts damit zu tun. Die Näherin hat sie ausgesucht. Ich ließ sie all die Dinge zusammentragen, die eine Frau ihrer Meinung nach braucht. Ich nehme an, alles ist zu deiner Zufriedenheit?«

»Sehr.« Ihr Lächeln verblasste. Wollte er ihr die Schuld an ihrem Kuss geben? Schämte er sich? Sie stutzte bei dem Gedanken. Stets trug er diese selbstgerechte Haltung zur Schau, aber wenn diese Einstellung dazu führte, dass er ihresgleichen ohne Grund küsste, dann würde sie das herausfinden.

»Gut.« Mit einem Ruck riss er ein weiteres Stück Brot vom Laib ab.

»Weshalb bist du so wütend auf mich?«

Seine blauen Augen brannten. »Ich bin nicht wütend.«

Jewel hielt es nicht mehr aus. Wann immer sie ihm in die Augen sehen wollte, wich er ihrem Blick aus. Wenn er vorhatte, sie wegzuschicken, dann musste er auch Manns genug sein, es ihr von Angesicht zu Angesicht mitzuteilen und dieses quälende Treffen nicht noch weiter in die Länge zu ziehen.

Nervös drehte sie um ihren Finger eine Haarsträhne, die immer wieder aus der Schleife rutschte. Nolan betrachtete sie mit gesenktem Kopf. Jewel hatte falschgelegen: Er ignorierte sie nicht, er war schlicht und einfach genervt.

Sie seufzte. Sie hatte keine Ahnung, wie sie die Kluft zwischen ihnen überbrücken sollte. Die Kontrolle über ihre gegenseitige Anziehungskraft lag nicht in ihrer Macht. Vielleicht war ihre beiderseitige Zuneigung auch der Grund, warum Nolan so wild entschlossen war, sie wegzuschicken. Sie griff über den Tisch nach seiner Hand.

»Nicht«, stieß er zwischen zusammengebissenen Zähnen hervor.

Jewel faltete ihre Hände in ihrem Schoß. Auch sie konnte ihn nicht ansehen. »Ich gehe.« Sie erhob sich.

»Setz dich, Jewel. Ich habe dir etwas zu sagen, das dich wahrscheinlich freuen wird.«

Sie ließ sich auf den Stuhl zurückfallen, zweifelte aber schwer daran, dass er ihr irgendetwas mitzuteilen hatte, das seine Feindseligkeit wiedergutmachen konnte. *Er* hatte *sie* geküsst, und trotzdem behandelte er sie wie einen Bettler, wie jemanden, wegen dem man die Straßenseite wechselt, um ihm nicht zu begegnen. »Das Einzige, woran ich Gefallen finden könnte, wäre dein Entschluss, mich an Bord bleiben zu lassen, um den Schatz zu finden.«

Nolan lächelte freudlos. »General Gage hat das Kriegsrecht in Boston ausgerufen, und der Continental Congress hat George Washington zum Anführer der Armee erklärt. Ich habe ihnen einen Anteil des Schatzes für einen Kaperbrief versprochen, wenn und falls ich erfolgreich zurückkehre. Ebenso plane ich, einige Handelsschiffe für den Krieg auszurüsten. Du siehst, ich kann es mir nicht leisten, die Sache mit dir zu Ende zu bringen und dich von Bord zu jagen. Ich habe dich also am Hals.« Er seufzte. »Komm, lass uns jetzt die Karte studieren.«

Seine kalten Worte schnürten ihr die Kehle zu. Mit aller Macht versuchte sie, ihre Tränen zurückzuhalten. »Aber wenn du mich so widerwärtig findest, wie es den Anschein hat, warum hast du mich dann geküsst?«

Nolan schaute verständnislos auf. »Äh … was?«

»Der Kuss, in deiner Kajüte – heute Nacht. Und tu nicht so, als wüsstest du nicht, wovon ich spreche. Warum hast du das getan?« Ihr Wutanfall milderte die Verletzung, die ihr seine Worte noch vor Sekunden zugefügt hatten. Wie konnte er es nur wagen, nach außen hin stets mit seiner moralischen Überlegenheit aufzutrumpfen, wo er es doch war, der sich bei ihr eingeschlichen hatte, als sie schlief? Und zwar nicht, um ihr nur die Karte, sondern auch, um ihr einen Kuss zu stehlen?

Nolan kratzte seine Bartstoppeln. »Ich habe einen Fehler gemacht.« Er sah sie an, als müsse er seine Kräfte sammeln. »Verstehst du denn nicht den Ernst der Lage? Das hier ist keine Ausflugsfahrt, Jewel. Es heißt, dass Captain Kents Schatz eine Million Pfund wert sein soll. Wie die Dinge stehen, wird sich der Continental Congress Geld von fremden Großmächten leihen müssen, um Washingtons Armee finanzieren zu können. Wenn ich den Schatz schnell finde, könnte er auf diese Mittel zurückgreifen und damit eine Flotte von Freibeutern ausrüsten, um die Engländer in ihren arroganten Hintern zu treten. Ich nehme dich mit, weil du es bist, die die Karte besitzt – nur aus diesem einen Grund. Sei also dankbar, dass du uns begleiten kannst, und behindere nicht unsere Arbeit.«

Jewel erhob sich ungelenk, so dass Nolan nicht bemerkte, dass sie am ganzen Leib zitterte. Noch nie hatte er so viele

Worte auf einmal an sie gerichtet. Von jetzt an würde sie seine stille Wut vorziehen. Oh, wie sie es bereute, dass sie ihn letzte Nacht nicht geschlagen hatte. Stattdessen hatte sie herausfinden müssen, warum Frauen ihren Ruf so leicht für Männer ruinierten, die eindeutig nicht zu ihnen passten.

Sie stellte ihren Fuß auf die Bank und zog ihren Rock weit genug hoch, um die Karte aus ihrem Strumpfband zu ziehen. Als sie ihm das Bündel zuwarf, zielte sie auf seinen Augenwinkel. »Hier. Da hast du, wonach du verlangst. Nimm sie an dich. Lass mich dir nur nicht im Weg stehen! Oh, und nur damit wir uns richtig verstehen – *du* hast *mich* geküsst! Verzichte also von nun an darauf, so zu tun, als wäre ich die Gefahr für deine Tugend.«

Mit Schwierigkeiten fing Nolan das Pergament auf. »Jewel …« Er erhob sich und trat um den Tisch.

Sie wandte sich um und schritt in Richtung Tür. Ihren Fluchtweg vor Augen hielt sie inne. Nein, sie würde nicht wie ein Kind davonlaufen, und er würde ihr nicht mehr länger alles vorschreiben wie das herrische Ungeheuer, das er zu sein vorgab. »Wir sind Partner, Nolan, und ich erwarte, dass du mich auch wie einen behandelst. Du unterrichtest mich über deine Pläne, und ich bekomme die Hälfte des Anteils vom Schatz, der nicht an den Continental Congress geht.«

Nolan schüttelte den Kopf. Die Wut war aus seinem Blick gewichen, und er schlug einen entschuldigenden Ton an. »Noch nicht einmal ich bekomme die Hälfte.«

Sie richtete sich auf. »Dann werden wir das, was verbleibt, zu gleichen Teilen unter uns aufteilen.« Sie wirbelte herum, drehte sich dann aber genauso schnell wieder um. »Übrigens ist nicht jeder an Bord der Meinung, dass ich im Weg bin.«

Nolans Miene verfinsterte sich. »Halt dich von der Besatzung fern.«

Jewel zuckte mit den Schultern. »Schön und gut, aber wie willst du es anstellen, dass deine Besatzung sich von *mir* fernhält?« Sie drehte sich um, trat gegen den Haken, der die Tür verschloss, und warf sie zu guter Letzt hinter sich zu.

Zwei Stufen auf einmal nehmend stürmte sie die Treppe zum Deck hinauf, wobei sie immer wieder in schneller Abfolge auf das hübsche neue Kleid trat und es raffte. Sie würde ihm das verdammte Ding ins Gesicht werfen und wieder ihre abgewetzten Hosen tragen. Die waren allemal praktischer!

Am pechschwarzen Himmel ballten sich dunkle Wolken zusammen, die nur ab und an das Licht des abnehmenden Mondes durchscheinen ließen. Selbst die Sterne waren in dem dunklen, stürmischen Himmel verschwunden.

Jewel lehnte sich über die Brüstung und starrte auf das Meer hinaus, das aus wellenförmigen, finsteren und unergründlichen Schatten bestand. Die Wellen schlugen an den Bug, während die Takelage über ihr wie ein trauriger Chor seufzte, der Jewels gedrückte Stimmung zu unterstreichen schien. Vielleicht fühlte immerhin ihr Vater in seinem feuchten Grab mit ihr, denn wie es schien, würde sich ihr neues Leben kaum von ihrem alten unterscheiden. Nolan wollte sie genauso wenig um sich haben wie ihre Mutter oder Harvey, dabei sehnte sie sich so danach, einen Ort zu finden, wo sie sich zu Hause fühlen konnte. An manchen Tagen war sie es so schrecklich müde, um Anerkennung kämpfen zu müssen.

Nolans ablehnende Haltung schnitt ihr schmerzhaft ins Herz. Seit so vielen Jahren versuchte sie, etwas anderes zu sein als die uneheliche Tochter eines Schankmädchens, ungewollt und immer im Weg, trotzdem hatte sie beinah schon vergessen, wie grausam das Urteil anderer Menschen sein konnte. Solange die Karte allein ihr Geheimnis gewesen war, hatte sie ihr Stärke gegeben, sie war ein magischer Talisman gewesen, der sie sofort bei allen beliebt machen würde, sollte sie sich dazu herablassen, der Welt von ihr zu berichten. Aber Nolan hatte ihr gerade deutlich vor Augen geführt, dass dem nicht so war.

Eine zögerliche Berührung an ihrer Schulter ließ sie ihre Melancholie hinunterschlucken. Als sie sich umdrehte, entdeckte sie nicht Nolan, sondern Wayland. Die Überraschung löste eine neue Welle der Verzweiflung aus. Sie hatte ihm zu viel Glauben geschenkt, hatte ihm vertraut, weil er wegen der Karte anständig mit ihr umgegangen war, sich die Zeit genommen hatte, ihr hübsche Dinge zu kaufen, und mit der Berührung seiner Lippen ihr innerstes Begehren geweckt hatte.

»Was bedrückt dich?«

»Nichts.« Sie zwang sich zu einem schwachen Lächeln in der Hoffnung, er wäre höflich genug, ihre offensichtliche Lüge zu übersehen. »Nolan lässt mich an Bord bleiben. Wir werden den Schatz also gemeinsam finden.«

Wayland lehnte sich an die Reling. »Aber warum dann das traurige Gesicht?«

Jewel blickte an ihrem Kleid hinab, unfähig, wieder die anfängliche Freude darüber zu empfinden, oder auch nur die Kraft zu haben, sie vorzutäuschen. »Nolan denkt, ich würde nur im Weg stehen und ihm Schwierigkeiten machen.«

Zu ihrer größten Überraschung zog Wayland sie in einer vorsichtigen Umarmung an sich. »Mach dir darüber keine Sorgen, Kleine. Das denkt er ganz bestimmt nicht.«

Jewel gestattete ihm einen Augenblick lang, sie zu halten, bevor sie sich taktvoll aus seinen Armen löste. Seine tröstende Geste rührte sie, aber er roch zu stark nach eingelegtem Fisch und Rauch. Sie glättete die Falten ihres Kleides und fühlte sich tatsächlich etwas besser. »Nolan duldet mich nur, weil ich im Besitz der Karte bin. Ohne sie hätte er kein Interesse an mir.«

Wayland hob mit einem Finger ihr Kinn an und las in ihren Augen. »Es ist das erste Mal, dass du für einen Mann Gefühle hegst, nicht wahr?«

Jewel zuckte mit den Schultern. Sie wollte es leugnen, aber die Lüge kam nicht über ihre Lippen. Nicht dass es Nolans Charme war, der sie so aus der Bahn geworfen hatte. Wohl kaum. Er hatte ihre Aufmerksamkeit auf eine Art erregt, wie es noch nie zuvor ein Mann getan hatte. »Er hat etwas Animalisches an sich.«

»Ja, er ist etwas Besonderes. Und kompliziert. Lass dir von mir etwas über Nolan verraten. Ganz egal, was er dir sagt, du kannst darauf wetten, dass er das Gegenteil meint.«

Jewel versuchte, in Waylands Gesicht zu lesen, ob sie ihm glauben konnte. Die Zeit, die sie in der letzten Woche mit ihm verbracht hatte, hatte sie das Gerücht glauben lassen, er sei halb verrückt. Zudem hatten die Männer getuschelt, er habe die Franzosenkrankheit. Das würde auch seine hagere Erscheinung erklären. Die unheilvollen Wolken rissen kurz auf. Ein fahler Mondstrahl fiel auf sein Glasauge, das blau zum Leben erwachte, während sein übriges Gesicht tot blieb. Jewel trat zurück, die letzten Sekunden erschienen ihr wie ein schlechtes Omen. »Danke für Euren Rat.« Sie gähnte laut. »Es ist spät …«

Wayland ergriff ihren Arm. Jewel wollte sich losmachen, aber er hielt sie fest. »Hör mir zu, Mädchen. Ich verlasse mich darauf, dass du den Jungen zur Vernunft bringst. Er weiß nicht, was er will.«

Jewel nickte zustimmend und hoffte, er würde sie nun gehen lassen. Angst kroch ihren Nacken hinauf. Sie suchte das Deck ab, aber der Bug lag ungewöhnlich verlassen da. Niemand hielt sich in Sichtweite auf, und das dunkle Rollen der Wellen würde höchstwahrscheinlich jeden Schrei verschlucken.

»Nolan sagt Dinge, von denen du und ich wissen, dass sie nicht das sind, was er denkt.« Auch Waylands gesundes Auge flog jetzt hektisch über das Deck. Nackte Panik ergriff Jewel, wieder wollte sie sich loszerren, aber er hielt sie weiterhin mit erstaunlicher Kraft fest. »Er behauptet, nicht an dir interessiert zu sein, aber wie sieht er dich an? Mit Feuer. Ich habe es selbst beobachtet. Er ist verrückt nach dir.«

Jewel hörte auf, sich zu winden. Die Neugier, die Waylands Worte in ihr weckten, hatte die Oberhand über ihre Furcht gewonnen. Als der alte Seemann endlich von ihr abließ, rannte sie nicht davon, wie sie es vorgehabt hatte. Was er sagte, ergab einen Sinn. Oder sprach er nur die Worte aus, die sie hören wollte? »Aber alles, was ich tue, scheint ihn abzustoßen. Ich habe das Kleid angezogen, das er mir hat kaufen lassen, da ich dachte, er wollte es so, aber es schien ihn nur zu ärgern.«

»Hübsche Kleider sind etwas für Jungs wie Tyrell. Nolan ist ein erwachsener Mann. Er ist an Frauen gewöhnt, die wissen, was sie tun. Du kannst ihm deine Reize nicht unter die Nase halten und sie dann wieder verstecken. Du musst ihm zeigen, was du zu bieten hast, so einfach ist das.«

Jewels Körper verkrampfte sich. »Nur weil ich in einer Taverne gearbeitet habe, heißt das noch lange nicht, dass ich eine Hure bin.«

»Beruhige dich, das weiß ich. Aber wenn ich du wäre, dann hätten wir dieses Problem nicht, oder? Vertrau mir. Wenn du Nolan willst«, Wayland fasste sich verdeutlichend in den Schritt, »musst du ihn genau hier packen. Dann wirst du ihn auch bekommen.« Er schloss seine Darbietung mit einem Zwinkern ab. Als ob Jewel seine Geste missverstehen konnte!

»Ich muss gehen.« Sie drehte sich um.

Wayland hielt sie auf. »Du hast noch nie den Schwanz eines Mannes angefasst, oder?«

Jewel wollte sich befreien. »Müsst Ihr das nun auch noch fragen?« Sie erwog kurz, ihn mit ihrer anderen Hand zu schlagen, aber mit seinem narbenübersäten Gesicht würde er davon wohl sowieso nichts spüren.

Wayland hielt ihren Arm fest. »Beruhige dich, Mädchen. Scheinbar habe ich mich vertan, und du bist doch nicht ganz die Tochter deines Vaters. Dachte, du wärst aus härterem Stoff gemacht.«

Sie entzog sich ihm mit einem festen Ruck. »Ich bin aus härterem Stoff gemacht! Aber ich bin auch die Tochter meiner Mutter, und ich habe nicht vor, mit einem dicken Bauch zu enden – und ohne Mann, wenn das Baby erst auf der Welt ist.«

Wayland grinste. »Dann bist du ja doch nicht so naiv, wie ich meinte.«

Jewel war wütend. Sie war wütend auf Nolan, auf sich selbst und – plötzlich – auch auf ihren heißgeliebten Vater. Immer war sie zu beschäftigt damit gewesen, ihr vaterloses Leben zu betrauern, um wirklich zu verstehen, in was für einer schwierigen Lage ihre Mutter damals gewesen war – bis jetzt. Genauso wenig hatte sie einen Gedanken daran verschwendet, wie sehr es sie verletzt haben musste, dass der Vater ihrer Tochter sie verlassen hatte. »Da habt Ihr recht. Ich habe seine Freundlichkeit nur falsch eingeschätzt. Das ist es also, was Nolan will? Sex?«

»So habe ich mich nie ausgedrückt. Nun, aber ja, das will er. Und nicht nur das. Nolan ist nicht wie dein Vater, Gott hab ihn selig. Er würde dich nie verlassen, hätte er dich geschwängert – ganz im Gegenteil. Ich gebe dir nur einen Rat, wie du von ihm bekommst, was du haben willst. Er begehrt dich, das ist unleugbar. Aber er wird so lange das tun, was er will, bis du deine Hand um seine steife und harte Männlichkeit legst … wenn du verstehst, was ich meine.«

Oh, sie verstand nur zu gut. Ohne jemanden, der sie beschützte, hielten alle Männer sie für leichte Beute. Wie naiv sie gewesen war! Sie hätte wissen sollen, welches Verlangen hinter Nolans hungrigem Blick und seinem gestohlenen Kuss in Wirklichkeit steckte. Trotzdem hatte sie gedacht, dass er mehr in ihr sah als nur ihren Körper. Sie hatte geglaubt, er nähme sie als Frau wahr, sie, die Kraft und Verlangen in sich trug, um sich über ihre Lebensverhältnisse zu erheben, und die zudem schlau genug war, um mit ihm einen lang verborgenen Schatz zu heben. »Entschuldigt mich, ich werde mich in meine Kajüte zurückziehen. Ich hatte einen anstrengenden Tag.«

»Jetzt lass dir von unserem Captain nicht deine Stimmung verderben. Du bist die Tochter eines Piraten, so einfach ist das. Spiel dich nicht auf, auch Nolan ist ein Pirat, selbst wenn er es nicht zugeben will. Ihr beide gehört einfach zusammen. Ich versuche nur zu helfen.«

Waylands Bemerkung schwebte noch über dem Tosen des Meeres und in ihren Ohren, als sie wieder in ihre Kabine stürmte. Nolan war keinen Deut besser als Latimer Payne. Beide hielten sie für so verzweifelt, dass sie annahmen, sie würde alles dankbar nehmen, was man ihr bot.

In dem Zimmerchen wurde sie von dem Verlangen übermannt, sich das Kleid, das Nolan für sie hatte kaufen lassen, vom Leib zu reißen und es über Bord zu werfen. Die Wirklichkeit, wie sie sich in diesem Moment abzeichnete, war meilenweit von ihren jugendlichen Träumen entfernt. Nur weil sie die Karte zu einem Schatz besaß, bedeutete das noch lange nicht, dass man sie akzeptierte oder ihr Respekt zollte. Sie hatte keinen blassen Schimmer, was sie erwarten sollte oder nicht.

Vorsichtig löste sie die Schlaufen des Kleides und hängte es in den Schrank. Auf keinen Fall würde sie ihrem Drang nachgeben und sich wegen des Vorfalls nicht mehr an schönen

Kleidern erfreuen. Im Gegenteil: Da Nolan sie nun ja mit allem versorgt hatte, was notwendig war, um eine ungewollte weibliche Ablenkung zu sein, würde er genau das von ihr bekommen.

Kapitel sieben

Sie erreichten Gardiners Island binnen weniger als anderthalb Tagen – in Rekordzeit. Für Nolan war es die längste Reise seines Lebens gewesen. Er hatte Jewel verletzt, sich wie ein Untier benommen, und sie hatte ihn dafür büßen lassen. Ihr Aufeinandertreffen in der Kombüse war ganz und gar nicht so gelaufen, wie er es geplant hatte. Er hatte gehofft, einen kühlen Waffenstillstand mit ihr zu schließen, aber als sie in dem Kleid mit vor Freude glänzenden Augen vor ihm erschienen war, hatte ihn ihre Sinnlichkeit wie ein Schlag ihres Vaters getroffen. Die Frauenkleider sollten dazu dienen, ihn zu desillusionieren, weil sie in ihnen mit Sicherheit wie eine gewöhnliche Frau aussah. Zu spät hatte er seinen Fehler erkannt. An Jewel war einfach nichts gewöhnlich.

Aus der Ferne wirkte Gardiners Island üppig grün. Im Inselinneren wuchsen Kiefern, und der graukristallene Sand sog die warmen Strahlen der Frühlingssonne auf und lud sie ein, an Land zu gehen. Sogar die rauhen Felsen, die aus der schwachen Brandung herausragten und ihr Skiff bei einem Sturm nur allzu leicht zerschmettern konnten, schimmerten friedlich: Die Insel bot ein gänzlich anderes Bild als bei seinem letzten Besuch. Damals hatten er und Bellamy die Insel im tiefsten Winter abgesucht. Ihnen war der heulende Wind durch die Kleider gefahren, und selbst die stärksten Bäume hatten sich unter ihm gebogen. Heute nun schien die Insel das Geheimnis eines verborgenen Schatzes zu wahren.

Trotz der Sonne, die ihm auf den Rücken brannte, als er

eine der beiden Barkassen für den Landgang hinüberruderte, stieg von den Wellen noch immer Kälte auf. Sie ließ Nolan schaudern. Doch die Kühle hatte nichts mit dem erst kurz vergangenen Winter zu tun, sondern ausschließlich mit einer überaus überheblichen Göre. Jewels Lachen tanzte über das Wasser und klirrte schrill in seinen Ohren. Wie Metall auf Metall. Er konnte gerade noch an sich halten, seiner Miene nichts anmerken zu lassen. Gerade warf Tyrell, der das Skiff ruderte, in dem Jewel saß, als Antwort auf ihr klingendes Kichern lachend seinen Kopf zurück.

Wayland, der sich in Nolans Boot befand, verrenkte sich den Hals. »Die beiden sind so eng miteinander wie die Schenkel einer Jungfrau. Mit mir hat sie, seit wir Newport verlassen haben, kaum mehr ein Wort gesprochen.«

Nolan zerrte stärker als nötig an den Rudern. Er versuchte, seiner Frustration Luft zu machen, indem er sich von ihrem Boot absetzte. Jewel aus dem Weg zu gehen, war eine Sache – von ihr geschnitten zu werden, eine ganz andere. Obwohl er die Behandlung vermutlich verdient hatte, litt er darunter. Auch sein Gespräch mit Tyrell wegen Jewel war nicht wie geplant gelaufen. Sein Leutnant hatte zwar bereitwillig zugestimmt, sie mit äußerstem Respekt zu behandeln, solange sie an Bord war, doch Nolan fürchtete, dass er seine eigene Besitzgier hatte durchblicken lassen, als er versucht hatte, Tyrell in die Schranken zu weisen. Möglicherweise war dadurch ein völlig falscher Eindruck über ihre Stellung an Bord entstanden.

»Ich habe die Grenzen unseres Umgangs miteinander abgesteckt. Sie akzeptiert meine Autorität als Captain«, antwortete er Wayland schließlich.

Wieder erklang schallendes weibliches Gelächter und schickte einen Schauer über Nolans Rücken.

Wayland warf einen Blick auf das für Nolan nicht sichtbare

Ruderboot, und wandte sich ihm dann wieder grinsend zu. »Aye, Captain.« Offenbar zufrieden damit, ihn gründlich gereizt zu haben, wandte er sich wieder zur Insel um. Er sah aus wie eine bedrohliche Galionsfigur, die mit Sicherheit jeden bösen Geist in die Flucht schlagen würde.

Eine wohltuende Stille begleitete sie auf dem restlichen Weg bis zur Insel. Sie wurde lediglich vom Schnaufen der Besatzung hinter Nolan und den Rudern, die in schnellem Rhythmus durch das Wasser zogen, gestört. Nolan erhob sich als Erster und watete durch das eisige Nass, um das Ruderboot an Land zu ziehen. Selbst der heißeste Tag konnte den Atlantik nicht erwärmen. Er sehnte sich in die Karibik zurück. Vielleicht wäre er dort auch wieder ganz der Alte? Im Moment rangen zwei Männer in seiner Brust darum, wer ihn bestimmte. In den alten Zeiten hätte er Jewel nicht mit Samthandschuhen angefasst, wenn er sie berühren, ihre Haut an seiner spüren wollte. Kopfschüttelnd versuchte er, einen klaren Gedanken zu fassen: Er musste sich sein Verlangen abgewöhnen, nicht seine Zurückhaltung.

Nachdem Nolan die Karte aus seiner Tasche zutage gefördert hatte, betrachtete er die Insel, deren grüne Hügel sich direkt hinter dem Strand erhoben. Seine Freude über das heißbegehrte Pergament wurde von der Erinnerung daran getrübt, wie er es bekommen hatte. Er wünschte, die ganze Begegnung wäre anders verlaufen. Aber bis dahin war Jewel so energisch und stur gewesen, dass er nicht erwartet hatte, seine groben Worte könnten sie verletzen. Jetzt sah er, dass er einen Fehler begangen hatte, obwohl sie sich tapfer bemühte, es ihm nicht zu zeigen.

Seine Vermutung hatte sich bestätigt. Hinter ihrer Fassade war sie verletzlicher, als sie zugeben wollte. Und obwohl es stimmte, dass er sie nicht auf dem Schiff haben wollte, entsprang ein Großteil seiner Feindseligkeit doch aus seiner ihn quälenden Begierde. Letzte Nacht hatte er seinen Wunsch unterdrückt, zu ihr zu gehen und sich zu entschuldigen. Er hatte Gefühle für Jewel, Gefühle, die er selber nicht zu erkunden wagte, die er aber immer schwieriger verbergen konnte. Und da die Anziehung gegenseitig war, schien es besser zu sein, sich aus dem Weg zu gehen.

Nolan konzentrierte sich auf die Karte. Seit über einem halben Jahrhundert nach Captain Kents Exekution, so hieß es, sei sein Schatz auf Gardiners Island versteckt. Schon viele Schatzsucher hatten hier ihr Glück gesucht – darunter auch Bellamy und er –, aber alle erfolglos. In der vergangenen Nacht hatte Nolan lange Zeit damit verbracht, das Buch seines Vaters mit der Karte zu vergleichen, aber er war auf keine neuen Erkenntnisse gestoßen. Er hatte wenig Hoffnung, dass der heutige Landgang zu etwas führen würde, aber irgendwo mussten sie ja schließlich beginnen.

Er wandte sich zum Strand um, gerade rechtzeitig, um zu beobachten, wie Tyrell Jewel durch die Brandung trug. »Mr. Tyrell, sichern Sie Ihr Ruderboot, bevor Sie Passagiere an Land bringen.«

Der Leutnant blickte über seine Schulter zurück, doch das dritte Besatzungsmitglied zog das Langboot bereits geschickt an Land. »Aye, Captain.« Als er auf Jewel hinabblickte, breitete sich ein Lächeln auf seinem Gesicht aus. Er setzte sie auf festem, trockenem Boden ab und eilte zurück, um seinem Mann zu helfen, das Boot an Land zu ziehen.

Nolans Mundwinkel verzogen sich zu einem spöttischen Grinsen. »Mr. Tyrell, kann ich kurz mit Ihnen sprechen?« Er stapfte zu der anderen Seite des Strands, ohne sich an die übrige Crew zu wenden. Er hatte Angst, Jewel könnte sehen, dass sein Ansinnen, mit Tyrell unter vier Augen zu sprechen, ausschließlich mit ihr zu tun hatte.

»Ja, Captain?«, fragte Parker, leicht außer Atem, nachdem er ihm hinterhergerannt war.

»Ich dachte, wir hätten alle Fragen hinsichtlich Miss Sanderson geklärt.«

»Fragen, Captain?« Sorglos erwiderte Tyrell Nolans strengen Blick. Schon jetzt brachte Nolan das Thema ins Schwitzen.

Doch je länger das Gespräch dauern würde, desto schlimmer würde es werden. Er musste deutlich werden. »Ich habe erfahren, dass Sie eine maßlos übertriebene Summe in einem bestimmten Bordell ausgegeben haben …«, setzte Nolan an, hielt aber inne, als Parker den Blick abwandte.

»Offenbar sind Sie von meinem Vater unterrichtet worden.« Tyrells Hals wurde rot, bevor er wieder wegsah. »Trotzdem ist mir klar, dass Jewel unter solchen Bedingungen nicht zur Verfügung steht. Wie Sie vielleicht wissen, sind mir ältere und erfahrenere Frauen die liebsten.«

Nolan kämpfte gegen den Drang an, selbst wegzusehen. Weder wollte er etwas über Tyrells sexuellen Vorlieben erfahren, noch war es seine Absicht gewesen, ihn deshalb in die Bredouille zu bringen. »Solange Sie Ihren Pflichten nachkommen, und das tun Sie, kümmert es mich herzlich wenig, wie Sie Ihre freie Zeit verbringen. Ich wollte es nur zu Miss Sandersons Schutz angesprochen haben.«

Tyrell entspannte sich. Bei dem Lob stellte er sich sofort etwas aufrechter hin. »Danke, Captain. Sie müssen keine Sorge daran verschwenden. Mir ist bewusst, dass Sie Ihren Anspruch auf sie bereits erklärt haben.«

»Aber unsere Beziehung ist rein …« Nolan hatte zu schnell begonnen, er konnte den Satz nicht beenden. Wie sollte man seine Beziehung zu Jewel einordnen? »Ich habe keinen Anspruch auf sie«, brachte er schließlich hervor.

Tyrell und Nolan starrten sich einen weiteren, scheinbar endlosen Augenblick lang an, in dem Nolan seinem verständnisvollen Leutnant wortlos etwas mitzuteilen versuchte, dessen er sich selbst noch nicht einmal sicher war.

»Das ist dann alles«, sagte er schließlich. Ein weiteres Mal hatte er mehr Schaden angerichtet, als etwas geklärt zu haben. »Sorgen Sie dafür, dass die Besatzung alle Vorräte aus den Booten holt.«

»Aye, Captain.« Tyrell stapfte davon, und Nolan hielt ihn nicht zurück. Er ärgerte sich. Er hätte einfach sagen sollen, dass er tatsächlich einen Anspruch auf Jewel hatte. Damit wären alle Unklarheiten beseitigt gewesen. Er seufzte, drehte sich um und ging dann allein ein paar Schritte über den steinigen Strand.

»Warte!«, erklang es hinter ihm. Nolan verharrte, drehte sich aber nicht um. Seit dem Vorfall in der Kombüse hatte Jewel nicht mehr das Wort an ihn gerichtet, und es war unwahrscheinlich, dass sie es gerade jetzt tun würde. Trotzdem wurde er von ihr an seinem Arm festgehalten. »Zeig mir die Karte.«

Darum ging es ihr also. Er warf ihr einen kurzen, abschätzigen Blick zu und versuchte, den Ausschnitt ihres geblümten Kleides zu ignorieren, der etwas tiefer war, als der des grünen. »Ich kenne mich auf Gardiners Island aus. Ich werde die Karte bei mir behalten.«

Als sie voller Entrüstung ihre Faust in ihre geschnürte Taille stemmte, musste sich Nolan erneut fragen, warum er es für klüger gehalten hatte, sie in weibliche Kleidung zu stecken. Ihre Kurven waren nicht zu übersehen. »Ach, tatsächlich? Nun, ich glaube, mich zu erinnern, dass du von deiner letzten Fahrt zu dieser Insel mit leeren Händen zurückgekehrt bist. Warum soll sich nicht jemand mit unverbrauchtem Blick daran versuchen?«

Nolan gab nach. Er reichte ihr die Karte, unschlüssig darüber, ob ihre stumme Willensschlacht vielleicht nicht doch besser gewesen wäre als solche Diskussionen. Die winzigen blauen Blumen und die Spitze, die ihr Dekolleté rahmten, hatten die gleiche Wirkung auf ihn wie Zuckerwerk: Jewel wirkte weiblich, weich und so süß, dass man nicht umhin konnte, von ihr kosten zu wollen. Leider hatte sich ihre hübsche Verpackung in Wirklichkeit als bitter erwiesen – zumindest für Nolan.

Ihm entging nicht ihr spöttisches Lächeln, als sie sich umwandte und Tyrell winkte.

»Tyrell –«

Schnell packte Nolan ihren Arm. »Nicht! Nur wir beide dürfen die Karte zu Gesicht bekommen. Sonst niemand.«

»Aber Tyrell ist dein Leutnant. Vertraust du ihm nicht?«

»Es ist besser und sicherer, wenn man niemandem vertraut.«

Jewel hob ihr Kinn, um ihn zu betrachten. »Niemandem vertrauen? Du musst ein sehr trauriges Leben führen, Nolan, aber ich glaube, ich kann dich verstehen.« Sie entzog ihm ihren Arm. »Wesentlich besser, als du denkst.«

Obwohl er sich an ihre hartnäckige Dickköpfigkeit gewöhnt hatte, bestürzte ihn dieser Anflug von Gehässigkeit.

Jewel besah sich kurz die Karte und deutete dann nach Westen. »Hier lang.« Sie stapfte los.

Nolan zögerte. Sein erster Impuls war gewesen, sie von sich wegzustoßen, schließlich war er um ein Mehrfaches besser dran ohne ihre Verachtung. Vorwürfe machen konnte er sich selbst. Wann hatte er sich nur wieder Bellamys Verhalten angewöhnt? Niemandem vertrauen. Niemals jemandem den Rücken zukehren. Die einfachen Regeln hatten doch in seiner Vergangenheit gut funktioniert, also würde er sich von einem vorlauten Frauenzimmer nicht zwingen lassen, sich selbst zu hinterfragen.

Nolan holte Jewel ein, wild entschlossen, ihr nicht genauso einfach die Leitung dieser Expedition zu überlassen, wie sie sich in sein Leben gedrängt hatte. »Die Anweisung lautet: dreißig Schritte.« Er schritt aus und versuchte zu verdrängen, dass sich die grüne Insel in ihren Augen spiegelte. Er hatte nicht gewusst, dass Wut sie so schön machte. Dann verlor er die Konzentration und musste stehen bleiben.

Sie schloss auf. »Das waren nur sieben.«

Er ging weiter. Hatte er sich geirrt, als er nach dem Kuss Verlangen in ihren Augen gesehen hatte? Hatte sie ihm von Anfang an nur etwas vorgespielt, gab es einen Plan, den sie verfolgte, um von ihm das zu bekommen, was sie wollte? Könnte er sich doch nur sicher sein, dass seine eigene Begierde ebenso oberflächlicher Natur war. Nolan wandte sich scharf nach rechts und begann, wieder zu zählen.

Keuchend holte Jewel ihn ein. »Das stimmt nicht!«

Er hielt an, damit sie zu Atem kommen konnte. »Aber ich befolge nur die Anweisungen der Karte.«

»Nein. Ich meine, die Hügel stimmen nicht mit der Zeichnung überein. Wir sollten durch ein Tal gehen, siehst du?« Sie hielt ihm die Karte hin.

»Ich glaube kaum, dass sie exakt ist«, wiegelte er ab, ohne einen Blick auf das Papier zu werfen. »Deswegen sind auch die Schritte bis zu diesem Punkt hier angegeben.«

Fragend neigte Jewel ihren Kopf. »Wenn du alles weißt, warum hast du den Schatz dann nicht schon früher gefunden?«

Nolan ging weiter, blieb dann aber stehen. Waren das jetzt zweiundzwanzig oder dreiundzwanzig Schritte gewesen? »Damals war ich noch nicht des Lateinischen mächtig. Glaub mir, die Zeichnung hält Narren zum Narren.«

Jewel fasste ihn am Arm. »Du meinst mich? Vielleicht soll

das Latein aber auch aufgeblasene Alleswisser wie dich zum Narren halten, die Urteile über Menschen fällen, ohne irgendetwas über sie zu wissen!«

Nolan hörte auf, sich über seine Schrittzahl Gedanken zu machen. Er drehte sich um und sah ihr ins Gesicht. »Was zur Hölle soll das heißen?«

Sie funkelte ihn mit einer derartigen Feindseligkeit an, die ihn überraschte, egal ob sie nun berechtigt war oder nicht. »Du spielst den Gentleman, wenn es dir gerade genehm ist, aber im Grunde deines Herzens bist du keinen Deut besser als die anderen Männer, die ich getroffen habe.« Sie faltete die Karte zusammen, steckte sie sich ins Mieder und stapfte festen Schrittes davon. Ihre Worte ließen Nolan erschauern. In seiner Vergangenheit hatte es viele Momente gegeben, die bewiesen, dass er tausendmal schlimmer war als die anderen Männer, auf die sie bisher gestoßen war. Aber davon konnte sie nichts wissen – oder etwa doch?

Auch Tyrell schleppte sich jetzt den Hügel hinauf. Jewel lief auf ihn zu, es fehlte nur noch, dass sie ihn umarmte. Stattdessen begannen sie ein Gespräch, Tyrell nickte, und dann blickten beide in Nolans Richtung. Schmiedeten sie ein Komplott gegen ihn? Wehe, wenn er von der Karte wusste. Aber worüber sie auch sprechen mochten, es ärgerte Nolan weit mehr, die beiden beieinander zu sehen, als er es verbergen konnte. Obwohl ihn das Gespräch mit seinem Leutnant etwas beruhigt hatte, schien Jewel es darauf abgesehen zu haben, einen Keil zwischen ihn und seine Crew zu treiben. Er war einer Täuschung erlegen, als er gedacht hatte, sie hätte nichts vom Charakter ihres Vaters geerbt: Sie wusste ganz genau, wie sie die Schwachstelle eines Mannes finden konnte, und stieß dann gnadenlos zu. Auch dass sie weinen konnte, änderte nichts daran.

Er drehte sich um und folgte weiter den Anleitungen der Karte. Letzte Nacht hatte er alles auswendig gelernt. Niemals wieder würde er auf das Pergament angewiesen sein. Er fand die bezeichnete Stelle, hatte aber nicht das Gefühl, alles richtig gemacht zu haben. Dies war nicht der Ort, an dem Bellamy und er gemeinsam gegraben hatten; dessen zumindest war er sich sicher. Aber die Anweisungen auf der Karte waren auch alles andere als eindeutig.

Tyrell und Jewel holten ihn mit zwei Besatzungsmitgliedern ein, Wayland schleppte sich in einiger Entfernung hinter ihnen her. Als wäre Jewel die Königin der Insel, die von ihrer Entourage begleitet wurde.

»Hier.« Nolan deutete auf den Fleck, zu dem ihn seine abgezählten Schritte geführt hatten. Hier, auf dem Gipfel des Hügels, fanden sich kaum größere Felsen oder aufragende Kiefern. Mit einem Wald vor ihnen und dem Strand in ihrem Rücken befanden sie sich in relativer Abgeschiedenheit. Die beiden Männer der Crew nahmen ihre Schaufeln in die Hände und setzten zu graben an.

»Das ist so aufregend!« Jewel sog die Luft ein. Sie hüpfte zwar nicht wie ein kleines Mädchen auf und ab, aber aus ihrem atemberaubenden Lächeln, das sie jedem der versammelten Männer mit Ausnahme von Nolan und Wayland zuwarf, sprach wahre Begeisterung.

Nolan knurrte unwillig.

Weil sich der Boden als hart und unnachgiebig erwies, entledigten sich die beiden Männer vor Anstrengung ihrer Hemden. Nolan hatte geplant, abwechselnd zu graben. Auch hatte er mit feinkörnigem Sand gerechnet, aber die Männer kamen so langsam voran, dass er es sich anders überlegte. Er stieß sich schon jetzt von dem Baum ab, an dem er lehnte, und kam ihnen zu Hilfe.

»Wir sollten die Insel erkunden. Tyrell, würde es Ihnen etwas ausmachen, mich zu begleiten?«, fragte Jewel.

Nolan zog seine Jacke aus. »Zum Teufel damit! Mr. Tyrell ist im Dienst.«

»Trotzdem glaube ich, Miss Sanderson sollte besser nicht alleine auf Entdeckungstour gehen, Captain.« Tyrell starrte Nolan an. Es war das erste Mal, dass er ihm offen widersprach.

Jewels Blick funkelte herausfordernd. Nolan war klar, dass sie seinen Wünschen nicht gehorchen würde. »Hier kann ich nur untätig beim Graben zusehen. Und auch, wenn du Bedenken hast, ich wüsste zu gern, ob der Hügel da drüben nicht aussieht …« Sie zügelte sich, ehe sie etwas über die Karte verriet. »Ich weiß jedenfalls nicht, was es schaden sollte, wenn wir uns ein bisschen umsehen. Bei dieser Geschwindigkeit kann es noch Stunden dauern, bis die Männer tief genug gegraben haben, damit wir herausfinden können, ob der Schatz nun hier liegt oder nicht.«

»Wie schön, dass du das bemerkt hast. Ich glaube, wir alle sollten uns beteiligen.« Nolan bückte sich, hob eine Schaufel auf und warf sie Tyrell zu. »Also los.«

Nolan krempelte sich die Ärmel hoch, und Tyrell folgte seinem Beispiel, während er in Jewels Richtung entschuldigend mit den Schultern zuckte. Nolan griff sich eine Schaufel und grub ein paar Meter entfernt von seinen Männern. Jewel ließ sich unter dem Blätterdach einer großen Ulme nieder, während Wayland zu ihr hinüberschlenderte und mit dem Rücken am Baumstamm hinabglitt. Unwillkürlich rutschte Jewel mit abgewandtem Gesicht beiseite.

Nolan ließ seinen Blick zwischen den beiden hin und her wandern und verstand plötzlich. Es war nicht die Distanz allein, die er zwischen sich und Jewel aufgebaut hatte, die zu ihrem Hass geführt hatte. Auch Wayland war für die Veränderung verantwortlich. Für Nolan gab es daran keinen Zweifel. »Wayland, kommt hier rüber und macht Euch nützlich.«

»Ich bin kein Buddler, Captain. Das überlasse ich lieber Euch Landvolk.« Der alte Pirat kicherte.

Mit der Schaufel in seiner Hand marschierte Nolan zu ihm hinüber. »Fangt an zu graben, oder sagt hallo zu Eurer neuen Heimat.«

Missmutig ergab sich Wayland und rappelte sich auf. Doch Nolan gelang es nicht, sich seiner finsteren Stimmung zu entledigen. Der Pirat hatte Jewel etwas erzählt – womöglich etwas aus ihrer gemeinsamen dunklen Vergangenheit – und sie damit gegen sie beide aufgebracht.

Ein kalter Schauer überlief ihn trotz des heißen Tages. Wenn Wayland ihr die Wahrheit über den Tod ihres Vaters gesagt hatte, wäre Jewel mehr als nur wütend. Sie würde Blut sehen wollen – und zwar seines. Nolan rammte seine Schaufel so hart in die Erde, dass ihm ein heftiger Schmerz durch den Arm fuhr. Vielleicht spielte sie ja mit dem Gedanken, ihm mitten in der Nacht die Kehle durchzuschneiden? Nicht zum ersten Mal wunderte er sich, wer Jewel Sanderson wirklich war. Was hatte sie noch gleich über Urteile gesagt, die man über andere übereilt fällt?

In den nächsten drei Stunden hatte er genügend Zeit, sich darüber den Kopf zu zerbrechen. Seine schlechte Laune unterband alle Kommentare der Männer, als die Erde zu Schlamm wurde und unter dem Schlamm Wasser zum Vorschein kam. Die Sonne versank hinter einer Gruppe von Kiefern und nahm die letzte Wärme des heißen Tages mit sich. Dass der Schatz nicht hier vergraben war, wurde durch das schmatzende Geräusch, das bei jedem Schaufelstich ertönte, zur Gewissheit.

Wayland stützte sich schwer atmend auf seine Schaufel.

»Hey, Captain, Ihr habt mir nichts davon gesagt, dass ich ein Bad nehmen soll. Ich bin erst in einem Monat wieder dran.«

Das aufkeimende Kichern der anderen Männer verstummte abrupt. Obwohl Nolan nichts sagte, ja noch nicht einmal zu ihnen hinübersah, gingen von ihm Wellen der Wut aus. Er stieß seine Schaufel mit solcher Kraft in die Erde, dass Schlamm aufspritzte und seine Hose wie auch sein weißes Hemd befleckte.

»Vielleicht sollten wir für heute Schluss machen.« Jewel stand mit gefalteten Händen am Rand der Grube. Es sah aus, als würde sie beten.

Nolan ließ seine Schaufel im Schlamm versinken. »Ja, bevor wir ertrinken.«

Wieder lachten die Männer leise. Immerhin hatten sie ihren Humor noch nicht verloren. Natürlich hätte Nolan die sinnlose Suche schon lange vorher abbrechen sollen, aber gerade vor Jewel wollte er sein Versagen nicht eingestehen. Der Stachel der Eifersucht, den er seit heute Morgen verspürte, äußerte sich in unheilvoller, schlechter Laune. Mit leeren Händen aufzugeben, machte ihn unberechenbar. Vor allem, weil Jewel einen anderen Ort zum Graben vorgeschlagen hatte.

»Hier sind wir jedenfalls fertig.« Als Nolan versuchte, den Grubenrand hinaufzuklettern, rutschte sein Fuß an den glitschigen Wänden ab. Hinter ihm hörte er einen Platsch. Einer der Männer war flach auf den Rücken gefallen. Tyrell und die anderen kämpften sich durch den Matsch, um ihm zu helfen. Als Nolan sich wieder nach vorne wandte, erblickte er Jewels bleiche Hand vor seinen Augen.

»Lass mich dir helfen.« Breitbeinig beugte sie sich mit ausgestreckten Armen zu ihm hinunter.

Ein Lächeln glitt über Nolans Gesicht. Wie leicht es jetzt wäre, sie in die Grube hineinzuziehen. Es würde ihr Kleid ruinieren, aber, zum Teufel damit, er hatte für das verdammte Ding ja schließlich auch bezahlt. Das verteufelte Kleid, das seine Gedanken benebelte. Nolan wurde wieder ernst. »Ich möchte nicht Euer schönes Gewand ruinieren, Miss Sanderson.«

Schnell richtete sich Jewel auf und drehte sich um. Ihr wirbelnder Rock streifte über Nolans Wange, dann ging sie zur anderen Seite der Grube, wo Tyrell und die anderen Männer ihrem gestürzten Kameraden auf die Beine halfen. Nolan würdigte sie keines Blickes mehr.

»Ihr müsstet dringend Eure Manieren aufpolieren, Captain. So würde es Euch sogar gelingen, eine hässliche Hure zur Weißglut zu bringen.« Wayland hielt ihm seine Hand entgegen. Nolan hatte gar nicht gemerkt, dass der alte Mann hinausgeklettert war. Er schlug ein, dann zog Wayland mit erstaunlicher Kraft und half Nolan, im Schlamm wieder Halt zu finden.

»So schlimm sind sie sicher nicht, dass ich mir bei Euch Rat holen müsste.« Nolan wollte sich den Schmutz von den Kleidern wischen, ließ es aber bleiben, als er merkte, dass er den Schlamm nur verschmierte.

»Ihr stellt mich mühelos in den Schatten.« Mit den Schultern zuckend schlenderte Wayland den Hügel hinab und verschwand in der heraufdämmernden Nacht.

Jewel stand in sicherer Entfernung vom Schlamm bei der großen Ulme, während Nolan seinen Männern aus der Grube half. Als Ersten zog er seinen Leutnant heraus. »Mr. Tyrell, ich überlasse es Ihnen, unsere Männer herauszuholen und das Loch wieder zu füllen. Wahrscheinlich war meine Routenbestimmung falsch. Hier sind wir jedenfalls fertig.«

Er griff sich einen Arm voller Schaufeln und schlug den Weg ein, den sie hinaufgestiegen waren, ohne sich noch einmal umzusehen. Sollte Tyrell doch Jewel zum Schiff zurückbringen. Wahrscheinlich war es ihnen sogar lieber.

Ein sanftes Rascheln erweckte seine Aufmerksamkeit. Jewel

hatte ihre Röcke gerafft. Für jeden seiner Schritte machte sie zwei, um ihm folgen zu können, aber er verlangsamte sein Tempo nicht. Wenn sie auch nur einen Funken Verstand besaß – was er bezweifelte –, dann sollte sie besser nicht mit ihm sprechen, ehe er ein Bad genommen und einen großen Krug Bier geleert hatte.

»Willst du es morgen noch einmal versuchen?«, fragte sie zögerlich.

»Nein.« Er ging schneller, ein Wink, ihm nicht zu folgen.

»Zumindest hast du dein Bestes gegeben und wir wissen, dass sich der Schatz nicht hier befindet.«

Nolan blieb stehen. »Im Umkehrschluss bleibt uns damit also nur noch der Rest der Welt. Danke, Jewel. Nach dieser Mitteilung geht es mir schon viel besser.«

Sie blinzelte. Ihr vorsichtiges Lächeln war schon wieder verschwunden. »Kein Grund, so gemein zu sein.«

»Vielleicht bin ich tatsächlich etwas gereizt, weil ich von Kopf bis Fuß mit kaltem Schlamm bedeckt bin und dir den ganzen Tag dabei zusehen durfte, wie du dich wie eine Prinzessin mit deiner neuen Festrobe brüstest.« Eine Ader auf Nolans Stirn trat hervor. Er wusste, dass seine Reaktion übertrieben war, doch er hatte sich schon den ganzen Tag über beherrschen müssen, so dass es ihm jetzt an Kraft und Willen dazu fehlte.

Jewel erwiderte seinen wütenden Blick mit vor Entrüstung funkelnden Augen. »Was hätte ich denn deiner Meinung nach tun sollen? Es haben doch genügend Männer gegraben. Wahrscheinlich seid ihr bis nach China vorgestoßen.«

»Nach China? Dort müsste es einen ganzen Kontinent voller Männer geben, die noch darauf warten, in dein Netz zu gehen. Das entspräche sicherlich deinen Vorstellungen, oder?« Nolan legte an Tempo zu.

Da Jewel direkt hinter ihm blieb, musste er ihre Hartnäckigkeit wohl oder übel bewundern. Allein sein Ton schlug sonst Männer, doppelt so groß wie sie, in die Flucht. »Ist es dir jemals in den Sinn gekommen, Captain Kent, dass sich ein Mann auch aus einem anderen Grund, als dem, was ich unter den Röcken zu bieten habe, für mich interessieren könnte?«

Nolan blieb unvermittelt stehen. Machte sie Witze? »Vielleicht, aber Tyrell gehört nicht dazu. Lass dich von seinem jungenhaften Gesicht nicht täuschen. Er nimmt dich, bevor du ihm nur ein einziges Mal zugezwinkert hast.« Er hätte ihr erzählen können, dass sich sein Leutnant durch seine Bordellbesuche einen gewissen Ruf erworben hatte, wollte aber nichts preisgeben, was Tyrell mit großer Wahrscheinlichkeit lieber für sich behalten wollte. Verdammt! Es machte ihn wütend, dass sie sich zwischen ihn und den einzigen gebildeten Mann seiner Besatzung stellte – auch wenn dieser eine ausgeprägte Schwäche für schnell verfügbare Liebesdienste hatte.

Jewel hielt inne, dachte offensichtlich nach. »Ich bin mir nicht sicher, ob ich dir Glauben schenke. Tyrell ist ein Freund. Und dies in einer Zeit, in der ich dringend einen benötige.«

Nolan rückte die Schaufeln in seinem Arm zurecht und war einmal mehr dafür dankbar, dass er Jewel so beladen nicht anfassen konnte. »Nun gut. Aber sei vorsichtig. Und erzähl ihm nichts.«

»Vertraue niemandem. Ich erinnere mich.« Sie grinste höhnisch, als wäre er verrückt.

»Ganz genau, Jewel. Dein Vater hat mir diese Lektion beigebracht, als er mir die Karte stahl, denn ihm konnte man am allerwenigsten vertrauen.«

»Ich glaube dir nicht. Außerdem war Wayland im Unrecht – du bist schlimmer, als es mein Vater jemals war.« Sie drehte sich um und rannte zurück zu Tyrell und den anderen.

Nolan blickte ihr nach und kämpfte den Impuls nieder,

die Schaufeln fallen zu lassen und ihr hinterherzurennen. Schließlich wurde sie von der heraufziehenden Dunkelheit verschluckt.

Er musste herausfinden, was Wayland ihr über ihn gesagt hatte. Er musste wissen, mit welchen Waffen sie gegen ihn ins Feld ziehen konnte. Jewel hatte etwas über ihren Vater erfahren, und Tyrell zeigte deutliches Interesse an ihr – stand Nolan etwa wieder eine Meuterei bevor?

Nach einem Bad in kaltem Salzwasser fand Nolan, frisch eingekleidet, Wayland sitzend an die Reling gelehnt. Seine Füße ruhten auf einem Bündel Taue, einen neuen Hut hatte er sich tief ins Gesicht gezogen und schirmte damit seine Augen ab. Auch seine Jacke und die Hosen hatte Nolan noch nie an ihm gesehen. Die dunkelblaue Wolle wollte nicht so recht zu Waylands üblichem abgewetzten Stil passen.

»Wo habt Ihr die Kleider her, Wayland?« Nolan war argwöhnisch geworden.

Wayland ließ sich nicht aus der Ruhe bringen. »Von so einem Typen gewonnen. Ist mit rechten Dingen zugegangen.« Er drehte sich so weit, dass er etwas aus der Tasche ziehen konnte, und streckte es dann Nolan entgegen. In seiner Hand leuchtete im Licht der wenigen Sterne und des abnehmenden Monds das Weiß von Würfeln hell auf.

Nolan griff danach. »Ich sage jetzt nichts zu Eurer Einstellung, was Fairness beim Spiel betrifft, allerdings dulde ich kein Glücksspiel an Bord.« Er nahm die elfenbeinfarbenen Würfel an sich, ohne nachzusehen, ob sie gezinkt waren. Als ihn die Versuchung überkam, sie rollen zu lassen, nur ein einziges Mal, um zu sehen, ob er das Gefühl dafür noch nicht verloren hatte, warf er sie stattdessen kurzerhand über die Reling ins Meer. »Von wem habt Ihr die Kleider gewonnen?«

Wayland rutschte unruhig herum, bis er eine bequemere Stellung gefunden hatte. »Was für eine bodenlose Schande. Du hättest gegen mich spielen sollen. Wie in alten Zeiten.«

Unter dem starren Blick des alten Piraten wollte Nolan die Augen abwenden. Hatte er bemerkt, dass auch ihm dieser Gedanke gerade durch den Kopf gegangen war? Dennoch hielt er Waylands Blick stand.

»Ich frage Euch nur noch ein einziges Mal, bevor Ihr Euren Würfeln ins Meer folgt. Wem habt Ihr die Kleider abgenommen?«

Wayland grinste, als würde er sich über Nolans wachsende Wut unendlich amüsieren. »Das wirst du noch früh genug herausfinden. Der arme Junge hat sich beschwert, dass er nun arbeiten müsse, wie der liebe Gott ihn geschaffen hat.«

Mit der Ferse seines Stiefels stieß Nolan die Füße des alten Piraten von dem zusammengerollten Seil. »Ihr habt kein Recht dazu, die persönlichen Dinge der Männer meiner Besatzung zu nehmen, gewinnen oder zu klauen. Sie sind ehrlich und fleißig. Jeden Fetzen, den sie besitzen, haben sie sich redlich verdient.«

Schnell fand Wayland das Gleichgewicht wieder. Schon ruhten seine Hände wieder auf seinen angewinkelten Knien, so selbstsicher wie immer. »Nun, wenn du nicht meine Kleidung beim Spielen im Schlamm ruiniert hättest, hätte ich mir keine neue organisieren müssen.«

»Wenn dem so ist, so tut es mir leid, dass ich Euch Umstände gemacht habe«, entschuldigte sich Nolan halbherzig. Zum einen hatte Wayland recht, zum anderen hatte er Wichtigeres im Sinn. »Steht auf, ich muss mit Euch reden.«

»Ist was in deinen Allerwertesten gekrochen, das dich juckt?«

»So ähnlich, aber eigentlich ist es nur eine Ratte, die an

Bord gekrochen ist und die sich durch ein blaues und ein braunes Auge auszeichnet.«

»Jetzt rück endlich mit der Sprache raus.« Als Wayland sich langsam erhob, musste Nolan, obwohl er mindestens fünfzehn Kilo mehr wog, sich zusammenreißen, um nicht einen Schritt zurück zu machen. Es hatte eine Zeit gegeben, in der er es für eine riesige Dummheit gehalten hätte, einem erfahrenen Piraten wie Wayland ohne frisch geschliffenen Dolch in der Faust gegenüberzutreten.

Aber Nolan gab nicht nach und stellte mit Befriedigung fest, dass es Wayland war, der die Distanz zwischen ihnen wahrte. Ein kurzer Blick über das Hauptdeck genügte, um einige verstreut glimmende Pfeifen von Besatzungsmitgliedern zu erkennen. Sie hatten ihre Schicht gerade beendet. Eine disharmonische Geigenmelodie brach durch das rhythmische Auf und Ab der Wellen. Nolan machte eine Geste in Richtung Bug. »Es handelt sich um eine Privatsache. Eine Angelegenheit zwischen zwei alten Freunden.«

Er ließ Wayland vorausgehen. Noch traute er dem unsicheren Waffenstillstand nicht. Auch wenn er vielleicht die Gegenwart unter Kontrolle hatte, die Vergangenheit konnte Nolan nicht ändern – und das war die große Bürde, die er auf seinen Schultern trug. Je länger er darüber nachdachte, umso mehr sorgte er sich darum, wie viel Gift Wayland bereits in Jewels Geist gesät hatte. Weil er vorhatte, sie fair zu behandeln, war sie weiterhin im Besitz der Karte. Gardiners Island hatte sich bisher als fruchtloses Unternehmen erwiesen – und Nolan war sich fast sicher, dass es nicht der letzte Misserfolg sein würde. Das Einzige, was sie in die richtige Richtung führen konnte, war die Karte. Das mysteriöse Buch über das Okkulte und seine Lateinkenntnisse waren bisher nicht von Nutzen gewesen, also musste er sich danach richten, was er in den vergangenen fünf Jahren über die Reisen seines Großvaters herausgefunden hatte. Wenn sie Captain Kents letzter Fahrt folgten, mussten sie irgendwann auf die richtige Route stoßen. Die Gefahr dabei bestand darin, dass er es ohne Karte vielleicht gar nicht bemerken würde, was bedeutete, dass er Jewel weiterhin an Bord dulden musste.

Obwohl sie vor Anker lagen, wehte der kalte Wind in Nebelschwaden über den verlassenen Bug. Genau wie ihre Schatz-Expedition hatte das Wetter eine Wendung hin zum Schlechten genommen.

Wayland trat zurück. »Verflucht noch mal, ich musste mich waschen, um den Schlamm wegzukriegen! Das soll das letzte Mal gewesen sein.«

Nolan packte ihn am Arm. »Was habt Ihr Jewel gesagt?« Jetzt, da er allein mit ihm war, musste er sein Temperament nicht mehr zügeln.

Wayland entzog sich ihm. »Hände weg, Junge! Seit Jahren ist das meine beste Jacke.«

»Ihr habt Jewel etwas von mir und ihrem Vater erzählt. Was genau?«

Wayland spielte mit dem Saum seiner Jacke. »Sie dachte nur, dass du dich davonmachen würdest, sobald du ihr ein Baby in den Bauch gepflanzt hast – so wie Bellamy es mit ihrer Mutter getan hat. Aber keine Sorge, ich habe ihr die Flausen ausgeredet.«

Als ob Wayland ihn geschlagen hätte, wich Nolan zurück. »Warum redet Ihr über solche Themen? Ich habe sie ja noch nicht einmal geküsst. Ich meine, so richtig.«

Wayland lächelte. Er war sehr zufrieden mit sich selbst. »Nun, das ist neu für mich, dass du das überhaupt getan hast. Aber gut gemacht. Bin stolz auf dich.«

»Lasst das. Der Kuss war ein Fehler.« Nolan zögerte. Eigentlich hatte *er* vorgehabt, etwas aus Wayland herauszukriegen. Jetzt lief das Spiel plötzlich andersrum. »Was habt Ihr ihr sonst noch gesagt?«

»Dass sie nicht mehr mit dir flirten soll.«

»Gott sei Dank.«

»Ja. Ich hab ihr geraten, dich einfach bei deiner Männlichkeit zu packen. Das ist der direkteste Weg zum Herzen eines Mannes. Und noch dazu ein überaus erfolgreicher.«

Nolan verschlug es die Sprache. Stumm starrte er Wayland an. Sicher war Jewel klug genug, ihn nicht ernst zu nehmen. Sollte sie sich an Waylands Rat halten – Gott, es waren schon fünf Jahre, seit … Wenn sie ihn auf diese Art berühren würde …

»Kein Grund, mir zu danken.«

Nolan stürmte auf Wayland zu. »Gleich werdet Ihr meine Hände an Eurem Hals spüren.«

Der Pirat duckte sich. »Ich bin nicht daran schuld, wenn sie es noch nicht getan hat. Ich habe meinen Teil dazu beigetragen, aber du hast alles getan, um sie dir abspenstig zu machen.«

Nolan hielt inne. Über das rutschige Deck zu tänzeln, um Wayland einzufangen, hatte sein Bedürfnis, den alten Piraten zu töten, abflauen lassen. »Sie zieht Tyrell vor.«

Wayland lachte. Er genoss die Tatsache, Nolan fast so weit gebracht zu haben, Gewalt anzuwenden. »Daran kann man nicht ihr die Schuld geben. Tyrell kann sich glücklich schätzen. Wünschte, ich hätte auch so ein hübsches Mädchen wie Jewel, um mich da unten –«

»Still!« Nolan schlug die Hand vor sein Gesicht. Trotzdem erschien ein Bild von Tyrell und Jewel vor seinem inneren Auge. »Jewel braucht Euren Rat nicht. Sie kommt wunderbar zurecht, was Tyrell betrifft.«

»Das glaube ich kaum. Sie war ziemlich überrascht, als ich ihn ihr gegeben habe. Aber so sind die jungen Mädchen. Denken stets nur an Blumen und zärtliche Küsse. Dabei muss man sie so richtig hernehmen, um sie scharfzumachen.«

Nolan kamen Zweifel. Jewel schien ein einziges Paradox zu sein. Trotz der Umstände, unter denen sie aufgewachsen war, hatte sie sich noch immer eine romantische Ader bewahrt. Genauso einfach, wie sie ihn mit der unnachgiebigen Kraft eines Mannes herausforderte, genauso schnell war sie den Tränen nahe. Sie war verletzlicher, als es nach außen hin den Anschein hatte. »Sie hat Euren Rat nicht ernst genommen, oder?«

»Ich nehme an, das wird nun Mr. Tyrell an deiner statt herausfinden.«

»Warum tut Ihr das?« Nolan massierte seine Stirn. »Seit ich Euch kenne, habt Ihr noch nie etwas getan, das nicht letztendlich Euch selbst zugute kam.«

»Nun, es lag sicher nicht in meiner Absicht, Tyrell einen Gefallen zu tun. Eigentlich wollte ich Jewel auf *dich* ansetzen.«

»Ihr spielt Amor in Piratengestalt? Danke, aber weder brauche noch will ich Eure Hilfe annehmen.«

»Na gut. Trotzdem solltest du dir besser bald eine Frau zulegen. Wenn du nicht bald mehr als ein bisschen heiße Luft ablässt, bin ich die längste Zeit auf der *Integrity* gewesen. Es ist wirklich nicht einfach, deine Launen zu ertragen.«

»Wenn es sich so verhält, geht bloß so schnell wie möglich von Bord! Aber bis es so weit ist, behaltet Ihr Eure Ratschläge für Euch.«

Natürlich rechnete Nolan nicht damit, dass ihm dieses Glück zuteil werden würde. Wie man es auch betrachtete, er hatte Ärger am Hals, und er konnte es sich nicht leisten, Tyrell oder Jewel zu verlieren. Und noch dazu durch ein Missverständnis, das durch Waylands *Ratschläge* entstanden war. Sie saßen im wahrsten Sinne des Wortes alle im selben Boot, das Tag um Tag zu schrumpfen schien.

Kapitel acht

An Nolans Schreibtisch strich Jewel mit vorsichtigen Bewegungen die Karte glatt. Der vertraute Anblick tröstete sie. In den langen Nächten, in denen sie darauf gewartet hatte, dass ihr Vater Kieselsteine an ihr Fenster werfen und sie gemeinsam fliehen würden, hatte sie die Karte bis ins letzte Detail studiert und von dem Tag geträumt, an dem sie zusammen den Schatz fanden.

Die tatsächliche Suche allerdings war ernüchternd gewesen. In einer tröstlichen Umarmung schlang Jewel die Arme um ihren Oberkörper. Ihr Nachthemd aus Leinen bot nur wenig Wärme gegen die nächtliche Kühle. Nach der Hitze des Tages empfand sie den Temperatursturz so desillusionierend wie ihre zerbrochenen Träume.

Sie steckte ihre Füße unter das sich aufbauschende Nachthemd. Mit dem Kinn auf den Knien starrte sie auf die Zeichnung. Wenn Nolan sie nicht bei jedem Schritt daran erinnern würde, dass er ihre Gesellschaft nicht schätzte, könnte sie sich vielleicht einen kleinen Teil ihrer Phantasie erhalten. Eine Welt mit eigenen Augen zu sehen, die sie sich bisher nur hatte vorstellen können, über das offene Meer zu segeln – das alles war so berauschend für sie, doch Nolan schien keine Mühen zu scheuen, um ihr die Freude zu verderben.

Leider hatte selbst seine offene Feindseligkeit während des vergangenen zermürbenden Tages wenig dazu beigetragen, ihre Gefühle für ihn zu ändern. Auch Jewel hatte nun endlich erkannt, warum ihre Mutter Männer immer für gefährliche

Kreaturen gehalten hatte: Man konnte nie wissen, welcher von ihnen einem das Herz stehlen würde. Und hatte man es erst einmal verloren, dann gab es keine Garantie dafür, dass der Eroberer seinen Preis auch zu würdigen wusste. Ihre Mutter hatte das schmerzlich lernen müssen, und jetzt, wo Jewel ihrem alten Leben entflohen war, um ihrem Schicksal eine neue Wendung zu geben, fand sie sich in einer ähnlichen Lage wieder.

Dass Nolan ihr gegenüber kein anderes Gefühl als leichte Verachtung zeigte, hätte sie schließlich überzeugen können, dass er ihren Herzschmerz nicht wert war, doch als sie vergebens nach dem Schatz gesucht hatten, hatte er ihr seine Verletzlichkeit gezeigt. Er hatte sie verbergen wollen, aber Jewel hatte den Schmerz und die bittere Enttäuschung spüren können, die sich jeder Faser seines Körpers bemächtigt hatte. Sie hatte zugesehen, wie er vergebens die Schaufel in die harte Erde gerammt hatte und seine muskulösen Schultern und sein Rücken sich unter dem von Schweiß getränkten, weißen Hemd abzeichneten. Sein Kummer hatte ihr jede Freude darüber verdorben, dass sie recht behalten hatte.

Ja, er brauchte sie, obwohl er sich das erst noch selbst eingestehen musste. Ihr Herzschlag beschleunigte sich bei diesem Gedanken. Als sie ihm am Rand der Grube die Hand geboten hatte, hatte er ihre Hilfe noch abgelehnt.

Jewel drehte die Karte und betrachtete sie aus jeder Perspektive. Vielleicht hatte sie eine Chance, die Mauer, die Nolan um sich herum aufgebaut hatte, einzureißen, wenn sie den Ort ausfindig machen konnte, an dem der Schatz tatsächlich verborgen war. Dann hätte er einen unleugbaren Grund, ihr sein Vertrauen zu schenken. Dann wäre er auch nicht mehr so einsam.

Die Antwort auf das Rätsel der Karte musste in der Zeichnung verborgen sein, ganz egal, was Nolan auch behauptete. Zunächst war Jewel selbst von Zweifeln geplagt worden, weil sie die Worte nicht hatte lesen können. Ihr Glaube an das Bild hatte ihrer Meinung nach ihre Unwissenheit nur untermauert, aber Nolan schien genauso wenig zu wissen, wo sich der Schatz befand. Würden die Worte allein zum Schatz führen, so wäre er schon längst gehoben worden, aber Captain Kent wollte es ihnen nicht leichtmachen.

Jewel nahm die Messinglaterne vom Haken an der Decke und stellte sie auf eine Ecke der Karte. Gerüchte über Captain Kents Schatz kamen ihr ins Gedächtnis. Er war ein Freibeuter gewesen, der aus Verzweiflung zum Piraten geworden war. Er hatte ein Schiff unter englischer Fahne angegriffen und sogar die Mitglieder seiner eigenen Besatzung getötet, die sich der grausamen Tat nicht anschließen wollten. Dieser Mann war Nolans Großvater gewesen.

Verbarg auch Nolan eine dunkle Seite?, fragte sich Jewel unwillkürlich. Er verhielt sich immer so steif; würde er lachen oder lächeln, würde seine Fassade wahrscheinlich Risse bekommen. Nolan Kenton hatte es sich zur Aufgabe gemacht, zum genauen Gegenteil seines Großvaters zu werden. Selbst bei dem Kampf mit Jewels Vater vor so langer Zeit hatte Nolan ehrwürdige Absichten verfolgt und sich mit dieser Einstellung ein Messer in der Brust und noch etliche Jahre als Pirat eingehandelt.

Vielleicht maß sie den kleinen Dingen, die Nolan für sie getan hatte, auch zu viel Gewicht bei? Doch als sie beschloss, seiner Freundlichkeit angesichts seiner andauernden Feindseligkeit weniger Bedeutung zu schenken, tauchten im Gegenzug nur noch mehr Fragen auf. Im »Quail and Queen« hätte er sich vor dem britischen Offizier nicht für sie einsetzen müssen; es hatte keine wirkliche Gefahr gedroht, außer vielleicht für ihren Stolz. Und obwohl er sich den Unmut der Soldaten zugezogen hatte, hatte Nolan es nicht zugelassen, dass die Männer Jewel mit weniger Respekt behandelten, als er es für angemessen hielt.

Und auch bei den Kleidern, die er für sie hatte kaufen lassen und die er lediglich als Notwendigkeit abtat, bezweifelte Jewel, dass die gute Qualität reiner Zufall war. Wenn die Praktikabilität bei Nolans Überlegungen im Vordergrund gestanden hätte, wären weniger Spitzen und Seide nicht verkehrt gewesen. Zweifellos hatte die Näherin Nolan bei seinen Einkäufen zugeredet. Er allein konnte unmöglich über die Einzelheiten Bescheid gewusst haben, die nötig waren, um die Garderobe einer Frau zu vervollständigen. Sogar passende Haarschleifen hatte sie bekommen, er hatte ihr also selbst den unnötigsten Luxus nicht verwehrt.

Nolan hatte ihre Behaglichkeit und ihre Bedürfnisse über die seinen gestellt, hatte ihr sogar seine eigene Kajüte überlassen, obwohl er deutlich genug gemacht hatte, dass er sie nicht an Bord haben wollte. Ihre Unterkunft war zwar klein und beengt, aber in den letzten Tagen hatte sie feststellen können, dass es sich mit Abstand um die beste Kajüte an Bord der *Integrity* handelte. Naheliegender wäre es gewesen, Tyrell aus seiner Kajüte zu verweisen, aber Nolan hatte sich selbst geopfert. Ihm war der Komfort anderer wichtiger als sein eigener.

Obwohl es mit Sicherheit klüger wäre, Nolans schamloses Verhalten als das hinzunehmen, was es war, konnte sie den Mann, der sich dahinter verbarg, nicht einfach übersehen. Er hatte nicht geleugnet, sich von ihr angezogen zu fühlen, und es fiel ihr schwer, darin einfach nur blinde Wollust zu sehen.

Jewel drehte die Karte auf den Kopf. Vielleicht würde sie aus der Zeichnung schlauer als aus Nolan werden. Er wollte seine Gefühle vor ihr verbergen? Gut, sie würde sich die größte Mühe geben, genau das Gegenteil zu tun. Als Captain Kent das Versteck seines Schatzes auf der Karte darstellen wollte, hatte er dann aus dem Text ein Bild und aus dem Bild einen Text gemacht?

Ein energisches Klopfen an der Tür ließ Jewel auffahren. Ihr Ellbogen streifte die Lampe, die sie auf den Tisch gestellt hatte. Sie geriet ins Schwanken, aber Jewel fing sie auf, ehe sie auf die Karte fiel. Wachs spritzte, traf aber mehr ihre Hand als den Tisch.

Jewel entfuhr ein kleiner Schmerzensschrei, doch sie hielt die Laterne noch immer fest und pustete sich auf ihre schmerzenden Finger. Die Tür öffnete sich geräuschvoll, dann war Nolan hinter ihr, noch ehe sie sich umdrehen konnte. Er griff nach ihrer Hand.

»Hast du dir weh getan?«

»Es geht mir gut.« Bei der Reaktion ihres Körpers auf Nolans Berührung war der leichte Schmerz sofort verblasst. Sie konnte die Hitze spüren, wo seine Schenkel und seine Brust ihr dünnes Nachthemd streiften. Auch die Stelle, an der er ihr Handgelenk umfasst hielt, schien unter einer Vielzahl neuer Empfindungen lebendig zu werden – Gefühle, die sie nicht benennen konnte.

Als ob auch er das Gleiche spürte und ihn die Begegnung im selben Maß verstörte, wie sie Jewel genoss, zog er ohne Ankündigung seine Hände fort. Er rückte von ihr ab, um einige Zentimeter Abstand herzustellen, aber seine Augen standen seiner Berührung in nichts nach. Sie blickte an ihrem einfachen weißen Nachthemd hinab. Langärmlig und hochgeschlossen zeigte es weniger Haut als die beiden Kleider. Trotzdem ließ die Art, wie Nolan sie anstarrte, sie die Arme vor der Brust verschränken. Hitze stieg ihr in die Wangen.

Schnell fixierte er eine Stelle über ihrer Schulter. »Willst du mein Schiff etwa bis auf die Planken abbrennen?« Er griff nach der Laterne und hängte sie wieder an ihren Haken. »Alles an Bord hat seinen Sinn, und ich erwarte von dir, dass du dich an die –«

»Lass deinen Ärger später an mir aus. Ich muss dir etwas zeigen.« Jewel konzentrierte sich auf die Karte und tat es ihm gleich: Obwohl ihr Herz raste, gab sie vor, dass nichts zwischen ihnen geschehen war.

Nolan lehnte sich an den Türstock. »Nein. Zuerst möchte ich etwas Wichtiges mit dir besprechen.«

Ungerührt nahm Jewel ihn am Arm und führte ihn zurück zum Tisch. Statt des Widerstands, den sie erwartet hatte, ließ er sich von ihr leiten. Er sah sie mit schweren Lidern an, doch Schlaf war wohl das Letzte, woran er in dieser Situation dachte. Wayland hatte recht behalten.

Sie beeilte sich zu sprechen, ehe Nolan aus seiner Benebelung erwachen und sie zu rügen oder zu beleidigen anfangen würde, um sein Interesse zu überspielen. »Hier! Sieh dir die Karte an. Gleicht das Bild nicht Worten und die Worte dem Umriss einer Insel?«

Nolan besah sich die Karte. »Ich weiß nicht recht. Jewel …« Er seufzte, anscheinend unfähig, seinen Satz zu Ende zu bringen.

Sie wandte ihm den Rücken zu und starrte erneut auf die Karte. Sie würde es nicht ertragen können, wenn er jetzt wieder davon anfing, sie nach Boston schicken zu wollen. »Gib mir etwas zum Zeichnen, und ich zeige es dir.«

Nolan nahm einen Kohlestift und ein elfenbeinfarbenes Pergament, das für ihre Zwecke viel zu fein war, aus einer Schreibtischschublade. Ehe er seine Meinung ändern konnte, legte sie das Papier schnell auf die Karte. »Ich brauche mehr

Licht. Halte die Laterne in der Hand, damit ich kein Feuer entfache.«

Nolan gehorchte, wahrscheinlich, um sie zu beruhigen. Je mehr er zweifelte, umso mehr Selbstvertrauen erfüllte Jewel. Während sie die Umrisse des Textes nachzeichnete, war sie von ihrer eigenen Ruhe überrascht, dann stockte ihr der Atem: Auf dem Papier erschien eindeutig die Form einer Insel. »Siehst du?«

Nolan nahm das Papier zur Hand. Er überflog die weiße Fläche, bis etwas seine Aufmerksamkeit erregte. Er drehte das Pergament erst zur Seite, dann auf den Kopf. Unmittelbar leuchteten seine Augen auf, und sie hätte schwören können, dass er im nächsten Moment erblasste; die Bartstoppeln des vergangenen Tages wirkten plötzlich schwarz auf seinem Gesicht. »Das hat doch keinen Sinn. Es ist irgendeine Form, sonst nichts.« Damit reichte er Jewel das Papier zurück. Sein Blick war noch verschlossener als sonst.

»Du lügst. Du hast etwas entdeckt. Wahrscheinlich kennst du sogar den Ort. Allein dein Blick spricht Bände.« Sie streckte ihm das Pergament wieder entgegen. Nolan mochte stur sein, aber einen weiterführenden Hinweis zu ignorieren, nur weil er von ihr kam, war nichts anderes als kindisch.

Sie hielt ihm so lange die ausgestreckte Hand hin, bis Nolan endlich nach der Skizze griff. Wieder starrte er auf die Zeichnung, diesmal sehr konzentriert. »Der Umriss erinnert mich an einen Ort, an dem ich vor langer Zeit gewesen bin – es ist eine Insel, die sich auf keiner Karte findet.«

»Wunderbar! Das muss es sein! Verstehst du denn nicht? Wo sonst hätte Captain Kent seinen Schatz verstecken sollen?« Nolan trieb sie mit seiner in Falten gelegten Stirn noch in dem Wahnsinn. »Das ist der Ort, an dem wir suchen müssen.«

»Jewel, ich glaube wirklich nicht, dass uns das zu etwas führen wird. Ich habe mir eingebildet, etwas zu sehen, das in Wirklichkeit gar nicht existiert.«

»Und was ist mit diesem Bild hier?« Mit dem Zeigefinger fuhr Jewel die Linien nach, von denen sie glaubte, dass sie Buchstaben sein könnten. Obwohl es Zeichnungen waren, erinnerten sie mehr an die scharfen Kanten eines Texts als an ein wirkliches Bild. Sie waren zu gerade, um als schlechter Versuch eines natürlichen Landschafsbildes durchzugehen.

Nolan beugte sich näher zu der Zeichnung. Schließlich nickte er. »Vielleicht hast du recht.« Er richtete sich auf, sah sie einen Augenblick lang nachdenklich an, griff dann an ihr vorbei und zog ein dünnes, in Leder gebundenes Buch aus dem obersten Fach des Schreibtischs. »Das hier habe ich bei den Sachen meines Vaters gefunden, als er starb. Ich vermutete, es könnte uns einen Hinweis zur Entschlüsselung der Karte geben. Was denkst du?«

Ehrfürchtig nahm Jewel das Buch entgegen. Nolan hatte sein Vertraue-niemandem-Motto für sie gebrochen. Sie überflog einige Seiten und sah dann zu ihm auf. Sie hoffte, ihr aufrichtiger Blick würde ihm zeigen, wie viel ihr diese Geste bedeutete. »Ich wünschte wirklich, ich könnte dir helfen, aber ich kann nicht lesen.« Sie würde nicht versuchen, in dem ersten ehrlichen Augenblick zwischen ihr und Nolan, zu lügen.

Er nickte, sah sie freundlich an, aber sparte sich jeden sonstigen Kommentar. Irgendwie schien seine Reaktion richtig zu sein. Schließlich zuckte er nur leicht mit den Schultern. »Lesen zu können, hat mir bei der heutigen Suche auch nicht viel geholfen. Nächstes Mal …« Er hielt inne, als müsse er nach Worten suchen. »Beim nächsten Mal werde ich auf deine Ratschläge hören. Vielleicht habe ich ja etwas Wichtiges übersehen.«

»Danke«, sagte sie und richtete ihren Blick wieder auf die

Seiten. Nolan raubte ihr schon den Atem, wenn er einigermaßen höflich zu ihr war. Sein neues Verhalten war verheerend. Angesichts seines Eingeständnisses, sich geirrt zu haben – was ihm wohl nicht gerade leichtgefallen war –, und in Verbindung mit seiner überraschenden Geste des Vertrauens, schmolz ihr letzter Widerstand gegen die Sehnsucht ihres Herzens zusammen. Um sich zu schützen, nein, vielmehr, um *sie* zu schützen, machte es Nolan ihr und allen anderen schwer, ihn zu lieben. Doch durch genau dieses Verhalten steigerte sich Jewels Entschlossenheit, genau das zu tun, nur noch stärker. Sie liebte ihn.

In der Hoffnung, auf etwas zu stoßen, das ihnen helfen würde, blätterte sie sich durch das Buch. Jetzt, da Nolan ihr eine Chance zu geben schien, wollte sie ihn nicht enttäuschen. Die seltsamen Zeichen und Figuren zogen ihre Aufmerksamkeit auf sich, doch es war ihr unmöglich, irgendetwas zu erkennen. Scheinbar waren hier Sprachen und Symbole katalogisiert worden, dann ließ sie etwas, das ihr intuitiv vertraut erschien, innehalten. »Was ist das?«

Nolan blickte über ihre Schulter. »Ein uraltes Alphabet. Der Verfasser nennt die Symbole Runen. Er sagt, dass ...«

Schnell hatte sich Jewel wieder der Karte zugewandt. »Die Buchstaben fügen sich zu diesem Bild hier zusammen!« Die Worte sprudelten nur so aus ihr heraus, noch ehe Nolan den verblassten Druck entziffern konnte.

Während er sich vorbeugte, strich seine breite Brust leicht über ihr Nachthemd. »Guter Gott, du hast tatsächlich etwas gefunden!«

Die Freude in seiner Stimme erregte sie beinah genauso stark wie seine Nähe. Sich würdig zu erweisen, mit ihm auf dieser Reise zu sein, hatte für Jewel fast genauso viel Wert, wie die Tatsache, ein Geheimnis der Karte entschlüsselt zu haben.

Zumindest ein Teil ihres Traums wurde endlich wahr, so wie sie es sich immer gewünscht hatte.

Nolan starrte noch immer auf das Pergament und schüttelte ungläubig den Kopf. »Ich muss Wayland dazuholen. Früher hatten wir noch einige alte nordische Seekarten an Bord. Nur die Älteren unter uns können sie noch lesen. Vielleicht findet er ja die Mitteilung, die der alte Kent in der Karte versteckt hat, schneller, als ich das Buch entziffern kann.«

Mit großen Schritten ging Nolan zur Tür, zögerte aber, als seine Hand schon auf der Klinke lag. »Gute Arbeit, Jewel.« Zu ihrer Freude entdeckte sie, dass er Grübchen bekam, wenn er lächelte. »Ich bin gleich zurück«, sagte er, trat hinaus, nur um einen Moment später seinen Kopf noch einmal hereinzustecken. Noch ehe sie sich wieder hätte fassen können, zog er seine Jacke aus. »Hier, zieh das an.«

»Aber mir ist nicht kalt.« Seit er den Raum betreten hatte, hatte ihr inneres Feuer und etwas, was sie noch nicht zu benennen wagte, die nächtliche Kühle gänzlich verdrängt.

Trotzdem warf er ihr die Jacke zu. »Zieh sie an. Bitte.«

Ein Lächeln und eine Höflichkeitsfloskel? Das war neu. Jewel hatte sich die Jacke übergeworfen, bevor die Tür wieder ins Schloss gefallen war. In der großen Leere, die er mit seinem plötzlichen Aufbruch hinterlassen hatte, konnte sie ihr Herz schlagen hören. Immerhin würde er zurückkommen. Und was wirklich im Herzen von Nolan Kenton vor sich ging, das war das nächste Geheimnis, das sie entschlüsseln würde.

Nolan stolperte fast über Wayland, der im Gang vor Jewels Kajüte herumlungerte. Obwohl seine Nähe in diesem Augenblick praktisch war, ärgerte es Nolan doch, dass er ihm anscheinend nachspioniert hatte. Und die Tatsache, dass ausgerechnet Wayland derjenige war, der ihm hinterherschnüffelte, machte die Tatsache umso schlimmer. Dem alten Piraten konnte man nicht weiter über den Weg trauen, als er mit seinem eisblauen künstlichen Auge sehen konnte. Nämlich überhaupt nicht.

Nolan zog Wayland aus dem schattigen Winkel neben der Treppe, die zum Hauptdeck hinaufführte. »Was, zum Teufel, treibt Ihr hier unten?«

Der Angesprochene rückte seinen Hut und seine Jacke zurecht, als wäre es eine Frechheit, ihn zu stören. »Kann ein Mann hier noch nicht mal ein kleines Nickerchen halten? Die Kombüse ist voll, aber ich brauche ein Plätzchen, wo der Wind nicht so pfeift. Meine alten Knochen –«

»Vergesst es. Ihr müsst Euch etwas ansehen.« Nolan wandte sich zur geschlossenen Tür der Kajüte um. Da er ohnehin keine ehrliche Antwort bekommen würde, lohnte es sich auch nicht, weiter darauf zu insistieren.

Vor der Schwelle blieb Wayland stehen. »Nolan, ich habe alles für dich getan, was ich konnte. Aber von jetzt an musst du allein weitergehen.«

Nolan stieß die Tür auf und ging dann beiseite, damit Wayland eintreten konnte. »Ich habe Euch gesagt, dass ich Euch nur mitnehme, wenn Ihr meinen Befehlen folgt. Und jetzt befehle ich Euch, mir zu einer Angelegenheit Eure Meinung zu sagen.«

Wayland zuckte mit den Schultern. »Wie du willst, mein Junge, obwohl ich nicht weiß, wie Jewel das finden wird. Hätte niemals gedacht, dass du einer von denen bist, die ein Publikum brauchen.«

Nolan begann, sich ernsthafte Gedanken über Wayland und seine schmutzigen Phantasien zu machen. Vielleicht war an dem Gerücht, dass er die Franzosenkrankheit hatte, ja doch etwas dran?

Als sie eintraten, blickte Jewel auf. Wie er sie gebeten hatte, trug sie seine Jacke. Ihm gefiel der Gedanke nicht, dass ein anderer Mann sie so sehen sollte, wie er sie gesehen hatte. Ihr schweres leinenes Nachthemd verhüllte ihre Kurven ganz gut, lud aber dafür dazu ein, genauer hinzusehen. Vor allem, wenn man vermutete, wie er es tat, dass sie nichts darunter trug.

Mit leuchtenden Augen kam sie auf ihn zu. »Du hast ihn also gefunden! Ich kann kaum erwarten, was er zu sagen hat. Oh, Nolan, ich bin so aufgeregt!«

Nolan lächelte, lächelte von ganzem Herzen, zum ersten Mal seit sehr langer Zeit. Sie schienen kurz davorzustehen, herauszufinden, wo der Schatz verborgen war. Augenscheinlich hatte er sich getäuscht, als Jewel ihm den Umriss gezeigt und er einen panischen Augenblick lang geglaubt hatte, dass er die Insel vor sich sah, auf der er Jewels Vater ausgesetzt hatte. Das Schicksal konnte nicht solche Spiele mit ihm spielen. Der einzige Grund, warum er den Umriss dieser Insel auf dem Pergament erkannt zu haben glaubte, waren die viel zu vielen schlaflosen Nächte, in denen er an wenig anderes gedacht hatte. Das Bild von Bellamy, wie er allein am menschenleeren Strand stand und ihnen hinterherrief, zurückzukommen, barg noch immer so viel Kraft in sich, dass Nolan sich seinetwegen ganze Nächte lang im Bett hin und her wälzte.

Wayland trat zwischen ihn und Jewel. Nachdem er an ihr hinabgeblickt hatte, wandte er sich an Nolan. »Lieber Himmel, mein Junge. Du brauchst wirklich Hilfe. Das hier ist nur zur Hälfte richtig. Natürlich sollst du deine Kleider ausziehen, aber sie soll sie nicht anziehen. Wie hast du dir damals mit dieser Hure in Tortuga bloß die Zeit vertrieben – mit Würfelspielen?«

Jewel sah Nolan mit gerunzelter Stirn an. »Wann warst du in Tortuga?«

Nolan funkelte Wayland an, bevor er zu Jewel sprach. »Vor sehr langer Zeit. Das zählt schon lange nicht mehr.«

Während der letzten fünf Jahre in Boston hatte er gelebt wie ein Heiliger. Dinge, die in seiner Jugend geschehen waren, lösten in ihm keine Schuldgefühle mehr aus. Noch nicht einmal unter Jewels grünen Augen, die feucht zu schimmern schienen. Zwischen ihnen würde niemals etwas geschehen. Wenn er sich das immer wieder ins Gedächtnis rief, würde vielleicht auch irgendwann sein Körper daran glauben, was seine Vernunft schon längst zu wissen schien.

Wayland seufzte übertrieben erschöpft. »Wie ich es bereits vorausgesehen habe, Mädchen, scheint alles an dir hängen zu bleiben. Als Erstes musst du diese Jacke ausziehen. Dann das Nachthemd.« Mit der Hand befühlte er den weißen Stoff. »Da muss ich glatt an meine Oma denken, aber lass es dir gesagt sein, das ist nicht gerade das, was einen Mann an–«

»Das reicht!« Nolan ging dazwischen.

Jewel riss den Stoff ihres Nachthemds Wayland aus der Hand und schob sich an ihm vorbei. »Nolan, bei Gott, wovon spricht er? Hast du nicht gesagt, er könne uns helfen?«

Wayland kratzte sich am Kinn. »Mit euch beiden ist es tatsächlich schlimmer, als ich befürchtet habe. Wart ihr schon einmal auf einer Farm?«

Nolan positionierte sich vor Wayland. »Wenn ich vorhätte, sie zu verführen, dann bräuchte ich dazu ganz sicher nicht Eure Hilfe«, fuhr er ihn an.

Wayland verschränkte die Arme. »Wenn du meinst, dass du es allein schaffst, würde ich wirklich gerne mal ein Beispiel deines Könnens sehen.«

»Ich auch«, schlug Jewel sich auf Waylands Seite »Aber alles, was ich von dir bisher gehört habe, waren bissige Kommentare. Ich würde wirklich zu gerne sehen, wie du einer Frau den Hof machst.«

Nolan starrte sie an. Waylands Anwesenheit schien er vergessen zu haben. »Ich sagte verführen, nicht den Hof machen. Das ist etwas anderes, und ich hoffe zu deinem eigenen Wohl, dass du das weißt.« Er ließ sie nicht aus den Augen. Verlegen starrte sie auf ihre Füße. Ihre Wangen röteten sich. Er bezweifelte, dass sie bisher schon richtig geküsst worden war – außer von ihm natürlich. Und auch das war noch lange nicht so gewesen, wie es ihn danach dürstete, sie zu küssen.

Er blinzelte, um einen klaren Kopf zu bekommen. Als er seine Augen wieder öffnete, vermied er Jewels Blick und schob sich an ihr vorbei zum Tisch. »Wayland, seht Euch diese Karte an.«

Wayland pfiff durch die Zähne, als er endlich realisierte, wovon Nolan sprach. »Das ist sie also, das gute Stück. Habe nicht gedacht, dass ich sie je zu sehen bekomme. Bellamy hat das Scheißding ja immer versteckt gehalten, nachdem er sie dir geklaut hatte.«

»Ich glaube, der Umriss dieser Worte ergibt die Form der Insel. Und die Zeichnung hier stellt so etwas wie Runen dar.« Jewel drehte die Karte seitlich und fuhr mit einem Finger die Buchstaben nach.

Wayland kratzte sich am Kopf. »Teufel noch mal. Das sind tatsächlich Runen! So etwas habe ich schon eine ganze Weile nicht mehr gesehen. Gib mir etwas zu schreiben! Wahrscheinlich werde ich einige Zeit benötigen, bis ich die Bedeutung herausfinde. Aber wenn sie uns den Längen- und den Breitengrad verraten sollen, dann müssen wir nach der Anordnung im Alphabet ihren genauen Wert auszählen.«

Jewel reichte ihm das Blatt, auf das sie den Umriss gezeichnet hatte. »Wenn man die Worte am Rand entlang zeichnet, ergibt sich diese Form hier. Nolan meinte zwar, er würde sie kennen, aber er ist sich nicht sicher.«

Als Wayland kurz zu Nolan aufsah, flackerte sein gesundes

Auge auf. »Tja, Mädchen, du hast wirklich Glück, denn der Einzige auf diesem Schiff, der die Gewässer, in denen Captain Kent gesegelt ist, besser kennt als Nolan, der bin ich.«

Nolan musste schlucken. Die Tatsache, dass Wayland, ein ungebildeter Pirat, der sicher noch nicht einmal eine Zeitung lesen konnte, so viel über uralte Schriftzeichen wusste, überraschte ihn nicht. Das Hämmern in seinen Schläfen rührte eher von der Sicherheit, mit der Wayland jetzt bereits wusste, von welcher Insel die Rede war. Als Nolan zur Tür zurückwich, warf ihm Jewel einen Blick über ihre Schulter zu. So glücklich hatte er sie noch nie gesehen. Obwohl er eigentlich Abstand wahren sollte, erwiderte er ihr Lächeln. Niemals zuvor war er einer Frau begegnet, die ihn mit einem einzigen Blick rasend machen, in den Wahnsinn treiben und zum Lächeln bringen konnte. Und was sie in seinem Körper mit ihrem keuschen Nachthemd auslöste, wollte er besser gar nicht genauer ergründen. Wenn seine Befürchtungen von Wayland bestätigt wurden, war dies das letzte Lächeln, das Jewel ihm je schenken würde.

»Hmm, wenn das die Insel ist, die ich meine, dann liegt sie in der Karibik. Sie ist winzig, ein kleiner Flecken nur. Ist das das Eiland, an das du auch denkst, Nolan?« Wayland drehte sich um, sah ihn an und hatte damit zweifellos haargenau Nolans dunkelste Ängste bestätigt.

Nolan rieb sich die Schläfen. »Das ist es.«

»Verdammt, wer hätte gedacht –«

»Aber seid Ihr Euch auch sicher, Wayland? Ihr müsst Euch einfach sicher sein. Ich hoffe sehr, dass Eure Phantasie nicht mit Euch durchgeht und Euer Urteil trübt.«

Jewel blickte zu Wayland, dann zu ihm. »Ich halte das nicht aus! Sagt mir endlich: Wisst Ihr, wo wir den Schatz finden?«

Wayland stand auf. »Nicht sicher, Mädchen. Ich werde

meine Skizzen hier mitnehmen und sie mir genauer anschauen. Will mich bei so einer wichtigen Sache natürlich nicht täuschen. Dabei könnte ich gut deine Hilfe gebrauchen, Captain«, fügte er an Nolan gewandt noch hinzu.

»Ich folge Euch gleich. Zuvor muss ich noch etwas mit Jewel besprechen.« Nolans Herz schien stillzustehen. Wayland hatte tatsächlich die Insel ausgemacht, auf der sie den Schatz finden würden, und es war dieselbe, die Bellamy Leggett vor Jahren als Grab gedient hatte. Warum sonst hätte er ihn Captain nennen und so ernst sein sollen?

»Geht jetzt nicht«, rief Jewel Wayland zu. »Entschlüsselt die Karte lieber hier. Ich kann es kaum erwarten, endlich herauszufinden, wo sich das Versteck befindet.«

»Zuerst muss ich alleine mit dir sprechen, Jewel«, sagte Nolan. Er reichte Wayland das Buch seines Vaters. »Das wird Euch vielleicht helfen.«

Der alte Pirat warf einen Blick auf den Inhalt und gab es Nolan zurück. »Ich traue keinem Buch. Hat die Bruderschaft auch nie getan. Dafür werde ich mir die halbe Nacht um die Ohren schlagen, um das hier zu euer beider Zufriedenheit zu enträtseln.« Er zwinkerte Jewel zu. »Gut gemacht, Mädchen. Dein Vater wäre stolz gewesen.«

Die Ironie dieser Situation hätte Bellamy mit Sicherheit ins Grab gebracht, wenn er nicht schon längst tot gewesen wäre. Nolans Erzfeind hatte wahrscheinlich die Wahrheit an dem Tag erfahren – zum Sterben auf der Insel zurückgelassen, auf der sich der Schatz befand, hinter dem er immer hergejagt hatte –, als er gen Hölle fuhr. Und Jewel hatte er als Racheengel geschickt.

Wayland schloss die Tür, nachdem er gegangen war. Plötzlich schien die Kajüte zu schrumpfen. Die Luft wurde dick und schwer. Jewel starrte verlegen auf ihre Zehen. Nolan tat es ihr gleich. Sie war barfuß. Unversehens dachte er daran, was wohl unter dem Saum, der ihre Füße streifte, verborgen lag. Schnell stellte er sich vor, wie sie bei der Schatzsuche auf Bellamys Skelett stießen. Der Gedanke daran ließ ihn ernüchtern.

Das wäre die Gelegenheit, Jewel die Wahrheit zu sagen. Er sollte es endlich tun und damit für immer ihren sehnsüchtigen Blicken ein Ende bereiten. »Ich muss dir etwas mitteilen. Was ich dir sagen werde, wird dir nicht gefallen.«

Jewel hatte sich auf dem Bett niedergelassen und sah Nolan mit großen Augen an. »Du hast nicht schon wieder vor, mich nach Boston zu bringen, oder?«

Nolan schüttelte den Kopf. »Nein. Du warst es, die das Geheimnis der Karte gelöst hat. Du hast es verdient, mit uns zu kommen und den Schatz zu finden. Ich werde dich nicht mehr länger davon abhalten.« Obwohl er die Gefahren dieser Reise nicht unterschätzt hatte und am Ende wohl alles bereuen würde.

Jewel strich sich eine dunkle Haarsträhne aus den Augen und klemmte sie sich dann hinter ihr Ohr. »Danke. Das weiß ich mehr zu schätzen, als du es dir vorstellen kannst.«

Doch er wusste genau, wie viel ihr seine Worte bedeuteten. Ihre klaren grünen Augen konnten ihre Gefühle nicht verbergen. Unfähig, sich abzuwenden, hielt er ihrem Blick stand. Was wäre, wenn ihnen das Schicksal nicht solche Steine in den Weg gelegt hätte? Bellamy war tot, und seine Tochter war ohne ihn mit Sicherheit besser dran. Warum sollte Nolan nun gezwungen sein, ihnen beiden wegen eines kaltherzigen Hurensohns, den man am besten komplett vergaß, noch mehr Schmerz zuzufügen?

Abwechselnd trat er von einem Bein auf das andere und zwang sich, an Jewel vorbeizuschauen. »Du und Tyrell, ihr scheint euch ja sehr zu mögen.« Verdammt, er hatte nicht vorgehabt, von seinem Plan abzuweichen, sondern Jewel endlich die Wahrheit über den Tod ihres Vaters zu sagen. Als die Worte ausgesprochen waren, entspannte er sich unversehens und rechtfertigte den Schritt damit, dass er heute Abend eigentlich geplant hatte, die Fronten, die sich zwischen ihnen verhärtet hatten, mit einer weißen Fahne zu überqueren. Jewel die Wahrheit über den Tod ihres Vater zu sagen, hätte dazu sicherlich nicht beigetragen.

Sie zuckte die Schultern, aber ein Hauch von Schuld legte sich über ihren abgewandten Blick. »Es ist angenehm, mit ihm zusammen zu sein.«

Und mit Nolan war es das nicht? War es das, was sie sagen wollte? Er schluckte, schon nicht mehr so erleichtert, wie er es noch vor einer Minute gewesen war. Ein Teil von ihm hatte darauf gehofft, dass sie ihre Beziehung zu Tyrell abstreiten oder runterspielen würde. Was ihre Gefühle betraf, war sie entwaffnend aufrichtig, so dass er halb ein Geständnis erwartet hatte, sie würde Tyrell nur benutzen, um ihn, Nolan, eifersüchtig zu machen. Er wollte nicht daran glauben müssen, dass sich zwischen den beiden tatsächlich eine Romanze entspann.

Er räusperte sich, wollte versuchen, einen väterlichen Ton anzuschlagen, doch bei dem Gedanken drehte sich ihm der Magen um. Auf keinen Fall väterlich; besser distanziert. »Ich frage nur, weil ich mir Sorgen mache. Ich weiß, dass du in der Taverne Erfahrungen mit Männern gesammelt hast –«

Sie hob die Hand. »Aufhören!«

Beim Anblick ihrer mit Tränen gefüllten Augen bröckelte Nolans steinerne Haltung. Stolz straffte sie die Schultern und räusperte sich, doch nicht, ehe er erkannt hatte, wie tief er sie verletzt hatte. Warum musste er immer der Schurke sein, wenn es um Jewel ging?

»Du bist nicht der erste Mann, der mich für eine Hure

hält«, sagte sie. Der harte Ton ihrer Stimme brach sogar Nolan das Herz, der nicht gedacht hätte, dass er überhaupt noch eins besaß.

»Aber ich halte dich nicht …« Er brach ab, als sie den Kopf schüttelte. Zum einen fürchtete er, dass alles, was er sagen würde, zu grob wäre, zum anderen, dass er ihr tatsächlich etwas Erniedrigendes unterstellt hatte.

»Doch, das hast du.« Bei ihrem traurigen Lächeln zog sich sein Herz zusammen. »Vielleicht verstehst du jetzt, warum ich so wild entschlossen war, mit dir den Schatz zu suchen. In Charles Town hatte ich kaum eine andere Wahl gehabt. Entweder hätte ich einen Mann geheiratet, den ich nicht liebe, oder ich wäre für immer von Männern abhängig geblieben, die mich verachten.«

Jeder Instinkt in Nolan verlangte danach, Jewel zu beschützen, doch er konnte und durfte diesem Drang nicht nachgeben. Er ging Hand in Hand mit einer sehr viel dunkleren Begierde. Er musste die Kajüte unbedingt sofort verlassen. »Gut. Aber dann halte dich besser von Tyrell fern.«

Ihre Augen verengten sich zu Schlitzen. Einen Augenblick lang erinnerte Jewel ihn so sehr an ihren Vater, dass er sich ihr unterlegen wähnte. »Das ist allein Tyrells Entscheidung«, sagte sie.

Nicht wenn es nach Nolan ging. »Wayland hat mir von eurer Unterhaltung erzählt, in der es wohl um Männer ging. Das ist der eigentliche Grund, weshalb ich gekommen bin, um mit dir zu sprechen.«

Jewel setzte sich wieder auf die Pritsche, drehte den Kopf und starrte aus der dunklen Fensterluke, wo es außer der pechschwarzen Nacht nichts zu sehen gab. Anscheinend starrte sie lieber ins Nichts, als ihn anzusehen. »Nun, hatte er recht?«

»Wayland?« Nolan war sich nicht mehr sicher, was er hatte

erreichen wollen. Er fürchtete, sie mit allem, was er sagte, in eine Richtung zu drängen, in die er sie eigentlich nicht treiben wollte. Unwillkürlich fragte sich Nolan, ob er mit einer Frau bisher eigentlich jemals mehr als Belanglosigkeiten ausgetauscht hatte.

Jewel nickte. »Bitte lass mich nicht dich direkt fragen. Du hast das Thema immerhin auf den Tisch gebracht, also antworte mir einfach. Hatte Wayland recht?«

»Wenn du mit einem Mann in der Horizontalen landen möchtest, wird dir das innerhalb kürzester Zeit gelingen. Ist es das, was du willst?«

Sie sah ihn mit solcher Intensität an, dass er einen Augenblick lang den Atem anhielt. Er fürchtete und wünschte sich zugleich, dass sie seine Frage bejahen würde.

»Nein.« Sie blickte auf die Bodenplanken. »Ich will geliebt werden.« Ihre Stimme war so leise, dass Nolan sich anstrengen musste, um ihre Worte zu verstehen. Dann starrte sie ihn wieder an und fesselte ihn mit ihrer Aufrichtigkeit. »Ist das vielleicht zu viel verlangt? Ich weiß es nicht, denn ich habe mich noch nie geliebt gefühlt. Und du, Nolan?«

Er schluckte schwer. Ihm fehlte der Mut, ihr zu antworten. Seine Eltern hatten ihm zwar gesagt, dass sie ihn liebten, aber es hatte sich nie so angefühlt. Oft hatte er den brennenden Schmerz eines Riemens zu spüren bekommen, denn sein Vater schlug ihn wegen jeder kleinen jugendlichen Unüberlegtheit. Ob er nun einen einzigen Pfirsich vom Wagen eines Kaufmanns genommen oder einem Jungen eine blutige Nase geschlagen hatte, der ihn vor den Augen des Mädchens, in das er verliebt war, verspottete – alles verlangte umgehend nach einer schweren Strafe, um Nolans missratene Seele noch zu retten. Immer hatte sein Vater behauptet, seine Strenge geschehe ausschließlich aus Liebe zu ihm. Nolan hatte an seinen Worten nie gezweifelt, doch sein Gefühl hatte nie mit diesen Worten übereingestimmt. »Sicher hat dich deine Mutter geliebt … und dein Vater.«

»Meine Mutter ja, vielleicht hat sie mich geliebt, aber sie war zu verbittert, um es mir jemals zu zeigen. Ich weiß jetzt, dass ihre Liebe sie sehr verletzt hat. Aber mein Vater – ich habe immer davon geträumt, dass er derjenige wäre, der mir endlich die Liebe schenken würde, die ich mir wünsche. Aber jetzt beginne ich zu bezweifeln, ob er jemals so war, wie ich ihn mir vorgestellt habe.«

Oh, er würde ihr niemals sagen, was er wusste! Schließlich hatte sie ihren Vater nie gekannt. Eine kleine, unschuldige Lüge, um seine gewaltige Schuld zu mindern, würde jetzt nicht das Schlechteste sein. »Bellamy war viel an dir gelegen. Er hat oft von dir gesprochen.«

Jewel erhob sich und ging auf Nolan zu, bis sich ihre Füße fast berührten. Die verzweifelte Offenheit ihres Blicks lähmte ihn, als sie ihre Hände auf seine Schultern legte. »Was ist mit dir? Könntest *du* mich lieben?«

Die Lüge, die ihm auf den Lippen lag, überraschte ihn. Nicht weil er nicht genauso aufrichtig sein konnte wie sie, sondern weil ihm an seiner Antwort Zweifel kamen.

»Nein.« Sanft nahm er ihre Handgelenke und führte ihre Arme an ihre Seite. Der bodenlose Schmerz, der ihre Augen schmaler werden ließ, wühlte ihn mehr auf, als er erwartet hatte. Noch nie hatte ihn eine Frau in solche Verwirrung gestürzt. Bis heute hatte er sogar geglaubt, alle Gefühle, die ihn wegen Jewel heimsuchten, seien mehr auf eine gesunde Portion Lust als auf irgendetwas anderes zurückzuführen. Es war besser, sparsam mit den Worten umzugehen; er hatte gesagt, was zu sagen war, aber er fühlte sich nicht imstande, den Schmerz zu ertragen, der sich jetzt über ihre Züge gelegt hatte. »Ich glaube nicht an die Liebe, Jewel. Ich bin mir fast sicher, dass ich zu diesem Gefühl nicht fähig bin.«

Sie trat zurück. »Willst du nicht auch eines Tages eine Familie gründen? Frau und Kinder haben?«

»Wahrscheinlich schon, ja. Aber es wird eine zweckmäßige Ehe sein, die nicht auf romantische Liebe gegründet ist. Ich werde mir eine Frau suchen, die finanziell und gesellschaftlich gut gestellt ist.«

Sie verdrängte ihren offenkundigen Schmerz und streckte ihren Rücken durch. »Ich verstehe. Unnötig zu sagen, dass ich beides nicht bin. Und abgesehen davon ist es mir nicht entgangen, wie du mich ansiehst. Es ist dir unangenehm, wahre Gefühle für eine Frau zu haben, nicht wahr? Wovor hast du nur so viel Angst, Nolan?«

Er fürchtete sich vor sich selbst, aber das würde er sie niemals wissen lassen. Sie hatte keine Ahnung, wie nah am Rande des Abgrunds er sich befand. Falls er stürzte, gab es kein Zurück mehr – er würde sich ganz und gar seiner Sinnlichkeit ergeben. Er durfte nicht mehr der Mann sein, den er nur zu gut kennengelernt hatte, als er noch ein Pirat gewesen war. Ein Mann, der einfach dabei zusehen konnte, wie eine Frau weggeschleppt wurde, um vergewaltigt zu werden, oder wie ein Mann aufgeschlitzt wurde, nur weil er das Falsche gesagt hatte; er war ein Mann gewesen, der keinen Finger gerührt hatte, um all das zu verhindern. Ein Mann, der sich einfach etwas vom Rumvorrat des eroberten Schiffs holte, wenn die Geschehnisse drohten, ihn aus der Bahn zu werfen. Er weigerte sich, wieder dieser Mann zu werden. Und wenn er die Grenze mit Jewel überschritt, würde er vielleicht noch eine weitere überschreiten, und dann noch eine.

»Wenn du dir vorgemacht hast, an Bord meines Schiffes deine wahre Liebe zu finden, dann muss ich dich leider enttäuschen«, stieß er hervor. »Es ist mir egal, was zwischen dir und Mr. Tyrell vor sich geht, aber bitte, macht es nicht öffentlich, ehe wir den Schatz gefunden haben und ich dich wieder an Land gebracht habe, wo immer du möchtest.«

Jewel hob ihr Kinn. »Wenn es so weit ist, werde ich Waylands Rat befolgen. Wer weiß, Tyrell könnte es gefallen.«

Ein Bild, das Nolan schon zuvor versucht hatte, zu verdrängen, stieg mit erstaunlicher Kraft wieder vor seinen Augen auf. Er griff nach Jewel und zog sie fest an sich. Seine Küsse waren voller Leidenschaft, seine ganze aufgestaute Lust entlud sich wie ein Segel, das plötzlich unter einer starken Bö gebläht wird. Als sie keuchte, sah er darin lediglich eine Einladung, in seinem Tun fortzufahren. Seine Hand glitt an ihrem Rücken hinab und umfasste ihren Hintern. Ihre weichen Kurven fühlten sich so viel besser an, als er es sich erträumt hatte. Hart zog er sie an sich. Sie sollte seine wachsende Erektion spüren. Bei der Berührung mit ihr wurde er von einer Welle der Begierde überflutet, von der er wusste, dass er bald die Kontrolle über sie verlieren würde.

Sein impulsives Handeln vertrieb den Gedanken an Tyrell, rief aber noch lebendigere und erregendere Vorstellungen in Nolan wach, die ihn immer stärker verwirrten. Noch nie hatte er eine Frau so sehr gebraucht. Er löste den Kuss. Mit einer Hand hielt er ihren Nacken, mit der anderen ihren weichen Hintern umfasst. Sie atmete heftig. Ihre Finger hatten sich in sein Hemd gekrallt, und er war sich nicht mehr sicher, ob sie ihn wegstoßen oder an sich ziehen wollte. Auch er rang um Atem.

Er fasste sie an den Schultern und schob sie von sich. »Genau das ist es, was dir Waylands Rat einbringen wird. Ich habe dir gesagt, dass ich dich nicht liebe, aber ich habe nie behauptet, dass ich dich nicht will. Ich ertrage es nicht, dich mit Tyrell flirten zu sehen. Mir gefällt die Vorstellung nicht, dass er mit dir ins Bett geht, wenn ich es bin, der das Gleiche mit dir tun will. Du bist die einzige Frau auf diesem Schiff. Zu gefährlich für ein naives Mädchen.

»Aber ich bin eine erwachsene Frau!«

»Ich weiß, und du bist mehr als bereit, verführt zu werden. Deine Begierde ist unübersehbar – aber Frauen sehnen sich nach Liebe und Männer nach Sex. Das ist unvereinbar. Wenn du nicht verletzt werden oder in die Fußstapfen deiner Mutter treten willst, dann rate ich dir, vorsichtig zu sein.«

»Aber egal, wie vorsichtig ich auch sein werde, zu dir werde ich nie durchdringen können, oder?«

Nolan nickte. »Ich glaube, wir haben uns verstanden. Wenn du dich von wem auch immer schwängern lässt, setze ich dich auf der ersten bewohnten Insel ab. Keine Diskussion.«

Sie machte sich mit einem heftigen Ruck frei. »Ich verstehe. Und natürlich wäre es ganz allein meine Schuld, wenn ich so enden würde wie der Rest meiner Familie.«

Nolan verschränkte die Arme vor seiner Brust, um sich von Jewel zu distanzieren. »Ich kann es meinen Männern nicht verdenken, wenn sie sich von einem Köder verlocken lassen, der ihnen täglich vor der Nase herumtanzt. Momentan hast du ja bereits Tyrell an deiner Angel. Achte also darauf, wie du dich benimmst, und ich werde auf meine Männer aufpassen.«

»Ist das alles, Captain?«

»Wir verstehen uns also?«

Sie nickte förmlich, zog seinen Mantel aus, als wäre er allein schon eine Beleidigung, und warf ihn Nolan zu. »Bitte geh jetzt.«

Unsicher, was er gerade angerichtet hatte, wandte er sich um. Das Gefühl des gestohlenen Kusses brannte noch immer in seinem ganzen Körper, Jewel war wütender auf ihn, als noch am Anfang ihrer Unterhaltung, und was die Sache mit Tyrell anging, so war sich Nolan sicher, dass er Jewel gerade direkt in die offenen Arme seines Leutnants getrieben hatte. Und zu allem Überfluss fuhren sie jetzt auch noch zu der Insel, wo er ihren Vater seinem Tod überlassen hatte. Wahrscheinlich lachte sich Bellamys Seele durch ihre verrotteten Zähne gerade ins Fäustchen.

Vor der verschlossenen Tür machte er halt. »Was ich noch sagen wollte …«

Jewel funkelte ihn an.

»Das war gute Arbeit, heute Abend.« Das Kissen, grad eben noch in ihrer Hand, flog schon durch die Luft, bevor er seinen Satz beendet hatte. Schnell warf er die Tür hinter sich zu, dann hörte er es mit einem dumpfen Geräusch dagegenklatschen.

Er fand Wayland in der Kombüse. Der alte Pirat wirkte geschäftiger, als ihn Nolan jemals gesehen hatte. Da er das seltene Bild nicht stören wollte, holte er sich den Schlüssel, der unter einer losen Diele versteckt war, und schloss die Vorratskammer auf. Jedem Mann der Besatzung stand täglich eine Ration verwässerten Rums zu, und nach der Situation mit Jewel hatte Nolan beschlossen, sich seinen Status als Kapitän zunutze zu machen und seinen Anteil zu erhöhen. Er tauchte zwei Becher in ein Fass mit Grog und stellte einen vor Wayland ab, während er den anderen zum Mund führte und einen großen Schluck daraus nahm.

Wayland blickte kurz auf und nickte ihm dankend zu. Die vor ihm ausgebreitete Karte der Karibik fesselte seine gesamte Aufmerksamkeit. Als Nolan den Punkt erblickte, den Wayland markiert hatte, sprach er erneut dem Grog zu. Das brauchte er jetzt. Alles deutete darauf hin, dass er den Geistern seiner Vergangenheit doch noch gegenübertreten musste.

Natürlich hatte Jewel recht gehabt, als sie vermutete, dass er die Insel kannte. Vor fünf Jahren hatte er einen ganz ähnlichen Umriss mitten in einen weiten, verlassenen Ozean gezeichnet und die Karte dann auf dem Boden einer alten, vergessenen Seetruhe verstaut. Seine Skizze war etwas von der auf der Karte abgewichen, aber die zerklüftete Ausbuchtung der Insel in der Form eines gebrochenen Herzens war ein klares Indiz gewesen. Es war eben jene Bucht, an der sie hatten anlegen müssen und in der Nolan angeordnet hatte, dass Bellamy ausgesetzt wurde. Würde Jewel das Skelett ihres Vaters erkennen?

»Sie ist es tatsächlich.« Wayland unterbrach Nolans trübe Mutmaßungen. »Die Runen sind eindeutig, wenn man weiß, worauf man zu achten hat. Ich muss die Karte dem Mädchen zurückbringen.«

Nolans Vernunft weigerte sich, an einen so unwahrscheinlichen Zufall zu glauben. »Aber wie kann das sein? Ihr müsst Euch irren.«

Wayland lachte. »Tut mir leid, mein Lieber. Außerdem ergibt doch alles einen Sinn. Als Bellamy noch Kapitän war, müssen wir denselben Kurs, den Captain Kent auf seiner letzten Reise genommen hat, mindestens zwanzigmal gesegelt sein. Schließlich wollten wir den Ort finden, an dem er seine Beute versteckt haben könnte. Wundert mich also kein bisschen, dass du die gleiche unkartierte Insel ausgewählt hast wie dein Großvater, um dich dem Dämonen zu entledigen, der sich an deine Fersen geheftet hatte.«

Nolan schüttelte seufzend den Kopf. Die logische Klarheit von Waylands Überlegungen führte ihm umso deutlicher vor Augen, wie dumm er gewesen war. Er selbst hätte es erkennen müssen. Er selbst hätte die Insel absuchen sollen, anstatt Wayland blind zu glauben, dass sie wirklich so verlassen war. Vielleicht wäre er dann auf einen Hinweis gestoßen? Und war es möglich, dass Bellamy den Schatz schließlich doch noch gefunden hatte und sie nun eine Handvoll Goldmünzen aus seinen knochigen Klauen lösen mussten?

Er leerte seinen Becher. »Zumindest Captain Kent hat seine Dämonen auf dieser Insel begraben. Meine hingegen sind noch immer hinter mir her.«

»Aber Kent wurde gehängt. Der versteckte Schatz konnte ihm die Freiheit nicht erkaufen, wie er gehofft hatte. Alles, was an dir nagt, ist ein dürres Mädchen, dessen Vater du auf dem Gewissen hast. Für mich hört sich das an, als ob du das bessere Los von euch beiden gezogen hast.«

Nolan wurde nachdenklich. Schnell wechselte er das Thema. »Wir benötigen neue Vorräte. Wir werden in Nassau ankern und dann direkt die Insel ansteuern.«

»Was ist mit Bellamy?«

Nolan sog scharf durch die Zähne Luft ein. »Ich schätze, er dürfte mittlerweile mausetot sein.«

Wayland zuckte mit den Schultern. »Aye, ganz deiner Meinung, aber du bist doch derjenige, der sich vor den Geistern der Toten fürchtet. Was wirst du Jewel sagen?«

»Nichts.« Ihr auf der Insel zu erklären, dass ihr Vater hier gezwungen gewesen war, sich selbst das Leben zu nehmen oder einen schrecklichen Tod durch Verdursten zu sterben, war mehr als grausam. Ihr zu verschweigen, über welchen Kadaver sie dort eventuell stolpern würden, war das Mindeste, was er für sie tun konnte.

Wayland kratzte sich am Kinn. »Willst sie also nicht direkt in Tyrells Arme treiben, wie? Willst das deinen einzigartigen Charme erledigen lassen?«

Obwohl Nolan fürchtete, sie schon längst an Tyrell verloren zu haben, hütete er sich, seine Gedanken auszusprechen. »Das hat nichts mit irgendwelchen Gefühlen für Jewel zu tun. Und ich würde es sehr schätzen, wenn Ihr Eure bemerkenswerten Ratschläge von nun an für Euch behalten würdet. Ihr verwirrt sie damit nur.«

Ein höhnisches Grinsen machte sich auf Waylands Gesicht breit. »Dieses Mädchen ist schlauer als du oder ich. Übertrifft in seiner Cleverness sogar noch den Erzeuger, der schon ziemlich ausgekocht war. Jewel hat herausgefunden, wo der Schatz verborgen liegt. Wir beide, wir hätten die Insel nicht einmal gefunden, obwohl wir schon mal da waren.«

»Vielleicht habt Ihr damit recht, aber sie ist noch immer sehr naiv, wenn es um das geht, was zwischen Mann und Frau passiert.« Nolan starrte in seinen leeren Grogbecher. Gerne hätte er ihn noch einmal gefüllt, als ihm bewusst wurde, dass er mit romantischen Verstrickungen nicht viel mehr Erfahrung hatte als Jewel.

Wayland machte eine wegwerfende Geste. »Zur Hölle damit, Tyrell wird ihr das alles beibringen. So wie ich ihn einschätze, wird er sehr vorsichtig mit ihr umgehen.«

Nolan griff nach seinem Becher. »Legt Ihr es eigentlich darauf an, mich in den Wahnsinn zu treiben?«

Waylands langsam breiter werdendes Grinsen war Antwort genug. Nolan wusste nicht genau warum, aber er hatte das unleugbare Gefühl, dass Wayland es genoss, wenn er die Kontrolle über sich verlor. Und zwar vor allem bei Alkohol und Frauen, den beiden Dingen, die das Piratenleben erträglich und manchmal sogar sehr angenehm machen konnten.

»Noch einen Drink, mein Junge?« Wayland schob auffordernd seinen Becher zu Nolan.

»Ich weiß, dass es Euch egal ist, aber was Ihr vorhabt, wird Jewel weit mehr verletzen, als ich es je könnte.« Er griff nach Waylands Becher, wischte ihn mit einem Lappen aus und stellte ihn zurück in das Regal.

Seufzend zog der alte Pirat unter seinem weiten Hemd eine silberne Flasche hervor, öffnete sie und nahm einen langen Schluck. »Wenn du mich fragst, bist du derjenige, der hier gerade den größeren Schaden angerichtet hat.«

Verdammt noch mal, es fiel ihm wie Schuppen von den Augen: Wayland hatte recht. Die Feindseligkeit, mit der er versucht hatte, seine Gefühle für Jewel zu vertuschen, hatte genauso viel Schaden angerichtet, wie es deutliche Worte getan hätten. Zudem trieb seine unübersehbare Ablehnung Jewel vielleicht in die Arme eines Mannes, für den sie noch nicht bereit war. Alles, was sie brauchte, war etwas Zeit, um in ihm das zu sehen, was er wirklich war: einen einfachen Mann.

Einer, der ihren Vater getötet hatte. Nolans Magen krampfte sich bei dem Gedanken zusammen.

Wayland erhob sich, gähnte und streckte sich. »Werde mal ein kleines Schläfchen halten. Was ist mit dir?«

Nolan räumte die Karte und Waylands Notizen zusammen. »Ich werde Mr. Tyrell jetzt aus seiner Kajüte werfen.«

»Wie du meinst.« Wayland zuckte mit den Schultern, aber Nolan konnte das hoffnungsvolle Leuchten in seinen Augen trotzdem sehen.

Kapitel neun

Jewel lehnte an der Reling der *Integrity* und starrte auf die nahen Lichter von Nassau. Nolan hatte ihr bereits gesagt, dass sie am nächsten Tag nicht mit der übrigen Crew an Land gehen würde. Als sie sich nicht die Mühe gemacht hatte, mit ihm zu streiten, schien ihr schnelles Einverständnis ihn zu enttäuschen. Doch sicher sein konnte sie sich nicht: Ihr fiel es schwer zu erraten, was hinter der kühlen Fassade von Nolan Kenton überhaupt vorging.

Ein paar Seemänner schlenderten über das Deck. Sie rauchten Pfeifen, was nur erlaubt war, wenn das Schiff vor Anker lag. Mit jedem Zug glühte sanft der Tabak auf, einziges Anzeichen, dass Jewel nicht ganz alleine war. Trotzdem war ihre Anwesenheit nur ein schwacher Trost, denn noch nie hatte sie sich so einsam und unglücklich gefühlt.

Sie wandte ihr Gesicht gen Himmel und badete es im weichen Licht der Sterne, die sich wie ein leuchtendes Netz über die blauschwarze Kuppel spannten. Die Nächte in der Karibik waren genauso schwül wie die Tage. Schon einige Nachmittage hatte Jewel damit verbracht, den azurfarbenen Himmel zu bestaunen, der mit dem türkisen Ozean verschmolz und alles in ein heißes blaues Licht tauchte. Sie sehnte sich danach, das klare Wasser auf ihrer Hand zu spüren, um Waylands Versprechen zu überprüfen, dass das Meer hier so warm wie der unablässige Wind war. Obwohl sie nie schwimmen gelernt hatte, stellte sie sich vor, mit den Delphinen, die dem Schiff folgten, über die Wellen zu reiten.

Doch auch die Freude darüber, die Meeressäuger beobachten zu können, wie sie dem Schiff hinterherschwammen, konnte den Schmerz ihrer letzten Begegnung mit Nolan nicht lindern. Noch nicht einmal Tyrell war es seither gelungen, ihr ein Lächeln zu entlocken. Immerhin hatte er es versucht. Und seit der Leutnant und Wayland von Nolan zu einer Erkundungstour nach Nassau geschickt worden waren, hatte sich Jewels Stimmung sogar noch verschlechtert.

Nolan wollte erfahren, ob es Neuigkeiten bezüglich der bevorstehenden Revolution gab und ob das Gerücht bereits die Runde gemacht hatte, dass Captain Kents Enkel wieder nach dem berüchtigten Schatz suchte. Wenn sich alles zu seiner Zufriedenheit herausstellen würde – und in diesem Fall waren keine Neuigkeiten gute Neuigkeiten –, würde Nolans Besatzung Freigang bekommen. Falls nicht, würden sie weitersegeln müssen.

Jewel wandte Nassau den Rücken zu und sah sich nach Nolan um. Auch wenn er nicht so viel für sie empfand wie sie für ihn, machte er sich etwas aus ihr. Die Reaktion, die das Wort Liebe bei ihm auslöste, war mehr als eindeutig. Jedes Mal, wenn sie davon sprach, sah er aus, als wäre er gerade auf eine Feuerqualle getreten. Er hatte den Kurs ihrer Beziehung zueinander festgelegt und für sich und Jewel beschlossen, dass er nirgendwohin führen würde. Sein Leben bestand aus kalten, nüchternen Tatsachen. Gefühle waren etwas, gegen das man anzukämpfen hatte: Die Tatsache, dass ihm Jewel nicht egal war, arbeitete gegen sie.

Ja, tatsächlich, Nolan zwang sich zu einem Leben, das seiner Natur widerstrebte. Anstand und Selbstbeherrschung waren für ihn das A und O. Warum sonst trug er stets seine Jacke, obwohl er darin vor Hitze fast vergehen musste? Irgendwann musste er aufgehört haben, seinem Herzen zu vertrauen. Stattdessen würde er fortan nach bestimmten Regeln leben. Zu seinem wahren Ich durchzudringen, schien fast unmöglich zu sein. Er und Jewel sprachen je eine Sprache, die der andere nicht verstand – und Nolan schien die Sprache von Vertrauen und Liebe gar nicht erst lernen zu wollen.

Jewel atmete tief ein und wandte ihr Gesicht dem Meer zu. Die warme Brise ließ die Anspannung etwas von ihr abfallen. Plötzlich trat Nolan auf das Deck, doch als sie in seine Richtung sah, wandte er schnell den Blick ab, drehte sich um und ging davon. Seine Schutzmauer hatte nicht den kleinsten Riss.

Sie lehnte sich zurück an die Reling, aber es wollte ihr nicht mehr gelingen, die Schönheit der milden Nacht zu genießen. Gott, sie hasste den Gedanken, dass es für sie beide keine Chance geben sollte. Noch immer sehnte sie sich nach ihm. Ihr ganzer Körper schmerzte.

Im nächsten Moment tauchte Waylands Kopf an der Außenwand des Schiffs direkt neben Jewel auf. Erschrocken wurde sie aus ihren Gedanken gerissen.

»Bist du taub, Mädchen? Ich habe nach dir gerufen, damit du mir eine Laterne herunterreichst. Tyrell wäre fast auf der Leiter ausgerutscht.«

»Ihr erzählt schon wieder Lügen«, rief der Leutnant von der Seite. »Geht mir aus dem Weg, alter Mann, damit ich an Bord kann.«

Behende schwang Wayland ein Bein über das Geländer. Seine Wangen waren vor Aufregung gerötet, und in dem Piratengewand, das sie alle für ihren Landgang trugen, sah er sehr vergnügt aus. Er schien sich in Nassau amüsiert zu haben.

Tyrell, der hinter ihm auf der Leiter folgte, war gegen ihn auffallend blass. Seine weiten Leinenhosen und das gestreifte Hemd konnten nur schwerlich darüber hinwegtäuschen, dass darin ein steifer, junger Offizier steckte. Selbst mit dem Ohrring und dem roten Tuch, das er sich um den Kopf gebunden hatte, sahen seine sauberen Haare viel zu ordentlich aus.

Als ob er Jewels prüfenden Blick bemerkt hätte, zog Tyrell den goldenen Reifen vom Ohr und verzog vor Schmerz das Gesicht. An seinem Ohrläppchen waren deutlich rote Spuren zu erkennen. »Ihr blutet«, sagte sie. Als sie die Hand ausstreckte, um sich die Wunde zu besehen, trat Tyrell zurück.

»Danke, aber es geht mir gut. Der Landgang war nur unangenehm und anstrengend, das ist alles.« Er bedeckte sein Ohr schützend mit seiner Hand.

Wayland lachte herzhaft. »Hab schon gedacht, wir bräuchten eine Amme für Tyrell! Hättest ihn winseln hören sollen, als ich sein Ohr durchstochen habe, um den Ring reinzuschieben!«

Tyrell sah finster drein. »Das Prozedere war unnötig.«

Wayland grinste. »So grün, wie du noch hinter den Ohren bist, hätten sie uns doch glatt für Spione oder Rotmäntel gehalten.«

»Aber mit Eurer Sauferei habt Ihr jetzt sicherlich auch den letzten Zweifler bekehrt, der dachte, dass wir keine waschechten Piraten seien.«

Wayland knuffte Tyrell spielerisch in die Seite, so dass dieser ins Wanken geriet. »Waschecht? Haargenau, Tyrell! Irgendwann bringen wir selbst dir noch das Fluchen bei.«

Der Leutnant fuhr mit geballten Fäusten herum, aber Nolan trat hinzu, bevor er ausholen konnte.

»Warum seid ihr beiden schon jetzt zurück?«

Zum ersten Mal, seit Jewel ihn kannte, schenkte Tyrell seinem Captain unter dessen strengem Blick nicht sofort seine ungeteilte Aufmerksamkeit. »Er ist unmöglich. Ein totaler Stümper.«

»Na, na, er ist nur sauer, weil ich Maria gefragt habe, ob er sich an ihrem Busen vergehen darf. Keine Ahnung, warum ihn das so wütend macht. Es hat ihr überhaupt nichts ausgemacht, und im Gegenzug saugte sie an seinem –«

»Schweig!« Tyrells Gesicht hatte eine dunkelrote Farbe angenommen. Einzig und allein seine Lippen, die er zu einer schmalen weißen Linie zusammengepresst hatte, bildeten einen Kontrast. Mit seinem Kopf deutete er in Jewels Richtung, aber die Geste bestätigte nur Waylands Geschichte. »Ich wollte herausfinden, ob Maria etwas wusste.«

»Leutnant Tyrell, ich will nur darüber informiert werden, was geschehen ist, wenn es für unsere Pläne wichtig ist. Also, welche Nachrichten bringt Ihr?« Nolan schien kein Mitleid zu kennen. Zweifellos hatte er in seiner Jugend Ähnliches erlebt. Jewel konnte sich nur vage vorstellen, wie es ihm mit einer Besatzung voller Waylands und niemandem, der für Ordnung sorgte, ergangen sein musste. Kein Wunder, dass ein Dolch in seiner Schulter nötig gewesen war, um ihn an Bord des Schiffes ihres Vaters zu halten. Trotzdem tat ihr Tyrells öffentliche Demütigung leid.

Dennoch gewann dieser in schnellster Zeit seine Würde wieder. Er nahm die Hand von seinem verletzten Ohr und stellte sich gerade hin. »Wir haben Männer von der *Neptune* entdeckt. Sie liegt ebenso hier vor Anker. Greeley und ein paar andere sind an Bord unseres Schiffs gekommen und herumgestreunt. Ich vermute, sie haben uns erkannt – zumindest Wayland. Er ist ja kaum zu übersehen.«

Wayland klatschte in die Hände, bevor er sie voller Vorfreude rieb. »Was meinst du, Nolan? Bereit für ein kleines Kämpfchen?«

Nolan schüttelte den Kopf. »Wir haben weder einen Kaperbrief noch eine Chance gegen eine Galeere.«

Wayland trat vor. »Teufel noch mal, im ›Devil's Bounty‹ habe ich viele meiner alten Kumpel getroffen, die nur allzu gern an unserer Seite kämpfen würden.«

Tyrell rang hinter dem Rücken mit seinen Händen. »Sie haben unsere Männer, Captain. Ihr habt selbst gesagt, dass Krieg bevorsteht. Und sie haben den Hafen von Boston blockiert, so dass wir dort nicht anlegen können. Ich bin nicht der Meinung, dass sie auch noch über unsere Besatzungsmitglieder verfügen sollten.«

Erstaunt zog Nolan die Augenbrauen hoch. »Ihr seid also auch auf einen Kampf aus, Mr. Tyrell?«

»Zuerst war er noch dagegen, aber nach ein paar Runden Kill-devil ist er in Stimmung gekommen.« Wayland griff in seine Jackentasche und zog eine Flasche hervor. »Hier, Captain. Wir haben dir etwas mitgebracht.«

Nolan nahm die Flasche und warf sie über Bord. »Ich werde mich weder mit schlechtem Rum betrinken und dann ein englisches Kriegsschiff angreifen, noch werden wir uns jemals – und damit meine ich nie – mit Piraten verbünden, die ebenso gut unsere Kehlen aufschlitzen und unser Schiff kapern könnten.«

Tyrell starrte mit grimmigem Gesichtsausdruck über das Deck. Er war nicht glücklich, und auch Wayland stemmte die Hände demonstrativ in die Hüften.

»Wenn wir jetzt klein beigeben und uns aus dem Staub machen, können wir uns gleich Röcke anziehen und im ›Devil's Bounty‹ Bier ausschenken. Teufel noch mal, ich habe schon gemerkt, wie zwei warme Jungs Tyrell beäugt haben. Dass er mit Maria so schnell Freundschaft geschlossen hat, hat ihnen fast das Herz gebrochen.«

Wieder war es an Tyrell zu erröten. Er starrte weiterhin auf seine Füße und schwieg.

»Auch das werden wir nicht tun.« Nolan schien Waylands Kommentar nicht zu ärgern. Der Anflug eines Lächelns umspielte sogar seinen Mund. »Wir werden besonnen vorgehen und uns unsere Männer zurückholen. Tyrell, seid Ihr nüchtern?«

»Nein, Captain.« Seine roten Ohren verfärbten sich zu kränklichem Weiß. »Ich glaube, mir wird schlecht.«

»Das kann ich mir vorstellen. Bringt hinter Euch, was Ihr hinter Euch bringen müsst, und dann kommt zu mir in die Steuerkajüte. Irgendwo muss ich noch den Plan des Aufbaus einer englischen Kriegsgaleere haben. Wayland, folgt mir. Wir haben eine Mission zu planen.«

Nolan machte auf dem Absatz kehrt, ging Richtung Unterdeck, und Wayland folgte ihm vor Aufregung fast hüpfend nach.

Derweil stolperte Tyrell an die Reling des Schiffs. Als Jewel hörte, wie er von Würgekrämpfen geschüttelt wurde, stahl sie sich leise davon. Normalerweise hätte sie sich natürlich um ihn gekümmert, aber jetzt hatte sie Wichtigeres zu tun. Das war ihre Chance, endlich bei einem Abenteuer dabei zu sein!

Nolan verschwendete keine Zeit. Jewel drückte sich in seiner Nähe herum – niemand schien sie zu beachten – und konnte so seinen Plan belauschen. Das Wichtigste würde der Überraschungsmoment sein.

Sie verschwand in ihre Kajüte, um ihre Waffen zusammenzusammeln und in ihre Männerkleider zu schlüpfen. Wenn Nolan eine Überraschung haben wollte, dann sollte er sie bekommen. Jewel hatte nicht vor, in ihrer Kajüte zu bleiben und die schutzbedürftige Jungfrau zu spielen. Sie würde ihnen helfen. Immerhin hatte ihr Harvey beigebracht, wie man mit einem Schwert umging, und sie wollte sich unbedingt als nützlich erweisen. Schließlich war sie es, die darauf bestanden hatte, mitzukommen. Jetzt würde sie ihnen zeigen, warum.

Sie musste an Nolans Gesichtsausdruck denken, als er mit seinen Männern gesprochen hatte. Mit jedem Wort war das Leuchten, das aus seinem Innersten zu kommen schien, noch heller geworden. Jewel hatte ihn noch nie so leidenschaftlich gesehen. Seine Crew hing an seinen Lippen, die wenigen Lampen, die an der Takelage baumelten, waren gelöscht worden, dennoch war die Aufregung, die in der Luft lag, deutlich zu spüren. Genau wie die Tatsache, dass die Besatzung ihren Captain in diesem Augenblick mehr liebte und akzeptierte als je zuvor.

Nolan verbarg sich nicht länger hinter der Maske seiner Vorschriften. In diesem Moment war er Captain Kenton, ein geborener Anführer, in dessen Inneren es keine Zerwürfnisse oder Kämpfe mehr gab. Die Leichtigkeit und Leidenschaft, mit der er ihren Angriff plante, waren inspirierend.

Die Attacke würde sich an einem Ereignis orientieren, in das Nolan vor ein paar Jahren verwickelt gewesen war: die Bostoner Tea Party. Jewel hatte davon gehört. Jeder hatte davon gehört! Und weil der Skandal damals die ganze Welt schockiert hatte, war Jewel umso überraschter, dass Nolan damals in Person mitgemischt hatte. Sie hätte schwören können, dass es ihm heute absolut unmöglich war, das Gesetz zu brechen.

Aber heute Nacht würden Nolans Männer Piraten und keine Indianer sein wie damals in Boston. Einige würden einen Aufruhr veranstalten, während andere sich an Bord der *Neptune* schlichen und ihre Männer zurückholten. Es war üblich, dass die erst kürzlich rekrutierten Männer an Bord bleiben mussten, während der Rest der Mannschaft Landgang hatte. Mit ein wenig Glück würde die *Integrity* bereits weit, weit weg sein, bevor die Engländer überhaupt etwas von den Geschehnissen bemerkten.

Die Männer an Deck waren viel zu sehr darin vertieft, Pläne zu schmieden und ihre Verkleidung zu gestalten, als dass sie Jewel wahrgenommen hätten, als sie zu ihnen zurückkehrte. Sie glättete das Futteral ihrer Kleider, glücklich darüber, nichts von der ganzen Aufregung verpassen zu müssen – auch wenn sie damit Nolans Zorn auf sich ziehen würde. Falls sie erwischt wurde, würde er zumindest gezwungen sein, sich mit ihr auseinanderzusetzen und seine kühle, höfliche Haltung endlich aufzugeben.

Nolan erschien in einem leuchtend blauen Mantel an Deck. Die blanken Kupferknöpfe reflektierten das Licht in der Dämmerung. Jewel ging hinter einem Mast in Deckung. Falls irgendjemand sie bemerkte, wäre er es. Aber offenbar schien er genauso aufgeregt wie alle anderen zu sein. Jewel riskierte einen Blick hinter dem Mast hervor und fragte sich, ob er vorhatte, seine Männer zu begleiten. Falls er beschlossen hatte, an Bord der *Integrity* zu bleiben, würde das ihren Plan, der Crew zu Hilfe zu kommen, mit größter Wahrscheinlichkeit vereiteln. Er würde sie in ihre Kajüte schicken, sobald er sie erblickt hatte.

Als Nolan unter seine versammelten Männer treten wollte, stellte sich Wayland ihm in den Weg und musterte ihn von Kopf bis Fuß. »Gefällt mir gar nicht«, brummte er. »Glaubst du etwa, gewichste Stiefel können dieses englische Pack täuschen, wenn sie dich an Bord ihres Schiffes erwischen?«

Nolan schob ihn beiseite. »Die Marineoffiziere tragen rote Mäntel nur als offizielle Ausgehuniform, ansonsten haben sie blaue Jacken an. Und vertrau mir: In einer schwülen Nacht in Nassau werden selbst sie nicht in voller Montur unterwegs sein.«

»Trotzdem bin ich immer noch der Meinung, dass wir alle auf dem Schiff ausschwärmen sollten. Ich hab was dagegen, dass du allein an Bord gehen willst.« Wayland vergrub seine Hände in den Taschen und schaute weg.

Jewel beugte sich erneut hinter dem Mast hervor, um das Geschehen besser beobachten zu können. Offenbar hatte sie sich zu früh umgezogen und dabei einen Teil des Plans verpasst. Wenn sie es nicht besser wüsste, würde sie denken, dass sich Wayland tatsächlich um Nolans Sicherheit sorgte.

Doch dieser schien wild entschlossen. »Du hast selbst gesagt, dass der Großteil der Crew der *Neptune* an Land sein wird, und die Wachen an Bord werden es wohl kaum wagen, einen Offizier aufzuhalten, wenn sie mich überhaupt zu sehen bekommen.«

Tyrell trat vor. »Ich habe bereits an die Männer die Kleider verteilt, die wir an Land gesichert haben. Wir sind bereit, Captain.«

Seine Augen waren rotgerändert, aber seine Gesichtsfarbe war wieder einigermaßen gesund. Endlich erschien seine mitgenommene Erscheinung in der Piratenverkleidung glaubhaft.

»Gute Arbeit, Mr. Tyrell. Ihr führt die drei Boote mit den Männern also an die Hafenseite, und ich nehme zwei leere Langboote steuerbord. Sorgt dafür, dass zwei Eurer Boote nicht zu sehen sind, aber veranstaltet so viel Lärm wie möglich. Die Engländer sollen sich auf keinen Fall sicher sein können, mit wie vielen Booten Ihr anrückt.«

»Du wirst die beiden Boote nicht alleine steuerbord nehmen. Ich komme mit«, beschloss Wayland.

Nolan drehte sich um und schüttelte den Kopf. »Der rauflustige Streit unter Piraten ist unser Trick, der unbedingt gelingen muss. Ich glaube, Ihr solltet unbedingt Tyrell begleiten und aufmerksam darauf achten, dass jeder seine Rolle überzeugend spielt.«

Als Wayland sein berühmtes zahnloses Grinsen zeigte, fiel Jewel auf, dass die Crew nicht mehr vor ihm zurückwich. »Tyrell lernt schnell. Er braucht mich nicht als Aufpasser, oder, mein Junge?«

Der Leutnant schwieg.

»Du bist derjenige, um den ich mir Sorgen mache, Nolan«, fuhr Wayland fort. »Ich glaube, du hast dich mit der Aktion übernommen. Es passt nicht gerade zu einem verantwortungsvollen Captain, sich freiwillig in solche Gefahr zu begeben. Das solltest du im Hinterkopf behalten.«

Nolan hielt inne und sah Wayland prüfend an. Auch Jewel ließ der untypische Ernst in der Stimme des Piraten aufhorchen. Trotz der warmen Nacht, der Wollweste und dem knielangen Mantel, den sie über ihren Kniehosen trug, lief ihr ein Schauer über den Rücken. Waylands Worte waren wahr, Nolan sollte nicht alleine auf das fremde Schiff gehen. Wie es schien, würde er unbedingt Hilfe benötigen, und sie würde den Teufel tun, hier herumzusitzen und ihm dabei zuzusehen, wie er quasi Selbstmord beging.

Nolan wandte sich an seinen Leutnant. »Mr. Tyrell, denkt Ihr, Ihr habt genug Erfahrung als betrunkener Pirat gesammelt, um die Männer ohne Mr. Wayland anzuführen?«

Tyrell stand gerade und riss sich sichtlich zusammen. »Aye, Captain, ich befürchte, das habe ich.«

Selbst Nolan musste nun über die absurde Situation lächeln. Er wandte sich von der Mannschaft ab, um seine Belustigung zu verbergen, aber von ihrem Versteck aus konnte Jewel sein Grinsen deutlich erkennen. Sofort ertappte sie sich bei dem verbotenen Gedanken, dass es für sie und ihn vielleicht doch noch eine Hoffnung gab.

Er schlenderte zu den Langbooten hinüber, weshalb Jewel sich auf der anderen Seite des Masts verstecken musste, und starrte dann auf die dunkle Bucht. Eine Handvoll Schiffe lag im Hafen verstreut, Steuer- und Backbord wurden von Laternen beleuchtet. Die *Neptune* erstrahlte heller als alle übrigen und ragte doppelt so hoch wie alle anderen aus dem Dunkel hervor. »Wayland, Ihr kommt mit mir«, ordnete er an.

»Aye, Captain.« Der alte Seemann schickte sich an, die Seile zu entwirren, an denen die Boote angebracht waren.

Mit einer Hand auf seiner Schulter hielt Nolan ihn zurück. »Aber bevor wir uns auf den Weg machen, will ich, dass Ihr mir versprecht, mir nicht an Bord zu folgen.«

Nolan hatte Jewel den Rücken zugewandt, aber Waylands Gesicht konnte sie gut erkennen. Das gesunde Auge des Piraten weitete sich überrascht. »Aber daran habe ich im Leben nicht gedacht, Captain!«

»Gut. Die Crew bricht als Erstes auf. Wir folgen, wenn sie unterwegs sind.« Nolan wandte sich an seinen Leutnant. »Und Mr. Tyrell, Ihr seht nach Jewel. Ich will sicher sein, dass sie beschäftigt ist, bevor wir uns zu unserem kleinen Ausflug aufmachen.«

Jewel biss sich auf die Zunge, um einen Fluch zu unterdrücken. Wenn sie sie nicht in der Kajüte fanden, würde Nolan das Deck durchkämmen lassen. Aber wie konnte sie sich nützlich machen, wenn sie in ihr Quartier verbannt war?

Während er einige Seile zusammenrollte, meldete sich Wayland zu Wort: »Hab das Mädchen gerade unten gesehen. Hat sich in der Kajüte eingeschlossen.«

Nolan musterte ihn argwöhnisch. Wayland zuckte unwissend die Schultern. »Ich glaube, sie schmollt wegen irgendwas. Tut sie übrigens schon seit einigen Tagen. Du weißt nicht zufällig etwas darüber, Captain?«

»Tyrell, geht und seht trotzdem nach.« Nolan nahm Wayland die Stricke aus den Händen.

Tyrell war plötzlich blasser als bei seiner Rückkehr auf das Schiff. »Und was soll ich ihr sagen?«

Wayland strich sich über seinen dünnen grauen Bart. »Weißt du denn nicht, dass eine heulende Frau einen Mann wie unseren Leutnant nervös macht?«

Entschlossen schob Tyrell seine Hände in die Hosentaschen. »Ich bin nicht nervös. Ich will sie nur nicht noch weiter aufregen. In letzter Zeit erschien sie mir nicht gerade glücklich.«

Jewel musste Nolans Gesicht gar nicht sehen, um zu erahnen, dass ihm langsam die Geduld ausging. »Also gut, Wayland. Da Ihr ja von uns anscheinend derjenige seid, der am meisten über Frauen weiß, solltet wohl Ihr am besten zu ihr gehen.«

Der Pirat zuckte die Schultern. »Aber ich hab's dir doch schon gesagt, dass ich sie unten gesehen habe. Allerdings glaube ich, dass du besser als ich weißt, was sie quält, also … solltest du gehen.«

Nolan lehnte sich an die Planke des Schiffes. »Nun gut … ich denke, wir sollten die Frage so schnell wie möglich vergessen und aufbrechen. Aber wenn es mit Jewel irgendwelchen Ärger gibt, dann mache ich Euch persönlich dafür verantwortlich, Wayland.«

Jewel atmete auf. Zwar gefiel ihr die Vorstellung nicht, dass alle sie nun für ein schmollendes junges Mädchen hielten, aber jetzt hatte es ihr einen Vorteil verschafft.

Sie verbarg sich in ihrem Versteck, bis sich der Teil der Crew, der streitende Piraten spielen sollte, über die Reling geschwungen hatte und ins Boot geklettert war; sie lugte um den Mast herum, um Nolan zu beobachten, wie er den zurückbleibenden Seemännern letzte Anweisungen gab. Wayland schien in den Anblick der Sterne versunken, aber sie wollte sich über ihr Glück lieber nicht zu lange wundern. Schnell kroch sie zur Reling und schwang ein Bein darüber.

Es war überraschend schwer, auf der sich windenden Strickleiter Halt zu finden, während das Meer unter ihr tobte und sprühte. Jewels Enthusiasmus begann zu schwinden, aber als es ihr schließlich gelang, Hände und Füße im Einklang zu bewegen, fiel ihr das Hinabklettern leichter. Unten dümpelte ein kleiner Umriss auf dem schwarzen Meer herum, das an das klaffende Maul eines riesigen Ungeheuers erinnerte. Voller Angst wagte es Jewel nicht, erneut hinabzusehen. Bei all den Vorbereitungen auf ein Leben voller Abenteuer mit ihrem Vater war es ihr nie in den Sinn gekommen, schwimmen zu lernen. Doch sosehr sie sich auch fürchtete, die Dunkelheit war ein Segen. Sie hatte es auf ein leeres Ruderboot abgesehen. Mit ein bisschen Glück würden alle anderen wie sie ohne Laterne die Boote besteigen, und niemand würde sie in ihrer Verkleidung erkennen.

Im Bug fand sie ein Bündel aus zerknitterten Hemden, samtenen Westen und mehreren kecken Dreispitzen, die in Nassau besorgt worden waren, um die Männer, die zurückgeholt werden sollten, zu maskieren. Dem Geruch nach zu urteilen, waren sie vor kurzem noch von lebendigen Piraten getragen worden – betrunkenen und schwitzenden Piraten. Jewel hatte keine andere Wahl, als sich die abgelegten Fetzen überzuwerfen und besser nicht allzu tief einzuatmen. Falls der Steuermann nicht noch beim Einstieg ins Boot über sie stolperte, würde man sie wohl kaum bemerken.

Es dauerte nicht lange, bis sie hörte, wie die Strickleiter unter einem Gewicht ächzte, und das Skiff, in dem sich Jewel versteckte, gewaltig zu schwanken begann. Das Boot beruhigte sich erst, als der neue Passagier die Mitte des Boots erreicht und dabei auf wundersame Weise Jewel verfehlt hatte. Kein einziger Lichtstrahl strich an ihr vorbei, so dass sie davon ausgehen konnte, dass der Mann keine Laterne bei sich trug. Lange Minuten, die ihr wie Stunden erschienen, vergingen, bis sie die Strickleiter wieder knarren hörte.

»Ich habe Euch doch gesagt, Ihr sollt eine Laterne mitnehmen«, kam Nolans Stimme von oben.

»Ach was, will der *Neptune* ja kein Lichtsignal schicken, um unsere Ankunft zu verkünden«, antwortete Wayland.

Jewel fluchte leise vor sich hin. Er stand direkt neben ihr. Sie hatte sich ausgerechnet das Boot ausgesucht, das sie mit allen Mitteln vermeiden wollte.

Nolan stieg in sein eigenes Ruderboot, und die Welle, die durch die Bewegung entstand, brachte auch Waylands Boot wieder zum Wanken. »Ich wäre auch froh, wenn ich nicht schon meinen Hals riskieren müsste, bevor wir bei der *Neptune* sind! Hier draußen ist es stockdunkel.«

Wayland verlagerte sein Gewicht. Ein paar Spritzer Wasser benässten Jewels Rücken, als der Pirat mit seinem Ruder Nolan bespritzte. »Pah, Captain. Zu unserer Zeit mit Bellamy bist du oft genug im Dunkeln herumgekrochen. Als Jammerlappen überzeugst du mich überhaupt nicht.«

Weitere Wasserspritzer, begleitet von dem Gefühl der Vorwärtsbewegung, trafen Jewel. »Warum erinnert Ihr mich nur mit Vorliebe an Dinge, die ich lieber vergessen will?«, fragte Nolan. Seine Stimme klang jetzt weiter entfernt. Sein Boot und das von Wayland waren anscheinend nicht mehr zusammengebunden. Sie ruderten ihrem Ziel entgegen.

Wayland kicherte. »Du kannst noch immer davonlaufen, Junge, aber verstecken kannst du dich nicht.«

»Seid still. Über das Wasser sind die Stimmen weit zu hören«, zischte Nolan.

Die restliche Fahrt über waren nur noch die sanft durch das Wasser gleitenden Ruder zu hören. Beide Männer schienen so viel Erfahrung zu haben, dass kaum ein Platschen sie verriet. Jewel gab sich alle Mühe, sich still zu verhalten, obwohl aus einem Dreispitz eine Feder ragte und sie an der Nase kitzelte. Sie zog ihr Schwert eng an ihren Körper, damit es unter den Kleidern nicht hervorstand.

Sie war sich noch unsicher, was sie tun würde, wenn sie ihr Ziel erreicht hatten, aber sie wusste, dass sie unbedingt dabei zu sein hatte. Ihr altes Leben hatte sie aus einer Laune heraus aufgegeben, und wenn sie die Kontrolle über ihr neues behalten wollte, musste sie weiterhin ihren Instinkten vertrauen, anstatt es widerstandslos von anderen bestimmen zu lassen. Bisher hatte sich ihr Bauchgefühl immer als richtig erwiesen – bei der Entschlüsselung der Karte sowie bei der Entscheidung, sich auf dieses Abenteuer zu begeben. Nolan musste verrückt sein, wenn er tatsächlich vorhatte, seine Besatzung allein zurückzuerobern.

Dann wurden sie langsamer, und selbst das schwache Geräusch der Ruder verklang. Tyrells Stimme drang schwach zu ihr übers Wasser – dann wurde sie immer lauter. »Aye, du verdammter … Ich weiß, dass Sheila bei dir an Bord ist!« Seine Worte hallten zu Jewel hinüber, wurden leiser, dann wieder lauter, doch die Antwort von dem anderen Schiff war nicht zu verstehen. Sekunden später hörte Jewel andere Männer in das Gegröle einstimmen. Die Besatzung der *Integrity* sorgte für lautstarke Ablenkung!

»Und du meinst, du schaffst es hinauf, ohne abzustürzen?«, flüsterte Wayland Nolan zu.

»Ich bin schon früher Ankerketten hinaufgeklettert. Wenn ich oben bin, werfe ich eine Strickleiter aus, mit der die Männer es einfacher haben werden, das Schiff zu verlassen. Positioniert Euch mit dem Boot direkt darunter.« Nolans Stimme klang jetzt erstaunlich nah; Jewel vermutete, dass Wayland die beiden Boote mit seinen Händen zusammenhielt.

»Erst willst du an nichts erinnert werden, und dann gibst du mit deinen Heldentaten auch noch an«, murmelte der alte Pirat.

»Schhh«, Nolans gezischter Befehl beendete die Diskussion.

»Meine Rede, er sagt das eine und meint das Gegenteil«, flüsterte Wayland, laut und deutlich genug, dass sie ihn verstehen konnte. Sie verkrampfte sich, aber als er nicht weitersprach, atmete sie beruhigt durch und nahm an, dass er mit sich selbst redete. Ein paar vorsichtige Ruderschläge ließen sie abdriften, bis ihr Boot hart gegen etwas stieß.

Jewel wartete ab, unsicher, was sie tun sollte. Mit Sicherheit würde Wayland sie entdecken, es sei denn, er brach sein Versprechen und folgte Nolan an Bord. Dann war ein anderes Geräusch zu hören, eindeutig das Rasseln und Knarzen eines Seils. Eine Strickleiter wurde von der *Neptune* heruntergelassen, und das Skiff geriet ins Schlingern, als Wayland sich erhob, um die Leiter zu sich zu ziehen.

»Sieht aus, als hätte er es geschafft«, sagte er. »Man könnte doch meinen, er müsste bald von selbst merken, dass er sich nicht wirklich von dem Mann unterscheidet, der er früher mal war. Aber jetzt hält er sich für herausgeputzt und gebildet. Doch Bildung lässt einen noch lange keine Ankerkette hinaufsteigen, und warm hält sie einen in der Nacht auch nicht.«

Jewel hatte nie mitbekommen, dass Wayland so häufig Selbstgespräche führte. Sie gingen ihr auf ihre ohnehin schon angespannten Nerven. Aber in erster Linie quälte sie der Gedanke daran, was sie als Nächstes tun sollte.

»Was meinst du, Jewel?«, fragte Wayland.

Sie schob sich ihre Faust in den Mund, um nicht vor Panik und Aufregung laut zu keuchen. Bildete er sich ihre Anwesenheit nur ein, oder wusste er davon? Er klang so nüchtern, als wäre ihr Hiersein so normal wie Tee mit Milch.

»Na los, Mädchen. Tu, wozu du hergekommen bist«, sagte er merklich ungeduldiger.

Als Jewel sich aufsetzte, fielen die Kleider, in denen sie sich verborgen hatte, um sie herum auf den Boden des Bootes. »Woher wisst Ihr …?«

Wayland saß auf einer Bank in der Mitte des Bootes und hatte ein langes Ruder durch eine Sprosse der Strickleiter gesteckt, damit sie nicht abtrieben. »Du bist so durchschaubar wie das Gesöff, das Nolan uns ständig als Grog serviert. Wenn er nicht so in dich vernarrt wäre, hätte er dich schon längst durchschaut.«

Jewel rückte ihre Kleider und die Schwertscheide gerade. »Danke, dass Ihr mich nicht verraten habt.«

Wayland nickte und deutete auf die Strickleiter. »Wenn du dich nützlich machen willst, dann solltest du dich jetzt beeilen.«

Jewels Blick folgte seiner Geste. »Was genau soll ich tun?«

Wayland zuckte mit den Schultern. »Woher, zur Hölle, soll ich das schon wissen? Ich hab dich hierhergebracht, den Rest musst du dir schon selber überlegen.«

Jewel stand auf und stürzte beinah, als das Boot ins Wanken geriet. Dann erlangte sie das Gleichgewicht wieder, griff zur ersten Sprosse und schwang sich aus dem Boot. »Ich glaube, Nolan braucht mich jetzt.«

»Das sage ich doch schon die ganze Zeit.« Wayland legte seine Hand an ihren Hintern und schob Jewel in die Höhe. »Hoffe nur, dass du mit dem Schwert da auch umgehen kannst.«

Jewel nickte und erklomm dann die weiteren Sprossen. Der

Gedanke, ihr Schwert in einem echten Kampf einzusetzen, machte ihr mit einem Mal Angst. Obwohl sie oft mit Harvey geübt hatte, bis ihr Arm und Schulter schmerzten, ließ sie die Aussicht darauf, einem leibhaftigen bewaffneten Gegner gegenüberzutreten, ihre Schritte langsamer setzen. Die Furcht raubte ihr die Kraft. Sollte Nolans Plan aufgehen, musste sie ihr Können immerhin nicht an einem ausgebildeten Soldaten beweisen, aber dann würde er auch ihre Hilfe nicht benötigen. Sie konnte es nicht begründen, aber sie hatte das Gefühl, dass allein ihre Anwesenheit alles verändern würde. Schließlich konzentrierte sie sich nur noch auf die Tatsache, dass Nolan an Deck des Schiffes allein war und kletterte schnell hinauf.

Sie schwang sich über die Reling, huschte lautlos über die Bohlen, kauerte sich hin und wartete. Über das Wasser hinweg konnte sie das Gelächter und den Jubel von der Crew der *Neptune* hören, die an dem Streit von Tyrell und seinen Männern offensichtlich Gefallen fanden.

Jewel duckte sich in einen Schatten, während sie die Wachen im Auge behielt. Würde sie Nolan folgen, dann bliebe die Strickleiter unbewacht. Zudem kannte sie sich auf dem Schiff nicht aus. Plötzlich kamen ihr an ihrem Handeln Zweifel.

Was konnte sie Nolan schon nützen, wenn sie sich versteckte?

Ihre Unentschlossenheit fand ein jähes Ende, als sie eine Reihe von Silhouetten bemerkte, die in ihre Richtung krochen. Sie drückte sich noch tiefer in ihr Versteck. Bevor sie auch nur irgendetwas tun konnte, um zu helfen, fasste Nolan, gefolgt von zehn Männern, auch schon nach der Strickleiter und machte ihnen Zeichen, hinabzuklettern. Ohne die Wachen aus dem Auge zu lassen, überprüfte er immer wieder, wie weit die soeben befreiten Mitglieder seiner Crew das Schiff schon verlassen hatten.

Jewel wurde klar, dass er toben würde, wenn sie sich zu erkennen gab. Sie hatte ihn nicht unterstützen können und war stattdessen nur eine Person mehr, die die Leiter hinabklettern musste, bevor sie endlich fliehen konnten.

»Hey, da! Wer ist da?«, rief plötzlich eine Stimme aus der Dunkelheit.

Der letzte der flüchtigen Seemänner hielt auf der obersten Sprosse der Leiter inne. Es war Nolan. Schnell wandte er seinen Kopf, um nicht erkannt zu werden.

»Ihr seid einer der neuen Männer, nicht wahr?«, fuhr die unbekannte Stimme fort. »Tut mir leid, mein Freund, aber Ihr wisst bestimmt, dass neu rekrutierte Männer nicht an Land dürfen. Oder wolltet Ihr etwa springen?«

Nolan warf noch einen Blick über die Reling und – offenbar zufrieden, weil der letzte Mann das wartende Boot erreicht hatte – löste dann die Strickleiter, die seitlich ins Meer hineinfiel. Jewel hielt den Atem an. Wie, zur Hölle, sollte sie je wieder von diesem Schiff entkommen?

»Denke nicht im Traum daran zu springen. Kann ja auch gar nicht schwimmen. Bin eine Landratte«, antwortete Nolan.

Jewel wunderte sich, warum er nicht wie geplant in die Rolle des Offiziers schlüpfte und der Wache befahl zu verschwinden. Sie unterdrückte ihre aufsteigende Panik und vertraute darauf, dass er wusste, was er tat.

Die Wache trat näher zu Nolan. »Ja, das sagen sie alle. Es ist wirklich ein langer Weg bis nach unten.« Er beugte sich über die Reling und sah hinab.

Noch ehe er weitersprechen konnte, zog ihm Nolan den Griff einer Pistole über den Kopf, fing den stürzenden Wachmann auf und legte ihn lautlos aufs Deck. Dabei fand er sich plötzlich Jewel gegenüber.

»Verdammte Hölle«, brummte er tief und verärgert und

griff dann nach ihrem Arm. Sie fühlte sich gefangen wie in einem Schraubstock.

Erst ein Schrei von der anderen Seite des Decks zwang ihn, sie wieder loszulassen. »Hey, Martin, siehst du irgendwelche …?«

Die Stimme stockte abrupt. Die zweite Wache hatte Nolan und ihren auf Deck liegenden Kameraden entdeckt. Das schleifende Geräusch von Stahl, der aus einer Scheide gezogen wird, erklang. Auch Nolan zog sein Schwert. Mit klirrenden Waffen nahmen sie den Kampf auf. Nolan stieß wieder und wieder zu, um seinen Gegner mit seiner Verteidigung zu beschäftigen, so dass er nicht dazu kommen würde, Verstärkung zu rufen. Jewel musste daran denken, wie sie Nolan zuletzt hatte kämpfen sehen. Damals, als er in der sandigen Gasse vor dem »Quail and Queen« ihren Vater herausgefordert hatte und haushoch unterlag, war er noch ein ungeschickter Jugendlicher gewesen. Sie konnte nur beten, dass sich seitdem sein Können verbessert hatte. Doch den hektischen Paraden seines Gegners nach zu urteilen, schien das eindeutig der Fall zu sein.

Jewel drückte sich an der Seite des Schiffes im Verborgenen entlang, während sie zusah, wie Nolan kämpfte. Er drängte seinen Gegner in Richtung Heck der *Neptune*, von ihr weg. Nolan schien mühelos zu gewinnen, bis er plötzlich nach links taumelte und sein Gegner mit dem Schwert seinen Arm erwischte. Nolans gezischter Schmerzenslaut war über das ganze Deck hinweg zu hören.

Der andere Wachmann, den Nolan niedergeschlagen hatte, war währenddessen wieder zu sich gekommen. Er kroch zu den Kämpfenden und umfasste Nolans Knöchel. Geistesgegenwärtig kroch Jewel hinterher, griff nach dem Stiefel des Mannes und versuchte, ihn fortzuziehen, ehe er noch mehr Schaden anrichten konnte.

Er stieß sie mit Leichtigkeit weg. Sie fiel hart auf ihre Seite, war aber schneller als er wieder auf den Beinen. Da er von dem Schlag auf den Kopf noch benebelt war, hatte sie genügend Zeit, um ihr Schwert zu ziehen. Reglos blieb sie stehen, wie Harvey es ihr beigebracht hatte. Ihr Herz schwoll in ihrer Brust. Noch nie hatte sie ernsthaft gekämpft, aber die Aufregung in Verbindung mit ihrer Angst berauschte sie so sehr, dass sie kaum mehr einen klaren Gedanken fassen konnte. Verzweifelt versuchte sie, sich an Harveys weitere Anweisungen zu erinnern.

Auch ihr Gegner zog nun selbstsicher sein Schwert – trotzdem konnte man ahnen, dass Nolans Schlag Spuren bei ihm hinterlassen hatte. Seine schwerfälligen Bewegungen könnten ihre Rettung sein. Seine Klinge traf die ihre, so dass ihr Arm von der Gewalt erzitterte. Dann konnte sie auch neben sich Schwerter klirren hören. Nolans Verwundung schien ihn zu behindern, denn es klang, als würde er um sein Leben kämpfen. Die schleppenden Reaktionen ihres eigenen Gegners gewährten Jewel Zeit, sich zu sammeln. Sie lockerte ihren Griff, beugte die Knie leicht und stieß in der Hoffnung zu, dem ungeschickten, verletzten Wachmann das Schwert aus den Händen zu schlagen.

Doch seine Reflexe kehrten schneller zurück, als sie erwartet hatte, und er parierte, ohne dass sie Zeit gehabt hätte, einen neuen Angriff zu beginnen. Zum Glück kamen ihr die Anweisungen aus ihren täglichen Übungsstunden wie von allein wieder in den Sinn. Sie begegnete seinem Stoß, und der Kampf war in vollem Gang. Das Schwert war zu einer Verlängerung von Jewels Körper geworden. Der Mann trat einen Schritt zurück und nahm wieder Position ein, als ob er beschlossen hätte, seinen Gegner von nun an ernst zu nehmen.

Jewel verbannte alle Gedanken und ließ ihre Übung die

Arbeit erledigen. Stoß nach rechts, Parade nach links. Nach der freien Stelle suchen, die es zu treffen gilt.

Sie täuschte nach unten an. Ihr Gegner folgte der Bewegung und bot ihr somit ein ungedecktes Ziel. Hart stieß sie zu. Die Klinge versank mitten in der Brust ihres Feindes. Taumelnd stolperte er ein paar Schritte zurück, während sich Jewel bereits auf seinen nächsten Angriff vorbereitete. Sogar im Dunkeln konnte sie sein überraschtes Gesicht sehen, als er auf die Knie fiel. Und erst dann bemerkte sie einen roten Fleck, der sich auf seinem weißen Hemd ausbreitete. Noch immer hielt er sein Schwert umklammert, aber es hing kraftlos an seiner Seite herab.

Sie blickte auf ihre blutige Klinge. Mit einem Mal wurde ihr klar, dass sie, statt des abgesägten Besenstiels, mit dem sie mit Harvey geübt hatte, eine tödliche Waffe in Händen hielt. Sie ließ ihr Schwert fallen und lief zu dem Mann hinüber, der mittlerweile zu Boden gegangen war. Er hatte sich auf die Seite gerollt, seine Beine waren in einem seltsamen Winkel ausgestreckt. Er hatte aufgehört zu keuchen, aufgehört zu atmen.

Jewel kniete sich nieder und rollte ihn auf den Rücken. Sie legte ihre Hand auf sein rot durchtränktes Hemd, vielleicht konnte sie die Blutung ja stoppen – ungeschehen machen, was sie gerade getan hatte. Sein Blick war starr. Sie gab ihm eine Ohrfeige, hoffte, er sei nur benommen. Danach prangte ein blutiger Abdruck auf seiner gebräunten Wange, aber er hatte noch nicht einmal gezwinkert. Sie drehte seinen Kopf, so dass sie seine Augen sehen konnte, und betete um ein Lebenszeichen. Erschrocken musste sie feststellen, dass er etwa in ihrem Alter war, vielleicht sogar noch etwas jünger. Mit seinen weiten Augen und dem Mund, den er zu einem letzten verzweifelten Atemzug geöffnet hatte, sah er harmlos aus. Er hätte einer ihrer Gäste aus dem »Quail and Queen« sein können. Vielleicht hatte sie ihn sogar schon einmal bedient.

»Nein«, flüsterte sie und schüttelte ihn. »Wach auf!«

Ein starker Arm legte sich um ihre Hüfte und zog sie hoch. Sie wurde von ihrem Opfer weggebracht, bevor sie wusste, wie ihr geschah – sie konnte nicht einmal mehr reagieren. Ihre Welt war nicht mehr dieselbe. Alles war plötzlich anders. Sie wusste nicht, ob ihre Beine sie überhaupt noch tragen würden, doch Nolan ließ ihr keine Zeit, es herauszufinden. Halb zog, halb trug er sie zur Reling.

Sie erblickte noch einen Mann liegend an Deck. Seine Augen waren geschlossen. Er bewegte sich nicht. »Ist er auch tot?«, hauchte sie und schloss die Augen. Noch mehr Blutvergießen konnte sie nicht ertragen. Ihr Magen drohte ohnehin schon, sich zu entleeren.

Nolan hob sie auf die Brüstung. »Kannst du schwimmen?«

Sie öffnete die Augen. »Nein.«

»Dann halt dich fest.«

Im nächsten Moment war er schon, einen Arm fest um ihre Hüfte geschlungen, über die Reling gestiegen. Erst Sekundenbruchteile, bevor sie sich im freien Fall befanden, wurde ihr klar, was er überhaupt vorhatte.

Zum Glück hatte sie vor dem Sprung die Höhe des Schiffes abschätzen können, aber der Fall schien eine Ewigkeit zu dauern. Sie klammerte sich an Nolan. Gemeinsam schlugen sie so hart auf dem Wasser auf, dass Jewel fürchtete, ohnmächtig zu werden. Instinktiv schnappte sie nach Luft und atmete einen ganzen Mundvoll Salzwasser ein. Ihre Arme hatten keine Kraft mehr, sich an Nolan zu klammern, und Jewel war sich sicher, dass sie die Augen nie wieder öffnen würde. Aber statt nach unten zu sinken, hielt Nolan sie fest an seine Brust gedrückt. Der Drang, um sich zu schlagen, dem Druck zu entkommen, der auf ihren Lungen lastete, ließ sie sich von ihm wegdrücken, doch er hielt sie umso fester und presste ihre Arme gegen seinen Körper. Irgendwie gelangten sie gemeinsam wieder an die Oberfläche, ehe Jewel noch mehr Wasser schlucken konnte. Nach Luft ringend, würgte und spuckte sie aus.

»Hör auf, dich gegen mich zu wehren. Ich halte dich«, wies Nolan sie an.

Auf seine Mahnung hin wurde sie instinktiv ruhiger. Für alles andere zu schwach, ließ sie sich von Nolan durch das Wasser ziehen, bis sie ohne ein Wort der Warnung von starken Armen in ein Ruderboot gehoben wurde. Ihre Augen brannten, und ihre Kehle schmerzte vom Salzwasser. Kein Wunder, dass sie noch nie den Drang verspürt hatte, schwimmen zu lernen. Wem konnte so etwas schon gefallen? Völlig durchnässt und klamm trugen sie die Männer in den hinteren Teil des Bootes und zwangen sie, im Heck zu sitzen. Jewel fühlte sich wie ein großer Fisch, der für das Abendessen von der Ausfahrt nach Hause gebracht wird. Ein großer, toter Fisch. Nichts würde je wieder gut sein. Ihre Kindheitsträume von Abenteuern hatten sich in einen Alptraum verwandelt, aus dem sie noch nicht einmal Nolan erwecken konnte.

Kapitel zehn

»Ankerketten kappen!«, rief Nolan, als er sich über die Reling der *Integrity* schwang.

»Schon fast gehoben, Captain.«

Mit ihrem ganzen Gewicht stemmten sich sieben starke Männer gegen den hölzernen Arm des Spills, um den Anker aus den Tiefen des Ozeans zu hieven. Sie keuchten und stöhnten vor Anstrengung, aber sie wussten genau, wie wichtig es war, schnell Distanz zur *Neptune* herzustellen. Auch Nolans geretteten Männer gesellten sich zu ihren Kameraden und packten mit an, so dass der Ankerspill sich bald um die eigene Achse drehte.

»Gute Arbeit, Mr. Lamont!« Nolan rannte zum Steuer. »Hisst die Segel. Großsegel ausrollen!« Das Glück war auf ihrer Seite. Sie hatten die Gezeiten im Rücken. Aber ein Mann war durch die Rettungsaktion gestorben, ein anderer verletzt: Das würden die Engländer nicht auf die leichte Schulter nehmen. Dies war der Beginn einer Rebellion, und Nolan fühlte sich ganz in seinem Element.

Der Kampf hatte ihn berauscht. Noch immer raste sein Herz. Es war lange her, dass er ernsthaft gekämpft hatte, und noch viel länger, dass ihn ein Kampf so berührt hatte. Seine letzten Jahre mit Bellamy hatten sein Empfinden völlig betäubt. Er hatte so viel Blutvergießen miterleben müssen und sein Können war irgendwann so ausgefeilt gewesen, dass er alle Furcht verloren hatte. Schlimmer aber war, dass er für Dinge gekämpft hatte, an die er jetzt nicht mehr glaubte. Er hatte gekämpft, um sich zu bereichern.

Nolan drehte das Steuerrad scharf nach rechts und bereitete die *Integrity* vor, den Hafen zu verlassen, sobald das Hauptsegel ausgerollt war. Die Schlacht heute Nacht war anders als alle anderen zuvor gewesen. Es war wahrhaftig um Freiheit gegangen und darum, wie ein Mann sein Leben führen wollte, nicht um die eigensinnige Sehnsucht eines Jungen nach Ruhm und Abenteuer.

Als der Wind endlich die Segel blähte, nahm die *Integrity* Fahrt auf, fliegend hin auf ihr nächstes Ziel. Für Nolan kam das fast einer Ekstase gleich. Aber eben nur fast.

Seine Gedanken wanderten zu Jewel. Guter Gott, sie hatte ihn wirklich überrascht. Zuerst hatte er nur nackte Angst gespürt, als er sie auf der *Neptune* entdeckt hatte, aber dann war ihm zum Nachdenken keine Zeit mehr geblieben. Jewel hatte die Angriffe ihres Gegners Schlag für Schlag pariert. Und sie hatte verdammt noch mal sein Leben gerettet. Mit der Wunde am Arm wäre es für ihn unmöglich gewesen, sich gegen zwei Männer gleichzeitig zu verteidigen. Einzig ein leichter Schrecken hatte ihn durchfahren, als er bemerkte, wie er sich darüber freute, dass sie ihren Gegenspieler getötet hatte. Während des Kampfes hatte er beinah seinen eigenen Gegner vernachlässigt. Zu sehr war er damit beschäftigt gewesen, zu ihr hinüberzublicken.

Zum ersten Mal betrachtete er seinen Arm genauer. Der feuchte Ärmel war vom Blut rot gefärbt, und auch die Lache des Meerwassers, die sich zu seinen Füßen angesammelt hatte, erschien rötlich. Waren sie erst auf dem offenen Meer, blieb noch genug Zeit, sich darum zu kümmern.

Sie verließen den Hafen. Nolan ging wieder hinauf zum Steuer und brachte die *Integrity*, den Wind im Rücken, auf Kurs. Immer wieder sagte er sich, dass Jewel keine andere Wahl gehabt hatte, als auf das Herz ihres Opfers zu zielen. Eine

Fleischwunde konnte sie nicht riskieren. Ihr Gegner war fast doppelt so schwer wie sie. Wenn er sie zu fassen bekommen hätte, hätte er sie umgebracht. Sein Tod war ihre einzige Möglichkeit gewesen, und Nolan war froh, dass Jewel Mut genug gehabt hatte, so weit zu gehen.

Er versuchte, das Steuer gegen den starken Wind stabil zu halten. Wellen überschwemmten jetzt in regelmäßigen Abständen das Deck. Ein Sturm braute sich zusammen. Nolan sah gen Himmel, wo die Sterne von aufgewühlten Wolkenbergen, durchsetzt von schwarzgrauen Flecken, verdeckt wurden. Die Hurrikan-Saison stand kurz bevor, aber Nolan war vertraut mit der Unvorhersehbarkeit des Meeres. Er würde sich von nichts überraschen lassen, das sich ihm in den Weg stellte. Nach dem Triumph der heutigen Nacht fühlte er sich, als könnte ihn nichts und niemand mehr bezwingen.

Eine große Woge brach über dem Deck zusammen. Da er schon bis auf die Knochen durchnässt war, kümmerte es ihn wenig, als der Schaum seine ruinierten Stiefel umspülte. Zumindest wurden so auch die Blutspuren von seinem Arm gewaschen. Ohne auf das Pochen seiner Wunde zu achten, ordnete er das Reffen des Großsegels gegen das zunehmende Tosen des Windes an.

Atemlos stürmte Tyrell auf ihn zu. »Mit Jewel stimmt etwas nicht. Sie übergibt sich.«

Nolan hob eine Augenbraue, wandte den Blick aber nicht von der wogenden See. »Seekrankheit?« Bisher hatte sie zwar noch keine solche Reaktion gezeigt, aber das Meer hatte auch jetzt erst, da sie den Schutz der Bahamas verließen, zu toben begonnen. Oder war es …?

Nolan hätte sich schlagen können. Wie hatte er nur vergessen können, wie Jewel sich jetzt fühlen musste? Schließlich hatte sie einen Menschen erstochen! So gut hatte sie gekämpft, dass ihm gar nicht in den Sinn gekommen war, sie hätte noch nie getötet.

Vor langer Zeit war er wie sie gewesen. Er konnte sich noch gut daran erinnern, wie er zum ersten Mal einen Mann durchbohrt hatte. Er war so von der Furcht und dem Sieg berauscht gewesen, dass er nicht daran gedacht hatte, dass er ein Leben genommen hatte. Bis er die Augen schloss. In der folgenden schlaflosen Nacht hatte er ununterbrochen gegen seinen Willen die Gesichtszüge des toten Mannes vor sich gesehen.

Er war stämmig gewesen, doppelt so alt wie Nolan. Abends war in einer Taverne der Alkohol in Strömen geflossen, und die Männer hatten sich mit Huren vergnügt. Dann war es zu einem Kampf gekommen. Nolan, eigentlich noch zu jung für beides, blieb kaum eine Wahl, als in der Schlägerei mitzumischen, ansonsten hätte er das Gasthaus wohl nicht mehr lebendig verlassen. Der Mann hatte sich zweifellos in der Annahme auf ihn gestürzt, in ihm ein leichtes Opfer zu finden und sich für die folgenden Kämpfe aufzuwärmen. Mit der Kraft der Verzweiflung rammte Nolan dem Mann sein Schwert in den Bauch, noch ehe dieser einen ordentlichen Stoß ausführen konnte. Der Mann war gestorben, einen Ausdruck geschockter Überraschung auf dem Gesicht. Seine Augen hatten Nolan die ganze Nacht hindurch verfolgt. Wenn er es heraufbeschwor, tauchte dieses Bild noch immer in Nolans Geist auf, doch in den Jahren hatte er gelernt, die Vorstellung nicht mehr zuzulassen.

»Übernehmt das Steuer. Ich werde mich um sie kümmern. Ist sie in ihrer Kajüte?«, fragte er.

Tyrell war sichtlich erleichtert. Scheinbar fand er es angenehmer, ein Schiff im Sturm zu steuern, als sich um eine hysterische Frau zu kümmern. »Nein, sie hängt über der Reling. Ist nicht zu übersehen. Im Moment ist Wayland bei ihr.«

Nolan konnte Jewel hören, noch ehe er sie sah. Als er ihr Schluchzen vernahm, das das Tosen der Wellen übertönte, wappnete er sich gegen das Gefühlschaos, das ihn zu überwältigen drohte. Mitgefühl, Erbarmen und das Bedürfnis, sie zu beschützen, gekrönt von der Gier, sie zu besitzen, waren eine zu gefährliche Mischung: In seinem Inneren tobte ein Sturm. Er wollte nicht, dass irgendjemand anderes bei Jewel war als er selbst.

Obwohl ihn eine innere Stimme ermahnte, sich von ihr fernzuhalten, beschleunigte Nolan seinen Schritt. Wayland hatte seinen Arm um Jewel gelegt, damit sie bei einer großen Meereswoge nicht über Bord gehen würde. Da ihr Oberkörper halb über der Reling hing, hatte sie ihn nicht kommen sehen.

Mit einer Kopfbewegung bedeutete er Wayland zu gehen, und dieses eine Mal gehorchte er sofort.

Nolan schlang seinen Arm um Jewels Hüfte. Ihren Rücken hatte sie ihm zugewandt, so dass er mit der anderen Hand ihre Schulter massieren konnte. Bei der vertraulichen Berührung verkrampfte sie sich sofort.

»Es ist in Ordnung. Ich weiß, wie sehr du leidest. Ich hätte schon viel früher an deiner Seite sein sollen«, sagte er so ruhig, dass es ihn selbst überraschte.

Als sie sich zu entspannen begann, musste Nolan einen Seufzer unterdrücken. Es fühlte sich so gut an, sie in den Armen zu halten, trotzdem war es nicht seine Absicht gewesen, ihre Lage auszunützen. Das Einzige, was er wollte, war, sie zu trösten. Verdammt wollte er sein, sollte er sich dem ergeben, was sie in ihm hervorrief.

»Harvey hat mir nie beigebracht, wie ich meine Gegner verwunde. Nur wie ich sie töte«, sagte sie plötzlich. »Wahrscheinlich dachte er, dass ich nur zum Spaß üben wollte und sowieso nie in einen wirklichen Kampf verwickelt sein würde«, fügte sie unter Schluchzern hinzu.

»Er war dir ein guter Lehrer. Und heute hattest du keine andere Wahl. In der Realität kann man nicht kämpfen, nur um zu verwunden, wenn der Gegner es auf deinen Tod abgesehen hat.«

»Aber *du* hast nicht getötet …« Ihre Stimme verlor sich, und ihr Atem ging stoßweise. Nolan merkte, dass sie darum kämpfte, nicht vor ihm zu weinen.

»Wahrscheinlich hätte ich es tun sollen. Tote können weder etwas verraten noch dich später aufspüren.«

Jewel zitterte. »So etwas kann ich gar nicht denken.«

Er zog sie noch enger an sich, schlang seine Arme um sie, um ihren Körper mit dem seinen zu wärmen. »Wenn du mit dem Schwert lebst, ist das die einzige Art zu denken. Das hat mir dein Vater beigebracht.«

Leichtes Zittern ließ sie erbeben. Sie hatte ihren Tränen nachgegeben. Für Nolan war das stumme Schluchzen schlimmer als alles laute, haarsträubende Heulen. Warum hatte er das gesagt? Er wollte sie doch trösten, nicht an seinen Gefühlen teilhaben lassen. »Auch für mich war es eine schwere Lektion, das zu lernen, Jewel, aber sie hat mir das Leben gerettet. Ich bin froh, dass du getan hast, was du getan hast, denn sonst wären vielleicht wir es, die auf dem Deck der *Neptune* liegen würden.«

»Ich wünschte, ich wäre gestorben.«

Nolan presste sie fest an sich. »Das darfst du nicht sagen!« Als sie reglos in seinen Armen verharrte, drehte er sie zu sich um. »Nie wieder!«

Sie ließ den Kopf hängen, wich seinem Blick aus. »Ich fühle mich so erbärmlich. Ich war eine Närrin, dass ich mich überhaupt zu dir auf die *Integrity* geschlichen habe.«

In diesem Moment fiel es Nolan wie Schuppen von den

Augen, wie sehr sich sein Leben verändert hatte, weil sie ihrem Drang nach Abenteuer nachgegeben hatte. Hätte sie sich nicht in sein Leben gedrängt, hätte er vermutlich Jahre damit zugebracht, einer falschen Spur zu folgen. Sie hatte etwas gesehen, das ihm nie aufgefallen wäre. Sie war eine liebenswürdige, kluge und schöne Frau. Und obwohl er versuchte, sich davon zu überzeugen, dass dies die einzigen Gründe waren, warum er angesichts ihres Kummers so starken Schmerz empfand, gelang es ihm nicht.

Er hob Jewels Kinn, damit sie ihm in die Augen sehen musste. »Du hast mir das Leben gerettet.« Mehr wagte er nicht preiszugeben. Eine unglaubliche Gefühlsaufwallung verlieh ihm ungeahnte Kraft, brachte ihn aber aus dem Gleichgewicht. So wie es der Sturm mit seinem Schiff tat. »Du brauchst Schlaf. Morgen wird es dir bessergehen.«

»Ich befürchte, es wird mir nie mehr bessergehen.« Sie lehnte ihre Stirn gegen seine Brust.

Seine Handflächen fuhren an ihren Armen auf und ab. Der stürmische Wind hatte ihre nassen Kleider und sicherlich auch ihre Haut abgekühlt. Ihr Hemd war kalt wie Eis. Er küsste sie auf die Stirn, bevor er sie wieder an sich zog. Ein Regentropfen traf ihn auf die Wange. Er hob den Kopf, darauf bedacht, sich nicht in der Umarmung zu verlieren. Zum Glück schenkte ihnen keiner der Besatzung Beachtung, alle waren wegen des Sturms beschäftigt.

Sanft schob Nolan Jewel von sich weg. Sie blickte zu ihm auf, ihre feuchten Augen voller Verzweiflung – er würde alles tun, um sie zu lindern. Er wischte eine Träne weg, die über ihre Wange rollte. Sekunden später traf Jewel an der gleichen Stelle ein Regentropfen.

»Weine nicht. Alles wird gut. Geh in deine Kajüte, und ruh dich etwas aus.

Jewel griff nach seinem Arm. Vor Schmerz verzerrte Nolan das Gesicht und entzog ihn ihr.

»Du bist verletzt.« Sie löste sich aus seiner Umarmung. »Ich vergaß. Lass mich einen Blick darauf werfen.«

Sein Arm machte ihm keine Sorgen. Sie sollte sich nicht um ihn kümmern, sie musste sich selber ausruhen. Er wollte sie so schnell wie möglich wieder bei Kräften haben. Kurzentschlossen ersann er einen Kompromiss. »Ich habe einen guten Wundarzt an Bord, und er braucht etwas Übung. Sobald ich weiß, dass du in deiner Kajüte bist und versuchst, etwas zu schlafen, werde ich ihn holen lassen, damit er sich um meinen Arm kümmert.«

Sie sah ihn einen Augenblick lang an, schien mit sich zu kämpfen. »Nolan, ich möchte nicht alleine sein.«

»Ich weiß, Liebes.« Er verstand. Aber bei einem derartigen Sturm konnte der Kapitän sich nicht einfach zurückziehen. Im Geiste ging er all seine Männer durch, suchte nach einem, der bei Jewel bleiben konnte, bis sie eingeschlafen war. Jemanden, dem er sie anvertrauen konnte. Wayland kam ihm in den Sinn, doch der einzige Grund war, weil ihn Jewel so unattraktiv fand. Das konnte man ihr nicht verdenken; Wayland war alles andere als anschmiegsam. Er schluckte seine Eifersucht hinunter. »Soll dir Tyrell Gesellschaft leisten?«

»Nein. Ich will dich.« Mit dem Daumen fuhr sie über das Grübchen an seiner Wange. Die Berührung zusammen mit ihren Worten bereitete ihm ein selbstsüchtiges Vergnügen. Sie war das Erotischste, das er seit langem erlebt hatte.

»Ich muss meinen Arm anschauen lassen und sehen, ob alles an Bord in Ordnung ist. Danach werde ich kommen und nach dir sehen. Aber du musst mir versprechen, trockene Sachen anzuziehen und zu versuchen, wenigstens etwas zu schlafen.« Nolan wusste, dass es falsch war, sich auf diesen

Kompromiss einzulassen, aber in dieser Situation konnte er ihr einfach nichts abschlagen.

»Das verspreche ich – wenn du versprichst, dass du mich nicht vergisst.«

Nolan atmete tief ein. »Ich könnte dich gar nicht vergessen, selbst wenn ich es wollte.«

Jewel blickte auf und forschte in seinen Augen nach seinen Gefühlen. Sie ihr gegenüber zu verbergen, wurde eine immer größere Schwierigkeit. Ihm war klargeworden, dass er mehr für sie empfand, als er gewollt hatte, aber jetzt war es an der Zeit, das eine, was er ihr tatsächlich geben konnte, zu zeigen: sein aufrichtiges Mitgefühl. Er küsste ihre Fingerknöchel. »Und jetzt geh, ehe ich meine Meinung noch ändere und Wayland an meiner statt schicke.«

Seine neckenden Worte verfehlten ihr Ziel nicht und entlockten ihr ein Lächeln. Dann machte sie einen Schritt, ohne ihren Blick abzuwenden, drehte sich um und eilte unter Deck.

Die vereinzelten Tropfen wuchsen sich zu einem schweren Regenguss aus, als Nolan sich aufmachte, um nach Tyrells Fortschritten zu sehen. Nachdem er auch noch den Wundarzt aufgesucht hatte, ließ er Jewel Grog schicken, der mit Waylands Spezialgebräu gemischt worden war. Natürlich wäre eine warme Mahlzeit besser gewesen, aber bei der unruhigen See konnte man es nicht riskieren, ein Feuer zu entzünden. Mit ein wenig Glück würde die Kombination von ihrem leeren Magen und dem starken Alkohol sie in sanfte Träume entschlummern lassen, ehe Nolan etwas tun konnte, das sie beide später bereuten.

Das heftige Wogen des Meeres wurde von den dunklen Wolken am Himmel übertrumpft, als diese ungezügelt ihre Wut entluden. Das Wetter hatte sich nicht geändert, seit er sich in seine Behelfskajüte zurückgezogen hatte. Noch immer prasselten dicke Regentropfen auf das Deck. Nolan begann sich zu entspannen, doch noch immer machte sich Wayland an seinem Arm zu schaffen. »Seid Ihr immer noch nicht fertig? Ich hätte mich wohl doch von Mr. Blake nähen lassen sollen.«

Den nächsten Stich führte Wayland extra rücksichtslos aus. »Aye, aber es war deine Entscheidung, es eben doch nicht bei diesem Grünschnabel machen zu lassen, sondern dich dem alten Wayland anzuvertrauen. Und keine verdammte Minute zu früh. Ich hasse es, eiternde Wunden nähen zu müssen.« Es folgte ein übertriebenes Geräusch des Ekels.

Nolan blickte hinab. Obwohl sie nebeneinander auf der engen Pritsche saßen, hatte er es bisher vermieden, Waylands Arbeit zu betrachten. »Sie hatte noch gar keine Zeit, um zu eitern. Und zu Euch bin ich gekommen, weil ich auf größere Schnelligkeit bei der Versorgung hoffte.« Und weil Mr. Blake tatsächlich noch relativ grün hinter den Ohren war. Sollte der lieber an jemand anderem üben. Auf eine weitere unschön geheilte Wunde konnte er verzichten, aber das behielt er lieber für sich.

Wayland holte eine Flasche und hielt sie ihm hin. Als er dankend ablehnte, goss der Pirat die feurige Flüssigkeit über Nolans Arm. Fluchend sprang Nolan auf. »Was ist da drin? Schießpulver etwa?«

Wayland kicherte. »Nein, nein, heute ist es Blow-me-down.«

Zum Glück hatte er nicht davon getrunken! Das letzte Mal, als er von Blow-me-down – ein Lieblingsgetränk der Piraten aus Madagaskar, in das als Spezialzutat tatsächlich Schießpulver gemischt wurde – gekostet hatte, war Nolan nackt unter dem Tisch von einer von Bellamys Lieblingstavernen aufgewacht und ihm hatte die Erinnerung an zwei volle Tage gefehlt. »Hast du Jewel auch davon gegeben? Ich hoffe, ihr ist nicht von diesem Gesöff schlecht geworden.«

Waylands Augenbrauen zogen sich skeptisch zusammen, während er sich darauf konzentrierte, Nolans Wunde zu vernähen. Das untypische Schweigen ließ Nolan schon fast wünschen, er würde wieder anfangen, seine unverständlichen Worte vor sich hin zu murmeln. Wayland zog den Faden fest. »Das Mädchen hat fürchterlich blass ausgesehen. Sie hat nach dir gefragt. Wollte dich unbedingt sehen. Sagte, dass du später kommen würdest.«

Das Schweigen war also doch die angenehmere Variante gewesen. Ein weiterer heftiger Stich mit der Nadel ließ Nolan die Zähne zusammenbeißen. Auf seiner Haut bildete sich ein leicht schimmernder Schweißfilm. Langsam begann er, sich wie ein Nadelkissen zu fühlen, was Wayland zweifellos beabsichtigt hatte.

»Du hast kein Recht darauf, so mit dem Mädchen umzuspringen, Nolan. Bellamy würde das nicht gefallen.« Wayland drückte die Wunde zusammen. Blut strömte zwischen der Naht hervor. »Verdammt. Hab dir doch gesagt, dass sie eitert.«

Nolan riss seinen Arm fort, so dass die gebogene Nadel nun am Faden baumelte, der den Bizeps bereits mit einigen Stichen zierte. Er hätte es selbst zu Ende gebracht, aber der Gedanke daran, sein eigenes Fleisch zu nähen, löste ein flaues Gefühl in der Magengegend aus. Es war schlimmer, als jemandem die Wunde beizubringen. »Bellamy hat nie auch nur einen Finger für seine Tochter gekrümmt. Das einzige Mal, als er sie gesehen hat, hat er sie für seine Zwecke benutzt. Er hat ihr die Karte doch nur gegeben, damit ich bei ihm bleibe. Er wollte die Kontrolle über mich behalten, indem er sein unschuldiges Kind so einer Gefahr aussetzte.«

Wayland goss erneut Rum über die Wunde. Nolan sog scharf die Luft ein, riss Wayland die Flasche aus der Hand und nahm einen großen Schluck. Als die Flüssigkeit seinen leeren Magen erreichte, fühlte es sich an, als würde eine Flamme auflodern.

Wayland stellte die Flasche wieder auf den kleinen Tisch neben der Pritsche. »Davon weiß ich nichts. Aber was ich ganz genau weiß, ist, dass Jewel heute kein Kind mehr ist. Und dass sie dir dein Leben gerettet hat und jetzt dafür zahlt. Ich kann es nicht leiden, wenn Frauen die Arbeit erledigen müssen, die eigentlich Sache der Männer ist.«

Nolan erhob sich. »Ich habe sie nicht darum gebeten, den Mann zu töten. Oder uns zu begleiten.«

Wayland blieb, wo er war. »Setz dich. Ich bin noch nicht fertig.«

Nolan ließ sich wieder auf die Pritsche sinken. Er wollte sitzen bleiben, bis Wayland die Wunde zu Ende genäht hatte, aber er brauchte sicher nicht den Rat eines Piraten, wenn es darum ging, wie er sich Jewel gegenüber zu verhalten hatte. Er wusste, dass er ihr sein Leben verdankte – aber das war nicht der Grund, warum er sie trösten und sich um sie kümmern wollte. Es ging um viel mehr.

Wayland betupfte die Wunde mit einem weißen Tuch. Nolan blickte zu seiner geballten Faust hinab und zwang sich dann, seinen Arm zu entspannen, so dass der Pirat weitermachen konnte. »Ich dachte, Ihr wollt uns einander in die Arme treiben?«

Wayland tränkte das Tuch mit Rum und wischte dann die Nadel daran ab. »Vielleicht habe ich meine Meinung ja geändert, seit ich sie besser kenne. Es ist nicht recht, dass du ihr folgst wie ein läufiger Löwe. Schließlich bist du der Mann, der ihren Vater getötet hat und all das.«

Nolan überwand sich, ruhig zu bleiben. Es wäre nicht gerade schlau, mit dem Mann, der gerade das eigene Fleisch zusammennäht, einen Streit zu beginnen. Seine Stimme war tief, er beherrschte sich. »Ich bin nicht hinter ihr her. Und Bellamy aus ihrem Leben zu befördern, war eines der besten Dinge, die ich für sie tun konnte. Trotzdem«, Nolan presste den Rest durch zusammengebissene Zähne hervor, »habe … ich … Bellamy … nicht *getötet.*«

Waylands nächster Nadelstich war das Äquivalent zu einem Kanonenschuss. »Gut, wenn du es so willst. Aber Jewel ist keine Hure. Das ist alles, was ich dir sagen will.«

»Das weiß ich!« Er würde sich nicht weiter rechtfertigen. Bei ihrem Gespräch über Waylands sogenannten Rat war Nolan klargeworden, dass Jewel aufgrund ihrer gegenseitigen körperlichen Anziehungskraft wohl einige falsche Vorstellungen von Liebe hegte. Doch er würde sie nicht verletzen, indem er sich diese Vorstellungen zunutze machte.

Schon bisher waren ihr genügend Träume für ein ganzes Leben zerstört worden. Jetzt brauchte sie jemanden, der ihr Trost spendete, und er wollte derjenige sein, der das tat.

Jewel war jetzt die seine. Sie gehörte ihm. Und obwohl er vor Wayland alles abgestritten hatte, fühlte er sich schuldig an Bellamys Tod. Wenn er sich zuvor noch widersetzt hatte, irgendeine Art von Verantwortung für Jewel zu übernehmen, änderte die Tatsache alles, dass sie sein Leben gerettet hatte. Er war es ihr nicht nur schuldig, ihr heute Nacht über ihre Trauer hinwegzuhelfen, er war dazu *verpflichtet*. Er wollte ihr geben, was er selbst nie gehabt hatte, damit sie diese erste Begegnung mit der Gewalt irgendwann vergessen konnte, anstatt sie ihr ganzes Leben lang mit sich herumzutragen.

Es war seltsam: Obwohl sie grundverschieden waren, hatten ihre Leben oft ähnliche Wendungen genommen. Nicht zum ersten Mal überkam Nolan das beunruhigende Gefühl, dass sein und Jewels Schicksal miteinander verflochten waren, wobei Bellamy nur eine Nebenrolle spielte.

Wayland hatte den Faden mit dem Dolch aus seinem Gürtel durchtrennt. »Fertig.« Er stand auf und trat zur Tür, doch es lag ihm noch eine letzte Warnung auf den Lippen. »Und belaste deinen Arm heute Nacht nicht mehr. Du hast schon zu viel Blut verloren.«

Seltsamerweise begann Nolans Blut, bei dem Gedanken, was er den Rest der Nacht über tun würde, in seinen Adern zu rauschen.

Kapitel elf

Jewel griff nach dem Zinnbecher, der auf dem Tisch neben der Schlafpritsche stand und zwang sich, einen Schluck zu trinken. Als er ihre Kehle hinunterrann, stöhnte sie auf. Waylands Gesöff schmeckte noch schlimmer als es roch. Ihre Zunge brannte wie Feuer, und sie musste spucken. Trotzdem: Sie wollte unbedingt schlafen, und Wayland hatte ihr versprochen, dass der Trank dafür sorgen würde. Allerdings hätte sie in diesem Moment lieber von den abgestandenen Bierlachen getrunken, die sich regelmäßig unter den Zapfhähnen des »Quail and Queen« ansammelten.

Was war sie doch für eine Närrin gewesen, dass sie sich an Bord von Nolans Schiff geschlichen hatte. Oder sich in ihn verliebt hatte.

Und er … er hatte sein Versprechen nicht gehalten. Er war noch nicht erschienen. Obwohl sie das bei ihrer komplizierten Beziehung eigentlich nicht weiter überraschen sollte, hatte sie doch gehofft, dass er angesichts ihres Kummers sich auch jetzt noch um sie kümmern würde. Nie zuvor hatte er sich ihr mehr geöffnet als vorhin an Deck. Oder hatten ihre Sehnsucht und ihr Verlangen nach ihm nur ihr Urteil getrübt? Sie selber hatte sich ihm vollkommen offenbart, aber vielleicht hatte er sie mit seinen Worten nur beruhigen und sie dazu zu bewegen wollen, in die Kajüte zu gehen. Einmal mehr war sie wieder nur ein Problem gewesen, um das sich jemand anderes kümmern musste.

Sie hielt sich die Nase zu und zwang sich, einen weiteren großen Schluck Grog hinunterzuschlucken. Ihr Gesicht verzog sich unter Schmerzen, als sie versuchte, das ekelhafte Gebräu nicht wieder hervorzuwürgen. Da es ein Ding der Unmöglichkeit war, den Becher leer zu trinken, stellte sie ihn auf den Tisch zurück, blies die Laterne aus, streckte sich auf dem Bett aus und hoffte, dass das, was sie gerade eben hinuntergezwungen hatte, genügen würde, um sie schläfrig zu machen. Ihr Blick war starr in die Dunkelheit gerichtet.

Der Regen prasselte unablässig auf das Deck. Gelegentlich konnte sie die Schritte der Männer hören, aber meistens war es nur der Regen, der die Stille durchbrach. Aus Angst, ihn zu sehen, wagte sie nicht, ihre Augen zu schließen. Ihn: ihren ermordeten Gegner. Er war nur ein Junge gewesen. Wie hatte sie Harvey jemals darum bitten können, ihr den Umgang mit dem Schwert beizubringen? Und warum war ihr Vater überhaupt jemals in ihr Leben getreten und hatte sie darin bestärkt, es zu lernen? Im Vergleich zu ihrer momentanen Situation war ihr Leben im »Quail and Queen« geradezu idyllisch gewesen. In diesem Augenblick hätte sie alles darum gegeben, zu Hause, in ihrem eigenen Bett, zu sein.

Jewel warf sich von einer Seite auf die andere. Alles schien verloren. Sogar ihr Wunsch, an das Gute – zumindest an etwas Gutes – in Bellamy Leggett zu glauben, war geplatzt. Auch er hatte bestimmt getötet. Und das nicht nur ein Mal. Sicher hatten die Schiffe, die er angriff, nicht kampflos aufgegeben. Warum war ihr die Schändlichkeit eines solchen Lebens nie zuvor bewusst gewesen?

Die Tür zu ihrer Kajüte knarrte leise, dann drehte sich langsam der Knauf. Abrupt setzte sich Jewel auf und klammerte sich an ihr Laken, das sie bis zum Kinn hochgezogen hatte. Selbst im Dunkeln erkannte sie gleich den großen, breitschultrigen Schatten, der zu ihr hineinschlich. Leise schloss er die Tür und lehnte sich dann dagegen.

»Nolan«, flüsterte sie.

Er zögerte. »Ich dachte, du würdest vielleicht schon schlafen.«

Sie schüttelte den Kopf. In ihren Augen begann es zu brennen, aber sie hatte all ihre Tränen bereits vergossen. »Ich konnte nicht …« Sie hielt inne. Der Schrecken, der sich ihrer bemächtigt hatte, war ohnehin nicht in Worte zu fassen. Sie ballte ihre Hände zu Fäusten.

Als er sich zu ihr aufs Bett setzte, zog sein Gewicht das Laken nach unten, und Jewel sank in seine Arme. »Ist ja gut, ich bin jetzt hier«, sagte er. Sein Mitgefühl schien echt zu sein, denn seine Hand begann, über ihren Rücken zu streicheln, und er zog sie an sich.

Jewel wollte ihre Arme um ihn legen, doch als er in diesem Moment hörbar die Luft einsog, ließ sie von dem Vorhaben ab. Sie versuchte, sich ihm zu entziehen, um sich seine Wunde anzusehen, aber er hielt sie fest. »Dein Arm. Lass mich ihn ansehen«, sagte sie.

Seine Hände bewegten sich noch immer in beruhigenden Kreisen auf ihrem Rücken und löschten alles bis auf ihr Verlangen aus, sich noch enger an ihn zu schmiegen. »Man hat sich darum gekümmert. Es ist alles in Ordnung.«

Sie stützte sich mit den Händen an seiner Brust ab. Sorgfältig darauf bedacht, seinen Arm nicht noch einmal zu berühren, ließ sie ihre Hände an seinen Rippen bis zur Hüfte hinabgleiten. Als er einatmete, klang es tiefer und heiserer als zuvor. Die Wange an seine Brust gedrückt, sog sie seinen Geruch ein. Er roch nach Rum, Hitze, Kräutern und Wind. Sie schloss die Augen, aber zu ihrer großen Erleichterung sah sie nur Nolans Bild vor sich. Ihre Glieder wurden schwer und heiß, ihre Gedanken dagegen schienen zu schweben. Sie lehnte sich an ihn, er war das Einzige, das ihr jetzt noch Halt gab, und fragte sich kurz, ob Waylands Gebräu nicht doch noch Wirkung zeigte.

»Ich habe nicht mehr geglaubt, dass du kommen würdest«, flüsterte sie.

Nolan schwieg, hielt sie nur noch fester umschlossen und strich mit seiner freien Hand über ihr langes, offenes Haar.

»Mmmm, so weich. Ich wusste, dass es so weich sein würde«, murmelte er.

Der Hall seiner Stimme überlagerte die Geräusche des Regens und seines Herzschlags. Das schwere Timbre seiner Worte rührte mit der gleichen Intensität an Jewels Sinnen wie seine körperliche Nähe. Die Zeit schien sich zu verlangsamen, sie befanden sich in der umnebelten Dichte eines Traumes. Sie wusste nicht, ob sie nur wenige Minuten oder eine Ewigkeit so umschlugen beieinandersaßen. In Nolans Armen zu liegen, das Schlagen seines Herzens zu spüren, als wäre es ihr eigenes, war alles, was sie wollte, alles, was sie sich je gewünscht hatte. Er beugte sich hinab und küsste sie auf den Scheitel. Ohne nachzudenken, wandte sie ihm ihr Gesicht zu und bot ihm ihren Mund. Ihr Puls zählte die Augenblicke, die er zögerte, erst in ihrem Gesicht nach etwas zu suchen schien und sie dann mit einer tranceartigen Faszination anblickte. Anschließend, ganz langsam, als würde er von einem fremden Willen geleitet, presste er seinen Mund auf den ihren.

Jewel war schon früher geküsst worden, ein paar gestohlene Küsse. Sie waren ihr durchaus willkommen gewesen, aber das hier, das war etwas völlig anderes. Die Hitze von Nolans Mund überflutete ihre Sinne und weckte in ihr einen gewaltigen Hunger nach mehr. Leicht öffnete sie die Lippen. Er stützte ihren Kopf mit seinen Händen und hielt sie, während er seinen Mund auf dem ihren bewegte und sie mit langsamen, zögerlichen kleinen Küssen kostete. Sie hörte, wie sein Atem schneller wurde, sich ein tiefes Stöhnen seiner Kehle entrang, bevor er sie an sich zog und seine Zunge in ihren Mund eindrang.

Mächtig und fordernd gewann er die Herrschaft über ihren Körper und ihren Geist. Die pure Kraft seines Verlangens fesselte sie. Was würde er als Nächstes tun? Als er seine Hände ihren Rücken hinabgleiten ließ und sie auf seine Schenkel zog, folgte sie ihm gehorsam. Die Hitze seines Körpers verbrannte sie fast, aber sie drängte noch näher dem Feuer entgegen. Ihre Brustwarzen härteten sich, und sie spürte den Stoff ihres Hemdes darüberreiben. Sie drückte sich an seine starke Brust, wodurch ihre Erregung nur noch fiebriger wurde. Ihre Bewegungen ließen ihn aufstöhnen, als er ihr seinen Mund entzog, dann begann er, die Beuge ihres Halses mit feuchten Küssen zu übersäen. Ergeben ließ sie ihren Kopf nach hinten sinken und bot ihm ihre weiche Haut dar.

Als ihr bewusst wurde, dass er an den Knöpfen ihres Nachthemds herumspielte, schob sie seine Hände beiseite und öffnete das Hemd bis zum Nabel. Es bedurfte keiner Worte mehr, dass sie danach verlangte, er solle ihre Brüste küssen und sie überall berühren, wo er nur wollte. Einzig und allein das Wissen, dass sie sich auch zwischen ihren Schenkeln nach ihm sehnte und ihn so weit gehen lassen würde, wie es ihm beliebte, ließ in Jewels Gehirn die Warnglocken läuten.

Unter Nolans Hand glitt das Hemd über ihre Schultern, so dass sie bis zur Hüfte nackt war. Er verschlang sie mit seinem Blick, bevor er ihren Oberkörper mit einer Spur brennender Küsse überzog. Als sein Mund weiter hinabwanderte, wurde ihre sehnlichste Erwartung zur Qual. Ihr Herz raste so stark, wie sie es bei seinem zuvor gehört hatte. Der gleiche, blinde Drang durchströmte sie, und sie bog ihren Rücken durch, um ihm näher zu sein. Seine Küsse wanderten ihr Dekolleté hinunter, bis er ihre Brustwarze ohne Umschweife in den Mund nahm. Die feuchte Wärme ließ sie vor unermesslicher Lust schwach werden. Sie musste sich an seinen Schultern festhalten, um nicht zurückzusinken. Ihr Kopf schien mit einem Mal zu schwer für ihren Hals zu sein.

Als seine Hände ihren Hintern liebkosten, spürte sie, dass das Abtauchen in die Ekstase gerade erst begonnen hatte. Er drückte seine harte Männlichkeit an sie, und sie verstand sofort. Als Antwort wallte Hitze in ihr auf. In ihrer Position konnte sich Jewel nicht frei bewegen, aber es gelang ihr, das Gewicht so zu verlagern, dass ihr Knie nun neben der Außenseite seines Schenkels lag. Instinktiv begann sie, ihre feuchte Mitte an ihm zu reiben. Die unerwartete Intensität des Genusses ließ sie heftig aufkeuchen. In diesem Augenblick konnte sie nachvollziehen, warum Frauen sich so leicht dem Willen von Männern hingaben. Eine alles umfassende Lust ergriff sie, so dass sie sich vollends seiner Führung ergab. Sie dürstete danach, ihm sich und ihren Körper vollkommen auszuliefern.

Als ob er ihre uneingeschränkte Hingabe gespürt hätte, drehte er sie auf ihren Rücken und hatte sich bereits zwischen ihren Schenkeln niedergelassen, noch ehe sie sich in der neuen Position zurechtgefunden hatte. Seine Zunge fuhr in ihren Mund, dann senkte er, noch bekleidet, seine glühende Erregung auf das feuchte, pulsierende Zentrum ihres Verlangens. Obwohl sie noch immer ihre Kleider trug, war der Schock der Berührung um so vieles intensiver, als alles zuvor, jetzt, da er die Kontrolle über sie hatte. Die Empfindungen ließen sie um Atem ringen; aber auch hier war Nolan, drang mit seiner Zunge, seinem Geschmack in ihren Mund ein. Von ihrem rasenden Herzschlag und dem schnellen Atem fürchtete sie, ohnmächtig zu werden, wenn sie sich nicht mehr Zeit ließen, aber sogar das war in diesem Moment weniger wichtig, als Nolan so nahe wie möglich zu sein.

Wieder übte er mit seiner Hüfte Druck aus und verfiel schleichend in einen Rhythmus, den ihr Körper instinktiv aufnahm. Sie wand sich unter ihm und streckte ihm ihr Becken entgegen, so dass Gefühle wie blitzende Strahlen durch ihre Nerven rasten. Als ein Donnergrollen ertönte, wusste sie nicht mehr, ob das Geräusch von draußen stammte oder sich alles nur in ihren Sinnen abspielte. Mit ihrer Hand fuhr sie in sein Haar, umfasste seinen Nacken, wollte in ihm versinken, und mit jeder leichten Zuckung seiner Hüften wuchs das brennende Verlangen in ihr.

Seine Hand folgte der Linie ihres Schenkels und schob ihr Nachtgewand an ihrer Taille hinauf. Wieder schrillte in ihrem Kopf eine Warnung, als er die letzte ihrer Hürden überwand, aber die Schwere seiner bekleideten Beine, die gegen ihre nackten rieben, machten jeden Versuch, ihn aufzuhalten, zunichte. Das abgetragene Leder seiner Stiefel und die Wolle seiner Kniehosen rieben auf ihrer Haut. Jede neue Empfindung schickte Wellen der körperlichen Wollust durch ihren Körper. Aus dem Bedürfnis heraus, ihn zu berühren, zog sie sein Hemd aus dem Hosenbund hervor. Sie streichelte seinen Rücken, und alles an ihm war weich und hart zugleich. Seine Muskeln wölbten sich und zuckten unter der hungrigen Erkundung, die ihre Finger begannen.

Unvermittelt entzog er sich ihrer Berührung und setzte sich auf. Sie stützte sich auf die Ellbogen, sah, wie er sich an den Knöpfen seiner Hose zu schaffen machte, und schauderte, als ihr klarwurde, was er vorhatte. Sie erinnerte sich an das laute Stöhnen und das tiefe Seufzen eines Paares, über das sie einmal im Lagerraum des »Quail and Queen« gestolpert war. Wieder kroch eine Gänsehaut über ihren heißen Körper. Ihre Gedanken wurden wieder klarer, auch wenn ihr Körper noch immer vor Verlangen bebte. Die Furcht jeder Frau erhob ihre vernünftige Stimme und drängte sie, alles zu beenden, bevor es zu spät sein würde.

Sie war sich nicht sicher, ob Nolan ihre Gedanken erraten oder ihr leichtes Zittern in der Dunkelheit bemerkt hatte, aber er erstarrte und sah sie reglos an. Ehe sie sprechen konnte, stützte er sich mit den Händen auf der Pritsche ab und erhob sich.

Auch Jewel setzte sich auf und nahm ihr Nachthemd. Nolan war in den entferntesten Winkel der kleinen Kajüte gegangen und hatte ihr den Rücken zugewandt.

»Nolan?« Sie zog die Knie an sich und hielt ihr noch immer offenes Gewand zusammen.

Er stürmte durch den Raum wie eine Windbö, die sich im Segel verfangen hatte. »Verzeih mir, Jewel.« Seine rauhe Stimme war von einer Kraft erfüllt, die sie an ihm noch nie gehört hatte.

Erleichtert ließ sie sich an die Wand sinken, doch dann wurde ihr klar, dass er wütend auf sie war. Seine Spannung entlud sich und rollte auf sie zu wie eine hohe Welle, die im nächsten Moment gegen ein Schiff schlägt.

Er ging zum Tisch und entzündete eine Laterne. In ihrem flackernden Schein wirkten seine Augen wild und gefährlich. Haarsträhnen, die sich aus seiner Schleife gelöst hatten, fielen über seine Schultern. Sein Hemd hing aus seiner Hose heraus, die zudem noch halb offen stand. Mit seinem feurigen Blick sah er auf Jewel hinunter, versengte sie.

Unwillkürlich wich sie zurück. Nolan war nicht nur wütend; er tobte. Voller Angst klammerte sie sich an ihr Nachthemd, so dass ihre Knöchel weiß hervortraten. Mit der anderen Hand strich sie in einer schnellen Geste über ihre geschwollenen Lippen, die feucht von seinen Küssen waren. Sie musste auf ihn völlig verschüchtert wirken. Ihr Körper bebte noch immer von seiner Berührung. Nur daran zu denken, schickte erneute Schauer durch ihren Körper. Sie senkte den Blick und schämte sich plötzlich, obwohl sie sicher war, nichts Falsches getan zu haben.

»Habe ich dir weh getan?«, wollte er wissen. »Sag es mir, wenn es so ist.«

»Nein. Du hast mir nicht weh getan.« Sie hob ihren Blick und sah seine zu Fäusten geballten Hände. Er schien kurz davor zu sein, jemanden zu erwürgen, und da sie die Einzige in seiner Nähe war, legte sich erneut Furcht über sie.

»Dann habe ich dir also Angst gemacht.« Er senkte den Kopf und fuhr sich mit den Fingern durch seine wirren Haare. Seine Schleife löste sich, doch er bemerkte es nicht, als sie zu Boden flatterte. »Ich weiß wirklich nicht, was geschehen ist. Guter Gott, es tut mir leid.«

Jewel wusste nicht, was sie entgegnen sollte. Was hatte sie getan, um ihn so zu verstören? Sie schämte sich zu sehr, um nachzufragen, aber offenbar hatte sie einen schweren Fehler gemacht. Bei all dem derben Geschwätz, das sie im »Quail and Queen« zu hören bekommen hatte, darüber, was zwischen Mann und Frau geschah, war ihr nicht in den Sinn gekommen, dass eine Frau etwas tun konnte, das einen Mann so verletzte, dass es seine Lust trübte. Ganz im Gegenteil sogar: Die Gäste des »Quail and Queen« schienen das Zusammensein mit den Huren kaum erwarten zu können, sie fanden fast alles erregend.

»Du hast mir keine Angst gemacht«, sie ertrug die Stille nicht länger. Vielleicht hatte Nolans Reaktion doch etwas mit einer speziellen Abneigung ihr gegenüber zu tun?

Er schaute wieder auf und sah sie kurz an, bevor er den Kopf schüttelte, als ob ihn das, was er erblickte, anwiderte. »Ich muss jetzt gehen.«

Jewel rutschte zum Ende der Pritsche, drauf und dran, ihm den Weg zu verstellen. Der bloße Gedanke, er könne sie jetzt verlassen, war ihr unerträglich. Alles wäre noch schlimmer als zuvor. Sie schluckte ihren Stolz herunter und fand ihre Stimme wieder. »Nolan«, bat sie, »sag mir, was ich getan habe. Ich schwöre, es lag nicht in meiner Absicht, dich zu verärgern.«

Er blieb an der Tür stehen, wandte sich aber nicht zu ihr um. »Es liegt nicht an dir, Liebste. Schlaf jetzt. Morgen wird es dir bessergehen.«

»Geh nicht, bitte. Du hast es mir versprochen.« Sie erhob sich von der Schlafkoje und ging auf ihn zu. »Sag mir, was ich getan habe, das dich so beleidigt hat.«

»Nichts«, stieß er mit solcher Heftigkeit hervor, dass es ihr unmöglich war, ihm zu glauben. Er atmete noch einmal tief ein, bevor er sich ihr wieder zudrehte. Sein Blick war finsterer als je zuvor. »Ich kann nicht bleiben. Wir werden uns lieben, wenn ich das tue.«

Jewel lachte. Die Anspannung fiel von ihr ab. »Aber das will ich doch.« Und als die Worte ausgesprochen waren, war ihr klar, dass sie einzig und allein die Vereinigung ihrer beider Körper von dem heftigen Verlangen befreien konnte, das in den vergangenen Wochen für Nolan in ihr gewachsen war und gewütet hatte – und vielleicht würde noch nicht einmal das genügen.

Nolan legte seine Handflächen auf das Holz der Tür hinter ihm, als müsste er eine lauernde Armee zurückhalten. Seine Brust hob und senkte sich sichtbar mit jedem Atemzug. »Du bist gerade sehr verletzlich. Du weißt nicht, was du wirklich willst.«

Sie streckte ihm die Arme entgegen und legte ihre Hände auf seine Brust. »Ich will dich«, hauchte sie, dann erkundete sie seine starken Brustmuskeln und die Form seiner Rippen. Die Reaktion ermunterte sie in ihrem Vorgehen. Seine Augenlider wurden schwerer, sein Blick wanderte nach unten, völlig gefangen von der Bewegung ihrer Hände. Als wäre sein ganzes Wesen mit den Punkten verbunden, an denen sie ihn berührten. Allein seine Wärme und sein starker Körper unter ihren Händen riefen das Gefühl der Nähe und den Genuss, den sie noch Momente zuvor geteilt hatten, wieder wach. Über ihr verzweifeltes Verlangen, zurück zu der Unbekümmertheit ihrer zuvor geteilten Lust zu finden, vergaß Jewel ihre Angst. Um mit ihm zusammen das zu spüren, was sie vor ein paar Minuten gespürt hatte, würde sie sich jeden Instinkt, jedes Gerücht und jede Anzüglichkeit, die sie jemals gehört hatte, zunutze machen.

Ihre Hände wanderten weiter nach unten. Sie schob sie erst unter sein Hemd, dann unter seinen losen Hosenbund. Was zählten schon seine Worte, er war nicht weniger erregt als zuvor. Seine Haut an den Hüftknochen war noch genauso heiß, vielleicht sogar noch heißer. Straff und weich verbrannte sie ihre Fingerspitzen und schickte eine pulsierende Hitze durch ihren Körper.

Als er seinen Kopf an die Tür lehnte, spürte sie, wie sein Widerstand in sich zusammenbrach. Langsam glitt ihre Hand tiefer. Die krausen Locken unterhalb seines flachen Bauches ließen sie nur kurz innehalten. Sie spielte mit ihren Fingern in den festen Haaren, voller Erstaunen darüber, wie anders sie sich anfühlten. Auf ihrem Scheitel konnte sie Nolans schweren Atem spüren. Er fühlte sich wie die Aufforderung an, ja nur weiterzumachen.

Es war nicht ihr Mut, sondern ihre Faszination, die sie weiter antrieb. Waylands Vorschlag, der sie ein paar Tage zuvor noch beleidigt hatte, schien jetzt wie die logische Fortsetzung ihres ersten Kusses. Jewels Fingerspitzen fanden die Quelle seiner leidenschaftlichen Hitze, und als sie leicht darüberstrich, zuckte Nolan zusammen. Obwohl seine Hände an seinem

Körper hinunterhingen, war er alles andere als entspannt. Jewel warf einen schnellen Blick auf sein Gesicht. Sein Kopf neigte sich nach hinten, die Augen geschlossen. Sie maß die Länge seines Geschlechts mit ihrer Handfläche ab und glitt dann nur mit den Fingerspitzen an ihm entlang. Ein warmer Tropfen hatte sich an der Spitze gebildet, die bereits vor Erregung geschwollen war. Sie strich mit der Handfläche sanft darüber und verteilte die Feuchtigkeit auf ihrer Hand. Das Herz pochte ihr wild in der Brust, und zwischen ihren Beinen breitete sich eine feuchte, sich sehnende Hitze aus.

Sie legte ihre Finger um ihn und wusste instinktiv, dass es richtig war, was sie tat, dann wurde ihr Griff fester. Sie schloss die Augen und bewegte ihre Hand auf und ab, einem so natürlichen Rhythmus folgend wie ihr Atem. Fast schmerzlich sehnte sie sich danach, mit ihren Hüften zu folgen.

Seine Lippen waren für sie unerreichbar, also hob sie mit der freien Hand sein Hemd an und küsste ihn auf die Brust. Sie wandte den Kopf nach rechts, fand seine Brustwarze, ließ ihre Zunge darüberfahren und spielte mit ihr, wie er es zuvor bei ihr getan hatte.

Er umfasste ihre Hand, die gerade wieder in seinen Hosen verschwinden wollte. Sein Griff war so überraschend fest, dass sie keuchte.

»Hör auf, Jewel. Bitte«, stieß er durch zusammengebissene Zähne hervor. Sie blickte ihm ins Gesicht, erschrocken über das getrübte Glühen in seinen Augen. Obwohl seine Miene so verzerrt war, als hätte er Schmerzen, war sie sich mehr als sicher, dass er nicht wollte, dass sie mit dem aufhörte, was sie tat – ganz und gar nicht. Ein kleines Lächeln umspielte ihre Lippen. Wayland hatte recht behalten. Sie streichelte Nolan noch einmal und war in keinster Weise überrascht, dass er seinen Griff um ihr Handgelenk lockerte und ihre Bewegungen mit seiner Hand mitführte: Mit einer sanften Berührung änderte er ihren Rhythmus und leitete ihre Hand. Sein Kopf sank wieder nach hinten, er biss sich auf die Lippen, und seine Brauen zogen sich zusammen.

»Leg dich zu mir«, flüsterte sie.

Bei diesen einfachen Worten geriet er in Bewegung. Er hob sie in seine Arme, trug sie zur Schlafstatt und setzte sie mit mehr Eile als Zärtlichkeit ab. Zwischen ihren Schenkeln sank er auf seine Knie. Ohne dass er nachhelfen musste, rutschte ihr Nachthemd bis zu ihren Hüften hinauf. Im sanften Schein der Laterne fühlte sie sich schrecklich entblößt. Als sie ihn berührt hatte, hatte sie ihre Hand, die sich um ihn schlang, nicht sehen können; sie hatte ihn ausschließlich gespürt.

Er senkte seinen Kopf zwischen ihre geöffneten Beine, dann spürte sie die Hitze seines Mundes. Er leckte sie. Unter seinem Kuss ging sie ins Hohlkreuz, selber unsicher, ob sie versuchte, sich ihm zu entziehen oder ihm näher zu kommen – es war alles zu überwältigend. »Nolan«, keuchte sie. Die Spitze seiner Zunge fand eine Stelle, von der sie noch nicht einmal gewusst hatte, dass sie existierte, und sie streckte alle Waffen nieder, hörte auf, sich ihm zu widersetzen. Ihre Sinnesempfindungen ließen tief in ihr einen Druck entstehen, der unerträglich und köstlich zugleich war.

Als Nolan mit der Hand über die Innenseite ihrer Schenkel strich, atmete Jewel bei jeder neuen Berührung tief ein. Er ließ einen Finger in sie gleiten, und sie konnte nicht aufhören, ihre Hüften schamlos seinem Mund entgegenzupressen. Ihr Körper hatte die Gewalt über sie und versagte ihr jede Zurückhaltung. Sie war ganz Sinnlichkeit, ganz Hunger. »Nolan?«, flüsterte sie, leicht bestürzt darüber, wie vollkommen er mit seinen Händen und seinem Mund über sie bestimmen konnte. Er antwortete nicht.

Sie schloss die Augen, sich unter der süßen Folter windend. Er zog seinen Finger aus ihr, um mit zweien wieder einzudringen, doch dieses Mal geschah es mit einer Hast und in einem schnellen Rhythmus, der ihr bewusst machte, dass auch er die Kontrolle verloren hatte. Ihr Körper reagierte auf seine vollkommene Hingabe. Mit jeder Bewegung seiner Hand überflutete sie eine größere Welle des Genusses, stärker als die vorhergehende, aber auf quälende Weise weniger befriedigend.

»Wie fühlt sich das an, Liebste? Quäle mich, und ich werde es dir zehnfach zurückzahlen«, sagte er.

Als sie seinen Atem auf ihrer Wange fühlte, öffnete sie die Augen. Er sah sie so durchdringend an, dass sie kein Wort hervorbringen konnte. Ehe sie noch daran denken konnte, zu antworten oder ihn zu fragen, was er vorhatte, verschloss er ihren Mund mit dem seinen. Seine Lippen waren feucht und schmeckten nach ihr. Vermischt mit seinem eigenen einzigartigen Aroma betäubte Jewel fast die Mischung. Von ihren letzten Hemmungen befreit, stöhnte sie in seinen Mund.

Er führte seine Hand zwischen sie und drängte mit seiner angeschwollenen Männlichkeit Jewels Beine auseinander. Mit langsamen, wiegenden Bewegungen presste er sich gegen den Widerstand ihres unerfahrenen Körpers, während er sie mit seiner Zunge ablenkte. Sie wollte ihn. Ihr Körper schrie förmlich nach ihm, aber noch immer fürchtete sich ein kleiner Teil ihres Wesens vor dem, was als Nächstes kommen sollte. Sie küsste ihn noch leidenschaftlicher, reckte sich ihm stärker entgegen, um seine eindringende Zunge mit der ihren zu vereinen und ihre plötzlich wieder aufkeimende Angst zu verbergen.

»Jewel … du bist so süß und … so …«, er stützte sich auf seine Ellbogen und ließ den Kopf sinken, um ihre Vereinigung zu sehen, »eng.« Er stöhnte voller Lust. Die Enthüllung gefiel ihm.

Doch sie verlangte nach mehr. Seine Küsse hatten sie bereits feucht werden lassen, aber jede Bewegung seiner Hüften machte sie noch heißer und feuchter. Sie wollte ihn in sich drängen, um das zehrende Warten endlich zu beenden, gebot sich aber Einhalt. Sie hob ihre Knie an, um sich für ihn zugänglicher zu machen.

Auch das schien ihm zu gefallen, denn tief aus seiner Kehle drang ein atemloses Geräusch. Das Trommeln des Regens und sein schwerer Atem erfüllten die Kajüte, und noch immer wiegte er sich sanft auf ihr, zu flach, um ihr steigendes Verlangen zu erfüllen. Sie wand sich unter ihm, doch vergeblich. Schließlich hob sie ihren Arm, fuhr mit ihrer Hand in sein dunkles Haar und zwang ihn weiterzugehen.

Er drang immer tiefer in sie, tiefer, als sie es je für möglich gehalten hätte, und seine Wärme erfüllte sie. Heftig sog sie die Luft ein und drückte sich an seine Brust. Sein Körper, hart wie Stein, schwebte über ihr. Jeder Muskel seines Körpers war angespannt. Ihre Mitte pulsierte. Der Schmerz seines Eindringens ließ nach, aber Jewel war noch immer zu erfüllt, weil er so groß war.

Er senkte den Kopf und knabberte an ihrem Ohr, seine Zunge fuhr jede Biegung nach. Sie versuchte, ihren Kopf abzuwenden, aber er drang tiefer, kitzelte sie absichtlich. Ihr Kichern wurde von seinem tiefen Lachen belohnt. Als er genussvoll an ihrem Ohrläppchen lutschte, begann ihr Körper auf eine andere Art zu pochen. An der Stelle, wo sie sich vereinigten, vereinte sich auch ihr Puls. Sie spürte, wie er vollkommen und tief in ihr war, obwohl er sich nicht bewegte. Ihr Körper reagierte und verkrampfte sich, passte sich an ihn mit einer Aufwallung der Lust an. Nach mehr verlangend bewegte sie ihre Hüfte. Das sanfte Gefühl, das bei seinem harten Eindringen verloschen war, flammte erneut in ihr auf.

»Bist du bereit?«, flüsterte er ihr ins Ohr.

Zwar wusste sie nicht, was als Nächstes folgte, aber ihr Körper sehnte sich danach, es herauszufinden. »Ja.«

Er begann, sich in ihr zu bewegen: Mit einer langen, flüssigen Bewegung zog er sich heraus, um dann wieder schnell in sie einzudringen. Er grub sich so tief in sie hinein, dass sie aufkeuchte. Er hielt inne und glitt dann mit langsamer Überlegenheit wieder heraus, jedes Quentchen seiner Lust dabei auskostend. Dann drang er wieder mit der gleichen beherrschten Leichtigkeit in sie ein und achtete darauf, dass sie jeden Millimeter von ihm fühlte. Anschließend wiederholte er die langsame Folter mit einer leichten Drehung seiner Hüfte.

»Komm für mich. Zeig mir, wie sehr du mich willst«, keuchte er nahe an ihrem Ohr. Allein sein Atem war wie ein heißes, schwüles Streicheln. Seine Hand wanderte und berührte sie dort, wo er sie schon mit seiner Zunge verwöhnt hatte. Seine Stöße verlangsamten sich zu einem Wiegen – wie zu Beginn. Er bewegte sich über ihr, in ihr, richtete sich so weit auf, bis er ihr Zentrum der Lust rieb, das er gerade mit den Fingern berührt hatte.

»Ist es das? Ist es das, was dir gefällt?« Er ließ seinen Mund auf ihren Hals sinken und küsste ihn bis zu dem Grübchen, bevor er wieder zu ihrem Ohr zurückkehrte. »Ja. Ich fühle, wie du dich um mich klammerst. Du bist kurz davor.«

Sie hatte keine Ahnung, was er damit meinte, aber alles an ihr verlangte nach mehr. Erwartungsvoll drängte sie sich an ihn, doch seine sanften Bewegungen ließen ihre Qual nur anschwellen, statt sie davon zu erlösen.

Als ob er spürte, wie aufgewühlt sie war, begann er, mit seinen Hüften zu kreisen und brachte sie damit an den Rand des

Wahnsinns. Er veränderte seine Position leicht, und sie begann in schnellem Rhythmus zu atmen. Und dann … zog sich jeder Muskel ihres Körpers zusammen und entspannte sich wieder. Sie stöhnte auf, als sich alles in ihr löste.

Er wartete nur so lange, bis sie wieder zu Atem gekommen war, dann erhob er sich über sie und seine Stöße wurden so tief und schnell, dass sein Kiefer sich anspannte. Die Hemmungslosigkeit, die ihn durchdrang, war so stark, überlagerte alles, als er plötzlich mit einem tiefen Stöhnen noch weiter in ihr anschwoll. Wild hingen seine Haare ihm ins Gesicht, bis er seinen Kopf zurückwarf und sich noch tiefer in sie bohrte, obwohl sie sich sicher gewesen war, dass das Maximum schon erreicht war. Ein atemloses Stöhnen rang sich aus seiner Kehle, dann verebbten seine heftigen Stöße, und sein Körper sank zur Seite. Er schlang seine Arme um sie und drehte sie mit sich, ohne die Vereinigung zu lösen.

Wange an Wange lagen sie auf der Schlafstatt und rangen um Atem. Er ließ seine Fingerspitzen über ihre Wange gleiten und strich ihr eine schweißnasse Locke aus dem Gesicht. Sie nahm seine Hand und küsste die Spitzen seiner Finger. Ihre sich haltenden Hände fielen zwischen sie. Nolans Augen leuchteten liebevoll, und sie wusste, dass ihr Blick dem seinen in nichts nachstand. Keiner von beiden konnte die Liebe leugnen, die zwischen ihnen erglüht war.

Seine schweren Lider senkten sich, als ob er sie keinen Augenblick länger mehr offen halten könnte. Sie kuschelte sich an ihn, füllte jede Kontur und jeden Winkel seines muskulösen Körpers aus. Seine feuchte Haut klebte an ihrer, und sie konnte spüren, wie sich sein Atem beruhigte, sein Herz wieder langsamer schlug, als ob sie selbst es wäre, die in den Schlaf hinüberdämmerte. Er glitt aus ihr hinaus, doch seine Erregung verblieb mit einer klebrigen Wärme zwischen ihren Beinen.

Nolan durchdrang all ihre Sinne, so tief, wie er gerade in ihren Körper eingedrungen war. In vollkommener Seligkeit schloss sie die Augen. Nichts konnte ihr Schaden zufügen, solange Nolan sich derart nach ihr verzehrte. Sie gehörte zu Nolan und er zu ihr. Endlich würde doch noch alles gut werden.

Kapitel zwölf

Nolan lag mit Jewel im Arm auf der Schlafstatt und starrte auf die Deckenbalken. Die Dinge zwischen ihnen hätten keine trügerischere Wendung nehmen können. Hatte sie gesagt: »*Leg* dich zu mir« oder »*Bleib* bei mir«?

Aber was machte das schon für einen Unterschied? Selbst wenn sie ihn aufgefordert hatte, sie zu lieben, war er trotz allem ein Schuft gewesen, sich darauf einzulassen. Wie schnell sich seine Entschlossenheit zur Standhaftigkeit in nichts aufgelöst hatte! Es widerte ihn an. Natürlich hatte sie sich mehr als willig gezeigt, hatte ihn bis zum Verderben gereizt. Er hätte es sich sogar verzeihen können, wenn sie nicht so verletzlich, so völlig verängstigt und allein gewesen wäre. Er dagegen hatte sich wie ein Tier, ein brünstiges Tier aufgeführt. Er hatte sich geschworen, er sei verdammt, wenn er sich nicht zurückhalten konnte und die Situation ausnutzte, und verdammt war er nun. Eine Frau zu haben, nach der es ihn verlangte, aber die ihn hasste, war genau das, was er verdiente.

Es stand außer Frage, dass er Jewel heiraten musste. Falls er je Zweifel gehabt hatte, dass sie noch eine Jungfrau gewesen war, hatten ihn die blutigen Flecken an ihren Schenkeln, als er sie erneut genommen hatte, eines Besseren belehrt. Er krümmte sich, als er an seine brennende Lust beim zweiten Mal dachte. Sie hatte geschlafen, verdammt noch mal!

Er war erwacht, nachdem er sich wie ein Betrunkener im Schlaf erholt hatte, ein Betrunkener, berauscht von wahnsinniger Lust. Als er sich umdrehte und sie neben sich fand, überfiel ihn wieder das Begehren – wie unglaublich eng sie war. Er hatte all ihre Begrenzungen beiseiteschieben müssen, um in sie einzudringen. Kein bisschen Scham oder Bedauern regte sich wegen seiner animalischen Gelüste. Sein unbändiger Hunger hatte die Herrschaft über die Vernunft übernommen, ehe sein schläfriges Gehirn noch Protest einlegen konnte. Er leckte an den glatten Rundungen ihres Ohrs, bis sie ihn mit von Schlaf erfüllten Augen anblickte, mit dem vertrautesten Blick, dem er je begegnet war. Dann schlang sie ihre Arme um ihn und öffnete sich für ihn. Er rollte sich auf sie und war schon in ihr, bevor er überhaupt realisierte, was er tat.

Warum hatte er nicht Tyrell an seiner Stelle geschickt? Noch ehe er gestern Nacht die Kajüte betreten hatte, hatte ihn schon eine schmerzhafte Erektion gequält. Da ein Teil von ihm wusste, dass es nicht dazu kommen sollte – der Teil von seiner Hüfte aufwärts –, war er überzeugt gewesen, Herr seiner niederen Instinkte zu sein. Wenn Jewel nur nicht so willig gewesen wäre, ihre Ehre und seine wären vielleicht noch zu retten gewesen. Wie sie ihn berührt hatte … Hätte sie auch Tyrell so angefasst?

Nolan beugte seinen Arm und zog sie damit unwillkürlich an sich. Der Gedanke war ihm unerträglich. Keinen Augenblick lang wollte er glauben, dass Jewel jetzt in Tyrells Armen läge, wäre der Leutnant an seiner Stelle zu ihr gekommen. Jewel hatte ihm ihre romantische Seite offenbart. Sie glaubte sogar, dass sie ihn liebte, und das gefiel ihm, zum Teufel noch mal. Doch er hatte ihre unangemessene Hingabe missbraucht, schlimmer, als es Bellamy je getan hatte, und dafür würde er mit Sicherheit büßen müssen.

Aber er konnte seine Tat sühnen. Er konnte für Jewel das Richtige tun und seinem hedonistischen Weg für sein weiteres

Leben abschwören. Jetzt, da er vom Weg der Selbstkontrolle und der Ehre abgewichen war, hatte er noch immer die Möglichkeit, es zu bereuen und sich wieder zu fangen, bevor es zu spät wäre. Wenn er Jewel heiratete, würde es nicht nur die Tatsache wiedergutmachen, dass er ihr ihre Jungfräulichkeit genommen hatte, vielleicht würde es ihm auch ein wenig von der Schuld nehmen, die wegen ihres Vaters auf seinen Schultern lastete. Er würde Jewel ein besseres Leben bieten können, als es Bellamy jemals vermocht hätte.

Seine Gedanken und Entscheidungen ließen ihn so weit entspannen, dass er bereits wieder das Gefühl genießen konnte, wie Jewel sich an ihn kuschelte. Dann fiel ihm ein, dass sie noch immer nicht wusste, welche Rolle er beim Tod ihres Vaters gespielt hatte. Es ihr nicht zu sagen, wäre eine Lüge, mit der er unmöglich leben konnte. Es wäre ein genauso großer Verrat, sie mit einem solchen Geheimnis zu heiraten, wie es überhaupt nicht zu tun. Natürlich musste er erst sichergehen, dass sie ihn tatsächlich heiraten würde, also würde er mit dem Geständnis besser bis nach der Hochzeit warten. Dann würde seine Strafe beginnen. Würde sie ihn aus ihrem Bett verbannen? Höchstwahrscheinlich, aber das war genau das, was er verdiente.

Nolan ließ seine Hand über Jewels Hüfte wandern, seine Finger fuhren die Kurve ihrer Taille nach, dann umfasste er ihre Brust. Lust. Begierde. Egoismus. Er hatte viel schneller sein wahres Gesicht gezeigt, als er sich es je vorgestellt hatte. Für sich selbst hätte er sich ein gutes Jahr gegeben, ehe er wieder untertauchen und in irgendeinem Tempel der Lust schlemmen und sich Ausschweifungen hingeben würde. Obwohl er seinem Vater und seinen Freunden lange Zeit etwas vorgespielt hatte, war Nolan tief in seinem Innersten immer bewusst gewesen, dass er sich nur etwas vormachte. Sein Herz war dunkel und wild, er wurde von seiner Leidenschaft bestimmt. Die heutige Nacht hatte das in jeder Hinsicht bewiesen. Sogar die Schlacht an Bord der *Neptune* hatte er genossen. In dem Augenblick, als er sein Schwert gezogen hatte, war das altvertraute Gefühl des Rausches über ihn gekommen. Und dass er selbst Blut lassen musste, hatte ihn sich nur noch lebendiger fühlen lassen. Und als sinnliche Krönung dieser Nacht hatte er sich der Frau genähert, die ihn in seinen Träumen quälte, und sie bestiegen, bis er wund war.

Mein Gott, er war schon wieder steif. Er biss die Zähne zusammen, um sich nicht an Jewels Hinterbacken zu reiben. Das würde sein Schicksal sein. Wahrscheinlich müsste er von nun an den Rest seines Lebens an der Seite einer ihn hassenden Frau mit einer unstillbaren Erektion zubringen. Und auch das wäre noch gerecht.

Ein zögerliches Klopfen ließ Jewel innehalten, als sie gerade versuchte, ihr Haar zu einer annehmbaren Imitation eines Nackenknotens zu stecken. Die weichen Strähnen fielen dunkel und schwer über ihre Schultern, weigerten sich aber trotz all ihrer Bemühungen, sich auch nur leicht zu locken. Sie wandte sich vom Spiegel ab und hatte den Kampf mit ihren quälend glatten Haaren sofort vergessen. Ihr Wunsch, nach dieser Nacht anders auszusehen, war nichts im Vergleich zu ihrem Bedürfnis, Nolan wiederzusehen.

Tyrells Erscheinen ließ ihr Lächeln verblassen. »Ach, Ihr seid es.«

Der Leutnant lachte trotz des eher unfreundlichen Empfangs. »Nun, auch Euch einen guten Morgen, Miss Sanderson.«

Jewels Wangen flammten vor Scham auf. Sie hatte nicht unhöflich Tyrell gegenüber sein wollen. Im Gegenteil: Eigentlich bekam sie bei seinem Anblick nach den Ereignissen der letzten Stunden ein schlechtes Gewissen. Sie hatte Tyrell benutzt, um Nolans Herz zu gewinnen. »Es tut mir leid. Ich habe mit … jemand anderem gerechnet.« Im letzten Moment war es ihr in den Sinn gekommen, dass ihre Beziehung mit Nolan besser noch geheim bleiben sollte. Sie wusste, dass das, was sie miteinander verband, viel tiefer reichte, als eine verbotene Liebelei, aber was würden wohl die anderen denken?

Tyrell zwinkerte ihr zu. »Ich weiß schon, wen Ihr erwartet habt.«

Jewel spürte, wie die Hitze der Verlegenheit von vorhin ihre Brust hinabwanderte. Sie konnte Tyrell nicht mehr in die Augen sehen.

Der Leutnant hatte den Anstand, sich zu räuspern. »Und dieser jemand möchte Euch auf Deck sehen. Ihr solltet besser erscheinen, bevor er seine schlechte Stimmung noch länger an der Besatzung auslässt.«

Jewel runzelte die Stirn. Sie fühlte sich heute absolut himmlisch. Ihr ganzes Leben schien sich geordnet zu haben, und sie hatte angenommen, dass Nolan das Gleiche fühlen würde, spüren würde wie sie: eben dass alles richtig war. Ein unbehagliches Gefühl, das jede Art von rosigen Aussichten ruinierte, wuchs aus der Mitte ihres Glücks wie ein Unkraut.

Sanft berührte Tyrell ihren Arm. »Keine Sorge. Seine Stimmung wird sich aufhellen, sobald er Euch sieht. Das ist immer so.«

Nur zu gerne wollte Jewel sich auf Tyrells Vermutung verlassen. Nolans schlechte Laune konnte genauso gut daher stammen, dass er ebenso nervös war wie sie. Schließlich hatte sich ihr Verhältnis zueinander grundsätzlich geändert. Sie mussten einander einfach nur sehen, um Sicherheit in ihr Gefühlschaos zu bringen. Sie zwang sich zu lächeln, trotzdem blieb ein zweifelndes Gefühl in ihrer Magengrube zurück. »Gewährt mir noch fünf Minuten, um mein Haar zu flechten. Ich wollte es eigentlich hochstecken, aber das scheint hoffnungslos zu sein. Ich habe fast schon eine Stunde damit zugebracht. Umsonst.«

»Ihr müsst es drehen.«

Jewel wandte sich vom Spiegel ab und sah ihn an. »Was wisst Ihr darüber, wie man eine Frau frisiert?«

Er blickte ihr direkt in die Augen. Sie hätte schwören können, dass sich eine leichte Röte um seinen Halsansatz herum ausbreitete. »Ähmm … meine Schwester hat es mir beigebracht.«

Sie musste sich bemühen, ihr Grinsen zu verbergen, doch Tyrell wusste wohl ohnehin, dass sie ihm nicht glaubte. Trotzdem: Er hatte alles, was zwischen ihr und Nolan letzte Nacht geschehen war, anscheinend so gut aufgenommen, dass sie ihn nicht nach seinen Heldentaten fragen wollte – egal wie überraschend sie auch sein mochten. »Könntet Ihr meine Haare herrichten?«

»Es wäre mir eine Ehre.« Ohne zu zögern, folgte er ihr zum Spiegel und fasste dann die losen Strähnen zusammen. »Wir müssen es erst auskämmen.«

Sie griff um ihn herum, um eine Bürste vom Tisch zu nehmen. »Das habe ich schon, aber sie haben sich immer wieder verknotet, als ich versuchte, sie hochzustecken.«

Tyrell strich mit der Bürste durch ihr Haar und löste die Knoten mit gekonnten Bewegungen. Das sanfte Prickeln der Borsten auf ihrer Kopfhaut beruhigte Jewel. Sie schloss die Augen und stellte sich Nolans Überraschung vor, wenn er sie mit ihren hochgesteckten Haaren sah anstelle des schlichten Zopfes, den sie sonst immer trug. Hoffentlich würde ihr das elegantere Äußere auch mehr Selbstvertrauen geben, wenn sie ihm gegenübertrat. Warum sie überhaupt so etwas wie Selbstvertrauen brauchte, um den Mann zu treffen, dem sie ihre Liebe geschworen hatte – wenn nicht mit Worten, so doch mit Taten –, war etwas, über das sie im Moment nicht allzu genau nachdenken wollte.

Unter ihre Wimpern hindurch beobachtete sie Tyrells blaue, konzentrierte Augen, als er mit seinen großen, rauhen Händen vorsichtig ihr Haar umfasste und es eindrehte. »Es tut mir leid, wenn ich unsere Freundschaft missbraucht habe«, sagte sie.

Er grinste, wandte aber den Blick nicht von ihrem Haar. »Das ist es, was mir so an Euch gefällt, Jewel. Immer direkt.«

Sie lächelte und fing seinen freundlichen Blick im Spiegel auf. »Ihr seid mir nicht böse?«

»Nein, ich bin eher erleichtert. Ihr habt mich in eine schreckliche Lage gebracht. Jeden Augenblick musste ich darauf gefasst sein, dass Captain Kenton mich auspeitschen lässt.« Mit einer geschickten Bewegung schlang er ihr Haar zu einem vollkommenen Knoten. »Wie findet Ihr es?«

Jewel verschlug es den Atem. Die kunstvolle Welle gab ihrem Gesicht etwas wahrhaft Elegantes. Und weil ihr heller Nacken betont wurde, lenkte es sogar von den Sommersprossen auf ihrer Nase ab. »Wie habt Ihr das gemacht? Ich habe mich den ganzen Morgen abgemüht.«

Er zwinkerte ihr zu. »Viel Übung.«

»Ihr wusstet also, dass ich nur versucht habe, Nolan eifersüchtig zu machen? Aber warum habt Ihr mitgespielt?« Sie hielt ihre Hand hoch, so dass Tyrell sich aus ihr an Haarnadeln bedienen konnte.

»Wenn man auf einem Schiff voller Männer ist, und das einzige Mädchen an Bord – und ein hübsches noch dazu – beginnt, mit einem zu flirten, da fragt man nicht nach einem

Grund. Noch nicht einmal, wenn man Gefahr läuft, zum Koch degradiert zu werden.«

»Ich mag Euch, Tyrell.« Ihr Geplänkel beruhigte sie. »Aber ich vermute trotzdem, dass Ihr nicht der Gentleman seid, für den ich Euch hielt. Ich glaube nicht, dass Euch Eure Schwester beigebracht hat, wie man die Haare einer Frau hochsteckt.«

»Ich *weiß*, dass sie es nicht war«, ertönte plötzlich eine Männerstimme. Jewel und Tyrell drehten sich um und erblickten Nolan in der Tür stehen. Seine Miene war so finster, dass sie selbst die Sonne verdunkelt hätte.

Schnell tauschten sie Blicke aus, dann sahen sie wieder zu Nolan, der Tyrell fixierte. Ohne ein Wort legte der Leutnant die restlichen Haarnadeln zurück in Jewels Hand. Sie hielt ihren Knoten fest, damit er sich schnell aus dem Staub machen konnte.

Doch Nolan verstellte ihm den Weg. »Nur weil ich Euch als Vertretung benötige, heißt das nicht, dass Ihr irgendwelche Anrechte auf meine Frau habt.«

Tyrell nickte. »Aye, Captain.«

Nolan starrte ihn unverwandt an, als ob er ihn allein mit seinem Blick begraben könnte. Schließlich trat er nach einem langen Augenblick zur Seite und ließ Tyrell gehen.

Nolan schlug die Tür hinter ihm zu und betrachtete dann Jewel. »Du *magst* ihn also? Willst du gleich auch noch an ihm dein neues Können erproben? Deine Tricks der letzten Nacht kommen bei jedem Mann gut an, das kann ich dir versichern.«

Mit ruckartigen Bewegungen steckte sie die übrigen Nadeln in ihrem Haar fest. Ihre zitternden Finger erschwerten ihr die einfache Aufgabe. Vielleicht hatte sie ihn nur falsch verstanden? »Ich habe keine Tricks benutzt, Nolan. Ich wollte dich nur … berühren … und dachte, du wolltest das auch.«

»Das wollte ich tatsächlich, und jetzt muss ich dafür zahlen. Ich bin bereit, die Verantwortung für meine Taten zu übernehmen – und bei Gott, das wirst du auch tun!« Er ging so wild entschlossen auf sie zu, dass sie einen Schritt rückwärts machte. Ehe sie wusste, was er damit meinte, zog er eine Haarnadel nach der anderen aus ihrer halbfertigen Frisur.

»Au!« Sie schlug ihm auf die Finger. »Du tust mir weh! Lass das!«

Er packte sie mit so hartem Griff bei den Schultern, dass sie gezwungen war, ihm in seine Augen zu sehen. »Ich werde nicht zulassen, dass ein anderer Mann das berührt, was mir gehört.«

Sie wurde ruhiger und beugte sich etwas zu ihm. Wahrscheinlich war er eifersüchtig und unsicher, wie es nach der letzten Nacht um ihre Beziehung stand. Mit ihrer neu gewonnenen Intimität fühlte er sich vermutlich genauso seltsam wie sie. Aber er hatte sie völlig falsch verstanden, was Tyrell betraf. »Er hat mir nur die Haare hochgesteckt, Nolan.« Mit ihren Fingerspitzen berührte sie seine Wange, dann seine Lippen.

Er ließ sie los, als könnte er ihre Berührung nicht länger ertragen, aber die strengen Linien um seinen Mund wurden weicher. Sanft entfernte er die übrigen Haarnadeln, offenbar sehr darum bemüht, ihr nicht wieder Schmerzen zuzufügen. »Er hat dir also ›nur die Haare hochgesteckt‹, so wie ich dich vergangene Nacht ›nur trösten‹ wollte?«

Jewel bemühte sich zu entspannen, obwohl er mit seinen Fingern durch ihr Haar fuhr und damit jedes Überbleibsel von Tyrells sorgfältigem Arrangement zerstörte. »Du *hast* mich getröstet.«

Nolan lächelte, aber es war ein schmales, zynisches Lächeln. »Nein, Süße, ich habe dich *gevögelt*.« Er nahm eine Schleife vom Tisch und drehte sich mit einer Hand an ihrer Schulter um, so dass er ihre Haare zusammenbinden konnte. Sie blickte seitlich in den Spiegel. In seinen planlosen Bemühungen hatte er dicke Strähnen vergessen, aber sie wagte nicht, es zu erwähnen.

»Warum verhältst du dich eigentlich so gemein? Ich liebe dich, Nolan.«

Sie sah ihn im Spiegel an. Alles in seinem Gesicht spannte sich bei ihren Worten an. Sie wollte ihre Augen vor dem Anblick verschließen, den sie nicht ertragen konnte: Er teilte ihre Gefühle nicht, nicht im mindesten.

Ehe ihr etwas einfiel, das sie sagen konnte, um diese schrecklich auf ihr lastende Stille zu durchbrechen, legte er seine Hände sanft auf ihre Schultern und drehte ihr Gesicht langsam zu seinem. Sein Blick war nicht mehr wütend, stattdessen hatte er einen ernsten Ausdruck angenommen. »Ich hoffe, dass das wahr ist, Jewel ... weil ich alles vorbereitet habe, damit wir heute Nachmittag heiraten können.«

»Heiraten?« Aufregung durchströmte sie plötzlich wie heiße Lava und machte alles vergessen, was gerade zwischen ihnen vorgefallen war. Wieder kam ihr in den Sinn, was Tyrell ihr bei seinem Eintreten gesagt hatte. »Aber wie? Wer wird uns trauen?«

Er ließ seine Hände sinken, und jeder Hauch eines Gefühls verschwand aus seinem Gesicht. »Ich werde die Zeremonie durchführen. Tyrell wird mich als Bräutigam vertreten.«

Jewel schickte sich an, ihn zu umarmen. Deshalb hatte er also so grob mit ihr gesprochen. Er hatte sie bitten wollen, ihn zu heiraten, und war dann wütend geworden, als er einen anderen Mann – und dann auch noch ausgerechnet Tyrell – bei ihr fand. Zudem noch mit seinen Händen in ihrem Haar. Ihr wurde klar, was sie für einen Anblick abgegeben haben mussten. Sie küsste die kleine Stelle über Nolans eng gebundenem Halstuch, um ihm ihre Ergebenheit zu zeigen. »Ich werde dir eine wunderbare Frau sein.«

»Das ist nicht nötig.«

Jewel blickte auf. Starr und reglos stand er vor ihr. Nicht einmal ihre Umarmung erwiderte er. Sie rückte von ihm ab, hielt aber weiterhin seine Arme umfasst. Der leere Blick seiner Augen schien etwas zu bedeuten: Dass, ließe sie ihn los, er für sie für immer verloren war. »Aber was ist denn? Ist es wegen Tyrell? Wir sind doch nur Freunde.«

Nolan trat zurück. »Ich wünschte wirklich, er wäre das Problem. Es geht um mich, fürchte ich. Es gibt etwas, das du noch von mir wissen musst, bevor wir heiraten.«

Jewel schlang die Arme um ihren Körper, um sich gegen den kalten Schauder zu wappnen, der ihr über den Rücken kroch. Das Gefühl, Nolan zu verlieren, wurde immer stärker. Was es auch war, sie wollte es nicht hören. »Es zählt nicht.«

»Ich fürchte schon. Es geht um deinen Vater und meine Beziehung zu ihm. Nichts war zwischen uns mehr wie zuvor, nachdem wir dich damals besucht haben.«

Sie unterdrückte ihr Verlangen, sich zu verteidigen. »Nimmst du es mir übel, weil ich zugelassen habe, dass mein Vater dich verletzte? Ich wusste doch gar nicht, was er vorhatte. Ich war damals noch ein kleines Mädchen.«

Nolan seufzte und rieb sich seine Schulter. »Nein, das ist es nicht. Du sollst dich nicht für irgendetwas schuldig fühlen, woran du keine Verantwortung trägst. Ich habe ganz falsch angefangen. Setz dich.« Er deutete mit seiner Hand auf die Schlafstatt.

Sie nahm zögerlich Platz, fühlte sich, als wäre sie so zerbrechlich wie Glas. Er strich mit dem Zeigefinger über seine Unterlippe, während er sie ansah. War sie für ihn plötzlich so durchsichtig geworden wie die ovale Luke hinter ihr? Der Mann, der mit ihr noch letzte Nacht genau dieses Bett geteilt und sie hier geliebt hatte, schien sie nicht mehr zu kennen – oder andersherum.

»Ich habe deinen Vater getötet«, stieß er hervor.

Jewel konnte nur verstört blinzeln, dann wurden ihre Hände taub. »Aber … ich verstehe nicht …«, war alles, was sie stammelnd hervorbringen konnte. Hatte sie richtig gehört?

Vor vielen Jahren, als ihr Vater ihr die Karte zum Aufbewahren brachte, hatte sie Nolan kaum beachtet. Er war ein Feind gewesen, der Grund, warum sie nicht mit ihnen gehen konnte, um den Schatz zu suchen. Als er fünf Jahre später ins »Quail and Queen« gekommen war, hatte sie in ihm nicht mehr den zotteligen Jungen gesehen, der verzweifelt ihren Vater herausgefordert hatte, um die Mannschaft zu verlassen. Er war als Gentleman in lederfarbenen Kniehosen und einer blauen Jacke aufgetreten, der kam, um sie zu retten. Natürlich hatte sie einen Augenblick lang vermutet, dass Nolan ihren Vater auf dem Gewissen hatte, sich aber schnell vom Gegenteil zu überzeugen versucht. Was sie gefühlt hatte, als sie ihn erblickte … Und nun war er es, der bei ihr war; ein lebendiger, wahr gewordener Kindheitstraum, wogegen ihr Vater sie genauso verlassen hatte wie ihre Mutter.

Seine Züge blieben kalt und angespannt, auch wenn Jewels Miene deutlich ihre panischen Gedanken widerspiegeln musste. Nolan kauerte auf der Tischkante, unbewegt und ohne irgendwelche Gefühle preiszugeben. »Ich war Mitglied von Bellamys Mannschaft. Ein unfreiwilliges Mitglied, wenn du dich daran erinnerst. Irgendwann habe ich eine Meuterei angeführt – und gewonnen. Bellamy scheiterte. Er wurde zum Tode verurteilt und ich an seiner Stelle Captain.«

Sein Tonfall war so nüchtern, dass er sie fast krank machte. Nolan benahm sich, als spräche er über den Sonnenstand und nicht über den Tod eines Mannes, den Jewel zwar nie wirklich kennengelernt hatte, der aber trotz allem ihr Vater blieb. Empfand Nolan Reue? Zu sehen war sie jedenfalls nicht. Er wusste gut, wie viele kindische Träume sie um ihren Vater gesponnen hatte – wahrscheinlich vollkommen unbegründet, natürlich, aber das machte es nicht weniger schmerzlich, dass er sie verlassen hatte. Und es machte Nolans Worte auch nicht weniger grausam. Warum hatte er nur beschlossen, ihr gerade jetzt diese schreckliche Geschichte zu erzählen?

»Wer hat ihn zum Tode verurteilt?«, fragte sie, obwohl sie fürchtete, die Antwort darauf bereits zu kennen. Trotzdem klammerte sie sich an die kleine Hoffnung, den dunklen Schleier wegwischen zu können, der sich jetzt über das zu legen drohte, was sie für den Beginn eines neuen, strahlenden Lebens gehalten hatte.

»Ich.« Nolan baute sich vor ihr auf. »Willst du mich unter diesen Umständen noch immer heiraten?«

Sie sah auf ihr Kleid hinab; sie trug das grüne, das sie für Nolans Lieblingskleid hielt. Sie konnte sich nicht mehr darüber freuen. Sie wollte darin nicht heiraten. Sie hasste es. Als sie in seine kalten, blauen Augen blickte, überzogen sich ihre Arme mit eisiger Gänsehaut. »Ich brauche ein wenig Zeit … um nachzudenken.«

Er verschränkte seine Arme. »Nein. Das wäre sicher ein Fehler. Wir heiraten binnen einer Stunde. Bis dahin solltest du dich gesammelt haben.« Er wandte sich um und ging zur Tür.

Jewel sprang auf, die Hände zu Fäusten geballt. Eine rasende Wut, von der sie noch nicht einmal geahnt hatte, dass sie in ihr schlummerte, wollte sich Luft machen. Der Mann, der ihr gegenüberstand, war nicht mehr derselbe, mit dem sie vergangene Nacht das Bett geteilt hatte – und wenn er es war, dann trieb er auf ihre Kosten ein übles Spiel. »Du hast recht, ich brauche keine Zeit, um nachzudenken. Ich heirate dich nicht. Ich weiß ja noch nicht einmal, wer du wirklich bist.«

Unbewegt stand er da und forderte sie mit seinem Blick heraus, ihn zu schlagen. »Du weißt ganz genau, wer ich bin. Ich bin derselbe Mann, der in einer Gasse hinter dem ›Quail and Queen‹ mit deinem Vater um seine Freiheit gekämpft hat. Damals habe ich verloren. Später habe ich gewonnen. Und ich habe nichts getan, um dir weh zu tun. Ganz im Gegenteil, aber natürlich kann ich nicht erwarten, dass du das verstehst. Und falls du dich daran erinnerst, habe ich von Anfang an versucht, Abstand zwischen uns zu wahren.«

Sie konnte das ungehaltene Kräuseln seiner Lippen und seinen angespannten Ausdruck nicht länger ertragen. Ihn zu schlagen, kam für Jewel nicht mehr in Frage. Sie konnte diesen distanzierten Fremden, der an die Stelle des Mannes, von dem sie fälschlicherweise gedacht hatte, ihn zu lieben, nicht einmal mehr ansehen. »Und was hast du dir dabei gedacht, als du dir die Karte holen gekommen bist?« Eigentlich wollte sie ihn fragen, was er sich dabei gedacht hatte, als er sie – die Tochter seines Feindes – letzte Nacht geliebt hatte, aber seine grobe Zusammenfassung hatte es ihr bereits verraten.

»Ich habe mir nur mein Eigentum zurückgeholt. Die Karte gehörte mir. Schon immer.« Sein Ton war bitter wie zuvor. Er hatte sich keineswegs beruhigt, ganz im Gegenteil, er wurde immer wütender.

Jewel musste an den jungen englischen Wachsoldaten denken, den sie getötet hatte. Seiner Mutter oder Schwester gegenübertreten zu müssen, würde sie wohl kaum ertragen können. Und falls er ein Kind hatte – sie betete darum, dass er noch zu jung dafür gewesen war –, würde sie an der Schuld zugrunde gehen. Der bloße Gedanke daran, dass sie vielleicht die Verantwortung für die gleiche Einsamkeit eines Jungen oder eines Mädchens tragen musste, unter der sie in ihrer Kindheit und Jugend gelitten hatte, würde sie vor Gewissensbissen nicht wieder froh werden lassen. Der Nolan, den sie zu kennen geglaubt hatte, konnte etwas Derartiges nicht tun und es ihr dann mit dieser kalten distanzierten Haltung mitteilen. Er musste eine Erklärung dafür haben. Er musste einfach. »Wie konntest du mir gegenübertreten?«

»Ich habe dich nicht an Bord meines Schiffes eingeladen. Du hast dich versteckt, und als ich nichts mit dir zu tun haben wollte, hast du dich weiter in mein Leben gedrängt. Es gibt keinen anderen Ausweg.«

Wieder nagte die Wahrheit an ihrem Gefühl, von ihm vollkommen verraten worden zu sein. Sie hatte ihn gezwungen, eine Frau in ihr zu sehen, als er wild entschlossen gewesen war, sie nicht zu beachten. In dem verzweifelten Versuch, ihn – koste es, was es wolle – an sich zu binden, hatte sie sogar auf den Rat des verruchten alten Wayland gehört, dessen einzige Erfahrungen mit Frauen zweifellos von Prostituierten stammten. »Das wusste ich nicht. Aber du hast mir nicht die Wahrheit gesagt. Wenn ich gewusst hätte, dass –«

»Kein anderer kennt die Wahrheit, warum also ausgerechnet du? Du wolltest eine Art Held in mir sehen, aber ich bin nur ein einfacher Mann. Du hast mit meinen Bedürfnissen gespielt und ich mit deiner Verletzlichkeit. Wir haben einander benutzt, und jetzt müssen wir für unsere Fehler bezahlen, so einfach ist das.«

Sie wich vor ihm zurück. Nolan hatte in dem Wissen, ihren Vater getötet zu haben, das Bett mit ihr geteilt. Er hatte es bewusst getan.

Röte breitete sich auf Nolans Gesicht aus, und eine Ader an seinem Hals pulsierte schnell. »Du wirst mich heiraten«, sagte er. Verglichen mit seinem Äußeren war seine Stimme erschreckend ruhig. »Und glaub mir, mir gefällt die Aussicht darauf auch nicht besser als dir.«

»Ich werde dich nicht heiraten. Du bist ein Mörder!« Dass er sich so offensichtlich überhaupt nichts aus ihr machte, rückte die letzte Nacht in ein umso niederträchtigeres Licht.

»Auch du hast jemanden umgebracht!« Seine Hände krampften sich zu Fäusten zusammen.

Bei seiner Anschuldigung zuckte sie zusammen. Ein Schluchzen drang aus ihrer Kehle, und sie wandte sich um. Sie hasste es, Schwäche zu zeigen. »Geh! Lass mich in Ruhe! Ich will nie wieder etwas mit dir zu tun haben.«

Er trat zu ihr. Sein Atem streifte ihren Nacken. Nach einem langen Augenblick sprach er leise: »Was ich gesagt habe, tut mir leid. Es ist nicht wahr. Du hast dich selbst und mich verteidigt.« Sanft legte er ihr eine Hand auf die Schulter, aber sie entzog sich ihm mit einem Ruck. Seine Stimme wurde wieder rauh. »Benimm dich doch nicht wie ein kleines Mädchen, Jewel. Ich kann dich nicht ›in Ruhe lassen‹. Vielleicht trägst du schon ein Baby von mir in dir, und ich würde mein Kind niemals sitzenlassen, wie Bellamy es mit dir gemacht hat.«

Jewel drehte sich um, diesmal so wütend, dass sie ihn am liebsten geschlagen hätte. »Du besitzt kein Recht, dich über meinen Vater zu erheben.«

Nolan bewegte keinen Muskel. Er schien einen Schlag fast zu erwarten. »Gut. Ich werde nie wieder von ihm sprechen, aber mein Kind wird nicht als Bastard geboren werden. Und wenn du endlich nicht mehr so verdammt selbstsüchtig wärst, würdest du auch verstehen, warum wir heiraten müssen. Heute!«

»Du hast deine anderen Huren doch auch nicht geheiratet. Warum dann mich?«

Sein Lächeln war zu einem angestrengten, halb irren Grinsen geworden. Dann sagte er etwas, womit sie nicht gerechnet hatte. »Ihre Hände haben mich auch nie beinah zum Explodieren gebracht. Bei ihnen hatte ich mich selbst wesentlich besser unter Kontrolle.«

Sie spürte das Blut aus ihrem Gesicht weichen. Unfähig, noch länger sein Grinsen zu ertragen, wandte Jewel sich ab, aber wieder nahm er ihren Arm und zwang sie, ihn anzuschauen. »Ich weiß, dass du keine Hure bist. Ich habe dir deine Jungfräulichkeit genommen, und ich weiß, dass ich die Konsequenzen dessen tragen muss, was ich getan habe. Denk an das Kind, das vielleicht in dir heranwächst, und du wirst erkennen, dass es keine andere Möglichkeit gibt. Und denk an deinen eigenen Ruf –«

Sie entzog sich ihm, und er ließ sie widerstandslos gehen. Er hatte recht. Die Scham ihrer Mutter überflutete sie. Sie wollte nicht riskieren, einem Kind, das sie vielleicht in ihrem Leibe trug, die Bürde ihrer eigenen Dummheit aufzuerlegen – nicht, wenn es sich vermeiden ließ. Eigentlich musste sie Nolan sogar dankbar dafür sein, dass er sie heiraten wollte. Doch ihre Verletztheit wehrte sich gegen das Gefühl. »Und woher soll ich wissen, dass du uns nicht verlässt, wenn wir dir zu anstrengend werden?«

»Niemals«, schwor er. »Sind wir erst einmal verheiratet, dann werde ich dich nie wieder verlassen. Ich habe mich der Revolution verpflichtet, habe vor zu kämpfen, aber ich werde dir meinen Namen und meine finanzielle Hilfe geben. Für dich und unser Kind wird immer gesorgt sein.« Er verstummte und erwartete ihre Antwort. Ruckartig schob er seine Hände in die Hosentaschen und lächelte sie an. Ohne Freundlichkeit. »Und wer weiß, vielleicht hat das auch sein Gutes. In Kriegszeiten stehen die Chancen gut, dass mein Schiff im Ozean verschollen geht.«

Jewel hob ihr Kinn. Über die Jahre hinweg hatte sie gelernt, ihren Kopf gerade und aufrecht zu halten, auch wenn ihr Herz kurz davor war, zu zerbrechen. »Gut, dann bleibt mir ja noch eine Hoffnung.«

Nolans Lächeln verschwand. »Ich erwarte dich dann binnen einer Stunde an Deck, damit du meine Frau wirst.« Er drehte sich um und ging zur Tür. Als er stehen blieb, sah Jewel zu ihm hinüber. Warum verweilte er noch immer in diesem Zimmer? Sie hatten bereits beide mehr gesagt, als sie vom anderen hatten hören wollen. Den Schmerz, der sich auf ihrem Gesicht abzuzeichnen drohte, verbarg sie unter einer gleichgültigen Maske. Sicher war sie dabei nicht wirklich überzeugend, aber ein Leben mit Nolan würde ihr bestimmt häufige Gelegenheiten zur Übung bieten.

»Als meine Frau gehörst du zu mir, und ich werde nicht zulassen, dass sich ein anderer Mann nimmt, was mir gehört. Sei hiermit gewarnt – es sei denn, du willst noch einen weiteren Mord auf dein Gewissen laden.«

In dem Augenblick, als Nolan die Tür hinter sich schloss, griff Jewel entschlossen zu der Bürste auf dem Tisch. Sie musste ihre Wut rauslassen. Sie stellte sich vor, die Bürste wäre ein Dolch und die Tür Nolans breitschultriger Rücken und holte mit der Bürste aus. Dann schwang überraschend die Tür auf, und Jewel drückte die Bürste schnell an ihre Brust.

»Und dein Haar bleibt offen. Ich will es nie mehr hochgesteckt sehen«, befahl Nolan.

Kraftlos ließ Jewel die Bürste zusammen mit ihren sehnsüchtigen Träumen zu Boden fallen. All ihre Kindheitsphantasien hatten in diesem Augenblick ein jähes Ende gefunden.

Kapitel dreizehn

Nolan betrachtete das nervöse Paar, das vor ihm stand und fast genauso erbärmlich aussah, wie er sich fühlte. Tyrell starrte auf seine Füße. In Anbetracht der Tatsache, dass er Nolan als Bräutigam vertrat, waren seine Bemühungen, den Augenkontakt mit der Braut zu vermeiden, geradezu heldenhaft. Doch Tyrell hätte sich gar nicht so sehr bemühen müssen: Jewel blickte in die Weiten des sie umgebenden Meeres. Eine tiefe Traurigkeit und ihr gebrochenes Herz spiegelten sich in ihrem Blick. Sie wirkte, als würde sie gerade ihre Möglichkeiten abwägen.

Nolan wäre nicht allzu überrascht, sollte sie es vorziehen, über Bord zu springen, statt ihn zu heiraten. Unvergossene Tränen schimmerten in ihren grünen Augen, die wie Juwelen leuchteten und ihrem Namen, den Bellamy für seine Tochter ausgewählt hatte, alle Ehre machten. Nolan wünschte, er würde sich nicht ausgerechnet jetzt an diese Geschichte erinnern.

Einzelne Haarsträhnen, die ihm beim Frisieren entkommen waren, fielen ihr in die Augen und auf ihre Wangen. Sie machte sich nicht die Mühe, sie sich aus ihrem Gesicht zu streichen, schien vollkommen in ihrer Traurigkeit zu versinken. Zweifellos war ihr Hass auf ihn genauso groß wie sein Selbsthass. Nolan schaute gen Himmel und stöhnte auf. Wie konnte heute bloß die Sonne scheinen?

Er blickte zu Wayland hinüber, der zu Jewels Rechten stand. Er war nicht davon abzubringen gewesen, den Platz ihres Vaters einzunehmen. Als Bellamy Leggetts Name vorgelesen wurde, erbleichte Jewel. Nolan war sich sicher, dass es ihm genau wie ihr erging und hatte hastig Waylands Frage zugestimmt. Es waren schon mehr als genug böse Dinge an diesem einen Tag gesagt worden.

Wayland legte seine Hand auf den langen Dolch, den er an seinem Hosenbund trug. »Bist du dir sicher, dass das offiziell ist?«, fragte er.

Nolan erwiderte seinen Blick. »Das ist es. Ich gebe dir mein Ehrenwort.«

Wayland machte ein tiefes, kehliges Geräusch. »Ein bisschen spät, mein Junge, nicht wahr?«, murmelte er.

Nolan trat einen Schritt auf ihn zu. Er malte sich aus, wie er dem hageren Kerl den Hals umdrehte. Die Vorstellung gefiel ihm fast zu sehr. Schließlich musste er irgendwie seine angestaute Anspannung loswerden, und bei Wayland war eine Tracht Prügel schon längst überfällig.

Jewel ging dazwischen. In der einen Hand hielt sie einen zerknautschten Bund mit Kräutern, mit der anderen Hand umklammerte sie einen roten Seidenschal. »Wir sollten das hier schnell hinter uns bringen. Bitte.«

Nolan kehrte an seinen Platz zurück, und Wayland spielte weiter mit seinem Messer, als juckte es ihn, davon Gebrauch zu machen. Zwar hätte Nolan ihm nur zu gern die Gelegenheit dazu gegeben, letztendlich aber war er es Jewel schuldig, diese quälende Scharade so schnell wie möglich zu beenden. Wieder blickte er sie an. Der Kräuterbund roch nach Zwiebeln und gesalzenem Schweinefleisch. »Wo hast du das her?«

»Aus der Kombüse. Wayland hat ihn für mich geholt. Er war der Meinung, dass ich einen Strauß bräuchte.« Sie lächelte dem alten Piraten traurig zu.

Nolans Augen verengten sich. Offenbar hatte es sogar Wayland geschafft, Jewels Zuneigung wiederzugewinnen. Er deutete auf den roten Schal, den sie in der anderen Hand hielt. »Nein, das da meine ich.«

»Den hast du in meiner Kajüte vergessen. Ich wollte ihn bei mir haben. Etwas Geborgtes.« Sie zuckte traurig mit den Achseln und betrachtete eingehend ihre Füße.

Nolan hatte das Stück Seide bei sich getragen, seit sie es aus ihrem Korsett gezogen und es ihm zusammen mit der Karte gegeben hatte. Es musste ihm aus der Tasche gefallen sein, als er sich letzte Nacht die Kleider vom Leib gerissen hatte. Das Tuch war für ihn ein Symbol für sein Verlangen nach einer Frau gewesen, die er nicht zu berühren gewagt hatte, Jewel aber erinnerte der Schal an ihren Vater. Der Gedanke erschreckte Nolan; das Tuch war das Verbindungsglied zwischen seinem und Bellamys Ruin.

Er räusperte sich. Jewels Knöchel waren weiß geworden, so fest klammerte sie sich an den Strauß, dessen vertrocknete Blättchen der Wind übers Deck trieb. Das war einer der schlimmsten Augenblicke im Leben von vier Menschen, und alles war allein seine, Nolans, Schuld.

Tyrell trat unruhig von einem Fuß auf den anderen, als ob das Deck unerträglich heiß wäre. Wahrscheinlich fürchtete er nicht nur, dass ihn Nolan jeden Augenblick verprügeln würde; nein, ihn selbst erinnerte die Situation an eine frigide junge Frau, deren Heimat er just entkommen war, bevor sie Segel gesetzt hatten – einer der Pläne seines Vaters, um ihn sesshaft zu machen. Zum Glück hatte sich Nolan eingeschaltet und ihm angeboten, ihn in seiner Mannschaft aufzunehmen. Ohne Zweifel erinnerte sich Tyrell gerade daran, wie knapp er diesem Schicksal entronnen war.

Jewel hielt sich stocksteif und starrte wieder in die Ferne, während Wayland seine verfaulten Zähne wie ein räudiger Köter kurz vor dem Sprung bleckte. Nolan musste sich nicht einmal im Spiegel betrachten, um zu wissen, dass er wie ein finsterer Geier wirkte, der über allen potenziellen Opfern kreiste. Wahrscheinlich ähnelte er dabei auch noch seinem Vater auf der Kanzel, wenn er vom Fegefeuer predigte, mit dem Unterschied, dass Nolan wohl eher für den steinigen Weg dorthin stand und nicht für die Erlösung am Ende.

Noch nicht einmal Bellamy konnte er die Schuld an dieser traurigen Versammlung geben. Er selbst, Nolan, hatte alles selbst herbeigeführt. Jewel von seiner schrecklichen Rolle zu erzählen, die er beim Tod ihres Vaters gespielt hatte, war richtig gewesen, aber er hätte es schon viel früher tun und dabei einfühlsamer vorgehen müssen. Er hatte die knappe Darstellung der Tatsachen vielmehr gewählt, um ihn selbst und nicht sie zu strafen. Als er ihr erklären wollte, was es in ihm ausgelöst hatte, als er sie zum ersten Mal sah, und dass ihm in dem Moment klargeworden war, dass er Bellamy nicht nur um seiner selbst willen besiegen musste, sondern vor allem, um sie davor zu schützen, dass ihr Vater jemals preisgab, wo die Karte versteckt war – als er ihr all das sagen wollte, erkannte er plötzlich, dass sie, würde er seinen Plan in die Tat umsetzen, nur sich selbst die Schuld gegeben hätte. Damit hätte er ihr die Verantwortung für eine Entscheidung zugeschoben, die er ganz allein getroffen hatte. Außerdem wollte er vermeiden, dass sie erfuhr, wie ihr Vater sie aufgrund seiner selbstsüchtigen Absichten in Gefahr gebracht hatte.

Als er bemerkte, wie leicht sie mit Tyrell Freundschaft geschlossen hatte – etwas, das zwischen Jewel und ihm niemals sein konnte –, war er schier verrückt geworden, panisch, dass sie ihn hassen könnte. Wahrscheinlich hatte er befürchtet, dass er die Wahrheit etwas zurechtstutzen und sie somit auf seine Seite ziehen – oder noch schlimmer –, um ihre Gnade bitten würde. Denn Letzteres hatte er nicht verdient. Natürlich hätte er sich nicht darüber Gedanken machen müssen. Es gab schlicht und einfach keinen richtigen Weg, seiner zukünftigen Braut zu sagen, dass man ihren Vater getötet hatte.

Nolan biss die Zähne zusammen. Alle warteten darauf, dass er mit der Zeremonie begann, aber niemand wagte, etwas zu sagen. Trotz des vielen Kummers, den er ihr verursachte, bereute er seine Tat nicht. Er wollte Jewel heiraten. Durch diesen Gedanken wurde etwas in Nolan gelöst. Etwas, gegen das er nun nicht mehr länger ankämpfen musste. Hatte er sich alles vielleicht zu schwer gemacht?

Als er sie ansah, spürte er, wie sich seine angespannten Züge relaxten. Die Sonne verfing sich in ihrem dunklen haselnussbraunen Haar, entflammte die wenigen rötlichen Strähnen, die sich in ihrer Zeit in den Tropen verfärbt hatten und nun sein Begehren weckten, sie zu berühren. Sie war so schön, so himmlisch. Er sehnte sich danach, ein richtiger Bräutigam zu sein, wenn sie ihm das nur zugestehen würde. Er wäre ein liebevoller Mann und ein guter Vater. Wenn sie ihm die Chance gewährte, würde er alles wiedergutmachen: die Vergangenheit, ihre einsame Kindheit, die Not, die sie gelitten hatte, und vor allem seine harschen Worte vom heutigen Morgen. Nie wieder müsste sie sich nach etwas sehnen.

Ein harter Stoß in die Seite riss ihn aus seinen Gedanken. Als er an sich hinuntersah, entdeckte er die Spitze von Waylands gebogenem Buschmesser an seinen Rippen. Der Pirat fletschte die Zähne, wobei er eigentlich mehr Gaumen als Gebiss zeigte. »Fang endlich an. Sonst überlegst du es dir noch anders.«

Nolans Blick wanderte wieder hinüber zu Jewel. Nervös starrte sie zurück. Hoffte sie vielleicht, er würde einen Rückzieher machen? Dann würde er sie enttäuschen müssen. Jetzt war es zu spät, um es sich noch einmal anders zu überlegen. Nolan legte seine Handfläche an Waylands Klinge und schob sie weg. Nur das Bewusstsein seiner eigenen Schuld hielt ihn davon ab, dem alten Mann gegenüber einen scharfen Ton anzuschlagen. Ein Vater hätte nichts anderes getan – außer natürlich Jewels. Bellamy hätte Nolan einfach mit einer entsprechenden Narbe an der noch nicht verwundeten Schulter verziert.

Er räusperte sich. »Wir haben uns heute hier versammelt …« Das Geräusch, das Waylands Buschmesser verursachte, als er es wieder zurechtrückte, dröhnte in Nolans Ohren, als er sich die nüchternen Worte über die Lippen zwang.

Hastig führte er die Zeremonie durch und verzichtete dabei auf jede unwichtige Passage. Schließlich musste er Jewel fragen, ob sie ihn zu ihrem Ehemann nehmen würde. Zu gerne wollte er auch diesen Abschnitt überspringen, wusste aber, dass die Hochzeit dann nicht rechtmäßig wäre. »Willst du, Jewel Sanderson, Nolan Kenton zu deinem angetrauten Ehemann nehmen?«

»Prudence«, flüsterte sie.

Nolan wandte den Kopf, um sie besser verstehen zu können. Sie ihre Worte wiederholen zu lassen, vor allem, falls sie ihn gerade vor versammelter Mannschaft abgewiesen hatte, brachte seine Wangen zum Glühen. »Ich habe dich nicht verstanden.«

»Mein zweiter Name ist Prudence. Es ist der Name meiner Großmutter mütterlicherseits. Er soll ebenfalls erwähnt werden.«

Überrascht und erleichtert konnte sich Nolan ein Grinsen nicht verkneifen. »Prudence?«

Zu seiner Freude erwiderte Jewel sein Lächeln, wenn auch etwas verhaltener. »Ich weiß, nicht gerade passend. Aber zum Glück hat meine Mutter meinen Vater den Vornamen aussuchen lassen.« Ihr Lächeln verschwand, als sie Bellamy erwähnte, und auch Nolan wurde auf den Boden der Tatsachen zurückgeholt.

Wayland verschränkte die Arme vor der Brust. »Ihr hattet lange genug Zeit, euch miteinander bekannt zu machen. Also, machen wir endlich weiter, oder was?«

Nolan atmete tief durch, wandte sich dann zu Jewel. Er musste ihr einfach in die Augen sehen, als er die Frage jetzt wiederholte, und er betete darum, dass seine Stimme nicht zitterte. »Willst du, Jewel Prudence Sanderson, Nolan Kenton zu deinem rechtmäßig angetrauten Ehemann nehmen?«

Sie erwiderte seinen Blick, als wollte sie durch seine Augen in die Tiefe seiner Seele sehen. »Ich will.«

Erleichtert atmete er auf. Er wollte sein Glück lieber nicht herausfordern, indem er sie zwang, eine lange Liste mit Gelöbnissen zu wiederholen, also schaute er Tyrell an, der, die Hände gefaltet, auf die sich über ihm ballenden Segel starrte. »Willst du, Nolan William Kenton, Jewel Prudence Sanderson zu deiner rechtmäßig angetrauten Ehefrau nehmen?«

Der Leutnant starrte weiterhin weltvergessen vor sich hin, als würde er nicht zur Zeremonie dazugehören. Nolan konnte ihm das nicht verdenken, der Mann war schlichtweg zu klug, um irgendetwas anderes zu tun. Als Nolan einen schrillen Pfiff ausstieß, schrak Tyrell endlich auf.

Nolan machte sich nicht die Mühe, die Frage noch einmal zu wiederholen. »Sag: ›Ja, ich will.‹«

Tyrell nickte. »Ja, ich will.«

Mit einem Seufzer der Erleichterung blickte Nolan auf die Zeilen hinunter, die er zuvor auf ein Stück Pergament gekritzelt hatte und vollzog dann den Rest der Zeremonie. »Hiermit erkläre ich euch zu Mann und –«

»Moment mal, Nolan, ich kann hier weit und breit keinen Ring entdecken«, unterbrach ihn Wayland.

Daran hatte er überhaupt nicht gedacht! Er sah auf seine Hände hinab, wohl wissend, dass er keinen Schmuck trug. Was sollte er jetzt tun? »Ich habe keinen bei mir, aber ich werde später einen kaufen.«

»Ja, ja, das sagen sie doch alle.« Wayland zog sich einen Ring vom kleinen Finger, den Nolan noch nie gesehen hatte, und warf ihn ihm zu. »Der tut's auch fürs Erste.«

Nolan fing das Schmuckstück auf. Als er die Hand öffnete, um es anzusehen, schien das Deck des Schiffs unter ihm ins Schwanken zu geraten. Das Gefühl zu fallen ließ ihn taumeln. Der schlichte Goldring trug zwei eingravierte Initialen: WK. William Kent. Er hatte Nolans Großvater gehört. Das letzte Mal, als Nolan ihn gesehen hatte, hatte er an Bellamys Finger gesteckt. Bellamy hatte ihn Nolan zusammen mit der Karte gestohlen, und es war ihm nicht gelungen, ihn zurückzubekommen, obwohl er den alten Hurensohn ausgesetzt hatte.

Nolan sah Wayland fragend an.

Wayland zog eine Augenbraue hoch. »Du hast dir dein Bett gemacht, jetzt ist es an der Zeit, dich reinzulegen. Wie man sich bettet, so liegt man. Sozusagen.«

Nolan schloss die Augen und versuchte, sich zu sammeln. Das Gefühl, dem Untergang geweiht zu sein, zog ihm beinahe erneut den Boden unter den Füßen weg. Wenn er die Augen öffnete und Bellamys Geist über der Zeremoniengesellschaft schweben sah, würde ihn das auch nicht mehr erschrecken. Aber Wayland hatte recht: Es war jetzt zu spät, um es sich noch einmal anders zu überlegen.

Doch als er die Augen öffnete, erblickte er nur Jewel vor sich, und seine Kraft kehrte zurück. Sanft nahm er ihre linke Hand und steckte ihr den Ring an ihren Finger. Er war zu groß, so dass sie eine Faust machen musste, damit er nicht vom

Finger rutschte. Als sich ihre Hand um den Ring seines Großvaters schloss, begann sich in Nolan Hoffnung zu regen. Vielleicht hatte er damit ja einen Kreis geschlossen, und seine Heirat mit Jewel würde ein ewiges Übel ausmerzen.

Er räusperte sich. »Hiermit erkläre ich euch zu Mann und Frau. Ihr dürft die Braut jetzt küssen.« Nolan machte eine ruckartige Kopfbewegung, als er merkte, was er da gerade gesagt hatte.

Tyrell hob abwehrend die Hände und trat einen großen Schritt zurück. Jewel starrte auf den Boden. Nolan näherte sich, voller Furcht, dass sie seinen Kuss nicht akzeptieren würde. Als er ihre Schulter berührte, blickte sie auf. Ehe sie sich abwenden konnte, falls sie das vorgehabt hatte, neigte Nolan seinen Kopf und fand ihre Lippen. Bei der Berührung wurde er von einer Flut erotischer Bilder überrollt. Er zwang sich dazu, ihren Mund zärtlich und vorsichtig zu nehmen. Nach fünf Jahren des Zölibats hatte die letzte Nacht seinen Appetit nur noch weiter gesteigert.

Völlig unerwartet berührte sie ganz leicht mit ihrer Zungenspitze die seine. Abrupt wich er zurück. Die scheue Zärtlichkeit traf ihn so stark, als hätte sie seine vor Verlangen brennende Leibesmitte berührt. Er lockerte den festen Griff um ihre Schultern und atmete wieder langsamer und kontrollierter. Er wollte seine Mannschaft nicht sehen lassen, wie mühelos sie die Kontrolle über ihn gewann. Ein Zungenschlag von ihr entflammte ihn bis in sein Innerstes.

Als er von ihr zurücktrat, senkte sie den Blick. Er spürte, dass er sie verletzt hatte, schwor sich aber, dass er ihr später zeigen würde, was er wirklich fühlte. Es würde eine wirkliche Hochzeit werden, eine, die auch vollzogen wurde. Er freute sich darauf.

Jewel ließ sich auf die harte Schlafstatt fallen. Das blaue Abendlicht kroch durch die Bullaugen, während die einsame Laterne, die ihr den Weg durch das Schiff geleuchtet hatte, wenig dazu beitrug, die Kajüte oder ihre Stimmung zu erhellen. Wenn Nolan doch nur die Ereignisse des Todes ihres Vaters aufklären würde, vielleicht konnte sie sich dann sogar mit der Tatsache aussöhnen, dass sie kurz davor war, mit seinem Mörder das Bett zu teilen. Was war geschehen? Hatten ihr Vater und Nolan gekämpft, und Nolan hatte gesiegt? Hatte die Mannschaft Bellamy über Bord geworfen oder ihn am Großmast aufgehängt?

Jewel bedeckte ihr Gesicht mit den Handflächen, um die Bilder, die vor ihrem geistigen Auge aufstiegen, auszulöschen. Nolan war jetzt ihr Mann, und sie sehnte sich danach, ihm vertrauen zu können. Er hatte gesagt, dass es eine Meuterei gegeben hatte, und alles, was sie bisher über Nolan wusste, gab ihr Anlass zu glauben, dass er gerecht, wenn auch sehr streng war. Trotz seines schrecklichen Geheimnisses hatte er mit ihr geschlafen, aber er hatte sie auch direkt danach geheiratet. Sie wusste von anderen Frauen, die weniger Glück gehabt hatten als sie: Die Männer ihrer gelegentlichen Vergnügungen hatten die Verantwortung von sich gewiesen. Dennoch – richtig oder falsch, edel oder unaufrichtig –: Nolan war der Mann, der die Schuld am Tod ihres Vaters trug.

Würde sie sich nicht noch immer so nach ihm verzehren, wäre seine Schuld für sie vielleicht gar nicht so gravierend. Aber jedes Mal, wenn Jewel an das heiße Verlangen in ihrem Körper dachte, das sie bei Nolans Anblick überfiel, wurde sie an den Tod ihres Vaters erinnert. Sie erhob sich, schlug vorsichtig die Bettdecke zurück, glättete die Falten und schüttelte das Kissen auf. Ihre Pflicht als Ehefrau verlangte von ihr, dass sie sich ihrem Mann hingab. Ihr Körper sehnte die Vereinigung herbei, aber ihr Geist schrie Verrat.

Vor der Heiratszeremonie hatte sie noch hektisch versucht, den roten Fleck, der auf ihrem Bett prangte, wegzuschrubben. Der Anblick des Bluts ärgerte sie. Es war zwischen ihnen geflossen, nicht nur ihres, auch das ihres Vaters. Hatte Nolan ihren Vater etwa durchbohrt wie sie den jungen englischen Seemann? Hatte er in das geschockte Gesicht ihres Vaters geblickt, als er die Klinge aus seinem Körper zog? Hatte er an diesen Augenblick gedacht, als er – diesmal mit ihrem Blut gekennzeichnet – von Jewel abließ?

Sie schüttelte den Kopf. Natürlich hatte er das nicht. Ihre Gedanken waren makaber. Sie öffnete die Schnüre ihres Kleides und schlüpfte in ihr Nachthemd. Die warme karibische Luft hatte es getrocknet, nachdem sie es zusammen mit den Laken gewaschen hatte, so dass sie nun nur der Geruch des Windes umfing. Ihre Gedanken wanderten wieder zu Nolan.

Er hatte getrunken. Obwohl ihre Hochzeitsfeier doch eigentlich möglichst klein gehalten werden sollte, hatte jeder Mann an Bord am Ende seiner Schicht einen Becher voll Grog bekommen – was beim Läuten der Glocke wiederum zu einer neuen Runde mit neuen Trinksprüchen geführt hatte. Während alle anderen aus dem Fass tranken, hatte Wayland Nolan aus einer speziellen Flasche eingeschenkt. Als es viermal läutete – das Signal für die Nachtwache –, hatten Nolans Augen glasig geleuchtet. Sein hungriger Blick hatte sie so unverhohlen gemustert, dass Jewel nicht nur einmal errötete. Sie selbst konnte kaum einen Tropfen Grog hinunterwürgen, so zugeschnürt fühlte sich ihre Kehle an. Bei der ersten Gelegenheit hatte sie sich in ihre Kajüte unter Deck zurückgezogen.

Sie knöpfte ihr Nachthemd bis zum Hals zu. Ein kurzer Blick in den Spiegel offenbarte ihr wirres Haar und ihr von den unschönen Ereignissen des Tages gezeichnetes Gesicht. Sie zog die Schleife aus ihrem Haar. Das alles war nur ihre Schuld.

Vom dem Augenblick an, als sie sich auf das Schiff geschlichen hatte und ihre Finger so schicksalhaft Nolans …

Ihr Gesicht brannte vor Scham. Wäre ihr Vater jemals zu ihr zurückgekehrt, wenn Nolan ihn nicht umgebracht hätte? Das würde für immer ein Geheimnis bleiben. Noch einmal betrachtete sie ihr Spiegelbild. Mit einer hastigen, impulsiven Bewegung drehte sie ihr Haar zu einem Knoten, wie Tyrell es ihr beigebracht hatte, und steckte ihn mit den Nadeln fest, die noch vom Morgen verstreut herumlagen.

Als ein zögerliches Klopfen an der Tür ertönte, öffnete Jewel. Nolan lehnte sich an den Türrahmen, um die Balance zu halten. Sie berührte ihr hochgestecktes Haar und trat zurück. Sie drehte leicht ihren Kopf, und ihr Kiefer und ihr Hals wurden entblößt. Unwillkürlich forderte sie mit der Geste einen Kommentar zu ihrer Frisur heraus. Sollte er ruhig wissen, dass er ihr nicht diktieren konnte, was sie zu tun hatte. Heute Morgen war sie zu erschrocken gewesen, um mit ihm zu streiten, jetzt aber dürstete alles in ihr nach einer Gelegenheit, ihn herauszufordern. »Gefällt dir meine Frisur?«

Statt einzutreten, lehnte er noch immer an dem Türpfosten. »Du siehst wunderschön aus.« Seine Worte klangen von ihm losgelöst. Er blickte sich um, als würde er den Raum nicht kennen. Sein Zögern beunruhigte Jewel wie das laute Ticken einer Uhr in einem ansonsten stillen Zimmer. Sie wusste nicht, was sie erwarten sollte. Würde er über sie herfallen und sie vergewaltigen wie der Wilde, für den er sich offenbar hielt? Aber ihr gegenüber hatte sich Nolan noch nie so verhalten. Zwar hatte sie versucht, sich vom Gegenteil zu überzeugen, um ihre eigene Schuld zu schmälern, aber fest stand, dass er sie nicht vergewaltigt hatte. Das war nicht nötig gewesen.

Verwirrt von ihrem eigenen Verlangen, blickte sie auf. »Bleibst du oder nicht?«

Endlich trat er ins Zimmer, schloss die Tür hinter sich und lehnte sich dagegen. Sie bewegte sich zentimeterweise auf das schmale Bett zu und vergrößerte so den Abstand zu ihm. Nachdem sie sich hingesetzt hatte, zog sie die Beine an und verbarg sie unter ihrem Nachthemd. Angesichts seines prüfenden Blicks schienen sogar ihre nackten Füße zu provokativ. Letzte Nacht war alles so einfach gewesen, jetzt dagegen schien der Gedanke, mit ihm zu schlafen, seltsam und unnatürlich. Sie waren Fremde. Ihr Herz schlug heftig in ihrem Brustkorb. Sie rieb sich die Schulter und zitterte vor Erwartung – und einem kleinen bisschen Angst.

»Ich werde dir nicht weh tun. Das solltest du wissen.« Er stieß sich von der Tür ab und machte einige Schritte auf sie zu.

Sie blickte auf. Es war unmöglich, zu übersehen, dass sich seine blauen Hosen deutlich ausbeulten. Unter ihrem aufmerksamen Blick schien er noch stärker anzuschwellen. Sie schluckte und schloss die Augen.

Die Stimmung kippte, als er sich neben sie setzte. Er küsste die nackte Haut ihres Nackens. Sie zitterte. Es war ein Fehler gewesen, die Haare hochzustecken. Ihre Leidenschaft bedeutete schon jetzt ihren Tod.

Mit seiner Zunge und seinem Mund erkundete er ihre empfindliche Haut. Jewels Atem ging schneller. Auf ihr Knie legte er eine Hand, die er dann langsam über das Baumwollhemd ihre Schenkel hinauf und anschließend in ihre Mitte wandern ließ. Fasziniert sah Jewel zu, als er sie dort berührte. Selbst durch den Baumwollstoff spürte sie die Hitze seiner Handfläche, die eine schier greifbare Spannung entfachte. Geradezu gegen ihren Willen drückte sie sich an ihn. Der Genuss war einfach zu groß, um sich ihm zu widersetzen.

Zu Jewels Überraschung erhob sich Nolan vom Bett, statt

seinen Vorteil zu nutzen. »Diesmal werde ich dich nicht noch einmal halb bekleidet nehmen.« Seine Worte waren sanft gesprochen, aber die Art, wie er seine Jacke von sich riss, verriet Ungeduld. Gleich danach folgte sein Hemd. Er sah sie unentwegt an, schien es zu genießen, dass sie fasziniert seinen Körper betrachtete. Sie hatte noch nie seine nackte, muskulöse Brust gesehen, die ein Dreieck aus dunklen Haaren zierte. Sein männlich-perfekter Körper wurde nur durch eins getrübt: eine sich wölbende Narbe über seiner linken Brustwarze. Wie sehr musste er ihren Vater dafür gehasst haben!

Jewel riss ihren Blick los und sah ihm in die Augen, als er mit seiner schon offenen Hose an den Rand des Bettes trat. Er nahm ihre eiskalten Hände in die seinen und rieb sie. »Was ist? Du bist so blass.«

Jewel versuchte, ihm ihre Hände zu entziehen. Ganz gleich, wie stark ihr körperliches Verlangen auch war, die Narbe hatte sie wieder daran erinnert, was Nolan ihrem Vater angetan hatte. »Das weißt du doch.«

Er ließ ihre Hände fallen, als hätte er sich an ihnen verbrannt. Dann sprang er auf und stapfte durch die Kajüte, ehe er sich, die Hände in die Hüften gestemmt, umwandte. »Wir haben doch schon darüber gesprochen.«

Jewel zwang sich, trotz ihres Ärgers nicht zu heulen. »Aber wir waren damit noch nicht fertig. In einer Minute erzählst du mir, dass du meinen Vater getötet hast, und in der nächsten zwingst du mich, dich zu heiraten.«

»Du hast zugestimmt, meine Frau zu werden, und ich erwarte, dass du dich an dein Gelöbnis hältst. Ich lasse nicht zu, dass du dich mir widersetzt.«

Jewel erhob sich und straffte die Schultern. »Ich lasse mich von dir nicht zum Feigling machen. Ich bin verwirrt. Und wütend.«

Er drehte ihr den Rücken zu und fuhr sich mit den Fingern durch das Haar. »Aber ich kann die Vergangenheit nicht ändern, Jewel.«

»Darum bitte ich dich ja gar nicht.«

»Nicht? Worum dann?« Er wandte sich so unvermittelt schnell um, dass ihr das Herz in die Hosen rutschte.

»Ich weiß es nicht.« Das war die Wahrheit. Was konnte er auch sagen oder tun, damit es ihr besserging?

Sein Blick wurde sanfter, als ob er um die riesige Kluft wusste, die es zu überbrücken galt, um zu ihr zu gelangen. »Ich … Lass mich dich zu meiner Frau machen. Gib mir eine Chance.«

Sie nickte mit vor Verzweiflung zugeschnürter Kehle. Trotz allem machte ihr die Vorstellung von einer Heirat, die endete, noch ehe sie vollzogen worden war, Angst.

Er trat auf sie zu und begann, an den Knöpfen ihres Nachthemdes zu nesteln. Sie versteifte sich, als er es aufknöpfte, versuchte aber gleichzeitig, sich zu beruhigen. Ihre Haut kribbelte, wo seine warmen Finger sie berührten. Sogar der kühle Luftzug, den sie spürte, als er ihr Hemd öffnete, fühlte sich wie eine Zärtlichkeit an. Er ließ seine Hände über das Hemd gleiten, das noch immer ihre Brüste bedeckte, und strich mit dem weichen Stoff spielerisch über ihre Brustwarzen. Als seine langsamen Hände sich zum Nacken ihres Hemdes vorgetastet hatten, zog er an den Kragenenden, so dass sie unter seinem Druck ihren Nacken beugte.

In einer langsamen und zärtlichen Liebkosung sank sein Mund auf den ihren. Er kostete sie mit kleinen Schlucken. Zarte, feuchte Küsse ließen sie die Lippen fast wie von alleine öffnen. Er tauchte mit seiner Zunge in ihren Mund ein, und sie ließ ihn eindringen, ihn ihre Sinne berauschen. Indem sie ihre Augen fest schloss, schob sie alle Gedanken an ihren Vater beiseite. Nolan war ihr Mann, Bellamy Leggett nur eine vage Erinnerung, der sich ihrer Loyalität nie würdig erwiesen hatte.

Nolan nahm die Hände von ihrem Hemd, fasste ihre reglosen Arme und legte sie sich um den Hals. Jewel ließ sich von ihm wie eine Marionette führen und konzentrierte sich ganz auf seine Berührung, auf die Wärme seiner Haut. Sein männlicher Geruch umfing sie, während die letzten Spuren ihrer trüben Gedanken hinter ihren Empfindungen verblassten. Und dann, ganz abrupt, spürte sie nichts mehr.

Verwundert schlug sie die Augen auf, als sie statt von der Hitze seiner Hände und Lippen nur noch von kalter Luft gestreichelt wurde. Nolan hielt sie eine Armspanne von sich entfernt, und die Distanz zwischen ihnen schien plötzlich so tief und so weit wie das Meer. Seine Augen verengten sich: das erste Zeichen seiner zurückkehrenden Wut. »Ich will das nicht alleine tun.«

Sie legte ihre Hände auf seine nackte Brust und spürte seinen schnellen Herzschlag. Der Schmerz der Lust hatte wieder eingesetzt, ein leichtes Ziehen zwischen ihren Schenkeln, das immer stärker wurde. Langsam schlossen sich Nolans Augen, und er atmete tief ein, sichtlich zufrieden mit ihrer wortlosen Antwort. Zärtlich umfasste er ihre Hüfte, bewegte sich aber nicht, sondern gönnte ihr die Wonne, ihn zu erkunden.

Jewel ersetzte ihre Finger durch ihren Mund. Sie liebte diesen Mann. Er war hier, und er war wirklich. Er war alles, was sie je haben würde, und sie wünschte sich, dass ihre Beziehung funktionierte. Wenn sie sich von ihrem Körper leiten ließ, vielleicht würde dann auch ihr Geist folgen. Auf den Zehenspitzen stehend glitt sie mit den Lippen über die erhabene Narbe, die ihr Vater auf der Brust hinterlassen hatte.

Nolan wich zurück. »Nicht«, flüsterte er streng.

Schon wieder brannte das Feuer in seinen blauen Augen: Seine Geduld hatte ihn verlassen. Er schob sie von sich, griff nach ihrem Nachthemd und zog es ihr über den Kopf, noch ehe sie protestieren konnte. Schnell bedeckte sie ihre Brüste mit den Händen. Ohne ihr langes, glattes Haar, das sie hochgesteckt nun nicht mehr umhüllte, fühlte sie sich entblößt.

Sie spürte Nolans Blick auf sich, mit dem er sie musterte, ja fast schon berührte. Er nahm ihre Handgelenke und führte sie an die Seiten ihres Körpers. »Trotz allem gefällt mir dein Haar hochgesteckt.«

Er beugte sich zu ihr, umfing sie mit den Armen und bettete sie auf die Schlafstatt. Jewel gab sich alle Mühe, nicht zu zittern, und versuchte, die Gedanken an seine Narbe zu verdrängen, die seinen perfekten Körper verunstaltete, oder an seine heftigen Worte, als sie dem Thema Bellamy unversehens zu nahe gekommen war. Doch offenbar hatte das, was gerade geschehen war, bei ihm keinerlei Spuren hinterlassen. Schnell zog er sich die Stiefel aus und entledigte sich im gleichen Tempo seiner Hosen.

Falls sie noch vor wenigen Minuten daran gezweifelt hatte, ob Nolan diese Ehe wirklich vollziehen wollte, sprach sein Körper jetzt eine deutliche Sprache: Seine Erregung war dick und viel größer, als sie sie in Erinnerung gehabt hatte. Sie errötete, als sie daran dachte, wie sie ihn dort gestreichelt hatte. Er war ihr weniger einschüchternd erschienen, solange sie glaubte, die Fäden in der Hand zu haben. Jetzt war es an ihm, das Kommando zu übernehmen. Jewel zweifelte, dass es einen Unterschied machen würde, ob sie sich beteiligte oder nicht. Und wieder begann ihr Geist zu arbeiten. Nolan konnte gefährlich sein, wenn er wild entschlossen war – eine Erkenntnis, die ihrem Vater, wenn überhaupt, zu spät gekommen war.

Nolan sank auf sie hinab, ohne durch irgendeine Reaktion

erkennen zu lassen, dass er ihre plötzliche Panik bemerkt hatte oder sie ihn kümmerte. Aus Angst, sie würde von ihm zerdrückt werden, streckte sie ihre Hände aus, doch er ignorierte ihre Absicht und zog sie noch stärker an sich. Als er seinen Kopf neigte, wandte sie ihr Gesicht ab und präsentierte ihm ihren Nacken. Er nutzte, was ihm geboten wurde, und benetzte ihn mit weichen, feuchten Küssen. Seine Hand umfing ihre Brust, und seine Finger schlossen sich um ihre Brustwarzen. Als sie unter dem unvermittelten Druck zusammenzuckte, wurde seine Berührung sofort wieder sanfter.

»Tut mir leid«, murmelte er in ihren Nacken.

Wieder drückte sie seine Schultern von sich weg. »Nolan. Bitte hör auf.«

Er stützte sich auf seine Unterarme, nahm sein Gewicht von ihr und blickte auf sie hinab. »Bin ich zu schnell?« Das Feuer in seinen Augen wurde schwächer, während er sie betrachtete. »Das will ich nicht, Jewel. Ich sollte es langsamer angehen.«

Als er sich erneut anders hinlegen wollte, nutzte sie die Gelegenheit und schlüpfte unter ihm hervor. Gegen die Wand der Kajüte gelehnt, umschlang sie ihre Knie, die sie wie ein Hindernis zwischen sich und ihn angezogen hatte. »Das ist schwieriger, als ich es gedacht hätte.«

Er strich sich ein paar lose Haarsträhnen aus dem Gesicht, das einen Ausdruck trug, als wäre er urplötzlich aus sehr tiefem Schlaf geweckt worden. »Weil ich dich gedrängt habe. Nach letzter Nacht dachte ich, dass du ... williger bist.«

Jewel rieb sich die Stirn. Hinter ihren Augen hatte es zu schmerzen begonnen. »Nicht dass du auch nur irgendetwas gesagt hättest, um meine Gefühle zu dir zu bestärken. Und letzte Nacht wusste ich auch noch nicht, dass du meinen Vater getötet hast. Ist meine Reaktion also wirklich so seltsam?«

Sein mitfühlender Blick wurde kalt. »Was damals geschehen ist, hatte nichts mit dir zu tun.«

Der zornige Ton seiner Stimme weckte ihre Wut. Wie konnte er es wagen, so zu tun, als wäre ihm ein Unrecht geschehen? »Du weißt, dass ich immer darauf gewartet habe, dass er zurückkommen würde, um mich zu holen. Mit seinem Tod hast du mir die Erfüllung meines größten Wunsches genommen.«

Nolan straffte die Schultern. Die Muskeln in seiner Nackenpartie spannten sich ruckartig an. »Bellamy hatte niemals vor zurückzukehren, um dich zu holen. Den Vater, den du dir zusammengeträumt hast, hat es so niemals gegeben.«

Jewel verschloss vor seinen Worten die Ohren. In ihrem Innersten wusste sie, dass sie wahr waren – aber das änderte nichts an der Tatsache, dass Bellamy Leggett ihr Vater war und sie niemals herausfinden würde, was er für ein Mensch gewesen war. Nolan hatte sie dieser Möglichkeit beraubt. Und was noch viel schlimmer wog – er schien nicht einmal den Anflug von Reue über den Schmerz zu empfinden, den er ihr verursacht hatte.

Er erhob sich und verließ die Koje. »Immerhin war ich ehrlich zu dir. Ich habe dir von Bellamy erzählt, weil ich das Beste aus einer vertrackten Situation machen wollte. Du hast eingewilligt, mich zu heiraten, also benimm dich jetzt nicht wie ein bockiges Kind.«

Jewel setzte sich auf und bedeckte ihren Körper mit dem Laken. »Ich? Ein bockiges Kind? Eine vertrackte Situation?« Bestürzt hielt sie inne. »Ist das alles, was ich für dich bin? Eine vertrackte Situation?«

Verärgert zog Nolan seine Hose hoch. Er war noch immer erregt, und Jewel meinte, einen schmerzverzerrten Ausdruck auf seinem Gesicht zu erkennen, als er den letzten Knopf seines Hosenbundes schloss. »Es hat einfach so begonnen. Aber … ich möchte, dass es mit uns funktioniert. Warum können wir also nicht einfach so tun, als wäre das alles nie geschehen?«

Als Nolan versuchte, sein Hemd überzuziehen, zerrte Jewel an seinem Arm. »Weil ich verletzt bin. Warum kannst du das nur nicht verstehen?«

»Glaubst du etwa, ich wäre nicht verletzt? Ich kann mich nicht mehr länger mit dir streiten. An Deck gibt es so viele Dinge zu erledigen. Wir laufen morgen in den Hafen ein …« Er hob ihr Nachthemd vom Boden auf und warf es ihr zu. »Versuch zu schlafen. Es war ein langer Tag.«

»Verschwinde jetzt nicht einfach. Lass uns darüber reden.«

»Du willst doch gar nicht reden. Du willst mich doch nur verurteilen«, fuhr er sie an.

»Aber nur, weil du mir nicht sagen willst, was wirklich passiert ist! Erkläre es mir, damit ich es verstehen kann. Vielleicht war alles ja auch nur ein Missverständnis oder ein Unfall?«

Nolan wich Jewels Blick nicht aus. Sein langsames Kopfschütteln unterstrich die Endgültigkeit der Botschaft, die auch in seinen unergründlichen blauen Augen zu erkennen war. »Es war kein Unfall. Aber ich werde dir sonst nichts weiter erzählen. Du musst es nicht wissen.« Er fuhr sich mit den Händen durch die Haare. »Du kannst mich ja noch nicht einmal mehr berühren, wegen dem, was ich getan habe. Meinst du vielleicht, das würde mich dazu ermuntern, dir noch weitere Einzelheiten zu verraten?«

Jewel blickte auf ihre Zehen. Sie konnte seinen ablehnenden Ausdruck nicht ertragen. Erst hatte sie ihren Vater verloren, und jetzt verlor sie auch noch Nolan. An seiner gebrochenen Stimme erkannte sie, dass sie zu weit gegangen war. Sie blickte auf, wollte zu ihm gehen und den Schmerz in seinen

Augen wegwischen, aber das war unmöglich, jetzt, da ihr eigenes Herz von zu viel Schmerz erfüllt war. »Tut dir leid, was du getan hast? Tut es dir zumindest leid, dass du meinen Vater getötet hast?«

Nolans Gesicht wurde zu einer Maske. »Nein.« Damit drehte er sich um und stürmte hinaus.

Nolan überließ es dem Wind, sein erhitztes Gemüt zu kühlen. Sein weites Hemd blähte sich um seinen Körper. Sogar der leichte Stoff reizte ihn. Er verfluchte sich selbst, weil er Jewel zu sehr bedrängt und den Kopf verloren hatte. Aber sie war seine Braut. Seine Frau! Er hatte jetzt ein Recht darauf, sich in ihrem Körper zu verlieren, und von diesem Wissen allein war er über die Maßen berauscht gewesen.

Er hatte die Kluft zwischen ihnen einfach missachtet, in freudiger Erwartung, sich an ihrem Fleisch zu vergehen. Aber sie hatte es nicht vergessen, und das würde sie auch in Zukunft nicht tun. Sie konnte es nicht ertragen, wenn er sie berührte, und das hatte ihm das Herz zerrissen, tiefer und schmerzhafter, als es Bellamys Klinge jemals vermocht hätte. Jewels Vater hatte gewonnen, und der gestohlene Ring leuchtete nun siegreich am Finger seiner Tochter.

Nolan blickte über die Weiten des Meeres. Würde Bellamy Leggett jemals sterben?

Kapitel vierzehn

Als er Wayland auf der Stiege sitzen sah, die Füße auf der obersten Sprosse der Leiter abgelegt, blieb Nolan stehen, bevor er nach oben aufs Deck stieg, und sah sich nach einer Möglichkeit um, ihm aus dem Weg zu gehen. Seit sie auf St. Martin haltgemacht hatten, um die Vorräte aufzufüllen, schien der alte Pirat jede seiner Bewegungen zu überwachen. Ohne Zweifel führte Wayland irgendetwas im Schilde, aber Nolan musste sich über zu viele andere Dinge den Kopf zerbrechen, als dass er auch noch daran denken konnte.

Jewel war er aus dem Weg gegangen und hatte in einer Hängematte an Deck geschlafen. Nicht dass er ansonsten ein unaufmerksamer Ehemann gewesen wäre: Er hatte sich alle Mühe gegeben und sichergestellt, dass ihr Essen besser als üblich war. Als Wayland eines Nachts per Zufall einen Hummer gefangen hatte, hatte er ihn extra für Jewel zubereiten lassen. Obwohl er mit ihr gegessen hatte – er hatte das übliche Mahl aus Pökelfleisch und Brotsuppe eingenommen –, hatte sie sich verschlossen verhalten und ihm dann irgendwann gestanden, dass sie ihre Regel bekommen hatte.

Das war jedenfalls ein sicheres Zeichen dafür, dass sie nicht schwanger war. Es gab also einen Grund weniger, dieses jämmerliche Theater, das sie Ehe nannten, noch weiter fortzuführen, denn Jewel hatte nur ihre Jungfräulichkeit verloren, sonst war nichts passiert. Die Heirat war, abgesehen von Nolans Logbuch, noch nirgendwo offiziell verzeichnet. Es würde genauso einfach sein, die private Verbindung zu lösen, wie sie sie geschlossen hatten. Doch die Gedanken brachten Nolan lediglich zu Bewusstsein, wie viel ihm Jewel eigentlich bedeutete. Er wollte mit seiner Frau alles richtig machen – bevor sie den Schatz fanden und sie beschloss, ohne ihn besser dran zu sein. Sie zu schwängern, wäre der sicherste Weg, sie an sich zu binden.

Waylands Kopf tauchte zwischen seinen Knien auf. Er rief etwas zu Nolan hinab und riss ihn damit aus seinen Überlegungen, die er zu Jewel und darüber anstellte, erneut das Bett mit ihr zu teilen. »Kommst du hoch?«

Es gab kein Entkommen. »Lasst Ihr mich durch?«, antwortete er.

»Ich wollte sowieso mit dir reden, Captain. Jetzt würde es mir gerade gut passen.«

Nolan betrat die Leiter. Er würde sich seinen Weg schon bahnen, selbst wenn er Wayland dabei treten müsste. »Ich habe zu tun.«

Der alte Pirat rückte gnädig zur Seite. Sobald Nolan einen Fuß auf das Hauptdeck gesetzt hatte, ging er in großen Schritten zum Achterdeck. Die Sonne brannte selbst durch den dünnen Stoff seines Hemdes und ließ kitzelnde Schweißtropfen seine Schulterblätter hinabrinnen. Dicke Kumuluswolken hingen schwer am Himmel, ohne dass auch nur die leiseste Brise zu spüren war – ein untrügliches Anzeichen, dass die kaum zu ertragende Hitze wohl in nächster Zeit nicht nachlassen würde.

Wayland heftete sich an Nolans Fersen. Er schien völlig unbeeindruckt von der offensichtlichen Tatsache zu sein, dass Nolan ihn loswerden wollte. Auch die sengende Hitze, die selbst die Hühner in ihren Käfigen schon zum Verstummen gebracht hatte, schien er nicht zu bemerken.

»Muss mit dir über etwas reden, und ich bin sicher, du willst nicht, dass die ganze Crew mithört.«

Unvermittelt blieb Nolan stehen. Wayland wusste immerhin von einigen Dingen, die er besser nicht wissen sollte. Und von noch einigen mehr, die auf keinen Fall noch andere Personen mitbekommen sollten. »Was ist? Beeilt Euch. Ich will wissen, ob die Insel schon gesichtet worden ist.«

»Genau darüber wollte ich mit dir sprechen. Darüber und über deine Frau – oder besser gesagt, über das Mädchen, das sie sein sollte.«

Nolans Augen wurden zu Schlitzen. »Was soll das heißen?«

Wayland grinste. »Du gibst wirklich den perfekten Piratenkapitän ab mit deinen dunklen Augenbrauen und dem überzeugenden finsteren Blick.«

Nolan machte sich nicht länger vor, dass er irgendeine Art von Willensstärke besaß, wenn es um Jewel ging. Seine derzeitige Situation war der beste Beweis dafür. »Sagt mir, was Ihr über meine Frau wisst.«

»Es hat nichts mit ihr zu tun. Du bist das Problem. Nicht viele Frauen können sich für einen Ehemann erwärmen, der lieber mit seiner Mannschaft schläft als mit seinem Weib.«

»Ihr wisst ja nicht, was Ihr sagt.« Nolan beschattete mit der Hand seine Augen und blickte einem Seemann hinterher, der in die Takelage geklettert war, um ein verknotetes Seil zu lösen. Der Mann war geschickt und hatte die Aufgabe schnell bewältigt, so dass sich das Segel glättete und genügend von dem leichten Wind auffing, um sich zu blähen. Nolan schaute zu Wayland zurück.

Irgendwann in den letzten Monaten war ihm die verwitterte Visage des alten Haudegens nicht nur wieder vertraut geworden, sie hatte sogar etwas Tröstliches bekommen. Und das, obwohl der Ältere Nolan nie behütet hatte, auch nicht damals, als Nolan noch als Junge auf Bellamys Schiff gesegelt war. Trotzdem hatte er immer gewusst, dass er jederzeit zu Wayland kommen und ihn nach der brutalen Wahrheit fragen konnte. Selbst nachdem ihm Bellamy die Karte gestohlen und ihm versichert hatte, dass es nur zu seinem eigenen Wohl geschehen war, war es Wayland gewesen, der ihm gesagt hatte, dass er gerade übers Ohr gehauen worden war. Hätte Nolan damals so weit gedacht und ihn gefragt, ob er Bellamys Freundschaft vertrauen konnte, Nolan zweifelte heute nicht im Geringsten daran, dass Wayland ihm die Wahrheit gesagt hätte. »Jewel kann mir nicht vergeben, dass ich ihren Vater getötet habe, und –«

Wayland legte den Kopf schief und betrachtete Nolan lange. »Das ist es nicht. Sie ist viel zu sehr in dich verliebt, als dass sie einen klaren Gedanken fassen kann. Du bist es, der sich nicht vergeben kann.«

Nolan schluckte schwer. »Ich wünschte, es wäre so. Aber tatsächlich bin ich froh, dass ich Bellamys Schreckensherrschaft beendet habe. Ich bereue nur, dass ich es nicht schon viel früher getan habe.«

»Aber genau das meine ich. Du bist nicht schuldig, weil du Bellamy auf dem Gewissen hast, du fühlst dich schlecht, weil du froh darüber bist. Diese ganzen Bibelweisheiten, die dir dein Vater beigebracht hat, funktionieren nicht in der Art von Leben, das wir führen. Du misst dich und deine Seele mit dem Maß eines Priesters, und ein Priester hätte auf Bellamy Leggetts Schiff keinen Tag überlebt.«

Nolan wäre fast in Lachen ausgebrochen, aber es blieb ihm im Halse stecken. »Da liegt Ihr falsch. Bellamy hätte es große Freude bereitet, die Seele eines solch heiligen Mannes zu verderben.«

»Du meinst also, Bellamy hat genau das mit dir getan? Das glaube ich nicht. Dafür bist du zu stark. Du hast getan, was allein du wolltest und gibst jetzt Bellamy die Schuld, als ob er dich so weit getrieben hätte.«

Nolans Lächeln verblasste. »Aber ich wollte nie so werden wie er.«

»Das bist du nicht. Aber du bist auch kein frommer Chorknabe. Finde dich damit ab, und stell dich darauf ein. Du bist anständig genug. Also schlaf mit deiner Frau, und nimm die Dinge in die Hand, bevor es zu spät ist.«

»Wenn *Ihr* mich ›anständig genug‹ nennt, dann steht es wahrscheinlich schlimmer um mich, als ich gedacht habe. Und was meine Frau angeht – ich habe nicht vor, sie auf Euer Anraten hin zu vergewaltigen.«

Wayland räusperte sich und spuckte aufs Deck. »Genug von dem Geschwätz, Junge. Du brauchst nicht zu glauben, dass ich die Streitereien zwischen dir und Bellamy vergessen hätte. Darin ging es häufig darum, wie unsere weiblichen Passagiere behandelt wurden. Du würdest keiner Frau weh tun, das weiß ich. Aber das musst du ja auch nicht. Lieber Gott, warum hältst du dich bloß für den Teufel höchstpersönlich, nur weil du ein bisschen Leidenschaft in deinen Adern spürst? Zeig ihr einfach, dass du von ihr angezogen bist. Zeig ihr deine Leidenschaft.«

Nolan verschränkte die Arme vor der Brust. So gerne er Wayland auch glauben wollte, er konnte ihm genauso wenig trauen wie seinen eigenen lustgesteuerten Gedanken. Vor allem nicht, wenn es darum ging, mit Jewel, seiner Frau zu schlafen. Im Grunde ihres Herzens waren sie beide, Wayland und er, nichts weiter als krumme Hunde. Obwohl Wayland vielleicht der schlimmere von ihnen war. »Ihr braucht mir keine Moralpredigt zu halten. Und was soll das heißen: ›bevor es zu spät ist‹?«

Wayland schlug ihm gegen die Brust. »Du klärst die Sache mit deiner Frau besser, bevor wir die Insel erreicht haben und an Land gehen. Dort gibt es Geister, und die werden dich wahrscheinlich mehr als Jewel verfolgen.«

Nolan ignorierte den Schlag, den er bei jedem anderen Mann als körperliche Herausforderung betrachtet hätte. Wie konnte Wayland nur so viel über seine Ehe wissen? Er hatte von Dingen Ahnung, die Nolan sich noch nicht einmal selbst eingestanden hatte.

Er zwang sich, seiner nächsten Frage einen höhnischen Tonfall zu verleihen, obwohl er im Geheimen eine aufrichtige Antwort erhoffte. »Und, sagt mir, Wayland, wie ändert man es, wenn einer Frau davor graut, dass man sie berührt? Allein meine Anwesenheit genügt, um Jewel an ihren toten Vater zu erinnern.«

»Ach was, das bildest du dir nur ein.«

Nolan fuhr sich mit den Fingern durchs Haar. »Glaubt mir, das tue ich nicht.« Aber in Jewels Nähe konnte er tatsächlich nicht mehr klar denken. Ein aggressiverer und fordernder Teil seines Körpers übernahm dann die Kontrolle über ihn, und er begann, in einer Art zu handeln, die er an sich selbst hasste. Seine Leidenschaft ließ sich die Oberhand nicht nehmen, aber trotzdem konnte er noch immer ihre Angst sehen und ihren Hass.

»Mach deine Frau zu der deinen, Junge. Lass den alten Bellamy nicht zwischen euch stehen, und warte vor allem nicht mehr darauf, dass dir Jewel etwas vergibt, das du tun musstest. Übernimm die Führung, und befrei sie von der Schuld.«

Nolan schüttelte den Kopf. »Aber das verstehe ich nicht.«

Wayland stemmte die Hände in die Hüften. »Kein Mitleid mehr, Nolan. Du kannst das. Verführ sie. Sei entschlossen und hart mit ihr, wenn es sein muss. Tu es einfach. Und lass sie nicht die Schuld für etwas tragen, mit dem sie nichts zu tun hatte. Natürlich hat sie ein schlechtes Gewissen, weil sie mit dem Mörder ihres Vaters das Bett teilt, schließlich ist sie eine warmherzige Frau mit zu viel Liebe und Güte.«

Nolan starrte auf das Deck. »Ihr habt recht. Ich habe sie nicht verdient.«

»Zumindest in diesem Punkt sind wir uns dann also einig. Du hast sie nicht verdient – jedenfalls nicht, wenn du dich weiterhin so benimmst wie jetzt. Also sei ein Mann! Es ist mehr als klar, dass Jewel dich liebt, obwohl es mir ewig ein Rätsel bleiben wird. Wir wissen beide, dass Bellamy ein grauenhafter Vater war. Und er hätte dem Mädchen nur noch mehr Leiden zugefügt, wenn er die Chance dazu gehabt hätte. Du dagegen bist jetzt ihr Ehemann. Und du könntest ein guter sein. Gib ihr, was sie will – einen Mann, der sie liebt. Sie will dich lieben. Lass sie. Sei Manns genug, die Schuld auf dich zu nehmen, und liebe sie in einer Art und Weise, bis sie so von Sinnen ist, dass sie überhaupt nicht mehr an den miserablen Vater denken kann, der sie verlassen hat.«

Waylands Worte gingen Nolan nicht mehr aus dem Kopf. Er hatte Jewels Vergebung gesucht, eine Erkenntnis, die ihm selbstsüchtig aufstieß. Es war nicht ihre Aufgabe, ihn von der Schuld zu erlösen, die ihn noch immer jedes Mal beschlich, wenn er daran dachte, was er Bellamy angetan hatte.

Trotzdem klang Waylands Rat zu gut, um wahr zu sein, und da er von dem alten Piraten stammte, war er es wahrscheinlich auch nicht. Früher war Wayland Bellamy stets überlegen gewesen. Argwohn löschte Nolans Hoffnungsschimmer aus. »Lass nicht zu, dass Bellamy seiner Tochter noch mehr schadet? Was ist aus der Angewohnheit geworden, dass man nicht übel von den Toten redet?«

Wayland grinste. »Vielleicht ein plötzliches Interesse an den Lebenden.«

Nolan hakte nicht mehr weiter nach. Es war ihm gleich. Der alte Pirat hatte ihm die Augen geöffnet, der Grund dafür war ihm egal. Bei der ersten Gelegenheit, die sich ihm bot, würde Nolan Jewel endlich zu seiner Frau machen. Er wollte nicht länger darauf warten, dass sie ohne Zweifel an seiner Person zu ihm kam; er würde ihre Zweifel einfach wegküssen. Er erwartete nicht länger von ihr, dass sie das Bild aus ihrer Kindheit verbannte, das einen wunderbaren Mann zeigte, den es nie gegeben hatte; nein, jetzt würde er dieser wunderbare Mann sein, und zwar aus Fleisch und Blut.

Nolan fühlte sich, als wäre er im letzten Moment vom Galgen geschnitten worden. »Steigt mit mir zum Mastkorb hinauf, damit wir schauen können, ob unser Kurs noch stimmt«, forderte er Wayland auf und ging in Richtung Großmast.

Sie hörten die aufgeregten Stimmen und Rufe schon, ehe sie den Mast erreichten. Nolan ging schneller, um den Grund der Aufregung zu erfahren. Er hatte nicht erwartet, die Insel so schnell zu erreichen, aber vor ihnen lagen jetzt einige Meerengen, die womöglich in die richtige Richtung wiesen.

Tyrell war etwa zu einem Viertel den Mast hinaufgeklettert und beugte sich nun vor. Vor seine Augen hielt er ein Fernrohr und konzentrierte sich auf einen Punkt am Horizont.

»Was habt Ihr entdeckt, Mr. Tyrell?«, rief Nolan.

Der Leutnant ließ das Glas sinken. »Ich hoffte, die Wache hätte sich getäuscht, aber es ist ein Schiff. Hier, seht selbst.«

Er warf Nolan das Fernglas zu, das dieser mit einer Hand auffing und dann ans Auge hob. Das Schiff war eine Schaluppe, schneller als die *Integrity*, aber nicht so stark bewaffnet. Nolan sah keinen Grund zur Sorge. Sogar wenn sie sich als ein englisches Schiff herausstellen sollte, hatte er seine Zweifel, dass es sie angreifen würde. Mit dem Fernglas suchte er die Länge des Schiffes ab. An der schwarz-weißen Fahne am Heck blieb sein Blick hängen.

Piraten!

Kapitel fünfzehn

Während die Stunden vergingen, näherte sich das Piratenschiff. Zunächst kroch es nur langsam am Horizont voran, später durchpflügte es mit der Geschwindigkeit eines Delphins das Wasser. Die Sonne begann zu sinken. Das andere Schiff würde sie erreichen, noch ehe das türkisfarbene Meer ihre letzten feurigen Strahlen verschluckte. Nolan kratzte sich sein stoppeliges Kinn. Sein Bart juckte, aber sein verwegenes Äußeres kam seinem Plan entgegen. Er betete darum, am Horizont nicht auch noch ein zweites Schiff auftauchen zu sehen. Mit einem konnte er umgehen. Wären es zwei, würden sie ihn vielleicht besiegen, und besiegt zu werden – das konnte er nicht zulassen.

Die *Integrity* hielt ihren Kurs, da es zwecklos gewesen wäre, dem anderen Schiff entkommen zu wollen. Man musste kein ehemaliger Pirat sein, um zu wissen, wie wütend die Gesellen wurden, wenn sie gezwungen wurden, ein Schiff zu jagen oder den Kampf aufzunehmen. Stattdessen wurde völlige Unterwerfung erwartet, die auch fast immer erfolgte. Zeigten die Piraten erst einmal ihre Macht, dann ergaben sich die Kapitäne meist in der Hoffnung auf Milde. Nolan kannte diese Nachsicht der Piraten aus erster Hand, und er würde kein vermeidbares Risiko eingehen.

Jewel war schon vor einiger Zeit an Deck geschlendert, und Nolan hatte sie mit einem raschen Befehl wieder nach unten geschickt. Auf keinen Fall durfte er riskieren, dass sie entdeckt wurde. Das Letzte, was er wollte, war, die Piraten auf seine

Frau an Bord aufmerksam zu machen. Mit Wayland an seiner Seite hoffte Nolan, seine Verfolger davon zu überzeugen, dass er zu seinem alten Leben zurückgekehrt war. Diesmal auf eigene Faust. Bellamy hatte einen unzweifelhaften Ruf unter der Bruderschaft der Piraten genossen, und Nolan hatte seinen Heldentaten beigewohnt, hatte sogar ein paar eigene erlebt.

Obwohl Piraten eher auf Gewinn als auf Verbrüderung aus waren, würde es Nolan womöglich gelingen, einen Kampf zu vermeiden, wenn er sie mit dem Argument köderte, dass sie ihre Kraft bündeln konnten, um gemeinsam Handelsschiffe zu entern – einen Vorschlag, an den er sich niemals halten würde. Aber wenn das andere Schiff sie für ernsthafte Gegner halten würde, könnten sie diesen Tag vielleicht ohne einen einzigen Schuss überleben, weshalb sie wiederum andere Seeräuber nicht als leichte Beute betrachten würden. Nolan wollte sich wilder geben als jeder Pirat vor und nach ihm.

Er legte seine blaue Jacke ab und öffnete sein weißes Hemd bis zu seiner Brustmitte. Mit bis zum Ellbogen aufgekrempelten Ärmeln und dem offenen Haar, das ihm über die Schultern fiel, lieferte er der Besatzung des anderen Schiffes genau das Bild, das sie erwartete. Ein großer goldener Ohrring mit dem Durchmesser eines Kinderarms, den Wayland bei sich trug, vervollständigte den furchterregenden Auftritt, obwohl ein juwelenbesetztes Kreuz oder etwas ähnlich Dekadentes noch eindrucksvoller gewesen wäre: Die deutliche Gier nach Beuteplunder war ein hochangesehener Zug unter den Piraten. Das Loch in Nolans Ohrläppchen war schon wieder dabei, zusammenzuwachsen, aber mit ein wenig Überwindung durchstach er die Haut erneut. Er wünschte nur, er hätte eine Piratenflagge an Bord, um sie zu hissen.

Während seiner Zeit in Boston war es ihm undenkbar erschienen, jemals wieder unter der allseits bekannten schwarzen

Flagge zu segeln, aber seit er aufgebrochen war, war für ihn nichts nach Plan verlaufen. Mittlerweile würde er alles in Betracht ziehen, um einen Kampf zu vermeiden … trotzdem hätte er keine Skrupel, das andere Schiff im Meer zu versenken, sollte es nötig sein. Nichts wäre zu drastisch, um zu verhindern, dass Jewel in die Hände der auf sie zusteuernden Piraten fiel. Sollten ihm auch nur einen Augenblick lang Zweifel an diesem Entschluss kommen – womit er nicht rechnete –, so musste er sich nur die schreienden Frauen ins Gedächtnis rufen, die ihn aus seiner Vergangenheit noch immer verfolgten.

Während er tatenlos wartete und die sich nähernden Piraten über das Schicksal der *Integrity* entscheiden ließ, schwanden auch die letzten Zweifel bezüglich ihrer Absichten. Der weiße Totenkopf mit den gekreuzten Schwertern darunter auf schwarzem Hintergrund war unverkennbar. Verschiedene Piraten fuhren unter unterschiedlichen Varianten des Motivs.

Er warf noch einen Blick zu Wayland hinüber. Der Pirat schwor zwar, dass er nichts mit dem plötzlichen Auftauchen des Schiffes zu tun hatte, das ihnen jetzt auf der Spur war, aber schon seit sie St. Martin verlassen hatten, hatte er sich seltsam verhalten. Hatte er ihm eine Falle gestellt und wollte ihm die Karte stehlen? Aber ergab das einen Sinn?

Das Deck wurde sicherheitshalber für einen Angriff gelöscht, obwohl Nolan darauf achtete, dass sie keine sichtbaren Zeichen ihrer Kampfbereitschaft aussandten. Die Kanonen wurden geladen, aber die Scharten blieben geschlossen. Die Besatzung des anderen Schiffes würde sie für unterlegen halten, es sei denn, sie wusste bereits, auf wen sie zusteuerte – und genau das war Nolans größte Sorge.

»Erkennt Ihr sie?«, fragte Nolan Wayland.

»Das Schiff nicht, aber das muss nicht unbedingt etwas heißen. Ich hab noch nie einen Piraten gekannt, der nicht ein

Schiff oder eine Hure verlassen hätte, wenn ihm etwas Besseres über den Weg gelaufen ist.« Aufmerksam behielt der Pirat die sich schnell nähernde Schaluppe im Blick.

Der einzelne Mast schien etwas krumm zu sein, das Schiff schwankte wie leicht angetrunken hin und her. Wenn das das beste Gefährt war, das diese Piraten erobern konnten, waren Nolans Sorgen unbegründet gewesen. Er reichte Wayland das Fernglas. »Seht Euch ihren Kapitän an.«

Wayland suchte das Deck des anderen Schiffes ab. »Als hätte ich's nicht geahnt. Es ist ein alter Freund von uns.«

Nolan wandte sich schnell um. Wieder stellte sich Furcht ein. »Was? Wen seht Ihr?«

»Schau selber.« Wayland gab ihm das Fernrohr zurück. »Wundert mich, dass du ihn nicht erkannt hast. Der hübsche Jack Casper. In Tortuga sind wir ein-, zweimal mit ihm aneinandergeraten.«

»Aber was ist mit seiner Nase passiert?« Als Wayland den Namen erwähnte, hatte Nolans Blick den Mann gefunden, der mitten auf dem Deck stand.

Wayland lachte. »Genau deswegen heißt er heutzutage nicht mehr der grinsende Jack, sondern der hübsche.«

Jack Casper deutete hierhin und dorthin, während er Anweisungen gab. Sein Haar war nicht mehr braun, sondern grau, und ein entscheidender Teil seiner Nase fehlte. Dafür zierte ein unablässig höhnisches Grinsen sein Gesicht. Nolan stellte das Fernrohr scharf und sah noch einmal genauer hin. Nein, natürlich grinste er nicht, auch ein Teil seiner Lippe fehlte. »Bin ich froh, dass ich lebend und in einem Stück die Piratenzeit überstanden habe.«

»Ach was. Mit jedem Körperteil, den du verlierst, wirst du ein bisschen mutiger. Und Mut zählt für einen Mann mehr als ein unversehrtes Gesicht.«

Nolan beäugte kritisch Waylands vernarbte Visage. Er selber hatte nie viel Wert auf sein gutes Aussehen gelegt, trotzdem zog er ein Gesicht ohne Wunden der Alternative vor. Für die heutige Aufgabe brauchte er keinen zusätzlichen Mut. Er war ein gebundener Mann, der etwas Wichtiges zu verteidigen hatte, und deshalb gefährlich. »Sollen wir Jack ohne Umschweife töten oder uns erst anhören, was er zu sagen hat?«

Wayland zuckte mit den Achseln. »Nur weil er jetzt der hübsche Jack ist, bedeutet das nicht zwangsweise, dass er seinen Sinn für Humor verloren hat, der ihm seinen alten Spitznamen eingebracht hat. Zudem wirst du dich auf Vergeltung von der Bruderschaft einstellen können, wenn du ihn sofort kaltmachst.«

»Ich kann mich gar nicht mehr daran erinnern, dass es zwischen den Piraten eine solche Bande gibt. Soweit ich weiß, hatten die Brüder untereinander doch eher ein Verhältnis wie Kain und Abel.«

Wayland lachte. »Eine hübsche Beschreibung. Trotzdem: Wenn du ihn tötest, werden die anderen schnell daraus schlussfolgern, dass du etwas Wertvolles zu verbergen hast. Deshalb halte ich es für besser, mit Jack zu verhandeln – sag ihm, dass du wie er auf Beute aus bist, und dann lass ihn ziehen.«

Nolan richtete sich auf. »Und Jewel? Was, wenn etwas schiefläuft? Meine Mannschaft –«

»Dem Mädchen wird schon nichts passieren. Ich werde mich persönlich darum kümmern.«

»Das ist gar nicht nötig, weil ich das Schiff in die Luft jagen werde, falls etwas misslingt. Ich werde sie alle eigenhändig umbringen.« Nolan wusste, dass die Drohung kein leeres Versprechen von ihm war. Schon lange hatte er die Gewalt unterdrückt, zu der er fähig war. Wenn seine dunkle Seite nun für Jewels Sicherheit sorgen konnte, dann sollte sie ihm willkommen sein.

Tyrell stürmte mit einem Sprachrohr aus Blech nach vorne. »Das andere Schiff hat Kontakt mit uns aufgenommen«, sagte er. »Sie wollen, dass wir ein Boot mit Euch an Bord rüberschicken. Sie haben explizit nach Nolan Kent gefragt.«

Nolan war so in Gedanken versunken gewesen, dass er nichts von dem mitbekommen hatte. Sie hatten also nach Nolan Kent gefragt – der Name seines berüchtigten Großvaters – statt nach Nolan Kenton. Sie wussten also haargenau, mit wem sie es zu tun hatten, und wahrscheinlich auch, dass sich die berühmte Schatzkarte an Bord befand. Es gab keinen einzigen Piraten, der nicht zumindest ein Mal nach dem Schatz seines Großvaters gesucht hatte. Allein um an die Karte zu kommen, würden die Männer waghalsige Risiken auf sich nehmen. Bellamy hatte diese Art von Verzweifelten und Tollkühnen damals mit seinem überlebensgroßen Ruf in Schach gehalten. Zum ersten Mal, seit Nolan seinen ehemaligen Mentor beseitigt hatte, wünschte er sich Bellamy an seine Seite zurück. Wieder starrte er Wayland an, diesmal mit unverkennbarem Vorwurf im Blick.

Das braune Auge des Piraten verengte sich. »Ich habe dir doch schon versichert, dass ich nichts darüber weiß.«

Kurzentschlossen schnappte sich Nolan das Sprachrohr und trat an die Reling. »Du kommst hier rüber, Casper.«

»Was? Ihr ladet diese Schurken an Bord unseres Schiffes ein?«, fragte Tyrell entsetzt.

»Sie holen die Enterhaken raus«, kommentierte Wayland das Geschehen.

»Tyrell, sind die Schwenkkanonen mit Schrot geladen?«

Der Leutnant zögerte, als hätte man ihn in einem unkonzentrierten Moment erwischt. »Aye, Captain.«

»Gut. Die Kanoniere sollen sie auf Caspers Großmast ausrichten.« Dann rief Nolan ohne Trichter dem anderen Schiff eine Warnung zu: »Der erste Enterhaken auf der *Integrity*, und euer Mast wird nur noch Kleinholz sein.«

Nolan spürte, wie sich etwas in ihm zu wandeln begann. Mehr und mehr überkam ihn das Gefühl, dass seine derzeitige Aufmachung viel mehr zu seinem Inneren passte als die steife Jacke mit den blank geputzten Kupferknöpfen. Er rückte das Schwert zurecht, das tief an seiner Hüfte hing, dann war er bereit für den Kampf. »Weiß Jewel, dass sie unter Deck bleiben muss?«

Wayland nickte. »Ich war immer davon überzeugt, dass du es in dir hast, Nolan. Das hier, das ist dein wahres Ich. Hart. Gebieterisch und gnaden–«

»Scharten öffnen!« Nolan hatte seinen Befehl an niemand Bestimmten gerichtet, konnte aber sofort hören, wie sich das Echo seiner Worte über das Schiff fortpflanzte. Dann folgte das hölzerne Knarzen, als die Scharten aufgestoßen und die Kanonen ausgefahren wurden.

»Wenn ihr euch jetzt ergebt, werden wir eure Mannschaft verschonen«, ertönte ein Ruf vom anderen Deck.

Aber Nolan roch einen Bluff zehn Meter gegen den Wind. Mit Jewel an Bord hatte er eine Schlacht vermeiden wollen, doch jetzt wollte er dieses Risiko wagen. Sich die Blöße zu geben und auf den Ruf einzugehen, konnte niemals funktionieren. Er hatte die Kontrolle über die Situation, und die wollte er auch behalten. »Schwing dich herüber, Casper, bevor ich dein Schiff in Trümmer lege.«

»Habe gehört, dass du zur Landratte geworden bist, Nolan, aber die Information war wohl falsch, wie ich das hier sehe. Lädst du mich zu einem Drink auf deinen Kahn ein?«, rief Jack, und obwohl er seinen ehemaligen Spitznamen verloren hatte, schwang in seiner Stimme noch immer gute Laune mit.

»Ich gebe dir fünf Minuten, bis dein Langboot mit dir

zusammen im Wasser liegt«, antwortete Nolan. Er reichte Tyrell die Flüstertüte und verschränkte seine Arme vor der Brust. Die Verhandlungen waren abgeschlossen.

Der hübsche Jack fügte sich in der Hälfte der von Nolan geforderten Zeit. Blitzschnell befand er sich mit ausgestreckter Hand und, wenn man den Ausdruck seiner zerstörten Visage richtig deutete, einem Lächeln an Deck der *Integrity*.

Nolan stand breitbeinig da, ohne auf die freundschaftliche Geste einzugehen. Er spielte nicht mehr eine Rolle, er war wieder in seinem Element, und dieses Wissen schockierte ihn genauso sehr, wie es ihn beruhigte. Er musste nicht länger mit der dunklen Seite seines Charakters ringen, gegen etwas ankämpfen, das er sowieso nicht kontrollieren konnte. Konzentriert behielt Nolan Jacks Hände im Blick, obwohl dessen magere Gestalt und die gebückte Haltung manch anderen Gegner vielleicht die Gefahr hätten unterschätzen lassen, die von ihm ausgehen konnte. Der Pirat war dafür bekannt, immer einen Dolch oder zwei in seinen Stiefeln stecken zu haben, und seine Zielgenauigkeit war legendär.

Doch der hübsche Jack ließ sich von Nolans unfreundlichem Empfang nicht einschüchtern. Stattdessen nickte der alte Kapitän und musterte Nolan von Kopf bis Fuß. »Schon als Bellamy dich an Bord genommen hat, wusste ich, dass seine Tage als Hahn im Korb gezählt waren. Dein Großvater wäre stolz auf dich.«

Nolan zuckte weder zusammen, noch wurde er innerlich nervös, wie es noch vor kurzem der Fall gewesen war, wenn er mit seinem berühmt-berüchtigten Großvater verglichen wurde. Seine Hand ruhte besonnen auf dem Griff seines Schwerts, während er Caspers Musterung mit starrem Blick standhielt. »Lass uns zum Geschäft kommen – was willst du?«

Der hübsche Jack strich sich über seinen flachen Bauch.

»Wie wäre es mit einem Happen zu essen und einem kleinen Schlückchen? Das ist doch unter alten Freunden nicht zu viel verlangt, oder?«

»Wie wäre es, wenn ich dir den Rest deiner Nase lasse?«

Jack Casper zog die Augenbrauen hoch und wandte sich an Wayland. »Er ist so böse geworden wie Blackbeard höchstpersönlich. Was ist bloß in ihn gefahren?«

Wayland trat vor. »Er ist eben keiner, der einem auch noch die andere Wange hinhält – aber du kennst ja Bellamy, seinen Ziehvater. Ihr habt uns gedroht, und wir wollen wissen, was es für einen Grund dafür gibt.«

»Ist es denn verboten, für sein eigenes Auskommen zu sorgen? Es waren magere Jahre in letzter Zeit. Ich habe dich in St. Martin herumschleichen sehen, Wayland, und als ich dir zu deinem Schiff gefolgt bin, habe ich Nolan entdeckt. Dachte, ihr braucht vielleicht ein Schiff, das sich euch anschließt.«

Nolan blickte Wayland an. Wenn Casper ihm gefolgt war, ohne dass er es bemerkt hatte, ließ die Form des alten Piraten langsam nach. Fragend zog er eine Augenbraue hoch, aber Wayland ignorierte ihn. Froh darüber, ihn endlich erwischt zu haben, breitete sich ein Grinsen auf Nolans Gesicht aus.

»Deine Mannschaft sieht aus, als hätte sie der Skorbut nicht nur einmal heimgesucht«, sagte er zu Casper.

Der Pirat lachte. »Nicht Skorbut, sie hatten nur ein bisschen zu viel Rum. Aber kämpfen können sie immer noch. Was sagst du zu meinem Vorschlag?«

Nolan musterte Casper. Er war nie einer von der üblen Sorte gewesen. Er genoss gerne das gute Leben, und seine Erfolge waren bisher eher dünn gesät gewesen, weil er sich bei jeder sich bietenden Gelegenheit betrank. Seine Überfälle unternahm er hauptsächlich, um sich seine wollüstigen Gewohnheiten leisten zu können. Jack hatte immer einen Becher und ein

Lächeln mit Nolan geteilt. Aber das tat er mit jedem. Gegen sein besseres Wissen gewährte Nolan seiner Nachgiebigkeit ein letztes Gastspiel. »Komm mit nach unten. Wir geben dir etwas zu essen, und dann machst du dich wieder auf den Weg.«

»Bist ein guter Junge, Nolan. Hab ich schon immer gesagt, nicht wahr, Wayland?« Casper folgte ihm gehorsam unter Deck.

»Weiß ich doch nicht. Wer kann *dich* schon verstehen, wenn du dauernd besoffen bist?«, murmelte Wayland laut.

Sie betraten die Kombüse, und Nolan ließ sofort ein Fass mit unverdünntem Rum zum anderen Schiff hinüberschicken. Dies sollte genügen, um den Frieden zu wahren. Betrunkene Piraten würden nutzlos sein. Jack Casper und seine Männer sahen zwar nicht besonders bedrohlich aus, aber Nolan wollte kein Risiko eingehen, wenn man es auch vermeiden konnte. Jack beäugte das Fässchen bereits mit gierigem Blick, so dass Nolan ihm sofort einen Zinnbecher abfüllte und ihn ihm reichte. Jetzt, da die Gefahr gebannt schien, befahl Nolan dem Koch, das Feuer zu schüren. Nach den Ereignissen konnte jeder eine warme Mahlzeit vertragen.

Ein paar von Jack Caspers Männern, die ihn mit an Bord begleitet hatten, schlossen sich der kleinen Feier an. Zusammen ließen sie sich mit Wayland am langen Tisch der Kombüse nieder und erzählten einander wilde Geschichten. Einige von ihnen erkannte Nolan wieder. Er hatte sie in seiner Jugend getroffen, manche waren nicht viel älter als er selbst. Die verglaste Zinnlampe, die langsam im Rhythmus der Wellen über ihren Köpfen hin und her schwankte, warf skurrile Schatten auf ihre ausgemergelten Gesichter. Jack war nicht der Einzige, dem die Jahre übel zugesetzt hatten. Keiner der Männer war ohne sichtbare Narbe oder einen fehlenden Körperteil davongekommen, mit dem er sich seiner Heldentaten brüsten konnte. Ihre Haut, die in Farbe und Textur altem Leder ähnelte, spannte über ihren eingefallenen Gesichtern und machte es schwer, ihr wirkliches Alter zu erraten.

Nolan hatte sich an die Wand gelehnt und erlaubte sich nicht, seine Konzentration auch nur einen Augenblick sinken zu lassen. Casper und seine Männer schienen harmlos zu sein, mehr darauf aus, sich zu betrinken, als zu kämpfen. Trotzdem gelang es Nolan nicht, das schleichende Gefühl der Gefahr abzuschütteln, das ihn jetzt, inmitten einer Piratenbande, wieder überfiel: Männer, die einem in der einen Minute auf den Rücken klopfen und in der nächsten die Kehle aufschlitzen konnten. Obwohl er sie an Bord eingeladen hatte, um zu demonstrieren, dass seine Prahlerei von schlagkräftigen Argumenten in Form von einem schwerbewaffneten Schiff gestützt wurde, würde er froh sein, wenn alles wieder vorbei war.

Der hübsche Jack schob seine Hand unter seine abgewetzte Jacke, unter der er nichts als blanke Haut trug. Nolan wurde aufmerksam und rückte ein Stück von der Wand ab. Obwohl alle Männer zuvor gründlich durchsucht worden waren, wurde er nervös. Aber umsonst. Jack Casper beförderte einzig und allein ein Kartenspiel zutage. »Reg dich bloß nicht auf, sonst geht noch etwas zu Bruch. Meine alten Knochen sind auch nicht mehr das, was sie mal waren. Hab nur gedacht, wenn ich schon mal hier bin, können wir auch ein kleines Spielchen wagen.«

Nolan lehnte sich wieder gegen die Wand. »Ich spiele nicht.«

Casper steckte die Karten wieder in die Innentasche seiner Jacke zurück. »Das merkt man.«

Dann wurden Schüsseln gefüllt und an die Besucher weitergereicht, aber Casper rührte nur abwesend in seinem Eintopf herum und hielt sich stattdessen an den Grog. Nachdem er mehrere Gläser des verdünnten Gebräus in sich hineingeschüttet hatte, hörten seine Hände endlich auf zu zittern. »Das war ja mal was damals, als du Bellamy Leggett erledigt hast«, sagte er. »Wir waren uns ganz und gar nicht grün, versteh mich nicht falsch, aber trotzdem war es ein Schlag, als ich hörte, dass er von dem Kerl erledigt worden ist, den er aufgenommen hat wie seinen eigenen Sohn.«

Nolan wurde unruhig. Äußerlich bewahrte er seine entspannte Fassade, aber innerlich war er jederzeit bereit, zum Sprung anzusetzen. »Er hat mich wie einen Sklaven behandelt.«

Jack zuckte die Schultern. »Und? Mein eigener Vater war auch nicht besser, wenn nicht sogar schlimmer. Hat mich an einen Kaufmann verhökert, als ich gerade mal alt genug war, meine Schuhe selber zu binden.« Er nahm noch einen großen Schluck. »Manchmal meine ich immer noch, den alten Bellamy zu sehen.«

Wayland starrte in seinen Becher. »Das bildest du dir nur ein. Es heißt, man leidet unter solchen Erscheinungen, wenn einen der Rum langsam umbringt.«

Jack Casper hob seinen Becher zum Toast. »Tja, wenn einer das wissen muss, dann wohl du.«

Waylands scharfe Antwort entging Nolan, als seine Gedanken abdrifteten. Bald würde es sich herumgesprochen haben, dass er wieder im Geschäft war. Seit der Meuterei balancierte er auf einem Drahtseil, aber statt in den Abgrund zu fallen, hatte Nolan jetzt das Gefühl, auf dem Wind zu reiten, er flog förmlich dahin. Seine Loyalität war davon unbeeindruckt geblieben. Noch immer glaubte er an die Freiheit für sein Land und für sich selbst. Er hatte Bellamy getötet, weil es erforderlich gewesen war. Und auch in den kommenden Monaten würde er wieder töten und wieder aus einem guten Grund, nicht wegen des Geldes. Er würde nicht mehr zulassen, dass ihm die Moral seines Vaters dabei im Weg stand, die Dinge zu erreichen, die er wollte oder brauchte. Und das Gleiche galt für die Beziehung zu seiner Frau. Piraten plünderten. Nahmen sich, was oder wen sie wollten. Als Nolan die Augen schloss, stellte er sich seinen nächsten Besuch bei Jewel vor.

Plötzlich vernahm er ihre Stimme, gefolgt von einem unterdrückten Schrei. Er öffnete die Augen, war wieder ganz in der Realität. Der Schrei hatte nicht zu seinem Traum gehört. »Behalt sie im Auge!«, rief er Wayland noch zu, dann stürmte er aus der Kombüse.

Er hastete die Stufen zum Deck hinauf. Die Nacht hatte sich wie ein undurchsichtiger schwarzer Vorhang über das Schiff gelegt. Er lauschte, konnte aber kein Geräusch mehr ausmachen. Der Schrei war vom Deck gekommen; er war sich ganz sicher. »Tyrell!«, rief Nolan.

»Hier drüben! Er hat Jewel!«, rief der Leutnant von achtern.

Nolan rannte los und zog sein Schwert. Er entdeckte Jewel, die gegen die Reling gepresst wurde. Ein ihm unbekannter Mann stand neben ihr. Obwohl er nicht viel größer war als sie, war sie ihm ausgeliefert. Nach ein paar weiteren Schritten konnte Nolan das Blitzen eines Messers an ihrer Kehle ausmachen. Er verlangsamte sein Tempo und näherte sich vorsichtig.

Tyrell hatte eine Pistole auf das Paar gerichtet.

Bei Nolans Anblick verkrampfte sich der Griff des Mannes um Jewel. Scharf sog sie den Atem ein. In Nolans Ohren klang es wie ein Kanonenschlag. Eine dunkle Blutspur lief bereits an ihrem weißen Nacken hinab.

»Zurück, ihr beiden, oder ich schlitze ihr die Kehle auf.

Und das ist kein leeres Versprechen.« Der Seemann bewegte sich mit Jewel einige Zentimeter zur Seite. Tyrell folgte ihnen mit dem Lauf seiner Pistole.

»Leutnant, legt die Waffe weg«, befahl Nolan mit überraschend ruhiger Stimme, während er sich selber seines Schwertes entledigte.

Murrend senkte Tyrell die Pistole, aber aus seiner Haltung sprach, dass er sich auch mit leeren Händen auf den Angreifer stürzen würde – was nicht gerade dazu führte, dass der Mann, der Jewel umfasst hielt, ruhiger wurde.

Mit langsamen, bedachten Schritten bewegte sich Nolan auf ihn zu. Hinter sich hörte er jemanden näher kommen, drehte sich aber nicht um. Eine Laterne wurde herbeigetragen. Als der Lichtschein Jewels Gesicht beleuchtete, ließ ihr ängstlicher Gesichtsausdruck Nolans Urteilsvermögen ins Wanken geraten. Der Mann, der es wagte, sie so anzufassen, würde dafür sterben.

»Zum Teufel noch mal, was machst du da, Marcus?«, rief plötzlich der hübsche Jack.

»Sie gehört mir, Captain, und ich werde sie nicht teilen. Sag ihnen, dass sie abhauen sollen, wenn sie nicht aufgeschlitzt werden wollen«, sagte der Pirat an Jewels Seite.

Nolan spürte Jewels suchenden Blick, vermied es aber, sie direkt anzusehen. Keine Sekunde wollte er ihren Kidnapper aus den Augen lassen. Als er trotzdem ihr Gesicht streifte, wusste Nolan, dass er, würde er ihre Angst zu sehr an sich heranlassen, nicht mehr das tun konnte, was er musste.

Mit erhobenen Händen trat der hübsche Jack zu Nolan. »Konntest du wenigstens die Karte sichern?«

Wayland deutete voller Vorwurf auf Jack Casper. »Du verdammter Bastard, du! Das war es also, was du die ganze Zeit über wolltest.«

»Nein, ich … ich habe sie vergessen!«, rief Jewels Kidnapper.

Der Mann zeigte erste Zeichen von Panik. Das machte ihn gefährlicher, aber es schwächte auch seine Entschlossenheit.

Casper wandte sich an Nolan. »Ich schlage dir ein Geschäft vor, das uns alle glücklich machen wird. Wir tauschen das Mädchen gegen die Karte aus.«

Nolan hatte den entscheidenden Fehler gemacht, den Hurensöhnen auch nur im Geringsten entgegenzukommen. So ein Fauxpas würde ihm nicht noch einmal passieren. »Ich habe dir gerade eben schon gesagt, dass ich dem Spielen nicht zugeneigt bin.«

»Ich werde das Mädchen nicht mehr hergeben. Die anderen werden mich umbringen, wenn ich das tue. Aber die Dunkelhaarige hier hat so kalte Augen, dass einem das Blut in den Adern gefriert.«

Jack Casper lächelte. Die Wirkung war beängstigend. »Das ist kein Spiel, sondern ein ordentliches Geschäft unter Freunden. Wir geben dir deine Frau hier zurück, und im Gegenzug überlässt du uns die Karte deines Großvaters. Ich weiß, dass du sie hast. Der schlaue alte Fuchs Wayland ist doch auch nur aus einem einzigen Grund hier.«

Nolan erwiderte Jack Caspers kühles Lächeln. »Keine Geschäfte. Aber ich verspreche dir etwas. Wenn du deinen Mann nicht augenblicklich dazu bringst, das Mädchen freizugeben, dann schlachte ich jedes Mitglied deiner Mannschaft einzeln ab. Und mit dir werde ich beginnen.«

Der hübsche Jack nickte und bückte sich, um etwas aus seinem Stiefel zu holen. Sofort griff Nolan nach seinem Schwert, worauf der andere innehielt und die Augen zusammenkniff. Mit einer langsamen, vorsichtigen Bewegung zog er einen dünnen Dolch aus einem Schlitz seines Stiefels –

offensichtlich war Nolans Crew beim Durchsuchen der Gäste nicht gründlich genug gewesen. Nolan hielt den Atem an und nickte.

»Ich weiß, dass du zu deinem Wort stehst, Nolan. Aber somit lässt du mir keine andere … *Wahl.*« Jack Casper drehte sich auf seinen Fußballen und schleuderte sein Messer in Richtung des Piraten, der Jewel umfasst hielt. Ein Schmerzensschrei löste sich aus dessen Kehle, als er den Griff umklammerte, der Sekunden später in seinem linken Auge erzitterte. Befreit stolperte Jewel nach vorne, während ihr Kidnapper auf die Knie fiel. Seine Schreie vor Schmerz und um Hilfe klangen noch lange nach.

Nolan zog Jewel an sich. Sie zitterte so stark in seinen Armen, dass er sie noch fester an sich drückte. Trotz all der Zuschauer, die seine Gefühlsschwäche nun bemerken würden, küsste er sie aufs Haar und flüsterte ihr beruhigende Worte zu. »Ich bin froh, dass dein Augenmaß noch immer das Gleiche ist wie früher, Jack«, stieß er hervor, als er seiner Stimme wieder traute, doch ein verräterisches Beben konnte er trotz allem nicht unterdrücken.

Der hübsche Jack rieb sich das Handgelenk. »Na ja, nicht ganz. Ich habe auf seine Kehle gezielt.«

Jewel befreite sich aus Nolans Armen. »Du hast es gewusst! Du hast alles gewusst, was er plante. Warum hast du ihm nicht einfach die verdammte Karte gegeben?«, fauchte sie.

Nolan versuchte, sie zurück in seine Arme zu ziehen. »Beruhige dich, Liebste. Jetzt bist du ja wieder in Sicherheit.« Er musste sie dicht bei sich halten, um sein eigenes rasendes Herz zu beruhigen. Schon früher hatte er Jack mit Waffen werfen sehen, sogar im Spiel ein kleines Vermögen gegen ihn verloren, weil er seine Zielgenauigkeit unterschätzt hatte. Jetzt hatte er zugelassen, dass Jack ein Mitglied seiner eigenen Crew getötet hatte, und damit mehr riskiert als Jewels Leben: Er hatte sein eigenes aufs Spiel gesetzt. Wenn er einen Fehler gemacht und Jewel deshalb nicht überlebt hätte, wäre er an diesem Schmerz zugrunde gegangen.

Sie widersetzte sich ihm noch immer, aber er hielt sie am Arm, so dass sie sich nicht losmachen konnte.

Wayland schlug erst Jack Casper auf den Rücken, dann sagte er zu Jewel gewandt: »Reg dich nicht auf, Mädchen. Das Messer im Auge hat die gleiche Aufgabe wie eine aufgeschlitzte Kehle erfüllt. Und es ist noch nicht einmal tödlich.«

Casper ging zu seinem Mann hinüber. »Doch, dieses Mal schon.«

Marcus wand sich auf den Deckplanken. »Jack, Jack! Wo bist du? Werde ich jetzt sterben, Jack?«

Der Piratenkapitän gab Wayland ein Zeichen. »Komm. Hilf mir mit ihm.«

Wayland kniete sich neben den Verletzten und blickte Jack fragend an. »Soll ich das Messer rausziehen?«

»Nein. Ich glaube, das würde das Auge gleich aus seiner Höhle lösen.« Er musterte Wayland. »Nicht persönlich gemeint, aber ich glaube, das würde ich jetzt nicht vertragen. Hilf mir nur, ihn aufzuheben.« Er schob seine Hände unter Marcus' Schultern und setzte ihn auf.

»Jack? Bist du hier, Jack? Werde ich sterben, Jack?«

»Ich fürchte schon, Marcus.« Casper griff hinter sich und förderte einen größeren Dolch aus dem Futteral seiner Jacke zutage. Nolan musste so bald wie möglich mit seiner Mannschaft über ihre Durchsuchungsmethoden sprechen. Der Piratenkapitän zog das Messer einmal an Marcus' Hals entlang, dann verstummten dessen Schreie. »Hilf mir jetzt, ihn hochzuheben. Fertig? Eins, zwei, drei.« Gemeinsam mit Wayland hob er die leblose Gestalt an und warf sie über die Reling.

Nach ein paar Sekunden durchbrach ein platschendes Geräusch die Stille.

Jewel presste ihr Gesicht an Nolans Brust und schluchzte. Nolan streichelte sanft über ihr Haar. In der Nacht hatte das Blut, das an Deck vergossen worden war, seinen Schrecken verloren. Die große Pfütze wirkte im Dunkeln so harmlos wie Wasser. Um Jewel den schrecklichen Anblick am Morgen zu ersparen, ließ Nolan einen Mann aus der Mannschaft die beschmutzten Planken reinigen, noch ehe die Sonne aufging. Er selber spürte angesichts der grausigen Szene lediglich kalte Befriedigung.

Casper wandte sich ihm wieder zu. »Haben wir alles geklärt?«

»Geklärt? Ich glaube kaum. Du hast versucht, mich zu bestehlen, während ich deine ausgehungerte Crew verköstigt habe!« Nolan zog Jewel enger an sich. Eigentlich sollte er dem anderen Mann nicht sehen lassen, wie viel sie ihm bedeutete, aber in diesem Moment durfte sie nicht von seiner Seite weichen. Der Gedanke daran, sie fast verloren zu haben, brachte sein Herz zum Rasen. »Wir haben noch lange nicht alles geklärt, Jack.«

Jewel wand sich aus seinen Armen. »Ist das alles, um was es dir geht? Um deine kostbare Karte? Ich wäre fast getötet worden! Warum hast du es nicht einfach geschehen lassen?«

Jack erhob seine Stimme. »Weil er dann auch mich getötet hätte. An das Weib eines Mannes Hand zu legen, ist ein schweres Vergehen.«

Jewel sah Jack an. »Aber ich bin nicht sein ›Weib‹. Ich bin seine –«

Nolan umfasste ihr Handgelenk und drückte stark zu. »Still. Heute Nacht hast du schon genug Ärger gemacht.« Sein Griff wurde noch fester, bis er den Knochen unter ihrer Haut spüren konnte. Mit Sicherheit würde sie blaue Flecken davontragen.

Casper war also hinter der Karte her, genau wie hundert weitere Piraten, denen Captain Kents Legende bekannt war. Solange Bellamy noch am Leben gewesen war, hatte sein übler Ruf die Schatzjäger im Zaum gehalten. Nolans neuer Leumund musste jetzt denselben Zweck erfüllen. Er konnte es sich nicht leisten, jedem seine verwundbarste Stelle zu zeigen. Es wäre zu ertragen, wenn alle Welt glaubte, er habe sich in seine letzte Hure vergafft, aber er konnte nicht das Gerücht akzeptieren, dass er eine tiefe und dauerhafte Beziehung zu der Frau auf seinem Schiff führte.

Jewel schloss den Mund, aber ihr Blick sprach Bände: Er hatte sie verletzt. Nolan schob sie hinter sich, hielt aber selbst dabei noch ihre Hüfte fest umschlossen.

»Du hast Glück, Jack. Du hast das Leben von meinem Weib gerettet, und da ich sehe, dass sie wohlauf ist, bin ich dir dankbar. Also werde ich dein Leben verschonen.«

Casper lächelte. »Ich wusste doch, dass du ein guter Junge bist.«

Nolan erwiderte das Lächeln. »Du und deine Crew, ihr könnt euch in unseren Langbooten in Sicherheit bringen, während wir euer Schiff niederbrennen.«

»Ach, komm schon, Nolan. Ich schlage dir einen anderen Deal vor, ja?«

»Keine Geschäfte mehr, Jack. Ich schenke dir dein Leben, und das ist mehr als du verdienst.«

Jack zuckte mit den Achseln. »Könnten wir dann nicht vielleicht ein kleines Schlückchen für die Reise haben? Du weißt, wie weit es bis zur Küste ist …«

»Nehmt, was ihr wollt.«

Jack lächelte. »Ach, du *bist* ein guter Junge, Nolan.«

»Aber das ist nicht die Botschaft, die du der Bruderschaft überbringen sollst. Stell bitte klar, dass Nolan Kent in die Fußstapfen seines Großvaters getreten ist. Jeder andere, der sich einbildet, er könne sich die Karte schnappen, wird nicht mit dem Leben davonkommen.«

Jack verbeugte sich. »Es wird mir ein Vergnügen sein, Captain Kent.«

Nolan grinste, zufrieden, dass seine Drohung schrecklich genug geklungen hatte, um jeden von seinem blutrünstigen Wesen zu überzeugen. »Leutnant Tyrell, lasst sie zu Wasser und schafft alles von Wert aus ihrem Schiff.«

Jack und seine Crew wurden zur Strickleiter gescheucht, und Nolan entließ Jewel aus seinem Griff. »Warum hast du ihnen nicht gesagt, dass ich deine Frau bin?«

Nolan seufzte. »Weil es nicht stimmt.«

Jewel wich zurück, als hätte er ihr mit der Faust gedroht. »Du hast mich also belogen? Die Hochzeit war gar nicht gültig? Du hast mich nur benutzt, um das zu bekommen, was du wolltest?«

Nolan strich sich mit den Fingern durch sein Haar. An dem vergessenen, goldenen Ohrring blieb er hängen. Er würde ihn behalten. Er passte einfach zu gut zu seinen neuen Plänen. »Wir wissen beide, dass ich nicht bekommen habe, was ich will. Aber das wird sich ändern.«

Jewel wich weiter vor ihm zurück und musterte ihn aufmerksam. »Aber du hast doch deine kostbare Karte. Was sonst könntest du noch von mir wollen?«

Nolan griff nach ihrem Handgelenk und zog sie an sich. »Dich. Und zwar auch im wirklichen Leben, nicht nur auf dem Papier.«

Er ging in die Knie und hievte sich Jewel mit Schwung über die Schulter. Sie stützte sich mit den Händen auf seinem

Rücken ab, versuchte, ihren Oberkörper aufzurichten und ihn zu zwingen, sie wieder abzusetzen. »Ich … So kannst du nicht mit mir umgehen.«

Aber Nolan ließ sie nicht herunter, auch nicht, als sie nach ihm trat. »Du hast die Wahl, meine Süße. Noch bist du offiziell nicht meine Frau, aber das wird sich sehr bald ändern. Wir können es auf die sanfte oder auf die harte Tour machen, ganz, wie du willst, aber bis Tagesanbruch wird diese Ehe vollzogen sein.«

Kapitel sechzehn

Jewel verkroch sich in die hinterste Ecke ihrer Kajüte, sobald sie wieder festen Boden unter ihren Füßen spürte. Für die kostbare Karte hatte er, ohne zu überlegen, ihr Leben aufs Spiel gesetzt: Sie würde sich nicht ohne Widerstand seinem Willen beugen, jetzt, wo ihm der Sinn plötzlich danach stand, ihre Ehe zu vollziehen. Mit seinem zerzausten Haar, den dunklen Bartstoppeln und dem goldenen Reif, der sich gefährlich funkelnd von seinem braungebrannten Nacken abhob, war der Nolan, den sie gedacht hatte zu kennen, verschwunden. Eigentlich müsste sie sich vor diesem Mann fürchten, aber während ihr Herz raste, breitete sich zugleich ein brennendes und verräterisches Verlangen in ihrem Magen aus.

Nolan lehnte sich von innen gegen die verriegelte Tür und betrachtete sie. »Komm her.«

Jewel schüttelte den Kopf. »Sag mir erst, wer du wirklich bist.«

Nolan grinste. Im Kontrast zu seinem schwarzen Bart wirkten seine Zähne weiß und wild. »Ich bin der Mann, den du willst. Ich bin der Mann, den du begehrst, seit wir uns zum ersten Mal gesehen haben.« Er breitete die Arme aus. »Und jetzt gehöre ich ganz dir.«

Er ging auf sie zu. Der intensive Blick aus seinen blauen Augen hatte die gleiche körperliche Wirkung auf sie wie ein Finger, der langsam und zärtlich an ihrem Rückgrat entlangfuhr. So hatte er sie seit ihrer Hochzeit nicht mehr angesehen.

»Aber ich war noch ein Kind, als wir uns zum ersten Mal begegnet sind.«

Er zog sich in einer fließenden Bewegung sein offenes Hemd über den Kopf und ließ es zu Boden fallen. »Ein kleines Mädchen mit verträumten Augen. Du hast dich nach jemandem gesehnt, der dich rettet, und das habe ich getan.«

Jewel stieß ein verächtliches Schnauben aus und stemmte ihre Hände in die Hüften. Die Wut, die sie jetzt durchströmte, minderte ihr Verlangen, das vor einem Augenblick noch gedroht hatte, die Kontrolle über sie zu gewinnen. »Wohl kaum. Das Einzige, was ich wollte, war, einer aufgezwungenen Ehe mit einem Mann zu entkommen, den ich nicht liebte.«

Im selben Augenblick, als sie die Worte ausgesprochen hatte, wünschte sie schon, sie zurücknehmen zu können. O ja, sie war einem unangenehmen Schicksal entgangen, dafür aber ironischerweise nun im genauen Gegenteil gelandet. Statt ein Leben mit jemandem zu führen, den sie nicht liebte, fand sie sich jetzt an einen Mann gebunden, der ihr keine Liebe entgegenbrachte. Jewel hob ihr Kinn, um den Schatten zu überspielen, der bei diesem Gedanken über ihr Gesicht gehuscht war. »Und aus eigenem Antrieb hast du mich sicherlich nicht aus der Taverne herausgeholt. Ich musste mich gegen deinen Willen auf dein Schiff schleichen, falls du das schon vergessen hast.«

Nolan blieb stehen, als sie sich fast berührten. Jewel hielt den Atem an – sie fürchtete, dass er sie berühren, aber fast noch mehr, dass er es unterlassen würde. Der Blick, mit dem er sie jetzt bedachte, ließ jedenfalls nicht auf Gleichgültigkeit schließen. Obwohl Jewel mittlerweile hatte lernen müssen, dass Lust und Liebe zwei völlig verschiedene Dinge waren, schien der Unterschied im Augenblick für sie unwichtig zu sein. Die Kraft von Nolans heißem Blick ließ ihre Knie so weich werden wie warmer Honig.

Plötzlich stieß sie mit ihrem Rücken hart gegen Holz; Jewel fand sich eingeklemmt in dem engen Raum zwischen der Koje und der Beugung der Schiffswand wieder. Nolan stützte seine Vorderarme neben ihren Schultern ab. Sie war gefangen. Dann senkte er den Kopf und flüsterte: »Ich habe überhaupt nichts von allem vergessen.« Sein Atem war das Einzige, was sie leicht wie ein Windzug berührte. »Auch nicht, wie du mich angesehen hast, als ich zum zweiten Mal in die Taverne kam. Damals warst du schon eine Frau. Dich hat es nach Abenteuer gelüstet … und nach einem Mann.«

Jewel wandte ihr Gesicht ab; sie konnte nicht lügen, während sie in seine Augen sah. »Das ist nicht wahr.« Sie wagte einen kurzen Blick. Er brannte vor purer Begierde. »Nun, zumindest nicht ganz. Ich wollte aus Charles Town entkommen – und die Welt sehen, wie mein Vater es mir immer versprochen hat.«

Nolan lächelte. »Und mich wolltest du auch. Vielleicht hast du es damals noch nicht gewusst, aber du wolltest mich.« Er berührte mit seiner Zunge die empfindlichste Seite ihres Halses, die sie törichterweise entblößt hatte. »Sag, dass es so war.«

Unvermittelt wandte sie den Kopf, so dass ihr Haar auf die Stelle fiel, die er gerade noch berührt hatte. Sie funkelte ihn an. »Ich werde nichts dergleichen sagen. Ich habe nicht nach einem Mann gesucht. Meine Mutter war es, die das getan hat.«

Er presste seine Hüften gegen ihre. Durch seine Hose konnte sie spüren, dass sein Körper bereit war, das Versprechen seines glühenden Blicks zu erfüllen. »Du sollst auch nicht sagen, dass du *irgendeinen* Mann wolltest. Ich will dich sagen hören, dass du mich wolltest.« Er roch an ihrem Haar. »Du gehörst zu mir und ich zu dir. Ich habe dagegen angekämpft, aber jetzt habe ich aufgegeben.«

Jewel zwang sich, seinen Blick zu erwidern, aber sich nicht

gegen die harten Konturen seines Körpers zu pressen. Hätte er seine Worte auch nur mit einem Hauch von Zärtlichkeit gesprochen, hätte sie vielleicht ihre Zweifel über Bord werfen und der Spannung nachgeben können, die sich wieder in ihr aufgebaut hatte. Unzweifelhaft begehrte er sie jetzt, aber was darauf folgen würde, löste noch immer Angst in ihr aus. Angst davor, auch nur zu vermuten, dass seine Gefühle eventuell doch stärker waren, als er sich jemals eingestehen würde. Worte waren leicht dahingesprochen, aber Taten waren unleugbare Wahrheit. »Trotzdem bist du das Risiko eingegangen, mich wegen der Karte zu verlieren.«

Nolan legte seine Hand um ihre Hüfte und zog sie sanft an den Beweis seiner Lust. »Niemals.« Er küsste erst ihren Nacken, dann ihr Ohrläppchen. »Aber das war die einzige Möglichkeit. Sie hätten dich auf jeden Fall verschleppt, hätten sie bekommen, was sie wollten. Ich wollte das Messer selber werfen, aber meine Hände haben zu sehr gezittert.«

Er rieb sich in langsamen, genussvollen Kreisen an dem Scheitelpunkt ihrer Schenkel. Jewel ließ den Kopf seufzend nach hinten sinken und schloss die Augen. Sie hatte ihn so vermisst. »Ich möchte dir glauben, aber …«

Nolan nahm ihre Hand und führte sie zwischen ihre Körper. Hitze wallte aus ihren Kleidern auf, und Jewels Finger schlossen sich um seine Männlichkeit, bevor sie sich zurückhalten konnte. Ihr Herz schlug schneller und bald im Einklang mit ihm, der unter ihren Fingerspitzen heiß pulsierte.

Nolans Atem wurde zu einem heiseren Stöhnen. »Dann glaub mir, dass ich nicht vergessen habe, wie es sich anfühlt, in dir zu sein. Glaub an das, was zwischen uns ist, denn das ist die Wirklichkeit. Ich bin dein Mann, Jewel. Es ist richtig.«

Jewel zog ihre Hand zurück, legte sie an seine Brust und hielt ihn auf Distanz. »Aber so einfach ist das nicht.«

Er umfasste ihre Handgelenke. »Doch, das ist es«, stieß er zwischen den Zähnen hervor. Er legte ihre Arme um seinen Hals und zog sie fest an sich. »Ich erwarte nicht, dass du mir vergibst, was geschehen ist. Ich weiß, dass das fast unmöglich ist. Aber ich will dich noch immer als meine Frau.«

Sie starrte in sein Gesicht, versuchte die Veränderung, die in ihm vorgegangen war, zu verstehen. Von ihrer Hüfte wanderten seine Hände auf ihren Rücken, um sie zu massieren, wobei er den sanften Druck beibehielt und sie an sich presste. Wie von selbst fuhren ihre Finger in sein Haar.

»Ich weiß jetzt, wer oder was ich bin. Ich habe dich mir genommen, und ich werde dich behalten. Du bist meine Frau.« Seine Hände umschlossen ihr Gesicht. »Nimm das hin, und dann nimm mich.«

Er hielt sie ganz still und senkte seinen Mund auf den ihren. Keine Faser ihres Verstandes oder ihres Körpers hatte noch die Kraft, ihm zu widerstehen. Seine Lippen waren sanft und prüfend, sogar zärtlich. Der Kuss war frei von dem verzweifelten Hunger, mit dem er noch vor kurzem ihren Raum betreten hatte. Sie lehnte sich stärker an ihn und erwiderte den Kuss. Kraftvoll schob er seine Zunge in ihren Mund. Sie klammerte sich an ihn und akzeptierte hungrig sein Eindringen.

Seine Hände wanderten zu ihrem Hintern, umschlossen ihn und zogen ihn an sich. Bei der Berührung spürte sie, wie feuchte Hitze ihre Schenkel benetzte, und sie drückte sich leidenschaftlich an ihn; ihr Verlangen, sich der vielen Schichten ihrer Kleider zu entledigen, wurde unerträglich. Ein tiefes Grollen aus seiner Kehle löste eine neue Welle der Lust aus, die direkt in ihr Geschlecht fuhr.

Er erhöhte sein Tempo nicht, sondern blieb bei den langsamen, verweilenden, quälenden Küssen, die jetzt zu der Kuhle unter ihrem Kinn wanderten. »Das ist es. Werde eins mit mir,

Liebste. Ich werde alles wiedergutmachen. Auf die einzige Art, die ich beherrsche.«

Er zog an den Schnüren ihres Kleides, befreite sie von dem Stoff und küsste jedes Stückchen nackter Haut, das er freilegte. Kniend begann er, ihren Rockbund aufzuknüpfen. Sie erstarrte und gebot seinen Händen mit den ihren Einhalt. Mit schweren Augenlidern und getrübtem Blick sah er zu ihr auf. »Lass mich dich entkleiden. Ich will dich sehen. Ich will alles von dir sehen.«

Sie errötete, nickte dann aber. Sein Verlangen war zu übermächtig, um es zu zügeln. Es kam ihr seltsam vor, ihn vor sich auf den Knien zu sehen, wie er sie vorbehaltlos bewunderte. Sie berührte sein Haar. Seltsam, aber berauschend. Mit einem Mal wusste sie, dass sie diesen Mann alles mit ihrem Körper anstellen lassen würde, was immer er auch wollte, nur um ihm nah zu sein.

Er küsste ihren Nabel. Es fühlte sich an, als hätte er mit einer Feder darübergestrichen. »Ich will deinen flachen Bauch durch meinen Samen wachsen sehen. Wenn das geschieht, wirst du mich nie wieder verlassen.«

Sie strich sein Haar zurück, bemüht, sich zu entspannen, während er ihre Röcke über ihre Hüfte schob. »Oh, Nolan – aber ich werde dich nicht verlassen. Daran habe ich nie gedacht.« Beinah hätte sie noch hinzugefügt, dass sie ihn liebte, schluckte die Worte aber in letzter Sekunde hinunter. Ihre Liebe war noch zu unsicher, und sie war nicht dazu bereit, sich noch mehr ihrer Illusionen zerstören zu lassen, sollte er nicht angemessen auf ihr Geständnis reagieren.

Er ließ seine Zunge in ihrem Bauchnabel kreisen. »Beweis mir deine Worte. Lass mich dein Mann sein. Lass mich unsere Ehe vollziehen.«

Sie lachte. »Habe ich denn überhaupt eine andere Wahl?«

Mit der Zunge strich er leicht über die empfindliche Haut an ihrem Hüftknochen. »Natürlich. Du musst es genauso sehr wollen wie ich.«

Als er die dunklen Locken am Scheitel ihrer Schenkel küsste, versuchte sie, sich ihm zu entziehen, doch seine Hände, die ihren Hintern umfingen, ließen sie nicht entkommen. Er gab ihr noch einen schnellen Kuss, bevor er den Kopf hob. »Bleib hier. Entspann dich.«

Seine Handflächen streichelten die Rundungen ihres Hinterns und tauchten dann in das V zwischen ihren Schenkeln. Trotz ihres Bestrebens, zumindest einen letzten Rest von Sittsamkeit zu wahren, ließ sie ihn ihre Beine mit Leichtigkeit öffnen. Ein sanftes Streicheln mit seiner Zunge über die überempfindliche Haut an gleicher Stelle entrang Jewel ein Keuchen, das wie ein atemloses Stöhnen klang.

»Dein Duft sagt mir, dass es dir gefällt. Öffne dich für mich und gewähre uns endlich, was wir beide wollen.«

Sein Anblick, wie er vor ihr kniete, das Gesicht so nah an ihrer geheimsten Stelle, überflutete sie mit einer heißen Welle von Vorfreude und Furcht. »Sollten wir nicht besser in die Koje gehen?«

Mit über ihre Schenkel gleitenden Händen drängte er sie vorsichtig weiter auseinander. »Warum?«

Sie musste eine neue Position finden, oder sie würde fallen. »Ich dachte, du legst auf meine Zustimmung Wert?«

Wieder senkte er den Kopf und leckte sie. Hitze wallte auf, wo seine Zunge sie berührte. Ein tiefes Glucksen ertönte aus seiner Kehle. »Du bist so feucht, es ist, als ob du mir deine Zustimmung entgegenschreien würdest, Liebste.«

Jewel wollte sich ihm sacht entziehen, aber noch immer hielt er ihre Schenkel fest umschlossen. »Dann hör auf.«

»Ich will, dass du feucht bist.« Er hob den Kopf gerade lange genug, um die Worte aussprechen zu können. Als er sie wieder berührte, setzte er seinen Mund und seine Zunge ein und verschlang sie in einem Kuss mit geöffnetem Mund, der ihr die Knie weich werden ließ. Als er seine Zunge in sie schob, schrie sie auf.

»Nolan«, bettelte sie, einer Ohnmacht nahe.

Zu ihrer Erleichterung ließ er Hände und Mund wieder an ihrem Körper hinaufgleiten. Trotzdem begann bei seinem Rückzug ihr Körper aus Protest zu pochen. Sie fühlte sich, als hätte sie ihr Herz verschluckt, das nun zwischen ihren Schenkeln schlug. Sie versuchte den Mut aufzubringen, ihn zu bitten, sie dort noch einmal zu küssen. Bei ihrer Brust hielten seine Hände inne. Jewel zwang sich, ruhiger zu atmen, ihr rasendes Verlangen wieder in den Griff zu bekommen. Es war schier unmöglich, wagte er sich doch unerschrocken weiter vor. Er saugte an ihrer einen Brustwarze, dann an der anderen, so ausgiebig, dass ihr schon wieder die Sinne schwanden. Als sie schwankte, legte er ihr seinen starken Arm um die Taille und führte sie zur Koje. »Sag mir, was ich jetzt mit dir anstellen soll, Jewel.«

Sie fühlte sich zu schwach für einen symbolischen Kampf. Sie war feucht, heiß und verlangte nach ihm. All ihre Empfindungen konzentrierten sich zwischen ihren Beinen. Wenn er nicht schnell mit dem weitermachte, was er begonnen hatte, dann würde sie darum betteln müssen.

An seinem frechen Grinsen, mit dem er sich über sie beugte, erkannte sie, dass sich ihre Begierde schon allzu deutlich auf ihrem Gesicht abzeichnete. »Sag es mir. *Sag* es.«

Ihre Augenlider waren schwer. Sie hatte keine Lust, wegen seiner selbstzufriedenen Art einen Streit zu beginnen. Er hatte sie genau da, wo er sie haben wollte. Ein Umstand, der beiden klar war. Sie ließ ihren Blick zu seiner Erektion hinabwandern,

Stiefel und Hosen hatte er bereits abgestreift, und sie hätte schwören können, dass er unter ihrem Blick noch weiter anschwoll. Als sie wieder in sein Gesicht blickte, war sein selbstgefälliges Grinsen verschwunden. Sie lächelte und reckte sich ihm entgegen. Sein Blick gab ihr allen Mut, den sie brauchte, um ihre eigene feuchte Mitte zu berühren. Erschrocken von der Hitze, die ihr Körper verströmte, hauchte sie: »Küss mich hier noch mal.«

Sie spreizte ihre Beine, und er belohnte ihr Entgegenkommen mit Küssen auf die Innenseiten ihrer Schenkel. Sein heißer Atem erregte sie genauso wie sein Kuss. Nolan setzte sich so, dass er halb in der Koje lag, halb auf dem Deck kniete. »Möchtest du, dass ich dich vor Lust zum Schreien bringe?« Grob zog er sie an sich. Während er ihre Beine noch etwas weiter öffnete, schloss sie die Augen und wappnete sich gegen die Flut von Empfindungen, die das Denken unmöglich machen würde. Mit nur einem einzigen, neckenden Finger fuhr er an ihrer Öffnung entlang. »Soll ich?«

Sie wand sich in seinem festen Griff. Fragend sah er sie an.

»Nein. Noch nicht.« Sie ließ ihren Kopf zurücksinken, entspannte sich und gab sich ganz der Aufmerksamkeit hin, die ihr Körper verlangte. »Seit wann bist du so … schwer erziehbar?«

Erneut küsste er die Innenseite ihres Schenkels. Als sein Daumen das Zentrum ihrer Lust fand, biss sie sich hart auf die Lippen, um ein Stöhnen zu unterdrücken. »Seit ich aufgehört habe, das zu leugnen, was ich will.« Er leckte sie nahe der Stelle, die seine Hand streichelte. Unter der Berührung erzitterte ihr Körper und ihre Brustwarzen wurden härter denn je. Von nun an durfte er alles mit ihr tun, was er wollte. Wie von selbst fielen ihre Knie zur Seite.

Er schmunzelte, wohl über ihre übermütige Hemmungslosigkeit, streckte mit der freien Hand ihr Bein, hob seinen Kopf und knabberte an der Rückseite ihres Knies, während er unablässig einen Finger in ihr bewegte und den Daumen um das Zentrum ihrer Lust kreisen ließ. »Ich liebe es, wie du schmeckst. Wie du dich anfühlst. Ich will in dir sein.«

Seine rauhe Stimme zerrte so eindringlich an ihren Nerven wie seine Hand und sein Mund. Als sich die Muskeln in ihrem Schenkel zusammenzogen, wusste sie, dass sie dabei war, sich rasend schnell auf den Ort zuzubewegen, an dem sie den letzten Rest ihrer Kontrolle verlieren würde. Die Art, wie er sie berührte und wie er sich zwischen ihre für ihn gespreizten Beine beugte, machte sie über die Maßen verletzlich. Sie fürchtete, sie würde das Bewusstsein verlieren, noch ehe er in ihr war. »Bitte, Nolan.«

»Bitte, was?«

Ihre Hüften bewegten sich im Rhythmus seines Fingers. Ihre Augen rollten vor Genuss. »Liebe mich.«

Seine Qual fortsetzend knabberte, küsste und saugte er sich an der Innenseite ihres Schenkels entlang. »Aber das tue ich bereits.«

»Nein. Du weißt, was ich meine.«

»Dann sag es.« Er verlagerte sein Gewicht.

Als seine harte Spitze ihre Öffnung berührte, explodierte sie. Ihr Körper krampfte sich um seinen Finger, während er weiterhin an ihrem Bein leckte und sie festhielt. Als ihre Zuckungen nachließen, zog er seine Hand zurück.

Sie hatte kaum genug Atem gesammelt, um zu protestieren, als er seine Schulter unter ihr anderes Bein schob, sie an sich zog und mit einem harten, tiefen Stoß in sie eindrang. »Ist es das, was du willst?«

Sie fühlte, wie sich die Spannung, die sie sich eben noch entledigt geglaubt hatte, erneut in ihr aufbaute. Sein Drängen ließ sie in einer neuen Welle der Lust untergehen. Seine Hände umfassten ihre Hüften und zogen sie bei jedem Stoß mit sich hinab. Als sie schon wieder auf die Ekstase zutaumelte, hörte er plötzlich auf. Er war tief in ihr vergraben. Sie spürte sein unfreiwilliges Pulsieren. Dann öffnete sie ihre Augen, sah seinen angespannten Kiefer und einen Schweißtropfen an seinem straffen Nacken hinabrinnen. Er stand kurz vor der Erlösung.

Nolan neigte sich, um sie auf den Mund zu küssen, und bedeckte dabei ihren ganzen Körper mit dem seinen. Verglichen mit dem rasenden Drang, dem er gerade Einhalt geboten hatte, war der Kuss nur eine sanfte Berührung. Jewel schloss die Augen und ließ die Hüften kreisen. Indem er sie fest an sich gepresst hielt, bremste er ihre Bewegungen. »Sieh mich an.«

Sie gehorchte und wurde von seinen blauen Augen verschlungen. »Du gehörst jetzt zu mir – vor dem Gesetz von Mensch und Gott, du gehörst zu mir. Sag es.«

Sie leckte sich über die Lippen. »Ich gehöre zu dir.« Mit ihrer Hand berührte sie seine Wange. Ihr Finger wanderte an seine Lippen, wo seine Zunge sanft ihre Fingerspitze liebkoste und sie in seinen Mund zog. Als er daran saugte, rieselten Schauer durch ihren Körper bis zu der Stelle, an der sie vereinigt waren.

Dann schloss er die Augen und bewegte sich wieder, langsam und tief. Ihre Leidenschaft baute sich schnell wieder auf, und nach ein paar tiefen Stößen klammerte sich ihr verzweifelter Körper leidenschaftlich um ihn. Sie hielt sich an seinen Schultern fest, um nicht von der Lust verschlungen zu werden, die sie überkam.

Noch einmal stieß er tief in sie hinein, bevor er sich versteifte. Dann vergrub er seinen Kopf an ihrer Schulter und stammelte etwas Unverständliches in ihren Nacken. Sie hielt ihn, als er sich in ihren Armen verkrampfte, küsste sein Ohr und stellte sich vor, seine Worte wären ein Liebesbekenntnis. Er hatte sich so verausgabt, dass er sich auf sie fallen ließ. Einen Teil seines Gewichts schien er mit seinen Armen abzufangen, denn seine Nähe fühlte sich wohlig an, nicht erdrückend. Sie kuschelte sich enger an ihn und umschlang ihn mit ihren Armen.

Als er sich auf die Seite rollte, zog er sie mit sich, erwiderte ihre Umarmung und schmiegte sich eng an sie. In diesem Augenblick fühlte sie sich ihm näher als bei ihrer Vereinigung. Obwohl sein Griff nach und nach schwächer wurde, hielten sie sich weiterhin gegenseitig fest.

Nolan küsste ihr Ohr und glättete ihr Haar. »Jetzt bist du wirklich meine Frau, und niemand kann uns jemals wieder trennen.«

Jewel beobachtete Nolan über das Deck hinweg. Nichts war zwischen ihnen geklärt worden, aber alles hatte sich verändert. Sogar sein Aussehen. Er trug sein Haar nun offen, hatte seine leuchtend blaue Jacke völlig vergessen und erfüllte jedes Detail des Traumbilds vom lustvollen Abenteurer, den sie sich als Mädchen immer vorgestellt hatte – bis hin zu seinen schwarzen kniehohen Stiefeln und der goldenen Creole im Ohr, die das Licht reflektierte. Einziges Zugeständnis an die Zivilisation war sein glatt rasiertes Gesicht, und das auch nur, weil sein Bart ihre Wangen und die weniger prominenten Stellen ihres Körpers rot und wund gemacht hatte.

Seufzend genoss sie es, seine kraftvollen Bewegungen zu beobachten, als er seiner Crew nun Anweisungen gab. Jetzt waren sie wirklich Mann und Frau. Nolan hatte das in den letzten Tagen bei jeder sich bietenden Gelegenheit unter Beweis gestellt. Sie unterdrückte ein Gähnen. Wenn sie noch so eine lange, sinnliche Nacht überleben wollte, musste sie sich dringend zur Ruhe legen. Und trotz Nolans noch immer ungeklärte Vergangenheit wollte sie unbedingt überleben … Sie erhoffte sich ein langes Leben mit ihm, ihrem Mann.

»Kriegst nicht genug Schlaf, was, Mädchen?«, fragte Wayland gedehnt.

Sie blickte sich um und sah den alten Piraten hinter sich stehen. Seinem Rat hatte sie überhaupt erst dieses Durcheinander zu verdanken … und sie hatte sich nie dafür erkenntlich gezeigt. Sie zwinkerte ihm spitzbübisch zu. »Ich schlafe ganz wunderbar, habt vielen Dank.«

Wayland verringerte die Distanz zwischen ihnen. »Dann muss es wohl an deinem Mann liegen, dass du so erschöpft aussiehst?«

Zu ihrer eigenen Überraschung lächelte sie statt zu erröten. »Vielleicht. Und was habt Ihr zu Eurer eigenen Verteidigung anzuführen? Seid Ihr schon in jungen Jahren dieser Art von Vergnügungen verlustig gegangen?«

Sein gesundes Auge weitete sich. »Bisschen mehr Biss gekriegt, was? Aber den brauchst du wahrscheinlich auch, um den da drüben im Zaum zu halten.« Er deutete mit dem Kopf auf Nolan.

Jewel legte die Hand auf seinen Ärmel. »Ich wollte Euch nur etwas ärgern.«

»Ich weiß es zwar besser, aber das halte ich schon aus. Zumindest lächelst du mich wieder an.«

Jewel zuckte die Schultern und machte ein paar Schritte. »Es war alles nicht so einfach. Euer Ratschlag, der bewirken sollte, dass Nolan und ich zusammenkommen, hat mir überhaupt nicht gefallen, aber ich glaube, er hat funktioniert.«

Wayland folgte ihr, hielt sie aber mit einer sanften Berührung am Arm auf. Sein ernster Blick und das Stirnrunzeln auf seinem Gesicht verunsicherten sie. Sie schenkte ihm ihre volle Aufmerksamkeit. »Bist du glücklich?«

Jewels bejahendes Lächeln schwand unter seinem prüfenden Blick. »Schaut mich nicht so verdrießlich an. Ich dachte, genau das hattet Ihr die ganze Zeit über hinterhältig geplant?«

Wayland legte die Hand auf sein Herz, als wäre er von ihren Worten schwer getroffen. »Hinterhältig? Hat dir Nolan etwa eine falsche Vorstellung von dem alten Wayland eingeimpft?«

Jewel blickte nach unten und war plötzlich von der Art gefangen, wie ihr Saum über ihre braunen Lederschuhe strich. Nolan hatte viele Dinge angedeutet, aber nichts davon hatte etwas mit Wayland zu tun gehabt. Sie sah ihn schräg aus den Augenwinkeln an. »Ich bin nur nicht mehr so naiv, das ist alles. Ihr wusstet viel mehr über meinen Vater und Nolan, als Ihr preisgegeben habt. Ihr habt uns zusammengebracht, als Nolan Abstand wahren wollte.«

Wayland sah hinaus aufs Meer – ein durchschaubarer Versuch, ihrem Blick auszuweichen. Einen Augenblick lang glaubte Jewel, der alte Pirat würde sich tatsächlich schämen, doch dieses Verhalten würde eigentlich allem widersprechen, was sie bisher über ihn wusste. Er war schlicht und einfach ein Opportunist, und sie war wirklich etwas schlauer geworden. Die Menschen waren selten so, wie sie sich ihr gegenüber darstellten. Aber wie sehr hatte sie sich dann in ihrem eigenen Vater getäuscht?

»Wayland, warum hat Nolan meinen Vater getötet?« Die Frage, die sie noch immer quälte, war ausgesprochen, ehe sie selbst gewusst hatte, dass sie sie stellen wollte.

Wayland legte seinen Kopf zur Seite, und Jewel bekam Angst vor ihrer eigenen Forschheit. Sie fürchtete sich davor, die Wahrheit zu hören, wollte ihre Frage zurücknehmen.

Wayland schob die Hände tief in seine Taschen. »Das hat er nicht. Nicht wirklich, jedenfalls.«

Jewel blinzelte, von seiner Antwort überrascht. An Waylands Arm drehte sie ihn zu sich herum. »Sagt das noch mal.«

»Es war nicht so, dass Nolan Bellamy umbringen wollte, er wollte nur nicht mehr länger zu seiner Besatzung gehören.« Wayland sah über Jewels Kopf hinweg, wich ihrem Blick aus.

Erneut zog sie an seinem Ärmel. Versuchte, ihm in die Augen zu sehen. »Das weiß ich bereits. Ich habe sie damals streiten hören.«

Wayland wandte ihr sein Gesicht zu. Sein kaltes blaues Auge blickte in ihre Richtung, das braune sah über ihre Schulter hinweg. »Wahrscheinlich hast du auch die Narbe gesehen? Nolan wäre an der Wunde beinah gestorben. Er hat sich damals eine schlimme Entzündung eingefangen. Deswegen ist sie auch nicht richtig verheilt. Ich habe für diesen Jungen alles getan, was in meiner Macht lag.«

Bei dem Gedanken, Nolan zu verlieren, setzte Jewels Herz einen Schlag aus. Wayland und sie sprachen zwar über den Tod ihres Vaters, aber die eigentliche Qual dabei war die Vorstellung, Nolan zu verlieren, noch ehe sie ihn wirklich kennengelernt hatte. »Und weiter? Was meintet Ihr damit, dass Nolan meinen Vater nicht wirklich getötet hat?«

Wayland trat verlegen von einem Fuß auf den anderen, dann hielt er inne und schien seine Worte sorgfältig abzuwägen. »Es gab eine Meuterei, das war alles, und Nolan hat mit seiner Meinung, dass er Bellamy nicht als Kapitän akzeptierte, nicht hinter dem Berg gehalten. Er wollte die Mannschaft schon verlassen, noch ehe Bellamy ihn mit einem Messer durchbohrte, und als die Wunde endlich verheilt war, war er nicht mehr derselbe. Der Junge begann, seine Zeit abzusitzen, und Bellamy, Schiffe mit Frauen und Rum denen mit guter

Beute vorzuziehen … Nun ja, auch ein paar andere der Mannschaft ärgerten sich über die Entwicklung und schlugen sich auf Nolans Seite.«

»Also hat die ganze Crew gegen meinen Vater gemeutert?«

»Fast die ganze Besatzung. Eine Zeitlang habe ich noch zu ihm gehalten, dann war er zwei Wochen lang betrunken und unansprechbar, und ich hatte keine Lust mehr, mich selber vor den anderen angreifbar zu machen, nur weil er sich wie ein schwachköpfiger Idiot benahm.«

Jewel schluckte schwer. Obwohl sie schon damit gerechnet hatte, dass der Charakter ihres Erzeugers wohl kaum der eines edelmütigen Mannes sein würde, hatte ihr noch nie jemand so deutlich von seinen Verfehlungen berichtet. »Mein Vater war also ein Idiot?«

Wayland schlug sich aufs Bein. »So habe ich das nicht gemeint. Meine Erinnerung ist mit mir durchgegangen. Dein Vater war schlau – aber das Leben, das er sich ausgesucht hatte, fraß ihn langsam auf. Er trank immer mehr, kämpfte mehr und verführte so viele Frauen wie möglich, um seine Trauer zu bekämpfen, da er doch eigentlich nur dich wollte.«

Jewels alte Wunde schmerzte bei Waylands Worten. »Hat er Euch das gesagt? Hat er über mich gesprochen?«

Wayland ließ sein Auge auf ihrem Gesicht ruhen. »Nein, Mädchen. Das hat er nicht. Bellamy war nicht das, was man gemeinhin einen freundlichen Mann nennt. Er hat dich schlecht behandelt, und ich weiß nicht, ob er sich jemals geändert hätte. Aber ich weiß, dass sein Inneres leer war und er sich nach dir gesehnt hat.«

Jewel schüttelte den Kopf. Wenn es Waylands Absicht war, Mitleid für Bellamy zu erregen, dann packte er es ganz falsch an. Sie hatte keinen Vater gehabt, und die harte Arbeit, die ihre

Mutter verrichten musste, um sie beide durchzubringen, hatte ihr auch den anderen Elternteil genommen. Sie rieb sich die Schläfen. »Du willst also sagen, dass die Besatzung meinen Vater umgebracht hat und nicht Nolan?«

Wayland beschrieb mit seiner Schuhspitze einen unsichtbaren Kreis auf Deck. »Nolan gab den Befehl, Bellamy aus dem Weg zu räumen. Aber er war dabei anständig. Die Crew wollte ihm einen Körperteil nach dem anderen ausreißen, langsam und schmerzhaft. Sie planten, einen Wettkampf daraus zu machen, und hatten vor, Wetten darauf abzuschließen, wie lange es dauern würde, bis er starb – und das ist keine Übertreibung. Eine unzufriedene Piratenmannschaft ist etwas, womit man es freiwillig niemals zu tun bekommen will.«

»Also hatte Nolan keine andere Wahl?« Wenn Jewel das glauben konnte, wären all ihre Probleme gelöst. Ein für alle Mal könnte sie dann die Vergangenheit begraben.

Wayland blickte wieder über ihre Schulter hinweg. Sie folgte seinem Blick und sah Nolan, der mit dem Fernrohr auf den Großmast geklettert war. »Dein Ehemann war es, der die Unzufriedenheit der Crew endlich ausgesprochen hat. Aber niemand von ihnen hatte den Arsch in der Hose, um sich Bellamy zu widersetzen. Niemand, außer ihm. Er nahm sich den Halsabschneider, und sie folgten seinen Befehlen. Würden ihm noch immer folgen, wenn er sich nicht plötzlich entschieden hätte, anständig zu werden. Aber jetzt führt er wieder das Leben, zu dem er geboren wurde.«

Jewel sah Nolan dabei zu, wie er aufs Deck sprang und dann den Blick schweifen ließ, bis er sie entdeckte. Sogar aus der Ferne konnte sie die Intensität, den Besitzanspruch seines Blickes spüren. Er winkte ihr keinen Gruß zu, aber das war auch nicht notwendig. Er lächelte sie kurz an und wandte sich dann wieder seiner Mannschaft zu, um Befehle zu erteilen.

Jewel betrachtete Wayland aufmerksam. »Wie ist mein Vater gestorben?«

Der Mund des Piraten wurde schmal. »Das brauchst du nicht zu wissen.«

Jewel war sich sicher, dass Nolan kein kaltblütiger Mörder war. Wäre er das, hätte er Jack und seine Crew nicht am Leben gelassen. »Meint Ihr, Nolan hat das Richtige getan?«

Wayland grunzte. »Was hat das denn jetzt hiermit zu tun? Richtig oder falsch, die Einteilung gibt es bei unserer Art von Leben nicht. Wenn man sich daran hält, erreicht man sicherlich nicht mein reifes Alter.«

»Aber Ihr habt gesagt, dass er meinen Vater nicht töten wollte. Und dass er getan hat, was er tun musste.«

»Das macht es auch nicht richtiger. Aber wenn du auf eine Wertung aus bist, bist du bei Nolan wohl an der richtigen Adresse. Er hat mehr von dieser nutzlosen Gut-oder-böse-Moral in sich als die meisten von uns.«

Jewel lächelte. »Und Ihr?«

Wayland grinste schief. Er sah dabei viel netter aus, als wenn er zahnlos lächelte. »Vielleicht lerne ich das ja noch gegen meinen Willen.«

Sie neigte den Kopf und lachte. »Zu lange in Nolans Nähe gewesen, hm?«

»Nein, eher in deiner.«

Jewel schaute ihn an. Machte er sich über sie lustig? Er sah weg, als hätte es den Anflug von Offenheit zwischen ihnen nie gegeben. »Hör nicht auf mich. Ich habe in meinem Leben schon viel zu viel Kill-devil getrunken. Ich wünschte nur, Bellamy hätte dich so kennenlernen können. Das hätte ihm gutgetan, hätte ihm sicher gutgetan.« Wayland schickte sich an, die Unterhaltung zu beenden.

Jewel lächelte. Was ihren Vater betraf, war sie noch nie so

zufrieden gewesen. »Ihr meint, ich hätte auf ihn die gleiche Wirkung gehabt wie auf Euch?«, rief sie ihm nach.

Wayland drehte sich um, dann kam er wieder ein paar Schritte auf sie zu. »Das will ich doch schwer hoffen.«

Kapitel siebzehn

Kurz vor der Morgendämmerung erreichten sie die Insel. Nolan hatte erwartet, dass bei der Einfahrt in die geschützte Bucht die grauenvolle Erinnerung sich wie ein Schleier über ihn legen würde, lag aber damit falsch. Vielmehr war es so, dass die Gewissheit, die Reise, die er im Alter von vierzehn Jahren begonnen hatte, bald beenden zu können, seine Gedanken bestimmte.

Nolan und Tyrell ließen die Beiboote im trüben Licht des anbrechenden Tages hinab. Niemand wollte noch länger warten, alle waren viel zu aufgeregt. Wenn die Gerüchte auch nur ansatzweise stimmten, war der Schatz groß genug für jeden von ihnen – und noch wichtiger: Sein Wert würde genügen, um den Krieg zu finanzieren. Zumindest einen guten Teil davon.

Nolan hielt inne, um die Brise sein müdes Gesicht kühlen zu lassen. Der tropische Duft der Insel vertrieb den abgestandenen Geruch von Meer und Salzlake, eine willkommene Abwechslung. Während der langen Überfahrt hatte Nolan zu seiner jungen Crew Vertrauen gefasst. Alle, vor allem Nolan selbst, waren in den letzten Monaten, die sie zusammen verbracht hatten, gewachsen. Endlich war er sein eigener Herr. Er musste nur sich selbst gehorchen – nicht Bellamy, nicht seinem Vater und ganz sicher auch keinem Geist.

Er nahm Jewels Hand und küsste sie auf deren Knöchel. Für den Fall, dass sie ausrutschen sollte, hielt er ihren Arm fest und half ihr, den Fuß auf die erste Sprosse der Strickleiter zu setzen. Sie kletterte ruhig hinunter, während er die Laterne hielt, um ihr zu leuchten, und Tyrell schon am unteren Ende wartete, damit er ihr ins Boot helfen konnte. Er griff um ihre schmale Hüfte und hob sie hinüber. Jewel blickte zu Nolan hinauf, der ihr aufmunternd zulächelte. Seine Eifersucht zeigte nicht mehr länger bei der kleinsten Gelegenheit ihre Klauen. Die Angst, sie an einen anderen Mann verlieren zu können, schlich sich nicht mehr in seine Gedanken ein, zumindest nicht, wenn es um Tyrell ging.

Nolans Lächeln verblasste, als Jewel zum Ufer hinübersah. Er würde sie an niemanden verlieren, beruhigte er sich und folgte ihrem Blick. Die Insel lag im Schatten – ein hervorragendes Zuhause für den Geist, als den er sich Bellamy vorstellte.

»Hast du ihr endlich gesagt, dass du sie liebst?«

Nolan drehte sich ruckartig um und entdeckte Wayland direkt hinter sich. »Habt Ihr noch nicht gelernt, dass man sich nicht einfach so an Leute heranschleicht?«

»Schwachsinn, ich stehe hier schon die ganze Zeit. Du hast es ihr noch nicht gesagt, stimmt's?«

»Ihr solltet Euch schleunigst ins Boot begeben, wenn Ihr mitkommen wollt.«

»Du kannst dir ihrer nicht sicher sein, du musst dem Mädchen endlich sagen, was du fühlst. Frauen brauchen mehr als körperliche Zuneigungsbeweise im Bett, um zu wissen, dass ihr Mann sie liebt.« Wayland drängelte sich zwischen seinen Kapitän und die Strickleiter. Als Nolan den Fehler beging, einzuatmen, fuhr er mit dem Kopf ruckartig zurück. »Wie viel habt Ihr getrunken?«

Wayland stieß ihn weg. »Ich rieche immer nach Rum und bin verdammt stolz drauf. Er ist gut für die Haut.«

Nolan hob die Laterne. »Aber Euer Gesicht kann doch ohnehin niemand sehen, wenn Ihr Euch nie rasiert.«

»Im Gegensatz dazu kann man deines jedoch sehr gut sehen, und ich frage mich, warum du auf die Insel starrst, als ob dich dort etwas erwarten würde, das vorhat, dich bei lebendigem Leib zu verschlingen.«

Nolan fixierte das dunkle Ufer und wurde tatsächlich nervös. Entgegen seinem anfänglichen Optimismus bemächtigte sich ihm jetzt ein ungutes Gefühl. »Ihr wisst den Grund ganz genau. Folgt mir ins Boot, damit wir es hinter uns bringen.«

Wayland zuckte mit den Schultern. »Aye, Captain, aber ganz ehrlich: Du hörst dich nicht wie ein Mann an, der gleich die Schätze eines Königs finden wird.«

Nicht? Nolan kletterte hinter Wayland die Leiter hinunter. Sobald sich der Schatz an Bord befand und sie diesen Ort verlassen könnten, würde er vor Glück schreien. Er ließ sich im Boot nieder, nahm Jewels Hand und überließ den anderen Männern das Rudern.

Vielleicht sollte er Jewel wirklich sagen, dass er sie liebte? Bisher hatte er nie darüber nachgedacht, weil er nicht gewusst hatte, dass er es tat. Er begehrte sie, ganz eindeutig, aber Liebe …? Gab es dieses Gefühl denn überhaupt? Die einzige Liebe, die er bisher erlebt hatte, war die zu seinen Eltern gewesen, aber dieses Gefühl war ihm süßlich-widerlich aufgestoßen, hatte ihn gehemmt und ihm stets mehr Schuldgefühle als Freude verschafft. Das war kein Vergleich zu dem, was Jewel in ihm wachrief. Er fühlte Besitzsucht, wenn er sie ansah, und Schuld, wenn er sie unglücklich machte. Die Spannung, die sich bei ihrem Anblick in ihm ausbreitete, könnte man als durchaus süßlich beschreiben, aber … nein, es war nicht dasselbe wie bei seinen Eltern. Männer plauderten einfach nicht über solche Dinge wie die Liebe. Er hatte sie geheiratet, und das musste genügen.

Er hob den Kopf, und sein Herz setzte für einen Schlag aus,

als er den Geist langsam auftauchen sah. Nolan änderte seine Position, setzte sich gerade hin. Offenbar schien er der Einzige zu sein, der ihn entdeckt hatte, alle anderen dämmerten noch im Halbschlaf vor sich hin. Er fokussierte seinen Blick. Am Ufer stand ein in Lumpen gekleideter Mann und schwenkte wie wild die Arme über dem Kopf, verzweifelt darum bemüht, ihre Aufmerksamkeit zu erregen. In Nolans Magen rumorte es.

Mein Gott, war er etwa verrückt geworden? Wenn irgendjemandem auf der Welt das gelingen sollte, dann mit Sicherheit nur Bellamy Leggett – egal, ob tot oder lebendig.

Tyrell blickte zu Nolan und stemmte die Ruder aus dem Wasser. »Da ist jemand am Ufer, Captain.«

Jewel sah sich um, aber die Männer verstellten ihr den Blick.

Nolan sah zu Wayland, der kein bisschen erstaunt wirkte. Dann traf Nolan die Erkenntnis mit der Kraft eines unerwarteten Schlags von Bellamys harter Faust. Fast wünschte er sich, er würde tatsächlich an einer Halluzination leiden. Bellamy hatte sich mit seinen Tricks und seiner Manipulationskunst mal wieder selbst übertroffen. Von Anfang an war Nolan sein Pfand gewesen. »Dieser Huren–«

Jewel drückte seine Hand. Als er sich umdrehte und sie ansah, dachte er für einen winzigen, herzzerreißenden Augenblick lang, dass sie schon immer Teil des teuflischen Plans ihres Vaters gewesen war, doch ihr verwunderter Blick ließ seinen Argwohn unbegründet erscheinen. Bellamy und seine Verbündeten hatten sie noch schamloser benutzt als ihn, was Nolans mörderische Wut noch verstärkte.

Er durchbohrte Wayland mit einem Blick, aus dem sein ganzer Hass sprach. »Das hier ist noch nicht vorbei. Ganz und gar nicht. Es hat gerade erst begonnen.«

Wayland war weder beleidigt, noch machte er eine süffisante Bemerkung. Vielmehr zuckte er einfach nur in abgeklärter Resignation mit den Schultern. »Sag das besser ihm.«

»Wer ist das?«, fragte Jewel. »Kennt Ihr den Mann am Ufer etwa?«

Unvermittelt liefen sie auf den Strand auf, womit Nolan von der Antwort enthoben wurde. Gemeinsam mit Tyrell sprang er heraus, beide hatten vorsichtshalber schon vorher ihre Stiefel ausgezogen, und zogen das Ruderboot an Land.

Bellamy Leggett stolperte bereits in ihre Richtung. Seine Kleider hingen in Fetzen an ihm herab, aber sein ganzer Stolz, sein dickes goldblondes Haar, schien gerade eben erst gekämmt worden zu sein: Durchsetzt mit grauen Strähnen, die den Glanz etwas dämpften, fiel es ihm über die Schultern. Sein Gesicht, das Nolan bis in seine Träume hinein verfolgt hatte, war glatt rasiert, was Nolans Hoffnung nährte, dass entweder Bellamy in den letzten Jahren dümmer oder er selbst schlauer geworden war.

»Nolan, bist du das? Ich wusste, dass du zurückkommen würdest, um mich zu holen. Ich wusste, du würdest mich nicht verlassen.«

Tyrell war stehen geblieben und starrte den alten Mann an, während Nolan dagegen ankämpfte, Bellamy für sein grandioses Schauspiel zu applaudieren. Als er jemanden lauthals nach Luft schnappen hörte, wurde ihm klar, dass nun auch Jewel ihren Vater erkannt hatte. Nolan hielt sich zurück, gespannt, wie sie reagieren würde. Es war an Bellamy, den ersten Zug in diesem Spiel zu machen.

Jewel stieg aus dem Boot, stapfte durch den Sand und ignorierte die Brandung, die den Saum ihres Kleides durchnässte. Bellamy, der ihr entgegenstolperte, blinzelte wie wild, als versuche er, aufsteigende Tränen zu verhindern. Nolan schätzte, dass seine Augen in Wirklichkeit so trocken wie Wüstensand waren.

Er öffnete die Arme. »Das kann nicht sein. Ich muss schon wieder von Wahnvorstellungen heimgesucht werden. Ein Mann muss ja dem Wahnsinn verfallen, wenn er so viel Zeit mit sich allein verbringt. Verlassen. Vergessen. Sich selbst überlassen. Bist du das, Jewel?«

Sie nickte, behielt aber eine gewisse Distanz bei und wandte ihren Blick zu Nolan. Ein verwirrter Ausdruck lag auf ihren sonst so leuchtenden Augen. Nolan wusste, dass er ihr jetzt keine zufriedenstellende Antwort bieten konnte, und sie wandte ihre Aufmerksamkeit wieder ihrem Vater zu. »Ich dachte, du wärst tot?«

Bellamy ließ den Kopf in seine Hände sinken, verbarg das Gesicht und ließ seine Schultern nach vorne rollen. »Das glaubte ich auch«, erklang seine gebrochene Stimme durch die Finger hindurch. Jewel rannte zu ihm und legte ihren Arm um seine bebenden Schultern.

Nolan starrte fasziniert auf die sich vor ihm abspielende Szene. Er war verdammt! Und er war ein Narr gewesen, zu glauben, dass er Bellamy so einfach loswerden konnte. Eigentlich hätte es ihm damals gar nicht so viel ausgemacht, wenn Bellamy die kleine Unannehmlichkeit, die er ihm auferlegt hatte, überlebt hätte. Zur Hölle, tief in seinem Inneren hatte er es sogar gehofft. Das war auch der Grund gewesen, weshalb er ihn nicht gleich umgebracht hatte. Die Schuld, die ihn seit Jahren gepeinigt hatte, war der Tatsache geschuldet, dass Bellamy niemals wieder in Erscheinung getreten war und Nolan ihn somit für tot gehalten hatte. Nun, diese Episode hier am Strand würde für Jewels Vater sicherlich die verlorene Zeit wieder wettmachen. Bellamy war noch immer der Herr, und Nolan würde bis ans Ende seiner Tage sein geringerer Schüler bleiben.

Jewel schlang ihre Arme um Bellamy und fuhr ihm durch sein Haar. »Jetzt ist alles gut. Du bist in Sicherheit bei uns.« Sie blickte über ihre Schulter und sah Nolan an. »Das stimmt doch, oder?«

Nolan verlagerte sein Gewicht von einem Fuß auf den anderen und verschränkte die Arme vor der Brust. Innerlich raste er vor Wut. Am liebsten würde er hinausschreien, dass er in diesem Moment nichts mehr wünschte, als Bellamy an der höchsten Palme der Insel aufzuknüpfen. »Es wirkt nicht gerade so, als wäre es ihm in der Einsamkeit besonders schlecht ergangen.«

Jewels ungläubige Reaktion war nicht zu überhören. Bellamy hob seinen Kopf, um Nolan über ihren Kopf hinweg höhnisch zuzulächeln. Seine dunkelgrünen Augen, die Jewels viel weniger glichen, als er es in Erinnerung gehabt hatte, leuchteten vor Triumph und einer tiefen, inbrünstigen Befriedigung. Schweigend überließ er seiner Tochter diesen Kampf. Nolan hätte sich keinen gefährlicheren Gegenspieler aussuchen können, und das wusste dieser Hurensohn.

»Sieh dir nur seine Lumpen an«, sagte Jewel zu Nolan und drückte Bellamys Hand, eine verhaltene, aber nichtsdestotrotz deutliche Geste des Vertrauens. »Wie bist du hierhergekommen?«

Bellamy starrte mit einer Miene auf seine Füße, die Nolan noch nie an ihm gesehen hatte. Er wappnete sich gegen alles, was noch kommen würde. Wahrscheinlich senkte Bellamy sein Gesicht, um sein Lächeln vor seiner Tochter zu verbergen, als er Nolan den tödlichen Schlag versetzte. »*Er* hat mich hier vor fünf Jahren ausgesetzt. Völlig allein.«

Noch ein tiefes Luftholen, diesmal begleitet von einem Schluchzen. Jewels Hand flog an ihren Mund, und einen Augenblick lang sah sie aus, als würde sie ohnmächtig werden.

Ohne nachzudenken, trat Nolan an ihre Seite. Er wollte nur bei ihr sein, falls sie ihn brauchte. Doch sie hob die Hand, um ihn aufzuhalten, und machte, als er stehen blieb, einen Schritt zurück. Und somit einen Schritt näher hin zu ihrem Vater. »Warum?«

Nolan wusste genau, was sie damit meinte. Warum hatte er ihren Vater allein auf dieser Insel zurückgelassen? Sein Kiefer schmerzte, weil er die Zähne so sehr aufeinandergebissen hatte. Das Grauen zerrte an seinen Gesichtszügen. Am Ton ihrer Frage erkannte er, dass sie die Antwort bereits wusste.

Es schien, als sollte Bellamy noch einen weiteren Nagel in Nolans Sarg schlagen. »Er hat mich hier ausgesetzt, damit ich einen langsamen, grausamen Tod sterbe. Zu solchen Mitteln greift man nur, wenn man zu schwach ist, um sich selbst zu verteidigen. Umso schlimmer aber ist es, wenn einem das der Junge antut, aus dem man einen Mann gemacht hat.«

Tränen traten in Jewels Augen. »Wie konntest du so grausam sein?«

Das reichte. Unfähig, seine Zunge noch länger im Zaum zu halten, stapfte Nolan zu Bellamy hinüber. »Grausam? Verdammt noch mal. Sieh ihn dir doch an.« Er streckte eine Hand aus und griff in den Speckgürtel, der sich um Bellamys Bauch gebildet hatte. »Die Kokosnüsse sind dir wohl gut bekommen, was? Du hast mindestens zehn Kilo zugenommen, seit ich dich zum letzten Mal sah.«

Bellamy stieß Nolans Hand weg. »Ich war eben erfinderisch. Die Hoffnung, meine Tochter noch einmal wiederzusehen, hat mich am Leben gehalten.«

Beide blickten in Jewels Richtung. Still stand sie da und wischte sich mit zittrigen Bewegungen die Tränen ab, die ihre Wangen hinunterliefen. Nolan befürchtete, sie würde gleich zusammenbrechen, wusste aber, dass sie es nicht zulassen würde, wenn er sie trösten wollte. Wieder wandte er sich an Bellamy. »Ich weiß, dass du diese verdammte Insel verlassen hast, du Hurensohn.« Er versetzte Bellamy einen harten Schlag, so dass dieser in den weichen Sand fiel, und stürzte sich dann, noch ehe er wieder aufstehen konnte, auf ihn.

Die Kraft, mit der Bellamy sich wehrte, war Beweis genug für Nolans Vermutung. Bellamy war immer noch so kräftig wie eh und je. Er konnte einfach nicht fünf Jahre lang ausschließlich auf dieser Insel herumvegetiert haben.

Nolan ließ sich nicht abschütteln. Ineinander verschlungen rollten sie über den Sand, jeder rang um die Oberhand. Seit sie in der halbmondförmigen Bucht angelegt hatten, war dieser Kampf das Erste, was passierte, was sich richtig anfühlte. Er hätte sich schon beim ersten Anblick von Bellamy auf ihn stürzen sollen.

Bellamy rieb Nolan eine Handvoll Sand in die Augen, woraufhin Nolan blindlings um sich griff, sich eine dicke Strähnen von Bellamys langem Haar schnappte und versuchte, sie ihm auszureißen.

Schließlich wurde Nolans Wut durch Jewels Schrei durchbrochen. Sie war heiser und schluchzte. Er lockerte seinen Griff an Bellamy, ein Fehler, denn im nächsten Moment versenkte ein mächtiger Schlag seinen Kopf im weißen Sand.

Nolan musste für einen kurzen Augenblick sein Bewusstsein verloren haben. Als er erwachte, meinte er zu träumen. Jewel streichelte sein Gesicht. Sie drängte ihn, wieder zu sich zu kommen, wo er doch nichts anderes wollte, als den ganzen Morgen mit ihr im Bett zu bleiben. Seltsam, Jewel wachte doch sonst nie vor ihm auf. Er versuchte zu blinzeln. Sein Kopf tat weh, und seine Augen brannten, als hätte jemand darin zersplittertes Glas zerrieben. Er fühlte sich, als hätte er die vergangene Woche nichts weiter getan, als dem Alkohol zuzusprechen, aber das war seit seinen Jahren als junger Mann nicht mehr der Fall gewesen, zu Bellamys …

Nolan wollte sich aufsetzen, aber Jewel hielt ihn mit kräftiger Hand in der Horizontalen. Natürlich hätte er sich ihr widersetzen können, aber ihm gefiel die Wendung des Geschehens, seit er sich wieder erinnern konnte, was überhaupt geschehen war.

»Du benimmst dich nicht gerade wie ein Sterbender!«, beklagte sich Jewel.

Nolan hoffte, sie spräche mit Bellamy, und verkniff sich ein Grinsen. Es würde nicht schaden, seine Augen noch einen Moment länger geschlossen zu halten.

»Nolan, kannst du mich hören? Geht es dir gut?« Als sie wieder sein Gesicht streichelte, drehte Nolan seinen Kopf zu ihrer Berührung hin.

»Ihm geht's mehr als gut. Schau doch, wie er sich an dich kuschelt. Wie ein Kätzchen, das die Zitzen seiner Mutter sucht.«

Nolan riss die Augen auf. Bellamys Stimme war viel zu nah. Er blinzelte und rieb sich mit den Fäusten den restlichen Sand aus den Augen. Bellamy hatte sich direkt über ihn gebeugt, deshalb setzte sich Nolan trotz Jewels Protest auf. Während er wieder auf die Beine kam, ließ er sich von ihr stützen, um sie zu spüren.

Bellamy stemmte seine Hände in die Hüften, dann streckte er in einer dieser dreisten Posen, an die sich Nolan nur allzu gut erinnerte, seine Brust heraus. Der Mann war so verdammt stolz darauf, Nolan geschlagen zu haben, dass er über seinen Triumph ganz seine Rolle als geschwächter Ausgestoßener vergaß.

Nolan rieb sich das Kinn. »Das war ein ganz schöner Schlag.«

Bellamy zuckte desinteressiert mit den Schultern. »Während du den Schuljungen gespielt hast, habe ich eben …«, er blickte zu Jewel, dann wieder zu Nolan und räusperte sich, »… habe ich mich von dem ernährt, was das Land zu bieten hat. Wie ein richtiger Mann. Habe überlebt, damit ich mein Mädchen noch einmal sehen kann.«

Jewels Arm drückte sich fester an Nolan. »Was hat dich zuvor eigentlich davon abgehalten, mich zu besuchen? Du hast dir nie die Zeit genommen, nach mir zu sehen. Warum also hast du deine Meinung so plötzlich geändert?«

»Ich hatte keine Chance. Das schwöre ich. Ich wollte immer zu dir zurückkommen«, brach es aus ihrem Vater hervor.

Jewel starrte ihn an, alles an ihr war angespannt. Sie schien an seinen Worten zu zweifeln.

Bellamy nickte, als stimme er ihrem Unglauben zu. »Ich weiß, ich kann dir nichts vorwerfen, wenn du mir nicht glaubst.« Er seufzte theatralisch. »Aber die Wahrheit ist, dass ich viel nachgedacht habe, seit ich alleine auf dieser Insel bin. Ich wusste nie, ob der nächste Tag mein letzter sein würde, und das hat mir all die Dinge vor Augen geführt, die ich vermisse. Und du hast mir am meisten gefehlt, Jewel. Ich konnte nicht mitverfolgen, wie aus meinem kleinen Mädchen eine Frau wurde.«

»Hurensohn«, stieß Nolan zwischen zusammengebissenen Zähnen hervor.

Jewel ließ von ihm ab und stürzte sich in die Arme ihres Vaters, der sie auffing und festhielt. Nolan ballte seine Hände zu Fäusten. Am liebsten hätte er sie mit Gewalt voneinander getrennt. Nie hatte er sich so ausgeschlossen gefühlt.

Schließlich war es Jewel, die die Umarmung löste. »So viel ist in der Zwischenzeit geschehen. Ich weiß nicht, ob ich dir vergeben kann, dass du mich verlassen hast, und ich weiß, dass du nie derjenige warst, für den ich dich gehalten habe. Ich kenne dich ja kaum.«

»Aber jetzt bin ich hier, Jewel. Jetzt kannst du mich kennenlernen.« Bellamy strich ihr sanft eine lose Haarsträhne aus den Augen, wie es ein richtiger Vater vielleicht ebenfalls getan hätte.

Er klang so aufrichtig, dass Nolan aufhorchte. Jewel rückte wieder von ihm ab. »Ich benötige etwas Zeit zum Nachdenken.« Als sie zu Nolan blickte, wusste er, dass sie sich von ihm genauso betrogen und in die Irre geführt fühlte wie von ihrem Vater.

Jetzt war es an ihm, etwas zu sagen und wieder die Kontrolle zu übernehmen. »Nichts hat sich verändert, Jewel. Ich habe Bellamy damals ausgesetzt, weil das die übliche Strafe für ein Mannschaftsmitglied ist, das sich nicht an die allgemeinen Regeln hält.«

Plötzlich trat Wayland vor. Wohl oder übel musste ihn Nolan fast für seine Kaltschnäuzigkeit bewundern, denn er begrüßte Bellamy nicht, sondern verhielt sich so, als sähe er seinen lang verlorengeglaubten Freund zum ersten Mal seit Jahren wieder. Zweifellos hatten die beiden den Kontakt gehalten und dieses Szenario hier geplant, aber Wayland war mit der übrigen Crew zurückgeblieben, um sich das Drama aus der Ferne anzusehen. »Nolan hat recht, Jewel. Bellamy selbst hat die Strafe für alle Crewmitglieder angeordnet, die ihm nicht gehorchten.«

Bellamy funkelte Wayland an, als könne er nicht glauben, was er da hörte. »Aber ich war der Captain!«

»Das stimmt. Der Captain einer Piratenmannschaft. Und genau das machte es noch wichtiger, dass man sich an die Regeln hielt, auf die jeder Mann an Bord einen Schwur ablegen musste«, wandte Wayland ein. Er blieb an Jewels Seite stehen und drückte beruhigend ihre Schulter. Nolan überraschte es, dass sie sich nicht abwandte, sondern sich sogar leicht an den alten Hund lehnte. »Ich weiß, dir mag dieses Prozedere vielleicht nicht richtig erscheinen, Mädchen, aber so ist es gang und gäbe.«

Bellamy betrachtete die beiden, dann stolzierte er vor, als habe er nichts zu verlieren und alles zu gewinnen. »Nun, nichts ist passiert, und ihr seid zurückgekommen, um mich zu holen. Nicht wahr, Nolan?«

Nolan verschränkte die Arme vor der Brust. »Nein.«

»Er ist wegen des Schatzes gekommen«, mischte sich Jewel ein. In ihrer Stimme schwang ein Vorwurf mit, der Nolan nicht gefiel.

Bellamy sah ihn mit einem überraschten Gesichtsausdruck an, der alles andere als glaubwürdig war. »Der Schatz? Doch nicht etwa Captain Kents Schatz?«

Niemand antwortete ihm. Bellamys Spielchen zerrten an aller Nerven, aber vor allem an denen seiner Tochter. Warum tat er ihr das an? Nolan kannte die Antwort auf seine Frage: Sie zu quälen, war der einfachste Weg, Nolan in die Knie zu zwingen, und Bellamy war sich dessen nur allzu sehr bewusst.

»Ende gut, alles gut. Gib mir einfach die Hälfte, und wir belassen es dabei.« Bellamy lächelte. »Ich vergebe dir, und vielleicht kann dir auch mein kleines Mädchen verzeihen … irgendwann.«

»Und wir werden den Schatz unter uns allen aufteilen.« Jewel funkelte Nolan an. Es sah nicht aus, als hätte sie vor, ihm in nächster Zeit zu vergeben.

Aber da Bellamy ja am Leben war, fragte sich Nolan, was es überhaupt noch zu vergeben gäbe. »Sie ist nicht mehr dein kleines Mädchen, Bellamy. Sie ist meine Frau. Und das ist die

Wirklichkeit. Vor dem Gesetz, moralisch und körperlich. Aber ich bin sicher, auch darüber wurdest du bereits unterrichtet.«

Bellamy zog die Augenbrauen hoch. »Wie könnte ich?«

Nolan ging auf ihn zu, bereit zum Angriff. »Auf die gleiche Art und Weise, wie du dick geworden bist, dich rasiert hast und anschließend wieder zurück auf diese Insel gelangt bist, noch ehe wir hier an Land gingen. Du wusstest doch schon die ganze Zeit von unserem Plan. Und ich kann mir ziemlich genau vorstellen, wer dir die Informationen geliefert hat.«

Jewel legte sich die Hände auf die Ohren. »Hört auf damit! Beide.«

Nolan sah sie kurz an, dann wandte er sich wieder ab.

Jewel stampfte mit dem Fuß auf. »Ich habe euer Gezanke so was von satt! Der Schatz ist groß genug für alle.«

»Nein, ist er eben nicht. Nicht für ihn, jedenfalls«, sagte Nolan. »Ich werde mich davor hüten, ihm Geld zu geben, damit er sich wieder aufmachen und andere terrorisieren kann und jeden ausraubt, der ihm per Zufall über den Weg läuft. Er ist eine Landplage und gehört ins Gefängnis, verstoßen oder umgebracht.«

»Du kleine Ratte. Du musstest erst die gesamte Crew im Rücken haben, um mich zu schlagen, nicht wahr? Aber dieses Mal nehme ich mir mehr als deine kleine Karte, Junge. Ich werde mir deine Mannschaft holen, deinen Schatz und meine Tochter.«

Nolan holte mit dem Arm aus, verfehlte aber Bellamys Körper. Nur dessen ausgefranstes Hemd zerriss unter seiner Hand. Durch den ins Leere laufenden Schwung, verlor er einen Augenblick lang die Balance. Bellamys Reflexe waren hingegen noch immer so wach, dass er sofort zu einem Schwinger mit Nolans Kopf als Ziel ausholte. Nolan musste auf die Knie gehen, um dem Schlag auszuweichen. Keine Sekunde verging, dann war Nolan schon wieder auf seinen Füßen, fuhr herum und fixierte Bellamy mit geballten Fäusten.

»Hört auf!«, schrie Jewel. »Von mir aus könnt ihr euch gerne umbringen, wenn ihr wollt, aber tut bloß nicht so, als wäre ich der Grund dafür.« Sie drehte sich um und rannte quer über den Strand.

Kapitel achtzehn

Jewel rannte, bis ihre Lungen zu brennen begannen. Als sie langsamer wurde und mit schmerzhaftem Keuchen um Atem rang, fand sie sich mitten in einem saftig-grünen Dschungel wieder. Sie schob eine dornige Rebe zur Seite, die vor ihrem Gesicht hing. Das Blattwerk war so dicht, dass sich in ihrem Haar und ihren Kleidern bereits Blätter verfangen hatten, aber in diesem Moment war sie froh, vom Dickicht des Waldes verschlungen zu werden. Die hohen Bäume bildeten ein Blätterdach, schützten sie vor der sengenden Sonne und umgaben sie mit einem grünen Nebel. Sie lehnte sich an einen der größeren Stämme, glitt an ihm herab und ließ sich auf ein moosiges Stück Erde nieder. Es war gar nicht so schlecht, ganz allein auf der Insel zu sein.

Sie legte ihren Kopf auf die Knie. Das hätte einer der schönsten Tage ihres Lebens sein können. Sie hatte einen Ehemann, den sie bewunderte, und ihr Vater war wieder aufgetaucht und hatte alles gesagt, wonach sie sich so lange gesehnt hatte. Von nun an hätte ihre Ehe nicht länger vom Geist ihres als tot angenommenen Vaters überschattet sein müssen. Stattdessen aber war ihre Verbindung von einem lebendigen, atmenden Menschen bedroht, der es – wie es schien – darauf anlegte, sie zu zerstören.

Mit erschreckender Klarheit erkannte sie, wie sehr sie sich in ihrem Vater getäuscht hatte. Ihre kindlichen Phantasien waren zu mächtig geworden, um sie nun binnen Sekunden einfach so über Bord zu werfen. Bellamy Leggett aus Fleisch und

Blut war der Einzige, der stark genug war, seinen eigenen Mythos zu zerstören. Und trotzdem war er ihr Vater. Sie konnte ihn nicht einfach in eine Truhe stopfen wie ein Spielzeug, für das sie zu alt geworden war. Jetzt, da ihre Augen geöffnet worden waren, musste sie an einer Beziehung mit dem realen Mann arbeiten. Es würde nicht die gleiche sein wie in ihren Träumen. Nein, sie würde besser sein, denn im Gegensatz zu ihren Träumen war diese Beziehung echt. Jetzt musste sie es nur noch schaffen, ihren Mann davon abzuhalten, Bellamy umzubringen.

Als ihr Atem wieder normal ging, begann Jewel, ihre Gedanken zu ordnen. Natürlich würde sie keine Probleme damit lösen, wie ein Kind davonzulaufen. Außerdem war sie schon zu weit gekommen, als dass sie einen der beiden Männer hätte ziehen lassen können.

Sie stand auf und strich ihren Rock gerade. Noch war sie nicht bereit, ihnen gegenüberzutreten. Schließlich musste sie nicht nur eine Beziehung zu ihrem Vater aufbauen, sondern auch die zu ihrem Mann entwirren. Obwohl Bellamys Tod jetzt nicht mehr wie ein Damoklesschwert über ihren Köpfen schwebte, gab es noch immer einige undurchsichtige Themen in ihrer hastig geschlossenen Ehe.

Nolan hatte keine Zweifel, dass er sie zur Frau haben wollte. Sein Körper zeigte ihr deutlich, dass das die Wahrheit war, auch wenn er noch immer nicht gesagt hatte, dass er sie liebte. Bei alldem, was ihnen noch bevorstand und bereits hinter ihnen lag, herrschte weiterhin mehr Verworrenheit als Klarheit. Jewel drang noch etwas weiter ins Innere der Insel vor und ging dann einen leichten Anstieg hinauf. Ein Orchester aus Vogelgezwitscher ließ sie optimistischer werden. Sie blickte auf, fasziniert von dem Licht, das in den Blättern spielte.

Ihr Herz, ihre Intuition jagte ihr Angst ein. Sie war sich

nicht mehr sicher, ob sie sich darauf verlassen konnte. Ein Leben lang hatte sie an einen Mann – ihren Vater – geglaubt, von dem sie jetzt wusste, dass er ihre Loyalität nicht verdiente. Was wäre, wenn sie sich auch nicht auf ihr Urteil über Nolan verlassen konnte? Schließlich war er genauso ein Pirat wie ihr Vater gewesen, hatte sich von der Aussicht auf Ruhm und Reichtum verführen lassen. Vielleicht hatte ihre Mutter mit ihrem Vater ja den gleichen romantischen Illusionen gefrönt, wie Jewel es jetzt mit Nolan tat – bis das Abenteuer geendet hatte, indem sie mit einem Baby von Bellamy sitzengelassen wurde.

Jewel hatte zwar keinerlei Grund zu glauben, dass Nolan so gleichgültig wie ihr Vater sein konnte, aber sollten sie den Schatz hier nicht finden, würde es vielleicht noch lange dauern, bis sie darüber Gewissheit hatte. Trotzdem musste ihr eigenes Abenteuer hier nicht enden. Ihr blieb noch mehr Zeit, um Vertrauen zu ihrem Mann zu fassen.

Das Geräusch von glucksendem Wasser ließ Jewel ihren Schritt beschleunigen. Die Insel zu erkunden, hatte ihre Stimmung gebessert – das Gefühl der Unabhängigkeit berauschte sie. Bisher hatte sie viel zu viel Zeit damit verbracht, darauf zu warten, gerettet oder geleitet zu werden.

Seltsam, dass sie sich plötzlich fast davor fürchtete, den Schatz zu finden. Sie konnte nicht sicher sagen, was sie sich jemals davon erwartet hatte, aber jetzt erschien es ihr so, als ob der Reichtum eher dazu führen würde, dass sie den Mann verlor, den sie liebte, statt zum Glück.

Das Wasser musste jetzt ganz in ihrer Nähe sein. Das Plätschern wurde immer lauter. Aber es war kein gewöhnlicher Bach, der den Lärm machte. Jewel schob Zweige beiseite und beachtete in ihrer Eile, ans Ziel zu kommen, die Äste nicht, die sich in ihrem Haar verfangen hatten. Sie fluchte. Vor ihr tat sich eine kleine Lichtung auf und leichter Sprühnebel legte sich auf ihre Haut. Voller Ehrfurcht blickte sie auf die pure Schönheit eines riesigen Wasserfalls hinab. Das in mehreren Kaskaden in die Tiefe stürzende Wasser reflektierte das Licht und ließ einen Regenbogen leuchten. Unten, wo Jewel stand, umgaben saftige Farne einen dunklen Teich. Sie trat an sein Ufer. Das Wasser schäumte und ließ ihn unergründlich wie schwarzes, wogendes Glas erscheinen.

Der Anblick dieser unberührten Szenerie weckte in ihr die Lust, sich die Kleider abzustreifen und ins Wasser zu springen. Sie kniete sich nieder, um eine Handvoll Nass zu schöpfen. Hineinzuwaten war wohl kaum möglich, der Boden schien unter der Wasseroberfläche sofort steil abzufallen und direkt bis zur anderen Seite der Welt hinabzuführen.

In der schwülen Hitze des Dschungels forderte das kühle Wasser ein Bad geradezu heraus. Der Großteil des geschöpften Wassers rann Jewel schnell durch die Finger, aber mit der Zunge berührte sie das wenige, das sie noch in der hohlen Hand halten konnte. Kühl. Es kam ihr wie eine Ewigkeit vor, seit sie zum letzten Mal in frischem Wasser gebadet hatte. Sie beugte sich vor, wusch sich das Gesicht, ermahnte sich aber, nicht hineinzuspringen, egal wie sehr sie es sich auch wünschte.

Sie hielt inne. Der Drang, sich Hals über Kopf in die kühlen Tiefen zu stürzen, überfiel sie mit solcher Kraft, dass sie sich erhob und vorsichtshalber vom Ufer zurücktrat. Zudem wurde sie das Gefühl nicht los, beobachtet zu werden. Nein, mehr noch: dass sie von jemandem an diesen Ort geführt worden war, damit er beobachten konnte, wie sie reagieren würde. Die Luft summte wie ein verwunschener Zauberwald in den Märchen, die ihr als Kind erzählt worden waren. Alles schien sie zu locken, obwohl es sie doch eigentlich abschrecken sollte.

Wieder blickte sie zum Wasserfall hinauf. Seine Form erinnerte sie an etwas, das sie schon einmal gesehen hatte. An eine der Runen auf der Karte! Bis zu den zwei Baumstämmen weiter oben, die von Fels umgeben waren, glich der Wasserfall einer Rune. Plötzlich wurde Jewel von einer ruhigen Gewissheit erfüllt – sie hatte Captain Kents Schatz gefunden.

Wütende Stimmen schallten über den Strand. Jewel blieb stehen, noch immer halb vom dichten Blattwerk verborgen, und fragte sich, ob die Männer überhaupt bemerkt hatten, dass sie verschwunden war.

»Das führt doch zu nichts. Holt die Schwerter raus oder haltet endlich den Mund!«, bellte Wayland.

»Von mir aus gerne Ersteres. Fünf Jahre lang habe ich darauf gewartet, diesem Rotzlöffel eine Lektion zu erteilen«, rief Bellamy zurück.

Jewel trat aus ihrem Versteck, sah, dass sich Bellamy und Nolan gegenüberstanden, während Wayland zwischen ihnen hin und her lief. Auch Bellamy war unruhig, während Nolan an Ort und Stelle verharrte. Der Rest der Mannschaft hielt sich unschlüssig im Hintergrund.

Nolan blickte in ihre Richtung. Jewels Herz schlug ihr bis zum Hals. Er *hatte* es bemerkt. Natürlich, das musste er auch, denn sonst wäre alles, was zwischen ihnen gewesen war, nur eine Lüge.

Er wandte sich an Bellamy. »Ich werde nicht gegen dich kämpfen, alter Mann, denn ich bin hier, um den Schatz zu finden. Habe ich das getan, dann werde ich wieder gehen, ohne dich mitzunehmen.«

Auch Bellamy hatte jetzt Jewel aus dem Augenwinkel entdeckt, drehte sich jedoch nicht um, schenkte ihr nicht mal mehr seine Beachtung. »Und ohne meine Tochter. Nicht wahr, Jewel?«

Sein Hochmut machte sie rasend. Wer war er, zu denken, dass er sie benutzen konnte, wie es ihm passte. Vielleicht hatte das früher funktioniert, aber diese Zeiten waren jetzt vorbei. »Ich habe mich noch nicht entschieden.«

Die Worte erregten Nolans Aufmerksamkeit. Mit feurigem Blick drehte er sich zu ihr um, verbarg aber einen Moment später jedes Gefühl schon wieder hinter einer finsteren Miene – so finster, wie sie Jewel seit ihrem Hochzeitstag nicht mehr gesehen hatte.

Bellamy schien sein Gesichtsausdruck als Antwort zu genügen, denn er lächelte triumphierend. »Keine Sorge, Mädchen, ich werde nicht zulassen, dass dieser Hurensohn die Insel verlässt, ohne dafür zu bezahlen, dass er meine Tochter entehrt hat.«

Nolan biss die Zähne zusammen. »Ich bin es, der für ihr Wohl verantwortlich ist, nicht du.«

Bellamy stemmte die Hände in die Hüften. »Ha! Keine Sekunde lang habe ich geglaubt, dass eure Hochzeit rechtmäßig ist. War doch alles nur ein mieser Trick, um mein Mädchen ohne großen Aufwand zu deiner Hure zu machen.«

Als Nolan auf Bellamy zuschritt, legte Wayland je eine Hand auf die Brust der Streithähne und hielt sie somit zwei Armlängen voneinander entfernt. »Du brauchst mir nicht zu erzählen, dass die Verbindung unrechtmäßig ist. Ich war dabei.«

Bellamy warf seinen Kopf zurück, lachte, und schüttelte dabei absichtlich seine lange Mähne. »Hätte eigentlich nie geglaubt, dass du auf seine Chorknabentricks hereinfällst, Wayland. Dabei handelt Nolan genauso eigennützig wie wir alle. Nur gibt er im Gegensatz zu uns vor, anständig zu sein, um sein Ziel zu erreichen.«

Jewel stapfte durch den tiefen weißen Sand auf Nolan zu,

während sie ihn mit Blicken darum bat, dem Spott ihres Vaters zu widersprechen. »Du hast doch gesagt, alles wäre rechtmäßig. Sind wir nun verheiratet oder nicht?«

Er berührte ihre Schultern und starrte sie an. Bei diesem intensiven Blick konnte sie kaum etwas anzweifeln, was er sagte. »Sie ist rechtmäßig. Glaube nicht, was er sagt.«

Plötzlich ging Bellamy mit einer solchen Gewalt dazwischen, dass Jewel rückwärtsstolperte. »Fass sie nicht an. Es ist nicht rechtmäßig. Du bist ein Freibeuter ohne Kaperbrief und damit ein Pirat. Dank an Waylands Mitteilsamkeit. Und Captain hin oder her, du hast noch nicht einmal die Amtsbefugnis, ein Paar Schiffsratten zu trauen.«

Nolan stürzte sich auf Bellamy. Auch Jewel und Wayland mischten sich jetzt ein. Wayland hielt Bellamy zurück, während Nolan von allein zurückwich, als Jewel seinen Arm berührte. Er umarmte sie und zog sie an sich.

Wayland hatte Bellamys Schulter in festem Griff. »Am besten, ihr klärt das mit euren Waffen, Worte bringen euch nicht mehr weiter. Aber zuerst sollten wir den Schatz finden. Den können wir dann unter uns Überlebenden aufteilen, wenn ihr euch gegenseitig umgebracht habt.«

Jewel wollte sich Nolan entziehen. Ihr schwirrte der Kopf – vielleicht waren sie ja tatsächlich nicht verheiratet? Aber wie konnte sie dann eine Ehe retten, die gar nicht existierte? Hatte Nolan sie absichtlich getäuscht, oder glaubte er wirklich, sie seien Mann und Frau?

Sie versuchte, sich aus Nolans Armen zu winden, aber er war unnachgiebig und hielt sie so fest, als wäre sie ein Besitz, um den er fürchtete. Seine Zuwendung hätte ihr Hoffnung gemacht, hätte sie nicht die Vermutung, dass er ihren Vater damit absichtlich reizen wollte. Sie stemmte ihre Arme gegen seine Brust, während sie versuchte, die Balance zu halten. Ihre Reaktion schien ihn zu bestärken, denn er lockerte den Griff etwas.

Mit seinem Blick schien er Bellamy zu häuten. »Ich werde meinen Kaperbrief von den Kolonien schon sehr bald in den Händen halten, und das Erste, was ich dann tun werde, ist, diese Ehe anzumelden. Und wenn dir das noch immer nicht genügt, dann heirate ich deine Tochter noch einmal, an einem anderen Ort.«

»So sei es«, fuhr Bellamy ihn an. »Aber bis dahin nimmst du gefälligst deine Hände von ihr.«

Er stürzte nach vorne, Wayland blieb mit seinem zerrissenen Hemd in den Händen zurück. Nolan manövrierte Jewel hinter sich, aber sie hatte nicht vor, sich zu verstecken, sondern sprang mit ausgestreckten Händen vor Nolan und wehrte ihren Vater ab. »Hört auf! Beide. Wenn ihr ein paar Sekunden lang mal nicht streiten würdet, könnte ich euch auch sagen, was ich gefunden habe.«

Die Worte waren ihr entschlüpft, ehe ihr klarwurde, was sie eigentlich hatte sagen wollen. Als sie zum Strand zurückgekehrt war und Nolan und Bellamy dort noch immer im Streit vorgefunden hatte, war das eine deutliche Warnung dafür gewesen, dass der Schatz nicht das bewirken würde, was sie sich erhofft hatte. Reichtümer allein würden ihr nicht die Einigung erkaufen können, nach der sie verlangte; und auch ihr Fund bedeutete nicht das, was sie erwartet hatte.

Bellamy und Nolan sowie die gesamte Mannschaft hielten inne und starrten sie an. Alle schienen angesichts der Kampfpause genauso erleichtert zu sein wie sie.

Sie ließ ihre Arme zur Seite sinken. »Den Schatz. Ich habe den Schatz gefunden.«

Nolans Augen weiteten sich. »Wo ist er?« Seine Aufregung spiegelte sich deutlich in seiner Haltung und in seinem plötzlich heiteren Gesicht wider. Vielleicht hatte sie sich den bitteren Ton in seiner Stimme doch nur eingebildet?

»Er ist unter einem Wasserfall. Komm mit, ich zeige ihn dir.« Sie drehte sich um und wollte wieder in Richtung Dickicht verschwinden.

Bellamys Stimme war es, die sie stoppte. »Warte einen Augenblick. Das könnte euch zweien so passen, euch zu einem kleinen Schäferstündchen ins Unterholz zurückzuziehen, was? Aber ich habe hier noch nie einen Wasserfall gesehen, und wie, zur Hölle, willst du wissen, dass sich der Schatz genau dort befindet?«

»Würdest du deine Tochter besser kennen, wüsstest du, dass sie einen ganz besonderen Instinkt für solche Dinge besitzt. Sie war es auch, die überhaupt herausgefunden hat, dass sich der Schatz auf dieser Insel befindet. Auf dieser winzigen Insel. Der Ort, der, wie du uns glauben machen willst, in den letzten fünf Jahren dein Zuhause war«, höhnte Nolan.

Bellamy erstarrte und sah ihn mit zusammengepressten Lippen an. Jewel war vielleicht leichtgläubig, was ihren Vater betraf, aber sie war nicht dumm. Sie ahnte, was dieses untypische Schweigen bei ihm bedeuten musste. Er kannte den Wasserfall nicht, weil er die letzten fünf Jahre nicht auf der Insel verbracht hatte. Aber die Lüge hatte nicht viel zu bedeuten; noch immer wollte sie das Beste von ihm glauben. Fast hätte sie laut aufgelacht über ihren sturen Wunsch, dass er tatsächlich nicht gekommen war, um sie zu holen, weil er auf dieser Insel festgesessen hatte. Dann verschloss sich in ihrem Herzen eine Tür, und sie musste erkennen, dass all die Hoffnungen, die sie auf Bellamy Leggett gesetzt hatte, schon immer falsch gewesen waren.

Sie trat vor und griff nach Nolans Arm. Sie musste die beiden ablenken. Sie hatte nicht vor, noch weiter darüber streiten zu müssen, wo Bellamy das letzte halbe Jahrzehnt verbracht hatte. »Vielleicht irre ich mich in Bezug auf den Schatz, aber der Wasserfall ist echt.«

Bellamy machte eine unwirsche Geste mit der Hand. »Und was wäre schon, wenn sie recht hätte? Es ist doch viel zu heiß, um sich auf dieser Hölle von Insel auf die Suche zu machen. Wir sollten uns lieber die Karte ansehen und mit ihr den Schatz finden, statt auf das Geplapper eines Mädchens zu hören.«

Auch Jewels neugewonnene Einsicht in den völlig lieblosen Charakter ihres Vaters konnte nicht verhindern, dass seine gänzliche Missachtung sie tief verletzte. Ihre Hand schloss sich plötzlich enger um Nolans Arm.

Nolan schob seine Hand unter ihr Haar und ließ sie auf ihrem Nacken ruhen: eine Geste, die Jewel nicht nur als beschützend, sondern auch als ungewohnte Unterstützung empfand. »Nie wieder wirst du die Karte oder irgendetwas anderes, das mir gehört, in deine Hände bekommen.«

Wayland musste sich gewaltig anstrengen, um sich an Bellamy vorbeizuschieben und sich auf Jewels und Nolans Seite zu schlagen. »Die Karte hat ihre eigene, geheime Sprache, du Idiot. Und deine Tochter ist der einzige Mensch, die sie lesen kann. Wenn sie sagt, der Schatz ist bei einem Wasserfall, dann folge ich ihr gern. Als die Karte in deinem Besitz war, hast du ja noch nicht mal deinen eigenen Arsch gefunden.« Er drehte sich um, zwinkerte Jewel mit seinem gesunden braunen Auge zu und bot ihr dann seinen Arm, den sie dankbar annahm.

Nolan drückte sie noch einmal kurz, ehe er sie mit Wayland im Dschungel verschwinden sah. Er starrte Bellamy weiterhin an, und Jewel wurde klar, dass er ihrem Vater niemals mehr den Rücken zukehren würde.

Am Ende des Strandes hörte sie, wie ihnen jemand hinterherrannte. »Irgendwann hätte auch ich das verdammte Ding noch entschlüsselt. Aber eine Mannschaft aus lauter Säufern war mir dabei nicht gerade eine große Hilfe«, keuchte Bellamy plötzlich neben ihr.

Als Jewel einen Blick über ihre Schulter warf, sah sie, dass ihnen die gesamte Besatzung folgte, inklusive Nolan. Sie entspannte sich etwas. Immerhin war es ihr gelungen, das Blutvergießen zwischen ihrem Mann und ihrem Vater noch etwas hinauszuschieben. Abgesehen davon, dass Nolan vielleicht nicht ihr Mann war …

Sie stolperte und wäre gefallen, hätte Wayland sie nicht im letzten Moment aufgefangen. Erneut blickte sie suchend über ihre Schulter. Nolan sah sie an und wollte ihr mit einem leichten Kopfnicken etwas andeuten. Die illusorische Einschätzung ihres Vaters hatte sie bereits abgelegt, aber Nolan, so beschloss sie, würde sie niemals aufgeben.

Nach einigen nervenaufreibenden Minuten – länger jedenfalls, als Jewel es für möglich gehalten hatte, dass ein Mensch den Atem anhalten kann – tauchte Nolan wieder an der Oberfläche auf. Sie hatte sich am Ufer hingekniet und atmete fast genauso schwer wie er, weil auch sie versucht hatte, die Luft anzuhalten, solange er unter Wasser gewesen war. Jetzt streckte sie ihm ihre Arme entgegen.

Mit ein paar kräftigen Zügen schwamm er ans Ufer. »Geh zurück. Ich will nicht, dass du ins Wasser fällst. Der See ist sehr tief.«

Jewel tat, wie er ihr geheißen hatte, fühlte sich aber von seinen harschen Worten eher getroffen als getröstet, obwohl er sich doch Sorgen um ihre Sicherheit machte. Er hatte weder mit ihr gesprochen, noch war er ihr nahe gekommen, seit sie den Strand verlassen hatten.

Mit den Händen stützte er sich am Ufer ab und stemmte sich aus dem Wasser. Tropfen perlten über seine muskulösen Schultern und die Brust. Er hatte sich bis auf die Hosen ausgezogen. Es schien Jewel, als sei es Jahre her, dass sie ihn zum letzten Mal berührt hatte, nicht erst ein paar Stunden am heutigen Morgen. Nach den bisherigen Ereignissen des Tages begann sie sich schon zu fragen, ob sie ihn jemals wieder in den Armen halten würde. Er wirkte so mächtig, wie er jetzt, einer mythischen Figur gleich, den Tiefen des Wassers entstieg. Und genauso unwirklich.

Auch Tyrell trat nun ans Seeufer. Solange Nolan getaucht war, war er unruhig auf und ab gegangen. Auch er wollte seinen Beitrag zu der Schatzsuche leisten. »Habt Ihr etwas gefunden?«

Nolan öffnete die Hand mit deren Fläche nach oben. Schlamm tropfte von seinen Fingern. Er schüttelte sie, und noch mehr Schlamm glitt an seiner Hand hinab, aber plötzlich klirrten auch einige harte Gegenstände aneinander. Durch die nasse, dunkle Erde blitzte es golden auf. Tyrell und Jewel beugten sich vor, um besser sehen zu können.

»Was ist?«, fragte Bellamy, während er Dreck von seinen Hosen wischte. Trotz seines Alters spannten sich bei den kleinsten Bewegungen seine gut ausgebildeten Muskeln an. Das zusätzliche Polster um seine Hüften, das in den letzten Jahren hinzugekommen war, ließ ihn nur noch kompakter erscheinen.

Als Jewel nach einer Münze griff, überkam sie plötzlich der Wunsch, sie vor ihrem Vater zu verbergen. Dass er nicht allein auf der Insel ausgeharrt hatte, war genauso offensichtlich wie die Tatsache, dass man ihm nicht trauen konnte.

Im nächsten Moment riss Bellamy ihr den Fund auch schon aus den Fingern. Er biss darauf und spuckte dann den Schlamm aus. »Gold.«

Wayland drängte sich zu ihnen. »Ist das alles?«

Nolan zeigte seine Hand und damit auch die übrigen Münzen. »Kann ich nicht sagen. Da unten ist es zu dunkel. Man muss alles mit den Händen ertasten.«

Bellamy schlug Nolan auf die Schulter. »Besser, du lässt dir schnellstmöglich Kiemen wachsen, nicht wahr, Junge?«

Nolan funkelte ihn warnend an, und Bellamy zog rasch seine Hand zurück.

Jewel konnte sich mit dem Gedanken, dass Nolan wieder in die Finsternis hinabtauchen sollte, überhaupt nicht anfreunden, und die offenkundige Freude ihres Vaters bei dieser Aussicht tat nichts, um ihre Angst zu lindern. »Aber warum sollte dein Großvater seinen Schatz in einem Teich versenken? Wie hätte er ihn jemals wieder bergen können, wenn es uns schon nicht gelingt?«

Nolan schritt durch die Gruppe der Männer, die ihn umringte, wieder zum Ufer. Er schüttelte das restliche Wasser aus seinem langen Haar, stellte sich dann in die Sonne, die als dünner Strahl durch das Blätterdach brach, und wandte sich ihnen wieder zu. »Er war schlicht und einfach verzweifelt. Normalerweise vergraben Piraten ihre Schätze auch nicht, sondern sind viel zu sehr damit beschäftigt, sie auszugeben.«

»Aber warum hat er es dann getan?« Jewel konnte sehen, wie Gänsehaut Nolans Schulter überzog. Sie ging auf ihn zu, stoppte aber dann. Sie hatte ihm mit den Händen über seine Arme reiben wollen, um ihn zu wärmen, aber sein Blick hielt sie davon ab.

»Er hatte gehofft, den Schatz als Druckmittel einsetzen zu können. Er wollte eine Begnadigung. Ich nehme mal an, dass die Münzen und alles, was sich sonst noch da unten befindet, in Holzkisten oder Taschen verpackt waren. Die Kraft des Wasserfalls muss sie über die Jahre hinweg zerstört haben.

Wahrscheinlich hätte man den Schatz vor siebzig Jahren noch um ein Vielfaches einfacher heben können als heute.«

Jewel schlang ihre Arme um den Oberkörper. Im Schatten und Nebel des Wasserfalls war ihr kühl geworden. »Piraten werden begnadigt?«

Bellamy stolzierte vor. »Nein, Mädchen. Captain Kent hat als Freibeuter begonnen, aber als er auf den Geschmack des guten Lebens in Tortuga gekommen ist, wurde er zum Piraten. Das Gleiche, was unserem Nolan hier passiert ist. Hat er dir schon einmal von Tortuga erzählt?«

Jewel erstarrte. »Ich glaube, er hat erwähnt, dass du ihm dort die Karte gestohlen hast.«

Bellamy lachte. »Du hast wirklich Mumm, Schätzchen, das muss ich dir lassen. Hat er dir zufällig auch erzählt, womit er gerade beschäftigt war, als ich die Karte in Verwahrung genommen habe, um sie zu schützen?«

Wayland ergriff das Wort, so dass Jewel um eine Antwort herumkam. »Kent wurde gehängt, weil irgendein hochnäsiger Adliger seine Gier nicht mehr unter Kontrolle hatte. Er ist kein Pirat geworden. Man sagt, er habe Pässe für die Schiffe bei sich getragen, die er geplündert hat, so dass er mit ihnen belegen konnte, dass er nur diejenigen angegriffen hat, für die sein Kaperbrief galt.«

Jewel schüttelte den Kopf. »Das verstehe ich nicht.«

Nolan verschränkte die Arme vor seiner nackten Brust. »Bellamy wollte dir damit sagen, dass ich in Tortuga mit einer Frau von zweifelhafter Tugend verkehrt habe, aber was Wayland meint, ist mir auch nicht ganz klar.«

Wayland zeigte auf Nolan. »Dass dein Großvater zu Unrecht gehängt wurde, das meine ich. Er ergab sich, nachdem er den Schatz versteckt hatte, und anschließend hat er dem Marineamt in New York seine Pässe überlassen, die seine Unschuld bewiesen. Und trotz allem haben sie ihn nach London verfrachtet und ihn dort hängen lassen.«

Nolan wurde unruhig. »Woher weißt du das?«

Bellamy machte eine wegwerfende Handbewegung. »Das sind doch alles nur Gerüchte, sonst nichts. Du weißt doch, was unter Seebären geredet wird.«

»Nein, das ist es nicht. Ich habe jemanden getroffen, der in Newgate mit deinem Großvater einsaß. Mein Freund wurde nach Barbados verfrachtet, während Captain Kent gehängt wurde, als man ihn eigentlich hätte freilassen müssen. Dieser verdammte Lord, der ihn bis dahin unterstützt hatte, ließ ihn einfach im Stich. Er war nur hinter dem Schatz her.«

Jewel rieb sich ihr Kinn. »Könnte so etwas heute auch noch passieren? Könnte ein Freibeuter gehängt werden, um an seinen Schatz zu kommen?«

Nolan grinste. »Deswegen haben wir einen Krieg begonnen. Ein Monarch kann alles machen, was er will, und der alte George benutzt uns doch nur, um seine leeren Truhen zu füllen.«

Jewel blieb die Luft weg. »Wirst du dann getötet?«

Bellamy ließ sich unter einer Palme nieder. »Quatsch. Er ist kein Freibeuter, sondern Pirat. War es immer, und wird es immer bleiben. Genauso wie sein Großvater.«

Nolan trat aus dem Sonnenlicht wieder hin zum Seeufer. »Dieses eine Mal hast du recht, Bellamy, und ich nehme den Vergleich sogar als Kompliment.«

Tyrell hatte sich neben Nolan gekniet. »Soll ich dieses Mal tauchen, Captain?«

Jewel trat hinter die beiden. Die Verhältnisse zwischen ihnen hatten sich eindeutig geändert. Sie konnte es fühlen. Nolan ging mit seiner Mannschaft jetzt entspannter um, so dass sie ihn zu gleichen Teilen liebte und respektierte. Er befehligte sie mit gelassener Selbstsicherheit und hielt sich nicht mehr so steif, als ob er jeden Augenblick vor Anspannung zerbersten würde. Auch Tyrell hatte sich verändert. Er machte sich nicht mehr länger die Mühe, sein Haar zurückzubinden. Mittlerweile fiel es, durch die Sonne fast blond geworden, natürlich über seine braunen Schultern. Die Bartstoppeln, die einige Töne dunkler waren als sein Haar, ließen ihn erwachsener wirken, genau wie die neuen, harten Muskeln, die seinem hoch aufgeschossenen Körper nun auch eine gute Figur verliehen.

Nolan erhob sich. »Spart Euch den Atem besser für morgen auf, Leutnant. Es ist spät geworden, und wir werden den restlichen Nachmittag damit verbringen müssen, etwas zusammenzubasteln, womit wir den Schatz heben können. Wir können nicht einzeln runtertauchen und alles per Hand einsammeln.«

»Wie wäre es mit Körben? Wir brauchen etwas, bei dem das Wasser abfließen kann.«

»Hervorragende Idee, Tyrell. Die anderen guten Schwimmer und ich werden die Körbe mit unter Wasser nehmen und sie dort mit dem Bodensatz füllen, bevor der Rest sie wieder an die Oberfläche befördert.« Nolan wandte sich an seine Crew. »Der Wasserfall zieht euch womöglich in die Tiefe hinab, wenn ihr die Orientierung verliert. Es könnte gefährlich werden. Wer tauchen will, soll sich freiwillig melden.«

Bellamy lehnte seinen Kopf mit geschlossenen Augen an den Stamm der Palme. »Zum Glück haben wir einen großen, starken Captain, der uns anführt«, stöhnte er.

Nolan ging zu ihm hinüber. »Du bist der Einzige, der von mir zum Tauchen gezwungen wird. Du bist ein guter Schwimmer, aber warst nie jemand, der sich freiwillig zur Arbeit gemeldet hat.«

Bellamy schlug die Augen auf. »Nicht wenn ich einen jungen Kerl an meiner Seite habe, der dumm genug ist, es an meiner statt zu erledigen.«

Nolan zuckte mit den Schultern. »Dann wirst du in dem Moment ein Problem bekommen, in dem der junge Narr alt genug wird, um dich von deinem Thron zu stoßen.«

Bellamy zwinkerte. »Das werden wir noch sehen, mein Junge.«

Jewel zitterte. Das gefährliche Blitzen in den Augen ihres Vaters machte ihr Sorgen. Er hatte den Spott des Jüngeren viel zu leicht hingenommen. Nolan schlenderte jetzt wieder zum Teich hinüber und starrte hinein. Jewel wünschte, ihr Vater hätte sich geweigert, am nächsten Tag mit ihnen zu tauchen. Seine fast widerstandslose Einwilligung musste einfach eine Falle sein.

Nolan sah sie an, als er an ihr vorbeiging, und grinste. Zum ersten Mal, seit sie gelandet waren, zeigte sich ein Lächeln auf seinem Gesicht. »Wir werden jetzt auf das Schiff zurückkehren und damit beginnen, an der Rache für Captain Kent zu basteln. Die Engländer haben ihn wegen dieses Schatzes getötet, also ist es unsere Pflicht, ihn in unseren Besitz zu bringen und sie anschließend aus unserem Meer zu vertreiben.«

Nolans Mannschaft jubelte, während Jewel krampfhaft versuchte, ein Lächeln zustande zu bringen, um zu verbergen, dass sich in ihrem Hals ein Kloß gebildet hatte. Sie betete darum, dass Captain Kents Enkel ein glücklicheres Schicksal beschieden sein mochte als ihm selbst.

Kapitel neunzehn

Nolan lag in seiner Koje und ließ seinen nackten Körper von der schwülen Brise der Nacht kühlen. Sein Kopf ruhte auf seinen angewinkelten Unterarmen, während er die Kerben zwischen den Balken an der Decke über ihm zählte. Heute hatte er sein Schicksal gefunden, aber sein Herz verloren. Bei diesem Gedanken sank seine Stimmung in noch tiefere Tiefen.

Noch nicht einmal die Enthüllung, dass sein berüchtigter Großvater nicht der Schurke war, als den ihn die Legende immer darstellte und Nolans Vater stets ausgegeben hatte, konnte seine Trübsal vertreiben. Die plötzliche Tatsache, dass er nicht der Enkel eines bösen und gewissenlosen Mannes war, bestätigte ihm, was er ohnehin schon vermutet hatte: Er, und nur er allein, hatte seine Beziehung mit Jewel in dieses komplizierte Fahrwasser gelenkt, in dem sie sich jetzt befanden.

Zwar stimmte es, dass das Schicksal ihnen einige gewichtige Steine in den Weg gelegt hatte, aber Nolan war es, der mit diesen Steinen eine Festung aus Missverständnissen und Misstrauen aufgebaut hatte. Von dem Augenblick an, da er verschwiegen hatte, was mit Jewels Vater geschehen war, nachdem er zu ihr gekommen war, um sich die Karte zu holen, bis zu dem Moment, als er Bellamy Leggett am Strand entdeckt hatte und nur daran denken konnte, seinem ehemaligen Mentor zu beweisen, wer von ihnen beiden der bessere Mann war, hatte Nolan Jewel ausgeschlossen.

Es war ihm nicht in den Sinn gekommen, dass der bessere

Mann an die Gefühle seiner Frau denken und nicht versuchen sollte, ihren Vater zu erwürgen, ganz egal, wie sehr dieser es nach herkömmlichen Maßstäben auch verdient hatte. Das alles hatte Nolan erst erkannt, als er allein in seiner leeren Koje lag. Jewels Geruch stieg ihm in die Nase und ließ ihn vor wilder Lust und starker Sehnsucht anschwellen.

Er hätte darauf bestehen sollen, dass sie mit ihm zurück aufs Schiff kam. Aber hätte er es getan, wären Bellamy und er aneinandergeraten. Schon wieder. Beide lauerten nur auf die nächstbeste Gelegenheit, ihrem Hass füreinander freien Lauf zu lassen. Nolan wollte nichts lieber, als Bellamy direkt in seine grinsende Fratze zu schlagen, und wusste, dass es Bellamy mit ihm nicht anders ging. Um einen offenen Krieg zu vermeiden, war Nolan keine andere Wahl geblieben, als Bellamys insistierender Forderung nachzugeben, dass seine Tochter mit ihm am Strand bleiben sollte, während ihr Ehemann auf die *Integrity* zurückkehrte.

Mit Bellamy zu streiten, wäre seiner Beziehung zu Jewel alles andere als dienlich. Sie hatten um sie gekämpft wie zwei räudige Hunde um den gleichen Knochen. Jedes Zerren zerstörte ihre Liebe ein bisschen mehr, und wenn Nolan von nun an nicht achtgeben würde, war bald nichts mehr davon übrig.

Sein Hass auf Bellamy hatte ohnehin nichts mit Jewel zu tun. Das musste sie doch verstehen. Er konnte einfach nicht so tun, als ob Bellamy sich geändert hätte, nur weil er nun mal ihr Vater war. Bellamy war schon gefährlich gewesen, ehe Nolan seine Crew gegen ihn aufgewiegelt hatte. Er musste dafür sorgen, dass Bellamy nicht da weitermachen konnte, wo er aufgehört hatte. Wenn Nolan mit dem Schatz auch noch dessen nächstes Seeabenteuer finanzieren würde, käme das einem Verrat an seinem Großvater gleich. Er konnte Bellamy einfach nicht mit einem Anteil des Schatzes auf die Welt loslassen.

Nolan presste seine angewinkelte Faust gegen seine Stirn. Wenn er Jewels Vater in seine Schranken wies, verlor er seine Frau vielleicht für immer. Sie würde niemals verstehen, warum ihr Vater nichts von dem Schatz bekommen sollte. Es war zwar offensichtlich, dass sie mittlerweile begonnen hatte, Bellamys wahre Natur zu erkennen, aber ihr gütiges Herz würde es niemals zulassen, dass dieser Mann oder ein anderer scheinbar ungerecht behandelt wurde. Die Schuld, würden sie Bellamy für immer allein auf der Insel zurücklassen, wäre für sie tödlich. Aber genau das hatte Nolan vor. Bellamy fand immer einen Weg. Hatte er schon immer getan. Sollte doch sein ganzer verdammter Plan vor seinen Augen zu Staub zerfallen.

Trotzdem hatte der Hurensohn es geschafft, einen Teil von Nolan zu rauben, der ihm wichtiger geworden war als der gesamte Schatz. Das Gold, die Münzen, darauf legte er keinen Wert mehr. Man musste sich nur ansehen, was der Reichtum seinem Großvater eingebracht hatte – oder noch schlimmer: seinem Vater, der sein Leben in frommer Zurückgezogenheit gefristet und immer darauf gehofft hatte, den mörderischen Makel seines Familiennamens auszumerzen.

Nolans Vater hatte die Abenteuerlust seines eigenen Vaters gesehen und sie mit dem Verhalten seines Sohnes in Verbindung gebracht. Er hatte versucht, das Böse gnadenlos auszurotten, und in seinem Wahn ungerechterweise seinen verschmitzten Jungen mit dem berüchtigsten Piraten der Karibik verglichen. Nolan erkannte jetzt, dass das, wovor sein Vater sich fürchtete, ihn gelehrt hatte, einen Teil von sich zu hassen, einen Teil, der weder böse noch allumfassend sein musste: den Hunger nach Leben und nach allem, was es zu bieten hatte. Angeregt von dem Verlangen, Gutes zu tun, konnte eine solche

Leidenschaft auch dazu beitragen, eine Nation aufzubauen oder ein guter und liebender Ehemann zu sein. Und das würde er sein, wenn Jewel ihm nur eine Chance dazu gab.

Leider musste er sich gleichzeitig noch immer auf den Schatz konzentrieren. Nolan brauchte ihn dringend für die Revolution. Jeden Penny würde er für den Kauf von Schiffen und Waffen verwenden. Wahrscheinlich würde er seinen Kaperbrief gleich erhalten, wenn er zu den Kolonien zurückkehrte – aber bis dahin war es vielleicht bereits zu spät für Jewel und ihn.

Er hatte seine Ehe als rechtmäßig vor Gesetz und vor Gott geglaubt. Sein Wort war so viel wert wie jedes Dokument und jeder Stempel, und darauf war er stolz. Er hatte geschworen, Jewel als seine Frau anzunehmen, sie zu ehren und zu beschützen. Das genügte ihm. Trotzdem hatte er an Jewels Blick gesehen, als Bellamy auf die Schwachstelle in seinen Überlegungen hinwies, dass ihr das nicht genügte. Bellamy hatte recht, und dieses Wissen lieferte Nolan einen weiteren Grund für einen Mord.

Er drehte sich zur Seite und schüttelte sein Kissen auf. Ein dünner Lichtstrahl zwängte sich unter seiner Tür hindurch. Er erstarrte. Als kein Geräusch von einem Eindringling zu hören war, griff Nolan vorsichtig zu der geladenen Pistole neben ihm. Auch sein Schwert lag nicht weit entfernt, so dass er es notfalls erreichen konnte. Jetzt, da Bellamy wieder in seinem Leben aufgetaucht war, war Nolan auf alles vorbereitet.

Dann machte sich jemand am Türknauf zu schaffen, der sich jedoch nicht bewegte. Nolan hatte ihn verriegelt, weil er wusste, dass er ansonsten nicht schlafen konnte. Anschleichen war Bellamys Spezialität. Lautlos erhob sich Nolan vom Bett.

Ein leises Pochen ertönte. Weder fordernd noch aggressiv. Das Klopfen war fast schüchtern. »Nolan?«

Er hechtete zur Tür, drehte den Schlüssel um und öffnete, ehe er es sich noch anders überlegen konnte. »Jewel, was tust du hier?«

Ihre Augen wurden größer. »Ich musste dich einfach sehen.« Sie blickte zu Boden, aber er konnte das Grinsen erkennen, das sich über ihr Gesicht schlich. »Ich glaube, mir ist mein Wunsch erfüllt worden. Und noch etwas mehr.«

Er zog sie ins Zimmer und verschloss wieder die Tür hinter ihnen. Nicht dass er sie verdächtigte, etwas im Schild zu führen, aber ihrem Vater traute er es durchaus zu, sie überredet zu haben, etwas zu tun, was sie eigentlich gar nicht beabsichtigte. »Weiß Bellamy, dass du hier bist?« Ohne ihre Antwort abzuwarten, drehte er sich um und zog schnell seine Kniehosen über. Wenn es sich irgendwie vermeiden ließ, wollte er Bellamy nicht splitterfasernackt gegenübertreten.

»Warte! Nicht!«

Nolan sah sie über seine Schulter hinweg an. Seine Muskeln zuckten, als er den flehentlichen Ton ihrer Stimme vernahm. Über ihrer Nase bis hin zu ihrem Nacken breitete sich verschämte Röte aus.

Sie atmete tief ein, wie man es tut, wenn man all seinen Mut zusammennimmt, dann trat sie auf ihn zu. »Ich will dich sehen. Alles an dir. Und nein, mein Vater weiß nicht, dass ich hier bin.«

Folgsam ließ Nolan seine Hosen wieder zu Boden gleiten. Er richtete sich auf, wandte sich zu Jewel um und gab ihr im Schein der Laterne, die sie bei sich trug, den Blick auf seinen Körper frei. Ihre Worte hatten seine trübe Stimmung verfliegen lassen. Bellamy war vergessen, Nolans Herz schlug wild in seiner Brust, und er konnte nur noch an eins denken. Leicht breitete er seine Arme aus. »Nimm dir, was du willst.«

Sie fand einen Haken, an dem sie die Lampe aufhängte,

und näherte sich ihm dann so weit, dass sie die Hände auf seine Brust legen, aber noch immer seinen Körper sehen konnte. Nolans Blut begann zu rauschen. Mit jeder Sekunde, die verging, schwoll er an, wurde er größer.

»Du hast mir gefehlt.« Sie ließ ihre Hände über seinen Arm gleiten.

Nolan begehrte sie mit einer Macht, die fern aller Vernunft lag, aber ein letzter Zweifel ließ ihn zögern. Es war unmöglich für sie, sich noch länger ihnen beiden gegenüber loyal zu verhalten. Sie musste sich entscheiden. Für ihn. Er rief sich zur Räson. »Warum bist du auf der Insel geblieben?«

Sie ließ ihre Hände sinken. »Oh, als ob ich eine Wahl gehabt hätte! Du und mein Vater, ihr streitet über mich, als wäre ich gar nicht anwesend. Zum Schluss hörte es sich so an, als hättet ihr euch darauf geeinigt, dass ich am Strand bleiben sollte.«

Nolan regte sich nicht. Jewel war komplett bekleidet, und sie war wütend. Er hingegen war nackt und hatte eine Erektion. Manche Männer würden in einer solchen Situation beschließen, dass es nun an der Zeit sei, sich etwas überzuziehen, um das Gesicht zu wahren, aber Nolan hoffte, dass sie ihn wieder berühren würde, wenn er sich nicht bewegte. »Aber jetzt bist du hier. Oder?«

Sie verschränkte die Arme vor der Brust und schob ihr Kinn vor. »Ich fand es schrecklich, wie ihr zwei über mein Schicksal bestimmt habt. Nachdem mein Vater eingeschlafen war, habe ich Tyrell geweckt und mich von ihm zum Schiff rudern lassen.«

Nolan lächelte. Er wollte nicht mehr mit ihr streiten. Das war das Letzte, was er im Sinn hatte. Und sein Körper hatte sowieso schon eindeutig die Macht über ihn an sich gerissen. »Zum Glück habe ich ein paar Männer als Wachen dort gelassen.«

Ihre angespannten Züge wurden sanfter. »Ich dachte, sie wären dazu da, den Schatz zu bewachen.«

»Du bedeutest mir mehr als der Schatz.«

»Ist das wahr?« Der feuchte Schimmer, der sich augenblicklich über ihren Blick legte, bewegte ihn tief. Dass sie noch zweifelte, wie viel sie ihm wert war, wie sehr er sie liebte, schnürte ihm die Kehle zu. Schon fürchtete er, dass ihm selbst die Tränen in die Augen treten würden.

Er blickte an sich hinab. Der deutlich sichtbare Ausdruck seiner Gefühle für sie verlieh ihm Sicherheit. »Ich glaube, das ist offensichtlich.«

Er würde nicht nachgeben und sie an sich ziehen. Sie war es, die zu ihm kommen musste. Die Art, wie sie ihn mit geneigtem Kopf ansah, die Lippen leicht geöffnet, erregte ihn über die Maßen, aber er konzentrierte sich darauf, dieses eine Mal passiv zu bleiben.

Ihr Blick wanderte an ihm hinab und verharrte auf seiner Erregung. Nolan spürte, wie das Rauschen seines Blutes seine Erektion noch weiter wachsen ließ. Die leidenschaftliche Lust entledigte ihn aller Gedanken. Er schloss die Augen.

Als sie ihre Hände wieder auf seine Brust presste, zwang er sich, unbewegt stehen zu bleiben. Seine Geduld wurde belohnt. Die Spannung, die heute zwischen ihnen herrschte, erinnerte ihn an ihre Hochzeitsnacht, und er hatte nicht vor, seinen damaligen Fehler zu wiederholen. Obwohl beide wussten, dass sie ihr Ziel schon erreicht hatte, als sie den Raum betrat, begann sie, ihn zu verführen. Er würde sich ihrer Geschwindigkeit anpassen.

Sie ließ ihre Hände über die Muskelstränge seines Bauches gleiten, bevor sie tiefer wanderten. »Sind wir wirklich nicht verheiratet?«

Je deutlicher wurde, welches Ziel ihre Hände hatten, umso

schwerer fiel es Nolan, ihren Worten zu folgen. Jeder Muskel spannte sich in Erwartung der Berührung ihrer Hände an. Als sie ihren Daumen über die Kuhle seiner Hüften gleiten ließ, musste sich Nolan ein Stöhnen verkneifen. Er schluckte, unsicher, ob seine Stimme stabil genug zum Sprechen war. »Für mich schon. Aber wenn du willst, heirate ich dich noch mal.«

Sie vermied den sich deutlich ihr entgegenreckenden Teil seines Körpers, der so sehr nach ihrer Berührung verlangte, dass er pulsierte, und strich mit den Händen sanft über seine Schenkel. »Das heißt aber, dass wir nicht verheiratet sind. Ich bin mir nicht sicher, ob das erste Mal kein Fehler war.«

Abrupt öffnete er die Augen. Ihre Antwort riss ihn aus dem Nebel seiner angenehmen Empfindungen. Der Anblick, der sich ihm bot, ließ ihn beinah vergessen, warum er überhaupt die Augen geöffnet hatte. Sie kniete vor ihm. Ihre Hände waren an die Rückseiten seiner Schenkel gewandert und setzten ihren Streifzug hin zu seinen Waden fort. Ihr Mund schwebte berauschend nah vor seiner Erfüllung.

»Warum … Fehler?«, fragte er.

Sie sah zu ihm auf und grinste. Sie wusste haargenau, was sie mit ihm anstellte. »Liebe mich mehr, als du meinen Vater hasst.«

Nolan atmete laut aus. Fast klang es wie ein qualvolles Keuchen. Er sollte ihr einfach nur sagen, was sie hören wollte, dennoch widerstrebte ihm dieser Wesenszug zutiefst, sogar während einer solch süßen Folter. Sein Hass für Bellamy war etwas Lebendiges. Er war über Jahre hinweg gewachsen. Wenn er nur an den Mann dachte, drohte seine Lust schon abzuflauen. »Lass mich dich lieben. Ich zeige es dir.«

»Das meine ich nicht.« Sanft zog sie seine Hüften nach vorne und berührte ihn mit der Zungenspitze.

Diesmal keuchte er wirklich. Seine Begierde überwältigte

ihn, fesselte ihn an Jewel noch stärker als zuvor, während sein Atem stoßweise ging. Die Vernunft hatte keine Chance mehr. Sein einziger Wunsch war, ihre warme, feuchte Zunge noch einmal an seiner Männlichkeit zu spüren. »Heirate mich, Jewel. Ich werde dich glücklich machen.«

»Meinen Vater zu töten, wird mich nicht glücklich machen.« Sie nahm ihn ganz in den Mund. Nolan schoss der Gedanke durch den Kopf, jemand hätte ihr gesagt, was sie tun sollte, aber wer das gewesen sein konnte, darüber konnte und wollte er sich jetzt keine Gedanken machen.

Er lehnte seinen Kopf zurück und schloss die Augen. Seine Knie wurden weich, aber er wollte nicht, dass sie aufhörte. Um nichts in der Welt. Er zwang sich, stillzuhalten, ihr nicht entgegenzustoßen. Er wollte sie nicht erschrecken. »Das werde ich nicht«, sagte er, unsicher, ob seine atemlosen Worte überhaupt noch zu verstehen waren.

Sie umfasste seinen Hintern mit ihrer starken linken Hand, während sich ihr Mund und ihre Zunge mit einer Aufmerksamkeit, die ihn fast in den Wahnsinn trieb, der Spitze seines Schwanzes widmeten. Jewel experimentierte, variierte, erst lutschte sie an ihm, dann leckte sie ihn in voller Länge, wobei sie eine feuchte Spur auf seiner empfindlichen Unterseite hinterließ. O Gott, jemand *musste* es ihr beigebracht haben, dachte Nolan kurz und hoffte, dass sie die Techniken bisher nur vom Hörensagen gekannt hatte.

»Das genügt nicht, Nolan.«

»Nein?« Sie hatte recht. Es genügte ihm nicht. Noch lange nicht. Er vergrub seine Finger in ihrem Haar. Der Drang, ihn in sie zu stoßen, ließ ihn fast die Kontrolle verlieren, also rieb er seinen vor Lust schmerzenden Schaft leicht an ihrer weichen Wange und ihrem Haar. Das Gefühl hatte die Kraft eines Faustschlags, so dass Nolan die Bewegung nur noch ein einziges Mal wiederholte. Hätte er weitergemacht, wäre das Spiel binnen nur eines einzigen Herzschlags zu Ende gewesen.

Sie küsste seinen Hüftknochen. Offenbar ahnte sie, dass er kurz vor dem Höhepunkt stand, und wollte ihre Folter verzögern. Und gerade, als er dachte, er könnte kurz entspannen, nahm sie ihn, der noch immer feucht von der Zuwendung ihrer Zunge und ihrer Lippen war, tief in den Mund und begann, sich rhythmisch zu bewegen. Nolan begab sich auf eine neue Ebene des Wahnsinns. Sie hielt inne. »Keine Kämpfe mehr. Schließe Frieden mit meinem Vater, damit wir verheiratet bleiben können.«

Das Bedürfnis, wieder ihren Mund um seinen Schwanz zu spüren, verwischte seine Wahrnehmung. Außer wenn er sie auf ihren Mund richtete, der so nah vor seinem geschwollenen Geschlecht schwebte, konnte er seine Augen nicht offen halten. Er musste etwas sagen oder tun, damit sie ihn wieder in den Mund nahm, nur eine Minute lang, nur noch ein einziges Mal. Sanft zog er an ihrem Haar, um sie in die Richtung zu führen, aber sie gab nicht nach. Er hörte auf, bevor er sie zu sehr bedrängte. »Keine Kämpfe mehr … mit Bellamy. Ja?«

Mit quälender Langsamkeit legte sie ihre Finger um die Wurzel seiner Erektion und umschloss sie dann mit ihrem Mund. Nolan ließ seinen Kopf zur Seite fallen und beobachtete, wie ihre süßen Lippen ihm Genuss verschafften. Eine Welle der Lust brach so stark über ihm zusammen, dass er sich wehren musste, um nicht in ihr unterzugehen. Er keuchte und entzog sich ihr.

Sie sah zu ihm auf. »Habe ich dir weh getan?«

Er beugte sich zu ihr und zog sie hoch. »Mehr, als du dir vorstellen kannst.«

Dann fiel er mit ihr auf das Bett. Das Einzige, woran er jetzt noch denken konnte, war, sich schnellstmöglich in ihr zu vergraben. Er spreizte ihre Beine, so dass sie auf ihm reiten konnte. Noch ehe seine Hände unter ihr Kleid glitten, wusste er bereits, dass sie nichts darunter trug.

Er strich an ihren Schenkeln hinauf und streichelte ihren Hintern. Sein Drang hatte gerade so weit nachgelassen, dass er die Berührung ertragen konnte, bis sie sich plötzlich gegen seinen harten Schwanz drängte, der noch immer feucht von ihrem Mund war. Sie holte schnell auf. Zu schnell. Er war feucht genug, um es ihnen beiden leichtzumachen, aber er wollte, dass sie ähnlich erregt war. Sobald er in ihr war, würde er nicht lange durchhalten können.

Er setzte sich auf, zwang sie in die Rückenlage und schob ihre Röcke zur Hüfte hoch. Ohne irgendeine Warnung schob er ihre Beine auseinander und begann, sie mit seiner Zunge zu lecken.

Als sie seinen Kuss an ihrer heiligsten Stelle spürte, keuchte sie auf. Sie war feucht und schmeckte nach purem Sex. Er umfasste ihre Hüften fester und zog sie näher an sich. Das leise Geräusch der Lust, das aus ihrer Kehle drang, ließ alles an ihm erbeben.

Seine Hände griffen nach ihrem Hintern. Er hob ihre Hüften und erlangte die Macht über sie, indem er sich ganz auf das Zentrum ihrer Lust konzentrierte. Sie schrie so laut auf, dass es die ganze Crew hören musste, aber das war ihm in diesem Moment egal.

Sie hatte die Füße auf dem Bett aufgestützt, die Beine leicht angewinkelt und drängte sich mit ihrer Hüfte näher an ihn. Er schob einen Finger in sie, dann nahm er den Rhythmus ihrer Bewegungen auf. Als sie sich um ihn krampfte, stieß er als Antwort tiefer. Sie taumelte wie in Trance, war kurz vor der Erlösung, aber er wollte tief in ihr sein, wenn sie explodierte.

Er beugte sich über sie, doch sie stemmte eine Hand gegen

seine Schulter und hielt ihn zurück. Verzweifelt suchte er nach einer Erklärung. Da seine aufgestützten Arme sein Gewicht trugen, konnte es nicht der Schmerz seines Gewichts sein, der sie innehalten ließ.

Mit schweren Augenlidern starrte sie ihn an. »Ich will es wie gerade eben.«

»Was meinst du?«

Sie senkte schamhaft den Blick. Es erstaunte ihn, dass sie nach alldem, was sie gerade mit ihrem Mund angestellt hatte, noch immer schüchtern sein konnte. »Ich will auf dir sein.«

Er lächelte. »Sei mein Gast.«

Er glitt von ihr herunter, so dass sie sich auf ihn setzen konnte. Während er zusah, wie sie ihr Kleid aufknöpfte, berauschte er sich an der immer stärker brodelnden Lust seines Verlangens. Er wollte ihr helfen, doch seine Hände zitterten. Wenn sie es auf diese Art tun wollte, dann war es an ihm, all seine Willenskraft aufzubringen und sich zu beherrschen. Seine Erektion glühte wie Feuer an seinem Bauch, als er sich auf seine Fersen hockte.

Jewel schlüpfte aus ihrem Hemd und lächelte ihn an. Es war ein listiges Lächeln, das ihn zugleich ängstigte und erregte. »Leg dich wieder hin.«

Er folgte ihrem Befehl. Als sie auf ihn stieg und er sofort die Hände nach ihr ausstreckte, nahm sie seine Gelenke und schob sie an seine Seite. »Berühre mich nicht, bis ich es dir erlaube. Und beweg dich nicht.«

Nolan schluckte schwer, hoffte, dass er sich ihren Wünschen fügen konnte. Sie führte ihn langsam, aber nicht bis zum Ende, in sich ein. Kaum konnte er dem Drang standhalten, in sie zu stoßen. Viel zu schnell zog sich Jewel wieder zurück. Er krallte seine Hände ins Laken, um sie nicht mit bloßer Gewalt an sich zu ziehen.

Sie stützte ihre Hände auf seine Brust und legte den Kopf zurück, so dass ihr langes Haar seine Schenkel streichelte. Ihre Lider waren schwer vor Lust. Bei Gott, sie genoss es. Ihre Bewegungen waren wie ein hypnotisierender Tanz, und die Musik dazu bestand aus seinem eigenen Herzschlag. Er schloss die Augen, konnte ihr nicht länger zusehen. Sie bewegte sich auf und ab, nahm ihn nur zur Hälfte in sich auf, kreiste mit den Hüften, verschaffte sich selbst Vergnügen und folterte ihn zugleich. Er wollte den Höhepunkt nicht weiter hinauszögern. Konnte nicht.

»Jewel. Bitte!«, stieß er zwischen seinen immer schneller werdenden Atemstößen hervor.

»Gut. Du kannst mich jetzt berühren.« Sie legte seine Hände auf ihre Brüste. »Hier«, sagte sie mit sanfter, dunkler Stimme. Er beobachtete sie durch halb geschlossene Lider, während er ihre Brüste massierte und die Brustwarzen zusammendrückte.

Ihr Hüftkreisen schien ihr unbeschreiblich viel Lust zu bereiten, aber für Nolan war es nur eine neue Form der Qual, weil Jewel ihn noch immer nicht komplett in sich aufgenommen hatte. Er verstärkte den Druck auf ihre geschwollenen Brustwarzen und drückte seinen Rücken durch, er konnte sich nicht mehr zurückhalten. Ihre Muskeln umschlossen ihn, während ihr weicher Hintern ihn in fließenden Auf- und Abwärtsbewegungen streichelte. Nolan hielt es nicht mehr aus.

Er fasste ihre Hüften und zog Jewel fest an sich, während er fest in sie stieß. Sofort begann sie zu zittern. Die sichtbaren Schauer, unter denen sie aufstöhnte, ließen den letzten Widerstand Nolans in sich zusammenfallen. Er krümmte sich, dann fiel er, selbst von der Gewalt seiner Erlösung überrascht, beinah vom Bett.

Jewel lag auf seiner Brust, ihre Körper noch immer miteinander vereinigt. Als er wieder zu Kräften gekommen war, streichelte er mit sanften Kreisen ihren Rücken. Er hatte sie doch nicht verloren.

Er küsste sie auf den Kopf und fragte sich, was er ihr versprochen hatte, dass es so weit gekommen war. Als die Erinnerungen wieder auftauchten, spannten sich seine erschöpften Muskeln sofort wieder an. Doch dieses Mal war der Grund nicht die Erwartung einer weiteren Runde der seligen Erfüllung. Unwissend, dass seine friedliche Erholung schon wieder von den Tentakeln der Realität eingeholt worden war, kuschelte Jewel ihre Wange an seine Brust. Nolan strich ihr Haar zurück und versuchte, sich zu beruhigen, indem er sich selbst einredete, dass solche Augenblicke wie dieser einen Waffenstillstand mit Bellamy mehr als wert waren.

Aber nicht mit Jewels Vater zu streiten, wäre ein ganz und gar unnatürliches Verhalten. Er sollte besser ein Heiliger werden. Aber lieber das, als ein zölibater Priester. Jetzt musste er es nur noch schaffen, zu überleben, während er wie Jesus über Wasser wandelte.

Kapitel zwanzig

Jewel hielt einen Ring mit einem großen grünen Stein in die Sonne, die in die Lichtung beim Wasserfall einfiel und direkt durch ihn hindurchschien. Der viereckige Smaragd blitzte, als wäre er lebendig. Es schien sogar, als würde er in seinem Inneren atmen, während er die Sonne auffing. Der Ring war das spektakulärste Stück des Schatzes, das sie bisher geborgen hatten. Zumindest nach Jewels Ansicht. Die anderen waren eher von der ständig anwachsenden Menge an Goldmünzen beeindruckt, welche die Taucher vom Boden des dunklen Teichs zutage förderten. Kents Schatz wurde seinem Ruf gerecht. Vielleicht übertraf er ihn sogar.

»Er passt zu deinen Augen. Wenn es nach mir ginge, müsstest du ihn behalten.«

Ohne ihren Vater anzusehen, warf Jewel den Ring in den Korb zu dem übrigen Schmuck. Broschen, Perlenketten und ein Kreuz aus Rubinen und Onyx brachten den Behälter bereits zum Überquellen. Aufgeregt hatte ihr Tyrell die Namen aller kostbaren Steine verraten. Jewel hatte noch nie solche Reichtümer zu Gesicht bekommen, noch nicht mal in ihren kühnsten Träumen. Ihrer Meinung nach übertraf der Ring allen anderen Schmuck an Schönheit, aber lieber würde sie sich den Schwanz eines Glühwürmchens um den Finger wickeln, als der gleichen Gier, die ihren Vater kennzeichnete, zu verfallen. »Der Schatz wird unter allen gerecht aufgeteilt.«

Bellamy lehnte sich an die große Palme, die auch Jewel

Schatten spendete, während sie damit beschäftigt war, die Kostbarkeiten vom Schlamm zu säubern. »Pah! Seit wann darf denn eine Frau kein hübsches Zierwerk mehr haben?«

Jewel sah ihren Vater an. »Nicht wenn es jemand anderem zusteht. Der Continental Congress wird seinen Anteil bekommen, und erst dann teilt die Mannschaft den Rest unter sich auf.« Sie berührte den goldenen Siegelring, ihren Ehering, der an einer Kordel, die sie aus einem Korsett gelöst hatte, um ihren Hals hing. »Ich habe schon allen Schmuck, den ich brauche.«

Bellamy nickte zum Ring hin. »Er hat ihn mir abgenommen, bevor er mich hier zurückgelassen hat.«

Jewel starrte auf ihre Kette hinab und nahm sie dann vom Hals, um sich den Anhänger genauer anzusehen. In dem Durcheinander ihrer Hochzeit war der Ring, der ja eigentlich Wayland gehört hatte, überhaupt nicht wichtig gewesen.

Auf ihm waren Initialen eingraviert. Sie waren Jewel schon früher aufgefallen, aber sie hatte angenommen, dass sie zu irgendeinem namenlosen Opfer Waylands gehörten. In ihrer Vorstellung hatte er den Ring bei einem Würfelspiel gewonnen, nichts weiter.

»WK«, sagte Bellamy, ohne einen Blick auf die Buchstaben zu werfen, die sie selbst nicht entziffern konnte. Als ihr Vater sie anstarrte, erkannte sie, dass die Initialen ihr etwas sagen sollten.

Nachdem sie einige Sekunden geschwiegen hatte, sagte er schließlich: »William Kent.«

»Dann hast du ihn Nolan also zuerst gestohlen?« Ihre Augen wurden zu Schlitzen, aber ihr Vater schmunzelte nur über ihre Wut.

»Ja, aber er hat mir etwas viel Wertvolleres entwendet, weißt du?«

Jewel wandte sich wieder ihrer Arbeit zu. Wahrscheinlich meinte er sie damit, aber sie hatte nicht die Absicht, weiter darüber zu sprechen. Die letzte Nacht mit Nolan hatte alles geklärt … so hoffte sie. Das Versprechen, ihren Vater in Ruhe zu lassen, hatte sie ihm zwar abringen müssen, trotzdem fühlte sie sich im Recht. Noch nicht einmal die Tatsache, dass Wayland ihr vorher genaue Anweisungen zu ihrem Verhalten gegeben hatte – unter beidseitigem heftigem Erröten –, ließen sie die extremen Maßnahmen bereuen, zu denen sie gegriffen hatte. Schließlich hatte sie ihre Ehe und auch das Leben ihres Vaters zu retten. Nicht dass Bellamy ihren Schutz verdient hatte, aber er blieb trotz allem ihr Vater. Sie konnte sich nicht von ihm abwenden, ganz egal, wie sehr es sie auch danach drängte.

Sie griff in den mit Teichschlamm gefüllten Korb und warf zwei volle Hände in ein kleineres Behältnis gleicher Art. Dann goss sie aus einem Eimer Wasser darüber, um den schlimmsten Dreck wegzuspülen, und begann, sich durch das durchzuwühlen, was noch übrig war.

Der Verführungsplan war aus der Verzweiflung geboren worden. Bellamy hatte einen Keil zwischen sie getrieben, und Jewel musste alles in Erwägung ziehen, um zwischen ihnen wieder die Harmonie herzustellen, die vor ihrer Ankunft auf der Insel geherrscht hatte. Vielleicht war die Art, mit der sie Nolan gezwungen hatte, mit ihrem Vater Frieden zu schließen, auch der völlig falsche Weg gewesen. Er hatte sich bisher immer leicht erweichen lassen, hatte leicht ihren Forderungen zugestimmt, wenn sie körperlich intim gewesen waren. Doch die letzte Nacht hatte all ihre Erwartungen übertroffen. Sie hatte die Macht gespürt, die sie über ihn hatte, und schwelgte noch immer in der Erinnerung daran. Seine Reaktion auf ihren kühnen Vorstoß hatte sie mehr erregt, als sie sich hätte vorstellen können. Einen kurzen Moment lang hatte sie ihre Beziehung kontrolliert, und der mächtige Captain Nolan Kenton hatte nur noch ihren Namen seufzen können und sie angefleht –«

»Hat diese hübsche Röte auf deinen Wangen vielleicht irgendetwas damit zu tun, dass Nolan zugestimmt hat, mir einen Teil des Schatzes seines Großvaters zu überlassen?«

Jewel blickte auf. Sie hatte ihren Vater ganz vergessen, der noch immer am Baum gelehnt stand. Ihre Wangen glühten, und sie blickte zu Boden. »Willst du dich nicht lieber wieder an die Arbeit machen, Bellamy? Die anderen haben bereits doppelt so viele Ladungen nach oben befördert.«

»Bellamy also? Hast du etwa vergessen, dass ich dein Vater bin? Nolan tut das mit Sicherheit nicht, das kann ich dir sagen.«

Jewel funkelte ihn an. Sie spürte, wie eine Gefühlswelle in ihr aufstieg, aber dieses Mal war sie anders. Ihr Schmerz hatte sich in Wut verwandelt – in gerechte Wut gegen Bellamy, der sie zeit seines Lebens alleingelassen hatte. »Du warst mir nie ein Vater, warum sollte ich dir dann mehr Ehre erweisen als dir gebührt? Ich habe Nolan gebeten, dass er dich in Ruhe lassen soll, aber das ist alles, was ich dir schulde, und mehr, als du je für mich getan hast.«

Bellamy grinste höhnisch. »Aye, Mädchen. Und ihr zwei werdet den Rest eures Lebens in vollkommenem Eheglück verbringen, ohne deinen alten Erzeuger in eurer Nähe, der euch alles verdirbt. Recht so?«

Sein sarkastischer Ton führte ihr noch einmal vor Augen, wie froh sie war, mit Nolan alles geklärt zu haben, aber davon würde sie Bellamy nichts verraten. Das Einzige, was sie über ihren Vater gelernt hatte, war, dass er bei einem Menschen die kleinste verletzliche Stelle finden konnte und genau dort sein Schwert hineinstieß. »Nolan hat dir gegeben, was du wolltest. Du hast also keinen Grund, uns noch länger zu quälen.«

Bellamy verschränkte die Arme vor der Brust. Entweder heuchelte er seine dominant-überlegene Haltung, oder ihn scherte der Ärger, den er verursachte, tatsächlich einen Dreck. »Ich habe gesehen, wie sich Nolans Muskeln anspannten, als er sagte, dass er mir meinen gerechten Anteil am Schatz überlassen würde.«

Jewel griff nach dem Korb und schüttelte ihn stärker als nötig. Schlammüberzogene Münzen fielen heraus. Vielleicht würde Bellamy wieder gehen, wenn sie ihn nur lange genug ignorierte.

»Es nagt an ihm, weißt du – das Wissen, dass ich einen Anteil von Kents Schatz bekommen werde. Über die Jahre hinweg hat sich dieses Gefühl in seinem Magen entzündet und lodert nun lichterloh.«

Jewel schaufelte zwei weitere Ladungen des Seebodens in das Sieb. Schlamm spritzte ihr auf die Wangen. Als sie ihn wegwischte, merkte sie, dass sie vergessen hatte, die vorher gewaschenen Münzen herauszunehmen. »Verdammt, warum lässt du mich nicht in Ruhe?«

»Weil ich dein Vater bin.« Bellamy stieß sich vom Baum ab. Sein Grinsen war verschwunden. »Es gibt so unglaublich viele Frauen auf der Welt, deshalb ist es nicht richtig, dass sich Nolan ausgerechnet meine Tochter aussuchen musste.«

Jewel warf ihren Korb beiseite und sprang auf. »Du warst es, der mich verlassen hat. So wie ich das sehe, hast du weder ein Recht noch irgendeinen Anspruch auf mich.«

Bellamy schlug mit den Fäusten gegen seine Brust. »Du bist mein Blut, Jewel! Und mit den Jahren wird Nolan in deinen grünen Augen die meinen sehen. Genau das wird er tun, darauf gebe ich dir mein Wort. Und dann wird er daran denken, wie sehr er mich hasst und was er alles für dich geopfert hat. Was soll aus so einer Verbindung schon werden?«

»Was zwischen uns ist, hat nichts mit dir zu tun!« Wie oft hatte ihr Nolan das schon versichert? Aber damals hatte sie es nicht geglaubt, und auch jetzt war sie sich nicht sicher, ob sie es tat.

»Nolan war schon immer beliebt bei den Frauen. Er hätte sich auch eine reiche Erbin aussuchen können, eine Dame von Stand oder zumindest eine vermögende Witwe. Es gibt einige Leute, die nichts von seinem Großvater wissen, aber die, die darüber informiert sind, halten Nolan für heiliger als seinen Vater, der schon längst alle Familiensünden abgebüßt hat.« Bellamy musterte seine Tochter von unten bis oben. »Dann verrate mir bitte unter diesen Voraussetzungen, warum er ausgerechnet eine dürre, uneheliche Tavernenhure zu seiner Braut machen sollte?«

Jewel verschlug es den Atem. Ihr drohte, schwarz vor Augen zu werden. Sie blickte sich nach etwas um, womit sie ihren Vater bewerfen konnte. Aus dem Augenwinkel sah sie den Korb mit den noch immer verdreckten Münzen. Sie drehte sich um, griff sich eine Handvoll nassen Schlamm und schleuderte ihn ihm ins Gesicht. Das schlürfende Geräusch, als der Matsch sein Ziel erreichte, holte sie wieder in die Realität zurück. Einen Augenblick lang stand er da, der schwarze Schlamm troff ihm vom Gesicht und verteilte sich über seine Brust. Ihr Vater wirkte ebenso erschrocken wie sie.

Mit langsamen, präzisen Bewegungen, als nehme er gerade Tee und Kuchen mit dem König von England zu sich, wischte er sich den Dreck aus Augen und Gesicht. »Du weißt also, was ich meine.«

In Jewels Brust verebbte ihre Wut. Sie wusste keine Antwort auf seine schmerzlich wahre Bemerkung, und die Stille, die zwischen ihnen hing, machte dies nur umso deutlicher.

»Es ist nur eine Frage der Zeit, bis seine Rachegelüste mir

gegenüber weniger werden und er anfängt, sie an dir auszulassen. Die Beziehung wird für dich kein glückliches Ende nehmen, Jewel. Ich merke doch, wie du ihn ansiehst. Es ist zu offensichtlich, wie vernarrt du in ihn bist. Aber er benutzt dich nur, um mir eins auszuwischen. Er fühlt nicht das Gleiche wie du.«

Jewel rieb sich mit den Handrücken die Schläfen, wollte nichts mehr hören, trotzdem hallten seine grässlichen Worte in ihren Gedanken noch immer nach. »Hör auf. Er ist nicht wie du.«

»Das stimmt. Ich kenne Nolan besser als jeder andere. Ich habe ihn aufwachsen sehen, und er ist tatsächlich *nicht* wie ich. Er ist schlimmer. Vielleicht glaubt er noch, dass er sich wirklich etwas aus dir macht, aber ich bin die treibende Kraft, die an seinem Leben zehrt. Ich bin derjenige, der ihm nicht aus dem Kopf geht, und für immer und immer wird er diesen Hass bekämpfen wollen, aber es nicht können.«

Jewel blickte zum Teich und suchte das Ufer nach Nolan ab, wo Tyrell es sich jetzt bequem gemacht hatte und nach Atem rang. Nolan musste gerade einen Tauchgang absolvieren. Sechs Männer, Bellamy eingeschlossen, tauchten abwechselnd bis auf den Grund. Sie schaufelten Schlamm in einen großen Korb und zogen dann an einem Seil, damit die Mannschaft ihn von oben einholte. Jewel musste sich anschließend durch das arbeiten, was sie gefunden hatten. Es war eine anstrengende Arbeit, und sosehr sie sich jetzt auch nach Nolan und seiner Sicherheit sehnte, so wenig wollte sie ihn von seiner Aufgabe ablenken.

Sie musste einfach auf ihn vertrauen, dass er ihren Vater eines Besseren belehren würde. Mit an Sicherheit grenzender Wahrscheinlichkeit würde es zu einem Kampf zwischen den beiden kommen, aber zumindest hätte sie dann den Beweis, dass ... Jewel wagte es nicht, den Gedanken zu Ende zu führen, sondern blickte stattdessen wieder zu ihrem Vater zurück.

Bellamy musste gesehen haben, dass sie von Verwirrung und Zweifel geplagt wurde. »Er hasst mich mehr, als er dich jemals lieben könnte. Und du wirst diesem Hass später noch Zunder geben, weil du meine Tochter bist.«

Jewel ließ sich auf die Knie sinken und wühlte wie wild in dem Schlamm herum. »Tyrell sieht erschöpft aus. Ich glaube, es ist an dir, mit Nolan abzutauchen.«

Bellamy lächelte in sich hinein. Es war ein kaltes Lächeln. Jewel gefror das Blut in den Adern. »In der Tat«, sagte er. »Das ist es.«

Er schlenderte weg und nahm mit, was von ihrem Herzen noch übrig gewesen war.

Die Oberfläche des Teiches kräuselte sich unter einer beständig aufsteigenden Anzahl von Luftbläschen. Jewel blickte zu Wayland. »Was hat das zu bedeuten?«

»Sie werden in einer Minute raufkommen. Hör auf, so herumzurennen, Mädchen, das erschöpft mich nur noch mehr«, antwortete Wayland, ohne die Augen zu öffnen. Er lag flach auf dem Boden und hatte die Hände auf seiner Brust gefaltet. Sein Hemd lag zum Kissen zusammengeknüllt unter seinem Kopf. In Wahrheit war er noch dürrer, als er in seinen zu großen Kleidern wirkte, aber in seiner drahtigen Gestalt wohnte überraschend viel Kraft. Schon seit dem frühen Morgen hatte er die schweren Körbe mit Schlamm und Münzen an die Wasseroberfläche gezogen. Jewel hatte ihn noch nie so hart arbeiten sehen. Wahrscheinlich spornte ihn das Gold an.

Jewel ging noch einmal am Ufer des Teiches entlang. Die Kreise, in denen die aufsteigenden Blasen aufgingen, drifteten in langsamer Selbstvergessenheit auf sie zu. Sogar die Oberfläche des Wassers leuchtete in der untergehenden Sonne golden. An diesem einen Tag hatte sie mehr als genug Gold gesehen. Bald würde es dunkel werden. Eigentlich hatte es weder einen Grund für Nolan gegeben, noch einmal unterzutauchen, noch für Bellamy, ihn freiwillig zu begleiten.

Der Großteil der Crew hatte sich bereits mit dem gehobenen Schatz auf den Rückweg zum Strand gemacht. Alle Männer waren bis an ihre Grenzen gegangen, und sogar die Reichtümer konnten sie im Moment nicht mehr stärker locken als die Aussicht auf die dringend benötigte Ruhe. »Tyrell? Könntet Ihr nicht hinabtauchen und nach ihnen sehen?«

Der Leutnant hob träge den Kopf von seinem Arm, den er als Kissen benutzt hatte, während er im Schatten einer geneigten Palme in den Schlaf geglitten war. Langsam öffnete er die Augen. »Zieht einfach am Seil, dann wird er Euch ein Zeichen geben.«

Alle Taucher hatten sich Seile um die Hüfte geschlungen, um sicherzugehen, dass sie zur Oberfläche zurückfanden, sollten sie die Orientierung verlieren. Sie waren schon erschöpft gewesen, lange bevor sie auch nur die Hälfte des Schatzes gehoben hatten, aber die Aufregung und Neugier hatte sie immer weiter angetrieben. Sie hatten weitergearbeitet, bis sich mehr Schlamm als Gold neben dem See türmte.

Jewel hob ein Knäuel von drei Tauen an. Je eins ihrer Enden war an einem Baum festgebunden, das andere entweder an einem Korb oder um die Hüfte eines Mannes. Eines musste zu Bellamy führen, eines zu Nolan und das dritte zu dem Korb, den sie mit nach unten genommen hatten.

Jewel näherte sich dem Wasser mit allen drei Seilen in den Händen. Plötzlich straffte sich eines von ihnen, und Bellamy erschien keuchend an der Oberfläche. Jewel ließ sein Seil fallen, bevor er wieder zu Atem kam, und hielt die anderen beiden zusammen. »Wo ist Nolan?«

Bellamy schwamm zu ihr hinüber. »Er hatte einen Unfall. Ich konnte nichts tun.«

Panisch zog sie an den anderen beiden Seilen, bis ein Ende über das sandige Ufer glitt. Es war ausgefranst und tropfnass. Und es war mit einem Messer durchtrennt worden. »Das hast du getan!«

Bellamy stemmte sich aus dem Teich. »Ich musste. Er hatte sich in seinem Seil verheddert.«

»Und warum bist du ohne ihn aufgetaucht?« Jewel stand nur noch Zentimeter vom Teich entfernt. Sie holte so tief Luft, wie sie nur konnte, dann hinderte sie eine Hand an ihrem Rücken daran, ins tiefe Wasser zu springen.

»Ich dachte, du kannst nicht schwimmen«, knurrte Bellamy.

Wayland sprang auf. »Das kann sie auch nicht.«

Jewel wollte sich dem Griff ihres Vaters entwinden. »Aber ich muss Nolan finden.«

Tyrell hatte mittlerweile den Schlaf abgeschüttelt und rannte ebenfalls zum Ufer. »Lasst sie nicht springen. Ich werde tauchen.«

Doch noch ehe er im Wasser war, schoss Nolan wie eine Kanonenkugel aus den Tiefen zu ihnen an die Oberfläche. Er würgte und rang nach Luft. Jewel streckte ihre Arme nach ihm aus, aber Bellamy hielt sie noch immer an ihrem Kleid fest. Tyrell beugte sich vor und zog seinen Captain heraus.

Als er wieder festen Boden unter sich hatte, stützte er sich auf Hände und Knie und spuckte Wasser, so dass Jewel noch immer fürchtete, er könnte ertrinken, obwohl er doch schon längst wieder an Land war. Sein Gesicht war rot angelaufen, und er schnappte immer wieder nach Luft.

Ehe Jewel sich von ihrem Vater freimachen konnte, ließ Nolans Würgen nach, und auch sein wildes Keuchen klang ab. Er ließ den Kopf hängen und nahm einige tiefe, rasselnde Atemzüge. Erst nach einem langen Augenblick wandte er sich um und starrte Jewel zornig an. Der Hass in seinem Blick ließ ihr Herz stillstehen. Nein, es war gar nicht sie, die er anschaute! Sie begann wieder zu atmen und folgte seinem Blick. All das Gift und die Wut, die aus seinen Augen sprachen, waren auf den Mann gerichtet, der an ihrer Seite stand – ihren Vater.

Bellamy wich zurück. »War doch nur ein kleiner Scherz, Nolan. Ich wollte bloß sehen, ob du dich noch wie früher losbinden kannst, wenn du eigentlich gezwungen wirst, gefesselt unterzugehen. Kannst du dich noch daran erinnern, wie ich dich mit gebundenen Händen über Bord geworfen und Wetten darauf abgeschlossen habe, wie lange du benötigen wirst, bis du wieder an der Oberfläche auftauchst?«

Nolan stand wieder auf seinen Füßen. »Du hast versucht, mich umzubringen, du Hurensohn.«

Bellamy hob entschuldigend die Hände. »Na, na. Wenn ich dich wirklich hätte umbringen wollen, dann wärst du jetzt tot.«

Nolan machte zwei Schritte auf Bellamy zu, dann sprintete er auf ihn los. Jewels Vater hatte keine Zeit, sich in Sicherheit zu bringen, schon versetzte ihm Nolan einen Schlag auf die Knie und warf ihn auf den Rücken. Er probierte wiederum, Nolan gegen den Kopf zu treten, ehe sich einer der beiden vom Fall aufrappeln konnte, doch Nolan wich dem Tritt aus, während er sich an Bellamy festklammerte. Die zwei Männer rollten über den Boden, Bellamy wand sich, um ihm zu entkommen, aber Nolan hing an ihm wie ein räudiger Hund.

Jewel rannte zu ihnen. »Hört auf!« Dieses Mal würde Nolan ihren Vater ganz sicher töten.

Auch Wayland lief herbei, um ihr zu helfen, nur Tyrell blieb zurück. »Lasst sie. Sie müssen das untereinander ausmachen.«

Doch Jewel hatte sich schon gebückt und zerrte an Nolans Arm. Tyrells Worte hallten mit einer Endgültigkeit in ihrem Kopf nach, die sie nicht mehr länger leugnen konnte. Trotz aller Mühen war der Tod eines der Kontrahenten der einzige Weg, um die Fehde zwischen Bellamy und Nolan endgültig zu begraben. Dass die Worte ihres Vaters die Wahrheit gewesen waren, war ernüchternd, und dass sie sich in ihre Auseinandersetzung eingemischt hatte, hatte nur für noch mehr böses Blut zwischen ihnen gesorgt.

Wayland stand über die beiden Männer gebeugt und griff nach allem, was er erhaschen konnte – einen Arm, einer Haarsträhne –, nur um sofort wieder abgeschüttelt zu werden. »Als ob man mit seiner Hand in einem Hornissennest herumwühlt«, sagte er als Antwort auf ihren flehenden Blick.

Nolan packte mit der Hand Bellamys Hals und ließ ihn nicht mehr los. Das Gesicht des alten Piraten verfärbte sich von rot zu violett, aber anstatt sich gegen Nolans Griff zu wehren, krümmte er sich unter ihm. Seine Hände waren nicht zu sehen, es schien, als ob er sich gar nicht verteidigen wollte.

Jewel zerrte an Nolans Arm. »Hilf mir!«, rief sie Wayland zu.

Ein schneller Blick über Nolans Schulter genügte, um zu wissen, dass Bellamy noch bei Bewusstsein war. In diesem Moment reckte sich sein Arm nach hinten, um ein Messer in Nolans Nacken zu versenken. Jewel hatte nicht mal mehr Zeit, um zu schreien.

Sie griff nach Bellamys Handgelenk und versuchte verzweifelt, die Kraft seines Schlags abzufangen. »Nein!« Tatsächlich gelang es ihr, seinen Arm in eine andere Richtung zu lenken, so dass das Messer erst ihre Schulter traf und dann abglitt. Die Mischung aus Angst und ihrem untrüglichen Instinkt ließ sie aufkeuchen, dann riss sie sich stolpernd los.

Nolan musste mitbekommen haben, was geschehen war, denn er entwand Bellamy geschickt das Messer und warf es ins Wasser.

Jewel kam wieder auf die Beine, erstaunt, dass ihr noch immer schwindlig war. Wut und Schock übertrumpften einander. So oder so, mittlerweile war sie bereit, beide aufzugeben – ihren Vater und ihren Mann. Als sie mit dem Finger die Wunde berührte, verfärbte er sich rot. Die Verletzung schmerzte gar nicht so sehr, wie sie befürchtet hatte, fühlte sich aber kalt an. Sie starrte auf ihre Hand, als könnte sie kaum glauben, was sie sah. Als ihr endlich klarwurde, dass das Messer sie getroffen hatte, begann sie zu zittern. Ihre Knie wurden schwach, aber Nolan war bereits an ihrer Seite und setzte sie sanft auf den Boden. »Wie schlimm?«

»Ich weiß es nicht.« Sie spürte nichts mehr. Vielleicht musste sie ja sterben? Nolan zog den kaputten Stoff ihres Kleides weg. Jewel wandte den Kopf ab. Sie hatte Angst vor dem Anblick, und wenn sie tatsächlich tödlich verwundet war, wollte sie es nicht wissen. Sie wartete auf den Schmerz, der sie wie ein Blitz durchzuckte, als Nolan die Wunde berührte, zog dann scharf die Luft ein, zwang sich aber, nicht in Tränen auszubrechen.

Bellamy beugte sich über Nolans Schulter, um auch einen Blick auf die Verletzung erhaschen zu können. »Ist doch nur eine Fleischwunde.«

Nolan drehte sich um und schlug ihm ins Gesicht.

Wayland kauerte vor Jewel, um ihr den Blick auf die beiden Männer zu versperren. Unter großer Anstrengung stützte sie sich auf ihre Ellbogen und sah sich um, ob die Schlägerei wieder begonnen hatte. Ihre Vermutung wurde durch Flüche und Schreie bestätigt.

»Du hättest sie umbringen können, du Hurensohn!«

Bellamy versuchte, Nolan zu übertönen. »Pah! Wenn du mich losgelassen hättest, anstatt mich zu würgen, dann hätte ich mein Messer gar nicht erst ziehen müssen.«

»Du hast sie verwundet. Du hast auf deine eigene Tochter eingestochen! Das ist dein neuer Tiefpunkt, Bellamy!« Nolans Stimme bebte bedrohlich. Wenn sie auch nicht ganz so laut wie die seines Gegenspielers war, so klang sie doch wütender und gefährlicher.

Jewel schaute über Waylands Schulter. Von ihrem Platz aus waren nur die Köpfe von Nolan und Bellamy zu sehen, wie sie einander umkreisten. Keiner der beiden hatte eine Waffe, doch Jewel fürchtete, dass sie wütend genug waren, um einander mit bloßen Händen zu töten. Bellamy wandte den Kopf und spuckte aus. Jewel konnte sich leicht den mit Blut vermischten Speichel vorstellen, der jetzt auf dem Sand lag und ihrem Vater einen weiteren üblen Fluch entlockte: »Dich am Leben zu lassen, dass du auch nur eine weitere Nacht mit meiner Tochter verbringen könntest – das wäre ein neuer Tiefpunkt. Und deshalb werde ich das zu verhindern wissen.« Dass sich Bellamy auf Nolan stürzte, konnte Jewel nur verschwommen aus dem Augenwinkel wahrnehmen, aber Nolans Ächzen entnahm sie, dass ihr Vater sein Ziel erreicht hatte. Ihr Nacken schmerzte, und sie ließ ihren Kopf auf das gerollte Tuch zurückfallen, das jemand vorausschauend unter sie gelegt hatte. Wayland versperrte ihr jetzt vollkommen die Sicht, aber auch mit geschlossenen Augen wusste sie, dass sich ihr Vater und ihr Mann wie zwei Schuljungen über den Boden rollten. Zwei Schuljungen, die darauf aus waren, des anderen Tod herbeizuführen.

Wayland berührte ihr Kinn, um ihren Blick aufzufangen.

»Es ist keine tiefe Wunde. Das meiste hat dein hübsches Kleid abbekommen. Man wird sie nicht mal nähen müssen.«

Jewel zwinkerte sich die Tränen aus den Augen. »Macht, dass sie aufhören.«

Wayland nickte und erhob sich. Das Mitgefühl in seinem müden Blick löste eine neue Welle der Trauer aus, die über sie hinwegrollte. Er wusste besser als sie, wie hoffnungslos die Erfüllung ihrer Bitte war. Jewel stützte sich wieder auf ihre Ellbogen und beobachtete Wayland, wie er zu den beiden Männern hinüberging, die im tödlichen Kampf miteinander rangen, und sie auseinanderdrängte. »Könnt ihr beide nicht einmal lange genug euren Hass vergessen, um sicherzugehen, dass Jewels Wunde ordentlich versorgt wird?«

Wie durch ein Wunder ließen sie tatsächlich voneinander ab und rappelten sich auf. Wayland stemmte seine Hände gegen die Hüftknochen, die über dem Hosenbund seiner weiten Hosen herausstachen. »Ich habe es einfach nur satt, euch dabei zusehen zu müssen, wie ihr euch wie zwei Straßenköter auf den Schwanz des anderen stürzt. Lasst uns das hier ordentlich zu Ende bringen.«

Die Männer nickten, während sie schwer atmeten. Beide sahen aus, als wären sie gerade aus einem Alptraum erwacht. Alle drei traten jetzt zu Jewel. Sie hatte nicht bemerkt, dass Tyrell ihre Hand ergriffen und ihren Kopf in seinen Schoß gebettet hatte, bis Nolan ihn anknurrte. Schnell ging Tyrell beiseite, damit Nolan seinen Platz einnehmen und sofort ihre Hand umklammern konnte. Doch statt Trost entströmte seiner schweißgetränkten Haut nur heiße Wut. Sie konnte den Puls seines Daumens spüren, der in unregelmäßigen, aufgebrachten Schlägen raste.

Wayland zog eine silberne Flasche aus seiner Hosentasche und kniete sich vor Jewel nieder. Als er ihren Rock hob, hielt er kurz inne und ein Hauch von Röte legte sich über seine tabakfarbene Haut. Zum zweiten Mal, seit sie sich kannten, hatte sie Wayland zum Erröten gebracht – etwas, das sie bei dem abgebrühten, alten Piraten nicht für möglich gehalten hätte.

Er senkte den Blick. »Ich habe schon vermutet, dass du so ein Petticoat-Ding trägst. Es ist aus weicher Baumwolle hergestellt und kratzt nicht auf der Haut, wird also eine gute Binde abgeben.«

Jewel lächelte. »Dann hattet Ihr mit Eurer Vermutung recht. Nur zu.« Jetzt, da sie Waylands Schwachstelle gefunden zu haben glaubte, konnte sie die sich ihr bietende Gelegenheit nicht vorüberziehen lassen, ohne sich für die unzähligen Male, die er sie zum Erröten gebracht hatte, zu rächen – auch wenn ihre Schulter mittlerweile nicht mehr eiskalt war, sondern wie Feuer brannte. »Es war mir gar nicht bewusst, dass Ihr Euch so gut mit Damenunterwäsche auskennt.«

Auch Bellamy kniete sich nun nieder und betrachtete ihre Wunde. »Die meisten der Frauen, denen Wayland in seinem Leben über den Weg gelaufen ist, wären beleidigt, wolltest du sie Damen nennen. Aber sie tragen auch nicht viel mehr als einen leichten Rock, den man ihnen schnell über den Kopf ziehen kann.«

Jewel ignorierte ihren Vater. Stattdessen behielt sie Nolan im Auge. Sie befürchtete, die Worte ihres Vaters könnten wieder einen neuen Kampf entfachen. Obwohl er ihre Hand fester drückte als nötig, schien er mit den Gedanken noch immer anderswo zu sein. Sie sah, wie sein Kiefer sich anspannte und spürte seinen Zorn, der weißglühende Hitze versprühte.

Es war ein Fehler gewesen, ihn zu bitten, nicht mit ihrem Vater zu kämpfen. Ein einziger Tag voll aufgestauter Wut hatte ihn reizbarer gemacht, als sie ihn je erlebt hatte. Wollte er sein Verhalten ein Leben lang durchhalten, würde es ihn zu guter Letzt auffressen und all die Liebe, die er für Jewel fühlte, in Hass verwandeln. Ihr Vater hatte mit seiner Vorhersage ins Schwarze getroffen, verdammt noch mal.

Wayland goss den Flascheninhalt auf den zusammengeknüllten Stoff ihres Petticoats, den er anschließend auf ihre Wunde drückte. Sie atmete schneller, während das Feuer in ihrer Schulter in tausend kleine Funken explodierte, heiß genug, um ihr Fleisch zu versengen. Dann atmete sie mit einem letzten Schluchzen aus.

Wayland säuberte die Wunde von dem verschmierten Blut. »Eine mickrige Sache. Hat nur übermäßig viel geblutet. Wirst nicht mal eine Binde brauchen. An der frischen Luft wird es am schnellsten heilen.« Er zog ein kleines Messer hervor und schnitt damit ein Stoffrechteck für die Wunde zu. »Hier.« Er reichte ihr die Flasche. »Morgens und abends säubern, und in ein paar Tagen hast du alles schon wieder vergessen.«

Jewel drehte sich, um die Wunde selbst in Augenschein zu nehmen. Die Sonne war mittlerweile untergegangen, und im noch hellen Dämmerlicht sah sie tatsächlich nicht viel größer als ein mittelschwerer Kratzer aus.

Wayland steckte sein Messer weg, erhob sich und schaute zu Bellamy und Nolan. »Und jetzt lasst uns endlich die Sache zwischen euch beiden klären, damit wir anderen ein langes und gesundes Leben führen können.«

Nolans feuchte Hand löste sich von Jewels, als er aufstand. Sie ließ ihn widerstandslos ziehen. Sie hatte ja ohnehin keine andere Wahl. Obwohl er die ganze Zeit nicht von ihrer Seite gewichen war, hätte auch ein ganzer Ozean zwischen ihnen liegen können, so distanziert war er gewesen. Sie setzte sich auf, fühlte sich aber noch immer zu unsicher, um zu stehen – ob ihr Zustand von der Wunde oder der Wendung des Gesprächs herrührte, konnte sie nicht sagen.

In der aufkommenden Dunkelheit stand Nolan Bellamy in der Haltung eines breitschultrigen, rachebringenden Schattens gegenüber. »Heute Nacht am Strand. Wir werden Fackeln anzünden, und die Crew wird unser Zeuge sein.«

Bellamy verschränkte die Arme vor seiner Brust und sah erschreckend zufrieden aus. »Hört sich für mich nicht gerade gerecht an. Soweit ich mich erinnere, hattest du beim letzten Mal auch eine Mannschaft auf deiner Seite.«

»Gut. Hiermit übergebe ich das Kommando über die Crew an Mr. Tyrell.« Nolan blickte seinen Leutnant an.

Tyrell stieß sich vom Palmstamm ab, an den er sich gelehnt hatte. »Ist das denn wirklich nötig? Wie weit wollt ihr diese Fehde eigentlich noch treiben?«

»Natürlich ist das nötig«, sagte Bellamy. »Wenn ich gewinne, bekomme ich die Mannschaft und das Schiff. Also alles, was du mir damals genommen hast.«

Nolan straffte die Schultern und verengte seine Augen. »Meine Mannschaft würde niemals unter dir dienen. Selbst wenn du ihnen meinen Kopf auf einem Silbertablett serviertest.«

Tyrell baute sich zwischen den beiden auf. »Niemand serviert hier irgendjemandes Kopf auf einem Silbertablett.« Er sah Jewel an. »Meint Ihr vielleicht, Eure Frau freut sich darüber, diesem Schlagabtausch beizuwohnen?«, fragte er Nolan.

Jewel schloss die Augen und zog ihre angewinkelten Knie an die Brust. Schon allein das Bild, das Nolans Worte hervorgerufen hatten, hatte ihr den Magen umgedreht. Aber es war zu spät, sie zurückzunehmen, auch wenn Tyrell es verlangte.

»Ich werde unseren Streit hier, auf dieser Insel, ein für alle Mal beenden. Ganz gleich, mit welchem Ausgang. So wie die Dinge jetzt stehen, ist die Situation unerträglich – vor allem für Jewel. Ich glaube, das kann jeder einsehen.« Sie hörte

Nolans Stimme und spürte seinen Blick auf sich ruhen, weigerte sich aber, ihn zu erwidern. Erwartete er tatsächlich, dass sie ihm vor allen Umstehenden zustimmte?

Wayland schloss sich ihrer Meinung unwissentlich an. »Heb dir deine Worte lieber auf, bis du dein Schwert in der Hand hast.« Dann wandte er sich an Bellamy. »Nolan hat sich den Respekt seiner Besatzung schwer verdient; du hingegen hast ihn dir verspielt. Er wird seiner Crew nicht befehlen, dir zu folgen. Dieser Kampf findet zwischen euch beiden statt und sonst niemandem.«

»Gut.« Bellamys Lächeln erhellte die Dunkelheit. »Je früher, umso besser.«

»Ich werde nicht daran teilnehmen«, Tyrells Stimme war um einige Töne höher geworden.

»Hast etwa Angst vor ein bisschen Blutvergießen, Junge?«, lachte Bellamy. »Ganz schön harte Mannschaft, die du dir da zusammengesammelt hast, Nolan.«

Der Leutnant richtete seinen Blick auf Jewels Vater. »Man sollte dich dafür auspeitschen lassen, dass du versucht hast, Nolan zu ertränken – oder besser, er sollte dich aushändigen, damit sie dich in Charles Town hängen können. Nach allem, was ich gehört habe, ist auf deinen Kopf ein Preis ausgesetzt.« Er wandte sich an seinen Captain. »Für unsere Freiheit gegen die Engländer zu kämpfen, das ist die eine Sache, Nolan, aber warum vergeudet Ihr Eure wertvolle Zeit und Euer Können damit, einem gewöhnlichen Kriminellen etwas zu beweisen? Ich sage: Lasst ihn in Ketten legen, und alles Weitere soll das Gericht regeln.«

»Tyrell, nein. Sie werden ihn hängen.« Jewel rappelte sich auf. Der Gedanke an ein weiteres Gefecht zwischen Nolan und ihrem Vater behagte ihr überhaupt nicht, aber genauso wenig gefiel ihr der Vorschlag des Leutnants.

»Das möchte ich wirklich miterleben, wie Nolan mich in Ketten legt. Aber wer sollte ihm dabei wohl helfen – du etwa, Kätzchen?« Bellamy grinste Tyrell spöttisch an.

Der Leutnant erwiderte seinen Blick einen Moment lang, dann sah er weg und entschied sich offenbar dafür, seine Stichelei zu ignorieren, ohne einen offensichtlichen Rückzieher zu machen. Er straffte seine Schulterpartie, die seit Beginn der Reise eindeutig breiter geworden war.

Nolan durchbrach die Spannung, die sich zwischen ihnen aufgestaut hatte. »Jewel hat recht. Ich werde Bellamy nicht als Pirat ausliefern, denn dann müsste ich mit mir das Gleiche tun. Wir regeln das mit den Gesetzen der Bruderschaft. Es wird einen Kampf auf Leben und Tod geben.«

Selbst Tyrell war zu geschockt, um noch etwas zu sagen. Wenn niemand diesem Wahnsinn Einhalt gebot, dann würde es auch Jewel nicht tun. Wieder spürte sie Nolans Blick, doch diesmal zwang sie sich, ihm in die Augen zu sehen. Die ersten Sterne glitzerten am Himmel und ließen die Welt in einem freundlichen Glanz erstrahlen, während der Mann, den sie liebte, sie ohne die leiseste Spur eines Lächelns anstarrte. Seine Miene spiegelte die Trostlosigkeit wider, die ihr nun durch die Glieder kroch und sogar die Wunde an ihrer Schulter betäubte. »Ich muss es tun.«

Sie zwang sich, dem Blick standzuhalten, nicht zu blinzeln. »Ich weiß.«

Er wandte sich wieder an die Umstehenden. »Die Regeln sind … Es gibt keine Regeln. Einverstanden?«

Bellamy zeigte auf Tyrell. »Dann sag Babyface hier, dass sich die Crew nicht einmischen wird. Auch dann nicht, wenn ich so viele Löcher in dich gebohrt habe, dass du Blut wie ein Springbrunnen verspritzt.«

Die Stimme des Leutnants klang tiefer als gewöhnlich. Er

hatte sich von seinem Schock erholt, jetzt war er nur noch wütend. »Ich greife nicht ein. Ich werde noch nicht einmal da sein, um mir euer Gemetzel anzusehen.« Damit verschwand er an ihnen vorbei in die grüne Hölle.

»Die jungen Leute haben heutzutage einfach keinen Respekt mehr vor dem Alter«, murmelte Bellamy.

»Sind wir uns also einig?«, fragte Wayland.

»Einig«, antworteten Jewels Vater und ihr Mann einstimmig.

Sie schloss die Augen. Sie konnte es nicht ertragen, mitansehen zu müssen, wie sich die beiden wichtigsten Männer in ihrem Leben mit derart unverhohlenem Hass anstarrten. Einen von ihnen würde sie verlieren, und so verzweifelt sie Nolan auch liebte, sie konnte ihrem eigenen Vater doch nicht den Tod wünschen! Trotzdem wusste sie, dass Nolan lieber in einem fairen Kampf sterben, als sich sein restliches Leben dazu zwingen würde, anständig mit einem Menschen umzugehen, den er mit seinem ganzen Wesen verabscheute. Egal wie der Kampf ausging, Jewel würde dabei verlieren. »Einig«, flüsterte sie für niemand Bestimmten.

Kapitel einundzwanzig

Nolan maß ungeduldig den Durchmesser des Lichtkegels, den die Fackeln auf den Boden warfen, mit Schritten ab, während er darauf wartete, dass seine Männer mit den Schwertern vom Schiff zurückkamen. Die Buschmesser würden für diesen Anlass nicht genügen. Lieber wollte Nolan eins seiner zwei schönen, gut ausgewogenen Schwerter aus Damaskus-Stahl benutzen, die er sich noch aus seinen Tagen mit Bellamy aufbewahrt hatte. Die Goldgriffe waren je mit zwei Rubinen und einem großen Smaragd besetzt, aber das war nicht der Grund, warum Nolan sie als Einziges behalten hatte. Ansonsten hatte er jeden unrechtmäßig erworbenen Gegenstand veräußert, in dessen Besitz er in seiner Jugend als Pirat gekommen war. Die Waffen verkörperten eine Handwerkskunst, die er mehr schätzte als ihren Goldwert, und die Wahrheit war, dass er sie genau für diesen Augenblick aufbewahrt hatte. Beide Schwerter waren perfekt aufeinander abgestimmt. Weder er noch Bellamy hatten somit irgendeinen Vorteil, was die Waffen betraf.

Er warf einen verstohlenen Blick zu Jewels Vater hinüber, der sich friedlich und ruhig im nächtlichen Schatten ausgestreckt hatte. Der Ältere sollte seine Kräfte ruhig sparen. Er würde sie brauchen.

Nolans Zorn machte ihn so unruhig, dass er sich nicht still hinsetzen konnte und wollte. Er musste nur die Augen schließen, dann sah er wieder das Blut an Jewels Kleid hinabtropfen und eine unendlich heiße Kraft entzündete sich in ihm. Er sah sich nach seinen Männern um, die sich in der Zwischenzeit am Strand versammelt hatten. Dass Jewel nicht bei der Besatzung war, würde ihm den emotionalen Aufruhr ersparen, zu dem es mit Sicherheit gekommen wäre, hätte er sie wegschicken müssen – eine Ablenkung von seiner Konzentration, die er sich nicht leisten konnte. Wenn alles vorbei war, würde er einen Weg finden, Jewel zu überzeugen, dass sie ihn noch immer lieben konnte. Und falls er Bellamy nicht besiegte, war ohnehin alles egal.

Obwohl Tyrell kaum mit ihm sprach und sicherlich im Moment auch keine Befehle von ihm annehmen würde, hatte er eingewilligt, während des Kampfes bei Jewel zu bleiben. Und obwohl er es nicht noch einmal explizit erwähnt hatte, ging Nolan davon aus, dass er sich auch darüber hinaus um sie kümmern würde, sollte er nicht überleben. Er glaubte zwar nicht mehr daran, dass sich zwischen ihnen eine Romanze entspinnen könnte, aber Tyrell war ein guter Mann, der nicht nur eine Mutter, sondern auch drei Schwestern hatte. Er wusste besser als die meisten, was Frauen brauchten. Und er war, obwohl seine sexuellen Vorlieben sich an der Grenze zum Extremen bewegten, ein ehrbarer Mann. Dass er so leidenschaftlich gegen das war, was Nolan meinte, nun beweisen zu müssen, könnte sogar darauf hindeuten, dass er ein besserer Mann war als er.

Obwohl Nolan an die Revolution glaubte und mit aller Macht für die Patrioten kämpfen wollte, war sein Verlangen, Bellamy doch noch zu besiegen, größer als seine Verpflichtung im Dienste der amerikanischen Sache. Noch nicht einmal die Aussicht auf den Schatz, der sich mittlerweile auf seinem Schiff befand, konnte ihn vom Gegenteil überzeugen.

Nolan hatte Bellamy noch nie im Kampf geschlagen. Wohl wahr, bei der Meuterei damals hatte Nolan die Crew hinter sich gewusst, und die Tatsache, dass Bellamy auf einer monatelang andauernden Sauftour gewesen war, hatte mit Sicherheit eine nicht zu unterschätzende Rolle dabei gespielt, dass man ihn leicht unterwerfen hatte können. Im Moment erschien er allerdings nüchterner und wachsamer, als er ihn je gesehen hatte. Aber auch Nolan war von einem Jungen zu einem Mann gereift, der jetzt den Zorn eines Mannes in sich trug. Auf diesen Augenblick hatte er jahrelang gewartet. Selbst die Angst vor dem Tod oder die Liebe zu Jewel konnte das Unvermeidliche jetzt nicht mehr verhindern. Sein Hass auf Bellamy hatte sich zu lange schon aufgebaut.

Nolan wandte sich um, als er jemanden auf sich zukommen sah. Der Seemann schwankte unter dem Gewicht der großen Kiste, in der sich die Schwerter befanden. Vor Erschöpfung fiel er in der Mitte des Lichtkreises auf die Knie. Nolan ging zu ihm hinüber. Selbst der weiche Sand, auf den der andere Mann gerade eben noch geschimpft hatte, konnte Nolans Schritt nicht verlangsamen. Nichts vermochte das.

Nolan stieß den Deckel der Kiste auf und nahm eines der schweren Schwerter aus ihr heraus, als wäre es ein Bambusstock. Dann wandte er sich zur nächsten Fackel um, in deren Licht die Juwelen im Griff und der Stahl der Klinge glitzernd zum Leben erwachten.

Bellamy lag noch immer unter der Palme, hinter der sofort der Dschungel begann. Sein Gesicht war im Dunkel verborgen. Nolan trat vor und warf ihm ohne Vorwarnung ein Schwert mit dem Griff voran zu. Mit einer sicheren Bewegung fing es Bellamy auf. Seine Reaktion war schnell und sicher und auf einen minimalen Aufwand beschränkt, so wie ein geübter Schwimmer einen Teich durchquert, ohne dass Wellen entstehen. Vielleicht war seine entspannte Haltung nur gespielt, aber Bellamys Reflexe hatten mit der Zeit nichts an Genauigkeit eingebüßt. Wenn überhaupt, dann waren sie noch schneller geworden. Andererseits trank Bellamy noch nicht einmal halb so viel wie früher.

Nolan drehte sich um, wandte sich seinem eigenen Schwert zu. Das erste ängstliche Zaudern drang nun durch die Hitze seines Zorns zu ihm durch. Er legte die Finger um den kühlen Griff. Seine Entschlossenheit würde seine Angst im Zaum halten. Er hatte keine andere Wahl. Niemals wieder würde er sich von Bellamy manipulieren lassen. Nolans Zeit war angebrochen, und er musste und wollte Bellamy das beweisen – selbst wenn er den Mann dazu töten musste.

Schnell sammelte er sich und drehte sich wieder zu Bellamy um. Er hatte die Haltung eines in die Jahre gekommenen Kriegers eingenommen. Behutsam prüfte er die Klinge seines Schwerts mit der Fingerspitze, dann hob er seine Waffe und durchtrennte einen kleinen Baumstamm. Der Schössling zerfiel in zwei saubere Teile. Bellamy nickte anerkennend.

Wayland begab sich in die Mitte des Lichtkegels und bedeutete Bellamy und Nolan mit einer Geste vorzutreten. Die ungewöhnliche Stille, die sich über die Crew gesenkt hatte, verlieh dem Zusammentreffen eine ganz besondere Bedeutung. Keine Anfeuerungen oder Zwischenrufe störten die greifbare Spannung. Das war keine freundschaftliche Balgerei mehr, das war ein Kampf auf Leben und Tod, und jeder wusste es.

Wayland stand zwischen Bellamy und Nolan. »Legt alles ab, bis auf eure Hosen. Ich dulde keine versteckten Waffen. Dieser Kampf wird ein gerechter sein.«

Nolan behielt seinen Erzfeind im Blick, während er sich seines Hemdes entledigte. Als Bellamys Blick die Narbe an seiner Schulter traf, erstarrte Nolan.

Jewels Vater setzte ein sarkastisches Lächeln auf. »Hast beim letzten Mal, als wir um mein Mädchen gekämpft haben, deine Lektion wohl nicht gelernt, was, Junge?«

Nolan schleuderte seine Stiefel weg. Seine Wut ließ seine Bewegungen steif werden. Die einfache Aufgabe entpuppte sich unter diesen Umständen als schwierig. »Sie ist nicht mehr dein Mädchen, Bellamy. Sie ist meine Frau. Und die Tage, da ich ein Junge war, sind auch vorbei. Das kann dir deine Tochter im Detail bestätigen.«

Offenbar kratzten Nolans Worte nun doch an Bellamys gelassenem Nervenkostüm. Seine Gesichtsmuskeln spannten sich an, und er vergrub mit einem wütenden Schlag die Spitze seines Schwerts im Sand. Ähnlich kompliziert wie Nolan zog er sein Hemd aus. »Sie wird eine Witwe werden, so sieht es aus.« Aus Bellamys Hosenbund ragte der Griff eines Messers hervor. Er zog es heraus und warf es zu Boden. »Selbst wenn du gewinnen solltest, wirst du verlieren, Nolan.«

Barfuß und mit entblößter Brust nahm Nolan sein Schwert auf und wich zurück. Zwar wusste er, dass Bellamy recht hatte, aber der Mann, für den er sich hielt, der Mann, der er jetzt sein musste, würde nicht eher ruhen, bis er Bellamy geschlagen hatte. »Das wird mich nicht davon abhalten, dein Blut zu vergießen.«

Jewels Vater zog sein Schwert aus dem Sand und ging in Position, als rechnete er jeden Augenblick mit Nolans erstem Angriff.

»Wartet!« Wayland trat zwischen sie, während die anderen Männer der Mannschaft Abstand wahrten. Der alte Pirat näherte sich Bellamy. »Heb die Arme.«

Bellamy folgte dem Befehl. Ohne erkennbare Mühe hob er das Schwert über seinen Kopf. Nolan spürte die Angst zurückkehren. Kämpfte er gegen Bellamy, so war alles möglich, sogar, dass er einen Pakt mit dem Teufel geschlossen hatte. Wie sonst hätte er all die Jahre über so stark bleiben können? Und unverletzt. Die meisten Piraten waren ohne solche Abenteuer schon halb zerstückelt wie etwa Wayland oder der hübsche

Jack. Bellamys Aussehen hingegen war Zeugnis seiner Kraft und Schläue. Nolans Griff um sein Schwert verkrampfte sich. Bei der Erinnerung an ihren letzten Kampf begann die Narbe an seiner Brust zu jucken.

Wayland umkreiste Bellamy einmal und suchte ihn mit Blicken ab. Mit einem Kopfschütteln zog er etwas aus der Hose des Ex-Piratenkapitäns und warf dann eine Pistole auf den Boden. Mit den Händen in die Hüften gestützt, baute er sich vor Bellamy auf. »Hast du sonst noch was versteckt, oder soll ich vielleicht auch an deinem Jolly Roger rumfummeln?«

Bellamy grinste spöttisch. »Tut mir leid, wenn ich dich enttäuschen muss, Wayland, aber das ist tatsächlich alles.«

Fluchend ließ der Alte ihn in Ruhe, bis Bellamy ihm hinterherrief. »Hey! Und dein Junge, Nolan, wird der nicht durchsucht?«

»Nein, der ist so anständig, dass er sich mit diesem Charakterzug selbst keinen Gefallen tut. Deswegen kämpft ihr zwei ja.« An beide gewandt sagte er dann: »Legt los, Jungs. Bringt euch um.«

Nolan hielt sein Schwert mit beiden Händen vor sich in der Waagerechten. Sein erster Gedanke war es gewesen, sich blindlings auf Bellamy zu stürzen und den ersten Schlag auszuführen, doch dann zügelte er seine Wut und beschloss, eher strategisch vorzugehen. Besser wäre es, auf Bellamys Eröffnung zu warten. Er verdrängte seinen kalten Zorn, denn er wusste, dass seine Chance kommen würde.

Bellamy zwinkerte grinsend, offenbar amüsierte ihn der Anblick von einem reglosen Nolan. Auch er hatte auf einen wilden, gefühlsgeladenen Angriff spekuliert. »Hast wohl doch was gelernt, Junge?« Dann begann er, um seinen Gegner herumzutänzeln.

Nolan folgte seinen Bewegungen, während er immer darauf

achtete, dass er Bellamy nicht aus den Augen ließ. Er ignorierte dessen selbstsicheres Grinsen und konzentrierte sich ausschließlich auf die Schwertklinge. Er würde sich von Bellamy nicht austricksen lassen. Schließlich war er keine fünfzehn mehr, als er mehr Temperament als Verstand besessen hatte.

»Ich wette, Jewel wäre froh, könnte sie sehen, dass du nicht mehr alles überstürzt. Erinnerst du dich noch an die Hure damals in Tortuga, die dir so gut gefallen hat? Wie hieß sie noch?«

Bellamy bewegte sich weiterhin mit großen Schritten im Kreis. Nolan folgte ihm mit kleineren und bedachteren. Er achtete auf jedes Zucken von Bellamys angespannten Muskeln. Dessen Spott prallte an seiner eigenen, eisigen Konzentration ab. Beim ersten Fehler Bellamys oder der Eröffnung würde er bereit sein.

»Rosalinda. Ja, genau, das war ihr Name. Sie kam immer zu mir, wenn du dich zur Genüge an ihr erschöpft hattest. Brauchte nach deinem flegelhaften Gefummel wieder einen richtigen Mann. Weißt du, wir haben uns immer über dich lustig gemacht.«

Nolan lächelte. Nicht dass Bellamys Worte der Grund dafür waren. Er hörte sie, ja, aber er verarbeitete ihre Bedeutung nicht. Bellamys Taktik langweilte ihn. Der körnige Sand würde einen Mann schnell ermüden. Bellamy war sich dessen zweifellos bewusst, aber er wartete darauf, dass Nolan seine Beherrschung verlieren und sich mit unkontrollierter Wut auf ihn stürzen würde. Und warum auch nicht? Bellamys Strategie hatte früher immer funktioniert.

Aber nicht dieses Mal.

»Ja, ich frage mich wirklich, was mein Mädchen von unserem noblen Nolan im Bett hält. Natürlich kennt sie ja bisher nichts anderes. Aber keine Sorge. Sobald ich mit dir fertig bin, wird sie sich genügend Jungs aussuchen können. Wahrscheinlich wird sie sich jede Nacht einen anderen nehmen.« Bellamy holte aus.

Aber Nolan war vorbereitet, seine Haltung sicher. Als er Bellamys Schlag bemerkte, legte Nolan seine ganze Kraft in die perfekte Parade. Seine Klinge schob sich unter die von Bellamys Schwert, dann setzte Nolan Knie und Arme ein, um die Waffe in die Luft zu befördern. Anschließend zog er sein Schwert zurück und stieß es in Richtung von Bellamys Rippen, doch Nolans Gegner fiel in den Sand zurück, noch bevor die Klinge ihr Ziel erreichen konnte. Bellamy wollte Nolan entkommen, aber der stürzte sich bereits auf ihn und setzte sich auf den zu Boden gegangenen Körper, so dass Bellamy bewegungslos unter ihm begraben wurde. Mit beiden Händen führte Nolan sein Schwert an dessen Griff so nach oben, dass die Spitze mitten auf Bellamys Brust zielte.

Mit einer Mischung aus Schock und Schrecken in den Augen starrte Bellamy zu ihm hinauf. Nolan war froh, Jewel nicht in der Nähe zu wissen. Es würde sie schwer treffen, ihren Vater so zu sehen. Der Gedanke ernüchterte ihn schlagartig. Er fühlte sich wie ein Betrunkener, der ins eiskalte Wasser geworfen worden war.

Sein Schwert noch immer zum tödlichen Stoß gehoben erstarrte er. Was er ihr auch sagen, wie er es ihr erklären würde, Jewel würde ihm niemals vergeben, wenn er ihren Vater umbrächte. Trotzdem: Er war ihr Mann. Vielleicht könnte er sie dazu zwingen, bei ihm zu bleiben, überlegte er verzweifelt. Immerhin hatte sie sonst niemanden.

Langsam ließ er sein Schwert sinken. Etwas, das stärker als sein Zorn und sogar seine Vernunft war, hatte die Kontrolle übernommen. Er liebte Jewel zu sehr, als dass er ihr in einem solchen Maße weh tun könnte. Mit seiner rechten Hand führte er das Schwert hinter seinen Rücken und vergrub es dort im weichen Sand. Den Griff hielt er noch immer umfasst, doch die andere Hand bot er seinem Gegner.

Bellamys Blick wanderte von dem gesenkten Schwert zu Nolan. Seine Miene wurde härter. Fühlte Bellamy sich betrogen? Er machte keine Anstalten, die hingestreckte Hand zu ergreifen. Eine weitere Erkenntnis traf Nolan wie ein Blitz. Trotz allem, was ihm Bellamy angetan hatte, konnte er ihn nicht töten. Er hatte ihn zwar mit grausamer Hand aufgezogen, aber er hatte aus ihm auch den Mann gemacht, der er heute war. Und Bellamy war der Vater der Frau, die er liebte. Ohne ihn hätte er Jewel niemals gefunden. Mit einem Mal wusste Nolan, dass er alles, selbst Bellamy Leggett ertragen konnte. Mit nur einer Ausnahme: Jewel zu verlieren.

»Schöne Vorstellung, aber Ihr könnt Euer Schwert fallen lassen, Captain Kenton.« Ein Chor von Musketen, die geladen wurden, folgte der bekannten Stimme. Als Nolan den Blick umwandte, sah er sich einem rotbemäntelten Marinesoldaten gegenüber, der von zwei Dutzend Soldaten in Schussposition flankiert wurde. Und einem weiteren Mann neben Nolan und seiner Mannschaft, auf den die Musketen gerichtet waren.

Ein Stein durchbrach das Spiegelbild des Mondes. Auf der Oberfläche des Teiches sah der Nachthimmel wie eine riesige Perle aus, die in einem Bett aus schwarzem Satin von tausend Diamanten umgeben wurde. Nicht gerade das typische Versteck für ein Vermögen. Wenn sie den Schatz nicht gefunden hätte, wäre es weder Bellamy noch Nolan gelungen, trotzdem wünschte sie sich, es bliebe ihr noch etwas mehr Zeit. Wünschte, alles wäre wie zuvor. Sie schleuderte einen weiteren Stein in den See und verfluchte die sich kräuselnde Perle und die Diamanten. Der echte Schatz war ganz genauso fragil wie dieses Spiegelbild.

Und überhaupt war es kein wirklicher Schatz, sondern nur ein riesiger glitzernder Haufen von Metall, der seinem Besitzer nichts als Kummer bereiten würde. Beispielsweise Captain Kent. Dem ersten Captain Kent. Wegen des Schatzes hatte er sein Leben verloren, und Jewel würde nun ihr Herz und ihre Seele verlieren.

Mit dem Schatz hatte alles angefangen, und mit ihm würde es auch enden. Er war es gewesen, der Nolan und Bellamy überhaupt erst zusammengeführt und anschließend beide zu ihr geleitet hatte. Ihr erster gemeinsamer Besuch des »Quail and Queen« hatte nicht im Geringsten mit dem Wunsch ihres Vaters zu tun gehabt, seine vergessene Tochter zu sehen, noch war Nolans zweites Auftauchen eine galante Geste gewesen, um sie aus einer arrangierten Ehe zu retten. Und um ihr ihren niedrigen Rang in der Ordnung der Dinge noch deutlicher vor Augen zu führen, beanspruchte der Schatz jetzt auch noch ihren Geliebten. Jewel selber würde aus diesem Abenteuer nichts weiter als eine Handvoll kaltes Metall bleiben.

Mit der Fingerspitze fuhr sie durch das glatte Wasser, um ihre erste Erinnerung an Bellamy und Nolan zu verscheuchen. In jener Nacht hatten sie auch gekämpft. Es war dieselbe Nacht gewesen, in der sie ihren Vater zum ersten Mal überhaupt gesehen hatte. Sie seufzte. Wie hatte sie jemals glauben können, dass sie einen der beiden verändern konnte?

Sie brauchte nicht viel Phantasie, um sich vorzustellen, was in diesem Moment am Strand geschah. Vor langer, langer Zeit hatten die beiden einen ähnlichen Streit vor ihren Augen ausgetragen. Der Gedanke ließ ihr Herz für einen Schlag aussetzen. Jewel unterdrückte ein Schluchzen, als sie nach Atem rang, der nicht kommen wollte. Ohne ihr Zutun spielte sich der längst vergangene Kampf zwischen ihrem Vater und Nolan noch einmal mit einer Klarheit vor ihren geschlossenen Augen ab, wie sie es bis zu diesem Augenblick noch nie erlebt hatte. Sie sah, wie die Klinge in Nolan fuhr und konnte seinen Schmerz spüren.

»Nein!« Ihre Augen flogen auf, dann war sie schon auf den Beinen. Damals hatte ihr Vater betrogen. Nolan hatte ihn nicht verletzen wollen, aber er hatte den Jüngeren angegriffen, als der gerade nicht achtgegeben hatte. Sie konnte nicht zulassen, dass sich das Spiel ein zweites Mal wiederholte.

Ein starker Arm legte sich um ihre Hüfte, als sie auf den ausgetretenen Pfad zurückfand, der zum Strand führte. Die unerwartete Berührung ließ sie gegen den Mann taumeln, der ihren Schritt gebremst hatte, so dass beide kurzzeitig die Balance verloren.

»Ich kann das nicht zulassen, Jewel.« Tyrell stützte sie beide, bis auch Jewel wieder auf sicheren Füßen stand.

Dann rammte sie ihm einen Ellbogen in die Rippen – es war kein Schlag, um ihn kampfunfähig zu machen, eher ein eindringliches Flehen, sie gehen zu lassen. »Ich muss sie aufhalten.«

Zu seiner Ehre murrte er weder, noch lockerte er seinen Griff. »Nolan will Euch nicht dabeihaben. Belasst es dabei.«

»Mein Vater wird ihn hintergehen, es wird nicht mit fairen Mitteln zugehen. Bitte.« Beim Kampf gegen seinen unnachgiebigen Arm geriet sie schnell außer Atem. »Bitte, Tyrell. Ich habe eine böse Vorahnung.«

»Gut. Ich lasse Euch jetzt los, aber fangt nicht an zu laufen. Ich werde Euch verfolgen müssen, und da draußen herrscht eine höllische Dunkelheit. Ich möchte nicht, dass sich einer von uns beiden auch noch den Hals bricht.« Langsam lockerte er seinen Arm.

Sie drehte sich zu ihm um. Die Tatsache, dass auch er nicht dem Kampf beiwohnte, machte alles nur noch schlimmer, denn er schien der Einzige zu sein, der bei dieser Tortur noch bei Vernunft geblieben war. »Wir müssen zum Strand – mein Vater wird Nolan wieder betrügen, wie er es schon einmal getan hat.«

»Ich glaube, unser Captain ist sich dessen bewusst«, antwortete Tyrell resigniert.

»Aber Nolan könnte *sterben!*« In dem unmöglichen Versuch, seine Gleichgültigkeit zu durchbrechen, hatte sie ihre Stimme erhoben.

»Wayland hat versprochen, dass er das nicht zulässt.« Tyrell zuckte mit den Schultern. »Zumindest, als ich ihn überreden wollte, Nolan zur Vernunft zu bringen.«

»Und Ihr glaubt ihm? Ich muss jetzt zum Strand.« Jewel drehte sich um und marschierte los. Sie erwartete nicht, dass Tyrell sie noch einmal zurückhalten würde, wenn sie gemäßigten Schrittes ging. Wie sie gehofft hatte, erschien er kurze Zeit später direkt neben ihr.

»Ich kann das alles nicht glauben. Ich kann nicht glauben, dass mein alter Lehrer mit einem bekannten Piraten um Leben und Tod kämpft. In Boston klang es wie eine wunderbare Idee, sich Nolan für die Schatzsuche anzuschließen, aber jetzt bin ich mir da nicht mehr so sicher. Ich hasse den Gedanken, dass ihm etwas passieren könnte, aber die Vorstellung, unter Eurem Vater zu dienen, ist um ein Vielfaches schlimmer.«

»Nolan war Euer Lehrer? Das wusste ich nicht.« Jewel ging schneller. Von Alltagsdingen zu sprechen, ließ ihr Herz zu seinem normalen Rhythmus zurückfinden, während Tyrell dabei offenbar vergaß, sie von ihrem Plan abzuhalten.

»Ich war nicht gerade der beste Schüler, das muss ich wohl oder übel zugeben, aber ich bin gerne zu seinem Unterricht gegangen, weil ich dann in seiner Nähe sein konnte. Es kursierten Gerüchte über ihn, obwohl er glaubte, alle täuschen zu können. Niemand hat es ihm je ins Gesicht gesagt, aber die ganze Gemeinde wusste, dass die Kentons von Captain Kent abstammen. Ich schätze, deswegen hatte sein Vater auch so viele Anhänger.«

Ein gelblicher Schimmer, das Licht der Laternen, flackerte plötzlich durch das dunkle Blattwerk, das sie noch vom Strand trennte. In dem Moment überholte sie Tyrell und versperrte ihr den Weg. »Ihr könnt da nicht hingehen.«

»Tyrell –«

Er unterbrach sie mit erhobener Hand: »Ich werde nachsehen, was gerade passiert oder schon passiert ist, und dann könnt Ihr meinetwegen versuchen, sie aufzuhalten. In Ordnung?«

Jewel studierte sein ernstes Gesicht. Er war nicht an Bord der *Neptune* gewesen, und sie bezweifelte, dass er mit dem Anblick von Tod und Blutvergießen besser umgehen konnte als sie. Wie es sich anhörte, hatte er doch gerade eben erst die Schule hinter sich gebracht.

»In Ordnung. Aber ich bleibe direkt hinter Euch, hier, im Unterholz, bis Ihr sagt, dass ich kommen kann. Und Tyrell, sollte es zum Schlimmsten kommen –« Sie schluckte, konnte nicht aussprechen, dass Nolan oder ihr Vater bereits tödlich verwundet sein könnte. »Wenn es zum Schlimmsten kommt, dann möchte ich bei ihnen sein.«

Der Leutnant nickte, drehte sich um und ging auf den Lichtschein zu. Auf den dunklen Blättern um sie herum züngelten schwarze Schatten, die von den Fackeln geworfen wurden. Die Nacht kam Jewel plötzlich besonders warm vor, und ein Schweißtropfen bahnte sich den Weg zwischen ihren Schulterblättern an ihrem Rücken entlang. Sie trug ihr Haar offen, hatte nicht daran gedacht, es zu einem Zopf zu binden, und jetzt klebten ihr einzelne Strähnen auf den Wangen und am Nacken.

Ein metallisches Geräusch, das sich nicht wie das Klirren

von Schwertern anhörte, drang als Erstes an ihr Ohr. Jewels unheilvolle Vorahnungen wurden stärker, während Tyrell dagegen nicht aufzufallen schien, dass etwas nicht stimmte. Entschlossenen Schrittes arbeitete er sich weiter vor. Sie hielt ihn hinten am Bund seiner Hose, dem einzigen Kleidungsstück, das er mit Ausnahme seiner Stiefel noch trug.

»Wartet«, flüsterte sie mit eindringlicher Stimme. Er sah sich um, sein gebräuntes Gesicht hatte sich sorgenvoll in Falten gelegt. Dann nickte er, anscheinend hatte er es jetzt auch gemerkt. Gemeinsam kauerten sie sich hinter dem riesigen Blatt einer tropischen Pflanze, warteten und horchten.

»Wo ist das Mädchen? Ich würde gerne alles nachholen«, war eine Stimme zu vernehmen, von der sie wusste, dass sie zu keinem der Crew gehörte, die sie aber trotzdem kannte. Sie zeichnete sich durch aristokratisches Näseln und durch die spröde Aussprache von jemandem aus, der erst kürzlich England verlassen hatte.

»Woher soll ich das wissen? Höchstwahrscheinlich wieder in Charles Town.« Nolan klang nicht wie er selbst. Irgendetwas war hier vollkommen verkehrt. Und dann dämmerte es Jewel. Die englische Stimme gehörte Devlin, dem Marineoffizier, der ihr im »Quail and Queen« das unsittliche Angebot gemacht hatte. Der Mann, der außerdem die *Integrity* geentert und Nolans Crew zwangsrekrutiert hatte, und eben der Kapitän des Schiffes, von dem sie die Mannschaft dann gemeinsam wieder gerettet hatten. Sie hatte mit eigenen Händen einen Mann seiner Besatzung getötet. Mein Gott, war er gekommen, um sie zu holen?

Sie beugte sich vor, um zwischen den Blättern hindurchzuspähen, aber Tyrell zog sie so heftig zurück, dass sie auf den Rücken fiel. Mit panischem Blick schüttelte er den Kopf. Wortlos legte sie beide Hände wie ein Teleskop um ein Auge.

Sie wollte nur schauen. Offenbar hatte er ihre Geste verstanden, denn er nickte.

Sobald sie sich in Position gebracht hatte, rückte der Leutnant nach, um durch die Öffnung, die sie im Blattwerk geschaffen hatte, den Strand beobachten zu können. Der Anblick, der sich ihr bot, war schlimmer, als sie befürchtet hatte.

Nolan und Bellamy standen inmitten von Soldaten mit ihren Musketen im Anschlag nebeneinander. Beide waren an Händen und Füßen mit Ketten gefesselt. Die übrige Crew, darunter auch Wayland, war zusammengetrieben worden und wurde nun von einer ähnlichen Anzahl an Rotröcken umzingelt. Devlin, der Offizier aus der heimatlichen Taverne, hatte das Kommando über alle Anwesenden übernommen. Seine Perücke hatte er in den Sand geworfen, sein hellbraunes Haar war aus der Schleife in seinem Nacken gerutscht, aber er nahm immer noch die Haltung eines Privilegierten ein, an der man ihn leicht erkennen konnte.

»Also los, Captain –«

»Ich bin hier der Captain. Sprecht mit mir, wenn Ihr irgendwelche Fragen habt«, fuhr Bellamy dazwischen.

Nolan zeigte keine Reaktion; aber auch niemand anderes regte sich, mit Ausnahme von Devlin, der die Augenbrauen hob und skeptisch in die Runde schaute.

»Also gut, Captain. Euer Mannschaftsmitglied hier ist nicht nur rebellisch, sondern auch noch ein Lügner. Wir haben Jack Casper aufgelesen. Wir mussten ihn auf See retten. Zusammen mit seiner Mannschaft war er in einem überfüllten, leckenden Ruderboot völlig betrunken ausgesetzt worden. Und da wir Euch ohnehin auf der Spur waren, war er uns netterweise bei der Navigation etwas behilflich. Er war es auch, der uns verraten hat, dass Ihr einen Streit hattet. Der Grund soll ein weiblicher Passagier mit dunklen Haaren und außergewöhnlich grünen Augen gewesen sein.«

Der Marineoffizier hatte während seiner Rede Nolan fixiert und Bellamy nur ein- oder zweimal abschätzige Blicke zugeworfen. »Also, wo ist das Mädchen?«

Nolan und Bellamy schwiegen. Sie hatten ihr den Rücken zugewandt, aber Jewel sah den trotzigen Ausdruck auf ihren Gesichtern vor sich.

Devlin zuckte unbeteiligt mit den Schultern. »Seid sicher, ich werde sie finden. Es ist nur eine kleine Insel. Natürlich müsst Ihr keine Angst haben, dass ich ihr in irgendeiner Weise schaden werde. Das ist das Letzte, was ich will. Da ihre bisherigen Beschützer bald unpässlich sein werden, geht es bei meinen Nachforschungen einzig und allein um ihre Sicherheit und meine Neugierde. Und was das aktuelle Problem mit Euch angeht …«

Devlin wandte sich der Mannschaft zu und stapfte mit seinen schweren Stiefeln durch den Sand. Er trug einen roten Mantel, der ihm bis zu den Knien reichte, und eine Weste, die fast genauso lang war. Angesichts der Hitze und dem sandigen Strand war seine Gewandheit wie auch seine Kondition erstaunlich. Noch ehe Jewel wusste, was sie überhaupt tat, hatte sie schon zu überlegen begonnen, wie er wohl kämpfen würde.

Nachdem er die Mannschaft der *Integrity* kritisch geprüft hatte, wandte er sich wieder an Nolan. »Und wo ist der Junge?«

Wieder antwortete niemand.

»Hey, ihr beiden!«, wurde Devlin ungeduldig. »Ich meine den Jungen, der unseren Wachoffizier getötet hat. Die andere Wache konnte Euch beschreiben«, er nickte Nolan zu, »und einen schmalen Jungen, der unerhört geschickt mit dem Schwert umgehen konnte. Wir werden ihn natürlich mitnehmen. Nicht dass Euch noch das gleiche Schicksal wie unsere Wache ereilt. Über ihn wird der Lord High Admiral entscheiden. Meine Aufgabe ist es lediglich, Euch auszuliefern.«

»Und unser Schicksal ist …?«, fragte Nolan.

»Der Galgen natürlich. Piraten werden gehängt, wusstet Ihr das nicht?«, sagte Devlin im gleichen höflich-herablassenden Tonfall, den er im »Quail and Queen« Jewel gegenüber angeschlagen hatte.

Bellamy lachte. »Captain Kenton ist doch kein Pirat, oder wusstet *Ihr* das etwa nicht? Er ist Freibeuter.«

Devlin trat auf Nolan zu und sah ihn prüfend an. »Wer hat Euren Kaperbrief ausgestellt?«

Nolan zuckte leicht zusammen, und Jewel wusste, dass er verloren hatte. Sie dachte an seinen Großvater und musste realisieren, dass Nolan trotz all seiner Bemühungen in die Falle geraten war, die er so verzweifelt versucht hatte zu umgehen, seit er sich auf dieser Reise befand.

»Ich habe vor, mir das Schreiben vom Continental Congress ausstellen zu lassen.«

Devlin nickte. Er war von der Antwort unbeeindruckt. »Ah, dann also Landesverrat. Das macht die Dinge natürlich einfacher. Sieht so aus, als müsste ich Euch eher in Newgate abliefern.«

Jewel suchte nach Tyrells Hand und drückte sie. Sie war heiß und schweißnass. Er wusste ebenso gut wie sie, wie kritisch die Situation war. Hätte Nolan Bellamy verspottet und sich als Pirat ausgegeben, dann bestünde zumindest noch ein Funke von Hoffnung. Da er kein Piratenverbrechen begangen hatte, hätten sie bei einer Verhandlung auch keinen Beweis in den Händen gehabt, der zu einer Verurteilung führen konnte. Aber bei Landesverrat, das wusste Jewel, hatte er nicht den Hauch einer Chance.

Das Königliche Gericht in Charles Town hatte keinerlei Skrupel, Bürger für Verbrechen dieser Art zu verurteilen, selbst wenn sie nichts Schlimmeres verbrochen hatten, als die Stimme gegen die Repräsentanten der Krone zu erheben. Aber sich an Bord eines Kriegsschiffes zu schleichen, seine zwangsrekrutierte Mannschaft zu befreien und dann auch noch zuzugeben, dass man gegen sein Vaterland Krieg führen wollte, würde unweigerlich zu einer schonungslosen und schnellen Strafe führen.

»Corporal, als Erstes bringen wir unsere beiden Captains in das Schiffsgefängnis der *Neptune*. Eine Schlange ohne Kopf kann keinen Schaden mehr anrichten.« Er blickte aufs Meer. »Ich nehme mal an, unsere Männer sind in der Zwischenzeit mit der Crew auf Captain Kentons Schiff fertig geworden. Mit dem Licht der wenigen Fackeln hier ist es unmöglich zu erkennen, ob am Bug drei Laternen brennen oder nicht. Der Rest der Mannschaft bleibt vorerst hier, solange ich nach dem Jungen suche – und nach unserer bezaubernden Freundin.«

Die Männer, die Bellamy und Nolan überwacht hatten, versetzten ihnen nun herbe Schläge, um sie anzutreiben. Jewel tippte Tyrell auf die Schulter und zog sich dann wieder tiefer ins dichte Blattwerk zurück. Als sie unter einer Palme stand, deren grünes Blätterdach so undurchlässig war, dass sie die Fackeln am Strand nicht mehr länger sehen konnte, hielt sie inne.

Selbst im Dunkeln spürte sie Tyrells Panik, hörte seinen schwergehenden Atem. »Ich muss Euch verstecken, in Sicherheit bringen«, sagte er.

Jewel überlegte – das war das Letzte, was sie sich vorstellen konnte. »Nein, im Gegenteil: Wir müssen dafür sorgen, dass Devlin mich findet.«

»Seid Ihr verrückt?«, fauchte der Leutnant.

»Tyrell, wir müssen Nolan retten! Er wird schon wissen, was zu tun ist. Könnt Ihr mit einem Schwert umgehen?«

»Nein, zumindest nicht besonders gut. Und selbst wenn ich es könnte – wir haben keines.«

Jewels Mut schwand bei dieser Erkenntnis. Daran hatte sie gar nicht gedacht: Sie hatten keine Waffen. Ein Schwert gegen einen anderen Menschen zu erheben, war zwar ein Erlebnis gewesen, das sie nie wiederholen wollte, aber in dieser Ausnahmesituation würde sie es gleichwohl tun, und sogar gerne. Jetzt, da ihre Pläne in Scherben lagen, fühlte sie, wie Tyrells anfängliche Panik auch auf sie überging. Alle Waffen der *Integrity*, die vom Schiff geschleppt worden waren, lagen am Strand aufgetürmt, von den feindlichen Soldaten konfisziert. Nur zwei oder drei Männer der *Integrity*-Besatzung waren an Bord geblieben, um Wache zu halten. Aber selbst, wenn sie mitspielten und schnell reagierten, würden die Engländer jede Flucht binnen Minuten niederschlagen. Wegen den Fackeln am Strand und dem Spektakel, das Nolan und ihr Vater veranstaltet hatten, hatte niemand darauf geachtet, ob in dem weiten Hafen noch ein weiteres Schiff vor Anker gegangen war.

Tyrell und sie verfügten über keinen einzigen Umstand, der ihnen zum Vorteil gereichen würde, vielleicht mit Ausnahme des offenkundigen Interesses des Marineoffiziers an ihr. Als er eröffnet hatte, er glaube, ein Junge habe einen seiner Männer getötet, war sie verwirrt gewesen, bis sie sich erinnerte, dass sie ja Männerkleidung getragen und ihren langen Zopf in ihrer Jacke versteckt hatte. Wie es schien, suchte der Offizier noch immer ihre Gesellschaft, wie schon zuletzt in der Taverne. Und zu seinem Glück befand sich Jewel in einer Lage, in der sie nichts zu verlieren hatte.

Kapitel zweiundzwanzig

Der hübsche Jack Casper saß auf dem Deck der *Neptune*, den Kopf zwischen den Knien. Allein Nolans Blick hätte den erschöpften Piraten in Stücke reißen können. Nicht zum ersten Mal, seit Devlin seine Informationsquelle in Bezug auf Jewel preisgegeben hatte, wünschte sich Nolan, er hätte Jack von Kopf bis Fuß aufgeschlitzt, als noch die Gelegenheit dazu bestand. All seine Bemühungen, auf dem schmalen Grad zwischen Piraterie und Freibeuterei zu balancieren, waren zwecklos gewesen. Er hatte in beider Hinsicht versagt. Weder war er ein richtiger Freibeuter noch ein richtiger Pirat. Und vor allem hatte er Jewel enttäuscht. Die Vorstellung, was Devlin mit ihr anstellen würde, drehte ihm buchstäblich den Magen um.

Die Hitze, der Schmerz und die Verzweiflung mussten so stark sein, dass sie über das Deck zu Jack Casper gedrungen waren, denn dieser hob plötzlich den Kopf. Seine Augen wurden größer, als er auch Bellamy entdeckte, dann erhob er sich und schwankte auf wackligen Beinen auf sie zu. Offensichtlich hatten die Engländer seine Mithilfe an der Jagd auf Nolan mit seinem Lebenselixier vergolten: Rum.

»Bellamy Leggett! Ich wusste doch, dass du sogar zu schlecht zum Sterben bist! Wie geht's dir, Nolan? Schön, dich wiederzusehen, Kumpel!« Jack klang genauso freundlich wie vor zwei Wochen, als sie sich zuletzt gesehen hatten.

Der Corporal und seine Männer waren stehen geblieben, als Jack zu ihnen getreten war. Wahrscheinlich freuten sie sich darauf, das Spektakel zu genießen, das nun folgen würde.

Und Nolan dachte nicht daran, sie zu enttäuschen. »Jack Casper, du nutzloser Hurensohn! Ich hole dich hier raus und werde dir die andere Hälfte deines Gesichts abschneiden.«

Jack versuchte, die Information mit einigem Augenzwinkern und dem Neigen seines Kopfes abzutun. Aber bald darauf konnte er nicht mehr an sich halten und zeigte wieder auf Bellamy. »Hey, für den hier will ich mehr haben. Auf Bellamy Leggetts Kopf ist mehr als doppelt so viel ausgesetzt als auf Nolans.«

Der Corporal kicherte fast amüsiert. »Hab nie von ihm gehört, mein Hübscher. Hol dir lieber noch einen Drink.«

Jack fixierte die Soldaten. »Bellamy Leggett. Er ist einer der letzten großen Piraten, der die Karibik in Angst und Schrecken versetzt hat. Ich will das Dreifache von dem, was ihr mir für den anderen zahlt«, forderte er erneut.

»Was? Für diesen alten Knacker? Sicher, hübscher Jack. Mach dir keine Sorgen. Wir werden dir fünf Flaschen Rum mehr geben«, antwortete eine der Wachen.

Bellamys Anspannung nahm zu. Jack dagegen schien an dem Angebot Gefallen zu finden, denn er grinste von einem Ohr bis zum anderen – buchstäblich. »Auch schön, dich wiederzusehen, Kumpel. Lass uns darauf einen heben, Nolan.« Jack warf sich auf Nolan, der mit seinen gefesselten Händen dessen Körper abfangen musste. Er beugte leicht die Knie, um Jack mit einem Stoß der Brust über das Deck zu befördern und ihm deutlich zu machen, dass er ganz sicher nicht sein Kumpel war. Aber …

»Ich hab ihnen natürlich nichts von dem Schatz gesagt. Wir teilen später. Und keine Sorge, ich hol dich hier raus«, flüsterte ihm Jack zu.

Ein Soldat zog Jack von seinem Angreifer fort, dann drängte der Corporal die beiden weiter. »Euer Stelldichein müsst ihr leider auf ein anderes Mal verschieben, Jack. Captain Kenton hat eine Verabredung mit dem Schiffsgefängnis, die im Moment wichtiger ist.«

Der Spaß, den die Soldaten mit Jack hatten, verhinderte, dass ihnen etwas auffiel. Und auch als Nolan Jack hinterherblickte, der jetzt seinen Arm um die Schultern des Mannes legte, der ihn wegführte, hatte er noch immer keine Ahnung, ob dessen Versprechen nur betrunkener Unsinn oder ein Versuch war, allen ein Schnippchen zu schlagen.

Die verzweifelte Frage quälte Nolan, während er im Bauch des Schiffes verschwand. Dass er die Aufrichtigkeit von Jacks Worten überhaupt in Betracht zog, bewies schon, wie hoffnungslos die Situation war. Gemeinsam mit Bellamy wurde er in eine kleine Zelle geworfen, die nach Urin und Blut stank, dann wurde die Tür versperrt, und sie wurden in der rabenschwarzen Dunkelheit zurückgelassen.

»Jack hat gerade gesagt, dass er uns befreien wird, wenn ich ihm einen Teil des Schatzes überlasse«, flüsterte Nolan, sobald er hörte, dass sich die schweren Stiefelschritte entfernt hatten.

»Hast du gehört? Alter Knacker hat der Jungspund zu mir gesagt. Der Junge muss letzte Woche noch gewindelt worden sein, wenn er noch nie etwas von mir gehört hat. Seine Vorgesetzten sollten darüber informiert werden. Lass mich nur einmal mit ihm die Schwerter kreuzen, und wir werden schon sehen, wer von uns beiden der alte Knacker ist.«

Nolan wollte die Hände heben und seine Schläfen reiben, aber die Ketten hinderten ihn daran. »Beruhige dich. Jack hat nichts davon gesagt, dafür hat er mir zugeflüstert, dass er ihnen gegenüber mit keinem Wort etwas vom Schatz erwähnt hat.«

Nolans Kopf pochte so stark und sein Puls schlug so schnell, dass er Bellamys Atem schon nicht mehr hören konnte. »Wir müssen hier raus«, sagte er mit einem Hauch von Panik in seiner Stimme. »Auf keinen Fall dürfen sie Jewel in ihre Hände bekommen.«

Abgesehen von der Tatsache, dass er überhaupt nicht sicher war, ob Devlin vor einer Vergewaltigung zurückschrecken würde oder nicht, fürchtete er, dass Jewel, wäre sie erst an Bord der *Neptune*, von dem Mann, den Nolan verwundet hatte, erkannt werden würde. Sie würden kapieren, dass es nie einen Jungen gegeben hatte, und damit würde sie in den gleichen Schwierigkeiten stecken wie er. Ihr Weg wäre dann vorgezeichnet – direkt zum Galgen.

»Und warum, zur Hölle, hast du dich dann von denen einfangen lassen? Wir hätten nicht kampflos aufgeben sollen. Ich war es nicht, der dir so ein Verhalten beigebracht hat.« Bellamys Stimme zerschnitt die Dunkelheit.

»Sie hatten ihre Musketen auf uns gerichtet. Die Hälfte meiner Männer war noch nicht mal bewaffnet.« Der Einwurf, dass er eine Wache aufstellen und viele Dinge anders hätte machen sollen, war im Augenblick keine große Hilfe.

»Pah, wenn sie Piraten wären –«

Nolan unterbrach. »Das sind sie aber nicht«, sagte er, und erst dann schoss ihm durch den Kopf, dass er ja selber kein richtiger war. Statt einer ehrbaren Crew hätte er sich Männer mit ein bisschen mehr Kampferfahrung suchen sollen. »Also, was sollen wir jetzt tun? Glaubst du, Jack Casper wird uns bei einer Flucht helfen?«

Ehe Bellamy noch antworten konnte, wurde ein Schlüssel ins Schloss geschoben, und die Tür schwang auf. Selbst das schwache Licht einer Laterne blendete Nolan nach der völligen Dunkelheit für einige Sekunden.

»Ihr seid es also.« Er erkannte Greeleys Stimme beim ersten Wort, aber sie klang schwächer und weniger schwülstig als sonst. »Und das ist der Mann, der Euch damals angeheuert hat?«

Als Nolan sich an das Licht gewöhnt hatte, zeichnete sich Greeleys abgezehrte Gestalt ab. Der Mann trug seinen schweren dunkelblauen Rock, aber das locker sitzende Halstuch betonte seinen ausgemergelten Körper. Schweißperlen standen ihm auf dem Gesicht und sammelten sich in den dunklen Ringen unter seinen Augen.

Nolan betrachtete Greeley und den anderen Mann, der mit ihm erschienen war, mit Interesse. Seine Fesseln rasselten, als er sich bewegte, und Greeley schrak zurück. Dann trat der Seemann im traditionell gestreiften Hemd und den Leinenhosen der Englischen Marine vor und deutete mit einer zitternden Muskete auf ihn. Nolan dämmerte es: Alle Marinesoldaten beziehungsweise alle, die im Kampf Mann gegen Mann ausgebildet waren, waren offenbar zum Strand gebracht worden. Und nicht nur das – Greeley zeigte unübersehbar Symptome eines Fiebers. Normalerweise war es eine mittlere Katastrophe, auf einem Schiff gefangen zu sein, auf dem alle Männer an tropischen Krankheiten litten, aber jetzt weckte die Entdeckung Hoffnung in Nolan.

Ein anderer Mann, der bei noch schlechterer Gesundheit als Greeley zu sein schien, lugte jetzt hinter dem Seemann mit der Muskete hervor. »Der Dunkelhaarige war es, aber der andere war ein Junge, wie ich schon gesagt habe. Der ist hier nicht dabei.«

»Gut, wir haben genug gesehen«, brummte Greeley noch, ehe die Tür zugeworfen und verriegelt wurde, und sie wieder allein in der undurchdringlichen Dunkelheit saßen.

»Offenbar haben sie nicht genügend Männer. Wenn wir es

schaffen, hier rauszukommen, dürften unsere Chancen auf eine Flucht gar nicht mal so schlecht stehen.« Nolan zerrte an seinen Fesseln, die ihm schon die Handgelenke wund gescheuert hatten.

»Zuerst werde ich den Kerl aufschlitzen, der mich einen alten Knacker genannt hat.« Bellamy suchte nach einer neuen Sitzposition, wobei seine Ketten aneinanderrieben.

»Und wie willst du das anstellen?« Nolan versuchte, sich zu konzentrieren, aber es schoben sich immer wieder Bilder von Jewel vor sein inneres Auge, wie sie von einer Abordnung englischer Marinesoldaten verfolgt wurde. Panik erfüllte ihn.

»Setz dich, Nolan. Spar dir lieber deine Kraft.« Bellamy schnaufte schwer. »Warum hast du mich eigentlich am Strand nicht getötet?«

Nolan kroch zur Tür und drückte die Klinke hinunter. Er wusste, dass sie verschlossen war, wollte aber prüfen, wie stark der Riegel war. »Weil ich deine Tochter liebe.«

Die Kupferklinke schien nicht besonders robust zu sein. Wenn er die Kette, die seine Füße zusammenhielt, um sie herumwickelte, konnte er mit seinem ganzen Gewicht an ihr ziehen und einigen Schaden anrichten.

»Hör auf damit, Nolan. Selbst wenn du es schaffen solltest, hier herauszukommen, wärst du doch immer noch gefesselt. Du liebst Jewel wirklich, richtig? Aber sie ist doch meine Tochter. Hast du das vergessen?«

Nolan rammte mit seiner Schulter gegen die Tür, die verheißungsvoll in ihren Angeln ächzte. »Sie ist anders als du.« Er beendete die Inspektion des einzigen Fluchtwegs. »Aber warum hast du behauptet, du wärst der Captain?«

»Ich wusste, dass sie mich dann von der Gruppe trennen werden. Hatte drauf gehofft, du würdest deine Männer zusammensammeln und mich dann retten.« Bellamy verstummte, aber Nolan spürte, dass er noch nicht alles gesagt hatte. »Ich wusste nicht, dass du sie liebst. Hätte ich das gewusst, hätte ich wahrscheinlich nicht versucht, dich zu ertränken. Hatte vermutet, du würdest sie nur benutzen, um mir eins auszuwischen. Ist sie sich im Klaren über deine Gefühle?«

Nolan lehnte sich mit dem Rücken gegen die Tür. Er versuchte nachzudenken. »Natürlich, sie … Nein, ich weiß es nicht. Ich war wohl nicht gerade der beste Ehemann.« Der Gedanke, dass er nach England verschleppt und gehängt werden würde, ohne Jewel noch ein einziges Mal wiederzusehen, brachte ihn an den Rand des Zusammenbruchs. Er drehte sich um und versetzte der Tür einen weiteren heftigen Stoß mit seiner Schulter. Diesmal meinte er, Holz splittern zu hören.

»Geh endlich von der Tür weg. Wir wollen doch nicht, dass sie jetzt schon etwas von unseren Fluchtplänen mitbekommen. Lass sie ruhig in dem Glauben, dass sie uns dort haben, wo sie uns haben wollen.«

Nolan lachte, doch sein eigener verzweifelt rauher Ton beunruhigte ihn. »Aber sie *haben* uns genau da, wo sie uns haben wollen.«

»Dir ist schon klar, dass du viel besser zum Ehemann taugst als zum Piraten, oder? Als du mich nicht der Mannschaft ausgeliefert, sondern mich zum Sterben auf die Insel gebracht hast, habe ich dir deine Spielerei durchgehen lassen. Dachte, du wärst zu jung, und ich wäre für dich eine Vaterfigur, der es mal Grenzen aufzuzeigen gilt.«

Diesmal war Nolans trockenes Lachen echt.

»Lass mich ausreden. Du musst deinem Feind in die Augen sehen, wenn du ihm den Garaus machst. Aber es ist offensichtlich, dass du das nie verstehen wirst. Und dann, als sich zeigt, dass es ein Fehler war, mich am Leben zu lassen, gibst du mir nicht nur eine zweite Chance, nein, du tötest mich schon wieder nicht, obwohl du weißt, dass du es tun solltest.«

»Weil es Jewel verletzt hätte.«

»Du konntest nicht einmal losziehen und den verdammten Schatz suchen, bis dir dein alter Herr mit seinem Tod endlich die Erlaubnis dazu erteilt hat. Hätte gedacht, dass ich dich schneller wiedersehe als in fünf Jahren. Hätte dir nicht zugetraut, dass du das fromme Leben *so* lange durchhältst.« Bellamy grunzte. »Ich habe gedacht, du würdest deinen Fehler erkennen, mich zurückholen und dann anbetteln, damit ich mich wieder deiner Crew anschließe, um dich vor einem Tod aus Langeweile zu bewahren.«

»Was, wenn ich tatsächlich zurückgekommen wäre? Ich hätte dich dort ja nicht mehr angetroffen. Was hast du in den letzten fünf Jahren getrieben, außer dass du fett geworden bist?« Obwohl ein Streit mit Bellamy in dieser Situation auch keine Lösung war, tat es Nolan gut, etwas von seiner Anspannung loszuwerden.

Es folgte eine lange Pause, in der er dachte, Bellamy würde ihm nicht mehr antworten. Vielleicht war der Kommentar über sein Gewicht doch nicht wirklich angebracht gewesen.

»Ich schätze, die Meuterei ist mir etwas auf die Nerven geschlagen.« Bellamy sprach langsam, fast widerwillig. »Hab mich zu einer Sauftour aufgemacht. Eine, die selbst für meine Verhältnisse schlimm war. Wayland, der mich satt hatte, behielt das Mädchen im Auge, damit wir immer wussten, wie es um die Karte stand. Hat sich wohl ein bisschen zu sehr auf sie eingelassen. Es scheint mir, er hält sich für ihren Vater.«

»Das habe ich auch schon bemerkt.« Waylands ganze Einmischung in Bezug auf Jewel hätte sich mehr als bezahlt gemacht, wenn das, was Bellamy sagte, die Wahrheit war. Dann nämlich war Wayland genauso besorgt um Jewels Sicherheit wie Nolan selbst und vielleicht sogar in der Lage, etwas zu unternehmen, um sie zu retten. Tyrell war zwar bei ihr, aber der junge Leutnant verfügte nicht über genügend Erfahrung, um in einer solch brenzligen Situation zu wissen, was zu tun war. »Dann bist du also erst wieder nüchtern geworden, als du gehört hast, dass ich mich auf die Suche nach dem Schatz gemacht habe?«

Die Fesseln klirrten, und gleichzeitig hörte Nolan, wie Bellamy sich auf den Bauch klopfte. »Ja, und es geht mir besser als je zuvor, wenn ich das so sagen darf. Vielleicht fehlt mir noch ein bisschen Training, aber fast hätte ich dich trotzdem gekriegt.«

Nolan verzichtete darauf, Bellamy darauf hinzuweisen, dass er ihn ziemlich schnell entwaffnet hatte. Bellamys subjektive Auslegung der Wahrheit zerstörte Nolans anfängliche Hoffnung auf die ehemalige Fähigkeit seines alten Mentors, aus jeder Zwickmühle herauszufinden. Angst und Panik nagten erneut an seinen Nerven. Er ließ sich auf den Boden gleiten und senkte desillusioniert seinen Kopf. »Glaubst du, Jack wird uns helfen? Du kennst ihn immerhin besser als ich.« Dass Jack Casper im Augenblick ihre einzige Hoffnung zu sein schien, ließ seine Stimmung noch weiter sinken.

»Der alte Casper ist ein Pirat. Er wird sich auf die Seite schlagen, die ihm eher zusagt. Zum Glück haben wir den verlockenderen Einsatz zu bieten. Außerdem sollte ihm bewusst sein, dass ihn die Engländer genauso wie uns vor das Gericht stellen werden.«

Nolan erhob sich, da er nicht mehr stillsitzen konnte. Bellamy hatte recht. »Früher warst du nie so geduldig. Oder vernünftig.«

»Habe ich alles gelernt, als ich auf dich gewartet habe, Nolan.«

Jewel sah den Lichtschein und hörte die Schritte der Männerfüße, lange bevor die Soldaten Tyrells und ihr Versteck erreichten. »Sie kommen. Wie sehe ich aus?«

»Schrecklich. Im Ernst: Mir gefällt die Idee überhaupt nicht. Ich sollte darauf bestehen, dass wir uns etwas anderes überlegen.« Der Leutnant hatte bereits auf viele Dinge bestanden, aber Jewel hatte sich von ihrem Plan nicht abbringen lassen.

Noch einmal ließ sie ihre Finger durch ihr wirres Haar gleiten und zog dann an dem mit Spitze verzierten Saum ihr Hemd zurecht. Ihres grünen Lieblingskleides hatte sie sich entledigt – es war ohnehin durch das Messer ihres Vaters ruiniert. Aber es hatte auch praktische Gründe, dass sie es weggeworfen hatte: Sollte sie in nächster Zeit ein Schwert in die Hände bekommen, so wäre ihr der schwere Rock nur im Weg und sie würde durch die enge Schnürung keine Luft bekommen. Ihre jetzige Kleidung, ein dünnes Hemd und ihr Petticoat, gewährte ihr wesentlich mehr Bewegungsfreiheit – ganz davon abgesehen, dass man so perfekte Sicht auf ihren blutigen Kratzer hatte, der schlimmer wirkte, als er tatsächlich war. »Wenn Ihr mich schon nicht schlagen wollt, dann helft mir zumindest, meinen Unterrock zu zerreißen.«

Tyrell verschränkte die Arme vor seiner nackten Brust und weigerte sich, auch nur einen Handschlag zu tun. »Ich mache da nicht mit. Es ist zu gefährlich. Diese Männer werden Euch eher vergewaltigen, als dass sie Euch helfen.«

Wieder drehte sie sich zum Pfad, um abzuschätzen, wie weit die Soldaten schon vorgerückt waren. »Und genau deswegen müssen wir dafür sorgen, dass wir uns ihnen nähern, wenn Devlin dabei ist. Ihr werdet mir helfen, Tyrell, und wir werden es genauso machen, wie ich gesagt habe, also haltet Euch bereit.«

Sie bekam mit, wie er sich hinter ihr in Bewegung setzte, aber wenn sie sich noch einmal umdrehte und mit ihm stritt, würde sie seinen Argumenten vielleicht nachgeben. Ihr Herz schlug ihr bis zum Hals und pochte vor Verzweiflung lauter als sonst. Würde ihr Plan gelingen? Aber ohne Waffen blieb ihnen kaum eine andere Wahl.

Eine Gruppe rotbemäntelter Soldaten marschierte den Pfad herauf, war jedoch noch zu weit entfernt, als dass man hätte erkennen können, ob Devlin sie anführte. Die Männer blieben auf dem Pfad und hoben nur hin und wieder mit ihren Bajonetten einige Äste an.

»Wie bekommt man noch mal dieses Gelbfieber?«, hörte Jewel einen der Männer fragen.

»Durch den Gestank, glaube ich.«

»Jetzt reicht es aber! Der Gestank hat nichts damit zu tun. Das ist meine zweite Fahrt zu den Westindischen Inseln, und alles riecht hier ein bisschen faulig. Das kommt von der Hitze und dem feuchten Klima und hat nichts mit einer Krankheit zu tun.«

Jewel hatte Devlins Stimme erkannt. Die Soldaten verstummten nach seiner Belehrung, aber sie war sich sicher, dass er sie nicht überzeugt hatte. Sollte etwas schief gehen, würde sie auf jeden Fall vorgeben, vom Gelbfieber befallen zu sein. Charles Town war mehrere Sommer hintereinander von der Krankheit heimgesucht worden, sie kannte die Symptome gut genug.

Dann nahm sie all ihren Mut zusammen und trat auf den Pfad. Die Männer blieben ruckartig stehen. Sie hatte geplant, sich ihnen in dramatischer Weise vor die Füße zu werfen, aber als sie der großen Gruppe bewaffneter Männer gegenüberstand, die sie anstarrten, als wäre sie eine Art Marienerscheinung, verließ sie der Mut. Sie konnte nur noch schweigend blinzeln.

Devlin schob sich aufrecht durch die Gruppe. »Bist du verletzt, Mädchen?«

Sie nickte. Angst schnürte ihr die Kehle zu. Wahrscheinlich sah sie völlig verstört aus, schließlich war sie es wirklich.

Er musterte sie mehrmals von oben bis unten. Sie war unsicher, ob ihn das, was er sah, erschreckte oder erregte, aber auf alle Fälle rührte es ihn an. Warum hatte Tyrell ihr nur keinen blauen Fleck auf den Arm gemacht, wie sie ihn gebeten hatte?

Devlin streifte die Jacke ab und legte sie ihr um die Schultern. »Sie haben dich gegen deinen Willen genommen?«

Sie hatte keine Ahnung, wer *sie* sein sollten, nickte aber vorsichtshalber trotzdem. Sie wollte den *geheimnisvollen Jungen* zu ihrem Angreifer machen. »Er hat mich mit sich in den Dschungel gezogen, als Ihr gekommen seid.«

»Wer? Wo ist der Mann?« Devlins Kopf fuhr hoch. Sein Blick glitt über die Büsche. Auch seine Soldaten gerieten jetzt in Bewegung und hoben ihre Musketen.

»Er ist jung. Nicht älter als fünfzehn, aber er … er hat mich überwältigt. Er kann sehr gut mit dem Schwert umgehen.« Sie senkte die Lider. Hoffentlich war ihre Wortwahl nicht zu offensichtlich gewesen, aber sie hatte weder Zeit noch Nerven für scharfsinnige Feinheiten.

»Großartig. Und wo ist er hin?« Devlin schien nicht den leisesten Zweifel an ihrer Beschreibung zu hegen.

»Er ist in eine Höhle hinter dem Wasserfall gerannt. Er wollte mich mit sich ziehen, aber ich konnte entkommen.« Jewel musste sich gar nicht bemühen vorzugeben, außer Atem zu sein, wie sie es vorgehabt hatte. Ihre Anspannung erledigte das von selbst.

»Wo ist der Wasserfall?«

»Den Pfad hinunter. Man kann ihn gar nicht verfehlen.«

Devlin strich ihr eine zerzauste Locke aus dem Gesicht. »Danke, Kleine. Du bist jetzt in Sicherheit. Willst du hier warten, während wir –«

»Nein!« Sie fasste schnell seinen Arm. »Bitte, verlasst mich nicht.«

»Natürlich nicht. Johnson, du bleibst bei der Lady.«

»Ich will aber bei *Euch* bleiben!« Jewel hatte sich auf die Zehenspitzen gestellt, um ihm die Worte zuzuflüstern. Dabei sah sie den Mann, auf den Devlin gezeigt hatte, an, als habe er spitze Ohren und einen dornigen Schwanz. »Ich kenne ihn doch gar nicht, und ich musste so viel über mich ergehen lassen. Ich ängstige mich, wenn ich wieder mit einem Fremden zusammen sein muss.«

Er warf einen Blick auf die Schar seiner Soldaten, die aus Angst, sie könnten ein einziges Wort des Gesprächs verpassen, nicht einmal zu niesen wagten. »Corporal Caffy, nehmt die Männer und folgt dem Pfad. Ich werde bald hinterherkommen.«

»Ist der Mann bewaffnet, Liebes?«, erkundigte er sich so freundlich, dass Jewel im Wissen darum, was ihm noch bevorstand, einen schwachen Hauch von Schuld verspürte.

»Nur mit einem Schwert.«

»Großartig. Wartet am Wasserfall auf mich, Caffy! Haltet die Männer bereit, dann nehmen wir uns den Knaben auf meinen Befehl hin vor.«

Der Sergeant nickte und warf Jewel einen unfreundlichen Blick zu, als er sie passierte. Die anderen Soldaten verzogen keine Miene, nur ein Grinsen hier und da, offenbar waren sie stolz oder neidisch auf ihren befehlshabenden Offizier.

Devlin nahm eine Fackel vom Letzten der Gruppe und wartete dann, bis seine Männer den sich windenden Pfad hinab verschwunden waren, ehe er sich wieder Jewel zuwandte.

»Bei mir und meinen Männern hast du nichts zu befürchten. Ich weiß, wie man mit Frauen umgeht.« Sanft schob er den über ihre Schultern hängenden Mantel zur Seite und strich mit dem Handrücken über die Wölbung ihrer Brust, die das tief ausgeschnittene Hemd freigab. Dabei entdeckte er auch den Schnitt an ihrer Schulter und erblasste. »Dafür wird er büßen, das verspreche ich dir.«

Jewel warf einen schnellen Blick zum Busch hinüber, während sich Devlin von seiner Bestürzung erholte und dann seine Aufmerksamkeit wieder ihrem Dekolleté zuteil werden ließ. Folgte sie dem Plan, musste sie ihn jetzt ins Unterholz locken, wo Tyrell sich von hinten anschleichen würde. Obwohl sie sich noch immer auf dem Weg befanden, schien sich der jetzige Zeitpunkt genauso gut für einen Hinterhalt zu eignen wie jeder andere. Aber so zimperlich, wie Tyrell auf ihren Plan reagiert hatte, fürchtete sie fast, dass er die kleine Änderung nicht kapieren würde.

»Was wird mit mir geschehen?«, fragte sie, weil sie nicht wusste, wie sie am besten weiter vorgehen sollte.

»Nun, es ist nicht ungewöhnlich für einen Offizier, sich eine Geliebte an Bord zu halten. Meine Kajüte ist zwar nur klein, aber ich kann dir versichern, dass sich damit deine Lage bedeutend verbessern wird. Du wirst nicht mittellos dastehen, wenn wir diese Fahrt beendet haben. Dein Mund ist wundervoll. Hat dir das schon einmal jemand gesagt?« Mit seinem Daumen berührte er ihre Unterlippe.

»Wollt Ihr mir ins Dickicht folgen?«, fragte sie. Tyrell hatte also tatsächlich nicht ihre Planänderung verstanden, so dass ihr nur die Wahl blieb, sich doch an die ursprüngliche Vorgehensweise zu halten.

Devlin lachte. »Du bist gerade erst misshandelt worden. Ich werde mich jetzt nicht an dir vergehen. Ich kann warten, bis wir in meiner Kajüte sind. Dringender sollte ich jetzt meine Männer finden. Du wirst in Sicherheit sein, wenn du hier auf mich wartest. Das verspreche ich dir … Ich weiß noch nicht einmal deinen Namen?«

Bevor sie antworten konnte, hatte sich auch schon Tyrell auf den Pfad geschlichen. Er schien völlig verängstigt und unsicher zu sein, hielt aber das Seil, das sie gefunden hatten – ihre einzige Waffe –, straff gespannt in den Händen. Jetzt war er gleich hinter Devlin. Um den Offizier abzulenken, fuhr Jewel mit der Hand über seine Brust.

Trotz seines ausgesprochenen Widerwillens vor der Ausführung dieser Aufgabe hob Tyrell das Seil über Devlins Kopf und zog es anschließend geschickt und kraftvoll zusammen. Der Offizier versuchte, sich zu befreien, schrie aber zum Glück nicht. Sein Gesicht verfärbte sich schnell von rot zu lila, bevor seine Augen nach hinten in ihre Höhlen rollten.

»Das genügt!«, rief Jewel, als Devlin zusammenbrach, aber Tyrell trotzdem keine Anstalten machte, von ihm abzulassen. Tot würde ihnen der Offizier nichts nützen.

Schließlich lockerte der Leutnant das Seil und keuchte auf, als ob er derjenige gewesen wäre, dem man die Luft abgedrückt hatte. »Gott, ich hoffe, ich habe ihn nicht umgebracht«, sagte er.

Jewel zog das Schwert aus der Scheide, die an Devlins Schulter gehangen hatte, und durchsuchte ihn dann nach weiteren Waffen. Plötzlich umklammerte eine Hand mit erstaunlicher Kraft ihr Gelenk und drückte zu. Aus rotumränderten, flammenden Augen starrte Devlin sie an.

»Noch mal, Tyrell, jetzt«, flüsterte Jewel panisch. Nur mit großer Mühe konnte sie sich davon abhalten, den Befehl herauszuschreien.

Parker straffte erneut das Seil, das ihr Opfer noch immer

um den Hals trug, bis Devlins Hand von Jewel abließ und er zurücksank. Sie erhob sich, nahm das Schwert des Offiziers und drückte die Spitze gegen seine Brust. Tyrell lockerte seinen Würgegriff, bevor Devlin wieder ohnmächtig werden konnte.

»Und nur, damit du es weißt, ich kann damit umgehen. *Ich* bin der Junge, den ihr sucht.« Sie erhöhte den Druck des Schwertes, bis es sein Hemd durchbohrte, in seine Haut eindrang und sich ein dunkler Blutfleck bildete. »Aber ich habe nicht vor, dich zu töten. Es sei denn, ich habe keine andere Möglichkeit.«

Devlin hielt ihrem Blick stand, ohne bei Jewels Worten eine Miene zu verziehen. Dann nickte er.

»Fesselt ihn«, wies sie Tyrell an. »Füge dich, dann wird dir nichts passieren«, wandte sie sich an Devlin. Diesmal machte er sich nicht die Mühe, zur Antwort zu nicken, doch Tyrell stieß auf keinen Widerstand, als er ihn umdrehte, um ihm seine Hände auf den Rücken zu binden.

Jewel entdeckte die vergessene Fackel auf dem Pfad, die Devlin bei Tyrells Angriff fallen gelassen hatte. Eine kleine Flamme züngelte noch, fand aber in der grünen, feuchtwarmen Umgebung keinen Angriffspunkt. Sie wandte sich wieder Devlin zu, dem Tyrell gerade auf die Beine half. Obwohl die Gesichtsfarbe des Marineoffiziers wieder halbwegs normal zu sein schien, zog er es vor zu schweigen. Der rote Strich um seinen Hals, das Würgemal, zeichnete sich selbst in dem weichen Sternenlicht, das durch das Blätterdach des Dschungels fiel, deutlich ab.

»Wenn du es wagst, nach deinen Männern zu rufen, schlitzen wir dich auf und verschwinden im Unterholz«, warnte Jewel ihn mit einer selbstsicheren Ruhe, die sie selbst überraschte.

Jetzt nickte ihr Gefangener wieder.

Sie trat mit gezücktem Schwert auf den Pfad und bedeutete den zwei Männern, ihr zu folgen. Man hätte eine Münze werfen müssen, um zu entscheiden, welcher der beiden unglücklicher aussah, als sie an ihr vorbeigingen. Obwohl sie sich nicht selbst betrachten konnte, zweifelte sie nicht, dass sie genauso verhärmt aussah wie sie. Ihr Schwert auf die Mitte von Devlins Rücken gerichtet marschierte sie zum Strand.

»Du wirst deinen Männern befehlen, ihre Waffen fallen zu lassen und unsere Mannschaft freizugeben«, sagte sie, obwohl sie vermutete, dass er längst wusste, was sie wollte.

»Nichts von dem werden sie tun«, krächzte er und verstummte dann.

Jetzt wusste sie, warum er die ganze Zeit so gefügig gewesen war. Er konnte nicht sprechen. Entweder war Tyrell stärker, als sie gedacht hatte, oder seine Angst hatte ihm für den Moment zusätzliche Kraft verliehen. Zum Glück hatten sie Devlin nicht getötet. Sie wagte nicht, den Leutnant anzusehen, um ängstliche Blicke auszutauschen. Beide brachten mehr Mut auf, als sie sich je zugetraut hätten. Damals, es schien ihr eine Ewigkeit her zu sein, als sie Nolan an Bord der *Neptune* gefolgt war, hatte sie nicht gewusst, worauf sie sich eingelassen hatte. Sie war dankbar gewesen, dass sie Nolans Leben gerettet hatte, ja, aber wenn es irgend möglich wäre, würde sie den durch sie verursachten Tod des jungen Mannes rückgängig machen. Und jetzt, viel eher, als sie es sich je hatte träumen lassen, war sie gezwungen, fast das Gleiche erneut zu tun. Aber kein Mittel war zu drastisch, wenn die Chance bestand, Nolan vor dem Galgen zu bewahren.

»Sie werden meinetwegen nicht ihre Waffen ablegen. Du kannst mich also auch auf der Stelle durchbohren«, flüsterte Devlin mit gebrochener Stimme. Es war qualvoll, ihm zuzuhören. »Sie werden euch beide auf der Stelle erschießen«, murmelte er kaum vernehmbar. Dann keuchte und schluckte er in schneller Folge, offenbar musste er die Anstrengung teuer bezahlen.

»Ich glaube daran, dass sie unsere Männer gegen dich eintauschen werden, und wir sind bereit, unser Leben dafür aufs Spiel zu setzen. Schließlich haben wir nichts zu verlieren.«

Endlich wagte es Jewel, zu Tyrell zu schauen. Seine entschlossene Miene bestärkte sie, dass er genauso dachte. »Und wird auch nur ein einziger Schuss abgefeuert, so wirst du mit uns sterben.«

Sie konnten das Licht der Fackeln am Strand ausmachen, noch ehe das Tosen der Wellen zu hören war. Dann schoben sie Devlin vor sich her durch das Blattwerk. Seine Stimme würde nicht reichen, um seine Männer zu überzeugen, dass alles in Ordnung war, also verabschiedete sich Jewel von der Idee, Devlin zu ihnen sprechen zu lassen.

Die Soldaten, die am Strand die übrige Crew der *Integrity* bewachten, waren nicht besonders alarmiert, als sie das Dreiergrüppchen auf den Strand treten sahen. Aufmerksam blickten sie in ihre Richtung, ohne die Musketen zu erheben. Jewel nahm sich einen Moment lang Zeit, um Wayland auszumachen. Sein Grinsen, als er sie entdeckte, das jeden seiner verbliebenen fauligen Zähne zeigte, flößte ihr Vertrauen ein.

»Lasst eure Waffen fallen, oder wir schlitzen ihn auf«, dröhnte Tyrell mit einer tiefen Stimme, die sie zuvor noch nie von ihm gehört hatte. Obwohl Jewel das Schwert hielt, war sie dankbar, dass er das Sprechen übernahm. Vielleicht würden die Soldaten die Drohung einer Frau nicht ernst nehmen, und sie verspürte keinerlei Wunsch, sich als stärker darzustellen, als sie es war. Jedenfalls nicht, wenn es sich vermeiden ließ.

Die Männer sahen Devlin fragend an, gehorchten Tyrell

aber nicht auf der Stelle. Der befehlshabende Offizier schwieg, ob aus wirklichem Selbsterhaltungstrieb oder weil der Klang seiner Stimme seinen Geiselnehmern eventuell mehr Glaubwürdigkeit verliehen hätte, ließ sich nicht sagen. Vielleicht lag es an seinem Gesichtsausdruck – den Jewel nicht sehen konnte, weil sie noch immer unnachgiebig mit der Schwertspitze auf seinen Rücken zielte –, aber als der erste Soldat seine Waffen niederlegte, taten es ihm die anderen nach.

Die Crew der *Integrity* saß zusammengekauert auf dem Strand, ihre Hände waren ihnen vor die Brust gebunden worden. In dem Augenblick, als der letzte englische Soldat seine Waffe in den weichen Sand bettete, sprang Wayland mit einer überraschenden Leichtigkeit auf die Füße, während seine Fesseln in den Sand fielen. Sie waren bereits zerschnitten. Mit einem seltsam aussehenden Dolch begann er, in der Luft herumzufuchteln, dann hob er eine Muskete auf.

»Du hast es geschafft, Mädchen! Wusste ich's doch! Und jetzt befreien wir unseren Captain.«

Kapitel dreiundzwanzig

Als ein Schlüssel im Schloss klapperte, rappelte sich Nolan auf, nachdem er gegen die schräge Wand des Kerkers getaumelt war. Er war nicht wie Bellamy auf den Boden gesunken, aber die Dunkelheit, die schlechte Luft und die Tatsache, dass es wenig anderes zu tun gab, als über sein Leben nachzugrübeln, hatten ihn erschöpft. Aber wenn sich jetzt eine Chance zur Flucht ergab, dann wollte er bereit sein. Er nahm einen tiefen Atemzug, doch statt seine Lunge mit frischem Sauerstoff zu füllen, atmete er nur die abgestandene Luft eines von Krankheit befallenen Schiffes ein.

Das schwache Licht, das durch eine Luke fiel, war die einzige Lichtquelle. Der Besucher hatte keine Laterne bei sich.

»Also gut, Jungs – aber bevor ich euch hier rauslasse, müssen wir die Bedingungen klären.«

»Wir hören, Casper.« Bellamys Stimme kam von irgendwo neben Nolan, seine Gestalt war nicht mehr als ein vager Umriss. Nolan hatte noch nicht einmal mitbekommen, wie er sich erhoben hatte. »Aber wir wissen auch, dass du nicht viel besser dran bist als wir. Früher oder später werden sie dich hängen.«

»Freut mich, dass du meine Lage durchschaut hast, Bellamy. Und ich würde mal sagen, ich bin froh, dass du nicht tot bist.« Der hübsche Jack sprach mit leiser Stimme, trat aber nicht in ihre provisorische Zelle ein. Er konnte ihnen nicht mehr trauen als sie ihm. »Wie steht es mit dir, Nolan? Bist du bereit, die Vergangenheit ruhen zu lassen?«

Das war er mit Sicherheit nicht, aber er war auch nicht so dumm, Jack Casper das gerade jetzt auf die Nase zu binden. »Du hilfst uns, und ich werde dir mit einer Anzahl von Münzen beweisen, wie nachsichtig ich bin.«

»Ich hatte gehofft, dass du das sagst, Kenton.« Jack schlüpfte nun doch in die kleine Schiffszelle und schloss die Tür hinter sich, so dass alle von völliger Dunkelheit umgeben waren. »Ich und meine Crew, wir haben lange auf den richtigen Augenblick gewartet. Sieht so aus, als wäre heute Nacht die beste Chance, dieses Rattenloch hier zu übernehmen.«

Neben Nolan erklang das Geräusch von sich bewegenden Ketten, gefolgt von einem metallischen Scharren. Bellamy versuchte, mit einem Gerät das Schloss seiner Fesseln zu knacken.

»Dieses Schiff bedeutet mir nichts. Ich will nur an Land und zu Jewel«, stellte Nolan klar, dessen Nackenhaare bei dem Gedanken zu Berge standen, dass er sein Schicksal mit den beiden teilen musste.

Nolan hörte, wie Bellamys Ketten zu Boden fielen. Ehe er verstand, was passiert war, packte Bellamy auch schon seine Schultern. »Heb die Hände zu mir. Wir müssen das Schiff übernehmen, ansonsten holen sie uns später wieder ein.«

»Ich könnte sie abhängen.« Nolan befolgte Bellamys Anweisung, während dieser ein paarmal mit einem metallischen Gegenstand vergebens auf seine Fesseln zielte und dabei seine Hände traf, schließlich aber doch noch das Schloss fand und ihn von den Ketten befreite. Er gab Nolan einen Schlüssel, mit dem dieser sich an den Metallriemen an seinen Füßen zu schaffen machte.

»Was hast du alles rausgefunden, Jack?«, fragte Bellamy, als hätte Nolan keinen Vorschlag gemacht.

»Also, die Verteidigung des Schiffes ist im Augenblick

kaum der Rede wert. Alle Soldaten, die nicht krank sind, wurden an Land geschickt. Die einfachsten Seeleute sind zu deinem Schiff abkommandiert worden, Nolan, um dort Wache zu schieben. Keine Ahnung, ob das funktioniert hat. Die wenigen, die sich noch hier an Bord befinden, werden wohl kaum nennenswerten Widerstand leisten. Jeder von ihnen hat Angst vor dem Gelbfieber. Zu viele, um sie zu zählen, liegen bereits geschwächt in ihren Hängematten. Ich glaube nicht, dass einer von ihnen wirklich das Fieber hat, aber ich habe mein Möglichstes getan, um sie zu überzeugen, dass sie alle davon befallen sind.«

»Über wie viele Männer kannst du verfügen?« Dem Klang von Bellamys Stimme nach zu urteilen, war er bereits an der Tür.

Nolan blieb stumm, froh, dass sein ehemaliger Mentor die Sache in die Hand nahm. Sein einziges Ziel war es, zu fliehen und Jewel wieder in die Arme schließen zu können. Niemals würde er wieder unter Bellamy dienen wollen, aber wenn es ums Überleben ging, war Jewels Vater genau der Richtige.

»Nur zehn, aber ich schätze, dass wir ein paar von den Seeleuten klammheimlich erledigen können. Ohne richtigen Kampf. Ich habe mich schon mal um den Kerl mit den Schlüsseln gekümmert, und einer meiner Männer stattet in diesem Moment dem Captain einen Besuch in seiner Kajüte ab.«

Nolan musste sich nicht erst lange mit der Vorstellung anfreunden, den bewusstlosen Männern die Kehle durchzuschneiden. Er würde alles tun, was nötig war, um dieses Schiff zu verlassen und Jewel zu finden. »Abgemacht. Gibt es Waffen?«

Die Tür ging auf und Licht drang herein. »Im Augenblick verfügen wir nur über ein paar Messer, aber je weiter der Plan voranschreitet, desto mehr Waffen sollten es werden.« Jack Casper trat aus der Zelle.

Bellamy stellte sich Nolan in den Weg. »Du verschwindest, sobald du kannst, und findest Jewel.«

Nolan prüfte Bellamys Miene. Wo war der Haken bei diesem Vorschlag? Als Bellamy versichernd nickte, kam Nolan ein Gedanke, den der alte Captain auch sogleich aussprach: »Es stimmt. Auch mir liegt etwas an ihr. Nicht so viel wie dir, da hast du wahrscheinlich recht, aber ich möchte nicht, dass ihr etwas passiert. Wollte ich nie. Auch damals nicht, als ich ihr die Karte anvertraut habe. Hatte nie vor, es irgendjemandem zu sagen.«

Nolan nickte und folgte Bellamy aus der Zelle. Jack war schon einen vom Mondschein beleuchteten Gang hinaufgeklettert, als Bellamy noch einmal anhielt. »Und statt mir zu danken, kannst du mir einfach nur meinen Anteil vom Schatz übergeben, wenn ich dich das nächste Mal sehe.«

Nolan lächelte zum ersten Mal, seit er zugestimmt hatte, mit dem Vater seiner großen Liebe auf Leben und Tod zu kämpfen. Sie waren so nahe an einem Waffenstillstand, wie sie es wahrscheinlich nie wieder sein würden.

Wayland griff nach der ersten Sprosse der Strickleiter, die von der Reling der *Neptune* herabhing. An Bord schien an jedem Haken eine Laterne befestigt zu sein. Der im sanften Licht erkennbare Umriss des Schiffs wirkte wie eine eigene Sternenkonstellation in der dunklen Nacht, neben der Mond und Sterne verblassten. Jewel wunderte sich, ob die zusätzlichen Laternen nur eine Sinnestäuschung waren, weil sie alle Fackeln am Strand gelöscht hatten, oder ob die Mannschaft der *Neptune* sie bereits erwartete. Wayland hatte noch immer die Strickleiter in seinen Händen und starrte zum Schiff hinauf. Sie vermutete, dass er sich die gleiche Frage stellte.

Über die hohen Masten tanzten Schatten, die entweder auf

einige Bewegung an Bord schließen ließen oder vielleicht nur Lichtspiegelungen der Wellen waren, die gegen den Schiffsrumpf schlugen. Jewel schloss noch einen weiteren Knopf ihres roten Mantels.

Sie versuchte, sich mit der Tatsache zu beruhigen, dass sie den Strand in völlige Dunkelheit getaucht hatten, als sie den Soldaten ihre Waffen abgenommen hatten. Die Crew der *Integrity* hatte nicht lange gefackelt, die Engländer ihrer Mäntel zu entledigen und sie dann zu fesseln. Sie hatten sich nicht damit aufgehalten, die Gruppe von Soldaten zu suchen, die noch immer am Wasserfall warten musste, sondern hatten den Strand so schnell wie möglich verlassen und alle Langboote mitgenommen. Selbst wenn die Soldaten zu ihrem Schiff zurückschwimmen sollten – was sie für einen Kampf wohl kaum rechtzeitig schaffen würden –, könnten sie ohne ihre Musketen nicht viel ausrichten.

Wayland blickte von seiner Position auf der Strickleiter zu ihr hinab. Er hatte sich zwei Musketen um die Schultern geschlungen und trug wie alle anderen einen roten Mantel. Tyrell und seine Männer hatten sich mit Hilfe der gleichen List der *Integrity* genähert. Alle bauten ihre Hoffnungen darauf, dass die Wachen der beiden Schiffe denken würden, ihre eigenen Männer kehrten zurück.

»Bleibt im Boot, bis ich euch das Zeichen gebe, mir zu folgen«, flüsterte Wayland krächzend. Keiner der fünf Mannschaftsmitglieder, Jewel inklusive, gab einen Laut von sich. Sie war überrascht gewesen, wie viele sich ihr und Wayland bei der gefährlichen Aufgabe, Nolan von Bord der *Neptune* zu retten, angeschlossen hatten. Der Schatz befand sich schließlich noch immer auf der *Integrity*.

»Also dann, los«, sagte Wayland, bevor er flink die Leiter hinaufstieg.

Jewel griff nach einer der unteren Sprossen und eilte ihm mit einem Schwert in der Hand hinterher. Wayland hatte darauf bestanden, dass sie ein zweites Schwert am Gürtel trug, aber eine Muskete hatte sie entschieden abgelehnt. Sie wusste nicht, wie man schoss, und diese Nacht war wohl kaum die passende Gelegenheit, um es zu lernen. Sie trat auf den Saum ihres Petticoats, als sie die Leiter hochkletterte. Sie hätte sich zumindest die Zeit nehmen sollen, ihn zu kürzen, wenn sie schon nicht einem Soldaten die Hosen ausgezogen hatte.

Sobald sie die Reling der *Neptune* erreicht hatte, erkannte sie, dass ihre Befürchtungen um Nolan nicht halb so erschreckend gewesen waren, wie die Szene, die sich nun vor ihren Augen abspielte. Nolan und Bellamy standen Rücken an Rücken mit erhobenen Schwertern und hielten nicht weniger als sieben Mann in Schach. Schwerterklirren und Schreie ließen ahnen, dass um sie herum noch weitere Kämpfe im Gange waren, doch Jewel hatte nur Augen für diesen einen.

Zum Glück – wenn man in dieser Situation überhaupt davon sprechen konnte – schien die Gruppe von Männern ihren zahlenmäßig überwältigenden Vorteil nicht nutzen zu können. Einer oder zwei stießen jeweils vor, doch schnelle Paraden und Gegenschläge von Nolan oder ihrem Vater hielten sie immer wieder auf sicherer Distanz. Mehrere verwundete Kameraden, die auf dem Deck lagen, waren sicherlich der Grund für ihre Zurückhaltung, genauso wie die Tatsache, dass keiner der Männer, die alle Seemannskleidung statt Soldatenuniformen trugen, kämpferisch besonders geübt wirkte.

Mit einem kurzen Blick zu Wayland trat Jewel hinzu, hielt aber inne, als sie sah, dass er die Muskete erhoben hatte und damit über Nolans und Bellamys Köpfe zielte. Sie folgte der Ausrichtung der Waffe und entdeckte einen Seemann, der mit einem Netz in den Händen auf dem Dach des Niedergangs stand, bereit, es über sie zu werfen.

Als Waylands Muskete explodierte, durchbohrte ein scharfer Schmerz ihr linkes Ohr, aber Jewel hatte keine Zeit, sich lange damit aufzuhalten. Der alte Pirat hatte sein Ziel getroffen, der Mann glitt von dem Vorsprung herunter und ließ das Netz fallen. Die verhedderten Seile landeten auf drei Engländern, die Bellamy in Schach hielt, und verschafften ihm einen kurzen Vorteil. Jewel stürzte an Nolans Seite und griff einen Mann an, der sich beim Geräusch des sich aus der Muskete lösenden Schusses umgedreht hatte.

Er machte einen kläglichen Versuch, ihren Schlag abzuwehren, hatte aber kaum Erfahrung mit dem Schwert. Ihr schoss noch der Gedanke durch den Kopf, ihn nur zu verwunden, ehe er die Deckung in seiner Hüftgegend aufgab und sie mit ihrem Schwert vorstieß. Rasch zog sie ihre Waffe zurück und hatte bereits einen neuen Gegner gefunden, noch ehe sie seine womöglich tödliche Wunde bedauern konnte. Sie hatte nur getan, was getan werden musste.

Nach ein paar passablen Paraden schwang Jewels Gegner sein Schwert auf Höhe ihres Kopfes und zwang sie, sich zu ducken, um nicht enthauptet zu werden. Als sie sich wieder aufrichtete, und ihm seinen Angriff angemessen zu vergelten, starrte sie der Mann mit vor Schreck geweiteten Augen an. Sie folgte seinem Blick zum Ende einer Klinge, die aus seinem Bauch herausragte. Nolan zog sein Schwert aus dem Rücken des Mannes und sah sie nur kurz an, bevor er sich einem neuen Angreifer zuwandte. In Anbetracht der Umstände konnte sie sich nicht sicher sein, aber er schien nicht gerade empört, sie an Bord zu sehen. Sie hatte sogar das Gefühl, den Hauch eines Lächelns in seinen Augen erkannt zu haben.

Als Jewel sich umdrehte, um sich einen neuen Gegner zu

suchen, bemerkte sie, dass einige der Seemänner ihre Schwerter fallen gelassen und die Hände zur Aufgabe gehoben hatten. Wayland und Bellamy trieben sie zusammen und scheuchten sie zum Heck des Schiffes. Jewel suchte das Deck ab. Ihr Blick wanderte über all die verstreut liegenden, verwundeten Männer und den roten, nicht versiegenden Blutstrom, der die Holzplanken langsam glitschig machte.

Von einem besonders schlimm zugerichteten Mann, dessen ärgste Wunden sich bei genauerem Hinsehen nicht als frisch entpuppten, konnte sie sich nicht losreißen. Seine Nase und ein guter Teil seiner Lippe fehlten. Die dicke rote Pfütze neben ihm und sein leerer, starrer Blick erlaubten keinen Zweifel: Er war tot. Jewel erkannte in ihm den Piraten, der an Bord der *Integrity* gekommen war, um ihr die Karte zu stehlen. Nolans Erbarmen, den hübschen Jack gehen zu lassen statt ihn zu töten, mochte ihn zwar bis hierher gebracht haben, aber letztendlich hatte auch Jack Casper das bekommen, was das Schicksal am Ende für ihn vorgesehen hatte.

Kanonendonner riss sie aus ihren Gedanken. Instinktiv ging Jewel in die Hocke, sah in die Richtung, aus welcher der ohrenbetäubende Lärm gekommen war, und konnte gerade noch beobachten, wie Bellamy sein blutiges Schwert aus dem Rücken des Mannes zog, der vor wenigen Sekunden die Lunte entzündet hatte.

»Verdammt! Der Hurensohn hat seinen Leuten am Strand ein Zeichen gegeben. Nolan, hol Jewel und verschwinde mit ihr. Ich werde den Anker lichten, bevor sie uns erreichen!«, schrie Bellamy.

Wayland und ein paar andere, die nicht aussahen, als würden sie zu der englischen Mannschaft gehören, umkreisten die übrigen Seemänner, die des Kämpfens müde geworden waren. Jewel suchte das Deck nach Nolan ab, bis sie ihn auf sich zukommen sah. »Los, wir gehen.« Er legte einen Arm um sie und wollte sie Richtung Reling ziehen.

»Lieber über die Leiter. Ich möchte nicht noch einmal springen«, sagte sie. Sie wollte das Erlebnis nicht wiederholen.

Er küsste sie auf den Kopf, lockerte aber nicht seinen Griff. »Das weiß ich.«

An der Reling schickten sich gerade Nolans Männer an, sich auf den Weg nach unten zu machen. Jewel wusste nicht, ob Wayland Nolan schon darüber informiert hatte, dass der befehlshabende Offizier und die Mehrheit der Marinesoldaten gefesselt am Strand lagen, aber sie hatte auch keine Ahnung, wie lange das überhaupt noch der Fall sein würde. Die Kanone hatte zweifellos die Männer am Wasserfall alarmiert, so dass sie auf dem direkten Weg zum Strand zurückkehren würden, wenn sie es nicht bereits getan hatten. Zudem befürchtete sie, dass Tyrell ihrer Hilfe bedurfte.

Nolan schob Jewel vor den nächsten Mann, der wartend bei der Leiter stand. Sie wagte einen kurzen Blick zu ihrem Vater, der nahe des Steuers mit seinem Schwert die Luft durchschnitt. »Los, Männer, schließt euch mir an oder springt! Na, wonach steht euch der Sinn?«, brüllte er.

Jewel durfte keinen Augenblick mehr zögern; behende kletterte sie die Leiter hinab, Nolan folgte ihr dichtauf. Sobald sie im Ruderboot saßen und die Leinen losgemacht hatten, bemerkte sie, dass Wayland zurückgeblieben war. Ruder wurden ins Wasser versenkt, durchpflügten es und beförderten sie mit jeder Sekunde weiter von der *Neptune* fort. Offensichtlich wollte sich niemand die Zeit nehmen, die Männer zu zählen.

Jewel kämpfte mit sich, um die Ruhe zu bewahren und ihre Gefühlsaufwallung zu unterdrücken, die sie womöglich noch zum Heulen bringen würde. Selbst wenn sie ihnen ihre Entdeckung mitteilte, hatte sie ihre Zweifel, dass irgendjemand darauf erpicht war, umzukehren und Wayland an Bord zu holen. Ihr Vater verdiente es, zurückgelassen zu werden; wahrscheinlich entsprach das sowieso eher seinem Naturell, als sich in Sicherheit zu bringen. Vielleicht galt dasselbe auch für Wayland, trotzdem war der Mann mit den ungleichen Augen und mehr Gaumen als Zähnen über die Zeit für Jewel zu dem Menschen geworden, der einer Vaterfigur am nächsten kam.

Ein weißes Bündel, das mit einem Mal von der *Neptune* fiel, riss sie aus ihrer Melancholie. Nach dem Männerschrei zu urteilen, der kurz vor dem Eintauchen über das Wasser hallte, war das Strandgut menschlicher Natur. Kurze Zeit später sah man Leutnant Greeley im Wasser strampeln, dessen weißes Nachthemd sich um ihn herum wie ein Luftballon blähte.

»Hey, Nolan!« Wayland, der offenbar Greeley nahegelegt hatte, das Schiff zu verlassen, erschien an der Reling. »Du passt auf Jewel auf, oder ich knöpfe dich mir vor, wenn ich dich wiedersehe.« Dann winkte er ihnen zu und verschwand.

Jewel blickte in Greeleys Richtung, der bereits mit gleichmäßigen Zügen zum Ufer schwamm. Für die Bootsbesatzung rückten die wenigen Laternen an der Takelage der *Integrity* immer näher, während der Lichtschein der *Neptune* in der Ferne verblasste. Ein plötzliches helles Aufflackern zog ihren Blick auf sich. Immer mehr Soldaten bevölkerten den Strand.

Auch Nolan hatte es bemerkt. »Wir haben also nicht die leiseste Ahnung, wer die *Integrity* unter Kontrolle hat, richtig?«

»Ich bin mir sicher, Tyrell tut sein Bestes«, sagte sie, bemerkte aber sofort, dass sie nicht besonders überzeugend klang. Sie saß ganz vorne im Langboot, so dass ihr die Sicht auf Nolan durch einen anderen Mann versperrt wurde.

»Ich könnte mir vorstellen, dass der befreite Devlin wütend genug ist, um zu unserem Schiff zu schwimmen und jemandem den Hals umzudrehen.«

Jewel stützte sich nachdenklich auf ihre Ellbogen. Nolan wusste also, was geschehen war. Wahrscheinlich hatte ihn Wayland auf den neuesten Stand gebracht, während sie die Seemänner niedergemetzelt hatten. Der alte Haudegen war von ihrer List begeistert und stolz auf sie gewesen. Und obwohl Nolans Stimme streng klang, meinte sie doch, ein leises Lächeln oder sogar ein wenig Stolz herauszuhören. Dabei war sie sich fast sicher gewesen, dass Nolan ihr, falls sie das hier überlebten, eine Tracht Prügel verabreichen würde, weil sie ein so hohes Risiko eingegangen war.

Doch sie hatte keine Kraft mehr, ihre Tat zu verteidigen. »Ich glaube, wir sollten lieber von hier verschwinden.«

»Das glaube ich auch.« Ein unverkennbares Grinsen machte seine Stimme sanfter.

»Wie habt ihr euch von den Fesseln befreit?«, wollte Jewel wissen. In einem Boot voller Männer und noch immer erfüllt von Todesangst hatte sie gerade eine neue Form der Intimität mit ihrem Mann gefunden.

»Jack Casper hat uns gerettet, was sehr aufmerksam von ihm war, bedenkt man, dass er uns zuvor ausgeliefert hat. Allerdings fürchte ich, seine Pläne sind für ihn nicht ganz so verlaufen, wie er es gehofft hat.«

»Das habe ich auch bemerkt.« Jewel beugte sich zur Seite, um einen Blick auf Nolan zu erhaschen. »Zum Glück ist das mit *meinem* Plan nicht passiert.« Sie konnte nur einen Teil von Nolans Gesicht sehen, aber die Falten um seine hellen Augen deuteten ein Lächeln an.

»Ja. Zum Glück.«

Für die nächsten Augenblicke schwieg Nolan. Sie kamen der *Integrity* schnell und stetig näher, und alle wussten, dass es galt, jedes unnötige Geräusch zu vermeiden.

Noch immer hielt Jewel ihr Schwert in ihrem Schoß fest

umklammert. Das Boot passierte einen leblosen Körper, der mit dem Gesicht nach unten auf dem Wasser trieb, doch es war zu dunkel, um die Leiche identifizieren zu können, ohne sie umzudrehen, und Jewel verspürte Erleichterung, als Nolan direkt die Strickleiter ansteuerte. Das Deck der *Integrity* lag still über ihnen. Nichts deutete darauf hin, was sie dort erwartete. Jewel sammelte ihre Kraft für einen Kampf, von dem sie wusste, dass sie eigentlich nicht für ihn bereit war.

Nolan zog sich an der ersten Sprosse hoch und ließ Jewel folgen. Seltsam, dass er sie ausgerechnet jetzt als Mitglied seiner Crew zu akzeptieren schien, da sie selbst nicht mehr sicher war, ob sie überhaupt noch ein Schwert anheben konnte. Schneller als sie hatte er die Leiter erklommen und stand schon an der Reling, als sie noch nicht einmal die Hälfte der Sprossen erstiegen hatte. Als sie sich dem Ende der Leiter näherte, blickte Nolan ihr erneut mit Panik in den Augen entgegen.

»Schnell!«, rief er.

Sie zog sich die letzten Sprossen hoch und schwang sich auf Deck. Sie sah sich um, konnte aber nicht ausmachen, was die Panik in Nolans Stimme hervorgerufen hatte. Die Männer der Mannschaft, die sich vom Strand zur *Integrity* aufgemacht hatten, eilten übers Deck, offenbar damit beschäftigt, alles bereitzumachen, um die Segel zu setzen. Dann entdeckte sie Tyrell, der sich an den Großmast stützte und mit einer Hand sein blutiges Schwert umklammerte. Er war so blass, wie sie ihn noch nie zuvor gesehen hatte, schien kurz vor einer Ohnmacht zu sein. Ein Umstand, der Jewel nicht wirklich überraschte.

Als sie in seine Richtung rannte, folgte ihr Nolan auf dem Fuß, wollte ihr aber offenbar den Vortritt lassen. »Du hast es geschafft, Tyrell! Du hast unser Schiff zurückerobert!«

In dem Moment ließ dieser sein Schwert auf das Deck

fallen. Von Nahem erkannte sie, dass der rote Mantel, den er noch immer trug, nicht zugeknöpft war, sondern dass Blut in der gleichen Farbe wie der Mantel einen Großteil seiner Brust bedeckte. Sein Blick unter den schweren Lidern sagte alles: Er war verletzt.

»Melde mich außer Dienst«, sagte er noch, dann brach er zusammen.

Mit rosafarbenem Nebel über dem Horizont setzte die Dämmerung ein. In dem Licht fielen nun auch die müden Falten um Jewels Mund herum auf. Sie saß auf einer Kiste und beobachtete Nolan, der das Steuerrad betätigte. Das Auf und Ab des Meeres wiegte sie in einen schläfrigen Rhythmus, während sie der warme Passatwind mit sanfter, aber verlässlicher Kraft anschob. Weder Land noch etwaige Verfolger waren steuerbords, leewärts, von Bug oder Heck aus zu sehen. So weit das Auge reichte, umgab sie ruhiges blaues Wasser, das in kleinen Wellen dahinschwappte. Als er die Segel der *Integrity* mit dem Wind kämpfen hörte, dankte Nolan seinem glücklichen Schicksal.

»Warum siehst du nicht noch einmal nach Tyrell und schläfst dann selbst ein bisschen?«, sagte er mit leiser Stimme zu Jewel, um sie nicht zu erschrecken.

Sie streckte sich in ihrer Kleidung; noch immer trug sie den roten Mantel über ihrem Hemd und den Petticoat. Obwohl er nur zu gerne die Erinnerung an die Gefahr, in die sie sich begeben hatte, über Bord werfen würde, konnte ihm ihre englische Uniform in Zukunft sicherlich noch von Nutzen sein – eine militärische Zukunft, die nicht beginnen würde, ehe er endlich seinen Kaperbrief in Händen hielt. Seine andere Zukunft – die am meisten zählte – saß direkt vor ihm.

»Letztes Mal, als ich nach ihm gesehen habe, schlief er, aber ich habe ihn aufgeweckt. Ich denke, er kommt zurecht. Wahrscheinlich war es nicht nur der Blutverlust, sondern genauso sehr die Erschöpfung und der Schock, die zu der Ohnmacht geführt haben. Du solltest ihm wirklich beibringen, wie man mit einem Schwert umgeht.«

»Ich glaube, du wärst dafür viel besser geeignet, Mrs. Kenton.« Nolan hielt den Blick auf den Horizont gerichtet, konnte aber aus dem Augenwinkel die forsche Neigung ihres Kopfes und ihr neugieriges Lächeln sehen. Zwar musste er sich ihr immer noch erklären, aber er hoffte, seine beiläufige Bemerkung würde ihm den Weg ebnen. Zumindest hatte sie sich nicht gewehrt, als er sie seine Frau genannt hatte.

»Du hast recht, was Tyrell angeht«, fuhr er fort, als würde er ihren fragenden Blick nicht bemerken. »Aber das sollten wir besser nicht vor ihm erwähnen. Er würde es wohl kaum zu schätzen wissen.«

Die Wunden des Leutnants hatten viel gefährlicher ausgesehen, als sie es tatsächlich waren. An mehr als einem Dutzend Stellen hatte er Schnitte davongetragen, aber nur einer an seiner Hüfte hatte genäht werden müssen. Jetzt, da Wayland nicht mehr bei ihnen war, hatte sich Jewel sehr geschickt und mit viel Geduld dieser Aufgabe angenommen, Nolan war schon beim Zusehen schwindlig geworden. Er hatte sich entschuldigt, er müsse sich um die Navigation kümmern, während Jewel das Schlimmste erledigte.

Jetzt nickte Jewel und beobachtete, wie die hellgelben Sonnenstrahlen sich über das Meer vortasteten. Ihre offenkundige Erschöpfung, die schließlich kaum überraschte, war eine willkommene Entschuldigung, um nicht sagen zu müssen, was er dachte. Trotzdem musste er ihr alles Geschehene wohl oder übel erzählen oder ihr zumindest die Gelegenheit geben, ihn abzuweisen.

»Ich danke dir für das, was du heute Nacht für mich getan hast. Jetzt hast du mein Leben schon zum zweiten Mal gerettet.« Nolan holte tief Luft, ehe er fortfuhr: »Ich wünschte nur, du hättest Devlin aus dem Spiel gelassen.«

Jewel sah ihn an; sie wirkte verletzt, so dass er schnell weitersprach. »Obwohl ich natürlich wirklich sehr dankbar bin. Ich möchte, dass du etwas weißt. Aber damit will ich mich nicht einfach in deinen Augen freisprechen. Ich weiß, dass ich an vielem die Schuld trage, aber deinen Vater konnte ich nicht töten, obwohl ich die Möglichkeit dazu hatte. Ich habe mein Schwert niedergelegt, ehe die Engländer kamen.«

Jewel erhob sich, ging zu ihm und schlang dann ihre Arme um seine Hüften. »Ich weiß. Wayland hat es mir erzählt. Und auch, dass du gewonnen hast.«

Nolan war froh, dass sie das zufriedene Grinsen nicht sehen konnte, das sich auf seinem Gesicht ausbreitete. »Aber hat er dir auch gesagt, warum ich nicht zugestoßen habe?«

Sie drückte seine Hüfte. »Ich glaube, ich weiß es.« Sie bettete ihren Kopf an seinen Rücken. Er musste nicht weitersprechen.

»Weil ich dich liebe, Jewel. Ganz egal, was Bellamy getan hat, oder wer er war, er ist dein Vater, und du hast ein zu gutes Herz, um dich nicht um ihn zu sorgen. Ich werde nie wieder deine Gefühle verletzen.«

»Ich danke dir, Nolan«, sagte Jewel. Ihre Stimme drohte, vor Rührung zu brechen.

»Willst du steuern?«, fragte er, um zu vermeiden, dass sie traurig wurde.

Ohne dass er sie noch einmal dazu auffordern musste, schlüpfte sie schnell vor ihn. »Sehr gern. Das wollte ich schon seit meinem ersten Tag an Bord.«

»Und warum hast du mich nie gefragt?« Er legte seinen

Arm um ihre Hüfte. »Ach, egal. Sag jetzt nichts. Ich weiß, warum. Aber von jetzt an kannst du mir jede Frage stellen. Vor allem, wenn sie das Schiff betrifft. Du wirst lernen müssen, wie man segelt.«

Sie legte ihre Hände an das polierte Steuerrad. »Wo fahren wir überhaupt hin?«

»Nach St. Lucia. Und ich glaube, es wäre besser, wenn wir dem Schiff einen neuen Namen geben würden. Ich bezweifle zwar, dass unsere englischen Freunde die Insel bald verlassen, trotzdem wäre es mir lieber, wenn nicht die ganze Royal Navy wegen unseres Schiffsnamens hinter uns her wäre.«

Nolan spürte, wie Jewel sich verkrampfte. »Aber sie haben dich des Verrats angeklagt. Wenn Devlin gerettet wird –«

»Bis dahin, wenn es nicht schon längst passiert ist, hat der Krieg begonnen, und ich werde als Freibeuter für mein Land in See stechen«, sagte er. Er war sich unsicher, wie das in ihren Ohren klang, aber er wollte nicht, dass sie sich sorgte. »Es gibt aber noch einen anderen Grund, warum ich auf St. Lucia haltmachen will. Ich möchte dich dort ein zweites Mal heiraten.«

»Das musst du nicht«, sagte sie, konnte die Freude in ihrer Stimme aber nicht überspielen.

»Doch. Ich will ein Stück Papier in den Händen halten, das ich deinem Vater zeigen kann, wenn ich ihn das nächste Mal sehe.« Er strich ihr Haar aus ihrem Nacken und küsste sie in die weiche Rundung.

»Du musst dir wegen Bellamy keine Sorgen machen. Ich weiß nicht, ob wir ihn jemals wieder zu Gesicht bekommen werden.«

»Doch, das werden wir.« Nolan hatte ihr nichts von seinem Versprechen erzählt, ihrem Vater einen Teil des Schatzes zu übergeben. »Und glaub bloß nicht, dass wir Wayland einfach so losgeworden sind.«

»Das will ich auch nicht hoffen«, lachte sie. »Er ist mir so ans Herz gewachsen.«

Nolan atmete tief ein. Jetzt konnte er ihr auch alles andere sagen. »Und natürlich versteht es sich von selbst, dass, solltest du mich nicht noch einmal heiraten wollen, ich es als meine gerechte Strafe ansehe. In dem Fall bekommst du deinen Anteil vom Schatz und kannst damit machen, was du möchtest.«

Sie legte ihren Kopf an seine Brust. »Aber ich habe meinen Schatz doch schon längst gefunden.«